Nicole Böhm

Das Vermächtnis der Grimms

Wer hat Angst vorm bösen Wolf?

Drachenmond Verlag GmbH
Auf der Weide 6
50354 Hürth
www.drachenmond.de
E-Mail: info@drachenmond.de

Lektorat: Andreas Böhm
Korrektorat: Michaela Retetzki
Satz: Marlena Anders
Layout: Astrid Behrendt
Illustrationen: Nicole Böhm, Shutterstock
Umschlagdesign: Nicole Böhm, Alexander Kopainski
Bildmaterial: Shutterstock, Adobe Stock
Fotomodel: Denise Schultheis, Kristof Göttling
Foto: Jorge Brissimitzis

Druck: Booksfactory

ISBN 978-3-95991-831-2

FÜR SASKIA

die Erschafferin von Abalion

FÜR SUSE

ohne die ich mich in der
Märchenwelt hoffnungslos verirrt hätte

Zum Trunkenen
Fährmann
Feuersteig
Bruchwald
Donnerwald
Syrantinas Schloss
N
E
S
W
Tal der Feuer-
drachen
ABALION

Insel Lysantha
Die Nachtheide
Amqua
Lou
Eisgebirge

1. KAPITEL

Nubra-Tal, Indien. 1210 n. Chr.

Es war einmal ein junges Königspaar, das in einem wunderschönen Land lebte. Die beiden waren sehr beliebt beim Volke, denn sie waren gerecht und wohlwollend und hörten sich die Sorgen eines jeden ihrer Untertanen an. Als die Königin das langersehnte Kind entband, schien das Glück perfekt zu sein.

Sie gebar eine gesunde Tochter und alle im Lande feierten ausgelassen an diesem Tage. Selbst die Sonne leuchtete länger als üblich und segnete das Kind mit ihren Strahlen. Die Kleine wuchs wohlbehalten und sicher am Hofe auf und jeder, der sie zu Gesicht bekam, war ganz verzückt von ihrer Schönheit.

Eines Tages fiel der Königin jedoch auf, dass ihre Tochter nie lachte. Sie weinte, wenn sie sich wehgetan hatte oder ihr Bauch zu sehr drückte, sie brabbelte ihre ersten Worte, wenn jemand sich mit ihr unterhielt, aber sie schenkte niemandem ein Lächeln.

Die Königin war verzweifelt und rief nach ihren besten Beratern, doch keiner konnte dem Mädchen helfen. In seiner Not wandte das Paar sich an das Volk. Derjenige, der es schaffen sollte, der Tochter ein Lächeln zu entlocken, dürfte sich wünschen, was immer er begehrte.

Schon bald standen die Menschen Schlange. Jeder wollte sein Glück versuchen und die Prinzessin erheitern.

Es kamen Gaukler und Sänger, Musiker und Maler. Schmiede, Bäcker, Schneider, sogar Tiere. Alle gaben sich die größte Mühe, dem Kind die Freude zu schenken, die es verdiente. Aber es reagierte nicht.

Die Jahre zogen ins Land, das Mädchen wuchs zu einer wunderschönen jungen Frau heran. Gütig, anmutig, lebenswert, bewundert von jedermann, der sie erblickte.

Nur das Lachen, das blieb ihr aus.

So streifte das Leben an ihr vorüber, ohne dass sie richtig daran teilnahm – bis eines Tages ein junger Mann bei Hofe erschien.

Er war schlicht gekleidet, zurückhaltend und besaß nichts außer den Dingen, die er am Leibe trug. Er trat vor die Tochter und blickte sie lange an, dann nahm er den König und die Königin zur Seite und erklärte ihnen, was der Prinzessin fehlte:

»Fantasie.«

»Bitte?«, fragte die Königin.

»Eurer Tochter fehlt der Funke der Fantasie. Normalerweise lebt er hier.« Er fasste sich an sein Herz. »Er ruht in jedem. Auch in Euch, in mir, nur nicht in Eurer Tochter.«

Die Königin und der König sahen sich fragend an. Sie verstanden nicht, was der Fremde ihnen mitteilen wollte.

Der Mann lächelte gütig, denn er hatte mit dieser Reaktion gerechnet. »Eure Majestät«, sagte er zur Königin: »Schließt die Augen, wenn Ihr so freundlich wärt.«

Sie tat es.

»Und nun stellt Euch vor, Ihr liegt an einem heiteren Sonnentag auf einer bunten Wiese. Der Wind weht angenehm, die Sonne scheint, Vögel zwitschern, Ihr seid satt und wohl ausgeruht, Euch mangelt es an nichts. Könnt Ihr es sehen?«

»Aber ja.«

»Und riecht Ihr die frischen Blumen, die in aller Pracht um Euch wachsen und Euch mit den edelsten Düften verwöhnen?«

»Auch das.«

»Spürt Ihr den Kuss des Windes auf Eurer Haut? Sanft und schmeichelnd?«

»Ja.«

»Worauf wollt Ihr hinaus?«, fragte der König ungeduldig.

»Dies, Eure Majestät, ist Fantasie. Ihr könnt mit der puren Kraft Eures Willens eine Blumenwiese erschaffen, die vorher nicht da war. Ihr könnt Euch gedanklich dort hinbegeben, Ihr könntet Tiere erfinden, die auf dieser Wiese spielen, oder Kinder, die sich gegenseitig fangen. Ihr könnt alles in Eurem Inneren erschaffen.«

»Unsere Tochter kann das nicht?«

»Nein. Deshalb kennt sie nicht den Genuss des Lachens oder die Freude eines Sonnenstrahls. Sie weiß nichts damit anzufangen. Ihr Innerstes ist tot.«

Erschüttert über diese Botschaft sank die Königin in die Arme ihres Mannes und weinte bitterlich.

»Was können wir dagegen tun?«, fragte der König.

»Ihr müsst den Funken in ihrem Herzen entzünden. Ohne die Fantasie wird Eure Tochter wie eine trostlose Landschaft sein. Sie wird wachsen, aber sie wird nicht gedeihen. Es wird sich keine Freude in ihr zeigen, keine Liebe. Sie wird ihre Umwelt wahrnehmen, aber nichts davon spüren, und irgendwann wird sich ihr Herz verfinstern – und sie wird sterben.«

»Wie können wir den Funken entzünden?«, fragte der König.

»Ihr müsst ...«

Casaju hielt inne, der Füllfederhalter schwebte über dem Papier. Er sah auf seine fein geschwungene Schrift und wie sie sich vor seinen Augen verselbstständigte. Die nächsten Worte formten sich ohne sein Zutun:

»Ihr müsst ins Tal der Feuerdrachen.«

Casaju zischte und legte den Füller zur Seite, als wäre er ein brennender Stab, der ihm die Haut versengte. Sofort hielt auch die Tinte auf dem Papier inne.

Feuerdrachen?

Die stärksten und prächtigsten Wesen, die je von den Masali erfunden worden waren – aber auch die gefährlichsten.

Es wäre Casaju nie in den Sinn gekommen, über sie zu schreiben. Das hatten andere Masali vor ihm versucht und sie waren kläglich gescheitert.

Aber manchmal entwickelten Geschichten ein Eigenleben, ohne dass der Autor noch einwirken konnte. Sie schrieben sich quasi von selbst. Casaju blieb nur abzuwarten und zuzusehen, wohin die Erzählung gehen wollte.

Casaju starrte auf den letzten Satz, der eben erschienen war, und ließ die Worte auf sich wirken. Er hatte schon bei der ersten Idee zu dieser Geschichte geahnt, dass sie mächtig werden würde, denn sie hatte ihn sprichwörtlich beim Abendessen überfallen und nicht mehr losgelassen. Er hatte sogar vorzeitig aufstehen und den Raum verlassen müssen, nur um sich an seinen Schreibtisch zu setzen und die ersten Sätze zu verfassen.

Die anderen Masali verstanden es, denn ihnen erging es ähnlich. Ares zum Beispiel empfing seine Geschichten meist mitten in der Nacht, weshalb er tagsüber oft nicht ansprechbar war und ständig beim Essen einschlief. Izrail schrieb am liebsten in den frühen Morgenstunden, Isa fast nur in der Bibliothek, Anantha gerne in ihrer Kammer; Cyrus und Salome liebten den Abend. Jeder von ihnen hatte seine eigene Methode, um kreativ zu sein.

Casaju trommelte mit den Fingerkuppen auf den hölzernen Tisch, der an jenen Stellen, an denen seine Unterarme auflagen, stark abgenutzt war. Unzählige Stunden hatte er hier schon gesessen und geschrieben.

Er liebte dieses Leben, er liebte es, ein Masali zu sein und das zu tun, wofür er bestimmt war; aber heute schwankte er, denn sollte er diese Idee weiterverfolgen, würden die Feuerdrachen auch ein Teil von ihm werden. Jeder Autor nahm etwas von seiner Geschichte an und umgekehrt. Die Drachen könnten ihn fortan in seinen Träumen besuchen oder an seinen Augenwinkeln vorbeihuschen, wenn er nicht damit rechnete. Masali waren schon verrückt geworden, weil sie die Macht der Fantasie nicht ertrugen. Jeder Schreiber gab einen Teil von sich selbst in die Geschichte und jedes Ende war wie ein kleiner Tod, den sie alle sterben mussten.

Und dann war da noch das zweite Risiko: Nicht nur Casaju musste aufpassen, auch für die Märchenwelt Abalion selbst bestand Gefahr.

Sie wuchs durch die Geschichten der Masali. Durch ihre Erzählungen entstanden neue Flüsse, Länder, Berge. Casaju würde den Feuerdrachen dort mehr Raum verschaffen, er würde sie mächtiger machen, sie würden das Leben der anderen Wesen beeinflussen. Auf positive und auf negative Art. Casaju musste diese neue Idee also erst mit den anderen besprechen, er brauchte eine …

Die Kerze auf seinem Tisch flackerte. Casaju blickte auf und erschrak, als er feststellte, dass sie bis auf den Stummel herabgebrannt war.

Er kam zu spät zur Zeremonie!

Rasch sammelte er seine Sachen ein, stellte den Füller in das dafür vorgesehene Gefäß, rollte die Geschichte um die Königstochter zusammen und legte sie behutsam zurück in das Regal. Eigentlich musste er sich noch waschen, das Hemd wechseln, die Schuhe putzen, sich ordentlich frisieren, aber dazu war keine Zeit mehr. Er griff seine schwere Lederjacke vom Haken an der Wand, fuhr sich einmal durch die Haare und band den Zopf neu. Casaju blickte sich im Zimmer um, ob er nichts vergessen hatte, dann nahm er das Messer, das auf dem Tisch lag und für das Ritual benötigt wurde, und verließ die Kammer.

Er eilte durch den langen Flur, seine Stiefel hallten laut auf dem Steinboden. Die Fackeln flackerten, als er an ihnen vorbeifegte. Isa hasste es, wenn jemand im Kloster rannte, es brachte zu viel Unruhe, aber manchmal war es eben notwendig. Abgesehen davon genoss Casaju die Bewegung, seine Glieder waren steif vom langen Sitzen.

»Casaju!«, rief Kaia plötzlich hinter ihm.

Er verlangsamte und drehte sich herum. Sie rannte ihm schwer atmend entgegen, wirkte ebenso gehetzt wie er. Wie immer, wenn er sie sah, schoss ihm kurz die Hitze in die Wangen, aber er ignorierte es.

»Du bist auch zu spät«, sagte er. Kaia war heute die Hauptperson! Das Ritual wurde nur für sie veranstaltet.

»Ich habe mein Messer in der Kammer liegen lassen und musste ihn holen.« Sie tippte auf die Tasche in ihrer Kutte. »Isa wird platzen vor Zorn.«

»Ach was! Solche Dinge passieren. Das liegt an der Aufregung.«

Kaia schnaufte und rang sich ein Lächeln ab. Das heute war ihr Debüt und er wusste, wie nervenaufreibend dies für jeden Masali war.

»Komm«, sagte er ruhig und legte ihr eine Hand auf die Schulter. Er schätzte Kaia sehr. Sie war erst vor zehn Jahren ins Kloster gekommen, sie brauchte noch viel Führung, und aus irgendeinem Grund hatte sie diese von Anfang an bei ihm gesucht. Mittlerweile war sie so etwas wie sein Schützling geworden.

Äußerlich waren sie ungefähr im gleichen Alter. Sobald sich ein Mensch den Masali anschloss, wurde er unsterblich, zumindest solange er hierblieb. Bei Casaju war es anders. Er war im Kloster groß geworden und seit er die Reife eines Erwachsenen erlangt hatte, blickte ihm jeden Morgen das gleiche jugendliche Gesicht aus dem Spiegel entgegen. Er bekam keine Falten oder grauen Haare. Zum Glück.

»Warte«, sagte Kaia plötzlich.

Er hielt an. »Was ist?«

Sie fuhr sich über den Magen und wurde weiß im Gesicht.

»Musst du dich übergeben?«

»Nein, aber ich werde gleich sterben.«

»Das wirst du nicht.«

»Doch! Ich spüre es! Ich habe Atemnot und … und mein Herz rast. Hier!« Sie griff nach seiner Hand und presste sie platt auf ihre Brust. Er errötete augenblicklich, aber zum Glück bemerkte sie es nicht. »Und da, meine Hände! Sie sind eiskalt.«

Casaju lächelte, zog sich zurück und nahm – statt ihres Herzens – ihre Finger in seine. »Das nennt man Aufregung, es ist völlig normal. Als ich meine erste Geschichte hinausgeschickt habe, ging es mir ähnlich. Ich konnte tagelang nicht schlafen und litt unter entsetzlichen Magenkrämpfen.« Mittlerweile war Casajus Erzählung von der armen Tochter, die bei ihrer bösen Schwiegermutter leben musste, weit verbreitet. Wie er kürzlich hörte, hatten die Menschen schon begonnen, sie umzuschreiben und zu ergänzen. Aschenputtel, Aschenbrödel – oder in China: Yeh-Shen.

»Hast du gezittert?«, fragte Kaia.

»Oh ja.«

»Und … Durchfall?«

»Auch das.«

»Ich habe unkontrollierte Schweißausbrüche.«

»Ich weiß. Du kannst nichts essen, und falls du es doch tust, dann brauchst du sofort eine Möglichkeit der Erleichterung. Dich plagen die schrecklichsten Gedanken und Versagensängste. In der einen Stunde glaubst du, dass du ein Genie und die beste Schreiberin der Welt bist, in der nächsten willst du am liebsten alles hinwerfen und nie wieder den Füller anfassen.«

»Jaaa«, sagte Kaia mit der Inbrunst der Verzweiflung.

»Das ist normal.«

»Wird es denn besser?«

Casaju atmete tief durch und überlegte lange, ehe er antwortete: »Ich fürchte nicht. Tut mir leid.«

Sie fasste sich an die Stirn und schüttelte den Kopf. »Wie soll ich das nur durchstehen?«

»So wie wir alle: mit Unterstützung. Du bist nicht allein. Also, komm nun.«

Kaia seufzte, folgte ihm aber schließlich.

Während sie gingen, blickte Casaju durch eines der zahllosen Fenster, die in den Innenhof zeigten. Dort stand ein prächtiger Baum, der das ganze Jahr über Blätter trug. Seine Rinde war überzogen von einer grünen kristallinen Schicht. Er bildete die Grenze zwischen der realen und der Märchenwelt. Viele Masali saßen gerne in seinem Schatten und holten sich dort Inspiration. Besonders Kaia.

Sie bogen um eine Ecke, gelangten an eine Steintreppe und folgten ihr nach unten. Die Stufen waren zum Teil ausgetreten von den unzähligen Füßen, die seit Jahrhunderten über sie gelaufen waren. Casaju nahm die letzte und trat in den heiligen Tempel unterhalb des Baumes.

In die Wiege der Fantasie.

Jenen Ort, von dem aus alle Geschichten in die Welt der Menschen entlassen wurden.

Casaju war oft hier gewesen, ob als Hauptperson oder zur Unterstützung von einem der anderen sieben Mönche. Dennoch verschlug es ihm jedes Mal von Neuem den Atem. Kerzen waren überall aufgestellt, sodass die Schatten und Lichter ihre eigenen Figuren in jede Ecke warfen.

Die Wände waren mit den Wurzeln des Baumes überwuchert, niemand konnte sagen, wo sie aufhörten oder anfingen. Die Natur vermischte ihren Zauber mit der Märchen- und der realen Welt. Es war pure Magie. Mit der Zeit hatten sich diese Gewächse verändert. Blüten rankten aus Ästen, an anderen hingen fremde Früchte, die es nur in Abalion gab. Die Masali durften manche von ihnen pflücken und für ihre Zwecke verwenden, doch es waren auch viele verboten worden.

»Was, wenn Moon meine Geschichte ablehnt?«, fragte Kaia, als sie die anderen Mönche erblickte, die bereits auf sie warteten.

»Warum sollte sie? Sie ist gut.«

»Woher weiß ich das? Vielleicht empfinde nur ich es so.«

»Vertraue auf dich. Du hast diese Geschichte aus voller Leidenschaft niedergeschrieben. So etwas passiert nicht, wenn sie schlecht ist.«

Natürlich versandeten Ideen auch und wurden nie zu Ende geführt. Die Spreu trennte sich bereits am Anfang vom Weizen. Es war wichtig und gut, denn nur die stärksten Geschichten durften in die Welt der Menschen gelangen.

»Und nun genug mit den Zweifeln. Lass uns dein Werk in die Welt entlassen.« Casaju klopfte Kaia auf die Schulter und lief mit ihr bis zum Zentrum weiter. Die anderen sechs Mönche waren bereit und warteten geduldig. Jeder konnte Kaias Situation nachempfinden. Sie alle hatten das Gleiche durchmachen müssen. Casaju grüßte alle Anwesenden der Reihe nach, erst die Frauen – Anantha, Salome, Isa –, dann die Männer: Ares, Cyrus, Irzail. Isa war die Älteste und unter anderem Erschafferin einer wundervollen und mächtigen Erzählung: dem Rumpenstünzchen. Ihre Geschichte war legendär und mehrere Tausend Jahre auf der Erde. Jeder verehrte Isa, daher wurde auch ihr die Ehre zuteil, die Zeremonie zu leiten.

Casaju trat in den Kreis zu den anderen und sah auf den Brunnen, der in der Mitte eingelassen war. Darin blubberte eine grüne Flüssigkeit. Sie diente als Verbindungsstoff nach Abalion, genau wie die unzähligen Schriftzeichen auf dem Boden, die sich in den Wänden fortsetzten. Sie symbolisierten alle bisher veröffentlichten Geschichten und waren in der ursprünglichen Schrift der Masali notiert. Heute verwendeten sie diese nur noch in Ausnahmefällen, da es eine sehr detaillierte Bildschrift war und es lange dauerte, ein Symbol niederzuschreiben.

Kaia atmete tief durch, trat nach vorne und zog ihre Geschichte aus der Kutte. Sie hatte sie zusammengerollt und mit dem traditionellen Siegel der Masali – dem Baum, der draußen im Hof wuchs – verschlossen. Mit zitternden Händen ging Kaia in die Hocke und legte die Papierrolle auf die Flüssigkeit. Sie schwamm bis zur Mitte und verharrte dort.

»Hast du einen Titel für das Märchen?« fragte Isa.

Der Titel war mit das Wichtigste. Erst wenn er ausgesprochen wurde, erwachte die Geschichte und war bereit, den nächsten Schritt zu gehen.

»Der Froschkönig und die Prinzessin«, sagte Kaia und erhob sich.

Alle Anwesenden wiederholten die Worte wie aus einem Mund. Casaju bekam Gänsehaut.

Natürlich würden die Menschen über die Zeit ihre eigenen Bezeichnungen wählen, was in Ordnung war. Solange es diesen einen Titel im Original gab, behielt die Geschichte ihre Macht.

Kaia begab sich zurück in den Kreis zu den anderen. Seit sie im Kloster lebte, war die Einheit der acht komplett. Nun waren sie vier Frauen und vier Männer und konnten gemeinsam viele fruchtbare Märchen schreiben.

»Brüder und Schwestern«, fing Isa an: »Es freut mich außerordentlich, dass wir heute erneut eine wundervolle Geschichte in die Hände der Menschen entlassen dürfen. Kaia hat mit ihrem Debüt mehr als überzeugt. Ich gratuliere von Herzen.« Sie verneigte sich, Kaia tat es ihr gleich.

»Die Sterne stehen heute sehr gut. Ich fühle, dass deine Erzählung eine der Großen werden wird.« Isa hob die Arme und sagte die alten Worte, die seit Anbeginn der Sprache in den Herzen aller Menschen wohnten und alle Erzählungen einläuteten:

»*Es war einmal …*«

Ein Windhauch streifte die Anwesenden und fuhr unter ihre Kleidung. Die Wurzeln an den Wänden bewegten sich, das Licht der Kerzen ringsum flackerte. Casaju hob ebenfalls die Arme, genau wie seine Brüder und Schwestern.

»Moon von Abalion, Hüterin der inneren Welt, ich bitte um deine Aufwartung«, sagte Isa schließlich. Die grüne Flüssigkeit im Becken blubberte stärker. Sie schwappte über den Rand und lief in die alten Schriftzeichen auf dem Boden. Jedes einzelne leuchtete auf, als es davon berührt wurde, und schon bald flammte die Schrift um die Mönche und hüllte sie in einen grünen Schein.

Die Farbe der Fantasie.

Ein leichtes Beben verriet, dass Moon sie gehört hatte. Casajus Fußsohlen kitzelten, die Vibration stieg seine Beine nach oben bis in sein Herz. Das hier war seine Bestimmung. Er war ein Masali. Ein Hüter der Fantasie. Und er war mehr als stolz darauf.

»Ich höre, Isa aus Nubra«, erklang eine sanfte weibliche Stimme. Sie kam von überall her, erfüllte den gesamten Tempel mit reiner Energie.

»Wir haben entschieden. Eine neue Geschichte ist geboren, sei ihre Wächterin, bis sie sich in den Herzen der Menschen ausgebreitet hat. Begleite sie auf ihrem Weg durch Abalion hinauf in die höchste Ebene und nimm dich der Wesen an, die bei dem Prozess des Schreibens verloren gegangen sind.«

Isa nickte Kaia zu. Diese löste sich aus dem Kreis und trat nach innen, wo ihre Geschichte weiterhin in der Flüssigkeit schwamm. Dann griff sie in ihren Umhang und holte das Messer heraus, für das sie vorhin zurückgelaufen war. Ohne Zögern schnitt sie sich in die Hand und ließ das Blut ins Becken tropfen.

»Ich bin Kaia aus dem Volke der Masali. Ich bin hier mit meinen Brüdern und Schwestern. Ich bin Urheberin dieser Geschichte und ich übergebe sie der Welt und all ihren Wesen. Möge sie viel Freude und Inspiration bringen, möge sie durch schwere Zeiten helfen und die Herzen erheitern, die erfüllt mit Traurigkeit sind. Mein Blut und meine Seele für die Fantasie. Für immer.«

Das Blut sickerte in die Schriftrolle. Die alten Zeichen auf dem Boden flammten auf, explodierten nach oben und aus ihrem Licht formten sich zwei Gestalten.

Zentauren.

Die Begleiter Moons. Casaju wäre beim ersten Mal vor Angst fast geflohen, doch mittlerweile hatte er sich an diesen Auftritt gewöhnt.

Die Zentauren kamen näher, ihre bulligen Pferdeleiber traten aus dem gleißenden Licht, in ihren langen Haaren verfingen sich Nebeltropfen. Sie hatten kantige, bärtige Gesichter, wache Augen, die so eindringlich waren, dass ihnen kaum ein Mensch standhalten konnte. Ihre menschlichen Oberkörper waren durchzogen von Muskeln und Sehnen. An ihren Hüften trugen sie schwere Schwerter, auf deren Schneiden ebenfalls der Baum eingraviert war.

Ihnen folgte schließlich Moon. Das mächtigste Wesen in Abalion.

Sie schritt aus dem Lichtkegel und trat in die Mitte der Masali. Moon besaß ein wunderschönes Antlitz. Wenn sie erschien, schwiegen alle, denn sie zog mit ihrer Präsenz sämtliche Aufmerksamkeit auf sich. Sie trug einen schweren Umhang, der mit Silberfäden durchwoben war. Ihre blasse Haut hob sich kaum von dem Stoff ab, genau wie ihre silbernen Haare. An ihrem Hals hing eine Kette mit einem prächtigen

Mondstein. Er war strahlend weiß und leuchtete genauso hell wie der Trabant am Himmel.

Casaju erstarrte jedes Mal in Ehrfurcht, wenn er sie sah.

Moon blickte zu Kaia und ging langsam auf sie zu. Kaia kämpfte mit ihrer Furcht, obwohl sie Moon schon vorher gesehen hatte.

»Ich grüße dich, Kaia«, sagte Moon sanft.

Statt zu antworten, zitterte Kaia nur und schluckte.

Moon hielt die Hand über Kaias Schriftrolle und schloss die Augen. Die grüne Flüssigkeit schimmerte heller, die Oberfläche schlug Blasen. Auch Moon veränderte sich. Ihre silbernen Haare wurden kürzer, von einer Seite zog ein Schatten über sie. Moon wechselte durch ihre verschiedenen Phasen, vom vollen Mond zum Viertel-, zum Halb-, zum anderen Viertel- bis hin zum Neumond. Nun sah sie völlig anders aus, hatte anstatt der silbernen Haare braune und ihre Haut war eine Nuance dunkler, menschlicher.

Sie ließ sich Zeit beim Lesen der Geschichte. Die Masali hatten schon Stunden hier gestanden, um dann zu erfahren, dass Moon eine Erzählung ablehnte.

Doch dieses Mal zog sie ihr Fazit rasch und verneigte sich vor Kaia. »Sie ist großartig geworden.«

Kaia atmete vor Erleichterung aus und gestattete sich zum ersten Mal ein freudiges Lächeln. »Ich danke Euch.«

Moon schnippte mit den Fingern und erschuf so eine filigrane silberne Halskette mit einer kleinen Mondsichel als Anhänger. Jeder Masali bekam eine, wenn er sein Debüt vollendet hatte. Kaia nahm die Kette dankbar an und zog sie voller Stolz über ihren Kopf.

»Du hast sehr gute Arbeit geleistet«, sagte Moon. Ihre Stimme klang sanft und beruhigend. »Ich hoffe, ich höre bald wieder von dir.«

»Ganz gewiss. Ich habe schon eine neue Idee, über einen Kater, der Stiefel …«

Moon hob die Hand und schüttelte den Kopf. »Behalte sie noch für dich, Kind. Erst wenn die Zeit gekommen ist, wirst du sie mit mir teilen.«

»Natürlich. Entschuldigt.« Kaia verschränkte die Hände vor dem Bauch, ihre Wangen färbten sich rot und sie blickte beschämt zu Boden.

Casaju schmunzelte. Sie war jung und ehrgeizig, sie würde lernen, sich zu zügeln.

»Bitte«, sagte Moon. »Fahrt fort.«

Nun trat Ares nach vorne und zückte eine Schreibfeder. Sie war aus einem alten Knochen geschnitzt und mit einem Mondstein besetzt. Diese Feder war das Schreibwerkzeug, mit dem die ersten Worte in diesem Kloster geschrieben worden waren. Mittlerweile wurde sie nur noch für dieses Ritual verwendet.

Ares schob die Ärmel seiner Kutte nach oben und kniete sich seitlich an das Becken. Er lebte, neben Isa, am längsten im Tempel. Ares war ein gut aussehender Mann, mit gebräunter Haut und dunkelblonden Haaren. Er war die meiste Zeit bestens gelaunt, außer wenn er Hunger hatte. Dann war er ungenießbar.

Er beugte sich nach vorne und setzte die Feder am Boden auf. Die Tinte sickerte in den Untergrund und hinterließ einen ersten grünen, glitzernden Strich. Ares arbeitete konzentriert und ruhig. Er hatte eine wundervolle Handschrift, weshalb ihm auch stets diese Aufgabe zufiel.

Ab jetzt wäre die Geschichte Teil der Menschenwelt und könnte dort wachsen und gedeihen.

Als Ares fertig war, stand er auf und begutachtete das Symbol, das er erschaffen hatte:

Das Zeichen für Kaias Geschichte. Es würde sie stärken.

Moon nickte allen Anwesenden zu, nahm die Schriftrolle an sich und verschwand in dem Leuchtkegel, aus dem sie gekommen war. Die Zentauren folgten ihr auf gleichem Wege, bis sie alle in Abalion verschwunden waren.

Es war vorüber.

Der Froschkönig war geboren und mit ihm war auch Abalion ein Stück gewachsen.

Kaia atmete vor Erleichterung aus und drehte sich zu Casaju. Er lächelte ihr zu, wollte sagen, wie stolz er auf sie war, doch da warf sie sich ihm in die Arme und drückte ihn fest an sich. Ein Raunen ging durch die Menge, ein derartiges Verhalten war nicht üblich. Im Kloster herrschte ein strenges Zölibat.

Casaju lachte, erwiderte die Umarmung und genoss es, wie sich ihr Körper gegen seinen schmiegte. Schwärmen war schließlich nicht verboten. Sie löste die Verbindung zuerst und lief rot an, als sie merkte, was sie eben getan hatte. »Entschuldigung.«

»Dafür besteht kein Grund. Wir werden gleich feiern, aber ich muss erst mit Isa sprechen.«

»Ist gut.« Sie schenkte ihm ein zurückhaltendes Lächeln und schloss sich den anderen an, die bereits zurück nach oben liefen.

Isa gesellte sich zu Casaju. Das Licht der Kerzen schimmerte auf ihrem kahl geschorenen Kopf.

»Was brauchst du?«, fragte sie, als die anderen weg waren.

»Ich habe eine Idee für eine neue Geschichte empfangen, aber ich bin unschlüssig.«

»Worum soll es gehen?«

»Um eine Königstochter, die ohne Fantasie geboren wird. Sie kann nicht lächeln, keine Freude empfinden, niemand weiß dem Mädchen zu helfen. Die Eltern sind verzweifelt und rufen das ganze Land auf. Ohne Erfolg. Das Mädchen wird erwachsen, und eines Tages kommt ein Fremder an den Hof und schlägt die Lösung vor.«

»Natürlich wird er sich in die Tochter verlieben und sie retten?«

»Sehr wahrscheinlich.«

»Das klingt nach einer wunderschönen Liebesgeschichte.«

»Ja, aber ich bin unsicher.«

»Warum?«

»Wegen der Lösung, wie ich der Tochter die Fantasie zurückgeben kann. Die Geschichte selbst hat sie mir vorgeschlagen: Ich soll Feuerdrachen ins Spiel bringen!«

Isa sog die Luft durch die Zähne. »Das ist mutig.«

»Ich weiß. Es war auch nicht meine Idee.«

»Oh, du hast einen Selbstläufer gefunden?«

So nannten die Masali die Erzählungen, die sich von allein schreiben wollten.

»Es sieht so aus. Hattest du schon mal einen?«

»In all den Jahren erst zwei: Dornröschen und Schneewittchen.«

»Beides große Geschichten.«

»Ja, aber es hat mich viel gekostet, sie zu schreiben. Ich habe für Dornröschen fast zwei Jahrhunderte gebraucht und dabei sehr mächtige Wesen erschaffen. Die dreizehnte Fee hätte ich fast nicht bändigen können, weil sie sich ständig gesträubt hat.«

»Wie hast du es geschafft?«

»Mit Ausdauer und Konzentration. Das ist der einzige Weg, Selbstläufer in den Griff zu bekommen. Erzähl mir mehr von den Drachen.«

»Ich muss nur die Augen schließen, schon sehe ich sie vor mir: Sie sind mit Glasschuppen bedeckt, die die Sonne einfangen und an jeden weitergeben, der ein offenes Herz hat. Der Fremde würde die Tochter zu ihnen bringen. Natürlich würden sie auf dem Weg viele Abenteuer erleben, bis sie es schließlich schafften. Das Mädchen muss eine der Schuppen berühren, das erweckt die Fantasie in ihrem Herzen. Die beiden heiraten und leben glücklich bis an ihr Lebensende.«

»Aber warum sollten die Drachen dem Mädchen helfen?«

»Weil sie gütig sind?«

Isa schmunzelte. »Wenn du es schaffst, einen Drachen so weit zu bringen, dass er anderen hilft, stehe ich voll und ganz hinter dir. Du wärst der Erste, der eines dieser Wesen bändigen kann.«

»Mh«, machte er nachdenklich. »Denkst du, ich nehme mir zu viel vor?«

»Nein, ich denke, du wirst an dieser Herausforderung wachsen, aber erwarte nicht, dass es in den nächsten hundert Jahren geschieht. Ich fürchte, dass diese Geschichte dich sehr lange begleiten wird. Doch wenn sie jemand schreiben kann, dann du. Von uns allen bist du der Begabteste.«

»Das stimmt nicht.«

»Oh doch.« Isa zwinkerte ihm zu. »Du kannst deine Herkunft nicht leugnen.«

»Das will ich auch gar nicht, aber ich will nichts Besonderes sein.«

Isa lachte leise. »Wir suchen uns unser Blut nicht aus. Sei stolz auf deines. Dein Vater und deine Mutter brachten viel Sonne in dieses Kloster, sie haben dich sehr geliebt.«

Casaju seufzte. Er dachte oft an seine Eltern Meesa und Jakob, auch wenn er sich natürlich nicht an sie erinnern konnte, denn sie waren noch vor seiner eigentlichen Geburt gestorben. Der Verstoß gegen das Zölibat hatte beide wahnsinnig werden lassen. Es war ein Wunder, dass Casaju überhaupt lebte. Ares hatte ihn als Säugling aus dem toten Leib seiner Mutter schneiden müssen und es tatsächlich geschafft, ihn am Leben zu halten.

Diese Sache war ein unerschütterlicher Beweis dafür, dass das Zölibat eingehalten werden musste.

»Schreib die Geschichte«, sagte Isa erneut. »Aber nicht in deiner Kammer, sondern in der Bibliothek. Im geschützten Bereich.«

»Auf keinen Fall!« Isa wusste, wie sehr er den Ort hasste, dort waren seine Eltern gestorben!

»Eines Tages musst du das hinter dir lassen«, sagte Isa. »Du bist ein Masali, du brauchst die Energie der alten Bücher.«

»Wer sagt das?«

»Ich weiß es. Schließe deinen Frieden und nimm die alte Magie an. Sie wird deine Geschichten weiter beflügeln, du wirst es sehen. Außerdem ist das der einzige Weg, wie du über die Drachen schreiben kannst. Moon wird die Entstehung der Geschichte mitverfolgen und eingreifen können, falls sie zu mächtig wird.«

Isa hatte vollkommen recht. Casaju sollte sich nicht dagegen sträuben, aber allein bei dem Gedanken daran, in die Bibliothek zu gehen, zog sich alles in ihm zusammen.

»Es ist meine Bedingung. Wenn du in deiner Geschichte Feuerdrachen verwenden willst, dann wirst du sie dort schreiben. Überlege es dir.« Isa lächelte ihn an und lief Richtung Treppe. Sie wusste, dass er nicht überlegen konnte, denn die Geschichte um die Königstochter hatte ihn bereits in Beschlag genommen. Er würde ihr nicht entkommen können, und je mehr er sich dagegen wehrte, umso intensiver würde sie ihn nerven. »Aber nicht mehr heute. Es ist Kaias Nacht, lass sie uns feiern.«

Casaju warf einen letzten Blick auf den Tempel und das Becken, in das sie eben Kaias Geschichte entlassen hatten.

Er war neugierig, welche wohl die nächste sein würde, die ihren Weg nach Abalion fand …

2. KAPITEL

Kristin

Neuseeland, 19.07 Uhr

»Und?« Der Barkeeper stellte mir den nächsten Drink hin. »Was ist deine Geschichte?«

Ich sah auf den kristallbraunen Inhalt, von dem ich definitiv einen zu viel gekippt hatte, nahm das Glas zwischen die Finger und schwenkte es hin und her, bis die Eiswürfel klirrten. Mein Schädel pochte dumpf, der Alkohol wärmte meinen Bauch, meine Eingeweide und mein Blut.

»Wie meinst du das?«, fragte ich und nahm einen Schluck. Der Scotch brannte in meinem Rachen, aber ich zwang mich, ihn hinunterzuschlucken.

»Jeder, der so viel in sich hineinschüttet, hat eine Geschichte«, sagte er und lehnte sich über den Tresen.

Anscheinend glaubte er wirklich, dass ich darüber sprechen wollte, dass ich ihm mein Herz ausschütten musste. Klar doch.

»Lass deinen Barkeeper-ich-mach-einen-auf-Freund-Mist stecken und mich in Frieden.« Ich kippte den Drink und deutete auf die Flasche, die er in der Hand hielt.

Er hob die buschigen Augenbrauen und runzelte seine Stirn in unzählige Falten. Er war ein hagerer Mann, der im Grunde recht vertrauensselig wirkte: wettergegerbte Haut, graue Haare, zotteliger Bart, die Augen voller Lebensfreude, aber auch einer leichten Melancholie. Als liebte er, was er tat – und gleichzeitig ging es ihm schrecklich auf den Keks. Seine

Hände waren rau vom Arbeiten, an den Armen hatte er Brandnarben; von einem Ofen möglicherweise. Vielleicht backte er zu viel Pizza.

Ich blickte auf den Unterleger, den er mir für meinen Drink gegeben hatte: *Conrads-Bar*. Ein einfacher Name für eine einfache Spelunke.

Als ich reingekommen war, hatte ich gar nicht darauf geachtet, so wie ich auf gar nichts geachtet hatte, seit ich in Neuseeland gelandet war. Ich wusste nicht mal, wie dieses gottverdammte Kaff hieß!

Ich schloss die Augen. Sofort flirrte Daniels Nachricht vor mir, die er mir kurz vor der Abreise geschickt hatte:

»Ich liebe dich, Kris, und ich freue mich wahnsinnig auf die kommenden fünf Wochen mit dir. Neuseeland! Das wird unsere Zeit, Baby. Du und ich. Zusammen. Wir werden die Welt erobern.«

Dummes Arschloch!

»Was ist nun?«, zischte ich und zeigte auf die Flasche. Der Barkeeper goss mir widerstrebend nach. Nett, wenn er sich Sorgen machte, aber ich war volljährig, konnte tun und lassen, was ich wollte. Ich könnte mir sogar einen Typen von der Straße aufreißen und die Nacht meines Lebens mit ihm haben, denn: *ICH BIN WIEDER SINGLE!*

Ich nahm einen weiteren Schluck und dachte an Daniel. Was ein Fehler war, denn sofort flatterten mir zig Methoden durch den Kopf, wie ich dafür sorgen konnte, dass er seinen kleinen verschrumpelten Mini-Daniel in keine andere Frau mehr stecken würde.

Wie konnte ich nur so dumm sein und auch nur eines der Worte glauben, die je seinen Mund verlassen hatten?

»Deshalb hasse ich es, Nachrichten von Freunden zu lesen«, sagte ich.

Der Barkeeper sah mich stirnrunzelnd an.

»Weil sie alle lügen und denken, sie könnten damit durchkommen.«

»Verstehe.«

»Nein, tust du nicht. Du hast keine Ahnung, wovon ich spreche.«

»Du könntest es mir erklären.«

»Männer sind Idioten.«

»Mitunter, ja.«

Ich stellte das Glas ab und funkelte ihn wagemutig an. »Noch einen.«

»Das ist dein siebter.«

»Und? Ich kann bezahlen.« Ich legte meine Brieftasche auf den Tresen. Er warf nur einen kurzen Blick darauf.

»Was ist nun?«, fragte ich und zeigte auf die Flasche.

Er schüttelte den Kopf und nahm mir das Glas weg. Allerdings ohne mir ein frisches hinzustellen.

»Bist du eigentlich Conrad?«

»Ja.«

»Dann ist das dein Laden?«

»So ist es. Hab mir ’nen kleinen Traum erfüllt, als ich ihn eröffnet habe. Ich war früher Schmied und wohne oben in den Bergen, aber ich denke darüber nach, in die Stadt zu ziehen.«

»In welche Stadt?«

»Na, in diese.«

Ah! *Stadt* nannte man das hier also.

»Außerdem habe ich Rheuma und kann sowieso nicht mehr richtig arbeiten.«

Ich drehte den Unterleger zwischen meinen Fingern hin und her und sah mich in der Kneipe um. Außer mir saß noch ein Mann hinten am Fenster. Ich erkannte sein Gesicht nicht, weil er nach draußen blickte. Vor ihm auf dem Tisch lag ein offenes Notizbuch, daneben ein antiker Füller.

»Ist’n Autor«, sagte Conrad, als er bemerkte, dass ich den Typ musterte. »Der kommt her, um zu schreiben und abzuschalten.«

»Hm«, machte ich und studierte ihn weiter. Er trug ein schwarzes Langarmshirt, unter dem sich ein straffer Bizeps wölbte. Also war er schon mal keiner der Schreiber, die sich voll und ganz auf ihre Kunst fixierten. Die schweren Boots verrieten eine Leidenschaft fürs Wandern, zumal sie mit Staub und Dreck bedeckt waren. Vor ihm auf dem leeren Stuhl warteten ein großer Rucksack und eine warme Jacke. Leider sah ich sein Gesicht nicht, weil er vehement nach draußen blickte. Aber er hatte dunkle, ordentlich geschnittene Haare. Die Haut an seinem Nacken war leicht gebräunt, doch da in Neuseeland gerade Winter war und es seit Tagen regnete, hatte er die nicht von hier.

»Checkst du ihn ab?«, fragte Conrad.

»Ha!«, lachte ich ein wenig zu laut. »Erwischt! Jetzt gib mir endlich einen verdammten Drink.«

»Wie alt bist du?«

»Das fällt dir jetzt erst ein? So was musst du fragen, *bevor* du Alkohol ausschenkst.« Ich deutete auf meine leeren Hände und die Flasche

Scotch auf den Tresen. »Aber falls es dich beruhigt: Ich bin zweiundzwanzig.«

Conrad nickte, nahm ein neues Glas und goss mir endlich ein.

»Vermisst du deine Arbeit als Schmied?«, fragte ich und kippte meinen Drink.

»Jeden einzelnen Tag. Und du? Wer ist der Kerl, der dir Nachrichten schreibt und dich in den Alkoholismus treibt?«

»Um darüber zu sprechen, bin ich noch lange nicht abgefüllt genug.« Ich hob wieder mein Glas. Conrad seufzte und schenkte mir abermals ein. Ich kippte es auf ex hinunter, stellte es ab und schüttelte mich, bis der Stoff unten war.

Auf einmal kribbelte es in meinem Nacken und ich spürte einen unangenehmen Sog in meinem Bauch. Das kannte ich eigentlich nur, wenn ich in eine Vision gezogen wurde oder an einer besonders schweren Bergpassage hing. Ich versteifte mich, weil es sich anfühlte, als stünde jemand hinter mir. In meinem Schädel pochte es dumpf. Womöglich hätte ich doch mit dem Alkohol langsamer machen sollen. Wirre Punkte schossen mir durch das Sichtfeld, als hätte ich zu lange in die Sonne gesehen. Der Sog in meinem Bauch nahm zu, es fühlte sich an, als würde ich vom Stuhl gezogen. Ich krallte mich an der Theke fest, bemerkte aus meinem Augenwinkel eine Bewegung, kurz darauf streifte mich ein kalter Luftzug und jemand wisperte leise und unklar. Ich schüttelte mich, sah zum Fenster.

Der Autor war weg, seine Sachen auch. Auf einmal hatte ich das unbändige Gefühl, als stünde er hinter mir, als würde er in diesem Moment die Finger nach mir ausstrecken und mich berühren wollen. Ich legte mir eine passende Antwort zurecht, um ihn abblitzen zu lassen, drehte mich um und … sah ins Leere.

Niemand da. Oh.

»War da eben …?«, fragte ich und wandte mich wieder an Conrad, der sich mittlerweile über die Kaffeemaschine hermachte und die Rohre abwischte. »Wo ist der Mann am Fenster hin?«

»Der Autor? Der ist seit zehn Minuten weg.«

»Was?« Ich hatte doch keine zehn Minuten an meinem Drink gesessen! Ich starrte in das leere Glas, als könnte ich dort eine Erklärung finden.

»Alles klar bei dir?«

Ich sah auf die letzten Tropfen Scotch und schwenkte sie hin und her. Die braune Flüssigkeit sammelte sich am Rand, lief wieder hinunter auf den Boden. Meine Augen fingen an zu brennen und das Pochen in meinem Kopf nahm noch mal zu. Ich setzte das leere Glas an die Lippen, um den letzten Schluck zu erwischen, dann funkelte ich Conrad herausfordernd an.

»Du hast wirklich genug«, sagte er.

»Kein Problem, ich gehe woanders hin. Die Kneipe zwei Straßen weiter sah sehr gut aus.« Ich wollte aufstehen, doch Conrad packte mich an der Hand. Seine Finger waren rau, aber warm. Und vertraut. Sie fühlten sich angenehm an. Als könnte er mir jeglichen Halt bieten, den ich benötigte.

Als wäre er mein Anker in der Dunkelheit.

Conrad ließ mich los und holte die Flasche. »Harry ist ein Abzocker.« Er goss mir tatsächlich nach, ich sah dem Scotch zu, wie er mein Glas füllte und gleich auch meinen Bauch. »Danach solltest du Schluss machen.«

Ich glitt zurück auf den Hocker und setzte das Glas an. »Oh nein, ich fange erst jetzt richtig an.«

»Dann hat der Arsch mir geschriiieben, dass er misch liebt. Verstehs' du?«

»Ja«, sagte Conrad und polierte ein Glas.

Mir schwirrte der Schädel nun endgültig. Ich konnte kaum noch klar sehen, hatte jedwedes Körpergefühl verloren. Ich liebte diese Taubheit. Innen und außen. Meistens erlangte ich sie, wenn ich an einer Felswand ohne Seil hing, mich nur auf meine Finger und mein Geschick verlassen konnte, um nicht in die Tiefe zu stürzen. Ich sollte in Neuseeland definitiv klettern gehen. Vielleicht sogar noch heute Abend?

Jaaa, das war eine tolle Idee. *Hicks.*

»Aber das ist doch gut, wenn er dir das schreibt, oder nicht? Wollt ihr Frauen das nicht gerne hören?«

»Nur, wenn er's sooo gemeint häätte.«

»Er hat gelogen?«

Ich nickte.

»Woher weißt du das?«

Ich grinste und hickste noch mal. Dann blickte ich nach rechts und links und winkte ihn näher zu mir heran. »Das is' aber ein Geheimnis, okay?«

»Ich kann schweigen wie ein Grab.«

Ich nickte und hatte alle Mühe, dass mein Kopf nicht auf den Tresen plumpste. »Isch kann zwischhen Zeilen lesen.«

»Bitte?«

»Isch kann …« Das war eindeutig schwerer zu formulieren, wenn man besoffen war. »Ich kann die Wahrheit in Texten lesen. Ich bekomme Visionen. So richtig kraaass.«

Conrad kniff die Augen zusammen. Ich war mir nicht sicher, ob er mir glaubte, doch er stellte das Glas ab und stützte die Ellbogen auf den Tresen. »Rede weiter.«

»Hier«, sagte ich und holte mein Handy aus der Tasche. Ich tippte auf das Display und suchte nach Daniels Nachricht, was mich geschlagene fünf Versuche kostete. »Siehst du, was er schreiibt.«

Conrad drehte das Handy herum. »Dass er dich liebt, ja.«

»Dass sstimmt aba nich!«

»Du hast außerdem zwanzig entgangene Anrufe von Daniel.«

»Ich weiß. Ignoriere es.«

»Und du hast ihm geantwortet: ›Du kannst mich mal! Vögel deine Shannon, bis dir der Schwanz abfault!‹ Wer ist Shannon?«

»Seine Ex. Mit der macht er rum. Jetzt weißß er, dass isch ihn erwiscch hab.«

»Wo erkennst du denn eine Lüge in seiner ersten Nachricht?«

Ich tippte gegen meine Stirn, weil es doch sonnenklar war! »Ich seehe ees. Zwischen den Zeilen, Mann.«

Ich wünschte, ich hätte es nicht gesehen, doch in dem Moment, als ich Daniels Worte las, wurde ich sofort in eine Vision gezogen. Ich entdeckte ihn. In seinem Auto. Shannon war bei ihm, oder eher: Ihr Mund war auf seinem besten Stück. Sie hatte ihm einen geblasen, während er mir schrieb, dass er sich auf den Urlaub mit mir freute!

»Ich verstehe es nicht«, sagte Conrad.

»Ich auch nich …« Warum hatte er das getan? Er hatte mir geschworen, über sie hinweg zu sein. Dass sie keinen Kontakt mehr hatten, dass sie ihm am Arsch vorbeiging. Ha! Genau. Ich wollte gar nicht wissen, was er mit ihrem Arsch machte.

»Wie kannst du zwischen den Zeilen lesen?«, hakte Conrad nach.

»Dasss ist … ich bin … ich kann das eben. Seit ich ein Kind bin. Da war ich krank. Meninggtiiss. Und dann konnte ich auf einmal Dinge in Texten lesen und alles war anders. Die Ärzte meinten, ich würde auf andere Areale meines Gehirns zu-zugreifen. Wie 'nen Autist, versteschst du?«

»Ich denke schon. Irgendwie.« Conrad kratzte sich am Hinterkopf, schien noch immer nicht zu begreifen, was ich ihm mitteilen wollte.

Es war ja auch schwer, und es war ein Geheimnis zwischen mir und meinem Bruder Brayden. Ich brummte missmutig und schob ihm eine Serviette hin. »Schreibbb was auf, egall was. Es musss aber eine Lüge sein und isch darff die Wahrheit nisch daraus erraten können. Also nisch so was wie: Es isss hell draußen.«

Erst verstand er anscheinend nicht, was ich meinte, doch dann zückte er einen Kuli und kritzelte auf die Serviette. Er drehte sie herum und ließ sie mich lesen: *»Mein Sohn Colin lebt in New York City und ist Musicalstar am Broadway.«*

Ich nickte und starrte auf die Worte. Es dauerte einen Hauch länger als üblich, bis es einsetzte, aber das war oft so, wenn ich betrunken war. Schließlich verschwand Conrads Gekritzel vor mir und in meinem Geist kamen Bilder hoch. Ich wurde in seine Worte gezogen, die sich vor mir umformten und die Wahrheit enthüllten: Conrad hatte eine Tochter namens Lyn, sie lebte nicht in New York, sondern war zurzeit in einem fernen Land mit dem Rucksack unterwegs. Leider sah ich nicht, in welchem, weil Conrad es selbst nicht genau wusste; Lyn liebte es zu reisen und suchte ihre Unabhängigkeit.

Das gab ich Conrad mehr oder weniger verständlich wieder. Als ich fertig war, zog er beeindruckt die Augenbrauen hoch.

»Unglaublich. Wie geht das?«

»Isss halt so. Geht mit jedem Text, auf den isch misch einlassse. Oh, und isch kann super Passsörter kacken … äh, knacken.« Nur bei Romanen war es anders, vermutlich, weil sie fiktiv waren. Statt mir die Wahrheit zu zeigen, startete in meinem Kopf ein Film über die Erzählung. Kino intern sozusagen. Am besten war es, wenn ich etwas in der Originalschrift las, aber kaum ein Autor verfasste seine Bücher heutzutage noch handschriftlich. Je öfter ein Text von anderen kopiert worden war, umso schwerer war es für mich, in die Vision zu finden.

Conrad kratzte sich am Hinterkopf. »Spürst du das? Körperlich? Hast du Beschwerden?«

»Isch bekomm oft Migräne.«

»Dann solltest du definitiv nicht so viel trinken.«

Ich funkelte ihn wütend an, aber er hatte natürlich recht. Das hier war dumm.

Und mir war übel.

Ich kniff in meinen Nasenrücken und drückte zu. Das Pochen, das ich vorhin schon gespürt hatte, war stärker geworden. Mein Körper brauchte eine Auszeit, genau wie mein Verstand.

Ich schnappte mir meine Tasche, kramte mein Portemonnaie heraus und legte einen Fünfziger auf den Tisch. »Hier, is' für dich.«

»Nein, warte. Du gehst so auf keinen Fall raus.«

»Na, aber klar doch.«

»Es ist stockfinster. In deinem Zustand stürzt du die nächste Klippe runter und brichst dir das Genick.«

»Quaaark, isch bin Landesmeisrin im Freeclimbiiing, isch bin 'ne Gams.«

»Trotzdem. Oben sind zwei Gästezimmer, da kannst du deinen Rausch ausschlafen.«

»Nein.«

Ich stand auf und torkelte Richtung Ausgang, aber ich kam nicht weit. Conrad war mit wenigen Schritten bei mir, nahm mich an der Hüfte und bugsierte mich zurück auf den Stuhl. »Ich meine das ernst. Du gehst nirgendwohin.«

»Sei keinn Trotell! Isch hab dich eebn ins Herz geschosssn.«

Er sah mich eindringlich an und sein Blick ließ keinen Zweifel zu: Er würde mich hier festhalten.

»Und isch hab dir mein Geheimniss anvertrrauuut!« Hohlkopf.

»Ich habe diese Kneipe nicht eröffnet, um Menschen zu gefährden. Also los.«

Ich grummelte, doch Conrad nahm meinen Geldbeutel, den Fünfziger und packte alles in meine Tasche. »Alexis, komm«, sagte er und pfiff einmal.

Plötzlich sprang ein dunkler Hund hinter der Theke hervor. Er war groß und auf den ersten Blick sehr Furcht einflößend.

Ich zuckte zusammen, als er näher kam. Hunde hatten keine gelben Augen, oder?

»Ist das … das is' ein Wolf?«

»Ja. Hab sie gefunden, als sie ein Welpe war, keine Angst, sie beißt nicht, aber sie wird auf dich aufpassen.«

»Isch prauche keinn Aufpasser.«

»Oh doch. Ich denke schon.«

Conrad führte mich quer durch die Kneipe und eine Treppe hinauf. Ich bekam nur noch am Rande mit, wie er das Licht im Gästezimmer anknipste, meine Tasche ablegte und auf das Bett zeigte.

Kaum sah ich es, lag ich auch schon drauf und schloss die Augen. Alles drehte sich, mein Kopf fuhr Karussell, genau wie meine Seele.

»Morgen sieht die Welt besser aus«, sagte Conrad, zog mir die Schuhe aus – glaubte ich zumindest – und überließ mich meinen Träumen.

Und meinem Rausch.

Der Tag danach. 13.25 Uhr.

»Ich tu's nie wieder …!«

Das waren die ersten Worte, die mir durch den Kopf schwirrten, als ich die Augen aufschlug.

Mein Kopf hämmerte, als würde eine ganze Armee Elefanten hindurchmarschieren, mein Mund war so trocken, dass ich nicht einmal mehr schlucken konnte, und meine Augen hatte irgendwer mit Klebstoff zusammengekleistert.

Ich wollte mich bewegen, aber ich schaffte es nicht. Mein Körper war nicht mehr vorhanden, ich hatte mich in meine Bestandteile aufgelöst, hatte aufgehört zu existieren und – mir war kotzübel.

Irgendwie gelang es mir dann doch, die Beine aus dem Bett zu hieven und den Rest meines Körpers hinterher. Mit letzter Kraft schaffte ich es rüber ins Badezimmer, klappte den Klodeckel auf und übergab mich in die Toilette.

O Gott. Ich tue es wirklich nie wieder!

Ich würgte ein weiteres Mal, schalt mich innerlich für meinen Absturz und hoffte, dass es bald vorbei war.

Warum hatte ich gleich noch mal so viel getrunken?

Ach, genau! Daniel. Shannon. Ihr Mund an einer Stelle, wo er nicht hingehörte. Ich umklammerte erneut die Kloschüssel und erbrach all meinen Frust gleich mit.

Als ich endlich fertig war, zog ich mich zitternd am Waschbecken hoch und blickte in den Spiegel. Das hätte ich nicht tun sollen, denn ich sah schlimmer aus, als ich mich fühlte.

»Du bist so bescheuert, Kris.« Ich starrte in meine schwarz unterlaufenen Augen und verzog das Gesicht. »War es das wert?«

Nein. Na ja, vielleicht. Ein bisschen. Ach, verdammt.

Daniel war einer der Guten gewesen, der Erste, mit dem es nicht nur um Sex gegangen war. Wir hatten uns wirklich verstanden, Spaß gehabt, geredet, gelacht, geschwiegen.

Einfach alles.

Mist.

Ich öffnete den Wasserhahn, ließ die Hände volllaufen und wusch mein Gesicht. Mein Blick fiel auf den Zahnputzbecher, in dem eine frische Bürste und ein Zettel warteten:

»*Frühstück ist bereit, wann immer du wach bist, Conrad.*«

Ich schmunzelte, denn ich erkannte die Wahrheit dahinter. Conrad kümmerte sich um seine Gäste. Das gehörte für ihn dazu.

Ich putzte mir die Zähne und zog meine alten Klamotten von gestern aus. Die anschließende Dusche war mehr als nötig und sie tat unglaublich gut. Ich blieb eine halbe Stunde unter dem Strahl stehen, bis meine Haut aufgeweicht und ich wieder einigermaßen klar im Kopf war, dann wickelte ich mich in ein Badetuch ein und ging zurück ins Zimmer.

Auf dem Stuhl neben meinem Bett lag mein Rucksack. Ich holte mir eine Jeans, ein T-Shirt und einen dicken Pulli heraus und zog mich an. Mit jedem Handgriff fühlte ich mich besser. Als ich fertig war, nahm ich mein Handy: dreißig entgangene Anrufe von Daniel, acht Nachrichten auf der Mailbox und dreißig SMS.

Ich las keine einzige davon, ging zurück ins Bad und setzte mich auf den geschlossenen Klodeckel. Dann wählte ich Braydens Nummer.

Wir hatten wenig Kontakt gehabt im letzten Jahr, er hatte einen neuen Auftrag und war seither schwer beschäftigt.

Es war mir nicht unrecht gewesen, dass er so viel zu tun gehabt hatte, denn so war ich von seinem Radar verschwunden und es kam nicht jede Woche die nervige Frage, was ich mit meinem Leben anfangen wollte.

Ich wusste es nämlich nicht. Ich war eher der Typ *Mal sehen, was der Tag so bringt*, während Brayden alles haargenau plante.

Nach dem dritten Läuten nahm er ab: »Kris, hey.«

»Hi, Bruderherz.«

»Oje, was ist passiert?«

Ah, er kannte mich zu gut. Ich musste nur Hallo sagen, dann wusste er schon, in welcher Stimmung ich war.

»Bist du nicht in Neuseeland?«

»Doch.«

»Aber …«

»Daniel hat mir eine Nachricht geschickt, in der stand, dass er mich liebt.«

Brayden wartete, er wusste, was gleich kommen würde.

»In Wirklichkeit hat er sich einen von der Ex blasen lassen.«

»Mistkerl.«

»Das kannst du laut sagen. Mal abgesehen davon: Wie gut konnte der Blowjob gewesen sein, wenn er die Muße hatte, mir nebenher zu schreiben?«

Brayden lachte lauthals. Ich lehnte mich an den Spülkasten und schwieg.

Brayden gab mir Zeit. Er wusste, dass ich in diesem Moment nur die Gewissheit brauchte, dass er da war. Floskeln wie *Es tut mir leid, Bist du sicher, dass du ihm nicht noch eine Chance geben willst, Es ist vielleicht gar nicht so, wie du denkst* sparte er sich. Wir hatten beide unsere Erfahrung über all die Jahre mit meinen Fähigkeiten gemacht. Wir wussten, dass es genauso war, wie ich dachte, dass es kein Zurück und keine zweite Chance gab.

»Danke«, sagte ich nach endlosen Minuten des Schweigens.

»Immer gerne, ich wünschte nur, ich könnte mehr für dich tun.«

»Back mir einen Mann.«

»Obwohl ich ein Superheld bin, hab ich noch nicht herausfinden können, wie das geht.«

Ich schmunzelte und drückte das Handy fester ans Ohr, als könnte ich so näher bei ihm sein. »Aber du könntest seine Kreditkarten sperren lassen?«

»Das wäre vielleicht möglich.«

Brayden arbeitete seit knapp vier Jahren für das FBI und hatte eine steile Karriere hingelegt.

»Oh, und deklariere ihn auch gleich zum Staatsfeind Nummer eins. Ich will, dass er nirgendwo mehr hingehen kann, ohne dumm angegafft zu werden.«

»Ich gebe natürlich alles, um die Ehre meiner Schwester zu verteidigen.«

»Danke.«

»Immer doch, wobei du mich gar nicht brauchst. Du bist die toughste Frau, die ich kenne. Jordan hat jetzt noch Angst vor dir.«

»Der ist ein Weichei.« Jordan war ein Collegefreund von Brayden und leider einen Hauch zu penetrant gewesen, als er mit mir anbandeln wollte. »Es tut gut, dich zu hören.«

»Dito.«

»Brayden«, hörte ich einen Mann hinter ihm rufen. »In fünf Minuten fangen wir an.«

»Komme gleich.«

»Hast du ein Meeting?«

»Ja, hier ist die Hölle los. Dieser Job ist verrückt.«

»Gut verrückt oder schlecht verrückt?«

»Beides. Ich … Die CIA arbeitet völlig anders, als ich es vom FBI gewohnt bin.«

»Hält der Verein dich also auch schon auf Trab.« So nannte ich die CIA. Für mich war dieser Laden der, der meinen Dad auf dem Gewissen hatte.

»Kann man so sagen, diese Truppe ist eigen.«

Ich wartete, ob er noch etwas dazu ergänzen wollte, aber er tat es nicht. Brayden hielt sich stets zurück, wenn es um den Job ging, was mir von unserem Vater vertraut war und ich schon immer gehasst hatte.

Sein ganzes Leben lang hatte Dad für den Verein geschuftet, war nie daheim gewesen, sondern durch die halbe Welt geflogen, immer auf der Suche nach irgendwelchen Gestörten, denen nichts Besseres in ihrem Leben einfiel, als andere zu foltern, Kinder zu entführen, Terroranschläge zu verüben oder sonstigen kranken Scheiß abzuziehen. Ich hatte es verabscheut, wenn Dad mitten in der Nacht angerufen worden war und sofort losmusste. Geburtstage, Feiertage, Ausflüge, Schulaufführungen – das hatte ich alles ohne ihn feiern müssen. Bis er eines Tages gar nicht mehr heimgekommen war.

Als Brayden sich bei der FBI Academy eingeschrieben hatte, wollte ich ihn schütteln, erwürgen und gleichzeitig erhängen. In der ganzen Zeit der Ausbildung hatte ich kein Wort mit ihm gesprochen. Das war der absolute Rekord gewesen. Irgendwann hatte er mit einem Diplom der Academy, einer Flasche Wein und einem großen Becher Eis vor meiner Tür gestanden. Wir hatten die ganze Nacht geredet, und ich hatte schließlich akzeptiert, dass es sein Leben war, mit dem er tun und lassen konnte, was er wollte.

»Kris?«, hakte Brayden nach. »Hast du gehört?«

»Was? Nein. Sorry. Musste gerade an Dad denken.«

Brayden schnaubte nur leise. Wir redeten nicht mehr viel über unsere Eltern, es war für uns beide mit zu viel Schmerz verbunden. »Ich fragte, was du nun vorhast.«

»Keine Ahnung. Die Reise ist ja bezahlt. Ich werde durch die Gegend fahren und nach Klettermöglichkeiten schauen, meinen Gedanken nachhängen.« Mir hoffentlich mal darüber klar werden, was ich mit meinem Leben anfangen wollte.

Ich blickte zum Fenster hinaus, der Himmel war trüb und verhangen und die ersten Regentropfen trommelten gegen die Scheibe. Wir hätten kein Land aussuchen sollen, in dem im Juni Winter war. Das war Daniels Idee gewesen, er meinte, es wäre schön, dem Wechsel der Witterung zuzusehen. Wie auch immer. »Wie ist das Wetter in Frankfurt?«

»Durchwachsen. Sei bitte vorsichtig beim Klettern.«

»Das bin ich doch immer.«

»Nein, du gehst zu viele Risiken ein, ich sterbe jedes Mal tausend Tode, wenn ich weiß, dass du an einer Wand bist.«

»Übertreib nicht.«

»Brayden!«, rief die Stimme erneut. »Es geht los.«

»Geh«, sagte ich. »Mach deinen Job.«

»Nur wenn du mir versprichst, auf dich aufzupassen.«

»Hey, ich hab den schwarzen Gürtel in Taekwondo, ich treffe mit einer Neunmillimeter aus fünfundzwanzig Meter Entfernung ins Schwarze und ich halte den Freeclimbing-Rekord in Glendale Hights.« Bis aufs Klettern waren das Dinge, auf die mein Vater noch bestanden hatte. Er wollte stets, dass seine Kinder sich verteidigen konnten und schickte mich mit sechs Jahren zum Training. Das Schießen hatte ich dann nach der Schule gelernt und Klettern hatte ich schon immer geliebt.

»Du hast recht, ich sollte eher die Neuseeländer vor dir warnen.«

Ich lachte leise. Es tat so unglaublich gut, Braydens Stimme zu hören. »Danke, Bruder.«

»Bitte, Schwester. Ich sollte jetzt los, sonst bekomm ich Ärger.«

»Klar, mir knurrt eh der Magen.«

»Dann sorge schnell dafür, dass der voll wird. Du bist unerträglich, wenn du Hunger hast.«

»Das stimmt gar nicht.«

»Äh, doch.«

Ich schüttelte den Kopf, auch wenn er es nicht sehen konnte. »Ach, eins noch! Ich werde gleich mein Handy im Klo versenken. Daniel ruft dauernd an, ich will meine Ruhe. Ich melde mich aber bei dir, sobald ich ein neues habe.«

»Du könntest dir einfach eine andere Karte kaufen.«

»Könnte ich, aber das Handy ist ein Geschenk von ihm.«

»Verstehe.«

»Ich hab dich lieb.«

»Ich dich auch.«

Ich beendete das Gespräch, stand von der Kloschüssel auf und öffnete sie. Dann ließ ich das Handy über der Mitte baumeln. »Byebye, Daniel!«

Mit einem Plumps versank das Gerät in der Schüssel. Ich klappte den Deckel zu, keine Ahnung, ob das Ding untergehen würde oder nicht. War mir auch egal.

Eine weitere Beziehung wegen meiner Fähigkeiten gekillt. Ich sollte eine Strichliste anfangen.

Im Grunde liebte ich sie. Sie hatten mir viele schöne Stunden in Romanen geschenkt und in der Schule beim Lernstoff geholfen, aber in Momenten wie diesen machten sie einfach nur einsam.

Ich konnte mich noch genau an den Tag erinnern, als es angefangen hatte, obwohl es schon so lange her war.

Ich war acht Jahre alt gewesen, es war im Krankenhaus passiert, kurz nachdem mich diese elende Meningitis fast umgehauen hätte. Mein Vater war kurz davor an einem Herzinfarkt gestorben, meine Mutter stand unter Hochspannung und war völlig außer sich, weil sie Angst hatte, mich auch noch zu verlieren.

Brayden und sie waren quasi nicht mehr von meiner Seite gewichen, hatten sich mit den Besuchen abgewechselt, mir entweder Märchen vorgelesen oder Filme mit mir geschaut.

Und an einem dieser Tage war es dann passiert.

Brayden war eingeschlafen und ich hatte mir das Märchenbuch genommen, aus dem er zuletzt für mich vorgelesen hatte. Es war die Erzählung von der Prinzessin auf der Erbse gewesen. Mit jedem Umblättern wurde ich tiefer in ihre Geschichte gezogen und erlebte alles hautnah mit.

Mum und Brayden hatte ich natürlich sofort davon berichtet. Erst taten sie es als Spinnerei ab, doch als es öfter passierte, ließen sie mich erneut untersuchen – was eine elende Liste an Tests nach sich zog. Ich wurde auf den Kopf gestellt und von innen nach außen gekrempelt. Mum schleppte mich zu jedem erdenklichen Spezialisten, bis ein Neurologe feststellte, dass seit der Krankheit bestimmte Areale meines Gehirns aktiver waren als andere.

Da sich meine Mutter immer mehr Sorgen um mich machte, behielt ich es schließlich für mich und tat so, als wäre alles normal. Nur Brayden wusste Bescheid. Die Sache wurde zu unserem Geheimnis und wir hatten einen riesengroßen Spaß damit.

Ich sog alles an Texten in mich auf, was ich finden konnte. Bei Originalmanuskripten ging es stets besser als bei Abschriften, und so durchforstete Brayden mit mir Bibliotheken und Buchläden nach immer mehr Lesestoff. Ich flog mit Drachen über endlose Weiten, kämpfte mit Harry Potter gegen Lord Voldemort, erlebte die Unendliche Geschichte so intensiv, als wäre ich selbst in Phantásien gewesen.

Irgendwann stellte ich fest, dass es einen Unterschied zwischen Romanen und anderen Texten gab. Bei fiktiven Geschichten war es immer so, dass ich direkt in die Story katapultiert wurde und sie wie bei einem Kinofilm miterlebte. Sachtexte konnte ich mir perfekt merken, weshalb ich schon bald zu einem Überflieger in der Schule wurde und den Abschluss sogar ein Jahr früher schaffte. Alles lief gut, bis schließlich meine Mutter meinem Vater folgte und Brayden und mich zurückließ.

Da brach meine Welt aus den Fugen. Ich stürzte völlig ab, ließ mich hängen, vollaufen, machte mit viel zu vielen Männern herum und bekam nichts mehr auf die Reihe. Brayden war mir in der Zeit eine enorme Stütze gewesen. Er war da gewesen, hatte mich morgens eingesammelt, wenn ich betrunken von einer Party getaumelt war, und mich jeden Tag daran erinnert, warum mein Leben lebenswert war.

Mittlerweile hatte ich das mit den Partyabstürzen abgestellt, den Alkoholkonsum im Griff – meistens jedenfalls –, das mit den Männern … na ja … und ich liebte mein Leben. Ja, das tat ich tatsächlich, auch wenn ich nach wie vor keine Ahnung hatte, in welche Richtung es gehen sollte.

Ich sah noch mal in die Kloschüssel, in der das Handy schon lange verschwunden war, klappte den Deckel zu und ging zurück ins Zimmer. Rasch sammelte ich meine Sachen zusammen, checkte, ob ich alles hatte, und verließ den Raum.

Alexis lag im Flur und hob sofort den Kopf. Hatte sie die ganze Nacht vor meinem Zimmer verbracht? Ich blieb unsicher im Rahmen stehen und blickte sie fragend an. Doch sie streckte nur ihre Glieder durch, gähnte herzhaft und machte sich dann auf den Weg nach unten.

Ich folgte ihr langsam und betrat schließlich das Lokal. Conrad stand wieder hinter dem Tresen und wischte alles sauber. Ein Pärchen saß dieses Mal in der Ecke, in der gestern der Mann geschrieben hatte. Sie waren in eine Unterhaltung und ihr Mittagessen vertieft.

Als Conrad mich erblickte, lächelte er breit, ging kurz in die Küche und kam mit Kaffee, einem Teller mit frischem Speck und Eiern zurück. Er stellte alles auf den Tresen und bat mich mit einem Kopfnicken, Platz zu nehmen. »Guten Morgen«, sagte er süffisant.

»Wow, das mit dem Frühstück jederzeit stimmte tatsächlich.«

»Als ich hörte, dass oben die Dusche lief, hab ich den Jungs Bescheid gegeben, dass sie sich bereithalten.«

»Gute Wahrnehmung.«

»Nein, die Wasserleitungen sind alt. Es rauscht hinten an der Wand, wenn es jemand oben laufen lässt.«

Ich glitt auf den Barhocker. Conrad packte den noch dampfenden Toast zum Essen und lächelte mich an.

»Danke«, erwiderte ich. »Für alles.«

»Aber gerne doch. Was macht der Kater?«

»Geht sogar.«

»Iss, das wird dir helfen.«

Ich sah auf das appetitliche Frühstück, nahm den ersten Bissen und kaute genüsslich. Das war mit das beste Ei, das ich je gegessen hatte. Ich schlang es fast schon gierig hinunter und musste Conrad recht geben. Mit jeder Sekunde fühlte ich mich lebendiger und kraftvoller. Entweder hatte er Aufputschmittel reingemischt oder er konnte zaubern.

»Was hast du nun vor?«, fragte er.

»Ich möchte die Insel erkunden und auf alle Fälle klettern gehen.«

»Ah, sehr gute Idee. Warte.« Conrad legte eine Karte neben mein Frühstück und malte darauf herum. »Das sind die schönsten Flecken. Die Touristen haben keine Ahnung davon, daher wirst du ungestört sein. Hast du ein Auto?«

»Ja, von der Vermietung am Flughafen.«

»Okay. Dann nimmst du diese Strecke zuerst. Sie führt dich in die Berge hoch, da gibt es einen Steinbruch, der dir gefallen wird.« Er hob kurz den Kopf und lächelte mich an. »Halt dich aber bitte vom Alkohol fern.«

Ich trank meinen Kaffee und schmunzelte. »Ich gebe mein Bestes.«

»Gut.«

Ich aß weiter, während Conrad mir eine Strecke nach der anderen markierte. Mich überkam ein warmes Gefühl im Bauch. So wie früher, wenn Dad an den wenigen Tagen, an denen er daheim gewesen war, Zeit mit mir verbrachte und überlegte, wohin wir zum Angeln oder Wandern oder Träumen gehen konnten. Einmal hatten wir auch nur im Gras in unserem Garten gelegen und Wolkenschlösser gebaut, Schmetterlinge beobachtet oder Regentropfen gezählt.

Es waren die schönsten Tage meines Lebens gewesen. Ich konnte sie an einer Hand abzählen, so selten waren sie vorgekommen.

»Na, wie sieht das aus?«, fragte Conrad, als er fertig war.

Ich blickte auf die Karte, betrachtete sein kleines Kunstwerk und lächelte. »Es sieht perfekt aus.«

Auf ins Abenteuer. Ich liebte sie.

3. KAPITEL

Ash

Abalion, Zeit unbekannt

Abenteuer! Ich hasste sie!

Wer hatte die erfunden?

Vermutlich der gleiche Trottel, der Wasser erfunden hatte.

Das hasste ich auch.

Es war nass, es war kalt, es war ungemütlich, es sickerte durch alle Poren, es nervte von oben, es nervte von unten, es nervte in den Stiefeln, auf der Kleidung, auf der Haut – überall!

Ja, okay, es war ein notwendiges Übel, ohne das wir nicht überleben konnten. Aber ich hatte es als Kind schon gehasst, wenn ich in einen Kübel mit braunem lauwarmen Wasser steigen musste, in dem der Dreck meines Vorgängers schwamm.

Meine Liebe zu diesem Element stand seither auf wackeligen Beinen.

Ich seufzte und legte den Kopf in den Nacken, um den stillen See unter mir zu betrachten.

Die türkisfarbene Oberfläche reflektierte nicht nur die Sonne, die hoch über mir im Zenit stand, sie zeigte auch meine missliche Lage: mit den Füßen kopfüber baumelnd an einen Baum gebunden, dessen morsche Äste jederzeit nachgeben und mich in meinen sicheren Tod stürzen lassen konnten.

Das Wasser unter mir war nämlich kein normales Wasser – was schon schlimm genug gewesen wäre, ich konnte nicht schwimmen: Es war Steinsäure.

Hoch ätzend, aber vom Aussehen her kaum von einem frischen klaren See zu unterscheiden.

Genau so holte sich die Steinsäure ihre Opfer. Sie tat so, als wäre sie ungefährlich, und sobald der Erste seinen Zeh hineinsetzte, zog sie ihn in die Tiefe. Das Einzige, woran man Steinsäure von Wasser unterscheiden konnte, war der leicht schwefelartige Geruch. Deshalb entstanden diese Seen meistens in der Nähe von Blumenfeldern, damit der Duft der Blüten den des Schwefels übertünchte.

Eine Blase bildete sich auf der Oberfläche und platzte vor meinem Gesicht. Vermutlich freute sich die Säure schon auf die nächste Mahlzeit, die mehr als bereit über ihr baumelte und nur darauf wartete, sich in ihre Tiefen zu stürzen.

Das werden wir ja noch sehen.

Ich blinzelte gegen das grelle Licht der Sonne auf der Wasseroberfläche und ruckte an den Fesseln. Meine Hände waren auf der Seite festgezurrt, das Seil war mindestens zehnmal um mich herumgewickelt. Ich sah aus wie einer dieser Rollbraten, die Ezmar, unser Koch im *Trunkenen Fährmann*, gerne machte.

Ich war zwar dort aufgewachsen, aber essen würde ich da nichts. Ezmar verwendete Nahrungsmittel grundsätzlich so lange, bis einer der Gäste kübeln musste. Das war sein Indikator, dass eine Zutat abgelaufen war.

Ich ruckte noch mal und konnte meine rechte Hand ein Stück nach vorne schieben. Mein Messer war in der Gürtelschlaufe befestigt, wenn ich noch ein wenig mehr Spielraum bekam, konnte ich es möglicherweise erreichen.

Vorzugsweise bevor der Gnom, der meine Sachen durchwühlte, die Geduld verlor und das Seil doch noch kappte.

»Wo issst esss?«, fragte er zischend. Gnome waren ätzend. Sie hatten die Eigenart, die S-Laute unnötig lang zu dehnen, so klangen sie, als hätten sie jede Menge Spucke im Mund. Und es dauerte ewig, bis sie einen Satz formuliert hatten.

»Ich weiß nicht, wovon du sprichst«, rief ich ihm zu, was nicht stimmte. Er wollte das Medaillon, das ich seiner Schwester geklaut hatte.

»Ssssverana sagt, du hassst esss gestohlen«, zischte er und schüttelte meine Jacke aus.

»Sei vorsichtig damit, das ist echtes Drachenleder.« War es nicht, aber Gnome waren leicht abzulenken, wenn sie glaubten, sie hätten etwas Wertvolles gefunden. Die Jacke hatte ich selbst von einem Kerl geklaut, der bei uns in der Spelunke übernachtet hatte. Laytra hatte ihn dermaßen abgefüllt, dass er nichts mehr mitbekommen hatte, und als er am nächsten Morgen hatte gehen wollen, hatten wir so ziemlich alles Kostbare an uns genommen und ihn, nur mit der Unterhose bekleidet, nach draußen befördert. Selbst schuld, wenn er sich nicht vorher umhörte, wo er versackte. Er hatte Glück, dass die Unterhosen Ezmar zu klein gewesen waren, sonst hätte er komplett nackt weitergemusst.

Aber so war das im *Trunkenen Fährmann*. Da kamen nur die Leichtsinnigen und die Irren hin.

Im Grunde konnte ich also nichts dafür, dass ich ständig in der Klemme steckte. Immerhin war ich dort aufgewachsen. Zwischen drei Nutten, einem Koch, der glaubte, Achselschweiß wäre auch Wasser, daher müsste er sich nicht waschen, und Werfan – dem Chef der Bude und mein angeblicher Vater. Was ich allerdings sehr bezweifelte. Nicht dass ich Gründe dafür hatte – über die Jahre hatte sich sogar eine gewisse Ähnlichkeit zwischen uns entwickelt; aber das passierte auch oft bei Hunden und ihren Besitzern, hatte also nicht unbedingt was zu bedeuten. Es war eher ein Gefühl. Tief in mir drinnen. Werfan konnte nicht mein Vater sein, es war … falsch.

Wie auch immer: zurück zu meinem akuten Problem.

Ich fing an, hin und her zu wippen, sodass ich mich zu dem Gnom drehen konnte. »Wie heißt du gleich noch mal?«

»Ssssskkkktaaarrr.«

War das nun sein Name oder hatte er sich nur verschluckt?

»Okay, Sktar-wie-auch-immer: Ich habe das Medaillon nicht, ich bin nur zufällig vorbeigekommen, als deine Schwester ihre Sachen zum Trocknen raushängen wollte. Ich habe ihr geholfen, und da fiel das Medaillon aus der Tasche. Das hat die Elster vom Baum gegenüber gesehen, sie hat sich das Ding geschnappt und ist davongeflattert. Ich – ganz der Edelmann – bin natürlich sofort hinterher. Doch das Biest war schnell, also hab ich mir euer Pferd geliehen – es geht übrigens vorne links lahm, du solltest den Schmied rufen – und bin dem Vogel nachgaloppiert. Bin sogar ein Stück in den Donnerwald geritten. Als die Elster merkte, wohin sie unterwegs war, ließ sie zum Glück das Medaillon fallen, ich wollte es mir schnappen, aber da haben schon die verdammten Erdzwerge danach gegriffen. Das Pferd hat gescheut, ist gestiegen, ich bin runtergefallen. Dabei hab ich mir übrigens den Kopf gestoßen. Ich glaube, das gibt 'ne Beule.«

Ich drehte den Kopf, damit mein Gegenüber die getrocknete Wunde erkennen konnte, die ich mir gestern zugezogen hatte. Nicht, weil ich vom Pferd gefallen war – diese Geschichte war erstunken und erlogen –, sondern weil ich, ganz profan, aus dem Bett geplumpst war. Manchmal hatte ich wirre Träume und dann … egal. Ich schweifte ab!

»Trotz dieser schweren Kopfverletzung bin ich auf den Erdzwerg, der sich das Medaillon geschnappt hat, los und habe ihn am Fuß gepackt. Einer seiner Kumpels hat mich gebissen, hast du gewusst, dass die richtig scharfe Zähne haben? Ich auch nicht, dachte immer, die graben sich nur harmlos durch die Erde und bauen überall ihre verdammten Hügel. Wozu brauchen die Zähne? Um Regenwürmer zu zerbeißen? Na ja, egal. Ich also dem Erdzwerg hinterher, der hat geschrien und geheult. Ging mir durch Mark und Bein. Hab aber das Medaillon erwischt und wollte triumphierend losstürmen, aber das Geheule hat eine Baumhyäne angelockt. Sie war ziemlich entzückt, weil Erdzwerge wohl ganz oben auf ihrem Speiseplan stehen. Menschen übrigens auch. Sie ist sofort auf mich los, ich bin davongehechtet, das Pferd war mittlerweile über alle Berge – ich hoffe, ihr könnt es wieder einfangen, aber ich denke, es ist nach Hause gerannt –, die Hyäne hinter mir her. Du hättest mich mal sehen sollen. Flink wie der Wind war ich. Wir sind am Rande des Donnerwaldes entlanggefegt. Leider konnte ich das Biest nicht abhängen. Nach ein paar Metern schossen auch schon ihre Rudelmitglieder aus dem Wald. Ein Teil von ihnen ist den Erdzwergen hinterher, der andere mir. Aber ich wäre nicht Ash der Läufer, …«

War ich übrigens auch nicht. Mein Name war zwar Ash, aber ich hasste laufen. Nicht so sehr wie Wasser, doch es stand auf der Liste ziemlich weit oben.

»… wenn ich mich von einem Rudel dahergelaufener Köter einholen lassen würde. Hörst du mir noch zu?« Ich drehte mich zum Gnom, der mich mit leerem Blick anstarrte. Sabber lief aus seinem Mundwinkel, was entweder hieß, dass er angestrengt nachdachte oder ich ihn zu Tode gelangweilt hatte. Im letzteren Fall wäre es zwar erfreulich, würde mir aber nicht aus meiner Lage helfen.

»Ich werte dein Schweigen mal als ein Ja. Wo war ich denn stehen geblieben? Ach ja, genau. Danke. Ich also am Rand des Donnerberges entlang, Richtung Feuersteig. Wusstest du, dass der Feuersteig Feuersteig heißt, weil damals, als Lou noch Feuer spie, …«

Lou war unser Vulkan. Und keine Ahnung, wer ihm diesen nicht sehr Furcht einflößenden Namen gegeben hatte.

»… die Anwohner anhand der steigenden Lava in der Schlucht gemessen haben, ob sie ihre Häuser räumen müssen? Deshalb Feuersteig. Das Feuer steigt. Kapiert?«

Der Gnom starrte mich weiter ausdruckslos an, aber immerhin hatte er einmal geblinzelt. Ich glaubte, das war ein gutes Zeichen. Ich wartete, ob er noch eine Gefühlsregung zeigte, doch da kam nichts. »Die Baumhyänen waren übrigens immer noch hinter mir her, falls dir das entgangen sein sollte, aber der Feuersteig ist nur über eine schmale Holzbrücke erreichbar, die wiederum an ein straff gespanntes Seil führt, das über die Schlucht reicht. Nichts für schwache Nerven, das kann ich dir zwitschern, aber zum Glück bin ich ja Ash der Kletterer, und …«

»Warsssst du nicht Assssh der Läufer?«

Ah, er lebte noch. Und er hörte tatsächlich zu. Beeindruckend.

»Ich, äh: ja. Das auch. Ich laufe, und ich klettere danach.« Klettern mochte ich in der Tat sehr gerne. Höhenangst war zum Glück keins meiner Probleme. »Die Hyäne sah natürlich, was ich vorhatte, machte einen Satz nach vorne und biss mir in die Ferse!«

Der Blick des Gnoms wanderte an meinem Körper nach oben zu meinen Füßen. Ich wackelte mit dem rechten, damit er das Loch im Stiefel sehen konnte. Lag aber nur daran, weil ich gezwungen gewesen war, meine Schuhe einem Typen zu überlassen, der mich am Marktplatz beim Äpfelklauen erwischt hatte. Sein Schweigen erkaufte ich mir mit dem Tausch unserer Schuhe. Den alten trauerte ich immer noch nach. Feinstes Rindleder, hatten perfekt gesessen, als wären sie nur für mich gemacht gewesen. Diese hier stanken nach Pferdedung, und egal, wie oft ich sie schrubbte: Der Geruch ging nicht weg. Aber ich schweifte schon wieder ab.

Der Gnom nickte, als er das Loch ausreichend begutachtet hatte. Schön, wenn das zur Glaubhaftigkeit meiner Geschichte beitragen konnte.

»Sie beißt mir also voll in die Ferse, ich stürze nach vorne, taumele, kann mich gerade noch an einem Felsvorsprung abfangen. Das Medaillon hatte ich übrigens immer noch fest in der Hand. Ich wollte nicht loslassen! Lieber wäre ich in die Tiefe gestürzt, als dass deine Schwester ihr geliebtes Schmuckstück verliert.« War das zu dick aufgetragen? Vielleicht ein wenig, oder? »Mit einer Hand hielt ich mich also am Felsen fest, die andere um den Schmuck geklammert. Die Hyäne setzte erneut an, sprang nach vorne und wollte mich am Hosenbein zurückziehen. In der Zwischenzeit waren ihre Rudelmitglieder gekommen. Sie versperrten mir den Weg, bauten sich am Eingang des Feuersteigs auf und knurrten mich an. Ich schwöre dir, ich habe bei einer sogar noch die Überreste eines Erdzwergs zwischen ihren Fangzähnen kleben sehen.«

Ein weiterer Sabberfaden löste sich vom Mundwinkel des Gnoms und sein Magen knurrte lautstark. Ich wusste gar nicht, dass Gnome auch Erdzwerge aßen. Die Arten waren verwandt. Fiel das dann nicht in die Kategorie Kannibalismus?

Leicht irritiert schüttelte ich den Gedanken ab. Ich musste mich konzentrieren. Immerhin hatte ich es während der Zeit geschafft, meine Hand ein Stück nach vorne zu arbeiten und so in Richtung Gürtel zu schieben. Wenn ich noch ein paar Zentimeter Spielraum bekäme, könnte ich doch noch an mein Messer greifen.

Ich seufzte, holte einmal Luft und widmete mich wieder meiner Geschichte: »Zurück konnte ich nicht mehr, mir blieb nur der Weg nach vorne über das gespannte Seil. Die Hyäne folgte mir mutig, setzte eine Tatze auf das wippende Seil und knurrte mich tief an. Ich wich zurück, sie mir nach. Mein Fuß rutschte ab, ich verlor den Halt. Die Hyäne krallte sich mit mir am Seil fest, ihre Zähne schnappten nach mir. Waren so dicht …«

Ich wollte es ihm gerne mit den Fingern zeigen, aber leider waren die ja festgebunden.

»… vor meiner Nase, aber ich habe die Nerven behalten. Immerhin nennt man mich auch Ash der … Ach, lassen wir das. Ich hing also am Seil. Die Hyäne wurde wilder, ihr Rudel rückte von hinten nach, als könnten sie es kaum erwarten, mich in die Klauen zu bekommen. Ich trat ihr gegen die Schnauze. Sie heulte auf, verlor den Halt und stürzte tatsächlich ab. Ihre Kollegen rückten nach gefangen im Blutrausch, nicht mehr fähig, die Gefahr zu sehen, auf die sie sich zubewegten. Sie wollten nur mich. Sie wollten ihre Zähne in mein Fleisch hauen, ihre Mägen mit meinen Eingeweiden stopfen, mein Blut trinken und auf meinen Knochen tanzen.« Hier machte ich eine Kunstpause. Ich hatte das Gefühl, dass die Geschichte eine brauchte.

Der Gnom atmete einmal tief durch und schmatzte genüsslich. Langsam wurde er mir unheimlich.

»Mit letzter Kraft zog ich mich auf das Seil – das Medaillon hielt ich übrigens immer noch eisern fest – und kam mit einem Bein wieder nach oben. Doch ich hatte keine Zeit, mich auszuruhen, denn die nächste Hyäne biss schon nach mir. Ihre Zähne schnappten und klapperten, ihr Magen knurrte und der Geifer tränkte das Seil. Ich schwang mich halb nach oben und robbte weg von ihr. Denn das war alles, was ich noch denken konnte: weg! Und: Bring diesem armen Gnom sein Kleinod wieder.« Wenn ich gekonnt hätte, hätte ich eine Hand auf mein Herz gelegt, es hätte sicherlich Wirkung gezeigt. Stattdessen schaffte ich es, mit dem Finger den Griff meines Messers zu streifen. »Die Hyäne bemerkte offenbar, dass ich auf diese Art entkommen konnte. Sie machte sich zu ihrem finalen Schlag bereit, schnappte nach meinem Arm, erwischte mein Hemd, ich musste das Seil mit einer Hand loslassen, hing nun nur noch mit meinen Füßen und der anderen an meinem rettenden Anker. Doch die Hyäne ließ nicht von mir ab und zielte auch auf mich. Ich …« Ich schloss die Augen, schluchzte und presste die Lippen fest zusammen. Wenn ich wollte, konnte ich sogar auf Kommando weinen. Das war eine überaus nützliche Fähigkeit, die ich mir über die Jahre antrainiert hatte. Frauen liebten es, wenn Männer Schwäche zeigten. Am besten beim Abendessen. Das musste aber vor der Nachspeise passieren, da waren sie am empfänglichsten. Die perfekte Zeit, um eine schöne, tiefgründige Geschichte zu erzählen. Noch ein paar Tränchen verdrückt – und die Chance, die Nacht nicht allein zu verbringen, stieg auf fast hundert Prozent. Einmal hatte es nicht geklappt, was aber nicht an mir gelegen hatte, sondern am Mann der Frau, der just in dem Moment nach Hause gekommen war, als meine Geschichte ihren Höhepunkt erreicht und ich flennend in den Armen seiner Gattin gelegen hatte. Vielleicht war das Geheule am Ende mein Glück gewesen, denn er hatte auf einmal so viel Mitleid mit mir, dass er – anstatt mir den Kopf abzuschlagen – mich zu den Schweinen beförderte, wo ich dann die Nacht verbrachte und …

Wo war ich eigentlich stehen geblieben? Ach ja! »Ich musste das Seil loslassen. Es ging nicht anders, und ich … Ach, ich könnte mich jetzt noch dafür bestrafen. Die Kette mit dem Medaillon rutschte von meinen Fingern und fiel hinab in die Schlucht. Ich … ich hatte nichts mehr tun können. Nichts, verstehst du?« Ich drückte mir tatsächlich ein, zwei Tränen raus und sah ihn mit verschleiertem Blick an.

Er blinzelte. Starrte mich an. Blinzelte wieder. Dann drehte er sich um, nahm die Keule, die er neben meinen Sachen zurückgelassen hatte, und stapfte davon Richtung Feuersteig.

»Hey!«, rief ich ihm nach. »Willst du gar nicht wissen, wie ich den Hyänen entkommen bin?«

Keine Regung. Dabei hatte ich mir so eine Mühe mit der Geschichte gegeben. Banause!

»Oder mich wenigstens losbinden? Ich habe mein verdammtes Leben für dein Medaillon riskiert!«

Wieder nichts. Er marschierte stoisch weiter, während seine Keule eine Furche im Sand hinter sich herzog.

»Danke auch, du Troll!«

»Ich bin ein Gnom …«, gab er zur Antwort.

»Trolle. Gnome. Ihr seid doch alle gleich klein!« Ich beobachtete ihn, warf ihm noch ein paar gepfefferte Flüche hinterher, bis er schließlich aus meinem Blickfeld verschwand und ich wieder allein war.

Fast.

Die Steinsäure blubberte erneut unter mir, vermutlich knurrte ihr auch schon der Magen. Falls sie einen hatte.

»Du bist noch nicht dran.«

Nicht, wenn ich es verhindern konnte. Ich drehte den Kopf und sah nach oben. Meine Fußgelenke waren mittlerweile taub von diesen elenden Fesseln. Der Gnom hatte das Seil über einen Ast des Baumes geschlungen und am Stamm dreifach verknotet. Wenn ich mich losschnitt, konnte ich daran zurückklettern oder so lange hin und her schwingen, bis ich zum Ufer hüpfen konnte.

Ja, das war doch ein guter Plan.

Ich ruckte also weiter mit meiner Hand, um an mein Messer zu gelangen. Theoretisch konnte ich mich mit der Hilfe dieser Waffe jederzeit an einen anderen Ort wünschen, was natürlich wesentlich schneller ging, als mich umständlich loszuschneiden (die Klinge war nicht sehr scharf); aber bedauerlicherweise wurde mit dem Einsatz des Messers auch gleich ein Fluch mitgeliefert. Und zwar von der ganz üblen Sorte, mit Tod und Verderben und allem Drum und Dran. Je stärker ich die Magie des Messers nutzte, umso schneller wuchs das dunkle Mal auf meinem rechten Arm. Nein, ich hatte keine Ahnung, was mit mir passieren würde, wenn es mich irgendwann umschlossen hatte, aber ich war auch nicht scharf darauf, es herauszufinden.

Dinge wie diese bedeuteten in Abalion nur eins: Ärger.

Meine Finger glitten tiefer an den Griff. Die Waffe vibrierte leicht und eine Eiseskälte stieg daraus auf. Die Schatten, die darin lebten, wurden lebendig und freuten sich darauf, mir zu dienen und sich selbst dadurch zu nähren.

Dieser Fluch zählte eindeutig zu einer jener Geschichten, die ich lieber vergessen wollte. In Kurzfassung: Ich hatte mich mit einer sehr heißen Frau eingelassen, wir hatten eine sagenhaft schöne Nacht miteinander verbracht, und als ich am nächsten Morgen mit dem schlimmsten Kater meines Lebens aufwachte, waren meine Hände mit Blut besudelt, das Messer steckte an meinem Gürtel und das Mal prangte an meinem Handgelenk. Absoluter Hauptgewinn.

Seither waren das Messer und ich unzertrennlich.

»Hey, Ash«, erklang plötzlich eine tiefe Stimme hinter mir, gefolgt von dem vertrauten Klicken, wenn ein Klappmesser geöffnet wurde.

Ich rollte mit den Augen und schnaubte.

Destan. Der hatte mir noch gefehlt zu meinem heutigen Glück.

Ich drehte mich zu ihm um, musste mir aber fast den Hals verrenken, damit ich ihn ins Blickfeld bekam. »Hi«, antwortete ich gelassen.

Ich hasste diesen Kerl. Wasser. Laufen. Destan. So ungefähr war die Reihenfolge, je nachdem, was mich akut mehr nervte.

Destan grinste mich an. Er trug eine neue Hose, die er sicherlich irgendeinem reichen Schnösel geklaut hatte, die Jacke war auch neu, aus feinstem Leder mit einer grazilen Punzierung am Rand. Überhaupt sah der Sack gut aus. Seine Haare waren frisch geschnitten und leuchteten in diesem schönen satten Rotbraun, um das ich ihn immer beneidet hatte. Meine waren übrigens eher straßenköterblond, falls das irgendetwas zur Sache tat. Vermutlich aber eher nicht.

Destan war beliebt bei den Frauen. Er hatte diesen besonderen Charme. Wenn er lächelte, ging die Sonne auf, seine Stimme klang melodisch, schmeichelnd sanft. Er konnte alles erzählen, jeder wollte ihm lauschen, weil es so ein tiefgreifendes Erlebnis war. Seine Hände waren kraftvoll und gleichzeitig zärtlich. Seine Haut so wundervoll perf… Warum, verflucht, kam ich ins Schwärmen?

Ich rollte mit den Augen und fixierte ihn. »Du hast Lotusnektar getrunken.«

Destan steckte die Hand in die Taschen, grinste noch breiter – *Wahnsinn, diese Zähne, wie bekommt er die so weiß?* – und wippte auf den Fersen vor und zurück. »Nein, ich denke, du stehst heimlich auf mich. Hast du schon immer, willst es nur nicht zugeben.«

Lotusnektar war ein großartiges Zeug, es ließ jeden absolut unwiderstehlich werden. Wirklich jeden! Auch den hässlichsten Gnom. Hätte Sskatt-dingens Lotusnektar getrunken, hätte ich ihm eher eine Liebeserklärung gemacht, statt ihm eine Geschichte von Hyänen aufzutischen. Lotusnektar benebelte die Sinne, es gaukelte Schönheit vor, wo keine war – okay, im Fall von Destan stimmte das nicht ganz, er sah auch ohne das Zeug gut aus, das musste ich neidlos anerkennen.

Wie aufs Stichwort fuhr er sich mit der Hand durch die Haare und warf einige Strähnen in einer wahnsinnig anmutigen Bewegung zurück. Gott, ich würde sonst was drum geben, wenn ich auch mit den Fingern durch … *Reiß dich zusammen, Ash!*

»Geht es dir gut?«, fragte Destan und klimperte mit den Wimpern. Waren die schon immer so lang und so schwarz gewesen? »Nicht dass dir gleich Sabber aus dem Mund läuft.«

Ich schluckte, um genau das zu verhindern. Wäre es mir möglich gewesen, hätte ich meine Hände losgerissen, sie in diesem herrlichen vollen Haar vergraben, mich an seine muskulöse Brust geschmiegt und meine Lippen … Stopp! Jetzt wurde es schräg. Ich war nicht der Typ für Typen. Also, ich brauchte Kurven im Bett. Weibliche. Und menschliche. Diese Troll-Mensch-Sachen – nicht mein Ding. Aber jeder, wie er mochte. Solange alle Spaß hatten, war es mir gleich.

»Brauchst du eigentlich Hilfe?«, fragte er und umrundete den Teich.

»Nein.« *Doch, bitte! Fass mich an. Reibe mit deinen Fingerkuppen über mein Kinn und …* »Wie lange wirkt der Nektar noch?«

Er zuckte mit den Schultern. »Hab ihn gestern getrunken, könnte also bald vorbei sein. Ist es schlimm? Hast du Druck in der Hose?«

»Ja, aber nur, weil ich pinkeln muss.« Das stimmte sogar.

»Ich könnte dich runterholen.« Er hielt die Luft an, dachte kurz über seine Worte nach. »Also, *dich* runterholen, nicht dir einen …«

»Ich hab das schon verstanden.« Mein Hirn war zwar benebelt, aber nicht so.

Er lächelte mich anmutig an, lief weiter zu meinen Sachen. Ich blickte ihm hinterher, konnte meinen Blick nicht von seinem perfekt gemeißelten Körper reißen. Verdammt, ich sabberte wirklich!

Er blieb an meiner Tasche stehen und schob einen dieser unglaublich schönen Füße in die Schlaufen, um sie leicht anzuheben und hineinzublicken. »Und?«

»Was, und?«, hakte ich nach.

»Willst du runter?«

»Ja. Aber ich schaffe es allein.«

»Sicher?«, fragte er mit säuselnder Stimme, die mir eine Gänsehaut verursachte und einen Schauer mein Rückgrat hoch- und runterjagte.

»Jaaaa. Und jetzt hau ab, ich muss mich konzentrieren.«

Destan spielte mit dem Klappmesser, ließ es durch seine geschmeidigen Finger gleiten, auf und zu, auf und zu, auf und … *Ich wünschte, er würde das mit meinem …* Ich presste die Augenlider zusammen, fokussierte mich auf meine brennenden Knöchel, denn das war wesentlich angenehmer, als Sexfantasien über den Kerl zu haben, den ich seit jeher hasste.

Destan war nur auf seinen Vorteil aus.

Gut, manche sagten, dass das bei mir auch so wäre, aber das war was anderes.

Er klaute.

Mach ich auch.

Er log.

Ja. Doch. Wenn es nötig war. Aber nur dann!

Er hinterging seine Freunde.

Das hatte ich noch nie getan! Was wohl daran lag, dass ich keine hatte; aber wenn ich welche hätte, dann würde ich es nicht tun.

»Schade. Ich hätte dir gerne geholfen«, sagte er, und seine Worte rannen mir als angenehm kribbelnder Schauer über die Haut. Er blickte zu meiner Tasche, bückte sich und fing an, darin herumzukramen.

»Die Eintrittskarte ist nicht da drin, falls du sie suchst«, sagte ich.

»Ich schaue dennoch lieber selbst nach.« Mit einer beneidenswerten Eleganz räumte er eine meiner Habseligkeiten nach der anderen aus der Tasche: das Stück Brot, das ich mir für später aufgehoben hatte, ein Ersatzhemd, ein Seil – man konnte nie wissen, wann man eines brauchte –, einen Feuerstein, einen alten Krug und einen großen pinkfarbenen Lutscher.

Destan zog ihn am Stiel heraus und sah mich stirnrunzelnd an. »Ernsthaft? Wofür brauchst du das?«

»Ich will nicht darüber reden.« Jeder brauchte seine Geheimnisse. »Und sei vorsichtig mit dem Krug, den wollte ich verscherbeln.«

Destan zuckte mit den Schultern und warf ihn natürlich weg. Er zersprang in seine Einzelteile.

»Ja danke.« *Arsch.*

»Wo ist sie?«, fragte Destan.

»Der Gnom hat sie genommen.« Dies war nun übrigens einer der Momente, in denen eine Lüge angebracht war. »Ist auf dem Weg in den Feuersteig. Du holst ihn bestimmt ein.«

Destan schüttelte den Kopf und sah mich an. Mir entwich ein seliges Seufzen. Wie er den Kopf leicht schräg hielt, das Strahlen der Sonne sich in seinen Pupillen verfing ... Wie konnte ein Mensch nur so unfassbar schön und ...

»Mh.« Er klappte sein Messer wieder auf und zu und setzte seinen Rundgang um den Teich fort. »Das ist Steinsäure.«

Da er es als Feststellung aussprach und nicht als Frage, sah ich mich nicht gezwungen, ihm zu antworten.

Destan ging zu dem Baum, an dem der Gnom das Seil festgebunden hatte, welches mich hielt. Er betrachtete es interessiert, glitt mit seinen schlanken Fingern über die Fasern, als wollte er sie liebkosen.

Ich stöhnte und hoffte, dass die Wirkung von diesem elenden Saft entweder bald abklang oder Destan mich in Frieden ließ.

»Guter Knoten.« Er griff danach, lockerte eine der Schnüre. Ich spürte die Vibration des Seils in meinen Beinen. Die Steinsäure blubberte auf, als würde sie es ebenfalls bemerken.

»Ich bin mal in Steinsäure gefallen«, fuhr Destan fort. »Wenn du rechtzeitig rauskommst, trägst du keine bleibenden Schäden davon.«

Ich starrte auf die Oberfläche, die sich kräuselnd unter mir zusammenzog. »Definiere rechtzeitig.«

»Na ja, so binnen einiger Atemzüge solltest du es schon schaffen. Ich hoffe, du kannst schwimmen.«

Idiot. Er wusste genau, dass ich es nicht konnte.

»Dann schaffst du es rasch ans Ufer und bist in Sicherheit. Du solltest aber als Erstes die Klamotten ausziehen, denn die werden sich mit der Säure vollsaugen und an dir kleben. Aber hey: Ein gut aussehender Bursche wie du kann auch nackt durch die Gegend laufen. Es wird nicht lange dauern, bis du jemanden findest, der dir hilft.«

Ich schnaubte, während Destan das Seil noch einen Hauch lockerte und ich tatsächlich ein Stück nach unten rutschte.

»Es sei denn natürlich, du gibst mir zurück, was mir gehört.«

»Ich habe die Karte nicht mehr!«

»Oh doch. So einen Fang lässt du dir nicht wegnehmen. Gnom hin oder her.«

Es ging übrigens um eine Eintrittskarte zur Nachtheide, wo heute ein Wettbewerb stattfand. Dem Gewinner winkte ein magischer Ranzen, in den man sich alles hineinwünschen konnte, was man wollte. Mein sehnlichster Wunsch war es, mich von dem Messer zu lösen und endlich diesen elenden Fluch zu brechen, der uns aneinanderband. Die Eintrittskarte hatte ich von Destan beim Kartenspielen gewonnen. Fair, wohlgemerkt.

»Gib sie mir wieder!«

»Vergiss es.« Zum Glück konnte er sie mir nicht gewaltsam abnehmen, denn sie verband sich mit ihrem Träger und ließ sich nur lösen, wenn derjenige sie freiwillig übergab.

»Wusstest du, dass die Karte frei wird, wenn der Träger stirbt?«

Genau. Das war die zweite Methode, um an so ein Ding zu kommen.

Destan ließ ein weiteres Mal das Seil locker und gönnte mir die nächsten Zentimeter näher an meinen Tod. »Wirklich schade, dass du so stur bist.«

Ich ruckte noch mal an meinen Fesseln, bekam nun alle Finger an den Griff des Messers.

»Gib mir meine Karte zurück.« Er ließ noch ein Stück Knoten nach. Meine Haare streiften die Oberfläche der Steinsäure und zischten, als sie weggeätzt wurden.

»Nein.«

»Dann haben wir uns wohl nichts mehr zu sagen. War schön, dich kennengelernt zu haben.«

Vermutlich war das nun der beste Zeitpunkt, um aus dieser Konversation auszusteigen. Ich drehte mich von Destan weg, packte das Messer und entfesselte so seine Kräfte. Es stellte sich sofort auf mich ein, ließ seine Magie los und zerschnitt binnen eines Wimpernschlages die Fesseln um meinen Oberkörper, ich bekam die zweite Hand frei, griff nach dem Ende des Seils, das noch am Baum befestigt war, und drehte mich um. Das Blut, das sich in meinem Kopf gesammelt hatte, schoss zurück in meine Beine. Für einige Atemzüge sah ich alles doppelt.

Destan rüttelte am Knoten und versuchte, ihn ganz zu öffnen.

Ich fiel ein Stück, meine Füße tauchten in die Säure, es blubberte unter mir, die Blasen ätzten meine Schuhsohlen weg. Ich zog die Beine an, aber die Säure tränkte meine Hose und brannte auf meiner Haut.

Destan öffnete den Knoten komplett und ich stürzte bis zur Hüfte in den See. Ich ruderte mit den Armen, konnte die Finger in die Böschung krallen und mich festhalten. Meine Beine hingen in der Säure, der Schmerz betäubte mich fast.

Destan umrundete den See, klappte sein Messer aus, um mir den Rest zu geben. Ich hievte mich an den Rand, zog meine Beine aus der Säure. Sie schmerzten so sehr, dass ich mir nicht mal mehr sicher war, ob sie noch da waren oder der See sie weggeätzt hatte.

»Gib mir mein Eigentum zurück!«, brüllte er und sah dabei so unwiderstehlich aus, dass ich in diesem Moment am liebsten meine Arme weit ausgebreitet und ihn an meine Brust gezogen hätte.

Ich schob die Fantasien zur Seite, richtete mich mühevoll auf und zog das Messer aus der Erde. In dieser Verfassung konnte ich mich unmöglich gegen Destan wehren. Ich hatte keine andere Wahl. Ich brauchte mein Messer erneut. Zum zweiten Mal an diesem Tag.

Mit einem letzten Blick auf meine Sachen, die ich leider zurücklassen musste, holte ich aus, rammte mir das Messer in den Bauch und wünschte mich an einen anderen Ort.

»Ash! Verdammt!«, hörte ich Destan noch rufen, dann nahm mich der Sog des Messers gefangen und wirbelte mich davon.

4. KAPITEL

Kristin

Neuseeland, 07.45 Uhr

Achtundzwanzig Tage.

So lange war ich nun auf der Insel unterwegs gewesen und hatte mich vollkommen treiben lassen.

Achtundzwanzig Tage auf mich allein gestellt.

Achtundzwanzig Tage ohne Handy.

Achtundzwanzig Tage ohne Fernseher oder Radio.

Dorf war auf Dorf gefolgt. Ich war an der Küste entlanggefahren, ein Stück in die Berge, wo ich einige Klettertouren unternommen hatte, aber dann wegen Schneefalls hatte umkehren müssen, und wieder zurück an die Küste.

Nur einmal war ich kurz davor gewesen, Daniel anzurufen und ihn ordentlich zusammenzufalten, aber ich hatte mich zum Glück beherrschen können. Dafür hatte ich Brayden auf die Mailbox gesprochen und ihm gesagt, dass es mir gut ging und ich weiter durch Neuseeland tourte.

Die Zeit auf der Insel kam mir surreal vor, als wäre ich in einer Art Parallel- oder Traumwelt gefangen, in der meine alte Realität und meine alten Probleme nicht mehr existierten. Ich ließ mich völlig treiben. Planlos, ziellos.

Und es war gut so.

Mittlerweile war ich in irgendeinem Fischerkaff angekommen, bei dem es nur eine Hauptstraße und wenige Häuser gab, dafür aber sehr warme Betten mit äußerst netter Gesellschaft.

»Guten Morgen«, sagte Mik und sah zu mir herüber. Ich streckte mich, gähnte herzhaft und genoss das seidige Gefühl der Bettlaken auf meiner nackten Haut.

»Ebenso.«

»Gut geschlafen?«

»Wann hast du geschlafen?«, fragte ich ihn.

Er grinste süffisant und tippte sich an die Lippen, als müsste er über die Antwort nachdenken. »Ich glaube, zwischen 0.02 und 1.21 Uhr hatte ich eine sehr erholsame Tiefschlafphase.«

Ich erwiderte sein Lächeln und drehte mich auf die Seite, damit ich ihn besser ansehen konnte. Die Nacht mit ihm war wundervoll gewesen. Wir hatten gelacht, rumgemacht, grandiosen Sex gehabt … Ich beugte mich nach vorne und küsste Mik auf die Nase.

»Mh«, machte er, seine Hand rutschte unter das Laken und fuhr die Konturen meines Körpers nach. Ich ließ ihn gewähren, drückte mich ihm entgegen und wartete, was er vorhatte. Mik war nicht viel älter als ich, hatte dunkle wilde Haare und ein ebenso stürmisches Funkeln im Blick. Er war ein Mâori, einer der Einheimischen auf der Insel, und er war heiß. Wir hatten uns im Restaurant kennengelernt, in dem er arbeitete, und nun zwei Nächte zusammen verbracht. Es war zwanglos, leidenschaftlich und betörend. Für jeden von uns.

Mik glitt mit seinen Lippen tiefer, strich über meine Wange, zu meinem Hals. Er zog die Decke von mir herunter und rollte sich auf mich. Ich strich über seine Rückenmuskeln, fuhr die Konturen seiner unzähligen Tattoos nach. Symmetrische Tribals, wie sie viele der Mâori trugen. Hätten wir mehr Zeit gehabt, würde ich in ihnen lesen, was sie bedeuteten, aber ich wollte heute weiter und – seine Hand fand eine Stelle zwischen meinen Beinen und drückte zu. Ich stöhnte, bäumte mich ihm entgegen. Er lachte leise gegen meinen Hals, bedeckte meine Haut mit zarten Küssen und arbeitete sich Zentimeter um Zentimeter mit den Lippen nach unten zu meiner Körpermitte. Ich genoss seine kundigen Finger, seine Zunge, seinen herben männlichen Duft. Mit einem weiteren Stöhnen sank ich in die Laken, schloss die Augen und überließ mich Mik.

Er wusste genau, was er zu tun hatte …

Fünf Stunden später verließ ich Miks Wohnung und trat hinaus auf die Straße. Es war bereits Mittag, ich hatte völlig die Zeit verloren. Wie so oft nieselte es leicht und es war kalt. Ich atmete tief die frische Meeresluft ein, die intensiv nach Algen und dem rauen Wind roch, der an der Küste entlangfegte. Ein letztes Mal würde ich heute mit Mik essen und ihm dann Adieu sagen. Mir wurde wehmütig ums Herz bei dem Gedanken daran, aber es war besser, es jetzt zu beenden, wo es noch zwanglos war, als es weiter ausufern zu lassen.

Ich lief nach rechts los, in Richtung des Restaurants, in dem er arbeitete. Außer mir war keine Menschenseele unterwegs und bis auf das Rauschen des Meeres und den Ruf der Vögel war nichts zu hören. Ich musste zugeben, dass ich mein Herz an dieses Land verloren hatte. Neuseeland war rau und wild und unbeständig, die Menschen waren bisher sehr nett und gastfreundlich. Überall hatte ich Anschluss oder eine Übernachtungsmöglichkeit gefunden. Auch das würde ich vermissen, aber früher oder später musste ich auch mal wieder nach Hause und mir wirklich überlegen, wie es weitergehen sollte. Brayden hatte mich schon hundertmal gefragt, ob ich nicht auch eine Ausbildung beim FBI machen wollte, aber ich würde mich lieber für eine Fast-Food-Kette an die Kasse stellen, als diesen Weg zu wählen.

Ich erreichte das Lokal und blickte die Fassade an. Das Gebäude war eine Mischung aus Neu und Alt. Die Balken waren restauriert und blau angestrichen, der alte Stein war in die Hauswand integriert, die Front komplett verglast. Mik hatte mir erzählt, dass er das Restaurant von seinem Großvater übernommen und eigenhändig renoviert hatte. Er hatte den alten Charme beibehalten, aber alles auf den neuesten Stand der Technik gebracht.

Vielleicht wäre ja auch das was für mich: eine Weile hierbleiben, Mik helfen, Spaß haben, bis es mir langweilig wurde. Und dann? Wer sagte eigentlich, dass ich unbedingt einen Plan brauchte? Bisher war ich mit diesem Lebenskonzept sehr gut klargekommen, also warum etwas ändern?

Ich schüttelte meine Jacke vom Regen aus und trat ein. Im vorderen Bereich standen fünf Tische, weiter hinten gab es einen kleinen Garten, in dem man bei schönem Wetter sitzen konnte. Die Möbel waren dunkel gehalten, an der Wand hingen antike Angelruten, ein präparierter Schwertfisch und eine große, per Hand gezeichnete Karte des Meeres.

»Hey, Kris«, rief Mik und wischte über den Tresen. »Auch schon wach?«

»Scherzkeks.« Er war nach unserem Morgensex gleich aufgestanden, hatte sich für die Arbeit fertig gemacht und war gegangen. Ich hatte den Schlaf nachgeholt, der mir die letzten zwei Nächte abhandengekommen war. Was nicht nur an Mik gelegen hatte, sondern auch am Neumond. Die meisten Menschen konnten bei Vollmond nicht schlafen, bei mir war es umgekehrt. Einmal Freak, immer Freak. Oder so.

»Setz dich, wo du magst«, sagte er.

Ich blickte mich um. Es gab nur fünf Tische, ein älteres Ehepaar saß an einem, ein Mann mit grauem Bart schlürfte seine Suppe an einem anderen, eine junge Frau hockte am Fenster und las. Ich entschied mich ebenfalls für einen Fensterplatz, zog die Jacke aus, hängte sie über einen freien Stuhl und nahm den anderen.

Kaum saß ich, kam Mik zu mir und wischte meinen Tisch ab. Er trug ausgefranste Jeans und ein T-Shirt. Die Tattoos auf seinen Armen tanzten bei jeder Bewegung. Er merkte, wie ich ihn musterte, und grinste. »Hunger?«

»Und wie.«

»Wir haben heute Lammbraten mit Kumara und grünen Erbsen, frische Austern, Fleischpastete, Hokisuppe und vier vegetarische Wraps.«

»Ich hätte gerne erst die Suppe und dann einen Wrap, bitte.«

»Klar, scharf oder mild?«

»Scharf.«

»Was auch sonst.« Er steckte den Lappen in die hintere Tasche seiner Jeans. »Und zu trinken?«

»Erst mal nur Wasser. Danke.«

»Geht klar.« Er verschwand mit einem Lächeln hinter dem Tresen, wo er dem Koch die Bestellung durchgab.

Ich lehnte mich auf dem Stuhl zurück und sah zum Fenster hinaus. Der Himmel hing pechschwarz über mir und der Regen war ebenfalls stärker geworden. Mal abwarten, ob es den ganzen Tag so blieb.

»Mik«, rief auf einmal der ältere Mann, der zwei Tische weiter saß. »Kannst du mal den Fernseher laut stellen?«

Mik kam hinter dem Tresen vor, ging zu dem Apparat, der oben in der Ecke hing, und drehte den Ton hoch. Die Nachrichten liefen, was mich allerdings nicht sonderlich interessierte. Ich hatte mich in diesen letzten Wochen derart von allem zurückgezogen, dass ich ganz vergessen hatte, dass es da draußen auch ein Leben gab.

»... schalten wir jetzt zur Pressekonferenz in Frankfurt, wo unsere Korrespondentin Elaine Martins live vor Ort ist und mit Dr. Sebastian Pacheco spricht, dem Arzt, der die letzten Grimm-Morde untersucht hat.«

Keine Ahnung, was mich letztlich dazu bewegte, doch hinzusehen. Vielleicht lag es an der eindringlichen Stimme von Dr. Pacheco, die nun aus den Lautsprechern tönte.

»... wie schon bei den ersten Fällen haben wir es mit den gleichen Symptomen zu tun«, sagte Dr. Pacheco. Er stand hinter einem Pult, zwei Scheinwerfer waren auf ihn gerichtet, ein Mikrofon vor seiner Nase. Hinter ihm prangte das Emblem der CIA. »Die Täterin ist heute Morgen in ihrer Zelle gestorben. Herzstillstand.« Der Doktor war ein gut aussehender Mann, mit ausgeprägten, kantigen Gesichtszügen und leicht gelockten Haaren. Die dunklen Augen wirkten wachsam und klug, aber auch sehr müde.

»Können Sie bestätigen, dass es ein Terroranschlag war?«

»Natürlich war es keiner. Die Medien bauschen alles mal wieder unnötig auf.«

»Oder sie spielen alles unnötig herunter.«

Dr. Pacheco krallte sich am Rednerpult fest. Er wirkte extrem angespannt und kämpfte mit seiner Selbstbeherrschung. »Die Ursache für die Erkrankung kann auf einen Virusinfekt zurückgeführt werden. Wir arbeiten bereits an einem Impfstoff, empfehlen aber jedem, sich von öffentlichen Plätzen fernzuhalten und auf eine gründliche Hygiene zu achten, vor allen Dingen, wenn sie gesundheitlich angeschlagen sind.«

»Schlimm, oder?«, fragte die Frau, die hinter mir am Tisch saß.

»Ich weiß nicht mal, was passiert ist.«

»Das geht doch seit Wochen durch alle Medien.«

»Ich war unterwegs.«

»Vor vierzehn Tagen ist ein Mann in einem Krematorium durchgedreht. Er hat zwei seiner Kollegen bewusstlos geschlagen, sie in eine der

Verbrennungsanlagen gesteckt und bei lebendigem Leib angezündet. Als die Polizei anrückte, tanzte der Mann vor dem Ofen herum, aß Lebkuchen und rief die ganze Zeit: *Knusper, Knusper, Knäuschen, wer knabbert an meinem Häuschen* …«

»Was?«, hakte ich nach.

»Und das ist kein Einzelfall. Nach und nach wurden mehr Morde dieser Art bekannt«, fuhr sie fort. »Unter dem Hashtag #grimmmurder findest du zig Berichte über ähnliche Fälle, nicht nur in Deutschland, sondern überall auf der Welt, wobei es zurzeit wohl geballt in Europa vorkommt. Vor einer Woche hat eine Frau in Madrid ihre Freundin nackt ausgezogen, um ihr bei lebendigem Leib die Haut abzuziehen.« Sie beugte sich näher zu mir, als wollte sie mir ein Geheimnis verraten. »Sie stopfte dann Münzen in die offenen Wunden und meinte, das wären Sterntaler.«

»Das ist ja widerlich.«

»Die Frau hatte sich stundenlang gequält, bis sie starb. Die Polizei fand die Täterin völlig aufgelöst und durcheinander neben der Leiche sitzend. Sie redete wirres Zeug wie: *Es friert mich so am Kopfe*, oder: *Ach bitte, ich bin so hungrig*.«

»Unfassbar.«

»Das sind Zitate aus dem Märchen Sterntaler. Kennst du das?«

»Ja. Schon.«

»Alle Täter sterben kurz darauf an einem Herzinfarkt.«

»Grimm-Morde«, murmelte ich, zog die Augenbrauen zusammen und blickte hoch zum Fernseher. Dr. Pacheco schwitzte und nestelte unsicher an seiner Krawatte. Er war nicht geeignet für diese Unterhaltung.

»Warum haben alle Täter ihre Morde in Anlehnung an die Märchen der Brüder Grimm begangen?«, fragte die Reporterin.

»Das wissen wir nicht.«

»Und der Weihnachtsmann tanzt mit dem Osterhasen Polka. Machen Sie sich doch nicht lächerlich! Sie wollen die Wahrheit vertuschen!«

»Wir haben keinerlei Interesse daran, die …«

»In den Achtzigern hat es schon mal im Nordosten der USA eine ähnliche Mordwelle gegeben«, fuhr sie ihm über den Mund. »Welcher Zusammenhang besteht da?«

»Keiner. Sie sollten nicht alles glauben, was im Internet verbreitet wird.«

»Eine heiße Theorie besagt, dass die Regierung an einem neuen Impfstoff experimentiert, um Supersoldaten zu züchten.«

»Die Verschwörungstheorien sind mir durchaus bekannt, sie werden von manisch-depressiven Personen verfasst, die keinen anderen Lebenssinn haben, als zu Hause vor ihrem Rechner zu sitzen und sich solche Geschichten auszudenken.«

»Voll daneben«, warf meine Tischnachbarin ein. »So geht das hin und her. Ich persönlich glaube ja, dass eine Sekte dahintersteckt.«

»Hat sich denn jemand zu den Morden bekannt?« Das war ja meistens der Fall, wenn eine Organisation dahinterstand.

»Noch nicht.«

»Am schlimmsten fand ich bisher den Fall von gestern.«

»Der mit den Rosen«, warf der ältere Mann am anderen Tisch ein.

»Ja, genau.«

Ich sah den Mann fragend an.

»Wegen Dornröschen«, erklärte er mir. »Eine Frau hat ihre Tochter mit Rosenranken gefesselt, ihr so die Haut aufgeschnitten und ihr am Ende die Kehle damit zugedrückt.«

»Der eigenen Tochter?«, fragte ich, und meine Nachbarin nickte.

»Mittlerweile ermitteln sämtliche Behörden«, sagte sie. »Die CIA, der Bundesnachrichtendienst, der MI6, die haben sich alle zusammengeschlossen und nennen sich IWHC. International Wolf Hunter Corporation. Schräg, oder? Leider erfährt die Öffentlichkeit kaum etwas darüber. Da läuft eine ganz große Vertuschungsaktion.«

Dr. Pacheco wollte seine Argumentation weiter ausführen, aber er wurde unterbrochen, als ein Mann zu ihm trat und ihm etwas zuflüsterte. Mir klappte augenblicklich die Kinnlade herunter.

Das war Brayden! Mein Bruder!

Ich musste mich beherrschen, nicht aufzuspringen, zum nächsten Telefon zu stürmen und ihn anzurufen.

»Ist … ist das live?«, fragte ich.

»Ja«, antwortete Mik. »Alles klar bei dir, du wirst ganz blass?«

Ich nickte und starrte gebannt auf den Fernseher. Brayden sah alles andere als glücklich aus. Seine Miene war verbissen, seine Wangenknochen stachen scharf hervor, er hatte abgenommen und er hatte eine ungesunde Hautfarbe. Als hätte er viel zu wenig geschlafen. Warum hatte er davon nichts am Telefon gesagt?! Er blieb dicht hinter Dr. Pacheco stehen, während auf einmal das Bild zu der Reporterin wechselte.

»… soeben erreicht uns die Meldung, dass wir brandneues Videomaterial besitzen«, sagte sie mit ernster Miene. »Die folgenden Bilder können sehr verstörend sein. Wir bitten Sie dringend, keine Kinder zusehen zu lassen.«

Ich schluckte und starrte fasziniert auf den Fernseher. Es war mucksmäuschenstill im Lokal geworden. Niemand redete, sogar der Koch war herausgekommen und sah sich die Sendung mit uns an.

Das Video zeigte die Frau, die ihre Tochter mit den Rosen erstickt hatte, und zwar kurz nach der Tat. Sie stand völlig neben sich, ihre Arme waren voll mit Blut.

»Es soll aber kein Tod sein, sondern nur ein Schlaf!«, rief sie den Leuten zu, die sich auf der Straße versammelten. »Sie schläft, es ist alles gut!«

Die Frau rannte orientierungslos von einem zum anderen. Das Video war von einem Passanten mit dem Handy erstellt worden. Andere Schaulustige fanden sich ein und schossen ebenfalls Bilder.

Anstatt dass mal jemand die Polizei ruft!

»Hört ihr nicht? Er hat mich dazu gezwungen!«, schrie sie und blieb mitten auf einer Kreuzung stehen. Tränen strömten über ihr Gesicht. Die Autos hupten, was sie nur noch mehr verwirrte. Sie drehte sich um ihre Achse, griff sich an den Magen, als hätte sie entsetzliche Krämpfe. Ein Mann stieg aus seinem Wagen, ging langsam auf sie zu und fragte, ob er ihr helfen könnte. Sie fuhr herum und schrie ihn an, dass er wegbleiben müsste. Nur der Prinz könnte sie erlösen.

Und dann riss sie sich die Bluse vom Leib, bis sie halb nackt vor ihm stand. Der Mann wich zurück, zückte sein Handy und hielt es sich ans Ohr. Die Frau warf ihr Oberteil weg, ihr Brustkorb war mit schwarzen Schlieren überzogen; wahllos verstreute Striche und Kreuze, als hätte sie mit Tinte über ihre Haut gekritzelt. Die Kamera zoomte näher, die Frau fuhr herum, in ihrem Ausdruck lag die nackte Panik.

Sie hatte Todesangst.

»Hilfe«, stammelte sie leise. »Bitte helft mir.« Sie blickte sich in der Menge um, die sie umzingelt hatte wie Besucher in einem Zoo, die ein seltenes Tier begafften. Die Frau bebte immer stärker, ihre Lippen zitterten, ihre Stimme brach. »Macht, dass er weggeht. *Bitte.*«

Sie krümmte sich zusammen, umklammerte mit einer Hand die andere und schlug sie sich ins Gesicht. Sie verlor vollkommen die Kontrolle über sich selbst. Der Mann, der eben telefoniert hatte, warf sein Handy weg und eilte zu ihr. Er wollte sie festhalten, beruhigen, aber als er sie anfasste, zuckte er zurück, als hätte er sich verbrannt. Weitere Menschen kamen herbei, doch auch sie konnten die Frau nicht berühren.

Sie richtete sich auf, die Kamera hielt unverdrossen auf das Geschehen, zeigte nun die Kratzer und Striche auf ihrem Körper in voller Auflösung.

Und dann geschah es.

Die Kratzer verformten sich zu einem einzigen Symbol, das quer auf der Brust der Frau prangte. Mein Blick klebte an den Aufnahmen, ich konnte weder blinzeln noch wegsehen. Das Symbol zog mich an, brannte sich in meine Netzhaut und ließ alles um mich herum verblassen.

Ehe ich mich dagegen wehren konnte, spürte ich eine Vision aufkommen. Erfahrungsgemäß waren Visionen von einzelnen Symbolen bei Weitem nicht so intensiv, als wenn ich einen Text las.

Ich ließ mich also darauf ein, das Pub verschwand, die Gerüche, die Geräusche, alles rückte in den Hintergrund und machte einer neuen Welt Platz.

Normalerweise war der Übergang in eine Vision stets gleich: Die Außenwelt verdunkelte sich und eine neue erschien. Es war wie dieser magische Moment im Kino, wenn die Lichter erloschen, die Vorhänge zur Seite glitten und der Film losging. Sanft und prickelnd und stets mit einem Hauch Vorfreude geladen.

Dieses Mal war es anders.

Ich wurde nach vorne gezerrt, als säße ich auf einem Schleudersitz. Schlagartig verlor ich die Bodenhaftung, ruderte mit den Armen, um Halt zu finden, aber da war nichts. Ich hörte jemanden schreien, keine Ahnung, ob es meine Tischnachbarin oder einer der anderen Gäste war. Die Stimme klang verzerrt und fremdartig.

Ich stürzte, flog, fiel, sah weite und fremde Landschaften, grüne Berge, einen Wald, und dann Gnome und Elfen, einen Riesen und sogar einen feuerspeienden Drachen; als wäre ich mitten in einem Märchenfilm gelandet. Aber keines von den guten Märchen, sondern eines, das Schrecken und Unheil verbreitete. Eines, das aus den Tiefen einer Seele geboren worden war und viel Leid ins Reich der Menschen bringen sollte. In mir zog sich alles zusammen. Ich war mir nicht sicher, ob es eine gute Idee war, die Bilder zuzulassen. Doch ich schaffte es nicht mehr, mich auszuklinken. Und so flog ich weiter durch die Märchenlandschaft, raste über die Hügel hinweg, bis ich schließlich auf einer einsamen Wiese landete.

Der Himmel hing grau über mir, die Sonne schaffte es kaum durch die Wolken und es war bitterkalt.

Das Allerschlimmste jedoch war der Gestank. Es roch nach Verwesung und Blut.

»Es wird genau so weitergehen«, sagte auf einmal eine Frau hinter mir.

Ich drehte mich herum. Sie stand nur wenige Meter von mir entfernt am Rand einer Anhöhe und blickte hinab. Sie trug eine Kutte und hatte ihren Kopf kahl geschoren. Hätte sie nicht eben etwas gesagt, hätte ich nicht auf den ersten Blick erkennen können, ob sie eine Frau oder ein Mann war. Sie zitterte, schluckte und schien auf etwas zu schauen, das mir noch verborgen war. Manchmal brauchten Visionen eine gewisse Zeit, bis sie sich komplett entfalteten.

Ich ging näher, die Umgebung nahm weitere Formen an und schließlich erkannte ich, worauf die Frau sah.

Leichen.

Bergeweise.

Männer. Frauen. Alt. Jung. Dick. Dünn. Teilweise waren sie halb verwest und teilweise noch »frisch«. Sie waren übereinandergestapelt worden, als hätte jemand einen Turm mit ihnen bauen wollen. Ein Mahnmal, das in der Ferne noch zu erkennen war.

»Er hat sie getötet. Das ist das Einzige, was er kann.«

Auf einmal stand sie neben mir. Ich zuckte zusammen, machte einen Schritt nach hinten. Sie lächelte mich an und nickte.

»Was … siehst du mich etwa?«, stammelte ich.

»Er kommt.«

»Wer? Was hat das zu bedeuten?«

»Der Grimm.«

Grimm? Wie die Brüder Grimm? »Wer soll das sein?«

»Sht!« Sie hob einen Finger und lauschte. Dann trat sie näher vor mich, die Augen fest auf mich gerichtet. Sie waren dunkelbraun und wirkten endlos tief. Ihre gesamte Erscheinung hatte etwas Erhabenes, Ehrfürchtiges. »Die Masali haben versagt, aber du wirst es schaffen, wenn du stark genug bist.«

»Was?«

»Ich danke dir, dass du dich für uns auf diese Reise begibst.« Sie griff nach meiner Hand, drehte sie herum und legte ein Samenkorn hinein.

»Was ist das?«

»Der Anfang und das Ende. Du wirst wissen, wenn es so weit ist.« Sie schloss meine Finger fest darum, das Korn brannte auf meiner Haut. »Der Grimm kennt dich. Er wird dich nicht mehr loslassen. Kämpfe gegen ihn an. Du bist stark genug.«

Die Frau entließ mich, sah mich mitfühlend an. Ihre blauen Augen wirkten so hell und leuchtend, dass sie mich fast blendeten. Sie nickte und reckte ihre Arme in die Höhe. Ein brennender Schmerz stach in meine Brust, als triebe sie eine glühende Klinge durch mich. Ich schrie. Etwas klirrte und zerbarst in Scherben. Auf einmal wurde ich hin und her geschüttelt. Die Wiese löste sich unter meinen Füßen auf und öffnete ein dunkles Loch.

»Es muss sein. Bitte verzeih!«, hörte ich die Frau noch rufen, dann wurden die Schmerzen so heftig, dass ich nichts anderes mehr wahrnahm. Ich wurde in der Mitte gespalten, meine Seele in tausend Stücke gerissen. Ein gleißendes Licht schoss mir durch die Augen und verbrannte meine Netzhaut.

Noch nie war mir eine Vision so real vorgekommen wie diese. Ich erlebte normalerweise keinen Schmerz in dieser Welt, doch nun bestand ich nur noch daraus.

Ich stürzte in einen leeren Raum voller Dunkelheit und Chaos. Wirre Bilder blitzten in mir hoch. Sie kamen in rascher Abfolge, wie bei Dias, die auf Highspeed vor mir abliefen. Ich sah einen prächtigen Palast, erfüllt mit gleißendem silbernen Licht. Er war wunderschön und weitläufig. Ich flog durch die Gänge, alles rauschte an mir vorbei, ohne dass ich Details wahrnehmen konnte. Die Welt surrte an mir vorüber, während sich der Schmerz in meiner Brust ausdehnte. Er zerriss mich fast, meine Arme, meine Beine – alles bebte und vibrierte vor Hitze.

Ich sah mich selbst beim Packen für Neuseeland, wie ich Daniels Nachricht erhalten hatte, den Schock über die Wahrheit und den Schmerz über seinen Verrat, ich sah uns in der Nacht zuvor, wie wir gemeinsam im Bett gelegen und uns geliebt hatten, ich sah die vielen Wochen und Monate unserer Beziehung, Brayden, der sich von mir verabschiedete, weil er nach Frankfurt abreisen musste. Die Bilder kamen schneller und schneller, ich war auf Mums Beerdigung, bei meiner Abschlussfeier in der Highschool, ich rauschte durch die Teenagerjahre, zur Beisetzung meines Vaters. Alles ging und kam, ich kehrte noch mal ins Krankenhaus zurück, in dem ich wegen der Meningitis untersucht worden war, ich schlug zum ersten Mal ein Buch auf und erhielt eine Vision.

Scharfe Splitter schnitten in meine Haut, ritzten tiefe Furchen in mich hinein.

Ein gewaltiger Schrei ging durch mich. Er kam aus den Tiefen der Erde, von den dunkelsten Stellen dieser Welt, und er war erfüllt von Schmerz und ewigem Leid.

»Kris!«, rief Mik. Er klang gedämpft, wie durch Watte. »Ruhig atmen!«

Ich öffnete den Mund, röchelte nach Luft, aber es kam nichts. Ich hatte vergessen, wie es ging; wie das Leben an sich überhaupt funktionierte. Losgelöst von allem schwebte ich durch Zeit und Raum. Nichts spielte mehr eine Rolle. Ich vergaß mich selbst und wofür ich auf dieser Welt war.

Und aus all diesem Chaos, aus all diesem Licht hörte ich ein tiefes Knurren hinter mir. Langsam drehte ich mich zurück und erstarrte vor Schreck. Vor mir stand ein gigantischer Wolf. Er war rabenschwarz und hatte leuchtend gelbe Augen. Rein äußerlich erinnerte er mich an Alexis, mit dem Unterschied, dass er fast viermal so groß war wie sie.

Ich wich zurück, wollte so viel Abstand wie möglich zu diesem Biest haben. Der Wolf knurrte, hob die Lefzen. Blut troff von seinen langen Zähnen, sein Atem stank nach Tod.

Das Knurren wurde lauter, der Wolf kam näher, ich blickte mich um, aber da war niemand mehr. Ich stand wieder auf der Wiese. Allein und schutzlos.

»*Das ist der Grimm! Lauf!*«, hörte ich ein Schreien in meinem Kopf, und genau das tat ich.

Ich drehte herum und rannte um mein Leben. Der Grimm nahm sofort die Verfolgung auf. Ich sprintete über die Wiese Richtung Wald, doch plötzlich zog sich der Boden unter meinen Füßen wie Kaugummi. Ich kam fast nicht von der Stelle, dafür spürte ich den heißen Atem des Grimms in meinem Nacken.

Er hatte mich fast eingeholt!

Ich sammelte alle Kraft zusammen, ächzte vor Anstrengung und versuchte verzweifelt, von der Stelle zu kommen. Das Wesen kam noch näher, ich sah seinen Schatten, der sich bedrohlich über mir aufrichtete. Er spannte die Muskeln an, sprang und riss sein Maul auf. Ich hob die Hände über den Kopf, erwartete den Aufprall. Meine Beine brannten lichterloh, genau wie mein Brustkorb. Alles in mir schmerzte. Ich griff an mein Herz, versuchte Luft zu holen, aber es gelang mir kaum. Die Welt drehte sich, mir wurde schwindelig, der Boden löste sich unter meinen Füßen auf, dann schmeckte ich Blut.

Mein Blut.

Ich hatte mir auf die Zunge gebissen. Mein Körper krampfte urplötzlich zusammen.

»Kris!«, hörte ich noch mal Mik rufen. Das Licht, das mich eben schon geblendet hatte, wurde heller und heller, bis ich mich ganz darin auflöste.

»Zur Seite, junger Mann«, sagte eine Frau.

Ich wurde geschüttelt, jemand beugte sich über mich. Der Grimm würde mich gleich … Nein, das war nicht mehr der Grimm. Das war Mik!

Ich lag auf dem Boden im Pub. Eine Sanitäterin leuchtete mir in die Augen.

»Sie ist wieder da«, rief sie und nahm die Lampe weg. »Ganz ruhig. Wir bringen Sie ins Krankenhaus.«

»Nein«, krächzte ich, wollte die Frau wegschieben, aber ich hatte keine Kraft. »Nein, k-kein Krankenhaus. Ich … ich brauche meinen Bruder.«

Ich brauchte Brayden.

5. KAPITEL

Nubra-Tal, Indien. 1343 n. Chr.

Casaju rieb sich über den schweißnassen Nacken und lehnte sich auf dem Stuhl zurück. Seine Hand schmerzte vom vielen Schreiben in diesen letzten Tagen. Er hatte fast ununterbrochen an einer neuen Geschichte über einen Esel, einen Hund, einen Hahn und eine Katze gearbeitet. Er wollte sie *Tiere im Nachtquartier* nennen. Sie waren ihren Besitzern zu alt geworden, schlossen sich daraufhin zusammen und erlebten allerlei Abenteuer. Am Ende siegten sie mit der Kraft der Musik und ihrer Freundschaft. Casaju mochte die Geschichte sehr, sie hatte sich gut schreiben lassen und er war fast so weit, sie nach Abalion zu entlassen.

Er massierte sich die brennenden Augen und atmete kurz durch. Noch zwei Seiten, das sollte er heute schaffen.

Und dann?

Eine Pause womöglich. Er könnte ein paar Tage in der Sonne sitzen, wobei die derzeit gnadenlos auf sie niederbrannte, oder im Schatten des Baumes dösen.

Oder die andere Geschichte fertig schreiben.

Casaju blickte hinüber zu dem Regal, in dem der erste Entwurf der Feuerdrachengeschichte ruhte. Casaju hatte sie seit jenem Abend von Kaias Zeremonie nicht mehr angerührt. Er hatte es versucht. Zigmal war er mit der Papierrolle unter dem Arm aufgebrochen, um sie in der Bibliothek zu schreiben, aber er war jedes Mal umgekehrt, ohne den Raum auch nur zu betreten. Seine Gefühle bezüglich des Ortes waren weiterhin zwiegespalten. Er wollte dort sein, weil er die Magie der Bücher spüren wollte, und gleichzeitig konnte er nicht weit genug weg davon.

Ich bin verrückt.

Sein Verhalten war irrational. Der Tod seiner Eltern lag fast dreihundert Jahre zurück, er sollte sich langsam damit abgefunden haben. Doch Masali empfanden Zeit nicht wie Menschen. Ein Jahrzehnt verging für sie so schnell wie für andere ein Tag. Das erzählten zumindest alle, die von draußen zu ihnen fanden und sich in ihr neues Leben eingliederten.

Casaju brummte leise, stand auf und lief zu dem Regal, in dem die Schriftrolle wartete. Die Geschichte ließ ihn natürlich nicht in Ruhe und kam meistens in seinen Träumen zu ihm. Casaju konnte schon gar nicht mehr zählen, wie oft er mit den Feuerdrachen durch Abalion geflogen war oder an der Seite der Prinzessin gestanden hatte, die ihn anflehte, ihr zu helfen, damit sie endlich ihr Lachen wiederfand.

Es war kein schöner Zustand, in dem er die Geschichte gelassen hatte: halb fertig und eingerollt in seinem Regal. Dennoch konnte er die Scheu vor der Bibliothek nicht überwinden.

Ich sollte damit aufhören. Es muss weitergehen.

Casaju schnappte sich die Schriftrolle mit der Drachengeschichte und verließ mit ihr sein Zimmer.

Die Sonne stand im Zenit, er sah nach draußen zum Baum, wo Kaia an der Rinde lehnte, die Beine angezogen, das Papier auf ihren Knien. Sie kaute auf ihren Lippen herum, während sie höchst konzentriert an ihrer dritten Geschichte arbeitete. Casaju wusste nur, dass es um ein Geschwisterpaar ging, das sich im Wald verirrt hatte und an das Haus einer Hexe kam.

Er hielt kurz inne und betrachtete seinen Schützling. Die Schatten der Äste umschmeichelten ihr Gesicht, der Wind ließ vereinzelte Strähnen ihres dunklen Haares flattern. Sie war so vertieft, wie es nur eine Masali sein konnte, die sich in ihrer eigenen Welt verloren hatte. Casaju durchströmte eine wohlige Wärme bei ihrem Anblick. Er war so unglaublich stolz auf sie und das, was sie erreichte.

Mit einem Lächeln auf den Lippen bog er nach rechts zu Isas Zimmer ab und klopfte an. Wenn er in den tiefen Bereichen der Bibliothek schreiben wollte, brauchte er einen Schlüssel.

Es dauerte nicht lange, bis sie öffnete und ihn freudig anlächelte. Wie immer trug sie ihre Kutte aus dunklem Leinen und ihre Glatze war frisch poliert. Aus ihrem Zimmer wehten Casaju würzige Gerüche entgegen. Isa mochte es, Räucherwerk zu entzünden.

»Ich will dich nicht lange stören, nur fragen, ob ich den Schlüssel zum Eisentor haben kann.«

»Ah, du bist wieder auf dem Weg zu dir selbst.«

So nannte Isa jeden seiner Versuche, in die Bibliothek zu gehen.

»Ja.«

»Der wievielte Versuch ist das heute?«

»Ich … ich zähle nicht mit.« Es war der tausendeinhundertfünfzigste.

Isa lächelte, weil sie genau wusste, dass er Buch führte. »Wie weit bist du mit der Erzählung um die vier Tiere?«

»Fast fertig. Ich brauche Abwechslung, daher hab ich die Drachengeschichte ausgepackt. Ich dachte, ich gebe ihr eine nächste Chance.«

Sie sah auf die Schriftrolle unter Casajus Arm, griff neben sich an die Tür und nahm die Schlüssel von der Wand. Statt sie ihm zu geben, trat sie zu ihm hinaus in den Flur. »Ich komme mit.«

»Vertraust du mir nicht?«, fragte Casaju.

»Natürlich tue ich das, aber erstens wird mir ein wenig Ablenkung guttun und zweitens möchte ich nicht, dass du heute Abend den tausendeinhunderteinundfünfzigsten Strich auf deiner Liste der fehlgeschlagenen Versuche machen musst.« Sie zwinkerte ihm zu und lief los Richtung Bibliothek.

»Woher …«

»Du bist nicht der Einzige, der mitzählt.«

»Das war mir nicht klar.«

»Ich weiß.« Isa setzte sich in Bewegung, ohne auf Casaju zu warten. »Kommst du?«

Casaju folgte ihr mit einem elenden Grummeln im Bauch. Den ganzen Weg lang dachte er darüber nach, ob es nicht doch besser wäre, umzukehren. Er könnte sich auch in den Hof setzen, er könnte ausruhen, er könnte sich körperlich betätigen, so viele Dinge tun, die viel besser klangen, als sich seinen inneren Dämonen zu stellen.

»Du suchst nach Ausreden, hab ich recht?«, sagte Isa.

Er antwortete nicht. Musste er auch nicht, denn erstens würde Isa ihn nicht so leicht entrinnen lassen und zweitens waren sie angekommen. Casaju blieb vor der hölzernen Tür stehen und starrte darauf: sein persönliches Tor zur Hölle.

Er biss die Zähne zusammen, bis er einen Krampf bekam. Seine Gefühle waren übertrieben irrational. Er wusste, dass er sich anstellte wie ein Kleinkind und es nichts gab, wovor er sich fürchten sollte.

Er konnte es dennoch nicht ändern.

»Du schaffst das.« Isa öffnete und trat als Erste ein. Der Geruch nach Papier und alter Tinte empfing ihn und umschlang sofort sein Herz. Dieser Duft war wie ein Treibstoff für jeden Masali. Er beflügelte ihre Seele und ließ ihre Zellen vibrieren. Sie brauchten es, und er wusste, dass es seine Geschichten auf die nächste Ebene heben würde. Wenn er sich darauf einließ …

Langsam folgte er Isa. Die Bibliothek hatte keine Fenster, war nur mit Kerzen ausgeleuchtet. Er hatte schon oft darüber gewitzelt, wie leichtsinnig es war, Feuer in der Nähe zu all diesem Papier zu entzünden, aber die Flammen waren eher ein Schutz für die Bücher.

Isa ging an den ersten Regalen vorbei. Casaju verlangsamte seinen Schritt, weil er merkte, wie schwer das für ihn wurde. Sein Körper drängte nach vorne, seine Seele wollte raus.

»Es ist alles gut«, sagte Isa. »Geh einfach weiter.«

Wenn es doch nur so leicht wäre.

Dennoch setzte er einen Fuß vor den anderen und hoffte so, es zu schaffen. Sein Herz flatterte, je tiefer sie in den Raum gelangten. Die Luft wurde merklich kühler, Casaju spürte einen leichten Druck in den Ohren.

Dieser Ort war pure Magie.

Casaju ging zwischen den unzähligen Bücherregalen hindurch, die bis an die zehn Meter hohe Decke reichten und den Raum zustellten. Ein Gang führte geradeaus, ein Ende war nicht zu erkennen. Die Bibliothek wuchs mit den Geschichten, die darin aufbewahrt wurden. Jedes Jahr dehnte sie sich aus und vergrößerte sich.

Hier war die Grenze zu Abalion am dünnsten – neben dem Tempel, in dem sie die Rituale ausführten. Casaju trat näher an die Bücher, hörte Vögel zwitschern, den Wind pfeifen, eine Elfe singen. Die Geräusche kamen von den Seiten, die mit der uralten Energie getränkt waren, welche die Herzen der Menschen seit Jahrtausenden erfüllte.

Es war einmal …

Sie lebten glücklich bis an ihr Lebensende …

Und wenn sie nicht gestorben sind …

Die Menschen brauchten Fantasie wie die Luft zum Atmen. Und sie brauchten Geschichten. Casaju war ein Teil davon.

»Wie geht es dir?«, fragte Isa.

»Erstaunlich gut.«

»Du hörst Abalion, hab ich recht?«

»Ja.«

»Das ist normal, du wirst dich daran gewöhnen. An manchen Tagen ist es stärker, an anderen weniger. Je nachdem, wie offen die Grenze ist.«

»Woran liegt das?«

»Witterung, Energie, Laune? Ich weiß es nicht.« Sie wartete, bis er bereit war, weiterzugehen.

Nach einigen Metern kamen sie an eine T-Kreuzung und bogen nach links ab. Casaju spürte ein weiteres Kribbeln in seinem Nacken. Beobachtete ihn jemand aus der Dunkelheit? Er hielt inne, sah in die Richtung, aber da war nichts.

Oder?

»Casaju?«, fragte Isa und nahm ihn sachte am Arm.

»Ich dachte, ich …« Er kniff die Augen zusammen, hatte das Gefühl, als stünde dort jemand in den Schatten. Aber da war niemand.

»Nicht so wichtig.« Er schüttelte sich, riss sich los und folgte Isa weiter. Mit jedem Schritt wuchs auch seine Nervosität, denn gleich kamen sie an die Stelle, an der seine Eltern gestorben waren.

Casaju wusste von Isa, was damals passiert war. Sie hatte sich lange Zeit ausgeschwiegen, doch da Casaju immer wieder gedrängt und die Wahrheit hatte hören wollen, hatte sie schließlich klein beigegeben und es ihm erzählt. Er erinnerte sich genau an jenen Tag. Es war ein warmer Morgen im Mai gewesen. Sie hatten im Schatten des Baumes gesessen, Casaju mit dem Rücken an der Rinde, Isa vor ihm. Er war acht Jahre alt gewesen.

»Deine Eltern waren wundervolle Wesen«, sagte Isa, und der sanfte Wind schmeichelte um ihre Kutte. »Sie haben uns viel Freude und sehr viele wundervolle Geschichten geschenkt, ich bin stolz darauf, dass sie ein Teil unserer Familie waren.«

Casaju nickte nur. Er redete wenig, weil oftmals kein Grund dazu bestand, sich mitzuteilen. Viel lieber übte er sich im Schreiben. Seit er vier war, konnte er schon den Füller führen. Isa meinte, er wäre ein kleines Wunder, denn sie kannte niemanden, der so früh das Schreiben erlernt hatte wie er. Aber Casaju kannte auch nichts anderes als dieses Kloster.

»Ich werde dir erzählen, was in jener Nacht geschah, als deine Eltern starben.«

Er verschränkte die Hände in seinem Schoß, als Zeichen, dass er bereit war.

»Du weißt ja, dass Männer und Frauen in unserem Kloster nicht zusammen sein dürfen?«

Casaju nickte. Er war von Ares aufgeklärt worden und wusste, wie Kinder entstanden; was Zölibat hieß. »Ares jammert manchmal darüber, weil er keine Frau haben darf.«

»Er jammert gerne über vieles, aber er ist ein großartiger Masali und ich weiß, dass er nie auf die Idee käme, gegen das Gebot des Zölibats zu verstoßen.«

»Das ist gut. Ich mag ihn.« Casaju wollte nicht, dass er eines Tages das Kloster wegen so etwas verlassen musste.

»Das freut mich. Hat er dir auch gesagt, warum wir das Zölibat haben?«

»Wegen Anabel und Liam«, antwortete er. »Sie lebten vor vielen, vielen Tausend Jahren und Anabel war eine der ersten Masali. Wir stammen alle von ihr ab. Ihr Volk kam aus einem Land, das heute Deutschland heißt. Dort lebte sie mit ihren Eltern, dem König und der Königin, und ihren Untertanen. Jeder in ihrem Reich feierte die Fantasie. Angeblich haben sie sogar die erste Schrift erfunden, und auf der Suche nach Inspiration reisten sie umher. So wie Anabel. Sie kam in unser Tal und brauchte eine Unterkunft für die Nacht. Damals gab es hier zwei Dörfer. Eines gehörte Liam, das andere seinem Bruder Séamus. Beide wollten Anabel bei sich beherbergen und buhlten um sie. Anabel entschied sich für Liam. Er war reicher als Séamus.«

Isa schmunzelte. »Wie ich sehe, hat Ares dich gut in unserer Geschichte unterwiesen, und du hast recht: Anabel wählte Liam. Aber wegen der Liebe, nicht wegen des Geldes. In dem Moment, als sie sich sahen, war es um beide geschehen. Séamus war über diese Entscheidung so sehr außer sich, dass er nach Rache sann. Nun hatte Anabel einen magischen Kristall ihres Volkes dabei, der in einem Stab verarbeitet worden war. Der Stein verhalf dazu, die Fantasie zu entfachen. So wie wir heute über unsere Worte in Abalion Wesen erschaffen, so konnte der Kristall es durch seine Kraft ebenso. Natürlich wurde er bewacht, aber Séamus stahl ihn und nutzte die darauffolgende Vollmondnacht, um ein finsteres Ritual auszuführen. Es war so schwarz und dunkel, dass es seine eigene Seele zerstörte und ihn selbst verwandelte. Er wurde zu einem wolfsartigen Wesen, das aus Zorn erschaffen war. Wir nennen es: der Grimm.«

Casaju schauderte bei dem Wort. Auch davon hatte Ares ihm erzählt, vor allen Dingen, wenn Casaju nicht ins Bett wollte.

»*Wenn du nicht artig bist, holt dich der Grimm*«, sagte Ares dann, bis Isa es ihm schließlich verbat, weil Casaju so viel Angst bekam, dass er gar nicht mehr allein schlafen wollte.

»Séamus alias der *Grimm* wütete wie von Sinnen. In seiner Rage legte er die beiden Dörfer in Schutt und Asche und vernichtete alles Gute darin. Sogar die Sonne verfinsterte sich und brachte eine intensive Dunkelheit über diese Region. Es war grausig und leidvoll. Der Grimm hätte wohl noch viel mehr zerstört, hätte Liam ihn nicht aufgehalten. Er attackierte seinen Bruder, sie kämpften hart und brutal. Am Ende riss die Erde auf und öffnete eine tiefe Schlucht, in die beide stürzten. Noch im Fallen verschmolz auch Liam mit dem Grimm. Von nun an war das Monster zwischen dem Guten und dem Bösen gespalten und dazu verdammt, für immer innerlich zu kämpfen.«

»Kein Wunder, dass der Grimm schlechte Laune hat.«

Isa warf den Kopf in den Nacken und lachte schallend. »Ja, mein Kind. Das ist wirklich kein Wunder.«

»Was passierte mit Anabel?«

»Sie erkannte, dass der Grimm niemals aufgeben würde, dass er sich eines Tages aus der Schlucht befreien und erneut in der Welt wüten würde. Sie beriet sich lange mit ihren weisesten Gelehrten und schließlich kamen sie zu dem Entschluss, dass der Grimm nur auf eine Art festgehalten werden konnte: Die Schlucht musste versiegelt werden. Anabel nutzte den Kristall der Fantasie ein weiteres Mal, nun aber für sich. Sie brachte das größte Opfer, das sie bringen konnte: Sie stach sich mit dem Kristall ins Herz und zerstörte all die Liebe, die sie in sich trug. In dem Moment setzte Anabel so viel Kraft frei, dass sie dadurch die Märchenwelt erschuf, die wir als Abalion kennen. Zu Beginn war die Welt natürlich nicht so umfassend wie heute, sondern diente nur dazu, sich wie eine Glocke um die Schlucht zu legen und den Grimm dort festzuhalten. Anabel wurde selbst ein Teil der Märchenwelt und ist es bis heute noch. Du kennst sie sogar.«

Casaju sah Isa mit großen Augen an. »Wirklich?«

»Aber ja. Sie erscheint jedes Mal, wenn wir eine Geschichte nach Abalion schicken.«

»Du … du meinst, die Hüterin von Abalion …? Moon?«

»So ist es. Séamus hatte die Macht des Vollmondes für sein Ritual missbraucht, nur durch die gleiche Energie konnte er auch wieder gebannt werden. Anabels Seele gestaltete Abalion, während ihr Körper hier auf der Erde blieb. Der Kristall der Fantasie brach in zwei Teile. Einer blieb in ihrem Herzen stecken, den anderen nahmen zwei der Gelehrten mit nach Hause, wo ihr Volk ursprünglich hergekommen war. Anabels Körper wurde an dieser Stelle beerdigt. Aus ihren Überresten erwuchs dieser Baum und dient uns seither als Kontakt zu Abalion.«

Casaju blickte nach oben und betrachtete für einen Moment das Spiel der Äste über seinem Kopf.

»Die restlichen acht Gelehrten errichteten schließlich dieses Kloster. Sie gründeten hier ihre eigene Gemeinschaft der Masali und taten das, was sie am besten konnten: Sie schrieben die Geschichte um Anabel und die Brüder Liam und Séamus nieder. Es war die erste, die je hier verfasst worden ist.«

»Darf ich sie lesen?«

»Sie ist versteckt, abgesehen davon ist es auch nicht erlaubt, denn das könnte den Grimm befreien.«

»Warum?«

»Weil er dadurch Aufmerksamkeit bekommt. Zum Geschichtenerzählen gehören immer zwei Personen: eine, die sie weitergibt, und eine, die zuhört. Wir liefern mit unserem Schreiben diesen ersten Aspekt, aber damit eine Erzählung wirklich leben kann, braucht sie einen Empfänger. Jedes Mal, wenn diese zwei Dinge zusammenkommen, wächst auch Abalion ein Stück und die Wesen darin werden gefestigt. Auch der Grimm.«

»Dann tragen wir alle aber viel Verantwortung.«

»So ist es.«

Casaju dachte eine Weile darüber nach. Isa wartete geduldig auf ihn. »Was ist mit den Gelehrten passiert? Bist du eine von ihnen?«

Sie lächelte sanft. »Nein. Sie leben schon lange nicht mehr. Das geschah alles vor sehr, sehr langer Zeit, aber sie existieren in uns fort. Wenn auch nicht mit den gleichen Fähigkeiten wie die damaligen Masali.«

»Was meinst du damit?«

»Laut den Legenden soll das Volk wahre Wunder vollbracht haben. Sie sollen mit der Fantasie im absoluten Einklang gelebt haben. Es war wie eine Symbiose, die sie mit dieser wundervollen Macht eingegangen waren. Die Masali trugen die Fantasie in die Welt und dadurch wurde diese stärker, was wiederum den Masali zugutekam. Stell dir vor, wenn jede Geschichte einfach durch dich hindurchfließt und du nur den Kanal öffnen musst. Die Masali beherrschten die Kunst des Geschichtenerzählens wie keine anderen, doch leider wurde durch Séamus' Tat sehr viel davon überschattet. Heute tragen wir das Erbe und auch den Fluch. Deshalb darf sich in diesen Wänden kein Mensch mit einem anderen vereinen. Diese Art von Liebe öffnet den Geist für den Grimm.«

»Und dann?«

»Treibt er denjenigen so lange mit Halluzinationen in den Wahnsinn, bis er es nicht mehr aushält. Der Grimm nährt sich davon. Es macht ihn stärker. Ich habe es bei deinen Eltern erlebt und ich wünsche es niemandem.«

Casaju schluckte hart. Er hatte beide nie kennengelernt, aber er spürte sie in seinem Herzen. Manchmal hatte er sogar das Gefühl, als stünden sie hinter ihm und würden mit ihm reden. »Wussten sie nicht vorher, was passieren würde?«

»Doch. Jeder weiß es.«

»Warum taten sie es trotzdem? Sie hätten sich doch einfach nur nicht lieben dürfen.«

»Dann wärst du nie geboren worden.«

»Ja, schon. Aber ich verstehe es nicht: Wenn man weiß, dass etwas gefährlich ist, dann macht man es nicht.«

»Ach, mein Junge, genau das ist die Liebe. Sie verleitet manchmal Menschen zu Dingen, die völlig irrational sind.«

»Gab es vor meinen Eltern schon mal Masali, die gegen das Zölibat verstoßen haben?«

Isa hielt die Luft an, als hätte er eine verbotene Frage gestellt. »Nein. Sie waren die ersten und bisher die einzigen. Als deine Mutter damals zu uns ins Kloster kam, öffnete dein Vater ihr die Tür und verliebte sich auf der Stelle in sie. Ich kann mich genau an den Moment erinnern, als die Sonne in seinem Gesicht aufging. Er war völlig von ihr verzaubert und sie genauso von ihm. Ich sah es den beiden an, noch ehe sie sich selbst darüber bewusst wurden, und ich hätte damals schon eingreifen sollen, aber auch ich konnte mich der Ausstrahlung deiner Mutter nicht ganz entziehen. Sie war ein fantastisches Wesen. Anmutig, grazil, still, wunderschön. Genau wie du.«

Casaju wusste von Ares, dass er die Augen- und Haarfarbe seiner Mutter geerbt hatte. Grün und rotbraun.

»Deine Mutter war etwas ganz Besonderes, mir war von Anfang an klar, dass sie uns perfekt ergänzen sollte, falls sie sich dazu entschied, zu bleiben. Ich wollte sie als Erzählerin bei uns haben und ignorierte dabei völlig, wie schwer es werden sollte.

Nach drei Tagen kam Meesa dann tatsächlich zu mir und sagte, dass sie zu uns gehören wollte. Ich sprach sie auf Jakob an und wie sie ihm gegenüber empfand. Sie wurde rot und senkte den Blick. Das zweite Warnsignal, auf das ich nicht gehört hatte. Die beiden waren viel zu verliebt, um rational entscheiden zu können, ich hätte es für sie tun sollen. Doch aus meinem Egoismus heraus, weil ich so eine talentierte Erzählerin nicht verlieren wollte, gestattete ich ihr, ein Teil von uns zu werden. Meesa fügte sich perfekt in unsere Gemeinschaft ein. Ich behielt sie und Jakob im Blick, denn sollte mir irgendwann auffallen, dass sie nicht voneinander lassen konnten, hätte ich sie beide gebeten, zu gehen.

Meesa jedoch integrierte sich gut und sie lebte genauso auf, wie ich es erhofft hatte. Sie schrieb wie keine andere. Ihre Geschichten waren voller Leben, voller Liebe und Leidenschaft. Ich kann neidlos anerkennen, dass sie eine unserer besten Erzählerinnen war und sogar mich überflügelte. Wir alle bewunderten sie von Tag zu Tag mehr. Natürlich wuchs auch Jakobs Liebe für sie. Es begann harmlos. Er schenkte ihr Blumen, malte ihr ein Bild oder bat sie auf einen gemeinsamen Spaziergang im Abendlicht. Ich beobachtete sie weiterhin argwöhnisch, redete mir ständig ein, dass sie es im Griff hatten; dass die Kraft der Geschichten stärker war als die ihrer immer größer werdenden Liebe. Doch dem war nicht so.

Ich weiß nicht genau, wann sie das erste Mal zusammengefunden haben, aber irgendwann bemerkte ich die Veränderung in Meesa. Sie wurde fahrig und nachlässig, musste sich morgens oft übergeben und danach das Bett hüten. Sie aß schlecht, bekam Stimmungsschwankungen. Auch Jakobs Erzählungen wurden zusehends düster. Seine Entwürfe waren grausam und mit viel Gewalt gespickt. Alles Warnsignale. Ich hätte es sehen müssen! Rückblickend verstehe ich nicht, wie ich so blind sein konnte.«

Casaju griff nach Isas Hand und drückte sie, um ihr zu zeigen, dass sie sich nicht grämen sollte. Sie lächelte traurig und legte ihre Finger über seine.

»Wie kannst du nur in so jungem Alter so weise sein?«

Er antwortete nicht, weil er es nicht wusste.

»Dein Vater litt auch sehr in dieser Zeit, viel mehr als deine Mutter«, fuhr sie fort. »Ich suchte die beiden auf, Meesa öffnete, und als sie mich sah, brach sie schon in Tränen aus und warf sich in meine Arme. An diesem Tag gestand sie mir alles: dass sie Jakob liebte, dass sie gegen das oberste Gebot verstoßen hatten und – dass sie schwanger war. Mit dir. Meine Welt blieb in diesem Moment stehen. So etwas hatte es noch nie in unseren Reihen gegeben. Ich war völlig überfordert und ratlos. Jakob bestätigte, dass er nicht mehr aufhören konnte, über den Grimm zu fantasieren; dass er schreckliche Albträume hatte und nicht mehr wusste, wie er je zur Ruhe finden sollte.«

Casaju atmete durch. »Das ist schrecklich.«

»Ja.«

»Was war mit meiner Mutter?«

»Erstaunlicherweise spürte sie nichts vom Grimm. Ich denke, dass die Schwangerschaft sie davor geschützt hat; dass das unschuldige Leben, welches in ihr wuchs, stärker war als er.«

»Ich habe sie beschützt?«

»Es sieht ganz danach aus, mein kleiner Krieger.«

Casaju richtete sich auf und streckte den Rücken durch. Hatte er wirklich auf seine Mutter aufgepasst und sie vor dem Wahnsinn bewahrt?

Isa lächelte sanft und strich ihm eine Haarsträhne aus dem Gesicht. »Wir sperrten Jakob und Meesa zur Vorsicht ein, während Anantha und ich in unseren Archiven nach einer Lösung für Jakob suchten.«

»Fandet ihr eine?«

»In den Archiven entdeckte Anantha einen Brief von einem der Gelehrten, die damals Anabel in dieses Tal begleitet haben. Er sagte, dass die zweite Hälfte des Kristalls der Fantasie eine außerordentliche Kraft aufwies und alles Dunkel aus einer Seele vertreiben konnte. Eine Heilung für Jakob. Anabels Volk stammte aus einer Region im Süden des heutigen Deutschlands. Es wäre eine Reise von mindestens sechs Monaten gewesen. Wir schlugen es Jakob vor. Meesa wollte natürlich auch mit, aber ihre Schwangerschaft verlief alles andere als gut. Sie hätte niemals den Weg geschafft. Jakob traf die Vorbereitungen, allein zu gehen, doch dazu kam es nicht mehr. In der Nacht vor seiner Abreise floh er aus seinem Zimmer, stieg hinab in die Bibliothek und gab sich dem Grimm hin.«

»Wie?«

»Er brach das eiserne Tor auf, das den verbotenen Bereich in der Bibliothek schützt, und öffnete seinen Geist für das Wesen. Das Kloster wurde erschüttert, so sehr, dass kurzzeitig die Grenze zwischen unserer und der Märchenwelt ins Wanken geriet. Das verlieh dem Grimm die Kraft, um aus der Schlucht, die Anabel einst mit ihrem Herzen versiegelt hatte, emporzusteigen. Er trat aus der Dunkelheit in unsere Welt.«

»Kam er aus den Büchern?«

»Nein, eine Wand in der Bibliothek stürzte nieder und der Grimm labte sich an vielen unserer Erzählungen. Er ernährte sich von all der Liebe, die darin verborgen lag, auf dass sie nie mehr Freude in die Herzen der Menschen bringen konnte. Mit jedem Buch, das er infizierte, wurde er mächtiger.«

»H-hast du ihn gesehen?«

Isa schüttelte den Kopf. »Ich nicht, aber dein Vater. Er fiel in eine tiefe Trance. Als wir ihn fanden, lag er auf dem Boden, die Hände zu Fäusten geballt, das Gesicht vor Schmerzen verzerrt. Seine Haut brannte, er bekam überall dunkle Male am Körper. Der Grimm verpestete ihn von innen nach außen. Wir wussten nicht, was wir tun konnten, wie wir ihn retten sollten. Es war schließlich Meesa, die ihm half. Sie setzte sich auf ihn, nahm sein Gesicht in die Hände und sprach auf ihn ein. Es war pure Magie, ein silbernes Leuchten erfasste die beiden, aus Meesas Armen und Händen drang das hellste Licht, das du dir vorstellen kannst, und vereinte sich mit Jakobs Körper.

Das Brodeln im Kloster hörte auf, der Grimm wurde zurückgedrängt, ließ deinen Vater und auch unsere Bücher in Frieden. Meesa klappte zusammen und starb auf der Stelle. Auch für deinen Vater kam leider jede Hilfe zu spät. Zum Glück war die Schwangerschaft schon weit genug fortgeschritten, sodass Ares dich aus Meesas Leib schneiden konnte. Nachdem es vorbei war, kam Moon zu uns. Sie verkündete, dass der Grimm auch in Abalion großen Schaden angerichtet hätte und ein Teil der Märchenwelt verloren sei. Wir erschufen gemeinsam den Donnerwald und versiegelten so diesen Abschnitt. Moon erblickte dich und verstand, was geschehen war. Sie gab dir einen Kuss auf die Stirn, segnete dich und kehrte zurück nach Abalion. Seither bist du unser kleiner Engel. Unser Sonnenschein. Und ich bin überaus dankbar, dass das Schicksal entschieden hat, dich uns zu schenken.«

An jenem Tag hallten Isas Worte lange in Casajus Herz nach. Er hatte sich voll und leer zugleich gefühlt.

An diesem Tag hatte er endlich begriffen, woher er gekommen war.

»Casaju?«, fragte Isa sachte und holte ihn aus seinen Gedanken zurück. Er zuckte zusammen und starrte sie an.

»Ich glaube, heute ist nicht der richtige Tag«, sagte er leise. »Ich kann das nicht.«

»Heute ist so gut oder schlecht wie jeder andere auch. Hör auf, ständig Ausreden zu finden.«

Casaju brummte missmutig. »Das ist keine Ausrede.«

»Oh doch.« Sie nahm ihn an der Hand und zog ihn langsam nach vorne. »Komm, es ist alles gut.«

Casaju schloss die Augen und hätte schwören können, seine Eltern zu spüren. Wie sie gegen den Grimm gekämpft hatten, wie sein Vater gestorben war, wie seine Mutter alles gegeben hatte, um das Unwesen aufzuhalten. Sie hatte ihr Leben, ihre Energie geopfert, damit alle in diesem Kloster gerettet wurden. Auch Casaju selbst.

Sie gelangten an ein großes Eisentor, das zwei Gänge komplett versperrte. Dicke Rosenranken schlängelten sich um die Streben. Ihre Dornen waren scharf und mit blutroten Kristallen versehen. Hier lagerten die düsteren Geschichten, die die Masali zwar vollendet, aber nie in die Welt der Menschen entlassen hatten, weil sie von Moon abgelehnt worden waren.

Isa zog den Schlüsselbund heraus, den sie vorhin eingesteckt hatte, und nahm den erstbesten Schlüssel. Sie unterschieden sich alle in Form, Länge, Breite. Es gab spitze und stumpfe, runde und eckige, sogar eine versteinerte Schlüsselblume und ein abgebrochenes knöchernes Schlüsselbein.

Isa steckte den Schlüssel ins Schloss und rüttelte daran, aber es geschah nichts.

»Jedes Mal dasselbe Spiel«, sagte sie und zückte einen anderen: die Blume. »Das Schloss verändert sich täglich. Mal passt ein kleiner, am nächsten Tag ein runder oder manchmal auch gar keiner. Sie sind sehr launisch. Einmal musste ich sogar einen Blutstropfen geben, damit es sich öffnete. Und die Schlüsselblume war besonders lustig: Sie war erst nur als Samen vorhanden, als ich aus Versehen Wasser darüber verschüttete, wuchs die Blume daraus.«

»Was machst du, wenn keiner passt?«

»Wieder gehen. Die Bibliothek bestimmt von sich aus, was sie uns zeigen will und was nicht. Wenn sie der Meinung ist, dass heute kein Tag ist, an dem wir in diesen Bereich sollen, dann kommen wir auch nicht rein. So einfach ist das.«

Sie versuchte den nächsten – einen kleinen aus Eisen. Casaju fiel auf, dass ein Ring leer war.

»Fehlt einer?«

Isa drehte den Bund herum. »Ja, eine alte Münze. Der Teufel hat sie gestohlen.«

»Bitte?«

»Das ist eine lange Geschichte, ah, warte, ich habe ihn.« Heute war es ein kleiner Haken aus Silber. Isa drehte ihn herum, die Rosenranken zuckten und streckten sich, dann zogen sie sich zurück und machten den Weg frei.

Fast.

Ein Gang blieb verschlossen. Der Bereich, in den niemand mehr eindringen konnte. Einzig Jakob schaffte es in jener Nacht, das Tor komplett zu öffnen und in sein Verderben zu laufen. Casaju trat dicht an die verschlossenen Eisenstreben und blickte in die dahinterliegende Dunkelheit. Ein kalter Luftstrom wehte ihm entgegen, er fröstelte.

Dort war es passiert. Dort waren seine Eltern gestorben. Casaju überkam eine unangenehme Enge in seiner Brust. Nur langsam erkannte er mehr von der Umgebung. Die Wände und Regale waren mit schwarz schimmernden, verknöcherten Ästen bedeckt. Ihre Oberfläche funkelte leicht, als hätte jemand Kristallstaub hineingerieben. Die Äste wucherten überall aus dem Boden, unterschiedlich in Dicke und Länge.

Viele der Bücher in den Regalen waren ebenso schwarz, von manchen tropfte die teerartige Schicht zu Boden und verpuffte mit einem leisen Zischlaut.

»Das sind die Geschichten, die der Grimm mit seiner Wut infiziert hat«, erklärte Isa. »Diese Fassungen sind für immer verloren. Moon gelang es, sie aus der Welt der Menschen zu bannen, denn wir wissen nicht, was passiert, wenn diese sie je zu Gesicht bekommen.« Isa war ganz nah hinter ihm, er spürte ihren Atem in seinem Nacken. »Wie fühlst du dich?«

»In Ordnung – denke ich.« Casaju atmete ein und nahm ein Ziehen um sein Herz wahr. Vielleicht war es die Energie seiner Mutter oder seines Vaters.

Er schloss die Augen und sah seinen Vater, wie er im Wahn die Geschichten schrieb, die dem Grimm halfen, zu entkommen. Er war hier unten gewesen, Jakob war in diesen Gang getaumelt, hatte einen alten Papyrus dabei, sich da drüben vor eine Wand gesetzt und geschrieben.

»*Wir wollten das nicht*«, hörte er auf einmal eine sanfte weibliche Stimme in seinem Kopf. »*Wir wurden gezwungen.*«

»Was?«, fragte er.

»*Casaju, du musst aufpassen.*«

»Was ist das?«

»Wie bitte?«, hakte Isa nach.

Casaju schüttelte sich, und der Moment war vorüber. »Ich … ich habe nur … keine Ahnung, mir ist schwindelig.«

»Lass dir Zeit.« Isa legte eine Hand auf Casajus Schulter und drückte sachte zu. »Es ist gut.« Ihre Stimme klang eindringlicher als eben noch, als wollte sie ihn auf etwas hinweisen, aber er wusste nicht, auf was. Sie übte mehr Druck auf seine Schulter aus, doch nicht auf die angenehme Art, eher, als wollte sie ihn nach vorne schieben.

Er warf einen Blick auf ihre Hand, sie zog sie sofort zurück und lächelte entschuldigend. »Sobald du bereit bist, zeige ich dir den Rest der Bibliothek und natürlich die Karte von Abalion. Dann siehst du endlich, was du in all den Jahren verfasst und erschaffen hast.«

»Ja.« Er blickte ein letztes Mal in den dunklen Gang vor sich und glaubte, ein leises Knurren in den Wänden wahrzunehmen. Mit einem Schaudern wandte er sich ab und folgte Isa den restlichen Weg. Je weiter sie sich von dem düsteren Bereich entfernten, umso besser konnte er durchatmen und es auch genießen, hier zu sein. Die Macht der Bücher drang in jede seiner Zellen.

Sie kamen in einen großen Saal, der spartanisch eingerichtet war. Es gab acht Tische, jede Menge Tinte und leere Papyri. Anantha saß an einem davon und ließ ihre Schreibfeder über das Papier kratzen. Sie war so vertieft, dass sie Isa und Casaju gar nicht wahrnahm.

»Sie arbeitet an einer sehr düsteren Geschichte über den Teufel und seine Großmutter. Ich sagte ihr, dass sie auch lieber hier schreiben soll. Sie hat sehr zu kämpfen. Der Teufel ist mindestens so schwer zu bändigen wie deine Drachen.«

So sah sie auch aus. Schweiß stand auf ihrer Stirn und ihre Hand zitterte, weil sie so verkrampft die Feder hielt.

»Hier, schau«, sagte Isa und deutete auf eine große Steinwand gegenüber. Sie war mit einer Karte von Abalion bemalt.

Casaju stockte der Atem bei dem Anblick. Sie war wunderschön. Abalion war ein einziger Kontinent, umgeben von Wasser. Vieles war mit einer grünen Fläche bedeckt, ein Wald zog sich quer von Westen nach Osten. Er erkannte Gebirge, auf denen Schnee lag, eine Wüste im Nordwesten, Seen, Flüsse, es war wirklich eine ganz eigene Welt. Er trat näher an die Karte heran und bemerkte, wie auch sie sich bewegte.

Am Wald sah er Vögel fliegen, eine Herde Pferde galoppierte durch eine Steppe. Einige Baumkronen bebten und ein tiefes Grollen ging durch die Erde. Casaju zuckte zusammen, als plötzlich ein Riese zwischen den Wipfeln hervortrat und gemütlich über die Wiese stapfte. »Unglaublich. Was … was lebt dort alles?«

»Alle Wesen, die wir je erdacht haben. Auch jene, die es nie in eine fertige Geschichte geschafft haben. Sie leben dort in ihrer Struktur. Aus meiner Geschichte der Rumpenstünzchen ist zum Beispiel eine eigenständige Familie geworden. Es gibt Einhörner, Gnome, Elfen, Hexen, alles, was du dir vorstellen kannst. Sie leben nach ihren Regeln, aber Moon behält sie alle im Blick.«

»Unvorstellbar.«

»Ja, ich weiß.«

»Und was passiert mit den Wesen, die in unseren Geschichten fortleben? Was ist aus meinem Aschenputtel geworden? Ist sie auch dort unten?«

»Ja, aber sie ist Teil eines anderen Bereiches in Abalion. Sieh die Märchenwelt wie eine vielschichtige Erde. Das hier ist die obere Schicht, wo alle frei sind. Parallel dazu existiert die Märchenschicht, in der unsere Geschichten spielen. Dein Aschenputtel tut das, was du ihr aufgetragen hast. Sie wacht morgens auf, muss mit ihren Stiefschwestern auskommen, sie sortiert die Linsen, geht auf den Ball des Prinzen, verliebt sich und heiratet ihn am Schluss. Sobald sie an den Punkt kommt, an dem sie glücklich bis ans Ende ihrer Tage sind, fängt die Geschichte von vorne an, und das Aschenputtel erlebt alles wieder neu.«

»Wie bitte? Aber das ist ja …« Grauenhaft. Casaju hatte sie zu einem Leben in einer Endlosschleife verdammt. »Das wusste ich nicht.«

»Keine Sorge. Sie leidet nicht, sondern folgt ihrer Bestimmung. So wie wir der unseren, wenn wir schreiben. Diese Wesen sind glücklich.«

»Dennoch ist es schwer zu begreifen.«

»Ich weiß, aber es ist alles gut.« Isa zeigte auf einen Tisch. »Schreib deine Geschichte über die Feuerdrachen. Hier ist der richtige Ort dafür. Moon wird dich unterstützen.«

Casaju blickte auf die Karte, die sich noch immer bewegte. Vögel flogen herum, Bäume schwankten im Wind, auf einer Bergkette schneite es. Das alles hatten sie geschaffen. Mit der Kraft ihrer Worte.

Und er war ein Teil davon.

6. KAPITEL

Ash

Abalion, Zeit unbekannt

Ich landete jäh auf hartem Boden, ließ das Messer fallen und keuchte gepresst. Nicht, weil ich mir eben die Klinge in den Bauch gerammt hatte – das war weder schmerzhaft noch tödlich –, sondern weil meine Beine unter Feuer standen! Ohne Witz, sie explodierten gleich!

Ich setzte mich aufrecht hin, der Stoff der Hose war zum Großteil von Säure aufgefressen, meine Haut darunter rot verbrannt.

»Mist!« Ich öffnete hastig den Knopf und den Gürtel und zerrte mir das Kleidungsstück vom Körper. Strampelnd und fluchend befreite ich mich davon und schleuderte die Sachen gegen den nächsten Felsen. Es half leider nicht viel, die Steinsäure war mittlerweile auch auf meiner Haut.

Wasser! Ich brauchte schon wieder verfluchtes Wasser.

Ich blickte mich um, das Messer hatte mich an einer Waldböschung ausgesetzt. Normalerweise erfüllte es alle Wünsche nach voller Zufriedenheit, es müsste also in der Nähe … Ich hörte Wasserplätschern!

Ja. Ja. Ja.

Ich stand auf und sah den Bach, der sich ein Stück tiefer seinen Weg durch den Wald suchte. Rasch rutschte ich die Böschung hinunter, das Geäst rechts und links schabte über meine Haut und hinterließ, neben den Brandspuren, lange Kratzer. Ich erreichte das Ufer des Flusses, das Wasser schimmerte kristallklar. Vermutlich war es so kalt, dass es mir gleich die Fußnägel hochrollte, aber egal! Ich rutschte das letzte Stück hinunter und ließ mich hineingleiten.

Meinen entsetzten Schrei hörte man sicher noch im nächsten Dorf.

Es war kalt!

Verdammt! Kalt!

Und wohltuend.

Oh ja.

Eine Mischung aus Erleichterung und Schmerz.

Langsam ließ das Brennen der Säure nach und meine Haut beruhigte sich. Stöhnend lehnte ich mich zurück, sank mit dem Rücken gegen das feuchte Moos und atmete durch.

Geschafft.

Endlich.

Was für ein Trip …

Aber selbst schuld. Ich hätte mir ein besseres Plätzchen zum Schlafen aussuchen sollen, nachdem ich das Medaillon geklaut hatte. Ich hatte mich ausruhen wollen, bevor ich auf die Nachtheide ging. Es war vernünftiger, dort nicht allzu erschöpft einzukehren, sonst konnte es passieren, dass man von der Magie gefangen genommen wurde und nicht mehr wegwollte. Ich kannte etliche arme Gesellen, die dort seit Ewigkeiten festhingen.

Auch ich hatte das ein oder andere Mal zu kämpfen gehabt, wieder in die Realität zurückzufinden, denn dort wurde alles geboten, was das Herz begehrte; völlig egal, wie ausgefallen es war. Die Heide ließ Träume wahr werden. Es gab keine Grenzen. Solange man bezahlen konnte, ging es weiter, und wenn sich das Geld dem Ende neigte … Tja, man munkelte, dass der Prinz der Heide Besucher auffraß, die nicht mehr liquide waren.

Ich griff in die Innenseite meines Hemdes und holte das Medaillon hervor, das ich dem Gnom abgenommen hatte und das er vermutlich immer noch im Feuersteig suchte.

Vorsichtig hob ich es an, drehte es an der Kette und betrachtete es von allen Seiten. Es war aus einfacher Bronze gefertigt, die Ränder hatten Dellen, der Verschluss klemmte. Eigentlich war das Ding wertloser Ramsch. Kein Dieb hätte danach die Finger ausgestreckt, aber es ging ja auch nicht um das Äußere des Medaillons.

Ich schob den Daumennagel unter den Verschluss und drückte ihn vorsichtig auf. Es dauerte eine Weile, bis ich ihn lösen konnte, doch als ich es geschafft hatte, fiel mir eine schimmernde Perle entgegen und landete auf meiner Brust. Ich nahm sie zwischen die Finger und betrachtete sie. Sie war weiß, undurchsichtig und das Licht reflektierte in blauvioletten Farben. Prüfend drückte ich den Fingernagel auf die Oberfläche, biss sogar darauf. Sie war echt. Musste sie sein, sonst hätte der Gnom nie so einen Aufriss darum gemacht.

Diese Perlen waren für die Biester kostbar, denn so züchteten sie ihren Nachwuchs. Bei jedem zweiten Neumond verbuddelten sie die Dinger in der Erde. Dann wurden sie gehegt und gepflegt, und mit ein wenig Glück kam einige Zeit später ein Junior-Gnom aus der Erde gekrochen, und Papa Gnom und Mama Gnom waren glücklich als Familie vereint.

In den meisten Fällen sah es jedoch so aus, dass jemand die Perle stahl, denn sie war nun mal sehr wertvoll, oder dass Baby-Gnome beim Ausgraben aus der Erde von Raubtieren gefressen wurden.

Ja, das Leben war hart und grausam und eklig in Abalion. Egal, ob für Gnom oder Mensch oder was hier sonst noch kreuchte und fleuchte. Und dank mir gab es nun einen potenziellen Baby-Gnom weniger, da aus dieser Perle definitiv keiner mehr schlüpfen würde.

Fühlte ich mich deshalb schlecht?

Mh.

Ich strich über mein Kinn und zupfte an meinem Bart. Baby-Gnome waren bestimmt süß, wenn sie aus der Erde kamen, ihre kleinen Ärmchen zu Papa und Mama hochstreckten, den Dreck von ihrem Gesicht wischten, vor Freude glucksend und darauf wartend, lieb gehabt zu werden … Vermutlich hatten sie große Kulleraugen, die jedes Herz binnen Augenblicken weichklopften, und niedliche kleine Fingerchen. Mama Gnom wäre ganz stolz, sie würde Brei kochen, während Papa Gnom neues Holz für den Ofen hackte, um es dem Winzling so angenehm wie möglich zu machen. Ich sah sie richtig vor mir: zu dritt im Bett liegend. Jeder selig in seine Träume vertieft und dankbar, dass sie sich hatten. Und das alles hatte ich zunichtegemacht.

Weil ich meinen eigenen niederen Vergnügungen nachgehen wollte. Weil ich von dem unbändigen Wunsch getrieben worden war, mich dieses Fluchs zu entledigen, hatte ich diesen kleinen Baby-Gnom getötet.

»Ach, zum Teufel mit euch.«

Die verdammten Biester könnten doch einfach eine neue Perle züchten. Sollte nicht so schwer sein, oder? Immerhin waren sie nicht vom Aussterben bedroht oder so.

Rasch steckte ich die Perle zurück ins Medaillon, bevor ich doch noch weich wurde.

Ich richtete mich auf, klopfte mir den Dreck vom Hemd und sah auf meine Beine. Die Haut war gerötet, aber die Verätzungen hielten sich tatsächlich in Grenzen. Schlimmer war es, dass ich nun keine Hose mehr hatte. Ich hasste es, halb nackt durch die Gegend zu laufen, das war so entwürdigend.

»Genau wie jammern.« Ich steckte das Medaillon in die Innenseite meiner Jackentasche, kletterte die Böschung hoch und holte mir meine von Säure zerfressene Hose. Sie war völlig hinüber, aber den Gürtel und das Messer musste ich mitnehmen. Ich zog ihn aus den Schlaufen und betrachtete die Scheide des Messers. Auf der Klinge breitete sich das gleiche Muster aus wie auf meinem Arm. Je mehr ich dieses Ding einsetzte, umso filigraner wurden die Linien auf dem Metall. Es wäre fast schön anzusehen gewesen, wenn es dabei nicht um meinen Körper gegangen wäre.

Mit einem Seufzen schob ich die Waffe an ihren Platz und band sie mir mit dem Gürtel um die Hüfte. Es war sinnlos, das Messer hierzulassen, denn ich wurde es nie los.

Und ich hatte es probiert. Auf jede erdenkliche Art.

Ich hatte es von einer Brücke in den Bach geworfen, hatte es an einen Baum gebunden, in den Feuersteig geschleudert, jemandem in die Tasche gemogelt, es absichtlich beim Glücksspiel verloren, und, und, und. Es war jedes Mal wieder zu mir zurückgekehrt und hatte zum Dank mein Mal erweitert.

Ich betrachtete auch das und drehte den Arm herum. Die gezackten Linien hatten sich erneut weiter ausgebreitet und reichten nun nach vorne und nach oben zu meinem Ellbogen hin. Der nächste Schritt in die Schattenwelt wäre somit erfolgreich getan. Herzlichen Glückwunsch dazu.

Ich ließ den Arm sinken und musterte den Rest meiner Kleidung. Die Schuhe waren leider ebenso unbrauchbar, und mir blieb nichts anderes übrig, als barfuß in Unterhose und Hemd zur Nachtheide zu wandern. Zum Glück hatte ich die Eintrittskarte zur Heide an mich gebunden, ehe das alles passiert war, und mit ein wenig Glück hatte mich das Messer nicht allzu weit davon entfernt rausgeworfen.

Ich ging ein paar Schritte und sah mich um. Dieser Teil Abalions war mir vertraut wie meine Westentasche. Nicht weil mir Werfan so viel darüber erzählt hätte, sondern weil mich als Junge der Entdeckerdrang gepackt hatte. Ich hatte mich einer fahrenden Zigeunertruppe angeschlossen, die – wie ich erst später erfuhr – auf den Handel mit Kindern spezialisiert war. In Abalion gab es nämlich viele einsame Menschen, die sich Gesellschaft wünschten und Unsummen bezahlten, diese Lücken zu füllen. Die Zigeuner sammelten überall herrenlose Jungen und Mädchen ein und fuhren sie durchs Land, um sie unterwegs an eine Familie zu verkaufen.

Und so landete ich bei einem Bäcker und seiner Frau, und eigentlich war es da gar nicht so übel, aber ich entwickelte dummerweise eine Mehlstauballergie und konnte schon bald nicht mehr mithelfen. Die zwei tauschten mich kurzerhand bei den Zigeunern gegen ein anderes Kind. Ein Mädchen. Mit braunen Zöpfen und süßen kleinen Sommersprossen und einfach so goldig, dass jeder es gerne haben musste. Ich nicht. Ich hasste sie. Aber egal. Ich hasste vieles.

Die Zigeuner nahmen mich mit und brachten mich zu einem alten Mann, der an einem abgelegenen See mit hundert Fröschen lebte. Bei dem hielt ich es allerdings auch nicht lange aus, denn der Typ war gruselig. Hatte immer mit den Fröschen gesprochen und sie geküsst. Als er wollte, dass ich einen von ihnen mit ins Bett nahm, zog ich weiter.

Ab da war ich erst mal auf mich allein gestellt. Ich wanderte durchs Land, bettelte mir den Lebensunterhalt zusammen und ging meinen eigenen Dingen nach. Es war gar nicht schlecht, ich bekam das, was ich brauchte und fand immer ein Plätzchen zum Schlafen. Leider hatte ich die Rechnung ohne die Zigeuner gemacht, die noch Anspruch auf mich erhoben. Ich sagte ihnen, dass ich mich allein durchkämpfen würde, doch sie dachten gar nicht daran, mich gehen zu lassen. Ich wäre zu lukrativ.

Ein paar Mal konnte ich ihnen entwischen, aber sie fingen mich ständig ein und schleiften mich mit sich. Sobald ich an jemanden verkauft wurde, büxte ich aus oder wurde rausgeworfen. Einmal war ich bei einem Ehepaar, das sich so sehr freute, endlich Gesellschaft zu haben, dass beide einen Herzinfarkt bekamen und tot umkippten. Die Zigeuner waren nicht mal am Ende der Straße angelangt, ehe sie mich wieder einsammeln mussten.

Tja, und so zogen die Jahre ins Land. Wir führten dieses Spiel fort, bis ich zu alt wurde und mich keiner mehr kaufen wollte. Als Dank bekam ich einen Tritt in den Hintern.

Seither hatte ich sie nie mehr gesehen. Eine Weile war ich ziellos durch die Gegend gestreift und hatte nichts mit mir anzufangen gewusst, bis ich eines Tages wieder vor dem *Trunkenen Fährmann* stand. Home sweet home. Oder so.

Werfan hatte mich wortlos eingelassen und mir einen Besen in die Hand gedrückt, damit ich sauber machen konnte. Er hatte mir nicht mal Vorwürfe gemacht, weil ich einfach abgehauen war – was daran lag, dass er von den Zigeunern ein hübsches Sümmchen für mich kassiert hatte, das erfuhr ich allerdings erst später.

Seither hatten wir die stille Übereinkunft, dass ich kommen und gehen konnte, wie ich mochte. Wenn ich mal ein paar Tage ein festes Dach über dem Kopf brauchte, zog ich bei ihm ein und half mit, und wenn es mir zu viel wurde zwischen all den Trunkenbolden und Dieben, ging ich wieder los; mal abgesehen davon, dass mir sowieso nichts anderes übrig blieb, denn nach einer Weile bekam ich diesen juckenden Ausschlag am Rücken. Nur Gott allein wusste, was zwischen den Laken an Ungeziefer hauste.

Ich kratzte mich am Hinterkopf und bog nach rechts ab. Nun erkannte ich auch, wo ich war: im unteren Rand des Bruchwalds. Da drüben war eine Lichtung, auf der die alte Mühle stand. Zur Nachtheide war es von hier aus ein Halbtagesmarsch. Machbar, aber auch ermüdend.

Es muss trotzdem sein!

Den Wettbewerb würde ich mir nicht entgehen lassen, völlig egal, wie erschöpft ich dort ankam.

Ich richtete den Gürtel und machte mich auf den Weg. Vielleicht traf ich jemanden, dem ich Hose und Schuhe klauen konnte. Es gab genügend Wanderer, die durch die Gegend zogen und es nur darauf anlegten, dass man sie beraubte.

Ich war noch keine halbe Meile weit gekommen, als sich ein finsteres Grollen über meinem Kopf zusammenzog und ich den ersten Regentropfen abbekam. Na großartig! Bei schlechtem Wetter waren wesentlich weniger Menschen unterwegs, und ich hatte somit geringere Chancen, an frische Kleidung zu gelangen. Zurzeit spielte die Witterung in Abalion ziemlich verrückt. Vorgestern hatte es aus heiterem Himmel geschneit, und ein paar Augenblicke später strahlte die Sonne. Irgendetwas veränderte sich im Land, aber ich hatte noch keinen Schimmer, was.

Ein weiterer Donner grollte am Himmel und kurz darauf zog sich ein Blitz quer über meinen Kopf. Der nächste Tropfen traf mich, der zweite folgte, dann ein dritter, ein vierter … Es dauerte nur Sekunden, bis der Himmel die Schleusen öffnete und einen Platzregen entließ.

Bei Gewitter im Wald, ohne Hose und Schuhe: Dieser Tag wurde wirklich immer besser.

Und hatte ich schon erwähnt, dass ich Wasser hasste?

7. KAPITEL

Kristin

Frankfurt, 11.25 Uhr

Ich zuckte zusammen und sah mich verwirrt um.

Das Taxi rollte über eine Autobahn, am Fenster zog die Landschaft an mir vorbei. Ich sah hinaus auf Frankfurt zu meiner Rechten und gähnte herzhaft. Ich war tatsächlich noch mal eingenickt, nachdem ich ins Taxi gestiegen war.

Kein Wunder nach dem langen Flug und dem Gehader mit mir selbst. Die letzten vierundzwanzig Stunden waren ein reines Feuerwerk aus Selbstzweifeln, Angst, Unsicherheit und Reue gewesen.

Nachdem ich den gerufenen Sanitätern hatte versichern können, dass es mir gut ging und ich nicht ins Krankenhaus musste, hatte ich Mik gebeten, mir sein Handy zu leihen, denn ich wollte nur noch eines: mit meinem Bruder Kontakt aufnehmen.

Nicht nur, weil ich ihn kurz vor dem Anfall im Fernsehen gesehen hatte, sondern auch weil ich wusste, dass er am besten meine Vision verstand. Er wusste, was mich ausmachte, wie ich tickte, was meine Fähigkeiten bedeuteten. Manchmal hatte ich das Gefühl, dass er mich besser kannte als ich mich selbst, also konnte er sich womöglich einen Reim darauf machen, was mit mir geschehen war.

Ich hatte ihm am Telefon alles geschildert, natürlich auch, dass mir die Frau ein Samenkorn in die Hand gedrückt hatte, dass allerdings nicht mehr da gewesen war, nachdem ich aufgewacht war. Als ich geendet hatte, war Brayden ganz still geworden, dann hatte er drei Worte gesagt: »Komm sofort her.« Und hatte aufgelegt.

Zehn Minuten später hatte Mik ein Flugticket für mich auf seinem Telefon: first class, auf Kosten der CIA. Start um zweiundzwanzig Uhr, neuseeländischer Zeit.

Zunächst hatte ich mich gefreut, denn ich konnte kaum abwarten, Brayden wiederzusehen. Dann kam die Wut, weil er mich einfach so abgewürgt hatte, ohne darauf einzugehen, was ich ihm mitgeteilt hatte. Dann die Ernüchterung, weil mir klar wurde, dass ich mich mit dem *Verein* einlassen musste, sollte ich in dieses Flugzeug steigen. Es war Braydens Sache, wenn er für die CIA arbeiten wollte, aber ich musste da noch lange nicht mitspielen.

Ich hatte ihn also noch mal angerufen, doch er war nicht mehr rangegangen, sondern hatte eine Nachricht hinterhergeschickt: »Komm einfach. Es ist wichtig.«

Seine Worte trafen mich wie ein Peitschenhieb. Brayden wusste, dass er mich mit einem Text besser überzeugen konnte als mit allem anderen. Ich sah ihn vor meinem geistigen Auge, wie er die Nachricht schrieb: Er saß auf einem Bett, vor einem bodentiefen Fenster mit Blick auf Frankfurt. Er fühlte sich ausgelaugt und verzweifelt und allein. Dieser Einsatz zerrte alles aus ihm heraus, was er zu geben hatte. Das Team kam nicht weiter, sie krachten gegen eine Wand nach der anderen und Brayden hoffte, dass ich eine Tür aufmachen konnte, wo vorher keine gewesen war. Brayden hatte mir mit der Nachricht mehr gesagt, als es je über ein Telefonat möglich gewesen wäre, und genau deshalb war ich in den Flieger gestiegen.

Weil ich ihn nicht hängen lassen konnte.

Weil mein Bruder mich brauchte. Und ich wurde das Gefühl nicht los, dass es umgekehrt auch so war.

Ich zog meinen Rucksack zu mir und holte das Handy heraus, das ich mir vor dem Abflug in Neuseeland extra gekauft hatte. Ich sollte Brayden Bescheid geben, wenn ich da war, aber er war mir zuvorgekommen.

Brayden: »*Hey, Schwesterherz, dein Flieger ist seit einer Stunde gelandet. Wo bist du?*«

Ich: »*Auf dem Weg zu dir.*«

Brayden: »*Wie?*«

Ich: »*Auf einem Pferd, das ich mir geklaut habe!*«

Er schickte mir diesen Smiley mit den weit aufgerissenen Augen.

Ich: »*Im Taxi, was denkst du denn?*«

Brayden: »*Dass du wartest, ich habe dir einen Fahrer geschickt.*«

Ich: »*Nicht gesehen. Außerdem reicht es, dass mir der* Verein *den Flug bezahlt hat, ihr müsst mich nicht auch noch abholen.*«

Brayden: »*Der* Verein *kann es sich leisten, glaub mir.*«

Ich: »*Dann lass mir wenigstens die Vorstellung, ich hätte dies ein Stück weit unter Kontrolle. Ich bin nur wegen dir hier.*«

Brayden: »*Ich weiß, und ich danke dir von Herzen. Ich koche dir auch Nudeln mit Tomatensoße, wenn du dir alles in Ruhe anhörst, niemanden beleidigst und dem Ganzen eine Chance gibst.*«

Ich: »Das sind unlautere Mittel, hast du gar keine Scham?« Seine Tomatensoße war zum Sterben lecker.

Brayden: »*Im Krieg ist alles erlaubt, Schatz, und wir sind im Krieg.*«

Ich stockte bei Braydens letzten Worten, denn ich spürte, dass sie kein harmloses Geplänkel waren.

Brayden: »*Du hast eben zwischen den Zeilen gelesen, oder?*«

Ich: »*Ließ sich schwer vermeiden.*«

Brayden schrieb … dann löschte er es, ging offline und kam kurz darauf zurück. »*Bis gleich.*«

Ich: »*Feigling.*«

Es folgte ein weiterer Smiley, der die Schultern anzog und ein fragendes Gesicht machte.

Ich legte das Handy weg, schüttelte den Kopf und lehnte mich gegen die Nackenstütze.

»Das erste Mal in Frankfurt?«, fragte mich der Fahrer.

»Ja. Es sieht toll aus.«

»Viele nennen es auch *Mainhattan*, wegen der vielen Hochhäuser und dem Main, der hier fließt.«

Wir fuhren über eine Brücke, die Skyline Frankfurts zeichnete sich träge in der diesigen Luft ab. Die Häuser und Türme strahlten eine ruhige Erhabenheit aus, als würden sie für immer über allen Dingen stehen.

Wenn ich das auch nur könnte.

Der Fahrer bog von der Autobahn Richtung Zentrum ab. Vorhin, auf dem Flughafen, hatte ich mich über den Grand Tower informiert, wo ich mich mit Brayden treffen sollte. Er war erst fertiggestellt worden und Frankfurts höchstes Wohngebäude. Warum die CIA ausgerechnet dort ein Team einquartiert hatte, war mir allerdings ein Rätsel. Vor allem, weil sie in Frankfurt eine eigene Niederlassung hatte.

Wir gelangten in die Innenstadt und fuhren an der Messe vorbei, als mein Handy erneut vibrierte. Ich sah aufs Display. Es war wieder Brayden: »*Du bist gleich da.*«

Ich: »*Woher weißt du das?*«

Brayden: »*Ich lasse dich natürlich orten.*«

Ich: »*Du verfolgst mich?!*«

Brayden: »*Das ist mein Job.*«

Ich: »*Ich hasse dich.*«

Brayden: »*Du vergötterst mich.*«

Ich: »*Volltrottel.*«

Brayden: »*<3*«

Ich schickte den Hundehaufensmiley hinterher.

Brayden: »*Ich wollte dir auch nur rasch Bescheid geben, dass Marcel eben runter in den Coffeeshop gegenüber vom Tower ist und dich hochbegleiten wird. Du könntest ihm tragen helfen, da freut er sich bestimmt ;)*«

Ich: »*Und was soll jetzt der Zwinkersmiley?*«

Brayden: »*Nur so. Sei nett zu ihm, er ist mein direkter Vorgesetzter.*«

Ich: »*Ich bin immer nett, es sei denn, jemand liefert mir einen Grund, es nicht zu sein!*«

Das Taxi kam an die Kreuzung des Grand Towers. Ich sah mich um und entdeckte den Coffeeshop zu meiner Rechten.

»Sie können mich hier rauslassen«, sagte ich zum Fahrer.

Er nickte und fuhr an den Straßenrand. Ich steckte das Handy ein und kramte gleichzeitig nach meiner Brieftasche. Am Flughafen hatte ich extra Geld gewechselt.

Während ich danach suchte, berechnete der Fahrer den Preis. Ich wollte einen Fünfzigeuroschein zücken, als es an die Fahrerseite klopfte. Wir fuhren beide erschrocken herum. Ein dunkelhäutiger Mann stand draußen und bedeutete dem Fahrer, die Scheibe herunterzulassen.

»Bin gleich so weit«, sagte er.

»Ich brauche kein Taxi«, gab der Mann in gebrochenem Deutsch zurück. Dann reichte er ihm zwei Einhunderteuroscheine. »Stimmt so.«

»Aber das ist …«

Viel zu viel.

»Danke«, wiederholte der Mann, kam an die hintere Tür und öffnete mir.

Ich sah skeptisch zum Taxifahrer, der mit den Schultern zuckte.

»Kristin Collins?« Der Mann beugte sich halb in den Wagen. Meine Güte, der Kerl strotzte nur so vor Kraft und Charisma und könnte genauso gut vom Plakat eines Hollywood-Blockbusters herunterlächeln. Er würde glatt Will Smith Konkurrenz machen.

»Ich bin Marcel Garcia. Ich komme, dich abzuholen.«

Das war Braydens Chef? Okay, jetzt verstand ich auch den Zwinkersmiley. Kleine miese Ratte.

»Nenn mich Kris«, gab ich zurück. »Ich soll dir mit dem Kaffee helfen.« Oh Mann, warum nicht gleich: *»Ich habe eine Wassermelone getragen.«*?

Mit einem Brummen schulterte ich meine Tasche, stieg aus dem Auto und direkt hinein in eine schwülwarme Wand aus stehender Luft. Der Himmel hatte sich zugezogen und schien die Atmosphäre nach unten zu drücken. Da braute sich ein handfestes Gewitter zusammen.

Das Taxi fuhr davon und ich starrte Marcel an. Er war einsneunzig groß, zu seinen Füßen standen zwei Papiertüten, aus denen es sehr verführerisch nach Kaffee und Muffins roch.

»Es freut mich, dich kennenzulernen.« Sein Deutsch hatte den üblichen amerikanischen Slang.

»Ebenso. Wir können uns auch gerne auf Englisch unterhalten.«

»Danke, aber ich muss üben.«

Ich schnappte mir eine Tüte. Der Geruch ließ meinen Magen knurren.

»Iss bloß keinen der Muffins, bevor Jorge sich seinen aussuchen konnte, er wird sonst zum Tier«, sagte Marcel. »Abgesehen davon schaffe ich das auch allein.«

»Ich mach es gern, und keine Sorge: Ich lasse die Muffins in Frieden.« Ein dunkles Grollen ertönte über uns, die ersten Regentropfen fielen.

Marcel deutete zur Fußgängerampel. »Wie war dein Flug?«

»Gut.« Neben dem Grübeln hatte ich auch eine nette Unterhaltung mit einem jungen Immobilienhändler gehabt, der auf dem Rückweg nach Deutschland war. Er flog für seine Firma rund um die Welt und scoutete Luxusvillen, die sie dann an ihre Kunden vermittelten. Gab eindeutig schlimmere Jobs. Wir hatten uns auch über die Grimm-Morde unterhalten und ich hatte weitere Zeitungsberichte darüber studiert. Mittlerweile hatte ich einen besseren Überblick und der deckte sich mit dem, was mir die Leute in der Bar erzählt hatten. Die Gerüchteküche zu diesem Thema brodelte wirklich über und die Menschen gerieten langsam, aber sicher in Panik. Wobei das vermutlich auch mit der einseitigen Berichterstattung zusammenhing. In den Medien wurde viel über einen möglichen Terroranschlag spekuliert, oder über Giftgas, dass man bald nirgendwo mehr sicher wäre und so weiter.

»Ich beneide dich um dein flüssiges Deutsch«, sagte Marcel.

»Danke. Meine Mum hat mit Brayden und mir nur in ihrer Muttersprache geredet.«

Es donnerte erneut. Bis wir die Ampel erreichten, fing es an zu regnen. »Dieses Mistwetter verfolgt mich überallhin.«

»Das geht seit Wochen so«, erwiderte Marcel. »Die Welt spielt verrückt.«

»Das habe ich bemerkt.«

»Brayden hat uns ausführlich erklärt, was du gesehen hast.«

Das dachte ich mir schon, und es war mir alles andere als recht. Bisher waren meine Fähigkeiten ein Ding zwischen ihm und mir gewesen. Es fühlte sich an, als würden wir einen Bereich unserer Kindheit hergeben, den wir bis jetzt immer behütet hatten, und …

… erst da kam mir der Gedanke, dass ich ja auch Conrad davon erzählt hatte.

Das war mir vorher noch nie passiert. Ich hatte es getan, ohne darüber nachzudenken. Und es hatte sich richtig angefühlt. Oder es war der Fluch des Alkohols, der mich dazu gebracht hatte, wobei ich auch da normalerweise die Klappe halten konnte. Interessant, dass es mir mit ihm nicht so gegangen war.

Ich wandte mich wieder an Marcel. »Hat Brayden dir Bescheid gegeben, bevor oder nachdem er mir das Flugticket geschickt hat? Da lagen ja nur zehn Minuten dazwischen.«

»Danach, der Hund. Er weiß genau, wie schwierig es für uns ist, mit all den Vorschriften und Sondergenehmigungen, jemanden von außen zu uns zu holen. Dazu noch eine Zivilistin! Nichts für ungut, aber eigentlich hätte er über die üblichen Amtswege gehen müssen.«

»Was ihm aber zu lange gedauert hat.«

»Ja, und ich verstehe es, auch wenn wir mächtig Ärger bekommen werden; aber wenn das alles stimmt, was du gesehen hast, könntest du eine große Hilfe sein.«

»Wieso sollte es nicht stimmen?«

»Weil …« Er zögerte, lächelte kurz und winkte ab. Die Ampel sprang auf Grün und wir eilten über die Straße. »Dieser Fall ist kompliziert, du siehst selbst, wie die Presse ihn hochschaukelt. Wir haben in den letzten Wochen so viele falsche Hinweise erhalten, dass wir mittlerweile eine eigene Abteilung dafür einrichten mussten. Es frisst unsere Kapazitäten.«

»Das mag sein, aber ich lüge nicht.« Nie. Brayden hatte mich früher sogar oft deshalb gerügt und gemeint, dass es mir nicht schaden würde, ab und an die Wahrheit zurückzuhalten oder sie wenigstens ein bisschen zu verbiegen. Aber ich konnte nicht. Die Worte kamen meist schneller heraus, als mein Gehirn sie aufhalten konnte.

»Das wollte ich dir auch nicht unterstellen, ich versuche dir nur zu erklären, warum wir alle in Habachtstellung sind. Abgesehen davon trittst du gleich in einen Bereich, der der höchsten Geheimhaltung unterliegt. Kein Zivilist ist da oben zugelassen.«

»Da habt ihr euch aber eine komische Behausung ausgesucht. Das Gebäude muss doch voll von Zivilisten sein.«

»Das stimmt. Die Hälfte ist von unseren Mitarbeitern belegt, die andere war schon bewohnt, als wir eingezogen sind. Da es zum Großteil Eigentumswohnungen sind, bekommen wir die Leute nicht einfach so heraus, ohne größeres Aufsehen zu erregen. Was wir im Moment vermeiden wollen.«

Wir liefen weiter auf den Vorplatz des Grand Towers. Die Schleusen gingen nun endgültig auf und es schüttete wie aus Eimern. Marcel und ich beschleunigten und strebten auf die großen Eingangstüren zu.

»Hat Brayden dir eigentlich vom Team erzählt?«

»Nur dass du sein Boss bist.«

Marcel rollte mit den Augen, als mochte er diese Bezeichnung nicht. »Neben Brayden haben wir Doktor Sebastian Pacheco, aber nenn ihn nicht so, wir sind alle per Du im Team.«

»Den hab ich im Fernsehen gesehen.«

»Dann wäre da Jorge …«

»Der Muffinliebhaber und Zum-Tier-Werder.« War das ein Wort?

»Noch viel mehr als das, aber den musst du live erleben. Und Dillon Middleton. Unser Computerass. Sie ist in deinem Alter, und ich würde gerne sagen, dass du sie mögen wirst, aber Dillon tut sich schwer mit Fremden und reagiert oftmals biestig. Diese ganze Sache betrifft sie auf persönlicher Ebene, was es nicht besser macht, mit ihr klarzukommen; aber vielleicht hilft es dir, sie zu verstehen.«

Klang nach einem typischen Traumafall. Hoffentlich schob sie nicht alles auf eine üble Kindheit und nahm das als Ausrede, sich schlecht benehmen zu dürfen. Ich hatte allen Respekt vor Menschen, die schreckliche Dinge erlebt hatten, aber jeder von uns hatte ein Päckchen zu tragen. Es war unsere Entscheidung, wie wir damit umgingen.

»Unser aller Vorgesetzte ist Isabella Haines. Wir arbeiten mit verschiedenen Geheimdiensten zusammen. Isabella selbst kommt selten nach Deutschland. Meistens kommunizieren wir über Video.«

Wir gelangten an die große Drehtür und huschten rasch hinein. Ich schüttelte mich kurz, zum Glück war ich nicht komplett nass geworden.

Marcel führte mich durch die eindrucksvolle Lobby: sechs Meter hohe Decke, ein Kamin, der sich über eine gesamte Wand zog, und ein gigantischer Leuchter, der den Raum in ein angenehm warmes Licht tauchte. Das Design passte sich den geschwungenen Linien des Gebäudes an, sodass alles wie aus einem Guss erschien. Es gab wenig Ecken und Kanten, die Möbel waren hell gehalten. In strategisch günstigen Abständen waren Pflanzen aufgestellt. Die Luft war angenehm und es roch frisch nach Zitronen.

»Die mischen das in die Lüftung«, sagte Marcel und strich sich über den Kopf. »Letzte Woche waren es Mandarinen, immer was Neues.«

Er deutete auf den Mann hinter dem marmornen Tresen, der zu uns aufblickte und Marcel freundlich grüßte.

»Du brauchst einen Ausweis. Brayden hat ihn schon für dich bestellt. Hey, Christopher, das ist Kris Collins.«

Ich grüßte ihn freundlich, löste meinen Zopf und band ihn neu.

»Hallo, Frau Collins. Hier ist Ihre Zugangskarte. Sie ist für den Aufzug freigeschaltet, Sie müssen allerdings den zweiten auf der linken Seite nehmen, alle anderen fahren nicht in Ihr Stockwerk.« Er reichte mir die Karte.

Ich bedankte mich und wollte sie anstecken.

»Du brauchst sie nicht offen tragen, nur bei dir haben«, sagte Marcel. »Hast du ein Handy oder ein Pad einstecken?«

»Ja.« Ich holte das Gerät aus der Tasche und sah, dass Brayden mir noch mal geschrieben hatte: *»Ich weiß, dass jede Frau auf Marcel abfährt, aber hör auf zu flirten und beeil dich. Wir warten schon.«*

Idiot. Mit einem Lächeln drückte ich die Nachricht weg und zeigte Marcel das Gerät.

»Das werde ich für die Zeit, in der du bei uns bist, leider einkassieren müssen. Vorschrift.«

Ich rümpfte die Nase, schaltete es aus und reichte es ihm. Es war ja nicht so, dass ich auf einen wichtigen Anruf oder dergleichen wartete. Niemand außer Brayden hatte die Nummer, aber das hier war schon mal typisch für den *Verein.*

»Hier ist ein Plan des Gebäudes.« Christopher gab mir eine Mappe, auf der vorne ein Bild des Turmes abgebildet war. »Auf der siebten Etage befindet sich unser Garten, hier finden Sie alles, um zu entspannen und den Tag gemütlich ausklingen zu lassen.«

Ich bezweifelte, dass ich dafür die Muße hatte, aber ich nahm die Mappe entgegen, ließ mir den Rest erklären, den Christopher wie ein Werbesprecher herunterratterte, und folgte Marcel zu den Aufzügen. Es waren sechs an der Zahl, drei auf jeder Seite. Die Fronten waren mit wunderschönen Bildern bemalt, die sich dreidimensional hervorwölbten. Auf allen war der Tower abgebildet, und wenn sich eine Tür öffnete, wurde er in der Mitte geteilt.

»Sobald wir oben sind, musst du eine Geheimhaltungserklärung unterschreiben. Wir können dir nicht auf alle Fragen antworten, auch wenn Brayden darauf drängen wird; lass uns das erst mal ruhig angehen.«

»Bis ich bewiesen habe, dass ich nicht lüge?«

Er stockte, setzte zu einer Entschuldigung an, aber ich wiegelte ab. »Schon gut, du musst es mir nicht erklären, ich bin es gewohnt.« Und ich hasste es.

Die Worte »*Ich darf nicht darüber reden*« hatten zum Standardspruch meines Vaters gehört, wenn er von einem wochenlangen Einsatz nach Hause kam und ich wissen wollte, was er erlebt hatte. Jedes Mal hatte er mir damit zu verstehen gegeben, dass ich nie ganz an seinem Leben teilhaben würde. An manchen Tagen lebte er wie ein Phantom in unserer Familie, je nachdem, wie schwer der Auftrag gewesen war.

»Kris?«

»Mh?«

»Bitte.« Marcel deutete auf die geöffnete Fahrstuhltür. Drei Männer und zwei adrett gekleidete Frauen warteten, dass ich ebenfalls einstieg. Gehörten die auch zu uns? Ich hatte es gar nicht mitbekommen. Ich grüßte sie, aber sie beachteten mich nicht weiter. Die Männer trugen Einkaufstaschen mit den Logos der großen Modelabels. Gucci, Prada und all der Kram.

»Welches Stockwerk?«, fragte Marcel höflich.

»Siebenundzwanzig«, antwortete eine der Frauen.

»Meine Lieblingszahl«, sagte er und drückte die Zahl für sie. Sie kicherte leise und ich rollte mit den Augen.

»Wie oft funktioniert der Spruch?«, flüsterte ich.

»Keine Ahnung, ich sage ihn zum ersten Mal.«

Die Türen schlossen sich, der Lift setzte sich in Bewegung.

»Auf welche Etage fahren wir?«, fragte ich, weil er für uns noch keinen Knopf gedrückt hatte.

»Gleich.«

Wir rauschten an den Stockwerken vorbei und ich spürte einen leichten Druck auf meinen Ohren. Der Kaffeeduft aus den Tüten erfüllte schon bald den gesamten Raum.

Endlich kamen wir auf der siebenundzwanzigsten Etage an. Die Leute stiegen aus. Ich ließ die Luft aus der Lunge, als mehr Platz im Aufzug blieb.

»Unangenehm?«, fragte Marcel.

»Es geht. Mir knacken die Ohren.«

»Das ist, weil der Aufzug so schnell fährt.« Er wartete, bis sich die Türen geschlossen hatten, und hielt seine Chipkarte erneut an das Display. Dieses Mal leuchtete ein Kreis auf der Oberfläche auf und Marcel drückte seinen Daumen auf die Stelle.

»Unser Büro liegt auf der Etage zwischen der Nummer zweiunddreißig und dreiunddreißig. Es ist nur in einem Verzeichnis des Gebäudes vermerkt, ansonsten weiß niemand, dass es das Stockwerk überhaupt gibt.«

Die Türen glitten zu und wir fuhren weiter.

»Warum macht ihr euch solche Umstände? Ihr könntet doch viel besser in einem abgelegenen Büro im Industriegebiet arbeiten.«

»Ja, aber wir müssen an diesem Ort sein.«

Ich wartete auf weitere Erklärungen, aber leider kamen sie nicht.

Der Lift stoppte und als sich die Türen öffneten, drang ein dumpfes Wummern von den Wänden.

»Ah, Dillon denkt«, sagte Marcel. »Nach dir.« Er deutete den Flur entlang, der sich vor mir erstreckte. Er war in einem angenehmen Braunton gestrichen, am Ende standen zwei Soldaten, die bis an die Zähne bewaffnet waren.

Ich verließ den Aufzug und folgte Marcel. Das Wummern war eindeutig der Bass eines Rockliedes.

Das war … *Red Cold River* von »Breaking Benjamin«.

»Gut erkannt«, sagte Marcel.

»Ich war letztes Jahr auf einem ihrer Konzerte.« Der Sänger grölte lautstark. Wenn es auf die Entfernung schon so wummerte, wollte ich gar nicht wissen, wie heftig es in der Wohnung war.

»Dillon braucht Musik, sonst kann sie sich nicht konzentrieren«, sagte Marcel. »Zum Glück hört man das nur auf dem Gang hier und nirgendwo sonst. Wir hätten längst mächtig Ärger bekommen.«

»Sie ist nicht zufällig bis unter die Ohren tätowiert und trägt Piercings durch die Nase?«

Marcel lachte. »Tattoos hat sie tatsächlich, aber nicht so, wie du denkst. Sie ist als Kind halb verbrannt und musste sich etlichen Hauttransplantationen unterziehen. Irgendwann ließ sie die Narben überstechen.«

»Respekt.« Das musste höllisch geschmerzt haben. Ich hatte selbst keine Tattoos, aber Brayden hatte sich einen Drachen auf das linke

Schulterblatt stechen lassen, als er achtzehn Jahre alt wurde. Er hatte die ganze Zeit rumgejammert und er hatte keine Narben vorher gehabt.

»Dillon ist über das Stadium hinaus, in dem ihr Schmerz etwas ausmacht.« Marcel grüßte die Soldaten und zückte seinen Ausweis, ich tat es ihm gleich.

Der Soldat scannte ihn ein, nahm noch Marcels Fingerabdruck und hielt ihm einen Sensor vors Auge. Es piepste, der Mann trat zurück und nickte Marcel zu.

»Das musst du leider jedes Mal machen, selbst dann, wenn du nur für ein paar Minuten draußen warst und zurückkommst.«

Einer der Männer zuckte mit den Achseln, der andere scannte mich ebenfalls ab. Dann öffneten sie die Tür.

Die Musik haute mich fast nach hinten um. Die Bässe brachten die Wände zum Beben und der Sänger brüllte sich die Seele aus dem Leib.

Marcel schüttelte den Kopf, drehte sich zu einem Display in der Wand und dimmte die Lautstärke. »Hier sind überall Lautsprecher eingebaut, jeder Raum lässt sich separat ansteuern.«

Er regulierte die Musik auf einen angemessenen Pegel, ich trat hinter Marcel hervor und sah mich um. Das Appartement war genauso spektakulär wie die Lobby. Wir standen im Wohnzimmer, die vordere Seite war komplett verglast und gab einen atemberaubenden Blick auf die Skyline Frankfurts preis. Links war ein großer Kamin in der Wand eingelassen, daneben ein Bücherregal, das bis unter die Decke reichte. Genau wie in der Lobby war auch hier alles aufeinander abgestimmt. Die Farben des Raumes harmonierten mit den Möbeln: viel Wärme, viel runde Formen, alles floss ineinander.

»Rechts ist die Küche«, sagte Marcel und deutete auf einen Durchgang. Er stellte den mitgebrachten Kaffee auf einem Tisch ab.

Der Bereich war nur durch eine Trennwand von dem Wohnzimmer abgeschirmt. »Die kann man zur Seite fahren, dann wird das Zimmer noch größer. Da links ist unser Arbeitsbereich. Konferenzzimmer, unsere Büros, Sebastians Labor und die Plattform. Da arbeiten meistens Dillon und Jorge, aber im Moment schaut er Grimm.«

»Was?« Ich zuckte zusammen, als er den Namen erwähnte.

»Die Fernsehserie. Über einen Detektiv, der von den Brüdern Grimm abstammt und nun Wesen aus Märchen jagt.«

»Ah, okay.« Die kannte ich sogar flüchtig. Der Hauptdarsteller war ganz niedlich, aber ich hatte die Serie nicht weiter verfolgt.

»Jorge ist besessen von der Sendung. Aber das ist ein Thema für sich. Unsere privaten Räume sind da drüben.« Marcel bog nach rechts ab, lief an der Küche vorbei und deutete auf eine Treppe, die nach oben führte.

»Brayden hat mir übrigens gesagt, dass du in deiner Vision auch einem Wesen namens Grimm begegnet bist.«

»Unter anderem, ja.« Ich drehte mich zu ihm. »Wisst ihr denn, was es zu bedeuten hat? Und wer die Frau war?«

»Vielleicht.«

Ich sah ihn erwartungsvoll an, aber er zuckte nur mit den Schultern.

»Ah, jetzt kommt der Teil mit der Geheimhaltung.«

»Genau.«

»*Ich darf nicht darüber reden.*«

»Unser Reich besteht aus dieser Etage und der darüber«, fuhr Marcel fort und lenkte meine Aufmerksamkeit zurück. »Die Schlafzimmer sind alle einen Stock höher. Brayden hat eins für dich eingerichtet und …«

Kaum hatte er ausgesprochen, hörte ich schon meinen Namen.

Ich stellte die Tüte auf dem Boden ab und drehte mich um. Brayden kam aus dem Arbeitsbereich, er trug ein lockeres T-Shirt, Jeans und Turnschuhe. Auf den ersten Blick sah er gut aus, aber ich erkannte, wie der Stress ihn ausgezehrt hatte. Schlimmer als im Fernsehen …

»Das wurde aber auch Zeit«, sagte er, breitete seine Arme aus und ich warf mich an ihn. Er roch wie immer. Nach Familie, nach Halt, nach Stärke. Ich schloss die Augen, nahm alles von ihm auf und genoss es, ihn endlich wieder festzuhalten. Gott, es war gut, ihn zu sehen. Egal, wie diffus die Umstände dieses Treffens waren: Das hier war mein Bruder, der andere Teil meiner Seele. Seit Kindheitstagen hatten wir diese enge Verbindung. Wir waren eine Einheit, auch wenn er fünf Jahre älter war als ich.

»Viel zu lange«, sagte ich.

Er schob mich sachte von sich weg und lächelte mich an.

»Aber sag mal, füttern die dich hier nicht? Du hast abgenommen.«

»Doch. Mit Kaffee!«, gab er zurück. »Und Stress. Es geht schon.«

Ich kaute auf meiner Lippe.

Er strich mir über die Wange und nickte Marcel zu. »Danke fürs Hochbringen.«

»Klar.« Marcel nahm meine Tüte und packte alles nacheinander aus.

»Setz dich erst mal«, sagte Brayden. »Die anderen kommen auch gleich.«

Wie aufs Stichwort verstummte die Musik. Das Rauschen der Stille war im ersten Moment fast unangenehmer als die harten Bässe, die eben noch durch die Wände gewummert hatten.

»Kaffee!«, rief eine Männerstimme von oben. »Endlich.«

»Das ist Jorge«, sagte Brayden. »Er ist abhängig von dem Zeug, wir hätten es ihm nie geben sollen.«

»Vergiss die Mayonnaise nicht«, ergänzte Marcel.

»Ja, auch die. Und Bifi. Am besten alles zusammen.«

»Iih«, sagte ich.

»Warte ab.«

Kaum hatten wir ausgesprochen, hörte ich ihn schon die Treppe runterpoltern: »Das sind solche Hohlköpfe! Ständig bringen sie alles durcheinander! Drachen sammeln kein Kupfer! Was sollen sie damit, wenn sie …« Er erreichte die unterste Stufe und verstummte sofort, als er uns alle erblickte. Er starrte vor allen Dingen mich an, als wäre ich ein wildes Tier, das man nicht aufschrecken durfte.

»Jorge, das ist Kris«, sagte Brayden. »Meine Schwester.«

Jorge trug ein buntes Hawaiihemd und die dazu passenden Hosen. Er hatte einen langen Bart und leicht gelockte dunkle Haare, die in so ziemlich alle Richtungen abstanden. Seine Augen wirkten wach und überaus munter; so als vermutete er bei jeder Gelegenheit einen Witz, über den er lachen konnte.

»Ist es in Ordnung?«, hakte Brayden nach.

Inwiefern sollte es denn das nicht sein?

Jorge nickte und kam vorsichtig näher. Seine Augen hielten mich gefangen, suchten meinen Körper ab, als könnte er mit Röntgenstrahlen durch mich sehen. So ganz sicher war ich mir auch nicht, ob er dazu in der Lage war.

»Du musst ihn ansprechen«, sagte Brayden.

»Was?«

»Sag was zu ihm, sonst kann er nicht mit dir reden.«

Ich starrte meinen Bruder an. Das war ein Scherz. Einer seiner üblichen Witze, mit denen er mich gerne aufzog. Doch er schüttelte den Kopf.

Jorge blieb direkt vor mir stehen und lächelte mich an. Er roch nach wilden Blumen, nach Zimt und – Freiheit. Komisches Wort, einen Duft zu beschreiben, aber genau so war es. So stellte ich mir Freiheit vor, wenn es einen Geruch dafür gäbe. Würzig, aromatisch, herb, frisch, angenehm.

Jorge hob die Augenbrauen, wartete anscheinend wirklich darauf, dass ich ihn ansprach.

»Hi«, sagte ich schließlich und er ließ die Luft aus der Lunge.

»Kannst du mir verklickern, was Drachen mit Kupfer sollen?«

»Äh, ich fürchte nicht, nein.«

»Ich werde einen Beschwerdebrief an den Sender schreiben!«

»Der wievielte wäre das in diesem Monat?«, fragte Marcel.

»Der fünfte. Die können doch nicht dauernd alle Fakten verdrehen. Und was bitte sollen Hyänenratten sein? Die heißen Baumhyänen, leben im Donnerwald und sehen nicht mal aus wie Ratten.«

Ich starrte meinen Bruder ratlos an.

»Du wirst es noch verstehen, keine Sorge«, sagte er.

»Ich bin gespannt.«

»Ach so, bevor ich es vergesse«, sagte Jorge: »Es ist schön, dich kennenzulernen.« Ehe ich michs versah, nahm er meine Hand und schüttelte sie eifrig. »Kris. Kristin Denise Collins, richtig? Das ist dein vollständiger Name?«

»Ja.«

»Gut.« Er klopfte mir auf die Schulter. »Ach, das ist sehr gut.« Jorge ließ mich los und blickte auf den Kaffee, der auf dem Tisch wartete.

Ich sah meinen Bruder fragend an und runzelte die Stirn. »Ihr solltet ihm keinen Kaffee geben.«

»Ich habe erst zehn Tassen getrunken«, antwortete Jorge, und Brayden lachte.

»Er ist immer so, das liegt nicht am Koffein.«

»Oh, und Muffins.« Jorge rieb voller Freude die Hände aneinander und suchte einen passenden aus. Keine Ahnung, nach welchen Kriterien er sie wählte, denn er stand einfach nur da und starrte sie an wie ein Kind, das sein Weihnachtsgeschenk auspacken durfte. Auf der einen Seite war es niedlich, auf der anderen gruselig.

Schließlich schnappte sich Jorge einen Muffin und zog sich mit seinem Becher auf die Couch zurück.

»Mach bitte keine Mayo dran«, sagte Marcel, nahm sich ebenfalls einen Muffin und einen Kaffee.

»Schade«, sagte Jorge.

Brayden griff sich auch einen Kaffee, aber statt ihn selbst zu trinken, reichte er ihn an mich weiter.

»Willst du dich erst frisch machen, bevor wir uns unterhalten?«, fragte er.

Ich trank einen Schluck und gab ihm seinen Becher zurück. »Wenn das möglich ist, gerne.« Der Flug war zwar bequem gewesen, aber langsam spürte ich den Jetlag.

»Ich zeig dir dein Zimmer, und wir können …«

»Nein, das habe ich schon versucht …«, hörte ich eine weitere Männerstimme. Sie erklang aus demselben Bereich, aus dem eben Jorge gekommen war, und sie kam mir sehr bekannt vor. »… die Ergebnisse bleiben gleich. Die Enzyme bilden keine stabile Verbindung. Sie zerfallen nach fünf Minuten, das wird nicht ausreichen. Ich brauche mehr von den Fasern … doch … natürlich! Mir ist vollkommen bewusst, dass das Portal nicht mehr funktioniert! Ich arbeite schließlich daran!«

Das war Sebastian Pacheco. Er hielt ein Handy ans Ohr, seine Miene war ernst und genervt. In echt war er viel größer als im Fernsehen. Ich schätzte ihn auf etwa einsachtzig und Anfang dreißig. Auch war mir vorher nicht aufgefallen, in welchem Kontrast der Ausdruck seiner Augen zu seinem doch eher jungenhaften Äußeren stand. Mein Opa hätte gesagt: Das ist eine alte Seele in einem jungen Körper.

Er sah uns, winkte kurz zum Zeichen, dass er mich gesehen hatte, aber nicht reden konnte.

»Sebastian«, sagte Brayden.

»Ich weiß.« Die Bilder, die ich beim Betrachten der Symbole erhalten hatte, blitzten wieder hoch und ich konnte nicht verhindern, dass mir ein Schauer über den Rücken lief.

»Kris«, sagte Brayden leise. »Ich bin mir nicht ganz …«

»Oh, da ist ja das Gretel«, sagte eine Frauenstimme auf einmal hinter uns.

Am Türrahmen auf der anderen Seite des Wohnzimmers stand eine junge Frau. Das musste dann Dillon sein. Sie war zierlich, hatte blonde Dreadlocks und ihre Unterarme waren komplett tätowiert. Vermutlich reichten die Tattoos bis zu den Schultern, ich konnte es nicht sehen, weil sie ein ausgeleiertes Shirt trug, das vieles verdeckte. Tatsächlich bestätigte sie einige Klischees, die ich von Computergenies hatte. Mager. Blass. Kränklich. Sie trug schwere Bikerboots und enge Hosen. Und ich wusste jetzt schon, dass ich mit ihr ordentlich aneinanderrasseln würde. Die offene Feindseligkeit, die mir aus ihren Augen entgegenfunkelte, rief all meine Verteidigungssysteme wach.

Das wird ein Spaß.

»Das ist meine Schwester, Kris«, stellte Brayden mich vor.

»Sag ich doch. Sie ist Gretel, du bist Hänsel. Das perfekte Duo für die Hexenjagd.«

Okay. Ich atmete tief ein, wollte etwas erwidern, doch Braydens Druck auf meine Schulter verstärkte sich. »Lass sie«, sagte er leise. »Sie will dich provozieren.«

»Funktioniert.«

Dillon kam langsam näher, ohne mich aus den Augen zu lassen. Ich hielt ihr ebenso stand. Wenn sie glaubte, sie konnte mich einschüchtern, hatte sie sich gewaltig geschnitten. Ich sah auf ihre Tattoos, die meisten waren Bilder. Ein Drache schlängelte sich quer über ihren Unterarm und streckte den Kopf unter den Saum ihres Shirts, auf der anderen Seite war ein kunstvolles Gebilde aus Rosen und Herzen und einem Totenkopf skizziert.

Sie ging unbeeindruckt zum Tisch und holte sich einen Becher. »Wo ist die Milch?«, fragte sie Marcel.

»Da.«

Sie nahm ihn und lief zur Küche weiter, wo Sebastian verschwunden war.

Milch? Ernsthaft?

Brayden seufzte. »Nur Verrückte hier. Komm, ich zeig dir dein Zimmer.«

»Brayden«, sagte Marcel mit einem leicht drohenden Unterton.

»Schon gut. Ich erzähle ihr nichts«, gab er genervt zurück. Ich folgte meinem Bruder aus dem Raum Richtung Treppe und wurde das Gefühl nicht los, dass mich alle beobachteten. Ich war ein Fremdkörper in diesem perfekt aufeinander abgestimmten System, und sie mussten erst noch abwägen, ob ich störte oder mich einfügen konnte.

Brayden führte mich in den nächsten Stock, wo er die dritte Tür rechts für mich öffnete.

»Herzlich willkommen«, sagte er und ließ mich eintreten.

Der Raum hatte ebenfalls bodentiefe Fenster und bot einen famosen Blick auf Frankfurt. Von hier oben sah ich sogar den Main, der sich als dunkelblaue Furche durch die Stadt grub. Brayden trat hinter mir ein, stellte meinen Rucksack auf einen Sessel an der Wand und kam neben mich.

Für einige Minuten sahen wir stumm hinaus und beobachteten das Gewusel unten auf der Straße.

»Danke«, sagte er schließlich leise.

»Warum hast du mich hinter dem Rücken der anderen hergeholt?«

»Das habe ich nicht. Als du im Flieger warst, habe ich Marcel informiert.«

»Hör auf, klugzuscheißen, du weißt genau, was ich meine. Das kann dich den Job kosten.«

Brayden schnaubte. »Dazu sind sie zu verzweifelt. Sie brauchen mich, genau wie sie dich brauchen werden, das müssen sie nur noch erkennen.« Er drehte sich zu mir. »Was du gesehen hast, Kris – das Symbol auf der Frau, die Vision von dem Grimm: Das alles ist so viel realer, als du denkst.«

»Wie meinst du das?«

»Du könntest der Schlüssel sein, der uns die ganze Zeit gefehlt hat. Mit deiner Hilfe können wir hoffentlich wieder Kontakt nach Abalion herstellen und das alles endlich stoppen.«

»Ein Schlüssel …«, wiederholte ich. »Die Frau in der Vision hatte mir dieses Samenkorn gegeben und auch gesagt, dass es ein Schlüssel sei.« Vermutlich hatte ich das Ding während der Flucht vor dem Grimm verloren, wobei ich eh nicht sicher war, ob ich etwas aus einer Vision mitnehmen konnte oder nicht.

»Kris, das alles hier ist anders, als du …«

Es klopfte an der Tür.

»Ja bitte«, sagte ich.

Marcel steckte den Kopf herein und sah zu meinem Bruder. Tat er das, weil er wusste, dass Brayden kurz davor war zu plaudern?

»Isabella will dich sprechen, Brayden.«

»Ich komme gleich.«

»Jetzt.« Marcel funkelte Brayden unmissverständlich an.

»Geh«, sagte ich. »Du musst nicht noch mehr Ärger provozieren.« Außerdem wurde ich das Gefühl nicht los, dass er auf sehr dünnem Eis tanzte.

Brayden schnaubte, doch er folgte Marcel ohne ein weiteres Wort und ließ mich allein im Zimmer zurück.

Da kam noch einiges auf mich zu.

8. KAPITEL

Nubra-Tal, Indien. 1344 n. Chr.

Der Feuerdrache erhob sich mächtig gegen den Himmel und baute sich vor dem Fremden auf. Er spannte seine Flügel auseinander, das Licht der Sonne verfing sich in den Kristallen und blendete den Mann. Dieser zuckte vor Ehrfurcht zusammen und schob sich vor seine geliebte Prinzessin.

»Ich fürchte dich nicht«, rief er dem gewaltigen Tier zu. »Ich bin gekommen aus reinem Herzen und aus tiefer Liebe zu dieser Frau. Ich bitte um deine Hilfe.«

Der Drache warf den Kopf in den Nacken und entließ einen markerschütternden Schrei. Die Prinzessin wich zurück, doch ihr Geliebter hielt sie fest und …

Casaju fluchte, zerknüllte das Papier und schleuderte es gegen die nächste Wand. Er lehnte sich auf dem Stuhl zurück, legte den Kopf in den Nacken und stöhnte frustriert.

Das alles war hoffnungsloser Müll!

Seit Tagen trat er mit dieser Geschichte auf der Stelle. Ihm war noch nicht mal ein Name für den Fremden und seine Prinzessin eingefallen. Dabei waren Namen für Figuren mit das Wichtigste. Wie sollte er lebendige Charaktere erschaffen, wenn er keinen Bezug zu ihnen aufbauen konnte? Er sah sie ja noch nicht mal richtig vor seinem geistigen Auge. Sie waren blass und unscheinbar, und langsam fühlte

Casaju sich wie die Prinzessin: ohne Fantasie und nicht in der Lage, diese in sich zu erwecken.

»Läuft nicht, was?«, fragte Anantha und blickte von ihrem Papier auf. Ihre kristallblauen Augen fixierten seine. Casaju beneidete sie jedes Mal um die Leichtigkeit, die er darin erkennen konnte. Anantha war in diesen letzten Tagen sehr gut vorangekommen und hatte es endlich geschafft, die Geschichte um den Teufel und seine Großmutter in die richtige Bahn zu lenken. Bald wäre sie beendet.

Casaju schnaubte. Anantha hatte den Teufel bezwungen und er schaffte es nicht mal, mit ein paar Drachen fertigzuwerden.

»Nein. Die Figuren reden nicht mit mir und die Drachen führen sich auf, als gehörte ihnen diese Geschichte. Sie drohen nur, agieren aber nicht. Sie sollten eigentlich der Prinzessin helfen, ihre Fantasie wiederzubekommen, aber sie denken nicht mal im Ansatz daran, das zu tun.« Langsam baute er extremen Frust dieser Geschichte gegenüber auf. Wenn es so weiterging, bekam er sie nie fertig. »Isa meinte noch, ich hätte einen Selbstläufer gefunden, aber ich merke nichts davon, dass sie von selbst läuft. Ganz im Gegenteil.«

»Das ist manchmal das Problem mit ihnen. Ich hatte auch mal einen und bin gar nicht damit klargekommen, weil die Geschichte immer in eine andere Richtung wollte, als ich es vorhatte.«

»Was hast du dagegen getan?«

Sie kaute auf dem Ende ihrer Feder herum. »Ich habe mich mit ihr treiben lassen. Zu Beginn hatte ich eine klare Vorstellung darüber, wie die Geschichte ausgehen sollte, ich sah den Verlauf deutlich vor meinen Augen und versuchte, sie in dieses Korsett zu pressen. Aber mit Selbstläufern funktioniert das nicht. Sie brauchen Platz, um sich zu entfalten, und Freiheit. Als ich das erkannte und mich mehr auf die Figuren verlassen habe, schrieb sie sich fast von allein.«

»Ich wüsste aber nicht, wie ich das tun sollte. Die Drachen sind die Lösung für die Prinzessin. Sie muss die Schuppen berühren, damit sie den Funken der Fantasie wiedererlangt.«

»Und welche Folgen hätte das für den Drachen?«

Casaju zuckte mit den Schultern. »Das weiß ich nicht. Keine, nehme ich an.«

»Vielleicht ja aber doch, und das ist genau das Problem. Er will das nicht auf diese Art. Lass ihm eine Chance und ihn eine andere Lösung vorschlagen.«

»Isa warnte mich davor, ihnen zu viel Freiraum zu geben. Drachen sind launisch.«

»Ja, aber womöglich braucht er dein Vertrauen.«

»Ich weiß nicht.« Casaju warf einen Blick auf die Karte Abalions, vor der er saß. Mittlerweile liebte er es, in der Bibliothek zu schreiben und konnte sich kaum noch vorstellen, wie es je hatte anders sein können. Moon hatte Wort gehalten und für Casaju extra ein Tal eingerichtet, in dem er die Drachen angesiedelt hatte. Sie lebten dort abgeschottet von den restlichen Wesen Abalions. Casaju konnte im Grunde mit ihnen machen, was er wollte. Bis zum Beenden seiner Geschichte waren sie wie seine Gefangenen.

»Ich glaube, sie wollen nicht eingesperrt sein«, sagte Anantha.

»Ich wüsste nicht, wie es anders gehen sollte. Wenn wir sie freilassen, können sie Abalion in Schutt und Asche legen.«

»Oder auch nicht.« Sie zwinkerte ihm zu, sammelte ihre Papiere zusammen und brachte die ungenutzten zurück ins Regal. Anantha war von allen diejenige, die das Schreiben am entspanntesten anging. Oft lag sie mit ihrer Gitarre in der Hängematte, einen Grashalm im Mund, den Himmel anstarrend, bis sie wie vom Blitz getroffen aufsprang und anfing zu arbeiten. Casaju beneidete sie oft um ihre Leichtigkeit. »Ich weiß, dass du es schaffst«, fügte sie an. »Aber vielleicht brauchst du eine Pause vom Schreiben. Du sitzt seit fünf Tagen ununterbrochen hier. Hast du überhaupt geschlafen?«

»Ja, vorgestern.«

»Siehst du, da kann nichts Gutes mehr herauskommen. Leg dich hin, iss, du hast abgenommen.«

»Ich weiß.« Er strich sich übers Gesicht, auf dem die Bartstoppeln wucherten. Er brauchte wirklich Ruhe, Essen und er sollte sich umziehen und sich mal wieder waschen. »Du hast recht.«

Er sammelte ebenfalls die Entwürfe zusammen, die er in den letzten Stunden verfasst und verworfen hatte. Sie mussten genauso verwahrt werden wie die fertigen Geschichten. Immerhin besaßen diese auch schon Macht. Er sortierte alle übereinander, nahm einen Kristall heraus, den er von Moon extra hierfür bekommen hatte, und beschwerte den Stapel damit. Sofort schloss sich ein silbernes Licht um die Papiere und hüllte sie ein. So waren seine Entwürfe sicher und die Wesen darin nicht in der Lage, Unfug anzustellen.

Anantha stellte sich vor die Karte Abalions und betrachtete sie nachdenklich. »Manchmal reizt es mich richtig, eine Geschichte zu schreiben, die in einer komplett anderen Welt spielt. In der Zukunft vielleicht. Mit Dingen, die wir noch nicht kennen. In meinem Leben draußen war ich fast nur unterwegs und habe so viel gesehen und erlebt. Ich würde das manchmal gerne zu Papier bringen.«

»Du solltest es tun.«

»Ich glaube nicht, dass Moon sie anerkennen würde. Bisher war sie eher an klassischen Erzählungen interessiert.«

»Das stimmt, aber wenn du es nicht versuchst, wirst du es nie erfahren.«

»Wohl wahr.« Sie tippte sich auf das Kinn und legte den Kopf schräg. Casaju sah ihr an, wie sie über die Möglichkeiten nachdachte; das Für und Wider abwägte. Anantha war eine Bauchschreiberin. Wenn sie eine Idee packte, ließ sie diese selten los.

»Wer weiß, ob das nicht sogar mal jemand vor mir gemacht hat. Vielleicht gibt es viel mehr als nur Abalion«, sagte sie leise.

»Wie meinst du das?«

»Na ja, wir sind weder die einzigen noch die ersten Masali. Überlege mal: Anabel kam hierher und verliebte sich in Liam. Alles lief aus dem Ruder und letztlich führte es dazu, dass ein Teil ihrer Berater dieses Kloster gründete, um über ihre Gebeine zu wachen. Was aber war mit Anabels Familie? Sie stammten aus dem Süden Deutschlands. Wohnen sie oder ihre Nachfahren da heute noch? Sind sie mit Anabel gestorben? Oder sind sie so langlebig wie wir?«

»Anabel ist ja nicht wirklich gestorben, sie hat sich in Moon verwandelt.«

»Du weißt, was ich meine: Ihr Körper ist tot. Moon kann Abalion nicht verlassen.«

Casaju dachte darüber nach und was Isa ihm einst erzählt hatte. Die Gelehrten waren damals zurückgekehrt, um den zweiten Teil des

Kristalls der Fantasie nach Hause zu bringen. Vielleicht saßen dort ja wirklich andere Masali zusammen. In diesem Moment.

Vielleicht gab es auch für sie eine zweite Märchenwelt, oder sie hatten sich über die ganze Erde verstreut und noch mehr Abalions geschaffen. Hundert, tausend? Wer wusste das schon.

»Angeblich soll Anabel auch Geschwister gehabt haben«, sagte Anantha.

»Ach ja?«

»Ares hat es mir erzählt, der hat es von seinem Vorgänger und der von seinem und so weiter. Eine von Anabels Schwestern soll wohl einige Briefe hierhergeschickt haben, aber niemand konnte sie bis heute im Kloster finden, genauso wenig wie das Buch der Gelehrten.«

»Was soll das sein?«

»Ein kleines dünnes Lederbuch, das hier irgendwo versteckt ist. Als die Gelehrten sich damals hier niedergelassen haben, verfassten sie ein Buch, in dem angeblich der Schlüssel zur Fantasie erklärt werden soll. Und sie haben die Geschichte rund um den Grimm und wie er durch Séamus gerufen wurde niedergeschrieben.«

»Das hat Isa mir erzählt. Sie meinte, es wäre verboten, diese Geschichte zu lesen.«

»Ja, weil sie angeblich dem Grimm Macht verleiht und er sich so aus der Schlucht befreien kann.«

»Das glaubst du nicht?« Nach allem, was in der Bibliothek damals passiert war.

»Ich habe keine Ahnung, das sind nur meine Hirngespinste und … Ich will dir nicht zu nahe treten. Immerhin hast du deine Eltern verloren.«

»Erzähl es mir dennoch.« Casaju verschränkte die Arme vor der Brust. Er war stets an den Gedanken der anderen interessiert. Er konnte auf keine Erfahrungen aus der Welt zurückgreifen, musste sich an dem bedienen, was er hier erhielt.

»Na ja, was, wenn der Grimm gar nicht aus Boshaftigkeit agierte, sondern zum Schutz?«

»Ich kann dir nicht folgen.«

»Die Masali – also nicht nur wir, sondern alle – waren mächtig. Sie beherrschten die Fantasie. Schau dir nur mal Moon alias Anabel an:

Sie bestimmt über Abalion, sie ist das stärkste Wesen dort, sie kann im Grunde die Welt formen, wie es ihr beliebt.«

»Wie eine Göttin.« Der Gedanke trieb eine Gänsehaut über seinen Körper.

»Seit jeher haben die Masali all ihr Wissen aufgeschrieben. Es liegt in ihrer Natur. Wenn das Lederbuch wirklich der Schlüssel zur Fantasie ist, ist dir klar, was man machen könnte, wenn man diese beherrscht?«

Casaju kaute auf seiner Lippe und dachte an die Geschichte um die Königstochter und den Feuerdrachen. »Wer die Fantasie beherrscht, kann alles erschaffen«, sagte er.

»Es sind keine Grenzen gesetzt«, spann Anantha seine Gedanken fort. »Du könntest deine Feuerdrachen in die Welt freilassen, du könntest den ganzen Tag die Sonne scheinen lassen, du könntest allen Menschen suggerieren, dass sie Affen sind und auf Bäumen leben. Die Fantasie ist grenzenlos und mächtig.«

»Und du glaubst, dass dieses Lederbuch diese Macht entfesseln kann?«

»Ich weiß es natürlich nicht, vielleicht stehen darin auch nur Rezepte gegen Sodbrennen. Es sind Gerüchte, aber ziemlich gute, wie ich finde.«

»Das stimmt.«

»Gott, mich reizt es so, loszuziehen und Anabels Volk zu suchen. Ich hatte ja schon mal darüber recherchiert, weil wir damals Jakob helfen wollten.«

»Ich weiß, Isa hat es mir erzählt.«

»In meinem Leben draußen war ich fast nur unterwegs und habe so viele Dinge gesehen und erlebt. Manchmal vermisse ich es.«

»Wenn du gehst, findest du nie mehr hierher zurück.«

»Deshalb mache ich es auch nicht. Das Kloster ist mein Leben. Ich liebe es, hier zu sein, aber ich bin nun mal auch neugierig.«

Casaju drehte sich um und sah zu dem Gang, in dem seine Eltern gestorben waren und der für immer verschlossen war. »Hast du mal mit Isa über all das gesprochen?«

»Ja, aber sie weiß es natürlich auch nicht, vermutet allerdings, dass die Bibliothek in dem verbotenen Bereich noch viel weiter geht. Wir können ja leider nicht rein und nachsehen, aber wer weiß, was da noch für Schätze verborgen liegen.«

»*Wir wollten das nicht. Wir wurden gezwungen*«, hörte Casaju seine Mutter in seinem Kopf. Seit er regelmäßig herkam, fiel es ihm definitiv leichter, mit den Geistern der Vergangenheit zu leben, doch ab und an spürte er noch einen Lufthauch im Nacken oder hatte das Gefühl, dass jemand hinter ihm stünde, obwohl es nicht so war.

Anantha tippte ihm auf die Schulter und er zuckte zusammen. »Wollen wir essen gehen? Ich habe Kohldampf!« Sie deutete auf den Ausgang.

Das war typisch für Anantha: Erst für ein Thema brennen und ein Feuer entzünden – und dann zu einem anderen schwenken. Doch es war ihm nicht unrecht, er grübelte nicht gerne über seine Eltern.

Casaju nickte und bedeutete ihr, voranzugehen. Sie liefen den Gang zum Eisentor entlang.

»Wenn wir rauskönnten, würde ich dir alles zeigen«, sagte Anantha im Gehen. »Ich glaube, du kämst aus dem Staunen nicht mehr raus.«

»Vermutlich.«

Sie drehte herum und lief rückwärts weiter. »Allein, damit du mal mit einer Frau zusammen sein könntest, würde es sich schon lohnen.«

Hitze schoss in seine Wangen und er blickte zu Boden.

»Oh, lieber mit einem Mann?«

»Was? Ich … nein …« Das war kein Thema, über das er sich mit anderen unterhielt, auch wenn er natürlich ein gewisses Grundinteresse daran hegte.

Anantha lachte und boxte ihm gegen die Brust. »Du bist wirklich süß, Casaju. Wenn wir uns draußen begegnet wären, …«

Dann? Er sah sie fragend an, aber sie antwortete nur mit einem verschmitzten Lächeln und drehte sich wieder um.

Sie gelangten an das Eisentor. Casaju zog den Schlüsselbund aus seiner Kutte, den Isa ihm für die Zeit des Schreibens überlassen hatte. Er und Anantha gingen hier im Moment so oft ein und aus, dass es so einfacher war, anstatt Isa ständig zu belästigen. Sobald sie mit ihren Geschichten fertig waren, würden sie den Schlüsselbund zurückgeben. Casaju freute sich darauf, denn er spürte, wie viel Verantwortung er mit diesen Schlüsseln trug. Sie waren ihm nicht geheuer.

Er versuchte sein Glück am Schloss und brauchte drei Anläufe, ehe er den richtigen Schlüssel fand und das Tor aufschwang.

»Ich warte auf den Tag, an dem wir da drinnen hocken und uns das Tor nicht mehr rauslässt«, sagte Anantha.

»Mal doch den Teufel nicht an die Wand.«

Sie lachte hell. »Nein, das habe ich eben schon erledigt. Danke.«

Casaju und sie passierten das Tor und Anantha erklärte ihm, was er verpasst hatte: Ares hatte eine neue Geschichte beinahe fertig. Sie drehte sich um ein junges Mädchen, das seine Großmutter im Wald besuchen wollte und fast von einem Wolf gefressen wurde. In fünf Nächten wollte er sie an Moon übergeben. Cyrus meditierte häufig, weil er einer neuen Idee auf der Spur war, Isa hielt sich zurzeit überwiegend in ihrem Zimmer auf und so weiter. Jeder ging seinen Beschäftigungen nach und tat das, was er am besten konnte. Sie gelangten nach oben und wollten zum Speisesaal abbiegen, als es an die Klostertüren klopfte.

Das Hämmern hallte im gesamten Gebäude nach, als wollten die Wände sichergehen, dass es nicht unterging.

Casaju und Anantha blieben stehen und lauschten. Das Klopfen erklang erneut. Sie drehten sich beide um.

Die Regel besagte, dass nur derjenige eingelassen werden durfte, der dreimal an die Tür schlug. Die meisten gaben nach dem zweiten Mal auf und zogen weiter. Nur die, die es wirklich ernst meinten, probierten es erneut.

Poch! Poch! Poch!

»Dann wollen wir mal nachsehen«, sagte Anantha. Sie war meist diejenige, die Fremde begrüßte, weil es ihr leichtfiel, mit anderen in Kontakt zu treten.

Anantha und er gelangten in den Innenhof und stießen auf Isa, die wohl ebenfalls nach dem Ankömmling schauen wollte. Sie durchquerten den Hof. Die Sonne brannte heute unerträglich heiß.

Als sie zur Hälfte durch waren, bemerkte Casaju eine Bewegung am Baum. Es war Kaia, die an ihrem Lieblingsplatz gesessen hatte.

»Wer kann das sein?«, fragte sie.

»Wir finden es heraus.«

Sie erreichten das Tor. Casaju legte den großen Riegel um, während Anantha die kleineren öffnete. Isa wartete hinter ihnen.

Mit einem lauten Krachen fuhren die beiden eisernen Flügel auseinander.

Casaju trat als Erster nach vorne und betrachtete den Mann, der dort wartete. Er zitterte und atmete vor Erleichterung aus. Seine dunklen Haare und der Vollbart waren mit grauem Staub bedeckt, seine Kleidung war verschmutzt und ein Hosenbein halb zerrissen. Anscheinend war er gestürzt, denn er hielt sich den Arm und zuckte schmerzverzerrt.

»Dem Himmel sei Dank«, sagte er benommen auf Deutsch.

Jeder der Masali verstand etliche Sprachen. Sie lernten sie wie von selbst, wenn sie längere Zeit im Kloster blieben. Casaju war damit aufgewachsen, für ihn stellte es ein noch kleineres Problem dar als für die anderen.

»Ich grüße dich«, antwortete Anantha in derselben Sprache.

Der Mann zuckte, starrte sie an. Er schluckte, torkelte und verdrehte die Augen. Casaju und Anantha streckten gleichzeitig die Arme nach ihm aus, da brach er auch schon kraftlos zusammen.

Sein Körper war völlig am Ende.

»Er glüht«, sagte Casaju.

»Kaia!«, rief Isa.

Sie kam hinter dem Baum hervor, behielt aber ihren Abstand.

»Ruf Ares! Er muss uns helfen.«

Sie nickte, warf Casaju einen fragenden Blick zu, doch der lächelte sie an, wie um ihr zu zeigen, dass alles in Ordnung war. Dann eilte sie los und verschwand im Kloster.

Ares war in seinem früheren Leben Heiler gewesen und nach wie vor bewandert in dieser Kunst. Wenn sich jemand von ihnen verletzte, was sehr selten vorkam, oder ein vorbeiziehender Wanderer Hilfe brauchte – was noch weniger geschah –, war er derjenige, der gerufen wurde.

Casaju klemmte sich den Mann fester unter den Arm. Er spürte seinen knochigen Körper und wie ausgemergelt er von seiner Wanderschaft war.

»Was hat dich nur zu uns getrieben?«, fragte er leise, aber erhielt natürlich keine Antwort.

Sie trugen den Mann ins Innere, als Ares bereits angerannt kam. Seine Finger waren mit Tinte verschmiert, Kaia hatte ihn vom Schreiben geholt.

»In die Küche«, sagte er. »Dort habe ich alles, was ich brauche.«

Sie trugen ihn weiter, durchquerten den Speisesaal, vorbei an der langen Essenstafel und den leeren Stühlen, und traten in die angrenzende Küche. Isa räumte eine Sitzbank für den Mann frei.

Sofort machte Ares sich an die Untersuchung. Kaia wartete am Türrahmen und beäugte den Fremden interessiert. Ein komischer Ausdruck trat in ihr Gesicht, den Casaju noch nie an ihr gesehen hatte.

Sie war … *fasziniert.*

Gefiel ihr der Mann etwa?

»Der Knöchel könnte gebrochen sein«, sagte Ares und rollte das Hosenbein weiter hoch. Das Gelenk war blauviolett und auf die doppelte Größe angeschwollen. »Ein Wunder, dass er damit überhaupt hat laufen können. Er hat außerdem eine entzündete Wunde am Arm, ist stark dehydriert und abgemagert. Er braucht vor allen Dingen Wasser, wir müssen den Knochen richten und schienen, und ich benötige Hilfe beim Waschen und Reinigen der Wunden.«

»Ich kann …«, setzte Casaju an.

»Ich mach das«, sagte Kaia gleichzeitig.

Er sah zu ihr. Sie lief rot an und wich einen Schritt nach hinten. Isa drehte sich ebenfalls zu ihr um.

Casaju lief zu dem Regal und nahm einen Krug voll Wasser. Wer von ihnen an der Reihe war, schöpfte es jeden Abend und jeden Morgen frisch aus dem Brunnen. Die Aufgaben wurden im Wochenrhythmus geändert.

Casaju goss einen Becher ein und kehrte damit zurück zu dem Fremden. Vorsichtig schob Ares eine Hand in den Nacken des Mannes, während Casaju ihm den Becher an die Lippen setzte.

Seine Lider flatterten, er stöhnte leise, der erste Schwall Wasser ging daneben.

»Es ist alles gut«, sagte Ares ruhig, und Casaju versuchte es erneut. Diesmal reagierte der Mann und trank in langsamen Zügen.

»Wo …«, keuchte er. »Bin ich im Kloster?«

»Ja«, sagte Ares.

»Bei den Masali?«

»Richtig.«

»Wie heißt du?«, fragte Isa.

»W-Waylon«, war alles, was er noch herausbrachte, ehe er zurück in die Ohnmacht fiel. Ares legte eine Hand auf Waylons Stirn und schüttelte den Kopf.

»Wir müssen das Fieber senken. Casaju: Ich brauch mehr Wasser, saubere Binden, scharfe Messer. Das entzündete Fleisch muss weg. Ich hoffe, es hat sich noch nicht zu weit ausgebreitet. Wir beide werden uns um ihn kümmern. Nichts für ungut, Kaia.«

Sie blickte zu Boden und zog sich zurück.

Isa sah ihr nachdenklich hinterher. »Lasst mich wissen, wenn er aufwacht und ansprechbar ist.«

»Natürlich«, sagte Ares.

Ohne sich noch mal umzublicken, verließ auch sie die Küche.

Casaju machte sich daran, alle Dinge zu holen, die sie benötigten. Er hatte keine Ahnung, dass sie an diesem Tag nicht nur einem Fremden das Leben retteten, sondern auch ihren Untergang einläuteten.

9. KAPITEL

Ash

Abalion, Zeit unbekannt

Bis ich die Nachtheide erreichte, dämmerte es bereits. Ich spürte weder meine Zehen noch meine Finger oder meine Beine.

Natürlich hatte auch der Regen zugenommen, meine Haut war mittlerweile so runzelig wie eine Pflaume, mein Hemd komplett im Eimer, weil ich auf dem matschigen Weg ausgerutscht war, als eine Kutsche an mir vorbeigebrettert war und ich hatte ausweichen müssen.

Noch mal: Hatte ich schon erwähnt, dass ich Wasser hasste?

»Ich hasse dich!«, schrie ich gen Himmel Nicht dass es was nutzte, aber was rausmusste, musste raus.

Außerdem hatte ich Hunger. Und ich war müde. Und erschöpft. Und nass. Und ja: übellaunig.

Natürlich hätte ich mir mit dem Messer etwas wünschen können. Ich hätte es zum Beispiel in eine Baumrinde hauen und mir dann Früchte von den Ästen schütteln können, die vorher nicht da gewesen waren. Oder ich hätte mich auf die Lauer legen und einen Hasen oder ein Reh erlegen können. Ich liebte Hasenbraten; schön frisch, über dem Feuer geröstet; wenn das Öl ins Feuer tropfte und diesen herrlich würzigen Geruch verbreitete, wie es nur gegrilltes Fleisch konnte. Mein Magen rumorte lautstark und krampfte zusammen, wie um mich zu ermahnen, dass ich mit der Träumerei aufhören sollte.

»Ist ja gut.«

Ich würde nachher auf der Heide essen. Dann wäre ich wenigstens für eine kurze Zeit satt, denn bedauerlicherweise verschwand alles, was man dort konsumierte, sobald man aufwachte. Kleidung, Essen, Drogen, egal, was man zu sich nahm – wenn man ging, war alles auf Anfang gesetzt. Manchmal ganz praktisch, wenn man sich volllaufen lassen wollte, ohne danach einen Kater zu bekommen.

Es donnerte erneut, ich blickte in den Himmel und zog mein nasses Hemd fester vor der Brust zusammen. Der Regen wurde schlimmer und nun mischte sich auch der erste Schnee darunter.

Mit einem Grummeln ging ich weiter. Eigentlich sollte hier der Weg zur Nachtheide sein. Sie lag verborgen hinter einer engen Baumgrenze, aber ich war oft genug hier gewesen, um zu wissen, wohin ich musste.

Ich drehte mich um meine Achse und sah in alle Richtungen. Das war der richtige Weg, ganz sicher, dennoch sah alles anders aus. Die Bäume wirkten – kahler. Und dunkler, als würden sie absterben. Ich lief zu einem und strich über die Rinde. Sie war eiskalt, an der Oberfläche haftete sogar Tau, und es roch sehr erdig. Eine teerartige Substanz hatte sich auf dem Holz ausgebreitet. Sie war zäh und stank. Ich ging noch ein paar Meter, die anderen Bäume sahen genauso aus, und je weiter ich vordrang, umso kälter wurde es, bis ich meinen Atem vor mir tanzen sah.

Ich bekam Gänsehaut, aber nicht von den Temperaturen, sondern von dem Gefühl, das mir die Füße hochkroch. Als wäre ich in ein Grab gestiegen. Es gab viele merkwürdige Orte in Abalion, und einige davon würde ich nicht mal betreten, wenn ich dafür den Fluch lösen könnte, aber hier war ich schon zigmal gewesen. Hier gab es nichts, was …

»Ash!«, rief eine Frau hinter mir.

Ich erstarrte, denn ich erkannte die Stimme sofort: Moon.

Verdammt, von allen Wesen im Lande gab es genau eines, das ich noch weniger sehen wollte als meine Mutter.

Ich drehte mich um und sah über meine Schulter zurück zu ihr.

Da stand sie. Mitten im Regen, der einen Bogen um sie machte, als würde sie einen unsichtbaren Schirm tragen, atemberaubend schön – wie immer – und mit einem merkwürdig sorgenerfüllten Ausdruck in ihren silbernen Augen. Galt der etwa mir? Wohl kaum. Ihre Haut schimmerte elfenbeinweiß. Ihre silbernen Haare trug sie offen, sie reichten fast bis zu ihrem Bauchnabel. Sie hatte kleine Sterne hineingeflochten, die bei jeder Drehung ihres Kopfes funkelten. Ihr Kleid passte sich den fließenden Bewegungen ihrer Haare an. Der Stoff glitzerte betörend und umschmeichelte ihre sanften Kurven. Sie war barfuß, aber im Gegensatz zu meinen waren ihre Füße nicht einmal schmutzig.

Ich zupfte an meinem Hemd und suchte nach einem möglichen Fluchtweg, um nicht mit ihr reden zu müssen. Zwecklos, denn sie stand genau dort, wo ich hinmusste.

»Komm sofort zurück, was tust du da?«, fragte sie.

»Spazieren gehen.« Oder so.

Sie verzog das Gesicht und winkte mich energisch zu sich heran. Zwei ihrer Diener traten an ihre Seite und verharrten dort still, bis sie ihnen Anweisung gab. Die Typen taten nichts ohne ihre Ansage.

Sie sahen absolut identisch aus. Beide hatten lange blonde Haare, trugen hellbeige Roben und hatten feine, leicht feminine Züge. Ich hatte keine Ahnung, wie sie hießen und sie heimlich Fred und Ted getauft. Wobei ich nicht mehr wusste, wer von beiden wer war.

»Jetzt komm schon!«, zischte Moon.

Ich rollte mit den Augen, lief aber zurück zu ihr. Immerhin wollte ich zur Nachtheide und nicht in diesem Wald herumirren.

»Du kannst doch nicht kopflos in den Donnerwald marschieren!«

»Was? Spinnst du?« Das war doch nicht der Donnerwald, der begann erst nach der nächsten Lichtung. Der Bruchwald und der Donnerwald grenzten an einigen Stellen aneinander und dort musste man ziemlich aufpassen, nicht vom Weg abzukommen. Denn sobald man den Donnerwald betrat, verirrte man sich. Niemand war je wieder zurückgekehrt. Aber ich wusste, worauf ich zu achten hatte, ich würde nie …

»Herrje, Ash. Hast du eins auf den Schädel bekommen?« Sie musterte mich von oben bis unten. Ihr Blick blieb kurz an meinen nackten Beinen hängen. Moon trat näher, sofort stieg mir ihr angenehm frischer Duft in die Nase. Sie roch wie eine Nacht voller Sterne. Ich liebte es.

Vorsichtig streckte sie ihre grazilen Finger aus und wollte mich an der Stirn berühren, doch ich zuckte zurück. Das letzte Mal, als sie mich angefasst hatte, war ich am Morgen danach mit diesem verdammten

Messer an meiner Seite aufgewacht. Ja, genau: *Das* war die Lady, die mir erst einen Höhenflug und dann einen Dämpfer verpasst hatte.

»Ich gebe dir was zum Anziehen.«

»Oh nein, du wirst mich weder anfassen noch mir etwas geben. Ich habe genug vom letzten Mal.«

Ted lächelte und warf mir einen missbilligenden Blick zu. Moons Bedienstete waren schrecklich anmaßend. Vermutlich tat ihnen die Höhenluft nicht gut, denn sie lebten alle am Firmament in einem Schloss aus purem Sternengestein. Es war genauso betörend schön wie Moon. Ich schob mich an ihr vorbei und suchte nach dem richtigen Weg zur Nachtheide.

Er war genau da, wo er sein sollte, auch wenn ich hätte schwören können, dass es vorhin nicht so gewesen war.

Manchmal passierten solche Dinge in Abalion. Wege änderten sich, Bäume wuchsen an Stellen, wo vorher keine gewesen waren, oder ein Berg ragte auf einmal in die Höhe, wo früher nur eine Ebene gewesen war. Abalion hatte oft seinen eigenen Kopf, aber die eingefleischten Orte wie die Nachtheide blieben immer, wo sie waren.

»Ash, warte.«

»Ich muss zum Wettbewerb.«

»Du darfst nicht gehen.«

Ich lachte auf und winkte ab.

»Es ist gefährlich!«

»Sagt die Frau, die mich erst verführt, dann verflucht hat.«

»Ich meine das ernst.«

»Ich auch!«

Auf einmal spürte ich ihre warme Hand auf meiner Schulter. Ein angenehmes Kribbeln drang von der Stelle in meinen Körper und breitete sich in mir aus. Mein Hemd trocknete umgehend, genau wie meine Haare, meine Haut. Es war wohltuend, als würde ich mich vor einem gemütlichen Feuer niederlassen und endlich meine Glieder auftauen. Wie von Zauberhand prallte auch der Regen von mir ab.

»Lass das«, sagte ich. Gefälligkeiten von ihr hatten einen Preis.

»Du musst mir zuhören.«

Ich machte mich von ihr los und stapfte den Weg hinunter. Bis zur Heide war es nicht mehr weit.

»Du darfst auf keinen Fall auf die Nachtheide«, rief sie mir nach.

Ich schüttelte den Kopf und verschwand zwischen den dichten Baumreihen. Der Weg wurde leicht abschüssig. Ich überwand die letzten Meter und fand mich schließlich auf einer großen leeren Fläche wieder: dem Eingang zur Nachtheide. Für jeden, der zufällig vorbeikam, war es nichts weiter als eine riesige Wiese mit hohen Gräsern – für alle anderen war es der Platz, an dem Träume in Erfüllung gingen. Die wahre Magie entfesselte sich allerdings erst, wenn man eingeschlafen war.

»Ash, warte«, rief sie erneut. Ich blickte über meine Schulter zurück. Moon blieb in gebührendem Abstand zur Heide stehen. Sie konnte den Ort nicht betreten, nachdem sie sich einst mit dem Prinzen angelegt hatte. Niemand wusste, was zwischen ihnen vorgefallen war, aber seither hatte Moon nicht mehr so viel Kraft wie früher.

Sie nickte ihren Bediensteten zu, die mir sofort folgten.

Ich drehte mich im Gehen um und hob die Hand. »Wenn du mir deine Leute auf den Hals hetzt, werde ich Terror machen.« Ich hob meine Hand, auf der meine Eintrittskarte eingebrannt war.

Jeder, der eine legale Karte besaß, stand unter dem Schutz des Prinzen, sobald er in der Nähe der Heide war. Nicht aus Nettigkeit, sondern weil er so viele Schäfchen wie nur möglich in sein Reich locken wollte. Zudem war Moon hier nicht gerne gesehen. Es wäre den Wächtern der Heide eine Ehre gewesen, sie zu verscheuchen oder auf sie loszugehen, wenn sie ihnen einen Grund dafür bot.

Moon wusste das. Ich auch.

Sie senkte den Blick, Fred und Ted hielten inne und kehrten brav zurück zu ihr.

»Geht doch«, rief ich mit einem Hauch Genugtuung.

»Du machst einen Fehler«, sagte sie.

»Davon mache ich täglich sehr viele, ist also nichts Neues.« Ich wandte mich von ihr ab und suchte nach einem geschützten Plätzchen, wo ich mich hinlegen konnte. Die guten waren natürlich weg oder reserviert. Es kostete ein halbes Vermögen, eine Schlafstelle am Eingang zu mieten. Nichts, was ich mir je hätte leisten können. Ich stapfte weiter über den nassen Grund, sah mich nach links und rechts um, aber es waren ausnahmslos alle trockenen Plätze belegt. Bedauerlicherweise spürte ich auch schon die ersten Tropfen auf meiner Haut. Moons Zauber ließ nach, vermutlich, weil ich zu weit von ihr weg war oder sie ihn entzog, um mich zu ärgern. Mir blieb nichts anderes übrig, als mir weiter hinten etwas zum Schlafen zu suchen; bei denen, die es sich genauso wenig leisten konnten wie ich.

Ich kam an der Attraktion der Nachtheide vorbei: einem Pärchen, das hier lag, seit ich denken konnte. Die beiden waren eine Legende. Niemand wusste, wie lange sie schon auf der Heide waren, aber ihre Körper waren komplett mit der Erde verwuchert und ein Teil von ihr geworden. Sie waren einfach dortgeblieben und hatten sich auf der Heide ihr eigenes Imperium aufgebaut. Kämen sie je zurück, stünden sie vor dem Nichts. Es war fraglich, ob ihre Körper überhaupt noch mal aufwachen konnten.

Ich ging weiter, stieg über einen Mann, der genüsslich stöhnte und sich selbst befriedigte. Wie schön, wenn wenigstens einer hier Spaß hatte. Nach einigem Suchen fand ich endlich einen Flecken am Rande einer Baumreihe unter einem dicken Blätterdach. Das sollte den größten Regen abhalten. Ich ließ mich an der freien Stelle auf die Erde sinken, rempelte aus Versehen einen Oger an, der mürrisch knurrte, aber nicht aufwachte. Zum Glück. Oger waren schrecklich reizbar. Ein falscher Blick genügte, und es konnte sein, dass sie einem den Kopf abrissen.

Ich rückte so weit wie möglich von ihm weg, griff in meine Hemdtasche und holte das Medaillon heraus. Um es mit auf die Heide zu nehmen, musste ich es festhalten. Es würde dann mit mir in die Traumwelt gleiten. Das Einzige, was ich nie mitnehmen konnte, war mein Messer. Es blieb stets bei meinem Körper.

Ich zog die Beine an und schlang die Arme übereinander. Erst als ich saß, spürte ich, wie erschöpft ich war. Es würde definitiv nicht lange dauern, bis ich eingeschlafen war. Ich schloss die Augen und atmete bewusst ein paar Mal tief ein und aus. Mein Körper brannte. Meine Glieder waren matt und kraftlos, jeder Muskel schmerzte. Nicht die besten Voraussetzungen für den Wettkampf, aber das ließ sich nicht ändern. Ich musste mit dem arbeiten, was ich hatte.

Mit dem nächsten Atemzug spürte ich, wie der Schlaf langsam einzog. Mein Herzschlag beruhigte sich, ich sank tiefer in die Erde.

Ein Tropfen fiel auf meine Stirn. Ich wischte ihn weg.

Noch einer.

Ich wischte ihn weg.

Und noch einer.

Ich ließ es bleiben.

Atmen.

Ruhe.

Schlaf.

Regen.

Schlafen.

Ich wurde schwerer, spürte, wie die Heide an mir zog und mich mit ihren Verlockungen reizte.

Leise Musikklänge drangen an mein Ohr. Gelächter, klirrende Gläser, die zum Trinkspruch erhoben wurden.

Und Atemzug für Atemzug glitt ich endlich ins Reich der Träume.

10. KAPITEL

KRISTIN

Frankfurt, 17.21 Uhr

Erst als ich aus der heißen Dusche stieg, spürte ich, wie erschöpft ich war. Die Zeitverschiebung machte mir langsam zu schaffen, dazu die Aufregung über diesen Ausflug und die Vision.

Ich streckte meinen steifen Nacken und massierte mir die Schultern. Seit meiner Abreise fühlte ich mich leicht schwindelig im Kopf, als würde ich nicht mehr in meinem Körper stecken, sondern neben ihm herlaufen.

Ich rubbelte mich trocken, ging raus ins Zimmer und schnappte mir meinen Rucksack. Ein Zettel lag obenauf, der vorher noch nicht da gewesen war. Er war von Brayden:

»*Im Schrank hängen frische Klamotten für dich. Ich habe sie einkaufen lassen, als ich deinen Flug gebucht habe. Gib deine alten Sachen morgen dem Zimmerservice zum Waschen. Bis nachher, Brayden.*«

Der Kerl dachte doch echt an alles. Ich legte den Zettel weg und ging zum Schrank. Von frischer Unterwäsche bis hin zu Jeans, T-Shirts, Tops, einem Kleid (netter Versuch), zu Sweatern in drei verschiedenen Farben, neuen Schuhen und Trainingskleidung war alles da.

Ich schnappte mir die erstbeste Jeans, ein T-Shirt und Sneakers. Meine noch nassen Haare band ich zusammen, vergewisserte mich mit einem Rundumblick, ob ich nichts vergessen hatte, und verließ das Zimmer.

Dieses Mal empfingen mich keine donnernden Rocktöne, sondern sanfte Klavierklänge. Erst dachte ich, jemand würde spielen, aber da bemerkte ich, dass es eine Aufnahme war. Die Musik breitete sich wie ein angenehmer akustischer Teppich um mich aus.

Ich lief Richtung Treppe und prägte mir dabei noch mal den Grundriss des Appartements ein. Marcel hatte vorhin eine Plattform und Sebastian am Telefon ein Portal erwähnt. Mal sehen, ob ich mehr darüber erfahren durfte.

Ich erreichte die erste Stufe, wollte nach unten, als ich Stimmengemurmel hörte.

»Hast du heute Nacht geschlafen?«, fragte Dillon.

»Nein«, antwortete Sebastian.

»Das ist schon die dritte Nacht. Nachher gebe ich dir eine Spritze.«

Er seufzte gepresst. »Wenn es sein muss.«

»Du kannst nicht ewig ohne Schlaf sein.«

»Ich weiß, aber der Kater am nächsten Morgen ist ätzend.«

Sie klang völlig anders, wenn sie mit ihm sprach. Ihre Stimme war sanft, ich hörte die Sorge und auch die Zuneigung aus ihren Worten. Waren die beiden ein Paar? Möglich wäre es, wobei Sebastian nicht wie der Typ wirkte, der sich mit einer Frau wie Dillon einließ.

»Vielleicht kann Kris uns ja weiterhelfen«, sagte er.

»Ich traue ihr nicht.«

»Du traust niemandem.«

»Doch, dir.«

Er lachte.

»Und Isabella. Meistens.«

»Okay, dann magst du eben zwei Personen von siebeneinhalb Milliarden auf diesem Planeten. Das ist keine gute Statistik.«

»Egal, lass uns nicht darüber reden, sondern lieber überlegen, wie wir uns diese verdammte Presse vom Leib halten, die zerreißen uns in tausend Stücke und …« Sie hielt inne und lauschte. Anscheinend hatte ich ein Geräusch gemacht, das ihre Aufmerksamkeit erregt hatte. Ich ging die Treppe hinunter, verstecken war ja nun albern.

»Du hast uns belauscht«, sagte Dillon trocken.

»Da hat nicht sonderlich viel dazugehört, du warst laut genug.«

Dillon zischte, warf mir einen Blick zu, der hätte töten können, und durchquerte das Wohnzimmer zurück in ihren Arbeitsbereich.

Sebastian seufzte und blickte ihr nach. »Tut mir leid, dass sie so ein Biest ist.«

»Muss es nicht, du kannst ja nichts dafür.«

Er stellte die Tasse ab, stieß sich vom Tresen und kam auf mich zu. »Ich bin Sebastian Pacheco. Es freut mich, dich kennenzulernen.« Er streckte mir seine Hand hin.

»Kris.« Ich ergriff sie. Seine Finger waren angenehm warm, es kribbelte, als wir uns berührten, wie bei einem kleinen Stromschlag. Sebastian zuckte, dann ließ er mich los, trat einen Schritt zurück und betrachtete mich interessiert.

»Die Frau, die von Texten Visionen bekommt.«

»Nur wenn ich es darauf anlege oder überrascht werde. So wie mit der Frau im Fernsehen. Ich habe dich übrigens kurz davor gesehen.«

»Ah, die Pressekonferenz. Ein Desaster. Diese verdammten Reporter zerpflücken wirklich jedes Wort.«

»Ist es denn wahr? Mit dem Virus?«

»Bedingt. In Wirklichkeit ist alles viel komplizierter.« Er zeigte ins einsame Wohnzimmer. »Komm, wir setzen uns.«

Ich folgte ihm. Auf dem Tisch warteten noch zwei leere Kaffeebecher und das abgerissene Papier eines Muffins. »Wo sind denn alle?«

»Brayden ist nach dem Gespräch mit Isabella eine Runde joggen gegangen, Dillon geht sicherlich zurück an ihre Arbeit, Marcel hat eine Konferenzschaltung, kommt aber zu uns, sobald er fertig ist, und Jorge schaut vermutlich Grimm weiter und macht sich Notizen.«

»Er ist wirklich sonderbar.«

»Oh ja.«

»Warum musste ich ihn erst ansprechen, bevor er mit mir reden wollte?«

Sebastian kaute auf der Innenseite seiner Unterlippe. »Ich fürchte, das kann ich dir nicht sagen.«

»Der Geheimhaltungsscheiß nervt kolossal.«

»Ich weiß. Das wird dir in den kommenden Stunden noch öfter passieren.«

Ich ließ mich gegen die weichen Sofapolster fallen und streckte meine Beine aus. Vor eineinhalb Tagen lag ich noch in den Armen eines gut aussehenden Mannes und hatte mächtig viel Spaß, nun hockte ich in Frankfurt und hörte mir merkwürdige Geschichten an, von denen ich nur die Hälfte wissen durfte.

»Kannst du dir erklären, warum du eine Vision erhalten hast, als du die Frau sahst?«, fragte Sebastian.

»Wegen des Symbols auf ihrer Brust. Das hab ich Brayden schon gesagt.«

»Könntest du es für mich aufmalen?« Sebastian stand auf und holte einen Block und einen Bleistift.

»Schaut euch doch einfach das Video an.«

»Tu mir bitte den Gefallen.«

Ich nahm ihm die Sachen ab und setzte den Bleistift an. In der Regel erinnerte ich mich bis zu drei Tage an Symbole oder Texte, von denen ich eine Vision erhalten hatte. Irgendwann verblassten die Zeichen in meinem Kopf. Wenn ich für die Schule lernen musste, schaute ich mir die Sachen stets erst kurz vor einem Test an. Ich schloss die Augen und rief mir das Zeichen wach, das ich auf der Frau gesehen hatte. Es dauerte nicht lange, bis ich es wieder vor mir sah:

Ich drehte das Blatt Papier um und zeigte es Sebastian. Er studierte es erstaunt, als hätte ich eine wissenschaftliche Abhandlung über das Paarungsverhalten von Fruchtfliegen geschrieben. »Unglaublich. Das hast du gesehen?«

»Nein, ich habe es eben erfunden, weil ich es lustig finde, euch alle zum Narren zu halten. Außerdem wollte ich schon immer mal erster Klasse fliegen. Danke für die Erfahrung.«

Er runzelte die Stirn.

»Natürlich habe ich es gesehen! Aber mal im Ernst: Das war doch klar und deutlich.«

»Eben nicht.«

»Wie meinst du das?«

»Dieses Zeichen war nicht auf dem Körper der Frau.«

»Doch, natürlich.«

Er schüttelte den Kopf.

»Muss ich jetzt wieder sagen: *Doch, das war es* und wir machen so weiter, bis wir beide die Lust verlieren?«

»Ganz und gar nicht. Dennoch ist das Zeichen nicht da gewesen. Das ist ein uraltes Symbol eines längst vergangenen Volkes, das sich Masali nennt. Wir haben es bisher geheim halten können und …«

»Warte, was? Masali?« Den Begriff hatte ich schon gehört! »Die Masali haben versagt, aber du wirst es schaffen, wenn du stark genug bist.«

»Bitte?«

»Das sagte die Frau in meiner Vision.«

»Das hat Brayden nicht erwähnt, dass du das gehört hast.«

»Weil ich es ihm nicht gesagt habe. Ich habe es vergessen.« Es war zu viel auf einmal passiert, aber jetzt, da ich den Namen wieder hörte, fiel es mir ein. »Wer oder was sind die Masali gewesen? Was haben sie gemacht?«

»Geschichten geschrieben.«

Ich hörte Schritte auf uns zukommen. Marcel kehrte von den Konferenzräumen zurück und trat ins Wohnzimmer. Er sah müde aus.

Sebastian wandte sich ihm zu. »Schlechte Nachrichten?«

»Wir haben erstens einen weiteren Black-Wolf-Fall – in einem kleinen Fischerdorf in Spanien, ich warte noch auf die Daten. Und ich bekam zweitens eine Standpauke von Isabella. Dass Kris da ist, blieb nicht unbemerkt, und es wurde heftig darüber diskutiert, uns alle abzuziehen und durch ein neues Team zu ersetzen.«

»Verdammt«, sagte Sebastian. »Das können die doch nicht …«

»Ich konnte es abwenden, keine Panik. Brayden und ich werden uns rechtfertigen müssen, doch erst, wenn es ruhiger wird. Ich habe sie überzeugt, dass du uns helfen wirst, Kris.« Marcel sah auf das Symbol, das ich aufgemalt hatte. »Das ist der Wahnsinn.«

»Was ist Black Wolf?«, fragte ich. »Die Reporterin nannte diese Fälle: Grimm-Morde. Es gibt sogar einen Hashtag dazu.«

»Ich weiß, bei uns intern heißen sie Black Wolf.«

»Weil ...?«, hakte ich nach, doch er schüttelte den Kopf.

»Erzähle mir bitte mehr von den Visionen«, sagte Sebastian. »Wie funktionieren sie genau? Du bekommst sie nicht nur aus Texten, sondern auch aus Zeichen?«

So ein bisschen fraß es mich an, dass sie mich alles fragen konnten und über meine Fähigkeiten Bescheid wussten, während sie mich im Dunkeln tappen ließen. Doch wir kämen gewiss nicht weiter, wenn ich schmollte.

»Richtig, aber es muss eine Bedeutung haben.« Ich dachte daran, wie Brayden und ich das einst ausgetestet hatten. »Ein Kreis ist ein Kreis ist ein Kreis, bis jemand eine Sonne malt.«

»Wie meinst du das?«

Ich schmunzelte. »So haben wir das herausgefunden: Brayden malte zum Beispiel einen Kreis auf ein Blatt Papier, ohne an etwas Besonderes zu denken, dann malte er es noch mal und stellte sich eine Sonne oder einen Mond vor. Nur bei denen, wo er ein Bild vor Augen gehabt hatte, kam auch eine Vision bei mir an. Bei allen anderen nicht. Nun haben natürlich viele Schriftzeichen einen tieferen Sinn. Wie Tribals. Stell mich in einen Tattooladen und mein Hirn spielt verrückt. Der Unterschied zu Texten ist allerdings, dass die Visionen nicht so lange und intensiv sind. Normalerweise bekomme ich nur einen kurzen Impuls; ein Bild, das in mir hochflackert und gleich wieder verschwindet. Diese Sache vorgestern war das erste Mal, dass es mich derart umgehauen hat. Sprichwörtlich.«

»Also bekommst du normalerweise keine Anfälle?«

»Nein. Sonst wäre ich längst von der nächsten Brücke gesprungen. Am besten bekomme ich Visionen, wenn ich die Sachen direkt vor mir habe. Originalschriften sind ein Traum.«

»Könntest du dir weitere Symbole ansehen?«, fragte Sebastian.

»In der Hoffnung auf mehr Visionen?«

»Ja.«

»Würdet ihr mir dann mehr darüber erzählen?«

Sebastian sah Marcel fragend an. Der setzte sich auf die Sofakante. »Ginge es nach mir, würde ich alles auf den Tisch packen, aber wir müssen mit Fingerspitzengefühl rangehen. Wenn du es schaffst, uns verwertbare Informationen zu liefern, kann ich das als Argument vorlegen und eine Ausnahme für dich fordern. Diese Mordwelle ist heftiger, als es in der Presse dargestellt wird, wir stehen mit dem Rücken an der Wand und uns schwimmen buchstäblich die Felle davon.«

»Das hat Brayden vorhin auch schon angedeutet.«

»Hilf uns. Zieh mit uns an einem Strang. Wir und die Menschen da draußen können es weiß Gott gebrauchen.«

»Was ist mit diesem neuen Mord, von dem du eben erzählt hast?«, fragte ich, »dem in Spanien.«

»Ein Mann hat einen vorbeilaufenden Passanten geschnappt, ihm den Bauch aufgeschnitten, die Eingeweide herausgerissen und Backsteine hineingetan. Dann hat er sein Opfer in einen Brunnen geworfen.«

»Der Wolf und die sieben Geißlein«, sagte Sebastian.

»Ja.«

Mich schüttelte es bei dem Gedanken daran, wie barbarisch ein Mensch sein konnte. Ja, ich hatte einiges durch meinen Vater mitbekommen. Ich hatte ihm nur in die Augen sehen müssen, um zu erkennen, dass er an den dunkelsten Orten dieser Welt gewesen war, aber davon zu hören, danebenzusitzen, während zwei Agenten gegen die Grausamkeit kämpften, war eine andere Hausnummer.

Ich lehnte mich nach vorne und stützte die Ellbogen auf den Knien ab. Zugegeben: Ich tat mich noch schwer, mit dem *Verein* zu arbeiten, allein dieses Getue hier fand ich schrecklich, und ich legte keinen gesonderten Wert darauf, noch mal so eine heftige Vision zu erleben wie in Neuseeland – aber es ging um so viel mehr als meine Befindlichkeiten.

»Na schön«, sagte ich. »Ich schaue mir alles an, was ihr mir zeigen könnt, und rufe eine weitere Vision ab, wenn es euch hilft.«

»Ich werde dich allerdings überwachen«, sagte Sebastian. »Ich habe ein Labor, wo ich dich verkabeln kann.«

»Meinetwegen auch das.«

Wir erhoben uns vom Sofa. Sebastian deutete nach links. »Ist es schon mal vorgekommen, dass du nicht die Wahrheit aus einem Text lesen konntest?«

»Dass mich jemand anlügt?«

»Ja.«

»Puh, schwierig zu beurteilen. Wenn es so war, dann habe ich nie davon erfahren.«

Die Eingangstür ging auf. Ich drehte mich um und sah Brayden, der die Wohnung betrat und seine Schuhe am Eingang abstreifte. Er trug Sportklamotten und war komplett durchnässt. »Vielleicht kann dir Brayden das besser beantworten.«

»Was?«, fragte er, öffnete einen Einbauschrank im Flur und schnappte sich ein Handtuch.

»Ob es möglich ist, Kris über einen Text anzulügen.«

Er rubbelte sich die Haare trocken, während er auf uns zukam und mich verschwörerisch anfunkelte. »Ein Mal hab ich es geschafft: Als du unbedingt diesen Zeltausflug in die Berge mit mir machen wolltest. Weißt du noch?«

»Da war ich zwölf. Du hattest mir geschrieben, dass Timothy dich dringend bräuchte, weil er an dem Wochenende umzog.«

»Ja.«

Ich kniff die Augen zusammen und starrte meinen Bruder an. Er senkte den Kopf, das Wasser tropfte von seinen Haaren auf den Teppich. Seine goldbraunen Augen funkelten amüsiert.

»Das war gelogen?«

Er zog einen Mundwinkel nach oben und grinste. »Ich habe mich in Wirklichkeit mit Charleen Stewart getroffen. Sie hatte sturmfreie Bude.«

»Der Cheerleaderschlampe?«

»Nenn sie nicht so.«

»Aber das war sie!«

Brayden rollte mit den Augen und rubbelte weiter an seinem Hinterkopf. »Sie war heiß.«

»Du Schuft!«, rief ich. »Du hast deiner armen Schwester einen Ausflug verwehrt, weil du eine Tussi flachlegen wolltest!« Und ich hatte es tatsächlich nicht bemerkt!

»Mit siebzehn hat man nun mal andere Prioritäten. Ich war mir damals auch unsicher, ob du die Lüge schlucken würdest, und habe mich tagelang darauf vorbereitet, als ich den Text schrieb.«

Ich schüttelte ungläubig den Kopf. »Es geht also doch?«

»Es war nicht einfach, falls dir das ein Trost ist, und du kamst auch kurzzeitig ins Stocken, weißt du noch?«

Nur ganz dunkel. Die Sache war schon so lange her.

»Danach habe ich mich richtig mies gefühlt. Und ich habe beschlossen, dass es den Aufwand nicht wert ist, dich auf die Art anzuschwindeln. Es war also wirklich das einzige Mal ... Schriftlich zumindest.«

Ich kniff die Augen zu Schlitzen zusammen und sendete ihm den *Ich-werde-dich-töten-Blick*. Er tat ihn mit einem Schulterzucken ab.

»Was habt ihr jetzt vor?«, fragte Brayden.

»Wir sind auf dem Weg ins Labor«, sagte Sebastian. »Kris wird sich weitere Symbole ansehen und hoffentlich noch mal eine Vision erhalten.«

»Habt ihr sie über Abalion informiert?«

Das Wort hatte er vorhin schon mal erwähnt.

»Noch nicht«, sagte Marcel.

»Dann tut das vorab, ehe sie sich erneut in einer Vision verliert.«

»Fängst du schon wieder an?«

»Nein, aber Kris wurde vom Grimm attackiert. Erkläre ihr wenigstens, was es mit ihm und Abalion auf sich hat. Sie weiß eh schon so viel, da kommt es doch darauf nicht mehr an.«

»Hat Isabella sich vorhin nicht klar genug ausgedrückt?«, fragte Marcel. »Du stehst kurz davor, suspendiert zu werden.«

Brayden biss den Kiefer aufeinander. Eine unangenehme Spannung baute sich zwischen den beiden auf. »Wir können doch nicht bei jedem Problem den Schwanz einziehen.«

»Das tun wir nicht, aber ich habe das Gefühl, dass deine emotionale Bindung an diese Sache dein Urteilsvermögen trübt.«

Brayden ballte die Hand zur Faust. »Nur weil ich im Gegensatz zu euch nicht ganz so gut damit klarkomme, heißt das nicht, dass ich die Gefahren nicht einschätzen kann.«

»Dann geh mal vom Gas runter.« Marcel sprach ruhig, was ihn aber nicht weniger bedrohlich machte.

»Ey, Leute«, sagte ich, aber sie ignorierten mich geflissentlich.

»Während wir hier über Vorschriften debattieren, sterben da draußen Menschen!«, sagte Brayden.

»Das ist mir durchaus aufgefallen«, gab Marcel zurück. »Dennoch hilft es niemandem, wenn sie uns den Saft abdrehen.«

»Was sie nicht tun werden, verdammt noch mal. Sie brauchen uns!«

»Jeder ist ersetzbar, Brayden, auch du.«

»Hallo …?«, versuchte ich es erneut.

»Abgesehen davon haben wir schon genug Stress«, fügte Marcel an. »Sieh dir nur an, was in den Medien los ist.«

»Das wäre nicht so, wenn jemand anders die Pressekonferenz halten würde. Sebastian ist fahrig und unkonzentriert, weil er kaum schläft.«

»Ich mache meinen Job!«, mischte sich nun auch er ein. »Es ist völlig egal, wer vor diese Haifische tritt: Sie würden jeden auseinandernehmen! Oder denkst du, du kannst es besser?«

»Es geht hier nicht um mich, sondern um die Sache. Wir arbeiten nicht richtig zusammen.«

»Weil du solche Aktionen wie mit Kris einfach so durchziehst«, sagte Marcel. »Du hast doch gesehen, was passiert, wenn wir voreilig handeln.«

»Ja, schmier es mir gerne noch mal aufs Brot.«

Ich nahm die Finger zwischen die Zähne und pfiff. Sofort drehten sich alle Köpfe in meine Richtung. »Das reicht, Herrgott noch mal!«

Brayden öffnete den Mund und sah mich an. Ein leichtes Lächeln umspielte seine Lippen, doch es war sofort verschwunden.

»Ich schaue mir jetzt diese Symbole an, sonst kommen wir nie vom Fleck«, sagte ich.

»Kris, du …«, setzte Brayden an, doch ich bedeutete ihm, still zu sein. »Du solltest alle Fakten kennen«, drückte er noch raus.

»Ja. Das habe ich verstanden. Du willst mich einweihen, die anderen nicht.«

»Das hat nichts mit *wollen* zu tun«, sagte Marcel.

»Meinetwegen auch das, aber hört mit dem Gekeife auf.«

Brayden kickte vor Zorn gegen die Couch. Ich zuckte zusammen. So unter Dampf hatte ich ihn noch nie erlebt.

»Was ist denn nur los mit dir?«, fragte ich und trat langsam näher.

»Ich … nichts. Ich will nur nicht, dass du … Ich hätte dich nicht herholen sollen. Das war voreilig und unbedacht.«

»Nicht, wenn ich euch helfen kann.«

Brayden schüttelte den Kopf, drehte herum und lief wieder hinaus. Zurück in den Regen, aus dem er eben erst gekommen war.

Das Knallen der Tür ließ mich ein weiteres Mal zusammenzucken. Warum nur hatte ich das Gefühl, dass auf mich – ähnlich wie auf Odysseus – die Sirenen warteten, um mich mit ihrem Gesang in die dunkelsten Abgründe der Welt zu ziehen.

Bedauerlicherweise hatte ich kein Wachs mitgebracht, um mir die Ohren zu verstopfen.

11. KAPITEL

Nubra-Tal, Indien. 1344 n. Chr.
Drei Wochen später

»Oh Waylon.« Kaia legte den Kopf in den Nacken, während Waylon sich ihren Hals nach oben küsste. Er schien ihre leisen Proteste zwar wahrzunehmen, aber er schenkte ihnen keine Beachtung. Was daran liegen konnte, dass Kaia ihn immer dichter an sich zog, statt ihn von sich zu schieben.

Sie wollte nicht, dass er aufhörte.

Zu groß war ihre Lust auf ihn, zu betörend sein Mund, zu intensiv sein Geruch. Er glitt mit den Fingern unter den Saum ihrer Kutte, bis er ihre nackte Haut ertastete und ein wohliges Schaudern auslöste.

Kaia drängte sich an ihn und kesselte sich so zwischen Wand und ihm ein. Er fuhr über ihre Seite höher und höher und zog eine prickelnde Spur auf ihr entlang. Kaia stöhnte gepresst, hob ein Bein, um ihn noch dichter an ihre Körpermitte zu bekommen. Er rieb seine Härte an ihr, sie biss sich selbst auf die Lippen, um nicht zu laut zu sein.

Sie hatten sich in einen abgelegenen Bereich des Klosters zurückgezogen, hinten bei der Wäscherei, wo es diesen kleinen Alkoven gab, in den niemand schauen konnte, es sei denn, derjenige stand direkt davor.

Es war der perfekte Platz für ihre Treffen. Waylon war nun in der dritten Woche bei ihnen und es war der fünfte Tag, an dem Kaia sich mit ihm traf.

Es hatte alles ganz harmlos begonnen. Ares hatte sie gebeten, mit Waylon ein paar Schritte zu gehen, weil ihm die Bewegung guttun würde. Normalerweise kümmerten sich Casaju und er um Waylon, aber sie mussten sich beide auch ihren Geschichten widmen, die sie durch die Pflege vernachlässigt hatten.

Kaia hatte zugestimmt und Waylon durch die Gänge geführt. Schon beim ersten Ausflug hatte sie ein Kribbeln in ihrem Bauch gespürt, das sie seit Ewigkeiten nicht mehr gefühlt hatte. Kaia hatte in ihrem Menschenleben als Prostituierte gearbeitet und mehr als genügend Vergnügungen aller Art gefrönt. Ihr Herr war mit ihr und zwanzig weiteren Frauen in einem kleinen Tross herumgefahren, und überall, wo sie haltmachten, boten sie ihre Dienste an. Wer keine körperliche Liebe wollte, konnte sich alternativ mit den Rauschmitteln betäuben, die Kaias Herr bei sich führte und von denen er seinen Frauen auch immer wieder welches gab, um sie gefügig zu halten. Kaia hatte die beste und die schlimmste Zeit ihres Lebens dort verbracht, bis sie den Absprung geschafft hatte und bei den Masali gelandet war.

»Du bist unglaublich«, stöhnte Waylon an ihren Hals, biss sachte zu und entlockte ihr ein Quieken.

Geküsst hatten sie sich gestern zum ersten Mal, nach dem Picknick, das sie im Hof veranstaltet hatten. Es war brütend heiß gewesen, sie hatten im Schatten des Baumes gesessen und sich unterhalten. Bis sie schließlich das Verlangen gespürt hatte, ihm näherzukommen. Erst konnte sie es noch unterdrücken und sich beherrschen, doch als sie ihn am Abend zu seinem Zimmer geleitete, war es über sie gekommen. Buchstäblich. Sie hatte sich an ihn gedrückt, und ehe sie sichs versah, waren ihre Lippen auf seinen gelandet.

Die letzte Nacht war der blanke Horror für sie gewesen. Sie hatte sich in einem unerklärlichen Verlangen nach ihm unruhig hin und her gewälzt, darüber nachgedacht, was mit ihr passierte, und sich fest vorgenommen, heute Waylon nicht mehr zu begleiten. Es gab genügend andere, die das tun konnten.

Es war bei einem Wunschplan geblieben, denn nun standen sie hier und küssten sich so innig und leidenschaftlich, dass Kaia schwindelig wurde.

Waylon kam an ihr Ohr, zog sachte daran. Sie grub ihre Finger in seine Haare und drückte ihn von sich. Aber nicht, um ihre Umarmung zu unterbrechen, sondern um seine Lippen auf ihre zu ziehen.

Er ließ sich sofort darauf ein und schob seine Zunge in ihren Mund. Er schmeckte rau, herb und unglaublich männlich.

Seit sie eine Masali war, hatte sie kein Verlangen mehr auf einen Mann gespürt. Es hatte zwar ein oder zwei Momente mit Casaju gegeben, in denen ihr dieses Prickeln durch den Nacken geschossen war, aber sie hatte sie rasch zur Seite schieben und sich auf ihre Aufgabe konzentrieren können. Mit Waylon war es anders.

Animalischer.

Der Druck zwischen ihren Schenkeln wuchs ins Unermessliche, sie hatte keine Ahnung, woher dieses Verlangen kam, warum es sie so mitriss, aber sie konnte nicht mehr aufhören. Er legte die Finger an ihre Hüfte, presste sich so eng an sie, wie es der Stoff zuließ. Kaia bewegte sich sanft an ihm, er schob die Hand unter ihre Kutte, suchte sich einen Zugang zu ihrer Körpermitte.

Auf einmal hörte sie ein Rascheln hinter sich. Hastig schob sie ihn von sich, doch es war nur der Baum, der die Äste bewegt und gegen die Fassade im Hof gedrückt hatte.

»Oh«, sagte Kaia und fasste an ihr Herz, »hab ich mich erschreckt.«

»Nur der Wind.« Waylon drehte sie zu sich, wollte sie wieder küssen und dort weitermachen, wo sie aufgehört hatten, doch für Kaia war diese Unterbrechung wie eine kalte Dusche gewesen.

»Nicht. Wir dürfen das nicht tun.« Sie richtete ihre Kutte und fächelte sich Luft zu.

»Und warum nicht?«

»Weil es verboten ist. Wir leben im Zölibat.«

»Ach komm, wirklich?«

»Dem Einzigen, dem wir uns hingeben, sind unsere Bücher, alles andere lenkt nur den Geist ab, außerdem …« Sie musste aufpassen, was sie Waylon erzählte, denn es war ihnen streng verboten, über die Dinge hier im Kloster mit Fremden zu plaudern. Erst wenn Waylon einer von ihnen werden sollte – was nicht möglich war, denn sie waren zur Zeit vollzählig –, durfte er mehr erfahren. »Es geht nicht. Nimm es einfach so hin.«

»Das wird schwierig werden.« Er richtete ebenfalls seine Hose und zog das Hemd glatt. »Außerdem hab nicht ich angefangen, sondern du. Nur fürs Protokoll.«

»Ich weiß.« Kaia fasste an ihre Wange. Und wie sie das wusste.

Sie entfernte sich von Waylon, und kaum hatten sie mehr Abstand zwischen sich gebracht, fehlte ihr schon seine Nähe. Was war nur los mit ihr? Sie fühlte sich regelrecht ausgehungert ohne ihn.

»Unser Rundgang«, sagte sie mit einem Räuspern und zeigte in den Gang vor sich: »Ich habe dir noch nicht alles gezeigt.«

»Alles, was mich interessiert, ist vor mir.«

Sie hob tadelnd die Augenbrauen, er die Hände. »Schon gut. Ich bin ganz Ohr. Und artig.«

Sie ging weiter, führte ihn durch den lang gezogenen Flur. »Da hinten sind unsere Schreibzimmer, meins ist ganz am Ende auf der linken Seite.«

»Wo schlaft ihr?«

»Obendrüber.« Sie blickte zu ihm und gab ihm einen Schubs. »Hör auf, so anzüglich zu grinsen!«

»Ist das auch verboten?«

»Nein, aber es macht mich …« *heiß.* »Lass es einfach.«

Sie gingen weiter und Kaia erklärte ihm alles mehr oder weniger konzentriert.

Als sie um eine weitere Ecke bogen und in einen abgelegeneren Bereich kamen, trat Waylon dichter zu ihr. Wie durch Zufall berührten sich ihre Arme und Kaia wurde erneut schwindelig. Sofort reagierte auch ihre Libido und erfüllte sie mit weiterer Lust. Benommen zog Kaia an ihrem Kragen für mehr Luft.

»Geht es dir gut?«, fragte Waylon.

»Ja.« Nein. Sie wollte ihn wieder auf ihren Lippen. Jetzt! »Da hinten geht es zur Bibliothek.«

»Von der hat Ares mir auch schon erzählt.«

»Dort schreiben auch viele von uns. Im Grunde können wir überallhin, nur nicht das Anwesen verlassen.«

»Was passiert, wenn ihr das macht?«

»Dann können wir nicht mehr zurück. Wer geht, geht für immer. Wir finden nicht einmal mehr den Weg.«

»Aber das habe ich doch auch.«

»Kein zweites Mal, glaub mir. Es ist nicht möglich, zurückzukehren.«

»Klingt streng.«

Sie zuckte mit den Achseln. »Es ist einfach so.«

»Wie macht ihr das mit eurer Verpflegung? Essen, Kleidung?«

»Ares hat hinter der Küche einen eigenen Garten angelegt, das Wasser ziehen wir aus einem Brunnen und einmal im Monat kommt ein Händler aus dem Nachbarsdorf vorbei, bei dem wir eine Bestellung aufgeben können. Er muss die Sachen dann draußen hinlegen, denn würde er das Kloster je betreten, würde er den Weg nicht mehr finden. Die Einheimischen sind uns gegenüber sehr wohlwollend. Sie wollen uns schützen, denn sie wissen, welch wichtige Aufgabe wir übernehmen.«

»Das habe ich bemerkt, niemand wollte mir weiterhelfen, als ich nach dem Weg fragte.«

»So ist das. Wer ins Kloster will, muss den Weg selbst finden.«

Er grinste sie wieder verschmitzt an und lehnte sich näher zu ihr. Kaia wich von ihm und räusperte sich. »Hast du noch Fragen? Ansonsten würde ich zurück an meine Arbeit gehen.«

»Das habe ich in der Tat.« Er trat vor sie und funkelte sie aus dunklen Augen an. Kaia blieb die Luft weg. Sie wusste, dass sie kaum ihre Erregung verbergen konnte, dass sie kurz davor war, alle Selbstbeherrschung zu verlieren. Ein Schweißtropfen perlte in ihrem Nacken, lief ihren Rücken hinunter, ein anderer zwischen ihren Brüsten. Ihre Haut fühlte sich so heiß an, dass sie sicher schon dampfte.

»Was …«, sagte Kaia.

»Mh?« Waylon leckte sich über die Lippen.

»Was ist deine Frage?«

Er kam näher, beugte sich zu ihr. Sie machte sich steif, sollte ihm ausweichen, ihn wegschieben, irgendwas tun, nur nicht dumm herumstehen und ihn weiter zu sich einladen.

»Meine Frage ist die hier.« Er kam noch näher, streifte ganz sachte mit den Lippen über ihre und brachte damit ihren gesamten Körper zum Beben. Ohne ihr Zutun entwich ihr ein kehliges Stöhnen. »Ist Küssen auch verboten?«

Sie drängte sich ihm entgegen, presste fest ihren Mund auf seinen. Er erwiderte den Kuss sofort, schlang die Arme um ihren Körper und hob sie auf die Zehenspitzen. Sie klammerte sich an ihn wie eine Ertrinkende, und genauso gierig saugte sie an seinen Lippen, seiner Zunge.

Waylon schob sie nach hinten gegen die nächste Wand. Sie keuchte, als sie den kalten Stein im Rücken spürte. Dass es nicht zischte, war ein Wunder.

»Waylon, nicht …«

Aber er machte weiter. Weil ihr Protest halbherzig klang, weil sie ihn an sich zog, statt ihn wegzudrücken, weil sie mehr wollte, nicht weniger.

»Wir dürfen das nicht …«

»Aber es fühlt sich gut an. Wie kann das verboten sein?«

»Wegen eines …«

Er biss ihr auf die Lippe. Sie stöhnte vor Lust.

»… wegen eines Fluches.«

Er hielt nur kurz inne. »Flüche existieren nicht.«

»Oh doch.« Und es war gut, dass er sie darauf ansprach. Kaia schob ihn entschieden von sich und glitt von ihm weg. »Ich muss los. Ich sage Ares Bescheid, dass er dich künftig herumführen soll, aber ich … ich kann das nicht.«

»Nein, warte. Bitte.« Er trat näher, sie hob die Hand und er blieb stehen. »Ich habe das ernst gemeint. Flüche gibt es nicht. Ihr könnt doch nicht auf so einen Spaß verzichten, weil ihr abergläubisch seid.«

»Das sind wir nicht. Urteile über nichts, das du nicht kennst.«

»Das will ich nicht, und mir liegt nichts ferner, als eure Traditionen zu missachten, aber ich würde es gerne verstehen. Also bitte: Erkläre es mir.«

Sie seufzte, strich sich die Haare nach hinten und kaute auf ihrer Lippe herum. Fakt war, dass sie auf keinen Fall weg von ihm wollte. Sie wollte diesen Rundgang fortsetzen, sie wollte vor allen Dingen das Küssen fortsetzen.

Waylon sah sie erwartungsvoll an, sie war ihm keine Antwort schuldig, sie gab sie ihm dennoch. Dieser Mann wickelte sie viel zu gut um den Finger. »Casajus Eltern sind deshalb gestorben. Sie waren beide Masali und haben sich hier geliebt. Kurze Zeit später waren sie tot.«

»Warst du dabei, als es geschah?«

»Natürlich nicht, das passierte lange vor meiner Zeit.«

»Gut. Das wäre schon mal das erste Kriterium, das viel Raum für Spekulation lässt. Mund-zu-Mund-Überlieferungen sind alles andere als verlässliche Quellen.«

»Isa war dabei. Und Ares.«

»Dennoch. Wer sagt, dass sie die Wahrheit sprechen? Ihre Erinnerung kann getrübt sein, oder sie haben andere Motive, das mit dem Fluch zu erfinden. Vielleicht will sie euch so gefügiger halten.«

»Rede doch keinen Unfug! Du versuchst, eine logische Erklärung zu finden, wo es keine gibt.«

»Oh, versteh mich nicht falsch. Ich weiß, dass vieles existiert, was ich nicht kenne, und ich vermute, dass ihr sehr viel verborgenes Wissen besitzt. Allein wie meine Wunden heilen, ist erstaunlich. Drei Wochen, und ich kann mein Bein fast voll belasten und die Schramme an meinem Arm ist auch beinahe weg. Ich habe Ares beobachtet: Er hat die Verbände stets in eine Lavendeltinktur getaucht und eine grüne Paste darunter geschmiert, ehe er sie anbrachte. Wenn ihr mir zum Beispiel die Gelegenheit geben würdet, diese Dinge zu untersuchen …«

»Inwiefern untersuchen?«

»Na ja, ich könnte Proben mitnehmen.«

»Und dann?«

»Sie analysieren. Ich bin Wissenschaftler, Kaia. Das ist dir doch sicherlich ein Begriff.«

»Natürlich ist es das, aber … Bist du deshalb hier? Weil du uns erforschen willst?« Sie stemmte die Hände in die Hüften. Hatte er sie deshalb auch geküsst? Wollte er sie verführen, damit sie die Geheimnisse der Masali ausplauderte?

»Nein. Und ja. Ich … Meine Professorin hat mir von euch erzählt. Sie ist weit gereist, und weil ich so interessiert an Wissen bin, meinte sie, ich solle in dieses Kloster gehen. Sie sagte, dass ihr sehr langlebig seid, dass eure Bibliothek so umfangreich sei und man Jahrzehnte bräuchte, um alle Bücher zu lesen.«

»Das ist richtig, aber es sind keine wissenschaftlichen Bücher, sondern Erzählungen. Du wirst hier kaum etwas finden, was auf realen Begebenheiten beruht.«

Waylon öffnete den Mund, schloss ihn wieder. Diese Erkenntnis schien ihn zu erstaunen und gleichzeitig zu interessieren. Vielleicht glaubte er, dass Kaia ihm die Wahrheit vorenthielt.

»Es ist wirklich so.«

»Ich glaube dir.«

»Nein, tust du nicht. Ich sehe es dir an.«

»Kaia.« Er kam näher und ihr wurde sofort wärmer. Ihr Körper reagierte derart heftig auf ihn, dass es sie völlig aus der Fassung brachte. »Ich will euch weder schaden noch in irgendeiner Form ausnutzen. Ich bin über ein halbes Jahr hierhergereist, ich wäre fast gestorben. Ich habe hart gekämpft, und nun bin ich voller Dankbarkeit hier. Das hätte ich niemals durchgehalten, wenn mein Ziel eure Ausbeutung gewesen wäre. Mich fasziniert das Leben an sich und alles, was es uns zu bieten hat. Ich will lernen, und im Moment will ich am liebsten von dir lernen.«

»Ich glaube dennoch nicht, dass du bei uns richtig bist. Hier gibt es nichts Wissenschaftliches.«

»Was noch zu ergründen wäre.«

Wie konnte er nur so stur sein? Kaia schüttelte den Kopf, nahm ihn an der Hand und zog ihn mit sich.

»Wohin gehen wir?«

»In die Bibliothek, ich werde es dir beweisen, dass es nur Märchen gibt.«

Er ließ sich mehr als bereitwillig von ihr führen. Kaia machte vermutlich einen Fehler, aber sie musste es ihm zeigen.

Magie gab es. Und sie wirkte hier im Kloster.

Außerdem konnte sie so näher bei ihm sein. Die Berührung mit ihm ließ ihre Nervenenden flattern. Kaia konnte sich kaum auf den Weg konzentrieren, aber zum Glück kannte sie ihn in- und auswendig.

Schließlich erreichten sie die Holztür, die zu ihren heiligen Hallen führte. »Wenn Isa davon erfährt, schmeißt sie mich raus!«

»Ich kann schweigen wie ein Grab.«

»Das will ich für dich hoffen. Denn sonst lernst du mich von einer anderen Seite kennen.«

»So?« Er hob eher interessiert als eingeschüchtert die Augenbrauen. »Von welcher denn?«

Sie kniff ihm in die Brust, bis er leise keuchte, dann sah sie nach rechts und links, öffnete die Tür und trat als Erste ein.

»Sei still«, flüsterte sie und wartete, bis er drin war, um hinter ihm zu schließen.

Das flackernde Licht der Kerzen umfing sie, ansonsten herrschte Dunkelheit. Die Atmosphäre in diesem Raum veränderte sich nie.

»Unglaublich«, stammelte Waylon und sog alles in sich auf. Er drehte sich um seine Achse, atmete die nach Papier und Tinte duftende Luft ein, gab sich der Magie dieses Augenblicks hin.

Kaia beobachtete ihn genau, und für einen Moment schien er das Ganze nicht mit den Augen eines Wissenschaftlers zu sehen, sondern mit denen eines offenen Geistes. Er ließ sich verzaubern, sie spürte es klar und deutlich.

»Schön, oder?«, fragte sie.

»Ja. Ich war schon in vielen Bibliotheken, aber das hier übertrifft alles, was ich je sehen durfte.«

Kaia zog ihn sachte weiter und führte ihn tiefer in den Raum. Ihre Schritte klangen gedämpft, von draußen drang kein Geräusch mehr hinein. Das liebte Kaia auch so sehr an diesem Ort. Hier hatte sie das Gefühl, als hätte alles andere aufgehört zu existieren, als gäbe es nur noch die Fantasie und die Masali. Reduziert auf eine ursprüngliche Macht, die seit Ewigkeiten in den Herzen der Menschen wirkte.

Schweigend gingen sie die Regale ab. Waylon ließ seinen Blick über die Buchrücken schweifen.

»Das ist eine faszinierende Schrift«, sagte er. »Sehr symbollastig.«

»Manches davon ist noch von früher, wir verwenden heute eine andere Schrift, weil es zu lange dauert, mit den Symbolen eine Geschichte niederzuschreiben.«

»Es ist sowieso faszinierend, dass ihr meine Sprache so gut sprecht.«

»Das passiert automatisch, wenn wir aufgenommen werden. Die Fantasie kennt keine Sprache, daher können wir alles verstehen und jeden Text lesen. Es ist so, als könnten wir hinter die Dinge blicken und ihre wahre Bedeutung erkennen.«

Waylon warf ihr einen skeptischen Seitenblick zu.

»Es ist wirklich so!«

»Oder ihr bringt es euch einfach bei.«

Sie schüttelte den Kopf, musste aber grinsen. Sie verstand Waylons Skepsis, ihr selbst war es damals ähnlich ergangen, wobei sie keine Wissenschaftlerin gewesen war, sondern eine Hure. »Dann denke, was du willst.«

Sie kamen an dem Eisentor vorbei, das den geschützten Bereich abtrennte.

»Was liegt dahinter?«, fragte er.

»Mehr Bücher und einer unser Schreibbereiche.«

»Warum verschließt ihr den, wenn sowieso kaum Fremde hierherkommen?«

»Wie du siehst, geschieht es dennoch. Abgesehen davon will Isa wissen, wer sich wann darin aufhält.«

Waylon trat an die Gitterstäbe und blickte hindurch. Kaia sah, wie er schauderte. Vielleicht spürte er die Energie, die dahinter verborgen lag, oder das Böse, das einst entfesselt worden war, als Casajus Eltern den Grimm gerufen hatten. Kaia selbst ging immer so schnell wie nur möglich an dieser Stelle vorbei. Es gruselte sie.

»Was ist das für ein Zeug, das da drüben aus den Büchern tropft? Sieht aus wie Teer.«

»Sie sind verflucht«, sagte sie.

»Nun komm schon.«

»Es ist so. Der Grimm hat sie vergiftet.«

»Mh.« Waylon sah lange auf die schwarze Substanz. »Was würde ich dafür geben, eine Probe davon zu nehmen.«

»Keine Chance! Und jetzt hör auf damit.« Kaia zog ihn weg von dem Eisentor und führte ihn zwischen zwei schmaleren Regalen hindurch. Sie wusste nicht genau, was sie ihm noch zeigen wollte, aber sie ging mit ihm einfach weiter und weiter, bis sie in einer dunklen Sackgasse landeten. Verwirrt hielt sie inne, weil sie hier gar nicht hingewollt hatte.

»Auch schön«, sagte Waylon. Es war dunkler in diesem Bereich, weil keine Kerzen angezündet waren. »Sehr, ähm: intim.«

Er kam langsam näher, sie roch seinen angenehm herben Duft, gemischt mit dem Lavendelverband, den Ares ihm um den Arm gemacht hatte.

Kaia drehte sich zu ihm und erkannte nur noch seine Umrisse. Ab und an reflektierte ein Lichtpunkt in seinen Augen und ließ sie funkeln.

»Du bist unglaublich, Kaia, genau wie dieser Ort.«

Da war sie wieder: diese Hitze in ihrem Körper und zwischen ihren Beinen. Seine Nähe, die Nähe der Bücher, die Nähe der Magie. Das war alles so viel und dennoch nicht genug. Sie brauchte mehr davon, wollte alles in sich aufsaugen, und sie wusste, dass er es ihr geben konnte.

»Ich bin dir völlig verfallen«, sagte er und sprach das aus, was sie fühlte. Sie verringerte den Abstand zu ihm, musterte ihn mit unverhohlener Lust, weil sie sicher war, dass er es sowieso nicht in der Dunkelheit erkennen konnte.

Oder doch?

Waylon schnappte hörbar nach Luft. Sie spürte, wie sich die Spannung zwischen ihnen aufbaute, das Kribbeln im Nacken und in ihrem Herzen.

Er war so nahe.

Sie waren so allein.

Es wäre so einfach.

Und dann reagierten sie gleichzeitig. Ihre Finger griffen an seinen Hosenbund, er fasste in ihren Nacken. Sie trafen sich in der Mitte. Ihre Münder prallten aufeinander, verschlangen sich gegenseitig voller Gier.

Kaia drückte Waylon in irgendeine Ecke, sie sah nicht hin, es gab nur noch ihn und seinen Körper. Sie wollte ihn inmitten dieses Wissens. Sie wollte mit ihm und all dem hier eins werden.

Ihm schien es genauso zu gehen, denn seine Küsse wurden drängender, die Lippen forscher. Ungeduldig nestelte sie an seinem Hosenbund, entlockte ihm ein heiseres Stöhnen. Er half ihr, öffnete seine Hose, nahm ihre Finger und schob sie tief in seinen Schritt.

»Kaia«, keuchte er gegen ihren Mund, während seine Finger auch sie erforschten. Sie zog ihre Kutte zur Seite, leitete ihn an, führte ihn Schicht für Schicht durch ihre Kleidung, bis auch er ihre Körpermitte erreichte. Er drückte seine Finger zwischen ihre Beine, sie warf keuchend den Kopf in den Nacken.

Waylon drängte sie weiter nach hinten, sie stießen gegen eine Regalwand, ein Buch fiel heraus.

Kaia zuckte kurz, doch dann setzte sie ihre Küsse fort, schob ihre Kutte nach oben, damit er besseren Zugang zu ihr bekam. Sie packte ihn am Nacken, nahm seine Lippen zwischen ihre Zähne und biss sachte zu. Ihr wurde schon wieder schwindelig, so sehr erdrückten sie ihre eigenen Sinne.

Kaia tastete hinter sich, fand einen kleinen Vorsprung an der Wand, der dazu diente, die Bücher abzulegen, die man lesen wollte. Sie hielt sich an Waylons Schulter fest, schlang die Beine um ihn und ließ sich von ihm nach oben drücken, sodass sie auf dem Vorsprung sitzen konnte; in perfekter Position, um ihn zu empfangen.

Er küsste sie ein weiteres Mal, kam zwischen sie. Kaia krallte ihre Nägel in seinen Nacken, konnte es genauso wenig erwarten wie er. Ab nun übernahm sie die Führung: Sie packte Waylon und nahm ihn tief in sich auf. Er stöhnte gepresst an ihren Hals, als er sie ausfüllte. Mit einem Stoß seiner Hüften versenkte er sich komplett in ihr. Sie zuckte zusammen, biss ihm in die Schultern.

»Alles klar?«, fragte er.

»Ja. Alles gut.« Es war nur viel zu lange her.

Er bewegte sich vorsichtig in ihr. Sachte, behutsam, obwohl er das gar nicht musste. Sie entspannte sich mit jedem Stoß, ließ sich mehr und mehr fallen, bis sie beide sich in der Umarmung des anderen verloren.

Waylon gab sich ihr voll hin.

Kaia gab sich ihm voll hin.

Sie beide. Ineinander. Miteinander. Vereint mit all dem Wissen der Masali.

Kaia ließ sich vollkommen um ihn herum fallen, er keuchte, sie spürte, wie er sich seinem Höhepunkt näherte. Ein tiefes Knurren erklang aus seiner Kehle, fast schon unmenschlich. Kaia beachtete es nicht, denn auch sie verlor sich in diesem Strudel aus Lust. Sie stöhnte auf, ihre Beine zitterten, ihr Unterleib spannte sich. Er folgte ihr mit der gleichen Intensität, verlor sich in ihr und gab ihr alles, was er nur konnte.

Der Moment war intim. Explosiv. Innig. Voller Sehnsucht und unausgesprochener Träume.

Dann war es vorbei, und sie sank kraftlos gegen ihn. Er bebte vor Anstrengung, sein Herz raste, pulsierte an und in ihr. Ein Raunen ging durch die Wände, als würde jemand mit ihr aufstöhnen und den Moment genauso auskosten wie sie.

Sie hörte ihren Herzschlag.

Sie hörte seinen Herzschlag.

Sie spürte ihren Atem.

Sie spürte seinen Atem.

Ihre Haut brannte, ihre Mitte bebte nach. Alles in ihr vibrierte vor Leben und gleichzeitig voller Furcht.

Langsam ebbte die Welle ab.
Langsam verließ sie die Euphorie.
Langsam kehrte sie zurück in ihren Körper.
Und dann wurde ihr bewusst, was sie soeben getan hatte.
Sie hatte gegen das oberste Gebot verstoßen!
Sie hatte sich mit einem fremden Mann, den sie erst vor Kurzem kennengelernt hatte, vereint.
Sie hatte die Masali und vor allem sich selbst verraten.
Waylon bemerkte die Veränderung an ihr und zog sich langsam aus ihr zurück.
Die Kälte traf sie mit voller Wucht. Genau wie die Erkenntnis über ihre Tat.
»Was habe ich getan?«, flüsterte sie.
»Wir … wir haben uns geliebt.«
Nein. Nein. Nein! Das war keine Liebe gewesen. Das war ungezügelte Lust.
»Ich …« Sie fuhr sich an die Stirn, rieb den Schweiß weg. »Wir haben uns verflucht.«
»Kaia, nicht doch … wir …«
»Nicht, sei still.« Sie schob sich von ihm weg, richtete ihre Kutte und wünschte, sie hätte auch ihre Seele richten können.
Sie hatte gegen das oberste Gebot verstoßen!
Sie hatte sich verflucht!
Genau wie ihn.
»Du … du musst abreisen. Heute am besten.«
»Was? Ich kann … es ist schon spät.«
»Es muss sein. Egal wie. Du … du kannst nicht hierbleiben.«
Und sie auch nicht.
Oh, bei allen heiligen Schriften.
Sie! Auch! Nicht!
Tränen stiegen ihr in die Augen, alles in ihr zog sich zusammen.
Was hatte sie nur getan?
Ihr Herz schrie.
Ihre Seele schrie.
Am liebsten hätte auch sie geschrien, aber dafür war es längst zu spät. Kaia hatte sich etwas hingegeben, was nie hätte sein dürfen. Sie hatte …

Sie hatte sich verflucht.

Sie schob sich an Waylon vorbei und eilte davon.

»Kaia«, rief er, aber sie war schon fast an der Tür, riss sie auf und stieß mit Ares zusammen, der auf dem Weg nach drinnen war.

»Hey, langsam.«

Er packte sie an den Schultern, um sie zu bremsen. »Ist alles klar?«

»Nein!« Sie sah ihn nicht an, drückte sich an ihm vorbei und rannte nach draußen.

Weg. Weg. Nur noch weg.

12. KAPITEL

Nubra-Tal, Indien. 1344 n. Chr.

Die kommende Nacht war die schlimmste in Waylons bisherigem Leben. Er wälzte sich von einer Seite auf die andere, fand weder eine Position zum Ruhen noch zum Entspannen Seine Gedanken kreisten um Kaia, um ihren wundervollen Moment in der Bibliothek, um das, was er dabei gefühlt hatte.

Er war schon vorher mit Frauen zusammen gewesen, aber noch nie hatte er jemanden so sehr begehrt wie Kaia. Sie hatte ihn völlig in ihren Bann gezogen, aber auf eine Art, die er sich selbst nicht erklären konnte.

Ja, sie war sehr attraktiv, und er hatte sich gut mit ihr unterhalten. Doch er hatte es vor Erregung kaum ausgehalten, in ihrer Nähe zu sein; allein die Küsse, die sie beim Picknick geteilt hatten, waren schon fast zu viel für ihn gewesen. Er war sich vorgekommen wie ein Junge, der zum ersten Mal seine Lust entdeckte und sich kaum zügeln konnte.

Herrgott, er war über sie hergefallen wie ein brunftiger Hirsch!

Das war nicht normal. Er war nicht so.

Waylon richtete sich in seinem Bett auf und strich sich durch die Haare. Ob die Masali nicht doch mit Drogen arbeiteten? Waylon kannte zu Hause genügend Menschen, die aphrodisierende Mittel nahmen, um die Lust zu steigern, aber hier machte das überhaupt keinen Sinn. Die Masali wollten ja ihr Zölibat einhalten, nicht jemanden dazu verleiten, es zu brechen.

Es sei denn, es war nicht alles so harmonisch, wie es den Anschein machte.

Aber warum dann Kaia und er? Welchen Sinn ergab es?

Oder hatten sie es darauf angelegt, dass er sie verführte? Das konnte nicht sein, denn er hatte sehr wohl bemerkt, wie sie auf ihn abgefahren war. Es war nicht so, dass es nur von seiner Seite aus gekommen wäre.

Irgendwas war hier faul, und er würde dahinterkommen.

Waylon liebte und hasste diesen Zustand: wenn er vor einem Rätsel stand, alle Komponenten beisammen hatte, es aber dennoch nicht lösen konnte. Das verursachte stets dieses Pulsieren in seinem Bauch, und er musste sich daran festbeißen, bis er es herausgefunden hatte.

Kostete es, was es wollte.

Aber er müsste vermutlich schnell sein. Je nachdem, ob Kaia schon gestanden hatte, was sie getan hatten, konnte es sein, dass er gleich rausgeworfen wurde.

»*Wir dürfen das nicht … wegen eines Fluches.*«

Waylon glaubte nach wie vor nicht daran, aber er wusste, dass es Kaia tat und alle anderen, die hier lebten. Sie würden ihre Konsequenzen daraus ziehen.

Er stand vom Bett auf und schlüpfte in seine Schuhe. Auf dem Tisch lag noch ein halber Laib Brot, den er heute früh angefangen hatte, und ein gefüllter Krug mit Wasser, den Ares ihm hingestellt hatte.

Waylon sah sich im Zimmer um. Es war spartanisch eingerichtet: ein Tisch, ein Holzstuhl, ein Bett, das auch nur aus einem Holzgerüst und einer dünnen Matratze bestand, und ein Regal, in dem Tiegel und Schreibfedern warteten. Er nahm sich einen der Tiegel und entkorkte ihn. Drinnen war ein Rest Tinte.

Perfekt.

Waylon steckte ihn in die Tasche, genau wie eine der Federn. Hoffentlich merkten die Masali den Verlust erst, wenn er weg war. Er stellte die anderen Federn so, dass es nicht gleich auffiel. Was konnte er noch mitnehmen? Das Brot auf alle Fälle, er würde es nicht essen, sondern untersuchen, und er wollte Wasserproben. Vor allem von dem, das er heute getrunken hatte. Am besten, er ging in die Küche, suchte sich passende Gefäße und auch Kräuter zusammen. Er nahm den Krug mit, um ihn dort gleich umzufüllen. In der Küche würde er sich noch eine frische Probe zum Vergleich holen.

Waylon schnappte sich die Tasche, hängte sie um und wollte los, als er ein Kribbeln auf der Handinnenfläche spürte. Er hielt inne und kratzte darüber, aber es wurde nicht besser, also drehte er sie herum und blickte darauf. Die Stelle war gerötet, als hätte er einen Ausschlag.

Waylon kratzte weiter, die Rötung wurde intensiver, formte sich zu einem Mal und sah aus wie ein – Wolfskopf? Er zog die Augenbrauen zusammen und drehte die Hand. Ja, mit ein wenig Fantasie könnte es durchaus einer sein.

Er ballte die Finger zur Faust, ihn fröstelte.

Das Gefühl blieb nur für einen kurzen Augenblick, dann verschwand es, genau wie das Jucken auf der Hand. Waylon öffnete die Finger wieder und sah erneut hin.

Die Rötung war weg.

»Was ist hier nur los?«

Er riss sich von dem Anblick los und verließ sein Zimmer.

Dank Kaias Rundgang fand er sich gut zurecht. Es war ihm zwar schwergefallen, ihr zuzuhören, aber er hatte eine ausgezeichnete Orientierung.

Waylon folgte dem Flur zur Linken und eilte still durch die Gänge. Es war eine ruhige Nacht, der Baum im Innenhof bewegte träge seine Blätter, obwohl kein Wind wehte. Der aufgegangene Mond warf seine Schatten an die Wände gegenüber, sodass Waylon das Gefühl hatte, von abstrakten Gebilden verfolgt zu werden.

Er blickte an die Wand und beobachtete die Äste und Zweige, die sich hin und her bewegten. Je länger er darauf starrte, umso mehr hätte er schwören können, dass sie ihre Form veränderten, dass sie Ohren, einen langen Schwanz und Klauen bildeten.

Ruhig! Lass dich nicht ablenken!

Er schüttelte sich und ging rascher. Nach einem kurzen Marsch erreichte er die Küche. Es war zum Glück niemand da. So konnte er sich in Ruhe umsehen und alles einstecken, was er brauchte. Bis er fertig war, war die Tasche zur Hälfte gefüllt mit Gewürzen, Kräutern und zwei Phiolen mit Wasser – eine mit dem aus seinem Zimmer, die andere mit frischem.

Er blickte sich ein letztes Mal um, nahm noch ein langes Messer mit und eilte zurück in den Gang. Der Baum im Innenhof bewegte sich nun stärker, als wollte er die anderen Masali wecken. Die Blätter und Äste rauschten laut. Aber noch immer wehte kein Wind, zumindest spürte Waylon keinen.

Er ignorierte das Ding und lief den Gang entlang bis zur Bibliothek. Das Kloster war simpel konstruiert, Waylon hätte sich auch ohne Kaias Rundgang zurechtgefunden.

Er blieb vor der Holztür stehen und hoffte, dass sie nicht abgeschlossen war. Waylon ging näher, drückte die Klinke nach unten und atmete erleichtert aus. Sehr gut. Er wollte eintreten, als er ein Scharren hinter sich hörte. Es klang, als würden Krallen über Stein kratzen, kurz darauf folgte ein Tapsen wie von einem davonrennenden Hund.

Waylon hielt inne und blickte in den Gang zurück. Das Rauschen der Blätter, das Silberlicht des Mondes, die düstere Atmosphäre des Klosters und der Rausch, etwas Verbotenes zu tun – er bekam tatsächlich Gänsehaut.

Zuletzt hatte er diese innere Aufregung gespürt, als er das erste Mal eine Leiche geöffnet hatte.

Geekelt hatte er sich nie vor einem toten Körper, er hatte auch nie Angst oder Scheu gehabt. Seine Neugierde hatte schon immer jedem Risiko die Stirn geboten und ihn manches Mal in brenzlige Situationen gebracht.

Waylon wollte lernen. So viel, wie er nur konnte.

Er lauschte noch mal, doch das Tapsen kehrte nicht zurück. Ein letzter Rundumblick, dann trat er in die Stille der Bibliothek.

Wie heute Mittag verschlug es ihm vor Ehrfurcht den Atem. Er war zwar ein Mann der Wissenschaft, aber er spürte sehr deutlich, wenn er etwas Großem auf der Spur war. Dem Außergewöhnlichen, dem Neuen, dem Unerklärbaren. Er dürstete nach diesen Dingen und konnte nie genug davon bekommen. Je größer das Rätsel, desto besser. Und hier lag ein ganz großes!

Waylon schloss die Tür hinter sich, blickte sich auch hier um, ob er allein war. Da er nichts hörte, lief er langsam weiter zum ersten Regal. Die Kerzenleuchter waren angezündet und verströmten ein angenehmes

Licht. Es herrschte auch die gleiche, leicht kühle Temperatur wie am Mittag. Dieser Raum war wie von der Außenwelt abgeschnitten, er war sein eigenes Vakuum.

Waylon schritt die Regale ab, bis er an das Eisentor zurückkehrte, an dem er mit Kaia vorbeigekommen war. Er zog die Tasche vom Rücken und legte sie vor die Streben auf den Boden.

Warme, nach Schwefel riechende Luft kam ihm aus der Dunkelheit entgegen. Waylon sah sich um und bemerkte ein leichtes Wabern auf den teerbeschmierten Büchern, als würde etwas in ihnen pulsieren.

Er kramte in der Tasche nach dem Messer und setzte die spitze Seite an dem Schloss an. Mal sehen, ob er es knacken konnte.

Er war zwar kein Experte, aber manchmal ging mit roher Gewalt alles. Waylon rüttelte und ruckte, doch das Ding bewegte sich keinen Millimeter. Also sah er nach oben und zog sich ein Stück an einer Strebe hoch. Er konnte nicht erkennen, wo das Tor endete, ob es mit der Decke abschloss oder möglicherweise ein Teil oben offen war, wo er rüberklettern konnte.

Da hilft nur eins.

Er steckte das Messer wieder zurück in die Tasche und legte sie so nah an die Streben, dass er von der anderen Seite hindurchgreifen und sie holen konnte, falls er es hinüberschaffte. Dann rieb er die Hände an den Hosen trocken, um den leichten Schweißfilm loszuwerden, und zog sich an zwei Eisenranken, die sich um das Tor schlängelten, nach oben. Den ersten Meter schaffte er ohne Probleme. Waylon suchte einen Absatz, auf den er seinen Fuß stellen konnte, und fand ihn bei einem Dorn, der spitz von einer anderen Ranke herüberwuchs. Er bot genügend Halt für ihn, und so schob sich Waylon Stück für Stück nach oben. Nach drei Metern war allerdings noch immer kein Ende in Sicht.

Er griff nach der nächsten Ranke, bekam einen Dorn zu fassen, wollte sich hochziehen und glitt davon ab.

Die spitze Seite schnitt ihm quer über die Hand und hinterließ eine tiefe Wunde. Waylon keuchte, wollte nachfassen, doch da verlor er den Halt und ratschte längs am Tor hinunter. Er konnte den Schwung abfangen, indem er sich mehr oder weniger gut an den Ranken festhielt, doch er konnte den Fall nicht verhindern.

Waylon schlug hart auf dem Boden auf, knickte in den Knien ein und fiel auf seinen Hintern. Seine Hand blutete stark, der Dorn hatte ihm alles aufgerissen.

»Verdammt«, fluchte Waylon, griff nach dem Tor und zog sich hoch. Dabei streifte er versehentlich das Schloss, das unter seiner Berührung vibrierte und … aufklappte.

»Wirklich?« Waylon drückte an das Eisentor und schob es sachte zur Seite. Er sah auf das Schloss, auf dem sein Blut haftete. »Wer hätte das gedacht.«

Er griff seine Tasche, schulterte sie, schob das Tor weiter auf und trat ein. Die Schnittwunde pulsierte dumpf, aber er könnte sich später einen frischen Verband machen. Waylon hatte in den letzten Wochen Ares oft genug zugeschaut und wusste, welche Kräuter wie anzuwenden waren.

Waylon setzte den Fuß in den verbotenen Bereich und hielt die Luft an. Eine Woge aus Energie streifte ihn, es fühlte sich an wie ein belebender Schauer im Sommer, der einem die Haut küsste. Waylon nahm es auf, ohne zu wissen warum. Aber ein Teil von ihm musste hier sein. Ein Teil von ihm gehörte hierher.

Er sah sich nach allen Seiten um und ging leise weiter. Die Bücher pulsierten tatsächlich, und Waylon hätte schwören können, aus dem Inneren Schreie zu hören. Er blieb vor einem der Wälzer stehen und betrachtete ihn näher. Er pochte im Rhythmus seines eigenen Herzens. Waylon streckte vorsichtig einen Finger danach aus, berührte den Buchrücken und spürte einen Stich in seiner Magengegend. Das Buch rief ihn, das Dunkle darin wollte zu ihm gelangen. Er nahm es zögerlich heraus und drehte es herum. Auf der Front war ein Bild aufgemalt. Eine junge Frau, die vor einem Kamin saß und Linsen in Töpfe sortierte. Neben ihr saßen Tauben und halfen ihr dabei.

Die Guten ins Töpfchen, die Schlechten ins Kröpfchen.

Das war das Märchen um Aschenputtel. Waylon kannte es natürlich. Er wollte es aufschlagen und darin lesen, doch da hörte er wieder ein leises Scharren. Es kam von einer Wand, sie war mit großen Steinbrocken versperrt, als hätte hier jemand einst einen Rundumschlag gemacht und Teile des Gemäuers eingerissen. Waylon stellte das Buch zurück, nahm sein Messer heraus und kratzte etwas von der teerartigen

Substanz ab. Diese wickelte er in ein Stück Leder, klappte es zu und wollte es in seiner Tasche verwahren, als er es hörte:

»Hier«, rief eine glasklare weibliche Stimme.

»Was?«, fragte er und steckte das Stück Leder rasch weg.

»Hier drüben«, ertönte sie erneut. Sie klang wie die eines Kindes, hell und leicht und verspielt. »Komm! Komm her.«

»Kaia?« War sie das? Sie sprach eigentlich tiefer, aber wenn sie sich verstellte, könnte es dennoch gut sein.

Er folgte dem Geräusch, bis er vor der halb eingestürzten Wand stand. Unzählige Glitzerpartikel flogen dort durch die Luft und brachten sie zum Flirren. Es sah aus wie in der Wüste, wenn die Hitze eine Fata Morgana formte und Reflektionen vorgaukelte, die nicht da waren. Waylon trat langsam näher. Ein Lachen erklang, wieder hell und durchdringend. Er blinzelte und erkannte erst da, dass es von den Glitzerpunkten kam.

Das waren … kleine Frauen. Mit Flügeln.

Sie kicherten, als sie ihn erblickten, und tuschelten miteinander.

»Er weiß nicht, was wir sind.«

»Ooooh, wie schade«, sagte eine andere.

»Dann ist er dumm«, eine dritte.

Es waren unzählige. Sie flatterten um seinen Kopf, flirrten vor seinen Augen, pusteten in sein Ohr. Sie hatten goldene Flügel, die so schnell schlugen, dass er es nur als Surren wahrnahm. Ihre zierlichen Körper waren mit Blättern verdeckt, die sie wie Kleidungsstücke entweder als Rock oder Kleid genäht hatten.

»Ah, da ist ja der böse Junge«, sagte eine von ihnen.

»Er hat gegen das Gesetz verstoßen«, eine andere.

»Schlimm. Schlimm.«

»Jetzt wird er gefressen.«

Das hier war wirklich zu viel! Was mischten die Masali ins Wasser? Eine von ihnen kam auf ihn zugeflogen und verharrte so dicht vor ihm, dass er nur den Finger ausstrecken musste, um sie zu berühren. Aus der Nähe sah er, dass ihre Haut mit Goldglitzer überzogen war. Ihre Augen schimmerten klar und offen. Die Flügel zauberten das volle Farbspektrum und sahen aus wie ein Regenbogen, der auf ihrem Rücken entstand.

»Wir sind aus Abalion, du hast die Grenze geöffnet.«

»Wie bitte?«

Sie nickte. »Nun wird er kommen und in deinen Geist eindringen. Du bist leider verloren.« Sie lächelte offen und herzig, als hätte er den Hauptgewinn im Glücksspiel gezogen.

»Aber das ist erst der Anfang«, sagte eine andere und flatterte neben sie. »Wenn er erst mal in deinem Kopf ist, gehen die Albträume los. Sie werden sich so anfühlen, als wären sie Wirklichkeit.«

»Dann wirst du verrückt.«

»Bis du einen Ersatz findest.«

»Ja, einen Ersatz.«

»Von was redet ihr?«, fragte Waylon.

»Er versteht es nicht.«

»Das macht nichts. Das wird er gleich.« Sie blickte über ihre Schulter und nickte. »Er kommt. Es geht los.« Auf einmal drehte sie sich zurück, holte mit der Faust aus und rammte sie vor Waylon in die Luft. Er wurde von einem mächtigen Hieb im Gesicht getroffen und stürzte nach hinten. Er fing sich an einem Regal ab, Bücher prasselten auf ihn nieder. Er griff danach, richtete sich benommen auf und ertastete seine Nase, aus der das Blut lief. Es sickerte in seine Hände, fraß sich wie Säure in seine Haut. Der Geruch nach verbranntem Fleisch stieg ihm in die Lunge. Er wollte das Blut abwischen, doch seine Hände gehorchten ihm nicht mehr. Stattdessen wuchsen Ranken aus seinen Nägeln und strebten nach vorne aus. Sie glitten über die Bücher, zogen eins nach dem anderen heraus, als würden sie nach etwas Bestimmtem suchen. Waylon konnte nichts dagegen tun.

Die Glitzerwesen schwirrten um ihn herum, verwirrten zunehmend seinen Geist. Er wollte nach ihnen schlagen, aber bekam die Ranken nicht mehr von den Büchern gelöst.

»Der Grimm wird dich holen, er wird ein Teil von dir. Du bist verloren. Du bist verloren. Du bist verloren …«

Sie wiederholten den Singsang, und in Waylon wallte Wut auf. Er brüllte sie an, nahm all seine Kraft zusammen und fegte die nächsten Bücher zu Boden. Unbeabsichtigt traf er eines der Wesen im Flug und brachte es zum Verstummen.

Die anderen schrien vor Entsetzen, eine hob die Hand und pustete Waylon einen feinen Staub ins Gesicht. Er brannte wie tausend Nadelstiche.

Torkelnd stieß er an ein Regal, zog weitere Bücher herunter und stürzte mit ihnen zu Boden. Als er aufschlug, verwandelte sich der Untergrund in glühend heiße Kohle. Waylon schrie, wollte hoch, doch er klebte daran fest. Die Bücher, die mit ihm gefallen waren, lösten sich in ihre Bestandteile auf und zerschmolzen mit der Erde. Alle, bis auf ein kleines, in Leder gebundenes Heft.

Waylon stemmte die Hände auf, die Ranken waren weg, stattdessen bohrten sich jetzt seine Finger in die breiige Substanz unter ihm.

Das ist nicht real! Ich bin auf Droge!

Waylon hatte das Gefühl, vom Boden verschlungen zu werden. Als würde er eine Pforte zur Hölle öffnen. Plötzlich fiel er hinunter, wollte sich festhalten, aber seine Finger ratschten über spitze Dornen, die seine Haut aufrissen. Gleißendes Licht und glühendes Feuer umfingen ihn. Waylons Körper wurde zusammengequetscht, sein Herz zu einem einzigen Klumpen verdorrten Fleisches zerdrückt. Er konnte nicht mehr atmen, kaum noch etwas sehen. Er fühlte nur endlosen Schmerz, Wut, Hass, Zorn. Es riss ihn hin und her, er war gefangen in einem Strudel aus nackter Angst.

Auf einmal landete er mit den Füßen auf dem Boden und fand sich in einer fremden Umgebung wieder. Er stand auf einem Marktplatz vor einem Brunnen. Die Sterne leuchteten über ihm, der Mond hing in seiner vollen Größe am Himmel.

»Hört mich an, ihr Mächte der Finsternis!«, rief jemand hinter ihm. Waylon drehte herum und sah einen jungen Mann, der die Arme weit in den Himmel gestreckt hatte und zum Mond starrte. In seiner Hand hielt er einen Stab aus einem grünen Kristall. Er war länglich und maß etwa zwanzig Zentimeter, in seinem Inneren pulsierte ein Licht. »Ich gebe meine Seele für euch. Nehmt mich als euren Diener, nehmt alles von mir!«

Der Boden bebte, das Wasser im Brunnen brodelte, Hitze stieg empor und ein tiefes Grollen erklang tief unter der Erde. Waylon wollte näher gehen, aber er konnte seine Füße nicht heben.

»Ich bin Séamus von Nubra«, sagte der Mann. »Sohn des ersten Regenten, Herrscher der Stadt Nuamiba.«

Das Grollen wurde lauter. Das Geräusch ließ sämtliche Zellen in Waylons Blut kochen.

»Was willst du, Séamus von Nubra?«, rief eine donnernde Stimme.

»Rache«, gab der junge Mann zurück. »Ich will, dass mein Bruder Liam leidet. Ich will, dass seine Frau Anabel leidet. Ich will, dass jeder hier leidet, der dem Glück der beiden beiwohnt. Männer. Frauen. Kinder. Sie sollen an ihrem eigenen Licht ersticken und für immer in die Finsternis kehren!«

»Was ist dein Opfer?«

»Meine Seele!«

»So sei es!«

Das Donnern schwoll ein weiteres Mal an, der Boden bebte so stark, dass Waylon das Gleichgewicht verlor und stürzte. Séamus riss abermals die Hände nach oben, warf den Kopf in den Nacken und schrie. Plötzlich durchfuhr ihn ein greller Lichtblitz. Es sah aus, als würde er in der Mitte auseinandergerissen. Seine Arme wurden länger, er beugte sich nach vorne, verbog sich auf groteske Art, als würden ihm sämtliche Knochen gebrochen. Waylon war so gebannt von dem Schauspiel, dass er sich nicht mehr rühren konnte.

Séamus kippte vornüber und gab einen schrecklichen Laut von sich. Fell spross aus seinem Körper, seine Kleidung zerriss, er wuchs in die Höhe und die Breite, verformte sich zu einem riesigen, grausigen schwarzen Wolf.

Waylon gefror das Blut in den Adern. Er fing an zu zittern, alles in ihm schrie nach Flucht, aber er konnte nicht mehr weg.

Der Mond verfärbte sich dunkelrot, als blutete er, ein harter Wind kam auf, fegte gegen die Häuser ringsum, ließ das Wasser im Brunnen aufspritzen. Séamus stieß ein Brüllen aus, das erneut alles zum Beben brachte.

Auf einmal drehte er sich herum und fixierte Waylon. Gelbe Augen fraßen sich bis auf den Grund seiner Seele.

Waylon wollte zurückrutschen, aber er kam nicht vom Fleck.

»Du«, hörte er Séamus' Stimme in seinem Kopf. »Du hast geliebt.«

»Nein!«, schrie Waylon. »Das hatte nichts mit Liebe zu tun!«

Séamus brüllte, Geifer troff von seinen Lefzen. »Es spielt keine Rolle. Eine Vereinigung ist eine Vereinigung.«

Waylon wimmerte, sein Herz raste viel zu schnell, die nackte Panik erfasste ihn. Er wusste nicht, was das war, in das Séamus sich verwandelt hatte, aber er wusste, dass es grausam und böse und finster war. Es kam aus den Tiefen der Hölle, wo nichts außer Leid herrschte, wo es nur Schmerz gab, wo jeder Albtraum wahr wurde.

Und ab heute würde es Waylons Albtraum sein.

»*Er wird dich holen, er wird ein Teil von dir. Du bist verloren.*«

Waylon verstand nun, was die Glitzerwesen gemeint hatten. Er riss eine Hand hoch, als könnte er sich so vor dem Wolf schützen.

»Das ist erst der Anfang«, sagte Séamus. Er knurrte, fletschte die Zähne und sprang nach vorne.

Waylon schrie, denn es gab nichts, was er sonst tun konnte. Er sah nur noch die gelben Augen des Tieres, die langen Fänge, den Geifer, das Maul und die Finsternis. Sie nahmen ihn gefangen, zeigten ihm das Leid, aus dem sie geboren worden waren. Waylon sah Séamus, der mit seinem Bruder Liam hier in friedlicher Eintracht gelebt hatte, bis eines Tages Anabel vorbeigekommen war und die beiden entzweit hatte. Sie hatte Liam gewählt, sie hatte Séamus verschmäht, obwohl er sie mindestens genauso heftig geliebt hatte.

Aber es hatte nicht genügt.

Sie hatte ihn nicht gewollt. Sie hatte Liam auserkoren und Séamus' Herz gebrochen.

»Waylon!«, hörte er eine Stimme von weit her.

»Hier!«, gab er sofort zur Antwort.

Dann erreichte ihn das Tier, riss sein Maul weiter auf und biss zu.

Waylon stürzte in die Finsternis, er wurde hin und her gewirbelt, verlor alles um sich herum. Die Zähne drangen in sein Fleisch, in seine Eingeweide, seine Seele. Es gab kein Entrinnen, sie brachten all die Schrecken, die in den Tiefen der Nacht lauerten, sie brachten jede Furcht, die je in einem Menschen entstanden war, jede Angst, jedes Grauen.

Waylon krampfte in sich zusammen, schlug und trat und versuchte voller Verzweiflung, loszukommen.

»Ganz ruhig. Ich bin es. Isa.«

Waylon wurde an den Schultern gepackt und durchgeschüttelt. Er schnappte nach Luft, klammerte sich an seinem Gegenüber fest, bis er einen sicheren Stand hatte.

Das Wolfsgesicht machte dem von Isa Platz. Statt gelber Augen funkelten ihn hellbraune an. Statt schwarzem Fell erblickte er eine Glatze.

»Geht es dir gut?«, fragte sie. »Wie kommst du denn hierher?«

»Nein!« Nur langsam wurde er sich seines Körpers wieder gewahr. Die Schmerzen verklangen, die Panik fiel von ihm ab. Waylon tastete über seine Brust, suchte nach Spuren des Wolfes, aber da waren keine.

Er blinzelte. Es war vorbei. Er war wieder in der Bibliothek. Der Trip war vorüber. Es war alles beim Alten.

Auch die Glitzerwesen waren fort, der Boden war wieder normal. Es herrschte die gleiche merkwürdige Stille wie zuvor.

Isa sah Waylon fragend an, ohne ihn loszulassen. »Du hast das Schloss geöffnet.«

»Ich … Ich habe halluziniert.« Genau das war es. Er wollte Proben für zu Hause mitnehmen, weil er glaubte, dass ihm die Masali Drogen verabreicht hatten. »Was habt ihr mir gegeben?«

»Bitte?«

»Drogen! Ich weiß, dass ihr welche verwendet. Deshalb hatte ich auch dieses Erlebnis eben.« Waylon hatte schon Mittel probiert, aber das hier war heftiger und schlimmer als alles, was er je durchgemacht hatte.

»Du musst dich beruhigen. Wir haben dir nichts gegeben, lass mich deine Wunde versor…«

»Fass mich nicht an!«

Isa deutete auf Waylons verletzte Hand. Die Wunde, die er sich am Dorn zugefügt hatte, sah nicht gut aus. Das Blut war schwarz verfärbt und blubberte, als würde sich darunter etwas bewegen. Waylon schüttelte sich, blickte genauer hin, doch er täuschte sich nicht. Unter seiner Haut kroch etwas entlang. Wie ein … Parasit. Es wanderte nach oben zur Mitte seiner Hand. Waylon wischte voller Panik mit den Fingern darüber. Er hatte schon Leichen geöffnet, in denen sich Parasiten eingenistet hatten, er kannte auch Fälle, in denen Menschen von Würmern befallen und innerlich zerfressen worden waren. Er klopfte wieder auf die Wunde, versuchte zu ertasten, was da in ihn gedrungen war, doch dann verschwand es. Waylon atmete erleichtert aus, blinzelte.

Das war auch nur die Droge. Nur eine Nachwirkung!

»Waylon, wie hast du das Tor geöffnet? Antworte mir!«

»Es … es ist einfach so aufgegangen.« Waylon richtete sich benommen auf und wich einen Schritt zurück. »Ich habe eure Gastfreundschaft lange genug beansprucht. Tut mir leid, dass ich in die Bibliothek gegangen bin. Morgen reise ich ab.«

Isa kniff die Augen zusammen, sie wollte mehr von ihm wissen, aber Waylon würde das mit Kaia nicht zugeben. Nicht weil er die Konsequenzen fürchtete und es deshalb verheimlichen wollte, sondern wegen ihr. Falls sie es geheim halten konnte, um weiter hierzubleiben, dann sollte sie es. Er hätte es zwar schön gefunden, sie als Begleitung dabeizuhaben, aber er würde sich nicht in ihr Leben einmischen. Das hatte er zur Genüge getan.

Waylon nickte Isa zu, sah noch mal nach dem kleinen Lederbuch, das er aus dem Regal gefegt hatte.

Es war weg. Schade, er hätte es gerne mitgenommen, aber vermutlich war das auch nur eine Halluzination gewesen.

13. KAPITEL

Nubra-Tal, Indien. 1344 n. Chr.

Casaju lief in seinem Zimmer auf und ab. Seit heute Mittag hatte ihn eine merkwürdige Unruhe gepackt. Er wusste nicht genau warum, aber er hatte das Gefühl, als würde jemand mit einem Eisenstab in seinen Eingeweiden herumstochern und eine uralte Wunde aufreißen.

Lag es daran, weil Kaia Waylon auf ein Picknick abgeholt hatte?

Das hatte sie in diesen letzten Tagen häufiger getan, und Casaju war nicht entgangen, welche Blicke sie sich dabei zugeworfen hatten. Kaia wirkte so fröhlich und losgelöst in Waylons Nähe, wie Casaju sie bisher nur beim Geschichtenschreiben erlebt hatte. Und auch Waylon strahlte jedes Mal, wenn er sie sah.

Sie mochten sich, das war mehr als offensichtlich.

Und mir sollte es egal sein.

Kaia konnte tun, was sie wollte, sie konnte sogar mit Waylon dieses Kloster verlassen, ihn heiraten, mit ihm zusammenziehen, Kinder bekommen ... Solange sie sich in diesen Wänden benahmen, tat Kaia nichts Verbotenes.

Warum also nagte es an Casaju?

Er fuhr sich durch die Haare, raufte sie, strich sie wieder glatt. Dann setzte er sich hin, nahm die Feder, wollte an seiner Erzählung mit den vier Tieren weiterschreiben, doch er konnte nicht.

Seine Gedanken kehrten zurück zu Kaia, er überlegte, was sie in diesem Moment tat, ob sie mit Waylon lachte oder sogar schon Pläne schmiedete, das Kloster mit ihm zu verlassen.

»Lächerlich.« Sie kannten sich erst wenige Tage. Kaia war seit einhundertvierzig Jahren eine Masali, das würde sie nicht so leichtfertig aufgeben.

Es sei denn, sie war dieses Lebens überdrüssig.

Aber dann würde sie doch nicht mit dem erstbesten Mann abhauen, oder?

Auf der anderen Seite kamen nur äußerst selten Fremde vorbei. Waylon war der erste, seit Kaia hier war.

Die Chance sollte sie nutzen.

Falls sie wegwollte.

Casaju hatte bisher nicht das Gefühl gehabt.

Er schlug mit der flachen Hand auf den Tisch, weil seine Gedanken völlig wirr hin und her sprangen.

»Reiß dich zusammen!«

Er setzte die Feder erneut an, schrieb ein paar Worte.

Er würde Kaia vermissen.

Sehr.

Er wollte nicht, dass sie ging.

Sie schrieb tolle Geschichten.

Er tauschte sich gerne mit ihr aus.

Er wollte sie in seiner Nähe haben.

Er ... zischte ... stellte die Feder in die Halterung, lehnte sich auf dem Stuhl zurück und ließ den Kopf in den Nacken fallen.

So ging das nicht.

Erneut stand er auf, zog Kreise in seinem Zimmer und versuchte, nicht über Kaia und Waylon nachzudenken.

Aber Casaju hatte eine sehr ausgeprägte Fantasie ... Es brauchte nicht viel, bis die Bilder der beiden hochblitzten. Er sah sie unterm Baum sitzen, beim Picknick. Er sah sie lachen. Er sah, wie Waylon Honig von Kaias Finger leckte, wie sie ihn anblickte. Sinnlich und liebevoll und ... Casaju ging zurück zum Tisch, stützte sich mit beiden Händen an der Kante ab und schnaufte durch.

Die wenigen Worte, die er heute geschrieben hatte, tanzten vor seinen Augen. Er konnte sie nicht einmal mehr richtig lesen.

Mit einem Kopfschütteln wandte er sich ab. Er musste einen Spaziergang machen. Oder laufen gehen. Oder an seiner Drachengeschichte weiterschreiben. Irgendwas tun, um seinen Geist auf neue

Dinge zu lenken. Casaju steckte seine Lieblingsschreibfeder ein und ging zur Tür. Als er sie öffnete, stand allerdings schon jemand draußen.

Kaia starrte ihn an. Ihre Haare waren zerzaust, ihre Kutte war nicht mehr ordentlich gebunden, die Wangen waren gerötet, die Augen verquollen und sie hatte einen dunklen Fleck am Hals. War das einer dieser Knutschflecke? Ares hatte ihm davon erzählt und gesagt, dass es manchmal passierte, wenn es zu heiß herging.

Casaju beugte sich näher zu Kaia, ein Schwall aus Lavendelduft wehte ihm entgegen. Erst heute Morgen hatte Casaju Waylon einen neuen Verband mit dem Kraut angelegt. Kaia duftete, als hätte sie sich mit ihm darin gewälzt und …

Bei allen heiligen Schriften.

Casaju schnürte es die Kehle zu, als ihm klar wurde, worauf diese Indizien hindeuteten.

»Was habt ihr getan?«, fragte er, und Kaia zuckte zusammen. Sie wich einen Schritt zurück. Ihre Lippen bebten.

»Nichts, ich habe nur … nichts. Ich bin … es ist nichts. Ich wollte schreiben, und da … es ging nicht. Ich bin so … nein. Vergiss es. Ich hätte nicht herkommen sollen.« Sie fuhr herum, wollte sich abwenden, aber Casaju packte sie am Arm und zog sie zu sich.

»Was. Habt. Ihr. Getan?!«

»Oh bitte, Casaju. Es ist nichts. Wirklich. Wir haben … wir haben …« Sie schloss die Augen und atmete mit einem tiefen Seufzen ein. »Es ist nichts passiert.«

Er schüttelte sie. Grober als gewollt.

Sie starrte ihn an. Alles in ihr rang nach Klarheit. Casaju spürte, wie die Verzweiflung in ihr hochkroch, wie sie jeden Moment kippen und fallen würde. Kaias Augen füllten sich mit Tränen, sie atmete keuchend ein. Das Geräusch kratzte über Casajus Herz, schärfer, als es eine Klinge je gekonnt hätte.

Und dann warf Kaia sich in seine Arme und ließ ihrem Kummer freien Lauf. Heftige Schluchzer packten ihren zierlichen Körper, sie bekam kaum Luft, so sehr musste sie weinen.

»Ich habe …«, stotterte sie zwischen ihren Tränen. »Wir haben …«

Casaju schloss die Augen.

Gleich, gleich sagt sie es.

»Wir haben uns geliebt.«

Er hielt die Luft an, wünschte, sie würde das zurücknehmen. Er wünschte, er könnte das ungehört, ungesprochen, ungesehen, ungefühlt machen.

Aber es war da. Es hing zwischen ihnen. Für immer.

Er schob sie von sich, um ihr in die Augen zu blicken. Sie waren so voll.

Voller Güte.

Voller Liebe.

Voller Leben.

Voller Leidenschaft.

Voller Schmerz.

Sie hatte ihren Körper an einen Mann gegeben. Hier. In diesen Wänden.

Sie hatte gegen das oberste Gebot verstoßen.

Die Masali hatten sie verloren.

Casaju hatte Kaia verloren.

»Wo? Wo ist es passiert?«

»Spielt das eine Rolle?«

Nein, tat es nicht, aber er wollte es dennoch wissen. Er fühlte sich wieder wie der Achtjährige, der draußen an dem Baum mit Isa saß und sich von all den Schrecken erzählen ließ, die seinen Eltern widerfahren waren. Er hatte auch da alles hören müssen, er brauchte Gewissheit, sonst kam sein Geist nicht zur Ruhe.

»In der Bibliothek.«

Casaju zischte und wich einen Schritt von ihr weg. »Zwischen unseren Büchern?«

»Es ist einfach so geschehen. Ich war überwältigt. Von ihm. Von dem Moment. Und … ich weiß nicht. Auf einmal war da so ein Verlangen in mir. Ich konnte es gar nicht abstellen, als hätte mir jemand befohlen, mich ihm zuzuwenden. Irgendetwas wollte, dass wir uns vereinen.«

»Ja, deine Lust. Hast du sie nicht schon genug ausgelebt, als du ein Mensch warst?«

Kaia zuckte zusammen. Er hätte sie genauso gut ohrfeigen können, es hätte den gleichen Effekt gehabt. Kaia hatte in ihrer Zeit vor den Masali ihren Körper gegen Geld verkauft.

»Das ist nicht … Ich kann nicht fassen, was du da sagst. Ich bin gewiss nicht stolz auf meine Vergangenheit und dass ich Geld dafür verlangte, damit andere sich meinen Körper nehmen konnten.«

»Ich … ich weiß. Es tut mir leid. Das hätte ich nicht sagen sollen.« Aber ihre Tat schmerzte so endlos. Ihre Hingabe an diesen Mann war nicht nur ein Verrat an allem, was die Masali ausmachten, sondern auch an dem, was Casaju für sie getan hatte. Er hatte sich in diesen letzten Jahren ihrer angenommen, er hatte sie unterstützt, ihr geholfen, sie beraten. Er hatte sie beruhigt, als sie ihre erste Geschichte in die Welt entlassen hatte … Er hatte … Er wollte … Er schloss die Augen, als ein bitterer Schmerz durch sein Herz fuhr. In ihm zog sich alles zusammen und seine Welt schien stillzustehen. Ein brennendes Pulsieren drang von seiner Mitte nach außen, erfüllte seine Arme, seine Beine, die Hände, die Füße. Einfach alles.

»Bitte hilf mir«, sagte sie und ergriff sein Handgelenk. Ihre Berührung war warm und kalt. Angenehm und störend.

Er öffnete die Augen und sah auf ihre Finger, die sich fest um seinen Arm schlossen. Er glitt weiter nach oben, über ihre Schultern, ihren Nacken, ihre Wangen und landete auf ihren Lippen, die nach wie vor bebten. Es war unglaublich, dass Waylon diesen Mund geküsst hatte, dass sie ihm womöglich Worte der Liebe ins Ohr geraunt hatte, während sie sich vereinten.

Ihm wurde übel bei dem Gedanken, ein Brennen stieg von seinem Magen aus nach oben, seine Kehle wurde so trocken, dass er am liebsten einen kompletten Krug Wasser mit einem Zug leer getrunken hätte.

»Ich wollte das nicht«, stammelte sie, und ihre Worte hallten in seiner Seele nach, bis sie als Echo zurückkehrten:

»*Wir wollten das nicht. Wir wurden gezwungen.*«

Er hatte das bei seinem ersten Besuch in der Bibliothek gehört und seither nie wieder. Nun stand Kaia vor ihm und erklärte, dass sie sich Waylon hingegeben hatte, obwohl sie es auch nicht gewollt hatte.

Aber wer sollte sie dazu zwingen? Wer konnte das?

»Ich will nicht verrückt werden oder das Kloster verlassen«, sagte Kaia und sah ihn aus ihren großen braunen Augen an. Flehend, verzweifelt, verloren.

»Wussten sie nicht vorher, was passieren würde? … Ach, mein Junge, genau das ist die Liebe. Sie verleitet manchmal Menschen zu Dingen, die völlig irrational sind.«

»Casaju«, flüsterte Kaia, ihre Stimme nicht mehr als ein leiderfülltes Kratzen. »Ares hat mich gesehen, ich … ich weiß nicht, ob Waylon ihm davon erzählt oder ob er es mir angemerkt hat.«

Er biss sich auf die Zähne, bis er das Gefühl hatte, dass ihm der Kiefer platzte, dann trat er einen Schritt zurück und sah Kaia fest in die Augen.

»Ich … ich wollte das nicht!«, wiederholte sie. »Du sagtest, dass Anantha damals eine Lösung für deinen Vater gefunden hätte.«

»Ich … was?«

»Sie hatte doch recherchiert und ein Mittel gegen den Fluch gefunden. Wenn es eins gibt, dann könnte ich das vielleicht nehmen und hierbleiben.«

»Kannst du nicht.« Denn dazu müsste sie das Kloster verlassen. *»In den Archiven entdeckte Anantha einen Brief von einem der Gelehrten. Er sagte, dass die zweite Hälfte des Kristalls der Fantasie eine außerordentliche Kraft aufwies und alles Dunkel aus einer Seele vertreiben konnte.«*

»Hilf mir bitte, ich will nicht gehen.«

»Das hättest du dir vorher überlegen sollen.«

Mit diesen Worten knallte er ihr die Tür vor der Nase zu und hoffte, dass er sie so aus seinem Herzen bekam.

Sie rief seinen Namen, aber er reagierte nicht, gab sich stattdessen dem Brennen hin, das in seinen Eingeweiden aufflammte.

Was war nur mit ihm los? Was ging in ihm vor?

Er griff an seinen Bauch, massierte gegen dieses Gefühl der Enge an, aber es wurde nur schlimmer, je mehr er es versuchte loszuwerden.

Er wollte hier raus, aus seinem Zimmer, seinen Wänden, seiner Haut. Er wollte …

Meine Güte.

…

Er wollte sie.

Oder?

Er wollte Kaia!

Er atmete scharf ein und fasste erneut an seinen Bauch. Er hatte sich stets von ihr angezogen gefühlt, das wusste er, aber war da mehr?

War er eifersüchtig?

Fühlte es sich so an, wenn man jemand anderen wollte, aber nicht haben konnte? Dieses Brennen und Ziehen und fast schon unbändige Verlangen nach dem anderen?

Er schloss die Augen und versuchte, das Gefühl zu unterdrücken, es dorthin zurückzuschieben, wo es hergekommen war.

Aber er konnte nicht.

Zum ersten Mal verstand er, wie sich Séamus damals gefühlt hatte, als Anabel Liam gewählt hatte.

Er verstand den Schmerz und den Verlust und die Hilflosigkeit, die diese Emotion mit sich brachte.

Etwas in Casaju erwachte, und er glaubte nicht, dass er dieses Brennen je wieder würde zügeln können.

Kaia hatte heute nicht nur Waylon und sich verflucht.

Es traf auch ihn.

Ohne dass er etwas dafür konnte.

14. KAPITEL

In dieser Nacht machte Casaju kein Auge zu.

In dieser Nacht machte Waylon kein Auge zu.

In dieser Nacht machte Kaia kein Auge zu.

Am nächsten Morgen reiste Waylon ab.

Kaia begleitete ihn.

Casaju blieb.

15. KAPITEL

Kristin

Frankfurt, 19.20 Uhr

»Du kannst dich nach wie vor dagegen entscheiden«, sagte Sebastian, als wir sein Labor betraten. »Es soll nicht so rüberkommen, als wollten wir dich zu etwas überreden.«

»Schon gut. Ihr sollt meinen Flug ja nicht umsonst bezahlt haben.« Ich folgte ihm in den Raum. Marcel war in sein Büro gegangen, um weitere Unterlagen für mich zu holen.

Im Unterschied zu den anderen Zimmern hatte dieses keine Fenster. Es roch nach Desinfektionsmittel und erinnerte mich sofort an die Zeit im Krankenhaus. Die Wände waren in schlichtem Weiß gehalten, genau wie die Einrichtung. In der Mitte standen zwei Liegen, die durch Vorhänge getrennt wurden.

Sebastian lief zu einem Einbauschrank, holte eine Kanüle und einen Infusionsbeutel heraus und deutete auf die Liege zu meiner Rechten. »Ich würde dir gerne einen Zugang legen, damit ich schneller eingreifen kann, falls was mit dir ist.«

Ich nahm auf dem kalten Leder Platz und krempelte meinen Ärmel hoch. Braydens Verhalten hatte mich irritiert. Normalerweise behielt er in jeder Situation die Ruhe und den Überblick. Er tendierte zwar – wie ich – ab und an dazu, zu schnell zu handeln, aber das warf ihn nicht aus der Bahn. Wenn er Unordnung machte, räumte er sie danach auch auf, während ich eher die Scherben jemand anderem überließ.

»Was ist mit meinem Bruder los? Und was meinte Marcel damit, als er sagte, er würde es emotional nicht so gut verkraften wie ihr?«

Sebastian arbeitete ruhig weiter und holte eine Kanüle, Tupfer und eine Nadel aus seiner Schublade. »Vor zwei Monaten gab es bei uns einen Unfall, bei dem wir drei aus dem Team verloren. Es war eine Verstrickung unglücklicher Umstände, für die niemand etwas konnte. Brayden war bis dahin unser Teamleiter gewesen, danach bekam er Marcel vor die Nase gesetzt. Nach außen hin brauchte diese Einheit einen Schuldigen, und Brayden war nun mal derjenige, der die Verantwortung getragen hatte, als das Unglück geschah. Seitdem herrscht zwischen den beiden dieser elende Hahnenkampf, obwohl sie sich im Grunde ganz gut leiden können.«

»Das klingt unfair.«

»So ist es nun mal. Wir arbeiten mit vielen verschiedenen Geheimdiensten zusammen, das ist ein groß gewobenes Netz, in dem jede Einheit ihren eigenen Willen hat und am meisten bestimmen möchte. Für uns ist es ein ständiger Tanz auf dem Drahtseil zwischen dem Beachten von Vorschriften und dem, zu tun, was nötig ist. Du bist ein sehr gutes Beispiel dafür. Wir können deine Hilfe brauchen, aber wäre Brayden den offiziellen Weg gegangen, hätte es entweder ewig gedauert oder wäre erst gar nicht genehmigt worden. Er hat das getan, was richtig ist, aber sich zu weit aus dem Fenster gelehnt.«

Sebastian kam mit den Sachen zu mir und nahm meinen Arm, um eine passende Vene zu finden.

»Wie lange bist du schon im Verein?«, fragte ich ihn.

»Verein?«

»So nenne ich euren Schuppen.« Brayden kam zwar vom FBI und schalt mich immer, wenn ich alles über einen Kamm scherte, aber das juckte mich nicht. FBI, CIA, NSA und wie sie alle hießen. Nützliche Institutionen, ohne die unser Land nicht so sicher wäre, doch manchmal hatte ich das Gefühl, dass sie die Probleme auch verstärkten, anstatt sie zu beseitigen. Aber das war ein anderes Thema.

»Seit drei Jahren. Brayden und ich haben bereits an verschiedenen Fällen gemeinsam gearbeitet.«

»Und warum mag Dillon dich und niemand anderen?«

Er verzog die Lippen zu einem schrägen Lächeln.

»Ah, verstehe«, sagte ich.

»Nein, tust du nicht, wir sind kein Paar, auch wenn mich das gefühlt jeder fragt. Der Unfall, von dem ich dir eben erzählt habe – Dillon wäre auch fast gestorben, aber ich konnte sie retten.«

»Oh.« Mich interessierte brennend, was passiert war, aber wie ich das mittlerweile einschätzte, würde er das unter den Teppich der Geheimhaltung kehren.

Er ließ meinen Arm los, weil er keine Vene gefunden hatte, und nahm den anderen. Seine Finger zitterten ganz leicht, aber er gab sich Mühe, es zu unterdrücken.

»Sicher, dass es geht?«, fragte ich. »Wenn du so lange nicht geschlafen hast?«

»Meine Arbeit schaffe ich immer, keine Sorge.«

Ich sah ihn erwartungsvoll an, ob er mir näher erklären würde, warum er nicht schlief. Er bemerkte meinen fragenden Blick und seufzte.

»Ach, komm schon!« Ich wollte die Arme in die Luft werfen, aber einen hielt Sebastian noch fest. »Mit einem Happen an Information könntest du mich ruhig füttern. Ich fühle mich wie nackt ausgezogen, während ihr um mich herumsteht und mich begutachtet, als sei ich ein wissenschaftliches Objekt.«

Er ließ sofort meinen Arm los und sah mich erschrocken an. »Was? Ich … trete ich dir zu nahe?«

Herrje, der Mann musste dringend lernen, mit Humor umzugehen. »Das war metaphorisch gesprochen. Ihr wisst von meinen Fähigkeiten. Es mag dir nicht so vorkommen, aber das ist eine große Sache für mich. Daher wäre es umgekehrt schön, wenn ich auch etwas von euch wüsste.« Ein wenig hatte ich ja von Marcel erfahren.

»Du hast recht«, sagte Sebastian und nahm erneut meinen Arm, um seine Suche fortzusetzen. »Es ist fair, und ich möchte, dass du uns vertraust.«

Das war doch mal ein Anfang.

»Ich habe mich mit einer leichten Form von Black Wolf angesteckt.«

Ich zuckte unwillkürlich, und sofort geisterte das Bild von der Frau in meinem Kopf herum, die wie von Sinnen über die Straße gerannt war.

»Es ist natürlich nicht so schlimm wie die Fälle da draußen«, fügte er an, »ich drehe also nicht gleich durch, keine Sorge.« Er fand endlich eine passende Vene, band mir den Arm ab und tupfte die Stelle steril. »Vor ein paar Monaten fand ein Black-Wolf-Mord hier in der Nähe statt. Wir wurden als Team hinzugerufen. Der Täter hatte kurz davor seine Frau mit Schlaftabletten umgebracht. Ebenfalls in Anlehnung an Dornröschen.«

»Also kommt dieses Märchenmotiv öfter vor?«

»Ja. Dornröschen, Aschenputtel, Frau Holle, Hänsel und Gretel, Schneewittchen stehen ganz oben auf der Liste. Je beliebter, desto häufiger. Pikst gleich.«

»Schon okay, ich bin nicht empfindlich.« Außerdem spürte ich es kaum. Sebastian war, trotz der leichten Zitterei, tatsächlich gut darin. Er traf die Vene beim ersten Versuch und legte den Zugang.

»Wir hatten den Mann schon überwältigt«, redete er weiter, ohne auf meine vorherige Frage einzugehen, »da riss er sich los und griff uns an. Ich wollte ihm eine Beruhigungsspritze geben, aber er biss mir in den Arm. Marcel und Brayden konnten ihn nur mit aller Kraft von mir herunterzerren. Ich kam sofort in unser Speziallabor zur Untersuchung. Der Biss hatte sich entzündet, ich bekam hohes Fieber. Die Ärzte stellten fest, dass sich meine Zellen schneller teilten als bei normalen Menschen und Mutationen entstanden, die dann aber abstarben. In mir tobte ein Krieg, der nach zwei Tagen vorbei war, allerdings weisen meine Zellen immer noch eine erhöhte Teilungsrate auf. Wir untersuchen sie weiterhin, um so möglicherweise ein Gegenmittel zu Black Wolf zu generieren.«

»Was aber noch nicht gelungen ist.«

»Wir experimentieren mit allen möglichen Antikörpern oder bestimmten Enzymen, die sich an die Zelle andocken und so weiter. Mir geht es ja zum Glück wieder gut, mit dem Unterschied, dass ich nicht mehr schlafen kann.«

»Gar nicht mehr?«

»Mein Körper wird nicht mehr müde, aber mein Geist braucht dennoch die Erholung. Nach zwei Tagen gehen meistens die Halluzinationen los, mittlerweile kann ich sie gut einschätzen, aber ab dem dritten Tag wird es brenzlig. Ich habe es mit Schlafmitteln versucht, doch die normalen wirken nicht. Also nehme ich zurzeit ein Medikament, das noch nicht zugelassen ist, mich aber in einen künstlichen Schlaf versetzt. Leider hat es Nebenwirkungen.«

»Das erwähntest du im Gespräch mit Dillon. Ich wollte wirklich nicht lauschen.«

Er winkte ab und rollte einen Tropf mit einer klaren Flüssigkeit heran. »Wir leben hier auf engstem Raum, da bleibt nicht viel Platz für Geheimnisse. Das ist ein Stärkungsmittel für deinen Kreislauf.«

»Okay.«

»Ich werde dich noch ans EKG anschließen.« Sebastian kam auf meine andere Seite und startete das Gerät. Er suchte die Kabel und die Elektroden zusammen, als die Tür aufging und Marcel zurückkehrte.

Er nickte uns zu, schnappte sich einen Stuhl mit Rollen und setzte sich ans Ende der Liege. Er hatte fünfzehn Akten mitgebracht, die er an meinem Fußende ausbreitete. Auf jeder war vorne das Symbol der CIA abgebildet.

Ich rutschte nach hinten. Sebastian stellte die Lehne hoch, damit ich es bequem hatte, und klebte die erste Elektrode an.

»Können wir anfangen?«, fragte Marcel.

»Ja, ich bin so weit«, sagte ich.

Er breitete die Akten am Fußende aus. »Also, das sind weitere Mordfälle. Da du das Symbol an den Tätern gesehen hast, möchte ich dir gerne die Bilder zeigen. Sie sind nicht eklig, also keine Angst.«

»Hab ich nicht.«

»Falls was kommt: Könntest du das Symbol eventuell aufmalen, ehe es losgeht, oder zieht es dich gleich rein?«

»Normalerweise startet es sofort. Worauf soll ich denn konkret achten?«

»In erster Linie müssen wir mehr über diesen Grimm erfahren. Wenn du die kahlköpfige Frau noch mal siehst, frag sie aus: Was weiß sie über die Masali? Wie können wir den Grimm aufhalten? Was bedeutet das Samenkorn, das sie dir gegeben hat?«

»Falls der Grimm nicht wieder auf mich losgeht, gerne.«

»Hast du eine Ahnung, woran das liegen könnte?«, fragte Sebastian. »Brayden sagte, dass du normalerweise in einer Vision nur der Zuschauer bist und nicht mit anderen interagieren kannst.«

»Das ist auch so, und nein: Ich habe nicht den Hauch einer Ahnung, aber hier ist ja sowieso alles anders, als es den Anschein hat.« Brayden hatte es vorhin schon angedeutet: »*Was du gesehen hast, Kris – das Symbol auf der Frau, die Vision von dem Grimm: Das alles ist so viel realer, als du denkst.*«

Marcel legte mir noch einen Block und einen Bleistift hin. »Falls du es doch schaffst, ein Symbol zu zeichnen.«

Ich schnappte mir die erste Akte und schlug sie auf. »Sind das eigentlich alle Morde?«

»Nein«, gab Marcel knapp zurück. »Wir fangen mit dem Fall im Krematorium an. Hast du davon gehört?«

»Ja.«

»Ich habe die Akten entsprechend vorbereitet und nur das reingetan, was für dich relevant ist.«

Sebastian holte sich ebenfalls einen Hocker und drehte den Bildschirm des EKG zu sich. »Dein Puls ist leicht erhöht.«

»Mir geht es gut.«

»Gib Bescheid, wenn du etwas spürst.«

Ich nickte, ließ mir von Marcel die Akte geben und klappte die erste Seite auf. Es war eine Übersicht mit allen Daten: wann, wo, wie es passiert war. Der Titel lautete: *Black Wolf Case. File°831-2.* Der Mord war auf acht Monate vor heute datiert.

Ich schob das Deckblatt zur Seite und nahm mir das oberste Bild. Der Mann lag nackt auf einem Stahltisch. Die Augen geschlossen, die Haut blass. Es war nicht der erste Tote, den ich sah, doch es machte mich unruhig. Er hatte die charakteristische Narbe auf dem Brustkorb, die bei der Autopsie gemacht wurde. Die schwarzen Striche und Kreuze, die ich bei der Frau gesehen hatte, waren auch bei ihm vorhanden, aber sie waren verblasst. Ich fixierte sie und wartete, ob sie sich zu einem Symbol zusammenformen würden, so wie bei dem Fall im Fernsehen.

Es geschah nichts.

Ich schüttelte den Kopf. »Habt ihr eins, wo er noch nicht untersucht und gewaschen ist? Vielleicht hat der Eingriff etwas zerstört.«

»Ja, blätter um.«

Ich tat es und fand ein Foto direkt nach seiner Einlieferung. Er trug noch sein Hemd, das aber weit geöffnet war, damit man die Male besser erkennen konnte. Nun waren sie auch wesentlich dunkler, sie bleichten also mit der Zeit definitiv aus. Ich starrte wieder darauf und wartete, ob es mich genauso anziehen würde.

Leider passierte nichts.

Also: gar nichts.

Kein Kribbeln im Bauch. Kein Sog. Kein Symbol. Ich schüttelte den Kopf.

»Falls es dich verunsichert hat, was ich heute Mittag gesagt habe und du nun deshalb irgendwelche Hemmungen haben solltest, tut es mir leid«, meinte Marcel.

»Was genau?« Er hatte so viel erzählt.

»Na ja, als ich erwähnte, dass wir erst abwarten müssten, ob es stimmt, was du Brayden erzählt hast. Ich wollte dich damit nicht verunsichern.«

Ah, stimmt. Als ich antwortete, dass ich nicht log. »Hast du nicht. Keine Sorge. Ich weiß, was ich kann.« Tat ich wirklich, und entweder ich sah hier ein Symbol oder nicht. Ich konnte es nicht erzwingen.

»Gut.« Er grinste und seine Augen funkelten spitzbübisch. Marcel fand langsam Gefallen an mir, das merkte ich ihm an.

Ich sah zurück zur Akte und betrachtete alle Bilder von dem Mann lange und intensiv. Bis ich sie erfolglos zuklappte. »Kann ich mir eine andere Akte ansehen?«

»Natürlich.«

Er gab mir den nächsten Fall, der in Anlehnung an Frau Holle passiert war. Eine Frau hatte ihre Nachbarin eingesperrt und sie geteert und gefedert, danach wollte sie die Arme an den Füßen aus einem Fenster im zweiten Stock hängen, um sie aufzuschütteln. Die Frau brach sich das Genick, als sie unten aufschlug.

Ich betrachtete das Bild von der Täterin. Wie zuvor waren die Kratzer, Kreuze und Striche da, aber es formte sich erneut kein Zeichen daraus.

Irgendein Puzzleteil fehlte dem Ganzen noch.

»Könnte es daran liegen, weil du dir ein Video angesehen hast und keine Bilder?«, fragte Sebastian.

»Ich weiß nicht.«

»Was würde passieren, wenn wir es dir noch mal zeigen?«

»Normalerweise dasselbe wie vorher. Visionen laufen stets gleich ab. Wenn du einen Film zweimal anschaust, ändert sich das Ende ja auch nicht, aber da es eine interaktive Vision war, könnte ich möglicherweise etwas Neues erleben. Das lässt sich nur auf eine Art herausfinden.«

Marcel verstand, griff in seine Tasche, holte sein Handy heraus und tippte darauf herum. Dann hielt er es mir hin. Das Standbild zeigte die Frau in dem Moment, als sie sich die Bluse aufgerissen hatte. Ihr entsetzter Gesichtsausdruck ging mir durch und durch. Ich betrachtete sie einen Moment lang. Die Angst in ihren Augen wirkte noch realer, als sie es im Fernsehen getan hatte. Diese Frau war völlig am Ende gewesen und nicht mehr Herrscherin über ihre Sinne.

Ich schüttelte mich, drückte auf Play und ließ den Film laufen.

Es ging da weiter, wo sie auf der Straße stand und die Autos hupten. Sie wurde nervöser und hektischer und erzählte von dem Prinzen, der kommen würde, bis sie schließlich auf der Kreuzung stehen blieb und sich die Bluse aufriss.

»Kurz danach ging es los«, sagte ich und heftete meinen Blick fest auf das Display. Die Frau entblößte ihre gebrandmarkte Haut. Ich hielt die Luft an, meine Hand ballte sich unwillkürlich zur Faust. Neben mir hantierte Sebastian herum, aber ich schenkte ihm keine Beachtung.

Gleich.

Ich spürte, wie sich mein Herzschlag erhöhte und meine Handinnenflächen schwitzig wurden.

Das Bild des Grimms flackerte in mir hoch, wie er sich auf mich gestürzt hatte, das Maul weit aufgerissen, die Fangzähne spitz und lang.

Der Mann mit dem Handy wollte die Frau festhalten, zuckte aber zurück. Die anderen Passanten eilten herbei, konnten sie aber ebenso nicht anfassen.

Hier war ich dann gegangen. Ab da hatte ich es nicht mehr weiterverfolgt. Wie gebannt starrte ich auf die Striche und Kreuze auf ihrem Brustkorb.

Aber es geschah: nichts. Sie veränderten sich nicht, ich spürte auch keine kommende Vision.

»Merkwürdig.«

Schließlich rempelte jemand den Kameramann an und trat vor seine Linse. Es war ein Offizier, der dem Kerl das Handy wegnehmen wollte, doch er war schneller und wich zurück. Die nächsten Bilder zeigten seine Flucht durch die Menge, und dann war der Bildschirm schwarz.

»Das ist alles«, sagte Marcel.

»Aber keine Vision.« Wieso denn nicht? Ich starrte eine Weile auf das Handy und spulte zurück, sah es mir noch mal an. Nichts.

Schließlich gab ich es Marcel. »Zeig mir die nächste Akte.«

Er reichte sie mir, ich blätterte sie auf und suchte nach einem Foto, wo der Täter gut zu erkennen war.

»Da passiert rein gar nichts«, sagte ich und massierte meine Schläfen. Und so gingen wir Fall für Fall durch, aber es kam jedes Mal zum gleichen Ergebnis: nämlich keinem. Nach dem letzten schleuderte ich frustriert die Papiere durch die Luft und stieß einen derben Fluch aus. Marcel lachte leise und meinte, eindeutig die Verwandtschaft zu Brayden erkannt zu haben.

»Das ist nicht witzig«, gab ich zurück.

»Nein, tut mir leid.«

Mittlerweile war mein Puls gut in die Höhe geschossen, was aber an meiner Wut lag, nicht an der Aufregung. Sebastian fing an, die Papiere wieder einzusammeln, ich wollte ihm helfen, aber da ich verkabelt war, konnte ich mich nicht wirklich bewegen.

»Warum geht es nicht? Was ist hier anders?«

»Die Frau hatte noch gelebt, als du das Video gesehen hast«, sagte Sebastian. »Sie starb kurz nach der Pressekonferenz. Das wäre das Einzige, was mir spontan dazu einfällt.«

»Mh.« Ich betrachtete den Blätterstapel um mich herum. »Habt ihr denn Material von lebenden Tätern?«

»Leider nicht. Nachdem sie den Mord begangen haben, sterben sie alle binnen zweier Tage.«

»Wir haben doch einen aktuellen Black-Wolf-Fall«, sagte Sebastian und legte die eingesammelten Papiere in die Akten.

»Ja, der Täter ist von Carlos Rodriguo festgenommen worden. Du weißt ja, wie das mit ihm läuft.«

»Was meinst du?«, fragte ich.

»Die spanischen Behörden stellen sich gerne quer, wenn es um die Fälle geht. Sie geben das Material erst Tage später frei – wenn der Täter also tot ist. Die Engländer sind noch schlimmer. Ich möchte nicht wissen, wie viele Black-Wolf-Fälle beim MI6 schlummern, von denen wir nichts wissen.«

»Ich dachte, ihr arbeitet zusammen.«

»Ja, auf dem Papier schon. In Wirklichkeit bleibt jede Regierung ziemlich für sich. Jeder will den Täter schnappen und die Lorbeeren einstreichen, und je größer das alles nun wird, desto schwerer wird es werden, vernünftig zu kooperieren.«

»Kommen denn viele im Ausland vor?«

»Es passiert in Wellen. Mal sind es ein paar hintereinander in Spanien, dann Italien, ganz unterschiedlich.«

»Wir können nicht warten, bis wieder ein Black-Wolf-Mord in Deutschland geschieht«, sagte Sebastian.

»Nein, können wir nicht.« Marcel schürzte die Lippen, trommelte mit den Fingern auf den Akten herum und hob dann erneut sein Handy. »Ich habe eine Idee.« Er drückte eine Nummer und redete kurz darauf spanisch.

Ich verstand leider nur, dass er mit jemandem sprach, der ihm einen Gefallen schuldete. Mein Spanisch war ziemlich eingerostet, obwohl ich in der Schule eine eins in dem Fach gehabt hatte. Das lag aber nur daran, weil ich mir vorher – dank meiner Fähigkeiten – die Vokabeln gut eingeprägt hatte. Ich konnte auf diese Art schnell lernen, aber ich vergaß es auch oft innerhalb der nächsten Tage. Vor allem, wenn ich es nicht brauchte.

Marcel wurde lauter, das Gespräch klang angespannt. Er wiederholte *Diablo Negro* (der schwarze Teufel), dass er einer Spur hätte und gefälligst Hilfe brauchte.

Nach einem verbalen Schlagabtausch legte er schließlich auf, fluchte auf Englisch und tippte erneut auf dem Display seines Telefons herum.

»Okay, ich bekomme gleich ein Video aus dem Verhörraum in Spanien. Das hier ist hoch inoffiziell. Alberto schuldet mir einen Gefallen und wird es für mich aufnehmen. Erzähle niemandem, woher wir das haben.«

»Werde ich nicht.« Interessierte mich auch nicht, solange wir endlich ein Ergebnis bekämen.

Sein Handy pingte, er nickte zufrieden und reichte mir das Telefon. Ich betrachtete das Video, das leider zu Beginn sehr verwackelt war.

Alberto versuchte, dem Mann das Shirt hochzuschieben, gleichzeitig eine Aufnahme zu machen und ihn zu beruhigen. Der Täter hatte die Hände am Tisch festgekettet, aber er ließ sich kaum anfassen und zappelte wild herum. Sobald Alberto versehentlich seine Haut berührte, zischte er.

»Das war bei der Frau auch so«, sagte ich. »Wird die Haut zu heiß?«

»Sie lädt sich elektrisch auf«, sagte Sebastian.

Alberto stellte schließlich das Handy auf dem Tisch ab und ließ es weiterlaufen, während er dem Täter das Shirt hochriss und seine Brust entblößte. Ich bekam einige Bilder von den dunklen Strichen auf seiner Haut, die wie bei der Frau erst mal nur zufällig angeordnet waren.

Hoffentlich klappte es dieses Mal!

Ich fixierte ihn, blendete alles um mich herum aus und wartete, ob sich die Striche erneut verformen würden.

Sie taten es.

Ich krallte die Hände in die Liege, hörte, wie das Gerät piepste, weil mein Puls in die Höhe schoss. Das Symbol prangte klar und deutlich vor meinen Augen. Ich blinzelte noch einmal – und dann ging es los.

»Es funktioniert!«, rief ich. Das Labor verschwand und ich begab mich erneut auf die Reise.

Zwei Dinge fielen mir beim Übergang in die Vision auf: Erstens war das Eintauchen wesentlich sanfter und zweitens hatte ich nicht mehr das Gefühl zu ersticken oder durch eine Glasscheibe zu fallen. Außerdem sah ich dieses Mal auch nicht mein Leben an mir vorüberziehen oder hörte die Frau rufen. Nein, es war eher ein Dahingleiten.

Ich atmete noch einmal tief ein, und dann löste sich die Umgebung auf, als hätte jemand das Licht ausgeschaltet und nur Finsternis zurückgelassen. Der Druck in meinem Bauch wurde stärker, während ein kühler Luftzug meine Haut streifte. Ich roch gegrilltes Fleisch und hörte Gelächter, ebenso das Klirren von Geschirr.

Und dann war ich in einer anderen Welt.

Es war dunkel, die Nacht sternenklar. Der Mond hing als Sichel am Himmel. Ich stand auf einem glitschigen Untergrund, erkannte erst nicht, was es war, doch dann wurde die Umgebung schärfer.

Ich balancierte auf einem Baumstamm, mitten auf einem See, und ich war nicht allein …

16. KAPITEL

Ash

Abalion, Zeit unbekannt

Ich liebte den Moment des Einschlafens. Wenn der Körper schwer und der Geist gleichzeitig leichter wurde. Die Welt rückte in den Hintergrund, die Empfindungen wurden zurückgeschraubt und der Verstand dehnte sich aus. Am liebsten lag ich dabei in einem schönen, weichen, warmen Bett, die Arme einer Frau um meine Brust geschlungen, gesättigt und befriedigt und in dem festen Wissen, dass ich in Sicherheit war.

Das war bisher exakt null Mal in meinem Leben vorgekommen, aber es mir nur vorzustellen, machte mich schon glücklich.

Manchmal auch depressiv, aber das war eher die Ausnahme.

Ein warmer Schauer zog durch mich. Ich spürte den Regen kaum noch, stattdessen aber ein angenehmes Kribbeln. Das war stets der entscheidende Moment. Jetzt nicht dagegen ankämpfen, sondern sich treiben lassen, dann stand dem Besuch auf der Nachtheide nichts mehr im Wege.

Ich wurde leichter, löste meinen bewussten Verstand aus meinem Körper und trat einen Schritt zur Seite.

Mein Traum-Ich hatte mich von der Realität entbunden. Ich hatte es geschafft. Ich war eingeschlafen.

Ich drehte mich herum und sah auf meinen echten Körper.

Himmel, warum sagt mir denn niemand, wie fertig ich aussah?

Dieser Tag hatte eindeutig Spuren hinterlassen. Meine Wangen waren eingefallen, meine Haare standen in alle Himmelsrichtungen ab und das Hemd war definitiv hinüber. Sobald ich zurück war, musste ich mir etwas Neues zum Anziehen besorgen. Egal von wem und egal wie.

»Wir bekommen das hin«, sagte ich zu mir selbst, wendete mich von meinem Körper ab und lief Richtung Eingang zur Nachtheide. Schon von Weitem hörte ich die Musik und das ausgelassene Gelächter, die Party war in vollem Gange und stimmte sich auf den bevorstehenden Wettbewerb ein. Ich blickte an mir hinab, auch im Traum trug ich das gleiche Hemd wie zuvor, aber ich konnte mir etwas Neues auf der Heide zulegen.

Ich hatte den Eingang noch nicht erreicht, da spürte ich eine kühle Berührung an meiner Seite. Etwas streifte mich kurz und zog sich zurück. Ich fasste an die Stelle und drehte mich um. Normalerweise sahen die Wachen die Schlafenden nicht, aber bei Moon war ich mir nicht ganz sicher. Es konnte gut sein, dass sie mich wahrnahm und mich eben berührt hatte.

»Lass mich wenigstens in meinen Träumen zufrieden«, sagte ich, ohne zu wissen, ob sie es hörte oder nicht.

Ich ging weiter. Die Musik wurde lauter. Ich roch gebrannte Mandeln, gebratenen Fisch und würzigen Wein. Nun spürte ich auch meinen Hunger wieder.

Bezahlt wurde auf der Heide mit einem Teil des Verstandes. Es geschah subtil, sodass es viele Neulinge nicht gleich mitbekamen; aber mit jedem Angebot, das man dort wahrnahm, tauchte man tiefer in die Traumwelt ein. Deshalb war es auch so verheerend, wenn man nicht ganz auf der Höhe war, sobald man die Heide betrat. Je müder, hungriger, verzweifelter der Geist war, desto eher gab er den Versuchungen der Heide nach, bis er gar nicht mehr wegwollte.

Der Prinz der Nachtheide brauchte unsere Energie. Ob zum Überleben oder weil er einfach Spaß daran hatte, wusste keiner. Er war ein mystisches Wesen, unnahbar und geheimnisumwoben. Die Heide war wie eine alternative Realität in Abalion.

Endlich erreichte ich den Eingang und blieb stehen. Blumenranken markierten das Tor, sie schimmerten in den grellsten Lila- und Blautönen. Feen baumelten an den Ästen, schwangen sich an kleinen Lianen von einer Ecke in die andere und lachten um die Wette.

Es wäre niedlich gewesen, hätte ich Feen gemocht. Tat ich übrigens nicht. Das waren hinterlistige Biester, die übel zubeißen konnten. Ich sprach da aus Erfahrung.

Sie winkten mir zu, als ich die Pforte passierte, eine wollte sich auf meiner Schulter niederlassen, aber ich funkelte sie wütend an, woraufhin sie mir, ganz unfeenhaft, die Zunge herausstreckte und mir den Stinkefinger zeigte.

Ach ja, schnell beleidigt waren sie auch noch.

Unbeeindruckt ging ich weiter und blickte auf das rege Treiben der Nachtheide. Überall waren Stände und Zelte aufgebaut, wie bei einem Marktfest. Die Party tobte. Menschen tanzten mit Elfen jeglicher Gestalt. Einigen wuchsen Hörner aus der Stirn, andere hatten vier Arme oder ein männliches und ein weibliches Gesicht. Sie konnten sich jeder Form anpassen, spürten, was man begehrte, und verwandelten sich entsprechend. Alles an diesem Ort schrie genau eine Botschaft: Hab Spaß! Hab möglichst viel davon! Und: Vergiss die Welt da draußen!

Ich machte noch einen Schritt und sah mich einem Zentauren gegenüberstehen. Er war an die drei Meter hoch, sein menschlicher Oberkörper platzte fast vor Muskeln und seine langen Haare reichten ihm bis über den Pferderücken.

Er starrte mich mit grimmiger Miene an und stampfte mit einem Fuß auf den Boden.

»Ich habe eine Einladung zum Spiel«, sagte ich hastig und hob meinen Arm. Der Zentaur legte seine langen Krallen um mein Handgelenk, drehte es herum und hielt die andere Hand darüber, als wollte er die Wärme meiner Haut testen. Die Stelle kribbelte leicht und offenbarte die Eintrittskarte, die ich von Destan beim Kartenspielen gewonnen hatte. Sie löste sich auf und verschwand in einem kleinen Funkenregen. Sie galt nur einmal und auch nur heute.

»Zufrieden?«, fragte ich und zog meine Hand zurück.

Der Zentaur trat zur Seite und ließ mich auf die Heide. Ein wohliges Gefühl breitete sich in mir aus, als wäre ich nach einer langen, kalten Reise endlich zu Hause angekommen. Tückisch von Anfang an.

Ich atmete einmal tief durch und ließ erst mal alles auf mich wirken. Die Nacht wirkte heller als eben noch, was natürlich an den vielen Lichtern der Marktstände lag, aber auch am Vollmond, der so groß und dick am Himmel hing, dass er alles erleuchtete. Nirgendwo sonst hatte ich je einen derart intensiven Mond gesehen. Das stärkste Zeichen für Moon, weshalb es umso erstaunlicher war, dass sie hier keinen Zutritt mehr hatte. Ich blickte hoch zu dem Himmelskörper und fragte mich, ob sie darüber wohl das Treiben auf der Heide verfolgte.

Immer alles im Blick.

Ich riss mich von dem Bild los, mischte mich ins Gemenge und ließ mich zwischen den Marktständen hindurchschieben.

Die meisten Gäste waren sturzbesoffen oder auf andere Weise high. Wesen der unterschiedlichsten Arten kamen mir entgegen. Orks, Elfen, Gnome, am Ende der Marktreihen sah ich sogar einen Riesen. Er lebte schon ewig auf der Heide und war der Grillmeister. Rings um ihn herum waren unzählige Spieße aufgestellt. Spanferkel, Hasenbraten, Hühnchen, ein halbes Rind. Mein Magen erinnerte mich wieder mit Freuden daran, dass ich noch nichts gegessen hatte, aber das musste warten.

Ich bog nach rechts ab und verschaffte mir einen Überblick. Seit meinem letzten Besuch hatte sich wenig verändert. Einige Stände waren dazugekommen, ansonsten sah ich die gleichen Händler, die gleichen Stoffe, die gleichen Versuchungen.

Eine Weile ließ ich mich von der Menge treiben und genoss für Momente diese angenehme Abwechslung, ehe ich das Zentrum der Heide ansteuerte. Hier herrschte eindeutig mehr Trubel, der Lärmpegel wurde lauter, die Gerüche gewannen an Intensität. Schließlich kam das schönste Zelt von allen in Sichtweite. Es maß die Größe zweier Häuser, stand im Zentrum eines quadratischen Platzes und war mit Fahnen und rot glitzerndem Stoff verziert. Der Duft nach frischen Gewürzen und teurem Wein lag in der Luft. Ein junger Mann kam aus dem Zelt getorkelt, hielt einen handgefertigten Tonkrug und lachte sich halb kaputt. Keine Ahnung, über was. Jeder wusste, wem dieser Prunk gehörte: dem Paar, das hier seit Jahren festsaß und deren Körper draußen vor sich hin rotteten.

Dieses Zelt war der Gipfel der Versuchungen, es beherbergte alles, was man sich nur vorstellen konnte. Ich hatte es zum Glück immer geschafft, daran vorbeizugehen, denn einmal in diesem Moloch gefangen, gab es kaum ein Zurück.

Im Gehen spähte ich durch eine Lücke im Stoff ins Innere. Auf einem Kissenberg lagen der Mann und seine Frau. Beide hatten rote Gesichter vom Wein, beide waren so fett und rund gefressen, dass sie sich nicht mehr ohne Hilfe bewegen konnten. Völlig anders als ihre echten Körper draußen in der Realität. Der Mann ließ sich von Elfen mit Trauben füttern und spielte dabei an ihrer nackten Brust herum, während seine Frau angeregt mit einem gut aussehenden Krieger in Lederrüstung plauderte. Ein festgemeißeltes Lachen klebte in ihren Gesichtern, aber es wirkte so unecht wie alles hier. Die beiden hatten ihren Verstand schon lange an diesen Ort verloren, keine Ahnung, was überhaupt noch bei ihnen ankam oder ob sie mittlerweile die Intelligenz eines Goldfisches besaßen.

Ich fragte mich jedes Mal, wenn ich hier war, ob es nicht auch gut wäre, einfach in dieses Zelt zu gehen und alles zu vergessen. Fallen lassen. Nie mehr frieren, hungern, leiden. Nie mehr kämpfen müssen, kein Fluch mehr … Ich rieb über die Stelle an meinem Arm und ließ diese Gedanken nur für einen Moment zu. Ich wäre dann auch gefangen wie diese beiden, aber ich hätte keine Sorgen mehr.

Und keine Freiheit.

Ich hätte für immer eine Heimat.

Was auch langweilig wäre mit der Zeit.

Falls ich das überhaupt noch mitbekäme.

Bestimmt.

Und wenn nicht? Wenn der Eintritt in dieses Zelt alles war, was ich brauchte?

Ich blickte noch mal hinein und sah den Mann, der einen Kelch hob und mir zuprostete, als wollte er mich einladen.

Im Grunde brauchte ich nicht viel zum Leben: ab und zu ein Dach über dem Kopf oder nette Gesellschaft, einen vollen Bauch, saubere Kleider. Fertig. Na gut, gegen ein paar Juwelen, um mir die ein oder andere Annehmlichkeit zu kaufen, hätte ich jetzt auch nichts, aber es war keine Notwendigkeit. Manchmal glaubte ich, dass ich klaute um des Klauens willen und nicht, weil ich damit reich werden wollte. Ich hatte mich so mit der Rolle eines Banditen arrangiert, dass ich es gar nicht mehr infrage stellte.

Genauso wenig wie diese beiden Menschen, die hier ihr Zuhause gefunden hatten.

Ich wandte mich von der Party ab und lief weiter. Der Wettbewerb fand am hinteren Rand der Lichtung statt, in der Nähe zum Wald und zum See. Doch ehe ich daran teilnahm, musste ich noch eine Sache erledigen.

Ich bog nach links ab und lief zu einem der Schneider, die maßangefertigte Kleidung herstellten. Auf keinen Fall würde ich in diesen Lumpen antreten.

Ich ging die Reihen ab und beäugte die Stände. Auch hier gab es etwas für jeden Geschmack, von Glitzer bis bunt über schlichtes Leinen hin zu Leder. Natürlich hatten auch die Rumpelstilzchen ihre Stände aufgebaut. Diese Wesen waren in verschiedene Clans aufgeteilt und hatten so ziemlich überall in Abalion ihre Finger im Spiel. Der halbe Markt von Amqua lief unter ihrer Herrschaft. Wo gehandelt wurde, hielt ein Rumpelstilzchen die Hände auf und kassierte mit.

Ich blieb bei einem Händler stehen, der mir gefiel.

»Ah, der Herr benötigt ganz offenbar neue Hosen«, sagte der Mann und trat aus dem Zelt. Es war ein hagerer Typ mit einem langen Bart und einem Ziegenbein. Ansonsten wirkte er menschlich.

»Was für ein Schnellmerker«, gab ich zurück.

Er lief um mich herum und nahm mit den Augen Maß. »Ich habe genau das Richtige für Euch. Wenn Ihr so freundlich wärt.« Er zeigte ins Innere seines Zeltes.

Das war der Moment der Bezahlung. Sobald ich einen Schritt über seine Schwelle gesetzt hatte, würde sich ein Teil von mir auf der Heide verlieren und hierbleiben wollen. Der Händler bekam am Ende seinen Gewinn umgerechnet in Gold ausbezahlt. Je mehr Energie er sammeln konnte, umso besser für ihn. Viele der Verkäufer kannte ich sogar vom Markt in Amqua. Sie zogen durchs Land und boten überall ihre Ware an. In der realen Welt würde ich einen Verkaufsstand wie diesen meiden, hier konnte ich es mir durchaus leisten.

Ich atmete einmal tief durch und trat ein. Ein sanfter Schauer glitt über meine Haut. Plötzlich konnte ich viel freier atmen, mein Geist klarte auf, ich fühlte mich stärker, besser, mutiger.

Herrlich.

Und falsch. Die ersten Lockungen der Heide, die nach mir griffen, auf dass ich blieb.

Ich schüttelte den Kopf und versuchte, mich wieder zu konzentrieren, was mir deutlich schwererfiel als eben noch.

»Sehr fein«, sagte der Schneider und hielt mir eine Jacke aus gegerbtem Leder unter die Nase. Sie war ein Traum. Genau so eine, wie ich sie mir kaufen würde, wenn ich das Geld dazu hätte. Dunkelbraun, mit leicht abgesetzten Nähten und dunklen Knöpfen. Sie reichte mir bis zur Hüfte, das sah ich schon, ehe ich sie anprobiert hatte.

Ich breitete die Arme aus und ließ sie mir von dem Mann anziehen. Sie saß genauso perfekt, wie sie aussah. Es war ein Jammer, dass sie nachher nicht mehr da sein würde, sobald ich aufwachte. Das Einzige, was ich hier heute mit rausnehmen konnte, war hoffentlich der Hauptgewinn des Abends.

Der Schneider stellte mir einen Spiegel vor die Nase und ich betrachtete die Jacke. Sie passte sogar zu meiner Haarfarbe, der Kerl verstand sein Handwerk.

»Gut, oder?«

»Ja.«

Und so machten wir weiter. Er kleidete mich Stück für Stück neu ein. Je mehr er mir überzog, umso leichter wurde mir im Kopf. Ich schwankte, hatte Probleme, klar zu sehen. Selbst das Denken wurde zu anstrengend.

Ich sollte wirklich hierbleiben. Nur für eine Weile. Mich ausruhen, mal wieder zu Kräften kommen, ehe ich mich ins nächste Getümmel warf und …

»Fertig«, sagte der Mann schließlich und trat einen Schritt zurück, um mich erneut zu mustern. »Wundervoll. Absolut wundervoll.«

Ich blickte an mir hinab und musste ihm recht geben. Die braune Stoffhose passte sich geschmeidig meinen Bewegungen an. Das Hemd war in einem hellen Beigeton gehalten, die Stiefel waren dunkel gegerbt. Alles war perfekt aufeinander abgestimmt und passte mir wie eine zweite Haut.

»Danke«, sagte ich und spürte weiteren Schwindel.

»Aber bitte doch, immer gerne. Wenn der Herr Schmuck oder Waffen wünscht, kann ich Gaston am anderen Ende dieser …«

»Danke, das wird nicht nötig sein.« Obwohl es mich sehr reizte. Mehr besitzen, mehr kaufen, mehr fallen lassen. Es wäre so einfach.

Ich bedankte mich bei dem Mann und trat, so schnell ich konnte, aus dem Zelt.

Das leichte Gefühl im Kopf schwand und ich bekam einen Stich in die Schläfen, gefolgt von einem dumpfen Pochen, als hätte ich zu viel getrunken. Das würde natürlich sofort wieder weggehen, wenn ich mehr kaufte, konsumierte, mich weiter ablenkte.

Da drüben war ein Zelt voll mit wunderschönen jungen … Ich patschte mir selbst ins Gesicht und zwang meinen Geist auf das Wesentliche.

Wettbewerb. Ranzen. Fluch lösen. Das war es.

Ich rotierte den Kopf, zupfte meine Kleidung zurecht und verschwand wieder in der Meute.

Nach einem kurzen Fußmarsch erreichte ich endlich das Spielfeld. Alles war für uns bereits aufgebaut: die Schießstände, die Balancebalken und die Tische, an denen getrunken wurde. Die Disziplin, in der Bruder Lustig fast unschlagbar war.

Ich schob mich durch die Menge, holte das Medaillon aus meiner Tasche und stellte mich in die lange Schlange beim Zahlmeister an.

Nach einer gefühlten Ewigkeit war ich endlich dran. Ich musste den Kopf in den Nacken legen, um ihm in die Augen zu blicken. Er war ein Halbdrache und eines der beeindruckendsten Wesen, das ich je in Abalion gesehen hatte – bis auf diese Feuerdrachen, in deren Tal ich mich mal aus Versehen verirrt hatte, aber das war eine andere Geschichte.

»Bezahlung«, sagte er mit tiefer Stimme. Sein Körper war menschlich und bestand im Grunde fast nur aus Muskeln. Er war an die zwei Meter groß, hatte lange schwarze Haare, die auf seinem Rücken zu einem Kamm zusammenliefen und dort unter der Rüstung verschwanden. Seine Haut war mit feinen Drachenschuppen bedeckt, die sich aufstellten, wenn er zornig wurde. Das war dann auch der Zeitpunkt, an dem man am besten die Flucht ergriff, denn der Kerl machte keine Gefangenen. Ich hatte mal gesehen, wie er einem zahlungsunwilligen Mann den Kopf abgebissen und gegessen hatte.

Ja, lecker.

Ich räusperte mich, öffnete das Medaillon und holte die Perle heraus. Sie funkelte noch immer so schön wie vorhin.

Der Zahlmeister nahm sie vorsichtig mit seinen langen Fingern auf und hielt sie ganz dicht vor ein Auge. Seine Iriden waren gelb und die Pupillen geschlitzt wie bei einer Katze. Sie öffneten sich, als er die Perle betrachtete, er blähte die Nasenflügel, nahm einen tiefen Atemzug und nickte zufrieden.

»Du darfst passieren«, sagte er schließlich, ließ die Perle in seinen Beutel fallen und trat zur Seite.

Ich ging langsam weiter und sah mich um, ob ich noch jemanden kannte. Es waren mehrere Hundert Teilnehmer angetreten.

Als Erstes sah ich Henry, den alten Fährmann, der früher bei Werfan gearbeitet hatte, bis er seinen Job einem Jüngeren übergeben konnte. Henry war so alt, dass seine Haut komplett runzelig war. Er hatte kaum noch Zähne im Mund und konnte nicht mal seinen Löffel gerade halten, aber wenn er einen Bogen in die Hand nahm, war er unbezwingbar.

Dann waren da noch zwei Frauen, die ich noch nie gesehen hatte. Zwillinge. Ich nahm an, dass es Menschen waren. Oder, wenn überhaupt, Elfen. Am Wettbewerb war jeder zugelassen, der die Spiele durchführen konnte. Einzig zaubern durfte man nicht.

In der Mitte der Gruppe stand schließlich Bruder Lustig und erzählte offenbar eine überaus fesselnde Geschichte, denn jeder hing an seinen Lippen. Seine Kleidung war schlicht: nur eine lange Kutte und ein dazu passender Umhang. Seit dem letzten Mal hatte er ordentlich an Fettmasse zugelegt, seine Wampe quoll über den Gürtel.

Der eigentliche Ranzen hing locker auf seiner Schulter. Bruder Lustig war der Titelverteidiger und durfte ihn so lange tragen, wie er wollte. Erst kurz vor Beginn musste er ihn beim Prinzen abgeben und darauf hoffen, dass er dieses Mal wieder gewinnen würde.

Seit zehn Kämpfen galt er als ungeschlagen, die Chancen für ihn standen also exzellent. Aber ich wäre nicht Ash der … Ich schmunzelte und schob den Gedanken beiseite. Bei dem Wettbewerb kam es nicht darauf an, dick aufzutragen, sondern standhaft zu bleiben. Im wahrsten Sinne des Wortes.

Ich erreichte den Sammelplatz, wo das Spiel startete, und suchte mir einen Bogen zum Schießen aus. Sie waren alle identisch, es spielte also keine Rolle, welchen ich nahm; dennoch taten alle so, als wäre es ein großes Geheimnis, mit welcher Waffe man schoss. Zum Glück war ich ein guter Schütze, etwas, das ich ausnahmsweise wirklich beherrschte.

»Ash! Was für eine Überraschung!« Bruder Lustig kam auf mich zu, schickte einen seiner Diener los, damit der den Bogen für ihn wählte, und stellte sich neben mich. »Wie geht es dir, mein Freund?«

»Großartig.« Ich deutete auf seine Wampe, die aus der Nähe noch fülliger wirkte. »Wie ich sehe, dir auch.«

Bruder Lustig lachte und strich vergnügt über seinen Bauch. »Ach. Du weißt, wie das ist: unermesslicher Reichtum und so. Ich kann mir alles leisten, was ich will, mein Koch ist ein Meister seines Fachs und ich schlafe seit Neuestem auf frisch aufgeschüttelten Wolken. Hast du das schon mal versucht?«

Er kannte die Antwort natürlich. Kein Mensch konnte sich aufgeschüttelte Wolken leisten.

Bruder Lustig verzog das Gesicht und fuhr sich über sein Kinn. »Oh nein. Entschuldige. Was red ich? Wie ich hörte, besitzt du nicht mal ein eigenes Bett. Musstest du wirklich ohne Schuhe und ohne Hose herkommen?«

»Ja«, antwortete ich und lächelte ihn an. Ich würde mich nicht von ihm provozieren lassen, denn genau darauf legte er es an. Vor allem während der Spiele. »Ich wärme mich auf. Viel Spaß.«

»Dir auch. Danke.«

Ich ging zu einem der Schießstände und gab ein paar Probeschüsse ab, um mich mit der Waffe vertraut zu machen. Wenn ich den Ranzen erst besäße, hätte auch das ein Ende. Ich könnte mir alles wünschen, was ich begehrte, ich könnte auch in einem Schloss wohnen, Diener um mich scharen und – so ekelhaft fett wie Bruder Lustig werden.

»Achtung«, rief eine Frau, ihre Stimme erfüllte den gesamten Platz. Augenblicklich war es still. Ich stellte den Bogen auf die Halterung und drehte mich um.

Die Frau stand in der Mitte des Platzes. Sie trug eine lange goldene Robe, auf der das Emblem des Heideprinzen eingenäht war: ein einzelner Baum mit langen Ästen.

In der Hand hielt sie einen Stab, den sie dreimal auf die Erde stampfte. Ein Raunen ging durch die Menge, als sich über den Köpfen der Anwesenden funkelnde Steine bildeten und als Kristallregen auf sie niederkamen. Das Willkommensgeschenk des Prinzen. Er schmiss gerne mit funkelnden Dingen um sich.

»Seine Majestät, der Prinz der Nachtheide.«

Sie machte eine ausladende Handbewegung und hinter ihr erschien wie aus dem Nichts der Prinz.

Ein Raunen ging durch die Menge, gefolgt von einem leisen Klatschen. Der Prinz mochte keinen Lärm, weshalb sich jeder daran hielt, wenn er in der Nähe war.

Er trug ebenfalls einen goldenen Umhang und eine weiße lederne Rüstung darunter. Sie war poliert und fing das Licht der Fackeln ein. An seiner Hüfte hing ein schweres Schwert, der Griff war im gleichen Goldton gehalten wie sein Umhang. Er selbst trug keinen Schmuck und auch sonst keine Zierde, das hatte er nicht nötig. Sein Gesicht war alterslos. Niemand wusste, wie viele Jahre er schon lebte, er hatte weder Falten noch veränderte er sich. Das Einzige, was nie gleich blieb, waren seine Haare. Heute trug er sie an den Seiten kurz und hinten länger. Er blickte mit seinen wachen dunklen Augen umher und sog die Umgebung in sich auf. Für den Hauch eines Moments blieb sein Blick an Bruder Lustig hängen. Er nickte ihm zu, wie um ihm eine Ehre zu erweisen, dann drehte er sich zu den Zuschauern und hieß sie ebenfalls willkommen.

»Lasst uns beginnen«, sagte er leise, aber bestimmt. Seine Stimme klang tief und selbstbewusst, aber auch stets mit einem Unterton voller Melancholie. Um den Prinzen wehten dunkle Schatten, was erstaunlich war, wenn man bedachte, dass er ein Reich der Freude regierte.

Ich wandte mich von ihm ab, griff den Bogen und machte weitere Probeschüsse. Bruder Lustig tat es mir gleich, genau wie die anderen. Neben mir stand ein Halbgnom, den ich nicht kannte, dann kamen Henry, der Fährmann, und weiter hinten eine junge Frau. Mal sehen, was sie draufhatten.

Ich beendete meine Probeschüsse und lief zur Ziellinie.

Die Regeln waren denkbar einfach: Erst kam das Schießen. Zehn Schuss, zehn Treffer, nur dann durfte man weiter auf den See. Hier galt es, über einen Baumstamm ans andere Ufer zu balancieren. Danach folgte das Wetttrinken. Wer da noch laufen konnte, musste alles umgekehrt erneut bestreiten. So lange, bis niemand mehr übrig war. Der, der am Ende noch stehen konnte, gewann.

Der Prinz drehte sich herum und in dem Moment, als er sich hinsetzte, erschien unter ihm ein Thron aus Knochen. Sein Umhang wechselte augenblicklich die Farbe von Gold zu Rot und der Stoff sah aus, als würde er wie Blut über die Knochen laufen.

Der Prinz nickte, das war unser Startschuss. Wir bauten uns in einer Reihe auf, die Zielscheiben wurden hochgefahren. Die ersten zwei Schüsse waren einfach, denn die Entfernung war zu Beginn gering. Tatsächlich trafen auch alle Teilnehmer ins Schwarze.

Nun wurden die Zielscheiben nach hinten gefahren. Ich legte erneut an und traf wieder ohne Probleme die nächsten zwei.

So ging das weiter und weiter, bis ungefähr ein Drittel der Teilnehmer ausgeschieden war.

Wir legten unsere Bögen weg und gingen weiter zu den Baumstämmen im See. Das war definitiv der Teil, vor dem mir am meisten graute. Der See war tief genug, um darin zu ertrinken. Ich befand mich zwar in einer Traumwelt, dennoch konnte ich hier sterben. Sollte das passieren, würde mein Körper draußen einfach verrotten, denn ohne Seele konnte er nicht existieren.

Ich tat den ersten vorsichtigen Schritt auf einen der Baumstämme, genau wie meine Mitstreiter. Jetzt zählte es. Der Startschuss erklang und wir setzten uns in Bewegung. Sobald wir auf den Baumstämmen standen, fingen diese an zu rotieren. Ich taumelte, konnte mich aber noch mal abfangen. Im Gegensatz zu etlichen meiner Konkurrenten. Neben mir fielen die Leute reihenweise ins Wasser, aber die anderen von hinten rückten gleich nach. Die ersten Runden dienten stets dazu, alles auszusieben, was nur zum Spaß mitmachte. Denn viele meldeten sich der Gaudi wegen an und hatten gar keine Lust zu gewinnen. Je mehr Runden es gab, umso ernster wurde es. Und umso wackeliger.

Ich konzentrierte mich auf meine Schritte und kam tatsächlich wohlbehalten am anderen Ende des Ufers an.

Bruder Lustig landete elegant neben mir und lächelte mir zu. »Gut gemacht.«

Ich grummelte leise und ging weiter. Auf zum Trinken. Die ersten Schlucke waren immer die besten, um den Durst zu stillen, aber die Gefäße waren mit Morning Dew gefüllt, einem sehr starken Feenwein. Sie mischten jede Menge Sirup bei, damit er durch den Zucker besser in den Kopf stieg. Beim letzten Wettbewerb hatte sich ein Teilnehmer völlig überschätzt. Er kippte tot um, noch ehe er den Kelch wieder absetzen konnte.

Ich ließ mich an einem der Tische nieder. Nun geriet mir zum Vorteil, dass ich in einer der übelsten Spelunken Abalions groß geworden war. Meinen ersten Rausch hatte ich mit sechs Jahren gehabt. Ezram hatte mich abgefüllt, und zwar so lange, bis ich kübeln musste. Dann hatte er mir auf den Rücken geklopft und gemeint, jetzt wäre ich ein richtiger Mann. Über die Jahre hatte mich das Leben dort abgehärtet.

Das nächste Signal ertönte und wir konnten loslegen. Ein Becher wurde gefüllt, ich trank ihn auf ex und spürte die Flüssigkeit in meinem Bauch. Sie verbreitete erst einen angenehm wohligen Schauer, erfüllte dann alle Glieder mit einer Wärme, die sich über den gesamten Körper ausdehnte.

Bruder Lustig rülpste nach seinem ersten Becher und nahm sich den zweiten. Ich tat es ihm gleich und zog nach. Wir mussten drei Becher leeren, dann ging es zurück auf die Baumstämme.

Fünf Teilnehmer kippten um. Einer hielt sich noch an der Tischkante fest, aber es nutzte ihm nichts.

Ich trank ebenfalls meine letzte Ration und erhob mich vorsichtig. Kurz schwirrte mir der Schädel, aber es ging noch. Das Balancieren würde ich schaffen, genau wie das zweite Bogenschießen. Bis ich erneut hier eintraf, hätte sich mein Magen wieder beruhigt und der Alkohol sich gesetzt. Beim letzten Mal war ich bei Runde vier ausgeschieden, Bruder Lustig hatte sieben geschafft. Das galt es also zu überbieten. Es sei denn, er hatte geübt und war heute noch besser als sonst.

Ich trat mit den anderen vor die Stämme und setzte den ersten Fuß darauf.

Nur nicht übermütig werden, volle Konzentration …

Langsam verlagerte ich das Gewicht nach vorne und tastete mich Stück für Stück voran.

Bruder Lustig ging mutiger vor und kam recht schnell zur Mitte. Wer als Letzter ankam, musste bei der nächsten Trinkrunde zur Strafe einen Becher mehr leeren. Ich wagte einen Blick nach rechts und links. Ich schätzte, dass wir nun knapp die Hälfte verloren hatten. Ich hielt mich im Mittelfeld, das war okay für den Anfang.

Die Zwillinge schwankten verdächtig, ich vermutete, sie waren die Nächsten, die den Abgang machten. Ich wagte einen weiteren Schritt, das Ufer war nur noch knappe zehn Meter entfernt, das würde ich auf alle Fälle …

Auf einmal schoss ein stechender Schmerz durch das verfluchte Mal auf meinem Arm. Ich hob ihn, starrte darauf. Das Zeichen flammte auf. Ich roch verbrannte Haut, als würde es mit einem glühenden Eisen auf mich gepresst. Ich taumelte, verlor das Gleichgewicht und ruderte mit den Armen.

Der Schmerz wurde intensiver. Ich krümmte mich zusammen, fiel auf die Knie und krallte mich mit den Händen am Baumstamm fest. Aus dem Augenwinkel bemerkte ich eine Bewegung. Ich sah auf. Der Prinz hatte sich von seinem Thron erhoben und fixierte mich. Sein Gesicht war starr. Vor Entsetzen. Oder Staunen. Oder Wundern. Oder: keine Ahnung was. Das Brennen wurde heftiger, riss mir fast den Arm ab!

Beim dreifachen Henker, was war das denn?!

Es gab einen lauten Knall. Das Wasser brandete auf, eine Druckwelle schoss in die Höhe. Ich wurde nach hinten geschleudert, konnte mich geradeso festkrallen. Die Welle krachte über mir zusammen, riss die Zwillinge mit. Die Zuschauer schrien kollektiv vor Schreck auf, doch das legte sich genauso rasch wie das wogende Wasser. Ich schüttelte meine nassen Haare aus – hatte ich eigentlich schon erwähnt, dass ich Wasser echt hasste? – und richtete mich vorsichtig auf.

»Woho!«, machte ich und wich zurück. Vor mir stand – eine Frau!

Sie starrte mich genauso perplex an wie ich sie. Das war definitiv keine der Teilnehmerinnen! Sie trug merkwürdige Kleidung, keine Ahnung, was das darstellen sollte. Die dunklen Haare hatte sie zu einem Pferdeschwanz zusammengebunden. Sie starrte mich an und fixierte mich mit ihren glasklaren grünen Augen.

Sie kam mir unglaublich bekannt vor, aber ich wusste nicht, wo ich sie gesehen hatte. Dabei vergaß ich nie ein Gesicht!

Ihr Blick ging mir durch und durch und verstärkte das Brennen in meinem Arm.

»Äh, siehst du mich?«, fragte sie.

Spinnt die? Sie musste von meinem Baumstamm runter, ehe ich den Wettbewerb komplett vergessen konnte. Ich richtete mich vorsichtig auf, wollte sie verscheuchen, doch sie reagierte nicht. Wir rangelten miteinander, ich versuchte, sie ins Wasser zu schubsen, aber sie krallte sich an mir fest.

»Nicht, warte!«, rief sie.

Der Prinz kam näher ans Ufer, ließ mich nicht aus den Augen. Er bellte seinen Zentauren Befehle zu. Sie setzten sich sofort in Bewegung, traten in den See und kamen auf mich zu.

Zu spät.

Die Frau und ich verloren das Gleichgewicht und kippten zur Seite. Ein letztes Mal versuchte ich, mich festzuhalten, doch ich fand nichts mehr und stürzte in den dunklen See.

Verflucht, ich kann doch nicht schwimmen …

17. KAPITEL

Kristin

Abalion, Zeit unbekannt

War ich eben noch froh gewesen, dass der Übergang in die Vision sanft verlaufen war?

Klassischer Fall von: zu früh gefreut!

Ich ruderte mit den Armen, Dunkelheit und eiskaltes Wasser empfingen mich, der Druck nahm zu und ich wurde tief nach unten gedrückt. Hektisch schnappte ich nach Luft, atmete mehr Flüssigkeit ein. Ich hustete; meine Lunge zog sich zusammen. Nach kurzer Zeit hatte ich die Orientierung verloren und keine Ahnung, ob es einen Weg hier raus oder eine Wasseroberfläche gab.

Ruhig bleiben, Kris. Angst nützt nichts!

Ich hielt an diesem Gedanken fest, als wäre er mein rettendes Seil, schloss absichtlich die Augen, versuchte, lockerzulassen und mich auf meinen Körper zu konzentrieren. Das Gute an der Dunkelheit war, dass die anderen Sinne verstärkt wurden, weil das Sehen fehlte. Ich spürte die kleinen Veränderungen um mich herum, das leichte Ziehen an meinen Armen und Beinen. Noch hatte ich Luft in der Lunge, also ließ ich einen Schwall aus und achtete darauf, in welche Richtung ich driftete. Alles Schwere sackte stets nach unten. So auch mein Körper. Sobald er keine Luft mehr in der Lunge hätte, fehlte mir der Auftrieb.

Kaum hatte ich ausgeatmet, spürte ich schon das Sinken. Ich drehte mich herum und steuerte bewusst in die andere Richtung.

Für einige Meter hielt ich noch die Augen geschlossen, um meinen Körper besser wahrzunehmen, doch als ich mir sicher war, nach oben zu schwimmen, öffnete ich sie.

Und da war sie dann schließlich: eine leicht silbrige Reflektion knapp drei Meter über mir. Meine Ohren knackten, während ich aufstieg, ich kam gut voran, meine Luft sollte auch reichen, und ich …

… auf einmal griffen zwei Hände nach mir.

Ich schrie innerlich, wollte danach schlagen, aber sie hielten mich nur noch fester. Erst glaubte ich, derjenige versuchte, mich nach unten zu ziehen, doch er suchte Halt.

Ich bekam einen Arm zu fassen, riss die Augen auf und erkannte unscharf die Umrisse eines Mannes. War das der von eben?

Er packte mich an der Schulter, zog sich näher an mich und drückte mich gleichzeitig nach unten. Ich wehrte ihn ab, so gut es ging, nahm seine Arme und zerrte ihn stattdessen nach oben.

Meine Lunge stand kurz vor dem Platzen. Der Drang einzuatmen wurde übermächtig, aber ich beherrschte mich. Voller Konzentration paddelte ich mit den Beinen auf die Oberfläche zu. Es war nicht mehr weit, das Schimmern kam näher. Der Mann krallte sich in meinen Arm, half endlich mit und gemeinsam durchbrachen wir die Wasseroberfläche. Hustend inhalierte ich die rettende Luft, die eiskalt in meiner Lunge brannte. Über uns funkelte ein Sternendach und der Vollmond stand am Himmel. Der Mann röchelte genauso gierig wie ich.

Gott verdammt, diese Visionen machten mich fertig! Das war dann doch einen Tick zu intensiv für meinen Geschmack.

Ich blickte auf mein Gegenüber, er hustete, tauchte unter, aber ich hielt ihn am Oberkörper fest, umklammerte ihn und suchte das Ufer. Es dauerte nicht lange, denn wir waren nicht in einem See, sondern in einem Brunnen. Er maß etwa fünf Meter im Durchmesser und war mit einer massiven Wand aus Stein eingefasst.

Der Mann stieß sich von mir weg, hechtete an die Umrandung und zog sich daran hoch. Ich folgte ihm und hievte mich ebenfalls aus dem Brunnen.

Wir taumelten beide vom Rand und ließen uns wie schwere Säcke auf die Wiese plumpsen. Die Luft war klirrend kalt, mein Atem tanzte vor meinem Gesicht, jeder Zug schmerzte höllisch.

Ich keuchte, gab mich für einen Moment diesem Gefühl aus Schwere und Pein hin. Der Mann stöhnte genauso erschöpft wie ich. Wir lagen da wie zwei erschossene Käfer.

Irgendwann richtete ich mich auf und blickte mich um. Der Brunnen stand auf einer weitläufigen Wiese, weiter hinten erkannte ich einen Wald, zu meiner Linken eine kleine einstöckige Hütte.

»Wo sind wir?«, fragte ich.

Der Mann kam ebenfalls ins Sitzen und hustete den Rest Wasser aus. Seine Kleidung passte auf einen Mittelaltermarkt: Leinenhosen, ein beigefarbenes Hemd, handgefertigte Lederstiefel und eine dunkle Jacke.

Er wischte sich die Tropfen aus dem Bart und funkelte mich an. »Hast du sie noch alle?«

»Bitte?«

»Du hast mich in den See geworfen.«

»Ich dich?! Du hast mich hineingezerrt.«

»Wer hat dich engagiert? Destan? Wollte er, dass du den Wettbewerb für mich ruinierst?«

Der Typ packte mich grob am Arm. Seine Finger bohrten sich schmerzhaft in meinen Ellbogen.

»Vorsicht, Freundchen«, gab ich zurück, aber er ließ sich nicht beeindrucken.

»Wo hast du uns hingebracht?« Er zog mich dichter an sich. Sein Körper glühte vor Hitze, obwohl es so kalt war. Mich schauderte bei seiner Berührung, als würde er kleine Stromstöße durch mich schicken.

»Lass mich sofort los.«

»Wer bist du?«

Das reichte. Ich drehte mich unter seinem Griff herum, packte seinen Daumen und bog ihn nach hinten. Er keuchte, doch reagierte umgehend mit einem Hieb gegen meine Brust.

Fest.

Er hatte also definitiv kein Problem damit, Frauen zu schlagen.

»Noch mal: Wer hat dich geschickt?«, rief er und packte mich erneut. »Moon? Gehörst du zu ihren Dienern?«

Ich robbte von ihm weg, holte mit dem Fuß aus, um ihn zu treten, aber er fing ihn in der Luft ab und drehte ihn so fest, dass es mir fast das Bein auskugelte. Ich wirbelte herum, wollte hoch, doch er warf sich auf mich, beschwerte mich mit seinem Gewicht und legte die Hände an meinen Hals. Ganz schlechte Idee, Kumpel. Ich hatte mich nicht jahrelang durchs Taekwondo gequält, um mich fertigmachen zu lassen. Wie ich es gelernt hatte, riss ich die Arme in einer Schwimmbewegung hoch, um seine Hände von meiner Kehle zu bekommen, er ließ locker, fiel nach vorne und stützte sich instinktiv ab, um nicht auf mich zu fallen. Nun war ich halb frei, spannte die Daumen und stach sie ihm mit aller Wucht in die Augen. Er schrie und verpasste mir eine Ohrfeige. Ich kam an seinen Kopf, drehte ihn herum und konnte mich so unter ihm befreien. Ehe ich zutreten konnte, war er schon weg und rammte halb blind seine Schulter in meinen Magen. Der Typ war gut, das musste ich neidlos anerkennen. Seine Technik war allerdings roh und grob, er hatte das sicherlich auf der Straße gelernt, nicht in einem Dojo. Ich wollte ihm ein Bein stellen, um ihn zu Boden zu befördern, aber er umschlang mich mit aller Kraft und quetschte mir die Luft ab. Wir verkanteten uns immer mehr ineinander. Beine. Arme. Oben. Unten. Keiner gewann die Oberhand, keiner unterlag.

»Verdammt«, keuchte er schließlich schwer atmend und stieß mich von sich weg. Ich taumelte nach hinten und japste nach Luft. Normalerweise hatte ich eine gute Kondition, aber der Ausflug in den See hatte mich etliches an Kraft gekostet.

»Waffenstillstand«, sagte ich, er nickte und sackte erschöpft auf die Knie. Ich ließ mich ebenfalls plumpsen und sammelte mich.

»Du bist gut«, sagte er.

»Du auch.«

»Und ich will immer noch wissen, wer dich geschickt hat.«

»Niemand. Ich kenne weder einen Destan noch eine Moon.«

Er rümpfte die Nase. »Wie heißt du?«

»Kris.«

Ich wartete, ob er mir auch seinen Namen verriet, doch er sah mich nur stirnrunzelnd an. »Da du keine Magie verwendet hast, um dich zu verteidigen, gehe ich davon aus, dass du keine Zauberin bist.«

»Äh. Richtig.« Die letzte Vision war schon schräg gewesen, aber mich beschlich das Gefühl, dass diese hier abgedrehter werden sollte. Auf alle Fälle war sie realer. Ich spürte auch die Witterung intensiver auf meiner Haut, die Nässe meiner Kleidung, die allerdings bereits trocknete, den Duft der Bäume. Als würde ich in Ultra-HD schauen statt analog.

Ich deutete zur Hütte. »Weißt du, wer da wohnt?«

»Nein. Ich weiß nicht mal, wo wir sind.« Er sah an sich hinab und tastete auf seinem Hemd herum. »Aber da ich noch angezogen bin, muss es ein Teil der Nachtheide sein.«

»Was ist die Nachtheide?«

»Das ist keine ernst gemeinte Frage, richtig?«

»Doch. Ich bin nicht von hier.«

»Sondern?«

Erst zögerte ich, aber fand keinen Grund, es ihm nicht zu verraten. »Aus Frankfurt.«

Er kniff die Augen zusammen. »Noch nie gehört.«

»Es ist … sehr weit weg.«

Er richtete sich auf, klopfte das Gras von seiner Hose, ich tat es ihm gleich und erhob mich ebenfalls. Der Mann fasste an seinen Arm, wo er ein dunkles Mal hatte, das sich von dort ausbreitete.

»Was ist das?«, fragte ich.

»Nichts.« Er rieb noch mal darüber und ich spürte parallel ein Stechen in meinem Herzen, als baute er eine Verbindung zu mir auf. Es hielt nur so lange an, bis er sein Mal in Ruhe ließ.

»Warte kurz«, sagte ich und wollte es näher betrachten, doch er wandte sich schon ab und lief auf die Hütte zu. »Wo willst du hin?«

»Sehen, wo wir sind. Ich muss zurück zum Wettbewerb.«

»Vermutlich führt der Weg wieder durch den Brunnen.«

»Ja, das fürchte ich auch, aber ehe ich mich da wieder reinstürze, überprüfe ich erst meine Optionen.«

Ich rannte ihm nach, hatte allerdings Mühe, aufzuholen. Sein Schritt war groß und ausladend. »Wie heißt du?«

»Namen haben viel Macht.«

»Ich habe dir meinen verraten.«

»Hast du.«

Mehr sagte er nicht dazu. Ich packte ihn am Arm, an dem er das Mal hatte, und bremste ihn aus. Der Schmerz in meinem Herzen wallte sofort wieder auf, er zischte ebenfalls und es roch leicht nach verbranntem Fleisch. Er schüttelte mich ab, wollte etwas sagen, doch er hielt inne und hob stattdessen seinen Arm. Das Mal veränderte sich. Es wurde blasser und kleiner. Als hätte es durch die Berührung mit mir seine Kraft verloren.

»Wie machst du das?«, fragte er.

»Ich habe keine Ahnung. Ich weiß nicht mal, was das zu bedeuten hat.« Und da eine Vision in der Vision nicht möglich war, konnte ich auch nicht mehr daraus lesen.

Er drehte seinen Arm und rollte den Ärmel seiner Jacke weiter hoch. »Es heilt, aber warum?«, sagte er und warf mir einen kurzen Blick zu. »Ich dachte, du bist keine Hexe.«

»Bin ich auch nicht, hey!«

Er griff nach meiner Hand und presste sie erneut auf das Mal.

»Lass mich los.«

»Still.« Er drückte meine Finger fester auf, und je stärker der Kontakt zu ihm wurde, desto heftiger stach es mir ins Herz, aber desto mehr heilte das Mal auch. Ich wollte von ihm weg, aber er gab mich nicht frei. Das Stechen wurde unerträglich, trieb mir die Tränen in die Augen.

»Hör auf!«, keuchte ich. Plötzlich war alles aus meinem Geist wie weggefegt. Alles, was ich je gelernt hatte, was mich ausmachte, wo ich herkam, das hatte keine Bedeutung mehr. Es gab nur noch diesen allumfassenden Schmerz.

»Ich …« Hitze schoss durch mich und schmolz meine Eingeweide. Ich hörte wieder Glas splittern, so wie in der ersten Vision, meine Beine gaben unter mir nach, ich bohrte meine Nägel in die Hand des Mannes, schlug zu. »Lass mich …«

Ich wurde innerlich zerrissen, meine Augen verdrehten sich, ich krampfte, biss mir auf die Lippen und fing an, wie wild zu zittern. Er zog mich näher an sich heran, hielt mich fest, was sich auf der einen Seite tröstlich anfühlte, auf der anderen nur noch mehr Schmerz brachte. Er sah mir fest in die Augen. Wir bauten wieder diese komische Verbindung miteinander auf, eine intensive Spannung entstand zwischen uns. Für einen Moment gab es nichts anderes außer ihn und seine klaren grünblauen Augen. Ich atmete ein, spürte auf einmal auch seinen Schmerz und was das Mal mit ihm machte. Alles lag plötzlich ganz klar vor mir. Ich spürte die Macht des Zeichens, wusste, dass es ihn früher oder später in die Schatten ziehen und vernichten würde. Er war verflucht, und aus irgendeinem Grund hatte ich das Gefühl, dass ich daran schuld war.

Er verzog das Gesicht voller Kummer und stieß mich von sich. Ich taumelte, röchelte nach Luft und fasste an mein Herz. Der Schmerz ebbte sofort ab, kaum dass der Kontakt beendet war. »Mach … das nie … wieder«, stammelte ich. »Du dämlicher Vollpfosten!«

Er rieb sich über das Mal, das nun langsam zurückkehrte, da wir uns nicht mehr berührten. »Es … es tut mir leid. Ich wollte dir nicht schaden.«

Es lag so viel Aufrichtigkeit und Reue in seiner Stimme, dass ich nickte, obwohl ich stocksauer über die Aktion war.

Langsam richtete ich mich auf und schüttelte mich. Ich deutete auf seinen Arm. »Woher hast du das? Wer hat dich verflucht?«

Er schnappte nach Luft und zog den Ärmel seiner Jacke wieder nach unten. »Unwichtig. Geht es denn wieder bei dir?«

»Ja.« Ich spürte schon gar nichts mehr.

»Gut.« Er steckte die Hände in die Jackentasche und wirkte leicht verunsichert. »Ash.«

»Bitte?«

»So heiß ich. Mein Name ist Ash.«

»Freut mich. Oder so.«

»Du bist die Erste, auf die dieses Mal anspringt. Ich wollte nicht überreagieren, aber ich muss es unbedingt loswerden.«

»Ich … ich habe keine Ahnung«, sagte ich.

Er rümpfte die Nase, als hätte er keine andere Antwort erwartet, und setzte den Weg zur Hütte fort. »Du musst mir mehr über dieses Frankfurt erzählen. Vielleicht finde ich da eine Lösung für diesen elenden Fluch.«

»Ich denke eher nicht.«

»Wo genau liegt es? Wie bist du auf die Heide gekommen?«

»Ich … durch eine Art Portal.« Das war das Beste, was mir einfiel. »Ich kann dich aber nicht mit dahin zurücknehmen, nur ich kann hindurchreisen.«

»Na prima.«

»Ich bin auf der Suche nach dem Grimm. Sagt dir das was?«

Er hielt inne, spannte die Schultern, als würde das etwas in ihm wachrufen, dann ging er weiter. »Nein, noch nie gehört.«

»Wäre vermutlich zu einfach gewesen. In Büchern wird einem die Lösung ja auch nicht auf dem Silbertablett serviert.«

»Was soll der Grimm sein?«

»Ein großer schwarzer und hoch aggressiver Wolf.«

Ash schnaubte. »Von denen wiederum gibt es jede Menge. Im hinteren Bruchwald lebt einer, den kannst du fragen, aber nur, wenn er satt ist.«

»Wie komme ich …«

Auf einmal hörten wir ein Poltern aus der Hütte. Wir drehten gleichzeitig herum. Die Tür schwang auf und wieder zu. Das Poltern erklang erneut, jemand warf Dinge im Inneren durch die Gegend, dann ertönte ein kläglicher Schrei wie von einer Ziege. Sie quäkte lang gezogen, hörte abrupt auf und es krachte wieder.

»Hast du eine Waffe?«, fragte ich.

»Nicht hier.«

Ich sah mich um und entdeckte etwas Helles ein paar Meter weiter im Gras liegen. Ich ging hin und hob es auf. Es war ein – Backstein. »Oh Mann, das glaub ich jetzt nicht.«

»Was denn?«

»Der Wolf und die sieben Geißlein.«

»Wie bitte?«

»Aber klar doch! Die Hütte, der Brunnen, die Ziegen! Backsteine! Fehlt nur noch der Wolf.«

Es klirrte im Inneren der Hütte, jemand hatte etwas zu Bruch gebracht. Wieder ein Quäken, wieder Stille. Im Märchen hatte der Wolf die Geißlein gefressen, bis auf das letzte, das sich im Uhrenkasten versteckt hatte.

Ich deutete mit einem Kopfnicken zur Hütte und ging weiter. Der Backstein war unhandlich, aber besser, als gar nichts zu halten.

Ash erreichte als Erster die Tür und schob sie auf. Er spähte hinein und verzog das Gesicht. Der gleiche Gestank wie in der letzten Vision wehte mir entgegen. Blut. Tod.

»Ich hoffe, du hast noch nichts gegessen, und falls doch: Kotz bloß nicht auf meine Schuhe.«

Ich kam neben ihn und stockte genauso. In der Hütte lagen auf dem Boden verteilt Geißlein. Jemand hatte ihnen die Kehle aufgeschlitzt und das Blut überall an die Wände geschmiert. Das Zeichen, das mich in die Vision geschickt hatte, war stellenweise aufgemalt.

Wie im Märchen gab es auch hier eine Standuhr. Ihr Glas vorne war zerschmettert und ein Zicklein lag davor. Es hatte sich retten wollen und es nicht mehr geschafft. Ich schlug die Hand vor den Mund und versuchte, das Grauen zu verarbeiten. Durch den intensiven Vollmond war es relativ hell in der Hütte, sodass ich mehr Details erkennen konnte, als ich eigentlich wollte.

»Sht«, machte Ash und sah nach rechts. Ich schob mich an ihm vorbei und spähte über seine Schulter.

In der Ecke der Hütte kauerte ein Mann. Er hielt eines der Zicklein im Arm und wiegte es sanft hin und her. Es atmete flach, lebte also noch, aber der Blutlache nach zu urteilen, die sich unter ihm ausgebreitet hatte, wäre das nicht mehr lange der Fall. Das Schluchzen des Mannes erfüllte den Raum, er grub sein Gesicht in das blutige Fell und brabbelte leise. »Los siento. Los siento.«

Tut mir leid.

In Visionen konnte ich normalerweise alles verstehen. Sprache existierte für mich in dem Moment nicht mehr, deshalb konnte ich mich auch mit Ash unterhalten, aber für diesen Mann schien das nicht zu gelten. Ich ging langsam auf ihn zu. »Hallo.«

Er blickte auf, seine Augen waren dunkel unterlaufen und mit Blut gefüllt.

Das war doch der aus dem Verhörraum! Der Täter, den Alberto gefilmt hatte.

Erst war der Mann verwirrt, ihm liefen weitere Tränen die Wangen hinunter, dann hielt er das Zicklein fester. Es quäkte noch einmal und ließ die Luft in einem Zug aus.

Es starb.

»Wie kann ich dir helfen?«, fragte ich, in der Hoffnung, dass er mich verstand. Wie hieß das doch gleich auf Spanisch? »Äh … ¿cómo puedo ayudar.« Oder so?

Der Mann blickte auf und schüttelte den Kopf. Er brabbelte weitere Worte, aus denen ich allerdings nicht schlau wurde.

Ash kam hinter mich, ich fühlte seine Wärme im Rücken.

»Diablo«, sagte der Mann. »El diablo nos atrapará a todos y nos destruirá.«

»Der Teufel wird uns alle holen und vernichten«, sagte Ash.

»Ich glaube, er meint nicht den Teufel im eigentlichen Sinne, sondern den Grimm.« Ich ging vor dem Mann in die Hocke, er knurrte erneut und drückte das tote Zicklein an sich.

»Ich will es dir nicht wegnehmen«, sagte ich ruhig und legte den Backstein neben mich, damit er sah, dass ich harmlos war. »Ich will dir helfen.«

Er schüttelte den Kopf, verstand mich nicht und mein Spanisch reichte nicht aus, um ihm das begreiflich zu machen. »Könntest du bitte …«, wollte ich zu Ash sagen, doch da trat der Mann mir gegen das Knie.

Ich wich vor ihm zurück, er wollte nachsetzen, aber ich sprang rechtzeitig aus dem Weg. Der Mann warf das tote Zicklein weg und fletschte die Zähne, die auf einmal wesentlich länger waren als bei einem Menschen. Auch seine Augenfarbe veränderte sich und färbte sich gelb. Seine Haut wurde dunkler, das erste Fell wuchs.

Er verwandelt sich in einen Wolf …

Auf einmal wurde es dunkler in der Hütte. Ich blickte auf und sah, wie sich das silberne Licht des Mondes, das durch die Fenster geleuchtet hatte, langsam verfinsterte. Das Ziehen um mein Herz kehrte zurück. Nicht so intensiv wie mit Ash vorhin, aber dennoch wahrnehmbar.

Ash trat an ein Fenster und sah hinaus. »Eine Mondfinsternis.«

»Wir müssen diesem Mann irgendwie helfen«, sagte ich. »Ich kenne ihn aus meiner Welt. Er kommt auch von …«

»Vorsicht!«, schrie Ash, und dann wurde ich nach vorne geschleudert. Der Mann hatte sich auf mich gestürzt und zu Boden geworfen. Er packte mich mit seinen Händen, die sich zu Klauen verformten, und bog meinen Kopf nach hinten, um an meine Kehle zu kommen. Ich zog die Beine an und trat ihm in den Bauch, aber er keuchte nur kurz. Meine Hand tastete nach dem Stein, den ich eben zur Seite gelegt hatte, ich fand ihn nicht.

Der Mann riss sein Maul auf, entblößte die Zähne und kam näher. Ash tauchte neben ihm auf, schlug ihm mit dem Backstein gegen die

Schläfe, so lange, bis der Kerl von mir abließ und ich mich unter ihm hervorschieben konnte.

»So viel zu deinen Rettungsabsichten«, sagte Ash und trat dem Mann zum Nachklang in die Seite.

Ein weiteres Knurren erklang. Dieses Mal lauter und sehr viel bedrohlicher. Mir stellten sich die Nackenhaare auf und ich fühlte einen eiskalten Windzug im Genick.

»Heilige Mutter aller Magier, was ist das denn?«, sagte Ash.

Ich drehte mich langsam um, ahnte schon, was ich gleich sehen würde. Aus meiner letzten Vision sollte ich auf ihn vorbereitet sein, doch als ich ihn am Türrahmen stehend entdeckte, zog sich alles in mir zusammen. Er war so groß, dass er nicht mal in die Hütte passte. Geifer troff aus seinem Maul. Er fixierte erst mich, dann den Mann, der sich in seine Ecke zurückgezogen hatte.

»Das ist der Grimm«, sagte ich.

Der Grimm riss sein Maul auf und brüllte. Die Wände bebten, ein Teil stürzte ein. Er warf sich dagegen und riss den Rest ebenfalls nieder.

»Wir müssen hier raus«, sagte Ash und schob mich von hinten Richtung Fenster. Der Grimm behielt uns im Auge, sah zwischen uns und dem Mann hin und her, als könnte er sich nicht entscheiden, wohin er zuerst sollte. Der Grimm trat einen Schritt in die Hütte. Die Decke und die Wände bebten, Brocken stürzten auf uns herab.

»Los!«, brüllte Ash, packte mich am Arm und zerrte mich ans Fenster. Der Grimm fuhr herum und schnappte nach uns, aber es war kein gezielter Angriff, sondern eher ein Fernhalten von seiner Beute. Ich ließ mich von Ash mitziehen, behielt aber den Grimm fest im Auge. Er machte sich auf zu dem Mann, der immer stärker zitterte und sich weiter in die Ecke zurückzog.

Seine Angst schnürte mir die Kehle zu.

»Wir müssen ihm helfen«, sagte ich und wollte mich losmachen, doch als der Grimm merkte, dass ich zurückkehrte, holte er mit der Tatze aus und traf mich voll in die Seite. Ich wurde gegen eine Wand geschleudert, prallte hart gegen das Mauerwerk, das sofort nachgab und mich unter Trümmern begrub. Ich riss die Arme hoch, um meinen Kopf zu schützen. Ash fluchte, eilte zu mir und räumte die Brocken weg. Ich sah zum Grimm, der sein Vorhaben fortsetzte.

Er baute sich vor dem Mann auf, versperrte mir die Sicht auf seine Beute. Dann fuhr er herunter, der Mann schrie und verstummte genauso wie die Zicklein vorhin. Knochen brachen. Es war ein entsetzliches und grausiges Geräusch, das mir durch Mark und Bein schoss. Selbst Ash hielt kurz inne und sammelte sich, ehe er weitere Steine von mir zog. Er streckte mir die Hand hin, ich ließ mir von ihm aufhelfen. Durch die entstandene Lücke in der Wand kletterten wir nach draußen. Ein letztes Mal sah ich auf den Grimm, der an seiner Beute ruckte und zerrte.

»Komm endlich!«, rief Ash und zog mich weiter. Ich löste mich von dem entsetzlichen Anblick und folgte ihm.

Wir steuerten auf den Brunnen zu und ich hoffte, dass dies wirklich der Weg zurück war, aber etwas Besseres fiel mir nicht ein. Der Grimm knurrte laut und bedrohlich. Wir eilten davon, als es einen Knall hinter uns gab. Eine Seite der Hütte krachte ein und der Grimm sprang aus den Trümmern. Er schüttelte sich kurz und fixierte dann uns. Wir beschleunigten, doch je schneller wir versuchten wegzukommen, desto mehr zog sich der Boden unter unseren Füßen.

Wir kamen kaum noch von der Stelle.

»Verdammt noch mal, ich hasse solchen Scheiß«, brüllte Ash.

»Was ist das?«

»Magie, was denkst du denn?«

Er zog mich weiter voran, aber es hatte fast keinen Sinn, wir kamen nur zentimeterweise vorwärts. Dafür holte der Grimm auf.

»Das hat er beim letzten Mal schon abgezogen«, sagte ich.

»Und wie bist du ihm da entkommen?«

»Ich … äh, bin teleportiert.« Das war dann die Stelle, an der ich aus der Vision aufgewacht war.

Ash machte einen weiteren Schritt, blieb mit dem Fuß irgendwo hängen und fluchte. Er bückte sich und hob einen zweiten Backstein auf.

»Hier liegen noch mehr von den Dingern«, sagte er. Ich blickte mich um, und so, wie ich meine Aufmerksamkeit darauf richtete, fand ich auf einmal auch welche.

»Waren die vorher schon da?« Oder waren sie eben erst erschienen, weil wir uns darauf konzentrierten?

»Spielt das eine Rolle?« Ash drehte herum, schleuderte den Stein gegen den Kopf des Grimms. Er landete einen Volltreffer auf der Nase des Viehs. Der Grimm heulte auf, schüttelte sich und fixierte Ash. »Lauf weiter!«, brüllte er.

Ich setzte mich in Bewegung, Ash rannte in die andere Richtung los. Der Grimm war kurz irritiert, wem er folgen sollte, doch er spielte sich auf mich ein. Ich fühlte einen Luftzug an der Seite, als er ausholte und nach mir schnappen wollte. Mit einem Sprung nach rechts wich ich ihm aus, fing mich in einer Rolle ab und warf meinen Backstein ebenfalls. Dieses Mal duckte der Grimm sich unter dem Geschoss weg, hob seine Tatze und fuhr die Krallen aus. Ich kam auf die Füße, blickte zum Brunnen, der nicht mehr weit entfernt war. Ash hatte ein paar Meter gutgemacht, war fast schon dort. Ich wollte ihm folgen, als mich der Hieb des Grimms im Rücken traf und auf die Wiese beförderte. Der Schmerz wummerte durch meinen Körper. Es fühlte sich an, als hätte er mir die halbe Seite aufgerissen. Ich stemmte mich nach oben, der Grimm baute sich über mir auf, fixierte mich aus den gelb funkelnden Augen. Ich sah all das Grauen, das er in seiner Seele trug, die Wunde in meiner Seite pochte im gleichen Rhythmus seines Atems, der als Wolken aus seinen Nasenlöchern pulsierte. Er kniff die Augen zusammen, knurrte leise. Nie zuvor in meinem Leben hatte ich in solche Abgründe geblickt. Der Grimm schien all den Schmerz, das Leid, den Kummer in sich zu vereinen. Ich spürte seine unersättliche Gier nach Liebe, fühlte die Leere, die in ihm wohnte und die er niemals füllen könnte. Er senkte leicht den Blick, wie um mir zu bestätigen, dass er eine gepeinigte Seele war; dass all das Leid, das er in anderen verursachte, das war, was er jede Sekunde seines Seins selbst ertragen musste. All die Morde, die Leichen, die vielen Opfer durch Black Wolf. Sie hatten in seinem Namen gemordet, sie waren von ihm angetrieben worden, er hatte in ihren Köpfen übelste Halluzinationen ausgelöst, damit sie taten, was er von ihnen verlangte: zerstören. Denn nur so konnte er überleben: Wenn er all die Liebe zwischen den Menschen kappte, wenn er alles vernichtete, was uns ausmachte und zusammenhielt. Wir sollten einsam sein und uns selbst verraten, so wie er einst verraten worden war.

Der Grimm schüttelte sich, ich mich ebenfalls. Er hob die Lefzen und die Pranke und ließ sie auf mich niedersausen. Ein Stein traf ihn seitlich am Kopf, er schüttelte sich, verlor seinen Schwung. Das gab mir die Gelegenheit, wieder hochzukommen und weiterzurennen. Der Grimm fuhr zu Ash, knurrte und schnappte nach ihm, doch Ash konnte sich in Sicherheit bringen.

»Mach schon!«, brüllte er mir zu.

»Ich bin unterwegs.«

Der Grimm drehte sich, seine Größe machte ihn eindeutig unbeweglicher. Er hob den Vorderfuß, zielte wieder auf mich, aber ich schaffte es, darunter wegzutauchen. Mein Rücken brannte, als hätte man mich mit Säure übergossen. Ich sah alles doppelt, meine Beine knickten bei fast jedem Schritt ein, doch ich rannte weiter.

Ash kletterte auf die Umrandung des Brunnens, blickte zu mir und wartete, bis ich ihn erreicht hatte.

Ich sammelte all meine Kräfte, zwang alles aus mir heraus. Der Grimm drehte seinen massigen Körper in meine Richtung und riss sein Maul auf. Ich hob die Arme über den Kopf und schrie. Auf einmal schoss ein Licht von rechts auf uns zu. Es strahlte hell und silbern und erleuchtete für Sekunden die komplette Wiese. Ich blickte auf und erkannte, dass es aus Ashs Mal kam. Er sah ebenso erstaunt aus wie ich. Mit dem Licht kehrten auch die Schmerzen in meiner Brust zurück. Ich keuchte, krümmte mich und versuchte gleichzeitig, weiterzurennen.

Der Grimm zog jaulend den Kopf ein und schüttelte sich. Er wirkte auf einmal orientierungslos, schnappte blind in die Luft, als wollte er das Licht wegbeißen.

Ich wollte weiter, aber die Schmerzen wurden immer heftiger, breiteten sich in meinem gesamten Oberkörper aus. Ich bekam keine Luft mehr, japste, knickte wieder ein.

»Kris!«, hörte ich Sebastians Stimme.

Ich blickte zu Ash und wusste, dass ich gleich in die reale Welt zurückkehren würde. Er fixierte mich fragend, forschend, verwirrt. Ich wollte ihn nicht allein mit dem Grimm lassen, aber ich spürte, dass ich keine Wahl hatte.

Hoffentlich schaffte er es auf die andere Seite des Brunnens.

»Ich …«, sagte ich, dann wurde mir schwarz vor Augen. Ich hörte den Grimm ein letztes Mal knurren und sah noch, wie er nun auf Ash losging, der sich mit einem Sprung in den Brunnen rettete.

Die Umgebung flirrte, ich sah grelle Punkte, einen Schemen über mir. Die Wiese verblasste, das Labor kehrte zurück. Der Schmerz in meiner Brust wurde intensiver. Ich fühlte mich, als flösse Gift durch meine Adern.

Sebastian stand über mir, zwei Paddels in der Hand, wie sie zur Wiederbelebung verwendet wurden. Ein kühler Windhauch streifte meine nackte Haut. Er hatte mir das Shirt aufgerissen.

»Schon gut, sie ist wieder da«, sagte Sebastian und ließ die Luft aus der Lunge.

»Kris!«, hörte ich Marcel, dann kam auch er in mein Sichtfeld und strich mir über die schweißnasse Stirn. »Herrgott noch mal, hast du uns erschrocken.«

Ich mich auch.

Ich. Mich. Auch.

Der Grimmfluch

In dieser Nacht erschuf Séamus etwas Schreckliches. Er holte es aus den hintersten Winkeln seiner Seele, aus dem Kummer, der Schmach und dem Leid, welches er in sich gesammelt hatte. Tiefer und tiefer griff er in sich hinein und verwandelte sich in ein grausiges Wesen: den Grimm.

18. KAPITEL

In der Nähe von Graz, 1345 n. Chr.

»Waylon!«, schrie Kaia und rüttelte ihn heftig. Er stöhnte, grub die Nägel fester in die Wolldecke und bäumte seinen Oberkörper auf. Er war klatschnass geschwitzt, hatte sich auf die Lippe gebissen. Seine Lider flatterten auf und zu, Kaia sah nur das Weiße dahinter und die geplatzten Äderchen im Augapfel.

»Waylon, du träumst. Er ist nicht real!«

Ein weiterer Krampf schüttelte ihn, blutiger Schaum trat vor seinen Mund. Waylons gesamter Körper stand unter Hochspannung, seine Muskeln waren kurz vorm Platzen, seine Haut leuchtete knallrot, als hätte jemand sein Blut zum Kochen gebracht.

»Nein!«, schrie er, und seine Stimme klang so furchtgeladen, dass es Kaia eiskalt den Rücken hinunterlief. »Bitte nicht! Lass mich! *Bitte*!«

Tränen rannen über seine Wangen, er warf sich von rechts nach links, die Krämpfe wurden mit jedem Atemzug heftiger.

»Waylon«, sagte Kaia erneut, setzte sich auf ihn, umfasste sein Gesicht mit beiden Händen und versuchte, ihn still zu halten. Er atmete zischend ein, riss kurz die Augen auf, sah sie. Erst dachte Kaia, er würde erwachen, sie erkennen, endlich zu sich kommen, doch da traf sie seine Faust im Gesicht. Sie flog nach hinten und donnerte gegen den Holzbalken.

Sie hatten sich für diese Nacht in einer Scheune einquartiert und sich auf den Heuboden zurückgezogen. Das erste Mal seit einer Woche, dass sie mal wieder ein Dach über dem Kopf hatten.

Kaia hielt sich die brennende Wange, wo er sie getroffen hatte. Mit einem Keuchen richtete sie sich auf. Es war nicht das erste Mal, dass er sie erwischte, meistens jedoch verletzte er sich selbst.

»NEIN! HILFE!« Wie von Sinnen schlug er um sich, kratzte über seine Haut, fügte sich Wunden zu. »Hilfe!«

Kaia schloss kurz die Augen, sammelte sich, dann robbte sie erneut zu ihm hinüber und schüttelte ihn abermals. In den letzten Wochen hatte sie zahlreiche Methoden probiert, ihn aus den Träumen zu wecken. Mit kaltem Wasser, mit gutem Zureden, mit Schlägen, mit Kräutern, mit Hitze … Es war immer wieder dasselbe: Er wurde erst wach, wenn der Grimm ihn freigab.

»Sht«, machte sie und umschloss sein Gesicht. Die Albträume waren noch in der ersten Nacht losgegangen, nachdem sie das Kloster verlassen hatten.

Kaia hatte nie für möglich gehalten, dass es so schlimm werden konnte.

Waylon war mitten im Schlaf hochgeschreckt, sein Kopf war knallrot angelaufen, die Adern an seinem Hals hatten scharf hervorgestochen. Es hatte ausgesehen, als würde sein Blut brodeln. Er hatte die Augen aufgerissen, das Weiß seiner Augäpfel hatte sich rot verfärbt und war so geschwollen, dass Kaia Angst hatte, sie würden herausplatzen. Und dann hatte er geschrien. Einen solchen Laut hatte Kaia noch nie in ihrem Leben gehört. Waylon war erfüllt von Todesangst gewesen. Sein Körper hatte gebebt, er hatte wild um sich geschlagen und um Hilfe gerufen. Egal, wie sehr sie ihn geschüttelt und berührt hatte: Er war nicht wach geworden.

Am nächsten Morgen hatte er sich stundenlang übergeben müssen und war kaum zu Kräften gekommen. Er hatte sie angesehen und gezittert. Obwohl er nichts sagte, verstand sie sehr wohl, was er ausdrücken wollte: *Das halte ich nicht durch.*

Aber er musste. Bis nach Deutschland war es ein weiter Weg, und außerdem trug er auch eine Verantwortung für Kaia. Sie konnte nicht mehr zurück ins Kloster.

Kaia hatte ihn gefragt, was der Grimm mit ihm gemacht hatte, wovon er träumte. Waylon hatte sich erst geweigert, darüber zu erzählen.

Vor fünf Tagen war es dann aus ihm herausgeplatzt:

»Der Grimm hat mir aufgelauert. Erst habe ich es nur als leichtes Ziehen gespürt, doch als ich weiterging, merkte ich, dass mich etwas verfolgte. Er hat mich aus dem Hinterhalt angegriffen und sich auf mich gestürzt. Seine Klauen, seine Zähne … Das war alles so real. Ich habe seinen Atem gerochen, sein Fell, ich habe gespürt, wie sehr er vom Hass und der inneren Zerrissenheit getrieben wird. Es war, als würde er meine niedersten Ängste und Gefühle ansprechen, als würde er ganz tief in mich hineingreifen und dort alles herausholen, was ich fürchtete. Als er seine Zähne in meinem Bauch versenkte, stand ich unter Feuer. Ich spürte all den Schmerz, den er ertrug, ich spürte die unglaubliche Sehnsucht, wenn man einen anderen liebt und ihn nicht haben kann, wenn man jemanden verliert, der einem alles bedeutet. Der Grimm ist wie zwiegespalten. Er lebt in einem ständigen Kampf mit sich selbst, er will hassen und lieben, er will, dass es aufhört – und er will weitermachen. Er braucht den Schmerz, denn nur so weiß er, dass er am Leben ist. All das hat er auf mich übertragen. Er hat meinen Bauch aufgerissen, mich ausgeweidet und mir unsägliche Schmerzen zugefügt. Ich musste mit ansehen, wie er mich auffraß und alles ausspuckte, wie ich heilte und er von vorne anfing. Ich war … Ich war wie Prometheus, der von Zeus den Adler aufgehetzt bekommen hatte, damit dieser jeden Tag seine Leber fraß, nur auf dass sie nachts nachwuchs und er die Qualen von Neuem erdulden musste.«

Kaia hatte lange geschwiegen und verdaut, was in Waylon vorging. Sie hätte ihm gerne gesagt, dass er Hoffnung haben musste, nicht aufgeben sollte, dass es nur ein Traum war …

Aber sie wusste genau wie er, dass es viel mehr war als das.

Sie hatte gefürchtet, dass es bei ihr ebenfalls losgehen würde, aber der Grimm war nicht zu ihr gekommen. Dann war ihr eingefallen, dass Casaju ihr erzählte, dass seine Mutter auch vom Grimm verschont geblieben war, vermutlich, weil sie schwanger war, aber Kaia hatte am Morgen ihre Blutung bekommen, also konnte Waylon keine Saat in ihr hinterlassen haben.

Alles, wovon sie träumte, war ihre letzte Nacht im Kloster und ihr Abschied von dem magischen Baum im Hof. Nach dem Gespräch mit Casaju war sie in den Innenhof gerannt, an seinem Stamm niedergesunken und hatte ihrer Verzweiflung freien Lauf gelassen. Noch nie in ihrem Leben hatte sie so sehr geweint wie in jener Nacht. Aus Kaia war alles herausgeplatzt, jedes Gefühl, jede Trauer, jede Wut, jede Furcht. Alles hatte sich mit einer derartigen Wucht Bahn gebrochen, dass sie glaubte, sie müsste daran sterben.

Als sie wieder halbwegs zu sich kam, lag sie vor dem Baum, die Fingernägel an der Rinde blutig gekratzt, das Herz schwer, die Augen trübe.

»Was soll ich jetzt tun?«, fragte sie und blickte nach oben. Die Äste bewegten sich sachte, hoben sich träge auf und ab, als wollten sie Kaia trösten. Doch wie sollte ein Trost je möglich sein, wenn sie das Wichtigste verraten hatte, was sie besaß? Sie hatte bei den Masali ihr Leben gefunden, das hier war ihre Bestimmung! Sie wollte lieber sterben, als das Kloster zu verlassen.

»*Von nun an lebst du mit der Dunkelheit*«, hörte sie als Antwort.

»Was?«, schluchzte Kaia und spürte, wie die Panik erneut ihr Herz ergriff. »Wegen … wegen des Grimms?«

»*Dein Herz wird brechen. So wie meins.*«

Kaia zuckte zusammen, richtete sich auf und betrachtete den Baum. Seine Rinde war mit einer feinen grünen Schicht überdeckt, die Äste bewegten sich stets in sanften Wellen, egal ob es windig war oder nicht. Er strahlte pure Magie aus. Kaia hatte sich schon immer zu ihm hingezogen gefühlt. Von Ares wusste sie, dass hier die Überreste von Anabel begraben worden waren, nachdem sie sich das Herz herausgeschnitten hatte. Ihre Seele war so mächtig geworden, dass sie Abalion formte und zu Moon wurde.

»*Geh, Kaia. Dein Platz ist nicht länger hier.*«

»Aber … ich … ich habe das nicht gewollt!« Sie hatte sich Waylon hingegeben, ja, aber sie konnte es sich nach wie vor nicht erklären. Sie war stärker als ihre Lust. Sie hätte niemals aufgegeben, was sie hier als Geschenk erhalten hatte.

»*Es spielt keine Rolle. Geh.*«

Und Kaia hatte gehorcht.

Am nächsten Tag mussten sie und Waylon gehen. Kaia hatte sich nicht einmal mehr von Casaju verabschieden können. Nur Anantha hatte ihr noch einen Papyrus in die Hand gedrückt: »Das sind meine

Recherchen von damals über Anabels Volk. Ich habe sie für Jakob gemacht, weil wir hofften, ihn von dem Fluch zu befreien. Reise mit Waylon nach Deutschland. Ich habe dir die Stelle in der beiliegenden Karte markiert, wo Anabel einst mit ihrer Familie gelebt hat. Wenn du Hilfe für euch findest, dann dort.«

Kaia hatte Anantha umarmt und ihr gedankt.

»Nein!«, schrie Waylon.

Kaia gab sich einen Ruck und kroch zurück auf ihn. Er krümmte sich vor Furcht, seine Miene war verzerrt, spiegelte all die Grauen, die er in seinem Kopf erlebte. Kaia holte Luft, dann beugte sie sich weiter über ihn und drückte sanft ihre Lippen auf seine.

»Ich bin hier«, hauchte sie in seinen Mund. Manchmal half es, wenn sie ihn auf diese Art zurückholte. Manchmal nicht. »Wach auf. Es ist gut. Du träumst.«

Waylon röchelte, er riss die Augen noch mal auf, Kaia zuckte, weil sie unsicher war, ob er sie erneut schlagen würde. Doch er starrte sie nur erschrocken an.

Dies war mit der schlimmste Moment für sie. Wenn das Grauen noch an ihm hing, wenn sie den Grimm in Waylons Seele erkannte und all das Leid, das er durch das Wesen erdulden musste. Es dauerte stets ein paar Augenblicke, bis Waylon es abstreifen konnte und sein Bewusstsein die Kontrolle übernahm.

»Du bist wieder da«, sagte sie leise und ließ ihn los. Die Küsse mit ihm bedeuteten ihr nichts. Es schien ihr eher, als würde sie von Tag zu Tag mehr erkalten.

»Dein Herz wird brechen. So wie meins.«

»Geht es wieder?«, fragte sie und half ihm, sich aufzusetzen.

»Ja.« Waylon zog die Beine an und hustete. Zum Glück beschränkten sich die Albträume nur auf die Neumondnächte.

Sie griff herum und holte den Wasserschlauch, den sie vorhin am Brunnen gefüllt hatte. Er nahm ihn entgegen und trank in kurzen Schlucken. »Danke.«

Sie musterte ihn. Er hatte in den letzten Wochen abgenommen, seine Hände zitterten ständig, er war fahrig und oft unkonzentriert. Manchmal saß er irgendwo und starrte Löcher in die Luft. Wenn sie ihn ansprach, zuckte er zusammen.

»Ich geb dir deine Tinktur«, sagte sie und deutete auf seine Arme, die er sich aufgekratzt hatte. Neben diesen frischen hatte er zahlreiche andere, vernarbte Wunden am Körper. Waylon verlor völlig die Kontrolle, während er träumte.

Sie wollte sich abwenden, aber er hielt sie am Handgelenk zurück und deutete auf ihre Wange, wo er sie geschlagen hatte. »Ich …«

»Schon gut. Ist nicht so schlimm, wie es aussieht.«

»Es tut mir leid.«

Das sagte er jeden Morgen und jeden Abend. Kaia hatte ihm schon zigfach beteuert, dass er damit aufhören sollte, dass sie genauso Schuld an dieser Situation trug, aber er ließ es sich nicht nehmen. Jedes Mal war seine Stimme schwer von Reue. Jedes Mal nickte sie nur, denn es gab nichts, was sie darauf erwidern konnte.

Sie rutschte auf dem Strohlager nach vorne und griff nach der zweiten Tasche, in der Waylon nach wie vor die Sachen aufbewahrte, die er aus dem Kloster mitgenommen hatte. Ein Teil war unterwegs verloren gegangen oder sie hatten es aufgebraucht, aber er besaß noch einige Kräuter, die beiden Phiolen mit Wasser, die er als Probe eingesteckt hatte, und das Tintenfässchen sowie die Schreibfeder.

Sie kramte nach der Wundtinktur. Waylon hatte sie unterwegs mit Kräutern gestreckt. Er besaß zwar nicht Ares' Wissen um Pflanzen, aber er lernte schnell und konnte sich gut darauf einstellen, was half und was nicht. Sie lehnte sich zu Waylon und gab sie ihm. Er entkorkte die kleine Flasche und tupfte sich die Tinktur auf seine frischen Kratzer.

»Versuche, dich auszuruhen«, sagte sie. »Die Sonne wird bald aufgehen und wir müssen weiter, wenn wir über den Pass wollen.«

Der Winter stand vor der Tür. Waylon und sie wollten diese Ausläufer der Alpen passieren, ehe die ersten Schneefälle einsetzten.

Sie wandte sich von Waylon ab und sah auf ihr Nachtlager, aber sie war zu wach, als dass sie noch mal hätte schlafen können. So rutschte sie nach vorne, bis sie ihre Beine über den kleinen Vorsprung baumeln lassen konnte, und lauschte den Geräuschen im Stall. Unter ihnen kauten die zwei Pferde gemütlich an ihrem Heu, eine Stallkatze war auf dem Balken gegenüber unterwegs.

Die Scheune gehörte Tim, einem jungen Mann, der als Schmied arbeitete und Kaia und Waylon netterweise bei sich übernachten ließ.

Waylon hatte ihm geholfen, als er sich mit dem Karren festgefahren hatte, weil ihm eine Speiche gebrochen war.

Auf diese Art kamen sie recht gut durch die Lande, was Kaia so nicht erwartet hatte. Früher hatte sie eine große Abneigung gegen Menschen entwickelt, weil sie nur eine Seite der Gesellschaft kennengelernt hatte: nämlich jene, die sich für Geld alles kaufte, was sie wollte, und die sich nicht scheute, andere auszunutzen. Mittlerweile hatte sie erkannt, dass nicht alles schlecht auf dieser Welt war; dass es durchaus hilfsbereite Exemplare wie Tim gab, die sie aufnahmen, ihnen ein Abendmahl gaben oder einen Platz zum Übernachten boten.

Sie hörte ein Rascheln hinter sich. Waylon kam neben sie und breitete die Karte aus, die Anantha ihnen gegeben hatte.

»Ich bin mir nicht sicher, ob wir weitersollten.«

Sie hatten sich vom Schwarzen Meer nach Nordwesten durchgeschlagen und befanden sich nun in einem kleinen Dorf, das nicht mal einen Namen hatte oder auf der Karte verzeichnet war.

»Tim meinte, dass wir schon zu spät sein könnten, um den Weg über den Pass zu schaffen.«

»Du meinst, wir sollen hierbleiben?«

Er zuckte mit den Schultern. »Für den Winter, ja. Tim sagte, dass der ansässige Heiler im Sommer an einem Fieber gestorben ist und sie jemanden bräuchten. Ich könnte versuchen, den Leuten zu helfen, und dafür würde er uns bei sich wohnen lassen. Er hat noch eine leer stehende Scheune, die wir uns einrichten könnten.«

»Dann wärst du noch länger in deinen Träumen gefangen.«

Er biss die Zähne aufeinander und nickte. »Ja, aber vermutlich besser, als im Schnee festzustecken. Wir sind sicherlich noch drei bis vier Monate unterwegs, vermutlich eher länger, wenn ich mir diese Gebirge ansehe.«

Sie blickte auf die Karte und betrachtete die Strecke, die sie zurückgelegt hatten.

»Falls das alles überhaupt einen Sinn hat«, sagte er.

»Du zweifelst daran?«

»Manchmal.«

»Warum?«

»Ich weiß nicht.« Er schüttelte den Kopf, als müsse er den Gedanken beiseiteschieben. »Lass uns hierbleiben und den Winter abwarten.«

»Bist du sicher?«

Er nickte, aber Kaia sah ihm an, wie schwer ihm diese Entscheidung fiel. Vielleicht rechnete er in Gedanken schon aus, wie viele Neumonde ihn erwarteten.

»Ich sage Tim Bescheid.« Waylon stand auf und kletterte vom Heuboden. Kaia blickte ihm nach, wollte gerne einen alternativen Vorschlag machen, aber ihr fiel keiner ein.

Das hier wäre ihr Zuhause für die nächsten vier Monate.

19. KAPITEL

Kristin

Frankfurt, 20.40 Uhr

Ich richtete mich stöhnend auf und fand mich nur langsam in meinem Körper ein.

»Wie geht es dir?«, fragte Marcel.

»Ich weiß noch nicht.«

»Lass sie erst mal zu sich kommen«, sagte Sebastian, zückte eine kleine Lampe und leuchtete mir in die Augen. »Wie heißt du?«

Ich schlug nach seiner Hand, weil ich diese Leuchtdinger nicht ausstehen konnte. Die Sanitäterin in Neuseeland hatte mich schon damit genervt.

»Hör auf und antworte mir.« Er ließ sich leider nicht davon abhalten, mich weiter zu ärgern.

»Du weißt genau, wie ich heiße, jetzt nimm das Ding aus meinem Gesicht.«

Er brummte missmutig, doch anscheinend war ihm das Antwort genug. Er legte die Lampe weg und blickte auf das EKG, das leise piepste. »Deine Werte sind wieder normal.«

»Was ist denn passiert?« Mir war noch immer schwindelig, ich blickte an mir hinab, meine Sachen waren klamm und zerrissen. Entweder hatte jemand einen Eimer Wasser über mir ausgeschüttet, oder ich hatte das aus der Vision mitgebracht. An meinem Arm hingen sogar noch Grasbüschel.

»Das ist unglaublich.« Ich richtete mich weiter auf, ein stechender Schmerz schoss durch meine Seite. Ich zischte und tastete danach. Da war Blut. Unter meinem Shirt.

»Lass mich sehen.« Sebastian hob sachte den Stoff an und entblößte zwei lange, tiefe Striemen über meinen Rippen. Genau an der Stelle, an der mich der Grimm erwischt hatte.

»Ich fasse es nicht«, sagte ich.

Sebastian holte Verbandszeug und Desinfektionsmittel. »Was hat die Wunde verursacht?«

»Der … der Grimm.«

Marcel stöhnte und schüttelte den Kopf. »Das darf doch alles nicht wahr sein.«

»Das kannst du laut sagen«, erwiderte ich.

»Bist du gegen Tetanus geimpft?«, fragte Sebastian und legte die Verbandssachen neben mir ab.

»Ja … ich … denkst du, dass …« Mir fiel ein, was er vorhin erzählt hatte, dass er von einem Black-Wolf-Täter gebissen worden war und sich so auch damit angesteckt hatte.

»Wir müssen dich beobachten. Fühlst du dich denn benommen oder ist dir schwindelig?«

»Ein wenig.«

»Hast du einen erdigen Geschmack auf der Zunge?«

»Das nicht, nein.«

»Darf ich dir Blut abnehmen? Bei mir haben die Antikörper rasch reagiert, ich könnte sehen, ob es bei dir auch so ist.«

»Ja, natürlich. Wie heftig war denn der Anfall?«

»Du hattest Kammerflimmern, aber ich konnte gleich reagieren.«

Du große Güte. Erst der epileptische Anfall, jetzt das? Ich fuhr mir übers Gesicht, meine Haut fühlte sich eiskalt und klamm an. »Wann ging es los?«

»Du warst eine ganze Weile in der Vision, zu Beginn war dein Puls sehr hoch, doch er legte sich schnell, dann blieb alles konstant, bis zum Schluss.«

»Bestimmt, als der Grimm angriff. Wie lange war ich weg?«

Er sah auf seine Armbanduhr. »Zweiunddreißig Minuten.«

Ich hatte völlig das Zeitgefühl verloren. Sebastian reinigte die Wunde und untersuchte sie gründlich. »Sie ist nicht so tief, wie es auf den ersten Blick scheint.«

»Kannst du erzählen, was passiert ist?«, fragte Marcel. »Was war mit dem Grimm?«

»Lass sie erst mal ausruhen«, sagte Sebastian.

»Schon gut«, erwiderte ich. »Jetzt ist es noch frisch. Ich landete auf einem Baumstamm, ein Typ stand mir gegenüber, sein Name war Ash. Anscheinend störte ich ihn bei einer Party oder so. Es war viel Trubel um uns herum.« Ich beschrieb den beiden, was ich gesehen hatte, wobei ich kurz vor dem Sturz in den See gar nicht so viel wahrgenommen hatte.

Marcel machte Notizen und schrieb jedes Detail mit. Ich erklärte ihm, wie wir zur Hütte gekommen waren, den Mann gefunden hatten und dass es der Täter gewesen war.

»Was?«, sagte Marcel. »Wie kam der denn in deine Vision?«

»Hat er mir nicht gesagt, er war völlig aufgelöst und mehr damit beschäftigt, das Zicklein zu halten.«

Ich bekam eine Gänsehaut, als ich daran zurückdachte. Jetzt, da ich Abstand dazu hatte, wurde mir erst bewusst, was ich erlebt hatte.

Als ich fünfzehn war, wollte ich unbedingt *ES* von Stephen King lesen und hatte mir eine Originalausgabe besorgt. Es war der schlimmste Horrortrip meines Lebens. Ich hatte heute noch Angst vor Clowns. Seither mied ich diese Art von Literatur.

Nach dem von heute würde ich allerdings freiwillig *Shining* hinterherschieben.

Ich schüttelte mich und erzählte weiter. »In der Hütte war überall dieses Symbol an die Wand gemalt.« Ich griff Marcels Block und zeichnete es auf.

»Das hatte ich übrigens auch kurz vorher auf dem Körper des Täters gesehen.«

Sebastian blickte über meine Schulter. »Der Wolf und die sieben Geißlein.«

»Du kennst es?«, fragte ich.

»Die Symbole repräsentieren gewisse Märchen«, sagte Marcel. »Das, was du zuerst gemalt hattest, stand für Dornröschen.«

»Ihr wisst also doch, was sie bedeuten?«

»Wir kennen nicht alle und können nur bedingt etwas mit ihnen anfangen.«

»Gibt es noch mehr davon?«

»Ja.«

»Warum habt ihr mir die nicht gleich gezeigt, sondern mich erst diese Bilder anschauen lassen?«

»Weil …« Er kniff sich in den Nasenrücken.

»Ihr nicht darüber reden dürft.«

»Ja«, stieß er zerknirscht heraus.

»Wie ging es weiter?«, fragte Sebastian.

»Ich habe auf den Mann eingeredet, aber er wollte sich nicht beruhigen. Dann stand auf einmal der Grimm in der Tür, riss die halbe Hütte ein und – fraß den Mann auf.«

Marcel stöhnte gepresst, dann sah er mir in die Augen. Sein Blick war dunkel und trübe, als hätte er eben das Gleiche durchgemacht wie ich. »Kurz bevor du aus der Vision kamst, schrieb mir Alberto, dass der Täter gestorben sei. Herzinfarkt. Passierte noch im Verhörraum.«

»Oh, aber das … Meinst du, das war zeitgleich mit dem Tod in meiner Vision?«

»Kann gut sein.«

»Hat er denn noch etwas gesagt?«

»Nur, dass der Teufel alle holen und vernichten wird«, sagte Marcel.

»El diablo nos atrapará a todos y nos destruirá«, zitierte ich seine Worte aus der Hütte.

»Ganz genau.«

Sebastian brachte das letzte Pflaster am Verbandsmull an. »Wie seid ihr dem Grimm entkommen?«

»Wir sind gerannt, mehr blieb uns nicht übrig.« Ich wartete, bis er fertig war, und zog mein Shirt über den Verband. Die Wunde fühlte sich schon erstaunlich gut an. Als würde sie in Blitzgeschwindigkeit heilen. »Ash hat mir geholfen, und wir gelangten an den Brunnen. Der Grimm stellte sich mir in den Weg und wollte auf mich losgehen. Auf einmal schoss ein helles Licht aus Ashs Händen. Es traf den Grimm und der heulte, weil es ihm wohl Schmerzen bereitete. Dann sah ich nur noch, wie Ash in den Brunnen sprang und wachte auf.«

Marcel schrieb auch das auf, überflog alles und nickte. »Ich werde sofort mit Isabella sprechen und ihr hiervon berichten. Wir bekommen dich ins Team. Außerdem jagen wir den Namen Ash durch die Datenbank und fragen Jorge nach ihm. Mal sehen, ob er ihn kennt.«

»Er erwähnte noch die Nachtheide und dass wir angeblich dort gewesen waren. Er fragte, ob ich für Destan oder Moon arbeite.«

Marcel schrieb auch diese Namen auf. »Von der Nachtheide hat uns Jorge schon berichtet, das ist eine Art Traumwelt in Abalion. Destan sagt mir nichts, und Moon hab ich bei den Berichten über die Masali gelesen. Anscheinend verehrten sie den Mond, was nicht ungewöhnlich wäre.«

Sebastian hob meinen Arm, nahm mir noch Blut ab und begutachtete die restlichen Schrammen auf meiner Haut. Ich fing an zu zittern, weil mir langsam kalt in den klammen Klamotten wurde.

»Könntest du ihr frische Sachen zum Anziehen holen?«, fragte Sebastian und Marcel nickte.

»Danke«, sagte ich.

Er verließ den Raum. Ich sah Sebastian zu, wie er auch die kleineren Wunden versorgte, die aber schon abheilten. »Anscheinend sind Verletzungen aus Abalion nicht so tiefgreifend wie hier. Das heilt ganz großartig.«

»Es fühlt sich auch so an.« Nur ein pochender Druck hinter meiner Stirn war geblieben, aber das kam öfter mal vor, wenn ich eine intensive Vision gehabt hatte.

Sebastian machte weiter und tupfte den Schmutz der Wiese von meiner Haut. Er tütete die kleinen Grasbüschel ein und schrieb darauf, woher sie stammten.

»Weißt du, was merkwürdig ist?«, sagte ich. »Meine allererste Vision war völlig anders gewesen. Ich sah da ja nur die Frau und die vielen Leichen. Hätte ich nicht auch der Täterin aus dem Fernsehen begegnen und im Märchen landen müssen? Ich meine, ich wurde ja anscheinend in den Wolf und die sieben Geißlein gezogen, bei der im Fernsehen war es Dornröschen, warum war ich nicht an einem Schloss mit Rosenranken oder so? Und warum traf ich Ash?«

»Wir können das wohl nur herausfinden, wenn wir weitere Referenzen dazu haben.«

»Sprich: mehr Visionen.«

»Ja.«

Die Tür ging auf, doch anstatt Marcel war es Brayden. Er hatte die Joggingsachen nun gegen Jeans und ein Hemd eingetauscht. Seine Miene war ernst und besorgt. Er hatte frische Sachen für mich dabei und legte sie auf das Ende der Liege. »Marcel hat mir alles erzählt. Wie geht es dir?«

»Ganz gut.« Ich griff nach den Sachen, doch mir schoss Schwindel durch den Kopf.

»Du bekommst noch eine Infusion zur Stärkung deines Kreislaufs«, sagte Sebastian.

»Aber es geht mir gut.« Um es ihm zu beweisen, stand ich auf, doch kaum drückte ich mich von der Liege ab, schwankte ich auch schon.

Sebastian und Brayden reagierten gleichzeitig, schoben die Hände unter meine Arme und mich wieder zurück auf die Liege.

»Ja, eindeutig«, sagte Sebastian.

Er zog einen Infusionsbeutel heran und stöpselte ihn in den Zugang ein, den er mir vorher gelegt hatte. »Die läuft zwanzig Minuten. Du wirst dich ausruhen. Ich teste dein Blut in der Zeit auf die Antikörper.«

Ich lehnte mich zurück und ergab mich meinem Schicksal. Brayden drehte sich zu mir und sah mich still an. Ich konnte unmöglich deuten, was in ihm vorging.

Sebastian nahm das Blut und lief ans andere Ende des Raumes, wo er Reagenzgläser, Zentrifugen und keine Ahnung was aufgebaut hatte. Er nahm sich einen Stuhl und fing mit seiner Arbeit an.

Ich versuchte, meine nasse Hose auszuziehen. Es störte mich nicht, dass die beiden im Raum waren. Sebastian war Arzt und mit Brayden hatte ich als Kind schon nackt in der Wanne gesessen. Außerdem hatte er mich in meiner Schulzeit etliche Male abends ausgezogen, wenn ich es allein nicht mehr geschafft hatte.

Brayden half mir aus der Hose und reichte mir die frische, die ich gleich überzog.

»Scheiße, Kris. Ich glaube, ich hätte dich nicht herholen sollen.«

Ich schnappte mir das neue Shirt, wusste aber nicht genau, wie ich es überziehen sollte mit der Infusion am Arm. »Hilf mir lieber, statt so einen Mist von dir zu geben.«

Er zog vorsichtig das alte Shirt über meinen Kopf und entwirrte es von dem Infusionsbeutel.

»Seit wann zweifelst du denn an deinen Entscheidungen? Das war doch früher nie so gewesen.«

»Da wusste ich auch noch nicht, was ich heute weiß. Dieser Ort hier … Es ist das Verrückteste, was ich je erlebt habe.« Er warf Sebastian einen kurzen Blick zu, doch der reagierte nicht und kümmerte sich um seine Arbeit. »Marcel sagte, ich solle dich in alles einweihen und dass er von Isabella die Freigabe für dich bekommt.«

»Ja, er meinte, es wäre genügend Material vorhanden, um mein Hiersein zu rechtfertigen.«

»Ich werde es dir erklären, muss dich aber vorwarnen. Was du in der kommenden Stunde hören wirst, wird deinen Geist überstrapazieren. Es ist surreal und unvorstellbar, aber ich weiß, dass du es begreifen kannst, denn du selbst bist ein Wunder.«

»Oder ein Freak.«

»Nachdem du dir diese Geschichte angehört hast, wirst du das nicht mehr denken, glaub mir.«

»Was ist dieses Abalion, von dem ihr dauernd sprecht?«

»Es ist eine Art fremde Dimension. Eine Welt, die parallel zu unserer existiert und aus der die Fantasie entspringt. Jede Geschichte, jede Sage, jedes erschaffene Fantasiewesen findet dort seinen Ursprung. Auch die Märchen der Brüder Grimm sind keine Erfindungen, sondern zusammengetragene Erzählungen aus Abalion.«

»Okay«, gab ich zögernd zurück. »Ich bin gespannt.«

Brayden bemühte sich um ein aufmunterndes Lächeln. »Das Gleiche sagte ich damals auch, als ich herkam.«

»Und hast du es bereut?«

»Ich habe gelernt.«

Aber nichts Gutes, so wie er aussah.

20. KAPITEL

Ash

Abalion, Zeit unbekannt

Mein Leben verlief gewiss nie ganz normal.

Ich hatte mich mit den Zigeunern herumgeschlagen, kämpfte gegen einen tollwütigen Kater, der meine Stiefel klauen wollte, floh vor einem dämlichen Einhorn (die Narbe, die dieses Mistvieh hinterlassen hatte, prangte quer über meinem Bauch), legte mich mit einem Riesen an oder fiel in ein Feenfeld und war danach tagelang high von dem Blütennektar; ich stand Auge in Auge mit einem Feuerdrachen, weil ich unbedingt ein Baby vor dem Clan der Rumpelstilzchen retten mochte – und von dem desaströsen Verhältnis zu meiner Mutter wollte ich gar nicht erst anfangen.

Man konnte also durchaus sagen, dass ich Kummer gewöhnt war und gelernt hatte, damit zu leben.

Das heute übertraf jedoch so ziemlich alles.

Ich zog mich mit letzter Kraft aus dem See ans Ufer und blieb auf dem Rücken liegen. Bei allen heiligen Hexen dieses Landes: Ich hatte es lebend rausgeschafft. Hatte ich eben tatsächlich ein gleißendes Licht aus meinen Händen geschossen?

Ich hob sie an und betrachtete meine Finger. Das Mal auf meinem Arm pulsierte. Ich drehte ihn herum, um es näher anzusehen.

Es war gewachsen.

Nun bedeckte es meinen kompletten Unterarm und zog sich am Ellbogen hoch zu meinem Bizeps. Dieses verdammte Ding hatte durch die Aktion tatsächlich an Kraft gewonnen, dabei hatte ich nicht einmal mein Messer eingesetzt.

»Verfluchter Mist.«

Jubel erklang in der Ferne, dann ein lauter Knall wie von einem Gewehr. Die Meute feierte Bruder Lustig, der erneut gewonnen hatte.

Dieser elende verdammte Glückspilz hatte es geschafft.

Hauptgewinn für ihn. Niete für mich.

Das Grölen der Menge klang wie Spottgesang in meinen Ohren. Dieser Wettbewerb war die beste Chance für mich gewesen, dieses elende Messer loszuwerden. Ich war so nah dran, und als Gewinn hatte sich das Mal noch weiter ausgebreitet!

Benommen richtete ich mich auf und betrachtete mich. Ich sah definitiv so schlimm aus, wie ich mich fühlte. Meine Kleidung war zerrissen, ich hatte tiefe Kratzer an den Armen und spürte ein unangenehmes Brennen auf der Wange, wo mich der Grimm mit seinen Klauen gestreift hatte. Ich drehte erneut den Arm und betrachtete das Mal. Die Berührung mit Kris war eigenartig wohltuend gewesen. Sie hatte mir für eine kurze Zeit dieses permanente Brennen genommen, das ich ständig von der Stelle ausgehend spürte, aber gleichzeitig hatte es ihr Schmerzen zugefügt. Und dann war da noch die Sache mit dem Licht gewesen. Es hatte plötzlich angefangen und war unkontrolliert aus meinen Händen geschossen. Mir war schwindelig geworden und ich hatte einen Knall gehört; so, als wäre Glas kaputt gegangen. Und ich hätte schwören können, dass meine Mutter nach mir rief, aber diesem Gedanken wollte ich lieber nicht weiter folgen. Ehe ich das richtig begreifen konnte, war ich in den Brunnen gefallen – und dann war es vorbei.

Ich musste unbedingt mehr über das alles erfahren.

Kraftlos hievte ich mich auf die Beine und streckte meine schmerzenden Glieder. Einer der anderen Teilnehmer eilte an mir vorbei und hob beide Daumen, wie um mir zu gratulieren.

»Netter Abgang, Ash. Du solltest darüber nachdenken, Kunstturner zu werden.«

»Sehr witzig.«

Er lachte und rannte weiter, um Bruder Lustig zu feiern. Für mich hingegen war nun der Moment gekommen, wieder zurück in meinen

Körper zu kehren. Ich würde mich wohl die nächsten Tage bei Werfan einquartieren, mich zulaufen lassen, selbst bemitleiden und darüber nachdenken, wie ich an diese Kris noch mal rankam und ob sie mir helfen konnte, den Fluch des Messers zu lösen.

Vielleicht sollte ich auch mal meine Mutter … Ah, nein. Lieber rannte ich nackt durch ein Feld voller Blutrosen.

Ich drehte herum und stieß gegen die breite Brust eines Zentauren. Er funkelte mich von oben herab an und gab einen zischenden Laut von sich.

»Ich bin auf dem Weg nach draußen«, sagte ich und hob die Hände.

»Bist du nicht. Mitkommen.« Er packte mich am Arm und zerrte mich mit sich.

»Hey! Was soll das?«

Ich wurde gegen sein stinkendes Fell und einen Berg aus Muskeln gedrückt. »Der Prinz will dich sprechen.«

»Was? Wieso? Ich hab nichts getan.« Ausnahmsweise stimmte das, denn das Baden im See war nicht verboten.

Der Zentaur verstärkte seinen Griff und zerrte mich einfach mit sich. Ich trat nach ihm, was sie normalerweise wütend machte – meist warfen sie einen dann raus. Doch er packte mich nur fester und zog mich unbeirrt mit. Also ließ ich mich hängen, machte mich so schwer wie möglich, was ihn aber auch nicht weiter juckte. Ein zweiter Zentaur gesellte sich zu uns und kam auf meine andere Seite. Sie flankierten mich, trieben mich weg von der Masse an Wesen, die alle zu Bruder Lustig drängten.

»Ich habe wirklich nichts getan«, rief ich noch mal.

»Ruhe.« Sie schoben mich quer durch die Nachtheide, die Menge teilte sich sofort vor uns. Niemand stellte sich den Zentauren in den Weg.

»Jo, Ash«, rief Bruder Lustig über die Köpfe der anderen hinweg. »Du ziehst Ärger magisch an, kann das sein?«

»Ja, du mich auch«, gab ich zurück.

Zentaur Nummer zwei gab mir einen Schubs.

»Wenn du weiterhin trödelst …«, drohte er.

»Dann was? Wirfst du mich raus?«

»Ganz im Gegenteil.«

Wir steuerten auf eine dicht bewachsene Rosenhecke zu. Der Zentaur hob eine Hand, die Ranken glitten zur Seite und gaben einen dahinterliegenden Pfad frei. Sie schoben mich durch die Lücke, die sich hinter uns schloss und den Weg nach draußen versperrte.

Endlich ließen sie mich los. Einer setzte sich an die Spitze, der andere blieb hinter mir. Der Pfad wurde enger, sodass wir nicht mehr nebeneinander durchpassten. Ein sehr ungutes Gefühl baute sich mit jedem Schritt mehr in meinen Eingeweiden auf. Ich kannte das nur zu gut, denn ich steuerte wieder auf einen dieser Momente in meinem Leben zu, die ich einst lieber vergessen hätte.

Wir gelangten ans Ende des Weges, der Zentaur vor mir bog nach rechts ab, ließ mich passieren. Ich trat in einen wunderschönen, gepflegten und weitläufigen Garten. Die Rosen waren akkurat geschnitten, steinige Pfade in strategisch günstigen Bahnen angelegt. Hier konnte man herrlich flanieren.

Wenn man denn wollte.

Ich definitiv nicht.

Die Zentauren bauten sich vor dem Durchgang auf und verhinderten jedwedes Entkommen. Als ob mir das gelingen würde.

Ich rollte die Augen, drehte mich um und ging ein paar Schritte in den Garten hinein. Es duftete süßlich nach Blumen und es war still, aber auf eine angenehme Art. Von der Hektik draußen drang nichts bis hierher.

»Ich grüße dich, Ash«, erklang auf einmal die tiefe Stimme des Prinzen. Ich fuhr erschrocken herum, suchte nach ihm, aber ich entdeckte ihn erst beim zweiten Hinschauen.

Er hatte sich perfekt der Umgebung angepasst. Seine Kleidung hatte sich wieder verändert, er trug eine Art Rüstung aus Ranken, die sich geschickt an seinen Körper schmiegte. Seine Haare waren in hundert kleine Zöpfe geflochten, die eng an seinem Kopf anlagen. Ein Schwert hing an seinem Gürtel, die hohen Stiefel klackten bei jedem Schritt.

Beeindruckend.

Sein Blick heftete sich an mich. Es war unmöglich herauszulesen, was in seinem Inneren vor sich ging. Ob er mir gleich den Vorschlag meines Lebens unterbreiten oder mich einen Kopf kürzer machen wollte.

»Wie geht es dir?«, fragte er.

»Ist das eine Fangfrage?«

»Ganz und gar nicht. Du siehst mitgenommen aus.« Er zog die Augenbrauen zusammen und betrachtete meine Wunden, die zerstörten Klamotten, den Schnitt auf meiner Wange. Dann schnipste er mit den Fingern, ein angenehmer Schauer breitete sich über meinen Körper aus und nahm das Brennen. Ich atmete durch, als sich meine Haut zusammenfügte und sich sogar meine Klamotten erneuerten.

»Besser, oder?«

Viel besser.

Ich nickte nur.

»Schön.« Er lief los, ohne abzuwarten oder nachzusehen, ob ich ihm folgte. Ich wünschte mir nichts sehnlicher, als endlich aufzuwachen, aber ich konnte keine Verbindung zu meinem Körper herstellen. Dafür steckte ich schon zu tief in der Nachtheide fest.

Die beiden Zentauren machten einen Schritt auf mich zu. Einer deutete mit seinem kantigen Kinn auf den Prinzen. Eine Aufforderung, ihm zu folgen.

Ich warf die Hände in die Luft und ging ihm nach.

Wir wandelten eine Weile auf den angelegten Pfaden, die Rüstung des Prinzen änderte mit jeder Pflanze, die wir passierten, die Farbe und passte sich der Umgebung neu an. Er und die Heide waren wie ein Geschöpf, das im Gleichklang atmete und lebte.

Es hätte durchaus schön sein können, wäre er nicht so schwer einzuschätzen gewesen.

»Was ist heute Nacht mit dir passiert?«, fragte er schließlich.

»Ich bin in den See gefallen.«

»Was weißt du über die Frau, die plötzlich vor dir aufgetaucht ist?«

Er hatte sie also auch gesehen. Immerhin etwas. »Ich … ich weiß nicht. Sie war plötzlich da.«

»Und dann?«

Ich biss mir auf die Lippen, wusste nicht, ob es eine gute Idee war, ihm alles zu erzählen oder besser zu schweigen.

»Du weißt, dass du in meinem Reich nicht lügen kannst. Wie hieß sie? Woher kam sie?«

Das war etwas, was ich in Abalion abgrundtief hasste. Also wirklich hasste.

Das Hausrecht auf Wahrheit.

Jeder konnte davon Gebrauch machen, der seine eigenen vier Wände besaß, und dann hatte man keine Wahl und war nicht mehr in der Lage, zu schwindeln. Nicht mal ein bisschen. Da ich überall nur Gast war, zählte das natürlich nicht für mich, weshalb ich es noch viel mehr hasste.

Ich wollte antworten, doch ich spürte schon ein Kribbeln in der Kehle. Je mächtiger ein Wesen, umso stärker der Drang, die Wahrheit zu sprechen.

»Ich … sie hieß Kris. Sie sagte, sie kommt aus Frankfurt.«

Der Prinz stockte.

»Kennst du den Ort?«, hakte ich nach, wobei mir gar nicht das Recht zustand, ihn irgendwas zu fragen.

»Ich kenne viele Orte und viele Wesen. Weiter: Wo seid ihr gewesen?«

»Auf einer Wiese, mit einer Hütte und vielen toten Geißlein. Am Ende wurden wir von einem großen Wolf gejagt.«

Der Prinz atmete tief ein, als bekäme er einen Asthmaanfall. Die Pflanzen um uns herum taten es ihm gleich. Alles hielt für einen Moment die Luft an. Auch ich. Notgedrungen, denn plötzlich war kein Sauerstoff mehr da. Der Prinz erstarrte. Seine Augenfarbe wechselte von Grün auf Braun, die Zöpfe lösten sich auf und die Haare wurden kürzer.

Ich röchelte, japste und deutete auf meine Kehle. »Kannst du …«, brachte ich noch heraus, dann endlich ließ der Prinz die Luft aus der Lunge und der Garten atmete auf.

Ich auch.

»Der Grimm«, sagte der Prinz.

Ich stemmte mich auf meine Knie und gab mir ein paar Atemzüge, um mich zu sammeln. »Was ist das für ein Wesen?«

»Er ist ein Fluch.« Der Prinz drehte sich zu mir und musterte mich. Es war ein komisches Gefühl, als blickte er bis in die Tiefen meiner Seele. In Abalion gab es einige Wesen, die dazu in der Lage waren. Feuerdrachen zum Beispiel.

Ohne ein Wort trat der Prinz nach vorne, griff an meinen Arm und starrte auf das Mal, das dort prangte. Er strich mit den Fingern darüber. Die Magie, die vom Prinzen ausging, trieb mir einen eiskalten Schauer über den Rücken.

Der Prinz zuckte mit der Lippe und ließ mich wieder los. »Deshalb wolltest du beim Wettbewerb teilnehmen, du willst den Ranzen von Bruder Lustig. Wie willst du den Fluch loswerden?«

»Er ist an ein Messer gebunden, das ich hineinwünschen will. Das Mal vergrößert sich nur, wenn ich es einsetze, und da ich ihm nicht widerstehen kann und es mich ständig dazu verführt, es zu nutzen, dachte ich, dass es im Ranzen gut aufgehoben ist.«

»Nun, das wird nicht funktionieren. Du könntest es hineinwünschen, aber es wird immer wieder zu dir zurückkehren. So funktionieren Flüche nun mal. Auch der Ranzen wird daran nichts ändern.«

»Ich … aber es heißt … es heißt, dass der Ranzen alles aufnimmt.«

»Geh zu Moon und sage ihr, sie soll ihn umkehren.«

»Ah!« Ich schlug mir gegen die Stirn. »Auf die Idee bin ich noch gar nicht gekommen. Was bin ich doch für ein Trottel! Danke für den Tipp!« Das war das Erste, was ich gemacht hatte, nachdem ich sie wiedergesehen hatte: Ich hatte sie aufgefordert, den Fluch von mir zu nehmen, aber sie beteuerte ständig, dass sie es nicht konnte. Nicht *wollte* traf es wohl eher.

Der Prinz schürzte die Lippen, offensichtlich provozierte ihn mein Verhalten. Hoffentlich genug, um mich rauszuwerfen. »Meine Diener berichteten, dass du öfter mit ihr draußen gesehen wurdest, wie ist dein Verhältnis zu ihr?«

»Das ist meine Privatsache.«

»Sie ist eine Lügnerin.«

»Das weiß ich.«

»Sie ist durchtrieben.«

»Auch das ist mir nicht entgangen.«

»Arbeitet ihr zusammen, weil sie von der Heide ausgeschlossen ist?«

»Bist du des Wahnsinns?«

Er funkelte mich an, ich räusperte mich. »Ich meine: nein. Ich will nichts mehr mit ihr zu tun haben, aber sie lässt sich leider schwer abschütteln.«

Der Prinz brummte. Die Vibration setzte sich in meinem Körper fort. »Das sieht ihr ähnlich. Moon hat ihre Spitzel überall, ihr ist gewiss nicht entgangen, was heute passiert ist. Sie wird dich sobald wie möglich zu sich holen wollen. Sie wird dich fragen, was wir beide besprochen haben. Aber du darfst ihr nichts erzählen oder ein Wort aus ihrem Munde glauben.«

»Ich habe nicht vor, mich mit ihr zu unterhalten.«

»Sie wird dir keine Wahl lassen.« Der Prinz zeigte auf eine Rosenhecke, die sich sofort für ihn teilte und einen weiteren Weg freigab. Ich drang mit ihm tiefer in den Garten ein, weil ich sowieso keine Wahl hatte und sogar einen Hauch neugierig wurde, wo das Ganze hinführen sollte.

Wir kamen in einen abgelegenen Bereich, der auf einer Seite von der Hecke umzäunt war und auf der anderen von einer alten Steinmauer. In der Mitte stand ein gigantischer Baum. Seine Blätter faulten, die Äste waren zum Teil verknöchert. Über seine Rinde zog sich grüner Kristallstaub, der leicht glitzerte.

»Was siehst du?«, fragte der Prinz.

»Einen Baum«, gab ich wahrheitsgemäß zurück. »Er könnte allerdings Pflege vertragen.«

Der Prinz packte mich am Arm und drückte zu. »Du erkennst ihn also?«

»Das Ding ist nicht zu übersehen.«

»Endlich«, brabbelte er leise und lachte erleichtert auf. Er warf den Kopf in den Nacken, legte eine Hand auf sein Herz. »ENDLICH!«, rief er und eine Woge der Erleichterung rauschte durch den Garten. Auch durch mich.

»Was soll …«

Plötzlich packte er mich am Nacken und zog mich nach vorne. Sein Griff bohrte sich fest in meine Haut, ich wollte mich befreien, aber aus seinen Fingern wuchsen kleine Ranken, die sich komplett um meinen Hals schlossen. Wir blieben in etwa zwanzig Meter Entfernung zum Baum stehen. Ich nahm ein leises Surren und ein Flackern wahr. War da ein Kraftfeld?

»Weiter, was siehst du noch?«

»Ich … äh …«

Er umschloss meinen Nacken fester. Ich blinzelte und starrte auf die Rinde. »K-keine Ahnung.«

»Schau genauer hin.«

Ich tat es, kniff die Augen zusammen und auf einmal funkelten Hunderte Kristallsplitter in der Luft, als hätte jemand einen Stein zerschlagen, alle Bruchstücke hochgeworfen und sie so eingefroren. »Sind das ... Splitter?«

»Ja.« Der Prinz gab mich frei und ich taumelte nach vorne. Er fasste sich an die Stirn und lachte vor Erleichterung auf. »Du musst dieses Feld für mich durchbrechen und zu dem Baum gehen.«

»Und dann?«

»Wirst du etwas für mich holen.«

»Ich hasse es ja zu fragen, aber warum machst du das nicht selbst?«

»Weil das Kraftfeld jeden tötet, der es unbefugt betritt.«

Ha! Klar. »Aber ... wer sagt, dass ich die Befugnis habe?«

»Es gibt nur einen Weg, das herauszufinden.« Der Prinz hob wieder seine Hand, wollte nach mir greifen, doch ich wich rechtzeitig zurück.

»Oh nein, ich denke, eher nicht.« War ich hier ein Versuchskaninchen, oder was? »Mein Leben ist zwar miserabel, aber ich hänge dennoch daran.«

»Das ist keine Bitte.« Von hinten schob sich etwas Dunkles auf mich zu. Ich blickte hin und bemerkte die Ranken, die mich einkesselten und mir jede Fluchtmöglichkeit nahmen.

Verflucht. Das könnte eng werden. Ich blickte am Prinzen vorbei, suchte nach einem Weg, wie ich wegkommen konnte, doch er grinste nur, weil er genau wusste, dass es keinen gab, dass ich ihm ausgeliefert war, dass er hier alles tun und lassen konnte, was er ... Plötzlich bekam ich einen heftigen Schlag auf die Brust.

Erst glaubte ich, er käme vom Prinzen, doch dann löste sich die Umgebung auf, der Boden, der Baum, der Garten; alles schwand vor mir.

Ich wurde aufgeweckt!

Meine Traumgestalt zurück in den Körper gezogen.

»Tja, das wird dann eher nichts«, sagte ich noch und hätte mich liebend gerne theatralisch verbeugt, um meinen Abschied zu untermalen, aber ich löste mich bereits auf.

»Bleib hier!«, hörte ich den Prinzen rufen, doch ich rauschte davon, flog an den Gestalten, Wesen, Menschen, Marktständen vorbei. Meine

Kleidung löste sich auf, meine Haut wurde kälter. Klammer. Es war sinnlos, sich dagegen zu wehren. Einfach fließen lassen. Abgesehen davon hätte der Zeitpunkt definitiv nicht besser sein können.

Nach einigen Atemzügen war es dann auch vorbei und ich spürte den eiskalten Regen auf meinem halb nackten Körper.

Widerwillig und gleichzeitig dankbar nahm ich mich selbst wahr. Ich öffnete die Augen. Es dämmerte bereits, ein grauer Himmel zeichnete sich über mir ab.

Das und das ziemlich wütende Gesicht eines sehr vertrauten Gnoms.

Dann hatte er mich also geweckt.

»Oh Mann«, sagte ich. »Bin ich froh, dich zu sehen!« Der hatte mir soeben so was von den Arsch gerettet.

Skata-dingens funkelte mich an. Seine Haut war genauso nass wie meine, die wenigen Haare klebten an seinem Kopf und von seiner großen Nase tropfte das Wasser. Sabber lief ihm aus dem Mund, er atmete schwer, seine Haut dampfte in der kühlen Umgebung.

Ich richtete mich vorsichtig auf und fand mich von mindestens zwanzig anderen Gnomen umzingelt. Sie hielten alle Prügel in der Hand.

Vielleicht bin ich doch nicht mehr so froh, ihn zu sehen.

»Wo ist dassss Medaillon?«, fragte Skatar-wie-auch-immer.

Leider wartete er meine Antwort nicht ab, sondern holte mit seiner Keule aus.

Konnte dieser Tag eigentlich noch schlimmer werden?

21. KAPITEL

In der Nähe von Graz, 1345 n. Chr.,
vier Monate später

Kaia stellte den Kübel mit dem Wasser ab und streckte den Rücken durch. Ihre Muskeln schmerzten. Nicht nur, weil sie schon zum fünften Mal die Eimer vom Haus in die Scheune schleppte, auch wegen der Arbeiten, die sie in den letzten Tagen verrichtet hatte. Die gewaltigen Schneemassen hatten einen Teil des Daches drüben im Wohnhaus eingedrückt und so hatten alle mithelfen müssen, um es zu reparieren und den Schnee wieder hinauszuschaufeln.

Die Männer brachten noch die letzten Balken an, aber Kaia war für heute fertig und würde nun ihr verdientes Bad genießen. Sie goss den Eimer in den großen Zuber, aus dem es verführerisch dampfte, dann fasste sie mit dem Finger hinein, um die Temperatur zu testen. Perfekt.

Kaia stellte den leeren Eimer ab, nahm das Stück Seife aus der Tasche, das Tims Frau Magda ihr gegeben hatte, streifte ihre Kleidung herunter und stieg langsam in die Wanne.

In den letzten vier Monaten hatten sie und Waylon sich ein schönes und tatsächlich auch warmes Lager in der kleinen Scheune eingerichtet. An manchen Tagen hatte sie sich sogar wohlgefühlt. Auch Waylon hatte in den albtraumfreien Zeiten entspannter ausgesehen. Die Pause von der Reise hatte ihnen beiden gutgetan.

Noch besser würde gleich das warme Wasser sein.

Mit einem Stöhnen ließ sie sich hineinsinken und genoss, wie sich ihre Muskeln entspannten. Sie tauchte mit dem Kopf kurz unter und legte ihn hinten an den Rand. Das Wasser gab ihr leichten Auftrieb, sie ließ die Arme und die Seife treiben und schloss die Augen.

Eine angenehme Schwere breitete sich in ihr aus. Das war das erste Mal, seit sie das Kloster verlassen hatten, dass Kaia badete. Bei den Masali hatte sie das gerne und regelmäßig in den Wintermonaten getan, weil sie oft gute Ideen bekam, wenn sie im Wasser trieb. Meistens hatte sie sich den Papyrus schon bereitgelegt, damit sie gleich anfangen konnte. Kaia war unzählige Stunden nackt auf dem Rand der Wanne gesessen und hatte ihre Einfälle notiert.

Verrückt.

Die Masali.

Das Kloster.

Das war so sehr in den Hintergrund gerückt, dass sie manchmal glaubte, sie hätte die Zeit dort nur geträumt.

Sie fasste an den Mondanhänger, den sie von Moon für ihre erste Geschichte bekommen hatte, und lenkte ihre Gedanken auf die Zeit im Kloster. Sie sah sich selbst durch die Gänge streifen oder wie sie unter dem Baum im Innenhof schrieb, mit Ares lachte, mit Anantha spazieren ging und wie sie mit Casaju über Geschichten sprach.

Er hatte ihr stets geholfen, ihr mit Rat und Tat zur Seite gestanden, wenn sie nicht weitergekommen war, und sie immer an die Hand genommen.

Bis auf den Tag ihres Abschieds, denn da war er nicht aufgetaucht. Kaia hatte nie die Gelegenheit gehabt, ihm noch mal Auge in Auge gegenüberzustehen und sich bei ihm zu bedanken.

Oder zu entschuldigen.

Oder ihn zu umarmen.

Ohne ihr Zutun glitten ihre Hände über ihren Körper und fuhren die Rundungen entlang.

Der Gedanke an Casaju stachelte Kaia auf eine sehr besondere Art an, die sie in diesen letzten Monaten nicht ein Mal gespürt hatte. Sie strich über ihren Bauch, ihre Hüfte … Sie hatte, wie Waylon, an Gewicht verloren, ihre Muskeln waren härter vom Wandern und Arbeiten geworden. Es kümmerte sie nicht weiter, Eitelkeit war ihr bei den Masali fremd geworden. Wo sie früher so viel Wert auf ihr Äußeres gelegt hatte, um möglichst vielen Männern zu gefallen, war es ihr heute egal.

Sie fischte nach der Seife, strich damit über ihre Brüste, deren Warzen sich langsam durch ihre Berührung aufrichteten. Kaia fuhr mit einer Hand über ihre Haut nach unten, seifte sich weiter ein, bis sie in ihre Mitte gelangte.

Sachte drückte sie zu.

Seit ihrer Abreise – seit der Zusammenkunft mit Waylon – war dies das erste Mal, dass sie sich auf diese Art berührte. Sich selbst Lust zu bereiten, war im Kloster nicht direkt verboten gewesen, aber natürlich wurde darüber geschwiegen. Einzig mit Ares hatte Kaia über das Thema gesprochen. Er meinte, dass es in Ordnung sei, denn sonst wäre er längst tausendfach verflucht worden.

Kaia glitt tiefer zwischen ihre Schenkel und wartete auf das wohlige Gefühl, das sich eigentlich einstellen sollte.

Aber es kam nichts. Sie probierte es erneut, fasste sich so an, wie sie es immer getan hatte, doch sie spürte nicht einmal ein Kribbeln.

Sie richtete sich auf. Das Wasser hüllte sie in einen sanften Nebel, kleine Seifenblasen schwammen an der Oberfläche. Kaia berührte sich ein weiteres Mal, schob sogar einen Finger in sich.

Nichts.

Irritiert schloss sie die Augen, versuchte zu entspannen, an etwas Schönes zu denken. Die Anfangszeit mit Waylon kam ihr in den Sinn, ihr Picknick, die heißen Küsse auf den Gängen, die sie so unglaublich angemacht hatten – aber auch die Erinnerung daran half ihr nicht weiter.

Vielleicht doch eher Casaju?

Sie stellte ihn sich vor: Er sah gut aus, das war ihr schon immer klar gewesen. Casaju hatte feine Züge für einen Mann, die ihn nachdenklich und gleichzeitig verletzlich wirken ließen. Mit das Schönste waren seine grünen Augen und die rotbraunen Haare, die – je nach Sonne – kupfern glänzten. Casaju liebte seine Haare. Das gab er zwar nie offen zu, doch Kaia hatte ihn schon öfter beobachtet, wie er vor einem Spiegel gestanden und sie mit aller Sorgfalt gekämmt hatte. Vermutlich, weil sie ihn an seine Mutter erinnerten. Er hatte sie bis zur Schulter wachsen lassen, trug sie aber immer in einem Zopf zusammengebunden. Sie schmunzelte bei dem Gedanken daran.

Ihre Hand glitt erneut zwischen ihre Beine, sie stellte sich vor, dass es nicht ihre, sondern seine wäre. Casaju war im Kloster aufgewachsen, er war noch nie mit einer Frau zusammen gewesen und würde es vermutlich auch nie sein. Kaia malte sich aus, wie es wohl mit ihm wäre. Ob er zärtlich oder eher stürmisch liebte? In Casaju wallte eine unterschwellige und mächtige Energie. Sie konnte sich sehr gut vorstellen, dass sie sich Bahn brechen würde, wenn er mit einer Frau zusammen war. Kaia stöhnte leise, aber mehr aus Frust, denn nach wie vor spürte sie nichts. Sie stellte sich weiter Casaju vor. Er hatte schöne Lippen, leicht geschwungen, und er hatte ein kleines Grübchen im Kinn. Wenn er lachte, zog sich ein Mundwinkel stets ein Stück weiter nach oben als der andere. Seine Stimme war angenehm und tief und manchmal vibrierte sie in Kaias Brust nach. Wie es wohl wäre, von ihm Laute der Lust zu hören und …

Sie klatschte frustriert auf die Wasseroberfläche.

War sie denn gar nicht mehr in der Lage, sich zu stimulieren?

Sie strich sich durchs Gesicht, durch die Haare, tauchte noch mal unters Wasser und sank auf den Boden der Wanne.

Es wurde still um sie.

Stiller als je zuvor auf dieser Reise.

Und dunkler.

Druck breitete sich in Kaias Lunge aus, aber sie ließ sich nicht darauf ein. Sie wollte noch nicht auftauchen.

Eine Luftblase löste sich aus Kaias Nase, sie hielt weiter die Augen geschlossen, ihr Herzschlag und das Wasser rauschten in ihren Ohren.

»*Von nun an lebst du mit der Dunkelheit.*«

Mit einem Mal fühlte sie sich völlig losgelöst von allem. Sie wurde nach unten gezogen, hinab in die Tiefen ihrer Seele. Kaia ließ es zu, gab sich der wohltuenden Schwere hin und driftete weiter.

Ihr Geist schien sich von ihrem Körper zu lösen, sie bemerkte ein Ziehen in ihrer Brust, als würde sie langsam abheben.

Auch darauf ließ sie sich ein, bis die Schwärze alles in ihr ausfüllte.

Es tat gut.

Sie streckte ihre Arme von sich, sah sich in ihrem eigenen Körper, obwohl sie immer noch die Augen geschlossen hielt. Ihre Haut schimmerte blass unter Wasser, aber dann zog sich auf einmal ein dunkler Schatten über sie. Kaia zuckte zusammen, wusste nicht, woher der Schatten kam, bis sie bemerkte, dass er aus ihrem Herzen drang. Er breitete sich über ihren gesamten Körper aus und erkaltete jede Stelle, die er berührte. Kaia hörte auf zu fühlen, sie verlor ihre Empfindungen. Der Schatten legte sich um ihre Arme wie ein eng anliegendes Kleid, er vereinte sich mit ihr, Federn drangen aus ihrer Haut hervor.

Schwarz und seidig und glatt.

Sie umhüllten auch ihren Bauch, ihre Beine, ihre Füße. Wanderten hoch zu ihrem Kopf. Kaias Haare färbten sich dunkler, wurden von dem hellen Braun in ein tiefes Schwarz getaucht. Ein beißender Schmerz stach ihr in die Brust.

»*Du wirst die Dunkelheit …*«, hörte sie ein Wispern in ihrem Schädel.

Kaia schrie, fuhr hoch und durchbrach die Wasseroberfläche.

Mit einem Japsen kam sie zu sich und krallte ihre Hände in den Rand des Zubers. Ihr Herz raste und stand kurz vorm Bersten. Kaia atmete tief durch, beugte sich nach vorne und wartete, bis sich ihr bebender Körper beruhigte.

Sie blickte auf ihre Arme, ihre Haut, die wieder ihre normale Blässe erhalten hatte.

Der Wasserdampf nebelte sie nach wie vor ein, die Hitze stieg ihr in die Wangen. Sie legte beide Hände flach auf und keuchte. Sie schüttelte sich, aber die Benommenheit wich nicht aus ihren Gliedern.

Kaia brauchte eine ganze Weile, ehe sie sich regen konnte. Sie blickte herum, entdeckte Waylons Tasche, die in nicht ganz einem Meter Entfernung an einem Haken hing.

Er bewahrte dort viele Kräuter auf. Auch welche zur Beruhigung.

Kaia stand vorsichtig auf, ihre Knie zitterten, genau wie ihre Hände. Sie beugte sich hinüber und streckte sich zur Tasche aus. Sie bekam geradeso die Lasche zu fassen, wollte sie schon zurückziehen, da rutschte ihr Fuß auf dem nassen Untergrund ab, sie schrie, hielt sich am Zuber fest und verlagerte das Gewicht wieder nach hinten. Die Tasche flog vom Haken und Kaia plumpste mit ihr zurück ins Wasser. Eine Welle schwappte über den Rand, die Tasche landete neben ihr und ging sofort unter.

»Oh nein!« Kaia fischte sie gleich heraus, denn die Kräuter würden kein Wasser vertragen. Leider erwischte sie die Tasche am falschen Ende, sie klappte auf und der Inhalt flog in die Wanne. Die Kräuter breiteten sich überall aus, auch das Tintenfässchen und die Schreibfeder fielen heraus, doch sie erwischte sie schnell genug. Dafür konnte sie nur noch eine der Phiolen retten, die Waylon mit den Wasserproben gefüllt hatte. Die andere entkorkte sich. Vermutlich hatte sich durch das Hin und Her der Deckel gelöst.

Er wird mich hassen.

Waylon hatte sich viel von den Proben versprochen, weil er nach wie vor der Meinung war, dass die Masali ihm etwas ins Wasser gemischt hatten. Kaia zog die Phiole heraus. Die Probe war hinüber und hatte sich mit ihrem Badewasser vermengt. Sie zog die Beine in den Schneidersitz und sammelte die Kräuter ein, die an der Wasseroberfläche schwammen. Einige hefteten sich an ihre Haut, sie zog sie ab, so gut es ging, und legte sie fein säuberlich an den Rand. Auf diese Art klaubte sie weitere Kräuter heraus, rettete so viel wie nur möglich.

Sie war fast fertig, als sie Schritte hörte.

Waylon.

Kaia erkannte ihn schon am Gang.

Sie blickte zur Tür, die aufschwang. Waylon trat rasch ein, schloss sofort hinter sich, um nicht zu viel Kälte mitzubringen. Er schüttelte seine Jacke und die Schuhe aus und blickte zu ihr.

»Oh. Soll ich später wiederkommen?«

Obwohl sie so intim miteinander gewesen waren, hatten sie stets ihre Privatsphäre respektiert und Abstand gehalten, wenn sich einer von ihnen umzog oder wusch. Aber Kaia war im Moment zu aufgewühlt, als dass es ihr etwas ausmachte.

Sie musste es Waylon gestehen, am besten sofort.

»Ist alles klar?«, fragte er, weil sie nicht gleich antwortete.

»Nein. Ich … ich habe etwas Schlimmes getan.«

Er kam näher, das Gesicht voller Sorge. Sie hatten ein angenehmes Verhältnis miteinander, Kaia wollte es nicht unbedingt als Freundschaft bezeichnen, nicht so wie mit Casaju und ihr. Sie würde Waylon nie von ihren Ängsten oder geheimen Wünschen erzählen, die sie wiederum mit Casaju oft geteilt hatte, vor allen Dingen, weil sie diese oft in ihre Geschichten einfließen ließ. Aber sie und Waylon kamen klar. Normalerweise.

Kaia hob die nasse Tasche hoch und deutete auf die wenigen Kräuter, die sie hatte retten können. Waylon wurde blass und kam langsam näher. Er starrte auf das Wasser, in dem vereinzelt die Blätter schwammen, er starrte auf die tropfende Tasche, er starrte auf das, was er die letzten Monate gehütet hatte.

»Entschuldige, ich bin ausgerutscht.«

Er blinzelte nicht einmal, ballte eine Hand zur Faust, entspannte sie wieder. An manchen Tagen besaß er unendlich viel Geduld, aber wenn es Richtung Neumond ging und er wusste, dass die Träume am schlimmsten wurden, wurde er zusehends gereizt. In fünf Tagen war es wieder so weit.

»Waylon?« Er reagierte nicht, atmete flach ein und aus. Sie ließ ihn, legte die Tasche zur Seite, griff nach dem Handtuch, das sie sich bereitgelegt hatte, und rieb sich trocken. Ihre Haut kribbelte viel stärker als eben noch und sie duftete nach einem bunten Gemisch aus Kräutern, das sich auch in der Scheune ausbreitete. Manche Blätter hinterließen einen kleinen Ölfilm auf ihr, den sie rasch verrieb.

Sie warf Waylon einen kurzen Blick zu, er beobachtete sie genau. Musterte ihre Nacktheit, ihre Rundungen, alles.

Sie konnte nicht deuten, ob er böse auf sie war oder seine Lust erwachte. Diesen Ausdruck kannte sie nur bei ihm von dem Tag, als sie sich das erste Mal vereint hatten.

Kaia hielt inne und hörte auf, sich abzurubbeln, denn plötzlich spürte auch sie eine Hitze in sich aufsteigen. Überall, wo seine Blicke sie trafen, zog sich eine brennende Spur entlang. Sie stockte, drehte sich weiter zu ihm, sodass sie ihm frontal gegenüberstand, und ließ langsam das Handtuch fallen.

Sein Atem ging schwerer, seine Lider klappten halb zu, er leckte sich über die Lippen. Die Geste verursachte bei Kaia einen angenehmen Schauer auf jene Art, die sie vorhin mit ihren Fingern verzweifelt gesucht, aber nicht gefunden hatte.

Sie hob die Hand und legte sie auf ihren Bauch. Kaia fing an zu frösteln, die Luft war deutlich kühler und ihr Körper noch erhitzt vom Baden, doch es störte sie nicht. Sie glitt mit ihren Fingern nach oben, umschloss eine Brust und drückte zu. Das Gefühl war atemberaubend. Waylon und sie stöhnten zeitgleich und sie presste automatisch die Schenkel fester zusammen. Das Beben pulsierte in ihr nach und umschloss auch ihr Herz.

Kaia sollte aufhören, sich anziehen, es gut sein lassen, aber sie konnte nicht. Genau wie im Kloster erfasste sie eine fast unstillbare Gier, die ihre niedersten Instinkte antrieb. Sie nahm auch die andere Hand dazu und knetete ihre Brüste. Das Gefühl machte sie fast benommen.

Waylon trat näher. Sie atmete schwerer, ließ ihre Finger zurück nach unten über ihren Bauch wandern. Er blieb neben dem Zuber stehen, öffnete den Mund und sah ihr zu, wie sie sich selbst stimulierte. In Kaia erwachte das Feuer, genau wie die Lust auf ihn. Sie wollte ihn erneut spüren, so sehr, wie sie ihn im Kloster schon gewollt hatte. Das Gefühl wurde übermächtig, rauschte völlig unkontrolliert durch sie und vertrieb sogar kurzzeitig die Schwere, die sich in ihrem Herzen ausgebreitet hatte.

Waylon sah zu ihr. Da der Zuber leicht erhöht war, musste er den Blick heben, um ihr Gesicht zu finden. Sie hielt ihm stand, fixierte ihn und biss sich auf die Lippen. Waylon streifte seine Jacke ab. Durch den Höhenunterschied war er direkt vor ihrer Brust. Sie hob eine Hand, grub sie in seinen Nacken und zog ihn an sich. Er drückte seine Lippen auf ihre Brustwarze und saugte daran. Kaia durchzuckte ein Blitz, so intensiv war diese Berührung. Ihre Haut stand in Flammen, als würde sie in viel zu heißem Wasser baden.

»Waylon«, keuchte sie und drückte ihn fester an sich. Er umschlang ihre Hüfte, ließ die Hände nach hinten zu ihrem Po wandern und drückte zu.

Die Erregung machte sie halb benommen, wirre Punkte flirrten vor ihren Augen. Er küsste sie, biss sie, zog an ihr, bis sie nicht mehr klar denken konnte. Sie beugte sich zu ihm hinunter, erreichte seinen Mund und drückte ihre Lippen auf seine. Er schmeckte nach Winter, nach Schnee, nach Likör, den er vermutlich zum Aufwärmen getrunken hatte. Kaia sank zurück ins Wasser, aber nicht, ohne Waylon mitzunehmen. Er schaffte es gerade noch, die Stiefel von den Füßen zu streifen, dann kam er ihr entgegen und tauchte ebenfalls in den Zuber.

Das überschüssige Wasser schwappte auf den Seiten heraus. Der Zuber war nicht sehr groß, sie passten eben so hinein. Waylon kam zwischen ihre Beine, sie umschlang ihn, wollte mehr von ihm spüren. Er küsste sich ihren Hals nach unten, seine Fingernägel zogen über ihren Hintern, zu ihren Oberschenkeln. Kaia griff an den Bund seiner Hose, nestelte am Gürtel herum, bekam ihn aber nicht auf. Waylon ließ von ihr ab, kniete sich hin und zog ihn aus den Schlaufen. Sofort waren ihre Finger wieder an ihm, sie schob ihm die Hose herunter, bis sie alles vor sich sah, was sie begehrte. Der Wasserstand war schon niedrig genug, dass Kaia sich nach vorne beugen und ihn in den Mund nehmen konnte. Sie stimulierte ihn, bis er laut keuchte. Er war mindestens so erregt wie sie, die Lust hatte sie beide völlig im Griff.

Kaia drückte ihn nach hinten, er ließ sich von ihr führen, bis er unten lag und sie sich auf ihn setzen konnte. Sie blickte ihn fest an, während sie ihn tief in sich aufnahm. Seine Lider flatterten, als sie ihn umschloss und sich auf ihm bewegte. Er krallte die Hände in den Rand des Zubers, legte den Kopf zurück und überließ ihr, wie schon in der Bibliothek, die Führung. Kaia biss sich auf die Lippen, umschloss seinen Kopf, drückte ihn wieder auf ihre Brust und bewegte sich auf ihm. Das Wasser schwappte mit jedem Stoß über den Rand, sie keuchte laut, gab sich allem hin, was sie in sich aufgestaut hatte.

Waylon stand ihr in nichts nach. Er kam ihr entgegen, packte erneut ihre Hüften und presste sie fester auf sich.

Die Spannung baute sich ins Unermessliche auf, Kaia bewegte sich schneller, härter.

Nur mehr. Mehr. Mehr.

Sie stöhnte. Er ebenfalls.

Sie verloren sich in ihrem gegenseitigen Verlangen, bis Kaia nichts mehr wahrnahm als ihn und wie er sie ausfüllte.

Alles in ihr zog sich zusammen und baute sich zu einem herrlichen Druck auf. Kaias Herz sandte einen weiteren schmerzhaften Impuls durch ihren Körper. Sie sah kurzzeitig wieder die Schatten, die von außen ihr Sichtfeld einschränkten, aber Kaia war zu benommen, als weiter darauf zu achten. Kälte schoss durch ihren Körper und dann Hitze. Kaia schrie, bohrte ihre Fingernägel in Waylons Muskeln und spürte, wie auch er unter ihr zuckte.

Ein letztes Aufkeuchen.

Dann war es vorbei.

Schwer atmend sank sie auf ihm nieder, das Wasser platschte gegen ihren erhitzten Körper. Waylon ließ die Hände locker um ihre Hüfte und atmete gegen ihre Schulter.

Sie hörte ein leises Aufstöhnen und war sich nicht sicher, ob es von ihr oder von ihm gekommen war. Ihr Herz pulsierte heftig gegen seins, ihr Atem ging im Gleichklang.

Kaia wollte sich von ihm lösen, aber sie konnte es nicht. Ihr Körper gehorchte ihr nicht mehr, sie war völlig gefangen in diesem Strudel aus unerklärlichem Verlangen.

Und sie spürte, dass es Waylon genauso ging.

Sachte drückte er sie von sich, sie ließ es zu.

Er erhob sich, stieg aus dem Zuber und streifte die restliche Kleidung ab. Kaia kniete vor ihm und beobachtete ihn dabei. Waylons Lust war noch nicht gestillt. Er war noch genauso gefangen wie sie.

Kaia sah mit verklärtem Blick zu ihm hoch. Er reichte ihr seine Hand, sie nahm sie an.

Er führte sie nach oben auf ihr Lager.

Sie folgte ihm.

Er zog sie auf die Wolldecke, auf der sie schliefen.

Sie legte sich hin.

Er drang erneut in sie ein.

Sie nahm ihn auf.

In dieser Nacht verlor sie ihr Herz und die Wärme, die darin wohnte.

Endgültig.

22. KAPITEL

Nubra-Tal, Indien. 1346 n. Chr.

Isa saß in ihrer Kammer und betrachtete das Lederbuch, das Waylon aus dem verbotenen Bereich geholt hatte. Sie strich über den Einband. Er war braun und unscheinbar, besaß nicht einmal einen Titel. Niemand würde sich zweimal nach diesem Buch umdrehen, doch Isa wusste, dass sich die Magie erst zeigte, wenn man es aufschlug und sich auf die Zeichen einließ.

Der Schlüssel zur Fantasie.

So stand es zumindest geschrieben.

Isa konnte kaum glauben, dass sie dieses Buch wirklich in Händen hielt. Dass es endlich so weit war. Und dieses Mal war es geschehen, ohne dass der Grimm bis ins Kloster eingedrungen war.

Isa hatte Jakob damals zu lange hingehalten, ihn zu lange dem Grimm ausgesetzt, daher hatte er bei ihm viel stärker zugeschlagen. Mit Waylon war sie umsichtiger gewesen. Nicht einmal Moon hatte dieses Mal etwas davon mitbekommen.

Nun musste Isa das Buch nur verstehen.

Noch wusste sie nicht wie, denn die Zeichen auf den Seiten waren für sie unleserlich. Es gab allerdings Erzählungen von einer alten Fähigkeit der Masali, die besagte, dass diese einst zwischen den Zeilen lesen konnten. Derjenige sollte dann Visionen von dem Text erhalten und tief in die Sprache blicken können.

Isa stellte es sich wundervoll vor, auf diese Art zu lesen und zu studieren. Sie schlug eine Seite auf und betrachtete die Symbole dort. Sie ähnelten denen, die Ares beim heiligen Ritual auf den Boden malte. Jene im Buch aber waren noch feiner, filigraner und viel detaillierter. Isa starrte darauf, bis die Linien und Kreise vor ihrem Auge zu tanzen begannen. Sie spürte einen leichten Sog in ihrem Bauch, als würde sie nach vorne gedrängt werden. Isa atmete tief durch, ließ sich auf dieses Gefühl ein und auf einmal blitzte ein Bild in ihr hoch: ein Raum mit dunklen Wänden, die wie die Sterne glitzerten. Da hingen Spiegel. Große, wunderschön eingerahmte Spiegel. Acht Stück.

Isa blickte auf, ein Lächeln umspielte ihre Lippen, sie strich zärtlich über die Seiten, fuhr die aufgemalten Zeichen nach.

»Es funktioniert.« Isa beugte sich nach vorne und sah ein weiteres Mal auf die Symbole, doch nun stellte sich kein Sog oder Bild ein. Es fühlte sich eher an, als wären die Zeichen schon erschöpft, als kostete es sie Kraft, Isa diese Bilder zu schicken und sie müssten sich erst erholen.

Vielleicht ging es nur einmal mit einer Vision.

Vielleicht musste Isa warten, bis sie sich aufgeladen hatten.

Sie lehnte sich wieder zurück und dachte über alles nach, was sie bis hierher geführt hatte.

Jakob und Meesa. Mit ihnen hatte alles angefangen.

Als Meesa ins Kloster kam und Isa bemerkte, welche Anziehung sie auf Jakob ausübte, keimte in Isa eine Idee: Sie wollte die beiden verführen, sich einander zuzuwenden und so den Grimmfluch aktivieren.

Isa hatte gehört, dass das Eisentor den verbotenen Bereich für denjenigen öffnen sollte, der den Grimmfluch auf sich zog – also gegen das Zölibat verstieß.

Isa wollte es mit Meesa und Jakob versuchen. Nur leider hielten die beiden sich streng an die Regeln und ließen die Finger voneinander. Also hatte Isa nachgeholfen.

Dank des großen Baumes im Hof hatte sie Zugriff auf etliche Kräuter, die in Abalion wuchsen. Sie wucherten meist auf seinem Stamm unten im Tempel. Ares bediente sich häufig dort, weil er im Kloster sonst keine Möglichkeit hatte, an alle Kräuter zu gelangen, die er benötigte, und auch Isa hatte das ein oder andere geerntet.

Zum Beispiel das Schwarzpulver, das sie Waylon ins Gesicht pustete, als sie sich in der Bibliothek trafen. Es war von einem Nachtschattengewächs und löschte Erinnerungen aus oder pflanzte neue ein. Isa bewahrte diese Sachen im Geheimen auf, keiner der anderen wusste davon.

Genauso wenig wie von dem Lotuskraut, das sie vor Jahrhunderten geerntet hatte. Mittlerweile war der Lotus nicht mehr da, aber Isa hatte ihn getrocknet und sicher aufbewahrt. In der richtigen Mischung steigerte er die Lust zweier Menschen aufeinander.

Es war ein Klacks, Meesa und Jakob zu verführen, wobei Meesa ihr fast auf die Schliche gekommen wäre. Sie hatte stets geahnt, dass etwas nicht stimmte, ohne sich wirklich erklären zu können, was es war. Und dann kam es endlich wie erwartet: Jakob stieg in die Bibliothek hinab und öffnete das Eisentor.

Am liebsten hätte Isa ihn begleitet, aber sie hatte den Schein wahren müssen und so getan, als wollte sie ihn retten. Während Ares sich um Meesa und Casaju kümmerte, sah Isa sich unauffällig in dem verbotenen Bereich um und konnte immerhin zwei Papyri mitnehmen. Sie wäre länger dort geblieben, doch begann das Eisentor, sich zu schließen; sie mussten gehen, ehe sie eingesperrt wurden.

Zurück in ihrer Kammer studierte Isa die Papyri.

Sie enthielten die Gedanken eines Gelehrten, der ehedem hiergeblieben war und dieses Kloster errichtet hatte. Der Mann erzählte von dem Lederbuch, das Isa nun in Händen hielt, und dass man damit die Fantasie entschlüsseln könnte.

Sie strich zärtlich über das Buch und lächelte.

»Waylon, ich danke dir.«

Ohne ihn hätte sie es nie bekommen.

Mittlerweile waren die beiden entweder tot oder wie die Tiere übereinander hergefallen. Natürlich war Isa nicht entgangen, dass Waylon sich Kräuter und Wasserproben aus dem Kloster mitgenommen hatte. Unter anderem auch das, was sie mit dem luststeigernden Lotus versetzt hatte. Isa hatte erst überlegt, ihm die Sachen wegzunehmen, doch auf der anderen Seite sollten sie ruhig Spaß miteinander haben. Sie hatten ihre Aufgabe erfüllt, obendrein verstärkte jede Vereinigung eventuell sogar den Fluch. Vielleicht fand Isa dadurch eine weitere Möglichkeit, in den verbotenen Bereich einzudringen. Waylons Blut dazu hatte sie nämlich noch. Nachdem er gegangen war, hatte sie sich Proben davon mitgenommen. Es war reichlich vorhanden gewesen.

Ach, Isa sah sich schon am Ziel: Sobald sie die Fantasie beherrschte, würde sie sich Abalion holen und dort regieren. Die Märchenwelt sollte nicht länger Moon gehören, sondern ihr. Isa hatte in all den Jahren so viel dafür geopfert, nun wollte sie ihren Lohn und das, was ihr von Geburt an zustand: Macht.

Im Unterschied zu den anderen Masali hatte sie früher kein hartes und entbehrungsreiches Leben geführt, sondern hatte etliche Bediensteten, die sich um sie kümmerten. Es war die Idee ihres Vaters gewesen, sie nach Indien mitzunehmen. Er war allein mit seiner Tochter und den Dienern gereist. Erst fand Isa den Ausflug lustig, doch dann erreichten sie das Kloster. Es wurde geöffnet, Isas Vater schob sie hinein, drehte herum und ging.

»Lerne das Leben«, hatte er gesagt, und seither hatte sie ihn nie mehr gesehen.

Isa wusste erst gar nicht, wie ihr geschah und dass sie gestrandet war. Natürlich wollte sie nicht hierbleiben, aber sie erkannte schon nach ein paar Tagen, dass sie niemanden hatte, der sich draußen um sie kümmerte. Sie wusste nicht einmal, wie sie zurück nach Hause kommen sollte. Isa hatte bis dato nie gelernt, für sich selbst zu sorgen, sie hatte keine Ahnung, wie man Wäsche wusch, Brot backte oder nähte. Sie konnte nicht mal ein Feuer anzünden. Die ganze Zeit über war sie auf die Hilfe ihrer Bediensteten und ihrer Eltern angewiesen gewesen.

Lerne das Leben …

Isa hatte gelernt.

Und das war alles erst der Anfang.

23. KAPITEL

Ash

Abalion, Zeit unbekannt

Ich wich dem Gnom im letzten Moment aus und rollte mich zur Seite. Er holte erneut mit der Keule aus, traf mich an der Schulter und hinterließ eine brennende Spur. Kurz darauf entstiegen meiner Haut kleine Flammen. Der Mistkerl hatte seine Waffe mit Feuernesseln eingerieben. Es gab nichts, was schlimmer juckte. Und natürlich waren Gnome immun gegen die Nesseln, weshalb sie diese gerne einsetzten.

»Ich habe deine Perle nicht!«, schrie ich, und dieses Mal stimmte es auch. Sie war beim Prinzen auf der Nachtheide und vermutlich schon längst im nächsten Schmuckstück verarbeitet.

Der Gnom drosch erneut auf mich ein, ich sprang auf die Füße, stieß mit einem seiner Leute zusammen, der mich sofort am Bein packte und seine Nägel in mein Fleisch bohrte.

Ich kickte ihn weg, drehte herum und wurde schon vom nächsten angegriffen. Sie stürzten sich gleichzeitig auf mich und gaben mir kaum eine Chance, zu Atem zu kommen. Die Gnome schlugen unermüdlich ihre Keulen auf mich, erwischten mich an den Beinen, der Seite, dem Rücken. Meine Haut reagierte sofort. Es brannte und juckte gleichzeitig, außerdem stachen überall die kleinen Flammen hoch. Ich wehrte die Gnome ab, aber es war so zwecklos, wie sich von einer Schar Ameisen befreien zu wollen.

Verdammt noch mal, es gab eigentlich nur eine Möglichkeit, wie ich hier rauskommen konnte: Ich brauchte mein Messer.

Es steckte noch an der gleichen Stelle, an der ich es zurückgelassen hatte. Ich hechtete danach, einer der Gnome schlug mir mit der Keule auf den Arm. Der hatte gesessen. Ich keuchte, rollte mich nach vorne weg und bekam mein Messer zu fassen.

Die Gnome nutzten die Gelegenheit und rückten weiter nach. Ihre Hiebe prasselten auf mich nieder wie Hagelkörner bei einem Unwetter. Ich machte mich so klein wie möglich, wehrte sie ab und traf einen Gnom tatsächlich mit der Faust in seinen Bauch. Er flog zurück auf einen anderen, sie stürzten beide zu Boden.

Mir half es nur bedingt, denn das Jucken wurde immer schlimmer und ich hatte alle Mühe, nicht zu kratzen.

Ich umschloss den Griff meines Messers fester und dachte schon darüber nach, wohin ich fliehen wollte, als ich ihn sah: *Destan*.

Er stand abseits des Geschehens an einen Baum gelehnt und sah dem Spektakel zu. Neben ihm wartete Skataarr-dingens' Schwester, der ich das Medaillon geklaut hatte. Sie reichte Destan gerade mal bis zur Hüfte, trug ein Blumenkleid und knetete ein Taschentuch mit ihren kleinen dicken Fingern. Sie sah verheult aus, ihre eh schon großen Augen waren rot unterlaufen und ihre Haut war geschwollen. Weibliche Gnome hatten mehr Haare als die männlichen – wodurch sie auch gut zu unterscheiden waren. Sie hatte ihre in einem Pferdeschwanz nach oben gebunden und Blumenranken hineingeflochten. Ihr Blick traf sich mit meinem und prompt fing sie wieder an zu heulen.

Ich fühlte eine Woge des Bedauerns in mir aufsteigen. Ja, tatsächlich bekam ich ein schlechtes Gewissen, weil ich ihren Nachwuchs für meine Zwecke quasi entführt und verschachert hatte, aber hey: Ich versuchte zu überleben.

Der nächste Hieb einer Keule traf mich am Hinterkopf. Ich stürzte nach vorne, sah noch, wie Destan der Gnomin die Hand auf die Schulter legte und sie tröstend tätschelte. So hatten die Mistkerle mich also gefunden. Der Sack hatte sie zu mir geführt, weil er genau gewusst hatte, dass ich zur Nachtheide wollte.

Ich bekam einen weiteren Schlag, mir wurde kurz schwarz vor Augen, ich stürzte nach vorne, fing mich ab und robbte los. Das Messer vibrierte in meiner Hand, ich scheute mich, es einzusetzen, attackierte stattdessen einen Gnom damit und stach ihm ins Bein.

Nun wurden auch die anderen Teilnehmer von der Nachtheide wach. Nach und nach kehrten sie in ihre Körper zurück. Der Wettbewerb war schließlich vorbei, es gab nicht mehr so viel zu sehen.

»Au!« Der Schlag hatte mich aufs Knie getroffen. Meine Haut stand unter Feuer. Buchstäblich.

Destan beobachtete den Kampf aus der Ferne. Erst dachte ich, er würde diabolisch grinsen, doch er sah eher verzweifelt aus. Als hinge viel für ihn von diesem Kampf ab.

Die Gnome rückten näher heran, ich hatte keine Chance mehr, denn die anderen Teilnehmer sahen nur ausdruckslos dem Kampf zu und zogen dann weiter. Niemand scherte sich um den anderen in Abalion. Wir waren alle auf uns allein gestellt.

Und auf ein Messer von Zeit zu Zeit.

»Na gut.« Ich schloss die Finger fester um den Griff, zielte auf meinen Bauch und stellte mir den *Trunkenen Fährmann* vor. Zu Hause konnte ich hoffentlich auch dieses Gift abwaschen.

Ich holte aus, wollte zustechen …

… als ich eine kühle Hand auf meinem Arm fühlte.

Ich zuckte zusammen und fuhr herum.

Moon.

Sie baute sich vor mir auf und augenblicklich stoppten die Gnome und starrten sie mit offenen Mündern an. Manchen lief sogar der Sabber heraus.

»Genug«, sagte sie ruhig.

»Was?«, rief Destan. »Ash hat ihnen den Nachwuchs gestohlen! Er muss dafür büßen.«

Moon griff in ihren silbrig glänzenden Umhang und zog eine kleine Perle heraus. Sie ähnelte der, die ich eingesetzt hatte, aber es konnte unmöglich dieselbe sein, oder?

»Hier«, sagte sie und übergab Skataa-ach-egal die Perle. »Ich denke, sie ist noch unbefleckt. Ich hoffe, es wird ein Nachwuchs daraus erwachen.«

Er legte augenblicklich die Keule nieder, genau wie der Rest der Mannschaft, und nahm die Perle aus Moons Fingern entgegen.

Sie landete in seiner Pranke und leuchtete kurz auf.

Er gab einen merkwürdigen Laut von sich, es klang nach einer Mischung aus einem Knurren und einem Seufzen. Die anderen Gnome taten es ihm gleich. Die Gnomin, die geduldig der ganzen Sache zugesehen hatte, stieß hingegen einen spitzen Freudenschrei aus und plapperte los. Ich verstand leider kein Wort, denn obwohl ich mein Leben lang in Abalion lebte, konnte ich kein Gnomisch.

Skatar-Gnom gab seiner Schwester die Perle zurück, sie schloss sie fest in ihre Hand und jauchzte zufrieden.

»Nein, nein, wartet!«, hörte ich Destan rufen, als die Gnome abzogen. »Ihr könnt ihn nicht so davonkommen lassen.«

Er drehte sich hin und her und warf mir einen vernichtenden Blick zu. Anders als vorhin am Baum wirkte er bei Weitem nicht mehr so selbstbewusst, sondern eher verloren. Oder panisch. Oder er hatte vorhin auch schon so ausgesehen und mir war es nur nicht aufgefallen, weil er Lotusnektar getrunken hatte.

»Das ist noch nicht vorbei«, sagte er. »Wir beide sind lange nicht miteinander fertig.«

»Sehr schön. Ich hätte dich sonst vermisst.«

Moon schob sich zwischen uns, warf Destan einen Blick zu und runzelte die Stirn. »Ich kenne dich.«

»Natürlich tust du das, du bist der verdammte Mond, du kennst jeden.« Er ließ die Schultern hängen und hustete.

»Bist du krank?«, fragte Moon.

»Lass mich bloß in Frieden«, antwortete er und stiefelte durchs Unterholz davon.

Weise Entscheidung, mein Freund, weise Entscheidung.

Das hätte ich damals auch tun sollen, als Moon mich hier aufgegabelt hatte.

Ich wandte mich ebenfalls ab und torkelte zurück zum Hauptweg. Meine Haut machte mich fix und fertig und mir war vollkommen klar, dass ich jeden Augenblick anfangen würde, mich willenlos zu kratzen. Ab dann wurde es noch schlimmer. Es gab sogar Leute, die dem Wahnsinn verfallen waren, weil sie es nicht mehr ausgehalten hatten.

Moon folgte mir.

Leider.

»Lass mich dir endlich helfen«, sagte sie.

Ich lachte bellend. »Danke. Nein.«

»Sei nicht stur, Ash. Du hast viel zu viel Gift abbekommen. Es wird anschwellen, bis du nicht mehr laufen kannst.«

»Mag sein.«

Sie griff nach meinem Arm, aber ich zog ihn zurück. »Ich sage es gerne noch mal: Nie mehr! Auf gar keinen Fall! Mich soll der Teufel holen, ehe ich je wieder Hilfe von dir annehme.«

Gott, wie das juckte! Ich biss auf meine Lippen, bohrte die Fingernägel in die Handinnenfläche und versuchte, es auszublenden. »War das eigentlich wirklich seine Perle gewesen?« Ich fragte das nur, um mich abzulenken.

»Ja. Ich habe sie zurückkaufen lassen. Der Prinz hat mich von der Heide ausgeschlossen, aber es gibt andere Wege.«

»Moon hat ihre Spitzel überall, ihr ist gewiss nicht entgangen, was heute passiert ist. Sie wird dich sobald wie möglich zu sich holen wollen.«

Da hatte der Prinz einen sehr guten Riecher gehabt.

»Das wäre nicht nötig gewesen«, sagte ich und wurde das Gefühl nicht los, als würde ich ihr nun noch mehr schulden.

»So wie es aussah, ja: doch. Komm mit zu mir, ich habe Mittel gegen das Jucken.«

»Du hast Mittel gegen alles, kann das sein?«

»Ich wünschte, es wäre so.« Sie kam näher. Ihr ganz eigener Duft aus Nacht und Frische stieg mir in die Nase. Moons Geruch war schwer zu beschreiben. Der Duft einer lauen Vollmondnacht. Er stieg mir in die Nase und vernebelte meine Sinne. Ich kratzte über meine Arme, schon allein deshalb, weil ich hoffte, dass der darauf einsetzende Schmerz dieses Verlangen nach Moon verdrängen könnte. Tat er übrigens nicht.

Moon strich über meine Wange. Zart und verlockend und kühlend. Für eine Sekunde hörte das Gejucke auf und ein wohliger Schauer rann über meinen Körper. Ich schwankte ob der Berührung, wohl wissend, dass sie mich schon wieder einlullte, aber hey: Ich war heute fast ertrunken, ich hatte gegen einen tollwütigen Riesenwolf gekämpft, mich dem Nachtheideprinzen gestellt, war von Gnomen mit Feuernesseln attackiert worden und stand nur noch mit einem zerrissenen Hemd hier. Ich war müde. Ausgelaugt und fertig.

Und Moon war betörend und umwerfend und einfach sie selbst.

Ich blickte ihr in die Augen, was so ziemlich das Schlechteste war, was ich in diesem Moment tun konnte. Denn wie lautete Regel Nummer eins, wenn man fast gestorben war: Niemals – wirklich niemals – der Ex, auf die man heimlich noch stand, in die Augen sehen, während sie einem über die Wange strich, sanft lächelte und so tat, als hätte sie beinahe das Wichtigste auf der Welt verloren.

So was wirklich niemals tun!

N. I. E.

»*Sie wird dir keine Wahl lassen.*«

Moon ließ ihre Hand sinken und griff nach meiner. Sie zog mich sanft mit sich, reichte mir Hilfe, die ich nicht wollte, aber dringend brauchte.

Moon hatte mich schon wieder am Wickel.

Sie wusste es.

Ich wusste es.

Verdammt seist du, Ash.

24. Kapitel

Kristin

Frankfurt, 21.05 Uhr

Als die Infusion endlich durchgelaufen war, befreite mich Sebastian von dem Zugang und machte sich wieder an die Untersuchung meines Blutes. Er meinte aber, dass er auf den ersten Blick keine Ansteckung durch Black Wolf hatte feststellen können. Mir brummte dennoch der Schädel und ich fühlte mich völlig fehl am Platz. Als wäre ich nicht mehr ganz in meinem Körper, sondern liefe nur daneben her.

Brayden wartete, bis ich aufstehen konnte und führte mich aus dem Labor, um mir den Rest der Wohnung zu zeigen. Während wir gingen, tippte er eine Nachricht in sein Handy. »Ich sage Jorge Bescheid, dass er dazukommen soll. Wir werden dir das Portal in Aktion zeigen, ich denke, dann verstehst du es besser.«

Wir bogen nach rechts ab, er führte mich über einen langen Korridor zu einer Stahltür. Wenn mich meine Orientierung nicht täuschte, waren wir im hinteren Bereich des Appartements. Also am äußersten westlichen Ende.

»Wie bist du überhaupt in diese Einheit gekommen? Das hast du mir nie erzählt.«

»Durch eine Empfehlung von Sebastian. Wir kennen uns von einigen Fällen, in denen wir zusammengearbeitet haben. Ich wurde angefordert, nachdem ich den Jefferson-Fall gelöst hatte, weißt du noch?«

»Natürlich.« Das war vor eineinhalb Jahren gewesen. Ein Mann hatte die Tochter des Industriellen Stuart Jefferson entführt. Die Familie war milliardenschwer und stellte unter anderem neue bruchsichere Verglasungen für Handys her. Der Mann wollte die genaue Zusammensetzung des Materials haben und drohte, die Tochter zu töten. Brayden war derjenige gewesen, der den entscheidenden Hinweis entdeckt hatte und den Täter hatte auffliegen lassen. Die Kleine konnte gerettet werden.

»Meine Arbeit ist aufgefallen, weil ich ungewöhnliche und mutige Wege gegangen bin«, sagte Brayden. »Sebastian hatte Isabella schließlich von mir erzählt und die hatte mich dann persönlich eingeladen und mir diesen Job gegeben. Sie meinte, sie braucht jemanden, der sich in neue Situationen schnell einfinden kann, und da ich zudem sehr gut verhandeln kann, wurde ich eingesetzt. Ich sollte ursprünglich einen Kontakt zu jemandem herstellen.«

»Und zu wem?«

»Das erkläre ich dir gleich.«

Er hielt die Chipkarte ans Display neben dem Schloss und tippte noch einen Code ein. Es piepste und die Tür entriegelte sich.

»Warum habt ihr ein Wohnhaus gewählt? Wäre eine abgelegenere Gegend nicht besser?«

»Ja, aber wir haben herausgefunden, dass es verschiedene Stellen auf dieser Erde gibt, an denen die Grenze zu Abalion schwächer ist.«

»Wie stellt man denn bitte so was fest? Seid ihr mit der Wünschelrute herumgeirrt?«

»So ähnlich.« Brayden ließ mir den Vortritt. Als Erstes fiel mir die viel kühlere und trockenere Luft auf. Die Wände waren mit einer fast schwarzen Legierung beschichtet. Der Raum war rund, in der Mitte befand sich ein metallenes Podest. »Sind wir in einem Science-Fiction-Film, oder was? Warum die Deko?«

»Weil es so am sichersten für alle ist; und mich würde es in der Tat nicht wundern, wenn Hollywood eines Tages an die Tür klopft, sollten wir es je schaffen, diese Mordserie zu stoppen. Dieser Irrsinn gäbe einen Wahnsinnsstoff für den nächsten Blockbuster.«

»Dann müssen sie aber auch Marcel als Marcel casten.«

Brayden lachte. Das erste Lachen, das von Herzen kam. »Und ich?«

»Du? Mh … Channing Tatum.«

»Was? Wir sehen uns nicht mal ähnlich.«

»Doch, ihr habt diesen durchdringenden Blick. Außerdem finde ich ihn süß und würde ihn gerne kennenlernen, was mir wohl gelingen sollte, wenn er dich spielt. Und nicht zu vergessen: Die Fans werden auf dich abfahren, dann musst du Autogramme geben und bekommst eine Million Liebesbriefe.«

»Verlockend.«

»Und mich soll dann Mila Kunis spielen.«

»Uh, die ist heiß, aber wenn sie dich spielen würde, könnte ich mir nie mehr zu ihrem Foto einen runter…«

Ich wirbelte herum und legte ihm die Hand auf den Mund. »Ich will es nicht wissen! Das ist igitt!«

Er kicherte, nahm meine Hand von seinen Lippen und deutete in den Raum. Der kleine Anflug von Schalk und Spaß verflog auf der Stelle und machte dem Ernst des Lebens Platz.

»Willkommen in Dillons Reich und dem Portal nach Abalion«, sagte Brayden und führte mich weiter. Der Raum maß etwa sechzig Quadratmeter. Gegenüber der Tür war eine lange Theke voller Computer angebracht, dahinter ging es in ein zweites Zimmer.

Dillon wuselte herum und hielt inne, als sie uns entdeckte. »Was wollt ihr denn hier?«

»Ich erkläre Kris alles«, sagte Brayden. »Wir sind mit der Vision weitergekommen. Außerdem wird Jorge gleich auftauchen, ich will Kris das Portal zeigen.«

»Es wird nur Funken und Qualm ausstoßen, das weißt du doch.«

»Natürlich tue ich das. Sie soll dennoch begreifen, was wir hier tun. Such schon mal ein Märchen, während wir reden.«

»Ja, Sir.« Die pure Verachtung troff aus ihrer Stimme. Diese Frau hatte wirklich ein sehr großes Problem mit sich und der Welt. Dillon sah mich an und fixierte mich lange und intensiv. »Du siehst fertig aus.«

»Die Vision war auch nicht unbedingt ein Spaziergang.«

»Wann bekomme ich den Bericht?«

War das eine Frage an mich?

»Marcel redet in diesem Moment mit Isabella«, sagte Brayden. »Ich bin sicher, dass du danach alles online findest.«

»Gut.« Sie wandte sich von uns ab und tippte weiter auf ihren Rechnern herum.

Was eine Tussi.

»Wie könnt ihr mit der zusammenarbeiten?«, fragte ich Brayden.

»Sie ist ein Genie. Was Dillon hier geleistet hat, ist der pure Wahnsinn. Ohne sie hätten wir das Portal niemals öffnen können, außerdem wäre schon viel mehr über Black Wolf nach außen gesickert. Dillon hat in diesen letzten Monaten derart viel vor der Öffentlichkeit geheim halten können, dass es uns alle überrascht hat. Daher sehen wir über ihr Verhalten hinweg, aber auch das wirst du gleich besser verstehen.«

Wir liefen an der Plattform vorbei. Es sah wirklich aus wie ein Transporter. Im Zentrum befand sich ein rundes metallenes Podest, das von kleinen Lampen umgeben war. Auf dem Material war eine große verkohlte Stelle, als wäre dort etwas explodiert. Die Versiegelung fehlte, auch die LEDs waren durchgeschmort.

»Wie du siehst, gab es hier einen Unfall. Es hat uns das Portal und drei unserer Agenten gekostet.«

Ich blickte über meine Schulter zu ihm. »Davon hatte Marcel mir erzählt.«

Brayden schloss die Augen und nickte. Ich drehte mich zurück und ging näher an das Portal heran.

»Das heißt, ihr wart schon dort?« *Und wenn ja, wozu brauchten sie dann mich?*

»Wir können Abalion nicht betreten, aber wir kommunizierten mit einem der Wesen. Das ist es, was ich vorhin meinte, deshalb bin ich hier. Ich sollte den engeren Kontakt herstellen.«

Er deutete nach links und ging mit mir weiter. Dillon behielt uns aufmerksam im Blick.

Brayden führte mich in einen zweiten Raum. Er war mit Holz verkleidet und gemütlich eingerichtet. In der Ecke stand ein kleiner Ofen, daneben eine Ledercouch, ein Schaukelstuhl und ein alter Sessel. »Das passt nun gar nicht zum restlichen Stil.«

»Das ist Jorges Arbeitsbereich.« Brayden zückte sein Handy und checkte es. »Er wird gleich da sein.«

»Muss er noch Grimm fertig schauen?«

»Keine Ahnung, was er macht.«

»Was ist das denn eigentlich mit dem Ansprechen? Vorhin konnte er nur mit mir reden, nachdem ich zuerst etwas gesagt hatte.«

»Ja, auch dazu kommen wir. Setz dich.« Er deutete auf eine Sofaecke am anderen Ende des Zimmers. Der Raum hatte keine Fenster, aber die indirekte Beleuchtung tauchte alles in ein angenehmes diffuses Licht. Ich nahm auf dem Sofa Platz. Beim Hinsetzen spürte ich nur noch einen leichten Druck an der Stelle, an der mich der Grimm verletzt hatte, mehr nicht. Unglaublich, wie schnell es heilte.

Brayden zog den Schaukelstuhl heran und ließ sich mir gegenüber nieder. Ich rutschte an die Kante und klemmte die Hände zwischen die Knie.

»Ich fange einfach an, werde allerdings ausholen müssen. Unterbrich mich gerne jederzeit.«

»Gut.«

»Alles ging in den 1980ern los. Da ereignete sich die erste Black-Wolf-Mordwelle, allerdings nicht in Europa, sondern im Nordosten der USA. Die Morde reichten von Chicago nach North Dakota bis Pennsylvania runter nach Alabama. Damals starben zweiundfünfzig Menschen. Zum Glück war die Welt nicht so vernetzt wie heute und die Neuigkeiten verbreiteten sich bei Weitem nicht so schnell. Isabella war schon damals die leitende Ermittlerin. Sie ist seit dem ersten Mord dabei, weshalb sie auch die Expertin auf diesem Gebiet ist. Hat Sebastian dir mehr über Black Wolf erzählt?«

»Nur, dass er sich mit einer leichten Form angesteckt hat.«

»Verstehe. Black Wolf verändert die Zellstruktur eines Menschen. Wir konnten Hirnströme bei einigen Tätern messen und stellten fest, dass sie ähnliche Aktivitäten aufwiesen wie bei Menschen, die auf LSD sind, mit dem Unterschied, dass es um das Zehnfache verstärkt war. Sie hatten also einen Trip der ganz besonderen Sorte.«

»Klingt wie bei meiner Vision, die war ja auch nicht ohne.«

»Die Täter verlieren sprichwörtlich ihren Verstand und denken, sie wären Teil eines Märchens. Sie verfallen jedes Mal in Panik und greifen andere Leute an. Ihre Opfer sind Personen im näheren Umfeld: Familienmitglieder, Freunde, Nachbarn, zufällig vorbeilaufende Passanten. Bisher hat kein einziger Black-Wolf-Täter länger als zwei Tage überlebt. Am schnellsten geht es bei denen, die gemordet haben.«

»Das heißt, nicht jeder Black-Wolf-Täter ist ein Mörder?«

»Genau, wir konnten zum Glück schon Opfer retten. Natürlich versuchen wir die Täter zu verhören, aber sie bekommen kaum einen klaren Satz heraus. Das Einzige, was sie alle von sich geben, ist, dass der Grimm schuld sei und er sie zu ihrem Handeln zwingt. Jeder Täter erliegt einem Herzstillstand, und zwar kurz nachdem ein schwarzes Wolfsmal auf der Handinnenfläche entsteht. Sebastian arbeitet mit Hochdruck daran, ein Gegenmittel zu finden.«

»Woher kommt Black Wolf? Es muss doch eine Ursache haben.«

»Wirst du mir glauben, wenn ich sage, dass ein Fluch dahintersteckt?«

»Ähm, ich weiß nicht.«

»Hat Sebastian dir vorhin gesagt, wer die Masali sind?«

»Nur, dass sie Geschichten geschrieben haben.«

»Das stimmt. Wir fanden verschiedene Hinweise auf dieses Volk. Angeblich hat es vor vielen Tausenden Jahren hier in der Gegend von Frankfurt gelebt, aber sie waren auch häufig durch die Welt gereist. Wir fanden ihre Überreste noch in Indien, wo angeblich einst ein Kloster stand, in dem sie lebten. Es ist mittlerweile verschüttet. Bei den Masali gab es eine uralte Legende, die sich auf ein Wesen namens Grimm bezieht, das wohl jeden in den Wahnsinn trieb, der gegen das im Kloster herrschende Zölibat verstieß. Eine Form von Black Wolf also. Die Masali hatten ziemliche Angst davor.«

»Das wiederum kann ich verstehen, er war alles andere als ein Kuscheltier. Aber wo besteht da der Zusammenhang zu Grimms Märchen?«

»Sei nicht so ungeduldig.«

»Du hast gesagt, ich dürfe Fragen stellen.«

»Aber nur, wenn du was nicht verstehst.«

»Gibst du nun echt den Korinthenkacker?«

»So hast du mich ewig nicht mehr genannt.«

»Ich sehe dich auch zu selten, aber gut. Ich werde still sein und deinen erhabenen Worten lauschen. Bitte fahre fort, mein wundervoller Bruder.«

Er sah mich skeptisch an, doch er erzählte weiter. »Im Jahr 1988 fanden Bauarbeiter in Berlin bei Ausgrabungen einen alten Gewölbekeller, der im Zweiten Weltkrieg verschüttet worden war. Sie wollten eine

Gasleitung verlegen und stießen auf einen Hohlraum. Die Polizei verständigte daraufhin Professor Middleton, der die Abteilung Archäologie an der Universität in Berlin leitete. Er wurde häufig bei derlei Funden hinzugerufen. Der Professor stieg hinab in den Keller und stieß auf eine Kiste. Darin fand er Schmuck aus dem Nachlass der Brüder Grimm sowie ein gebundenes Buch mit dem Titel *Das Vermächtnis der Grimms.* Es enthielt von den Brüdern handgeschriebene Märchen, einige waren bekannt, wie Aschenputtel, Frau Holle, Schneewittchen und so weiter, aber es gab auch zwei, die bisher nie veröffentlicht worden waren. Eines hieß *Der Grimmfluch.* Dort tauchte wohl ein Wesen namens Grimm auf. Ein riesiger Wolf, der aus der Eifersucht zweier Brüder erschaffen worden war und das pure Chaos auf der Welt verbreitete.«

»Habt ihr das Buch noch?« Ich könnte darin lesen.

»Nein, und leider kommt das Märchen *Der Grimmfluch* nirgendwo sonst vor. Das FBI forscht an dieser Sache seit der ersten Mordwelle. Sie recherchierten weltweit und fanden dann den nächsten Hinweis in den Katakomben der Frankfurter Bibliothek aus dem Jahr 1350. Es waren alte Berichte des Archivars aus der Zeit. Genau hier, wo wir gerade stehen, war früher ein Berg, der aber bei einem gigantischen Erdbeben in sich zusammenfiel. Damals hat es die halbe Siedlung ausgelöscht, nur wenige Anwohner haben überlebt. Unter ihnen war der Archivar, der später alles aufschrieb und in der Bibliothek verwahrte. Er sagte, dass das ganze Grauen mit einem Mann namens Waylon losgegangen sei. Er wäre angeblich von einem Wesen namens Grimm verfolgt worden.«

»Das heißt, Waylon hatte auch Black Wolf?«

»Das wissen wir leider nicht. Hat Black Wolf mit dem Märchen *Der Grimmfluch* angefangen oder gab es das schon vorher?«

»Hat Waylon es denn geschafft, sich von dem Grimm zu befreien?«

»Darüber schreibt der Archivar nichts mehr. Acht Stockwerke unter uns gibt es ein Labor, das Tiefenmessungen vornimmt und sich nur damit beschäftigt, die geologischen Gegebenheiten von früher zu rekonstruieren und eventuell weitere Spuren zu finden. Wir vermuten mittlerweile, dass hier früher sogar ein Schloss oder ein Tempel stand, aber alles bei einem Beben verschüttet wurde.«

»Wahnsinn. Ihr habt etliches ausgegraben.«

»Oh ja, wir forschen seit den 1980ern. Zurück zu unserem Professor: Da Middleton zurzeit der Ausgrabungen mitten im Umzug steckte und es daher schneller als üblich mit den Untersuchungen der Fundsachen gehen musste, nahm er die Kiste mit nach Hause. Seine Frau war ganz entzückt von dem Notizbuch und las ihren Kindern *Hänsel & Gretel* daraus vor. Kurz darauf drehte sie völlig durch und heizte den Ofen und den Herd an. Sie fackelte das gesamte Haus ab. Der Professor, die Mutter und der Sohn starben, die Tochter überlebte.« Brayden blickte über seine Schulter zu Dillon, die einen Schrank hinter sich geöffnet hatte und wohl so tat, als wäre sie in ihre Arbeit vertieft.

Erst da fiel mir die Gemeinsamkeit auf: Professor Middleton. Dillon Middleton. Marcel hatte vorhin alle Teammitglieder aufgezählt. »Du meinst …«

»Der Professor war ihr Vater.«

»Sie ist als Kind halb verbrannt und musste sich etlichen Hauttransplantationen unterziehen.« So war das passiert! »Wie alt war sie da?«

»Drei.«

»Mein Gott.«

Dillon knallte die Schranktür lautstark zu und ging zurück zu ihrem Laptop.

»Sie wurde zu ihrer Tante nach Pennsylvania geschickt und erbte den gesamten Nachlass, inklusive des Notizbuches. Als Dillon das Buch sah, bekam sie einen Nervenzusammenbruch. Die Tante schenkte es kurzerhand der Nachbarin und die wiederum war das zweite Black-Wolf-Opfer. Natürlich konnte zu dem Zeitpunkt noch niemand den Bezug zu dem Buch herstellen, wie auch? Es wurde also von einem zum nächsten gereicht, bis eines Tages ein Kunstsammler es kaufte und einem Museum für eine Ausstellung über Märchen zur Verfügung stellte. Das Buch wurde der Öffentlichkeit zugänglich gemacht. Viele Besucher lasen darin, doch zum Glück bekam nicht jeder Black Wolf. In der ersten Ausstellungswoche hatte das Museum einen Besucherrekord von über fünftausend Menschen, aber zum Glück wurden *nur* achtundzwanzig von Black Wolf befallen.«

»Warum?«

»Weil wohl nicht alle in dem Buch gelesen haben. Es war der bis dato grausigste Fall von Black Wolf, und …« Er rieb sich über die Stirn.

»… ich habe die Berichte und die Fotos gesehen und bete, dass so etwas nie mehr vorkommen wird. Du kannst dir nicht vorstellen, wie viel Leid diese Sache über die Menschen gebracht hat. Erst durch diese Ausstellung konnte die Polizei die Spuren bis zum Museum zurückverfolgen, oder eher: Isabella hatte es geschafft. Sie war übrigens auch damals am niedergebrannten Haus der Middletons. Daher kennt sie Dillon.«

»Deshalb mag sie Isabella. Aber wie seid ihr daraufgekommen, dass ein Fluch dafür verantwortlich ist? Ihr geht doch nicht in ein Museum und denkt euch: Dieses Buch sieht verflucht aus. Solche Schlussfolgerungen zieht kein normaler Mensch.«

»Das stimmt, genau da kommt dann Jorge ins Spiel. Isabella fiel auf, dass Jorge stets an den Tatorten anwesend war. Er hielt sich zwar immer im Hintergrund, tauchte aber auf jedem Bild auf.«

»Er war hoffentlich nicht der Täter.«

»Nein, nur auf das Buch scharf. Was mich darauf bringt, dass er eigentlich herkommen sollte.« Brayden zückte sein Handy und sah aufs Display, doch da ging die Tür zum Labor auf und Jorge trat ein.

»Das war aber mehr als eine Minute«, sagte ich.

»Ja, Jorge nimmt es nicht so genau mit der Zeit.« Brayden stand auf und winkte ihn zu sich heran. Er aß ein Bifi, trank Kaffee und lächelte Dillon offen an. Sie ignorierte ihn genauso wie uns, doch es schien ihn nicht weiter zu stören. Das Hawaiihemd hatte er gegen eine schwarze Lederjacke getauscht und er trug ein Cap verkehrt herum auf dem Kopf.

»Hi, Jorge«, sagte Brayden.

»Bin ich zu spät?«

»Ja, aber alles gut. Setz dich. Ich habe Kris von Black Wolf und dem Professor erzählt und wollte ihr erklären, wie du da ins Spiel passt. Außerdem würden wir gerne das Portal anwerfen. Dillon sucht schon nach einem passenden Märchen.«

»Oh, okay.« Er drehte sich zu einem Regal, öffnete einen Schrank und zog ein Buch heraus. Eine Märchensammlung der Brüder Grimm.

Was hatte er denn vor?

Jorge drehte den alten Sessel so, dass er mich ansehen konnte, legte das Buch auf seinem Schoß ab, stellte seinen Kaffee neben sich auf den Boden und wartete.

»Du musst ihn erst ansprechen, Kris, sonst kann er nicht mit dir reden.«

»Erfahre ich gleich den Grund dafür?«

»Ja.«

»Na schön.« Ich wandte mich weiter in seine Richtung, er blickte mich so erwartungsvoll an wie ein Hundewelpe, der darauf hoffte, dass ich gleich den Ball warf. »Dann schieß mal los, Jorge.«

Er klatschte in die Hände und räusperte sich. »So freiheraus? Oder lieber drum herumreden?«

»Ich denke, es ist am besten, wenn du das Pflaster mit einem Ruck abreißt«, sagte Brayden.

»Okay. Gut.« Er holte tief Luft, sammelte sich und dann platzte es wie eine Fontäne aus ihm: »Ich stamme auch aus der Märchenwelt. Ich bin ein Wesen aus Abalion.«

Ich blickte von Jorge zu Brayden und schüttelte den Kopf. »Na, klar doch!«

»Das stimmt wirklich!«, schob Jorge nach.

»Jetzt treibt ihr es echt zu weit!«

Brayden stand auf und holte einen Block und einen Stift aus dem Regal. Er riss eine Seite ab, schrieb etwas darauf und zeigte es mir. »Es ist wahr. Jorge ist aus Abalion.«

Die Wörter sprangen mich an und stachen direkt in mein Herz. Ich zuckte, fuhr mit den Fingern über meine Brust, weil sich alles in mir zusammenzog. Brayden log nicht. »Ihr macht mich fertig.«

»Ich weiß.«

»Du siehst völlig normal aus«, sagte ich zu Jorge.

»Na, das hoffe ich doch!«

»Ich meine, menschlich.« Bis auf sein komisches Verhalten. »Hast du deshalb den Spleen mit dem Ansprechen?«

»Es ist kein Spleen, sondern eine Begleiterscheinung«, sagte Brayden. »Ein Wesen aus Abalion kann einen Menschen nicht von sich aus anreden. Wir müssen die Konversation beginnen, das hält allerdings nur so lange, wie wir zusammen im gleichen Raum sind, danach müssen wir ihn neu ansprechen. Frag mich nicht, warum.«

»Was, im Ernst?«

»Wir aus Abalion können uns frei unterhalten, sonst käme ja nie ein Gespräch zustande«, sagte Jorge.

Ich sah noch mal auf das Blatt Papier mit Braydens Worten darauf und dann zu Jorge. »Wie? Wie bist du hergekommen?«

»Ich war auf der Flucht vor meiner Familie, die sind nämlich völlig irre. Kennst du den Film *Der Pate*?«

»Ich bitte dich.«

»*So* ist meine Familie. Wie die Mafia. Die haben ihre Finger überall, und wehe dem, der nicht nach ihrer Pfeife tanzt. Die landen schneller aufgeknüpft an einem Baum, als sie *Feuerdrache* sagen können.«

»Wie nett.«

»So waren wir schon immer. Wir gehören zur Gattung der Rumpelstilzchen und ...«

Ich lachte hysterisch und klemmte meine Hände zwischen die Knie.

»Alles klar?«, fragte Jorge.

»Jaja«, log ich. Das wurde immer abgedrehter!

»Brauchst du einen Moment?«, fragte Brayden.

»Nein. Schon gut.« Ich atmete ein paar Mal tief durch und zwang mich, mit diesem Flow zu gehen. »Rumpelstilzchen also.«

»Jep. Wir sind eine eigene Rasse, wie die Gnome oder Zwerge. Ich lebte mit meinen Eltern und meinem Bruder am Rande des Glasberges und sammelte alle möglichen Reichtümer. Schmuck, Gold, seltene Kristalle und natürlich: Kinder.«

»Klar, was auch sonst.«

»Das ist nur halb so lustig, wie es klingt, denn rate mal, was wir mit den Kindern machen?«

»Ich habe nicht den leisesten Schimmer.« Wirklich nicht.

Jorge lehnte sich nach vorne und senkte die Stimme zu einem Flüstern. »Aufessen.«

»Ihr tut bitte was?!«

»Ich nicht!«, rief er gleich. »Ich bin ... nein. Ich habe das noch nie! Also nicht mal probiert oder so. Na gut. Einmal hab ich eins angeleckt, aber das war alles! Versprochen. Ich brachte es nicht übers Herz, diese armen kleinen Würstchen ... Entschuldigung, dummer Vergleich. Diese armen Kinder zu ... also, na ja, du weißt schon.«

»Das wäre übrigens der perfekte Zeitpunkt, mir zu sagen, dass es doch ein Scherz ist«, sagte ich zu Brayden. »Ich wäre nicht mal sauer.«

»Sorry, Sis«, sagte er. »Die Scherze sind ausverkauft.«

»Eines Tages ging ich meiner Wege und dachte mir nichts Böses, als ich diesen Menschenmann sah, der mit einem Baby unterm Arm aus der Hütte meines Bruders flüchtete. Du musst wissen, dass Babys oder Kinder nicht einfach zu erwischen sind. Die meisten Menschen hüten ihre Brut, und wenn wir doch mal eins bekommen, ist das ein Fest. Mein Bruder war der Held des Tages, denn er hatte eine Königin ausgetrickst, sodass sie ihm ihre Erstgeborene überließ. Und ebendiese hatte sich der Menschenmann geschnappt und ist mit ihr davongerannt. Ash wollte …«

»Warte!«, sagte ich. »Wie hieß er?«

»Ash.«

Ich blickte zu meinem Bruder. Ich hatte ihm zwar nicht erzählt, was in der Vision passiert war, aber er hatte Marcels Notizen gelesen. »Wie sah er denn aus?«, fragte ich.

»Äh, normal. Wie Menschenmänner eben.«

»Kannst du ihn etwas genauer beschreiben?«, fragte Brayden.

»Groß, schlank. Kurze blonde Haare, Dreitagebart, so 'nen Kerl halt, der bei den Ladys gut ankommt. Ach, und er war misstrauisch.«

»Das könnte er durchaus sein«, sagte ich.

»Erzähl weiter«, sagte Brayden.

»Erst dachte ich, dass Ash das Kind für sich wollte, doch er hatte wirklich vor, es zu retten. Ich weiß nicht warum, aber in dem Moment fiel es mir wie Schuppen von den Augen und mir wurde klar, dass ich das nicht länger dulden konnte. Ash hat mich darauf gebracht, dass Kinder nicht nur zum Essen da sind!«

»Natürlich sind sie das nicht!«, sagte ich.

»Hey, ich bin in dem festen Glauben aufgewachsen, dass es in Ordnung sei, Kinder zu essen. Mein Leben lang hab ich das eingetrichtert bekommen, und wenn du nichts anderes kennst, stellst du es auch nicht unbedingt infrage.«

»Aber habt ihr keine Babys? Wie wachsen denn Rumpelstilzchen auf?« Unfassbar, dass ich das wirklich fragte.

»Gar nicht. Wir sind schon groß, wenn wir auf die Welt kommen. Unsere Ahnen machen ein Feuer, um das sie tanzen und singen. Dann sagen sie die alten magischen Worte – und wir sind da.«

Und vermutlich waren die Worte: *Ach, wie gut, dass niemand weiß* … Ich wollte erst nachhaken, verkniff es mir aber. »Na schön. Da war also dieses Baby. Wenn du nie eins gegessen hast, wie hast du dich eigentlich ernährt?«

»Von Beeren oder Pflanzen. Wie gesagt: Es war nicht so, dass wir jeden Tag ein Kind zum Essen hatten. Ich war aber dennoch das Gespött der Sippe.«

»Kann ich mir vorstellen.« Jeder, der nicht mit dem Strom schwamm, war ein Außenseiter.

»Als ich merkte, was Ash vorhatte, schloss ich mich ihm an. Meine Familie jagte uns durch halb Abalion, bis wir auf einmal im verborgenen Tal der Feuerdrachen landeten. Ich weiß bis heute nicht, wie wir dort hingekommen sind, denn ich bin einfach nur Ash gefolgt.«

»Feuerdrachen.«

»Ja, mit denen ist nicht zu spaßen. Ihr Tal ist normalerweise durch einen Schutzwall gesichert, den angeblich ein Zauberer einst errichtet hat. Wie gesagt: Ich weiß nicht, wie Ash das schaffte, aber wir waren auf einmal von diesen Viechern umzingelt. Sie waren so …« Er schüttelte sich. »Ich kann es dir nicht mal richtig beschreiben, sie sind goldbraun, an ihren Flügelspitzen funkeln Kristalle, als wären die Flammen selbst darin gefangen. Ihre Augen sind golden und grell wie die Sonne, und natürlich speien sie Feuer. Ich dachte, unser letztes Stündlein hätte geschlagen, aber dann passierte etwas Unvorhergesehenes: Ein kleinerer von ihnen schnupperte an dem Baby. Ash wehrte ihn ab, weil er fürchtete, dass er das Kind rösten wollte, doch stattdessen nahm er es ganz vorsichtig aus Ashs Armen, bettete es sanft auf seine Tatzen und flog mit ihm davon. Die anderen Drachen folgten, bis auf einen. Er richtete sich vor uns auf, spannte seine Flügel und ließ einen Feuerball auf uns nieder. Wir rannten sofort los, aber anstatt zu verbrennen, landeten wir draußen. Also vor dem Schutzwall.«

»Und das Baby?«

»Wir haben nie mehr von ihm gehört.« Jorge seufzte betreten und nestelte an seinen Fingern. »Tut mir heute noch weh, aber gegen die

Viecher hatten wir keine Chance. Bedauerlicherweise wurden wir kurz darauf von meiner Sippe einkassiert. Sie wollten Ash töten, doch einer machte den Vorschlag, uns beide zu Syrantina zu bringen, der mächtigsten Zauberin in Abalion. Die Frau ist irre. Sicher diente sie als Vorlage für alle bösen Hexen in jedem Märchen. Eine ihrer Körperhälften ist seit einem Unfall mit Kristallsplittern übersät. Syrantina muss deshalb alles um sich herum dunkel halten, weil sie das Licht der Sonne nicht erträgt. Ihr Herz soll aus demselben schwarzen Gestein sein wie ihr Schloss. Über ihren Dächern hängen ständig dicke Gewitterwolken, damit nie ein Sonnenstrahl auf ihr Anwesen hinabscheint. Angeblich soll es im Schloss auch spuken, aber es ist bisher noch nie jemand länger als einen Tag dort geblieben und konnte das bestätigen. Sie hat immer schlechte Laune, das lässt sie übrigens jeden in ihrem Umfeld spüren. Passt ihr deine Nase nicht, kann es sein, dass sie dich einen Kopf kürzer macht.«

»Sympathisch.«

»Ash und ich wurden ihr ausgeliefert, was übrigens auch nicht gut ist. Ich kenne keinen, der es jemals lebend da rausgeschafft hat.«

»Jetzt schon, denn Ash war mehr als lebendig, als ich ihn getroffen habe.«

»Sicher?«, hakte Jorge nach.

»Äh, ja.«

»Oder du hast ihn zu einem anderen Zeitpunkt getroffen.«

»Was? Nein, das war erst eben in der Vision.«

»Das spielt keine Rolle. In Abalion läuft die Zeit nicht linear.«

»Bitte was?«

»Es ist wie in Büchern«, sagte Brayden. »Du kannst das Ende lesen und der Anfang existiert trotzdem. Du kannst jederzeit an jede beliebige Stelle springen und die Geschichte weiterverfolgen. So ist es wohl auch in Abalion.«

»Aber wie könnt ihr so leben?«, fragte ich Jorge. »Das muss doch total verwirrend sein.«

»Wie könnt ihr es anders? Ich habe ewig gebraucht, um mich an die Uhr oder einen Kalender zu gewöhnen. Uns fällt es ja nicht auf, dass es so ist. Genau wie mit dem Ansprechen. Bis mich jemand darauf hingewiesen hat, war mir nicht mal bewusst, dass ich anders bin. Ich mache mir keine Gedanken darüber.«

»Okay, nur damit ich das richtig verstehe: Es könnte sein, dass mein Treffen mit Ash zeitlich gesehen vor deinem Treffen mit ihm lag, obwohl es eigentlich erst danach passierte?« *Hä?*

Er kniff die Augen zusammen, dachte kurz darüber nach und nickte dann. »Könnte, muss aber nicht.«

»Das ergibt überhaupt keinen Sinn«, sagte ich.

»Für dich vielleicht nicht. Für uns schon. Zeit existiert anders in Abalion.«

»Was, wenn ich ihn noch mal treffe und dann warne? Ich könnte ihm doch sagen, was passiert, sodass er sich erst gar nicht von deiner Sippe schnappen lässt.«

»Ja. Nein. Das geht auch nicht. Es ist ja schon passiert. Siehe es eher so, dass die Ereignisse parallel ablaufen.«

»Du verwirrst mich komplett. Wie ist es denn, wenn ich jemandem dort was erzählen will, was gestern passierte. Versteht ihr das dann nicht? Oder wenn ich sage: *Da war ich als Kind.*«

»Doch, natürlich verstehen wir das. Wir haben schon einen gewissen Sinn für die Zeit, aber du kannst dennoch alles parallel abrufen.« Jorge sah Hilfe suchend zu Brayden, der aber leise lachte.

»Es ist schwer für uns zu begreifen«, sagte Brayden. »In Abalion existiert alles gemeinsam. Gegenwart. Zukunft. Vergangenheit. Nimm es so hin, das ist das Einfachste.«

Ich schüttelte mich und bat Jorge, fortzufahren.

»Wir standen also Syrantina gegenüber. Sie sah erst mich an, dann Ash. Ihn ließ sie sofort abführen, weil sie sich später um ihn kümmern wollte, mich betrachtete sie nur. Lange. Und zwar so.« Er setzte sich aufrecht hin, senkte den Blick und sah mich eindringlich an. Seine Augen funkelten intensiver, er hob leicht die Lippen, als wollte er knurren. Es wäre wohl witzig gewesen, wenn ich nicht tatsächlich Gänsehaut bekommen hätte.

Jorge war wirklich gut darin.

Als er merkte, dass er den gewünschten Effekt bei mir erzielte, grinste er zufrieden. »Ich hab mir fast in die Hosen gemacht, ohne Witz. Sie kam näher und näher und näher, bis sie so dicht vor mir stand, dass ich mich selbst in den Kristallsplittern reflektieren sah. In dem Moment dachte ich, mein letztes Stündlein hätte geschlagen, doch anstatt mich umzubringen, bot sie mir eine Zusammenarbeit an. Sie wollte, dass ich in die Welt der Menschen gehe und etwas für sie hole.«

»Warum ausgerechnet du?«

»Warum nicht?«

»Na ja, weil … Sie hätte doch jeden nehmen können. Nichts für ungut.«

»Sie meinte, ich hätte einen anderen Blick auf die Dinge als meine Familie, weshalb ich auch keine Kinder essen wollte. Ich würde meine eigene Existenz hinterfragen und das wäre genau das, was sie brauchte. Mir blieb nichts anderes übrig, als einzuwilligen, denn man sagt nur einmal Nein zu Syrantina. Sie erzählte mir, dass es noch eine andere Welt neben unserer gab und dass dort zwei Brüder mit dem Namen Grimm lebten, diese ein Buch geschrieben hätten, welches Syrantina nun haben wollte. Ich sollte es stehlen und zu ihr bringen.«

»Meinte sie das, was der Professor gefunden hat?«, fragte ich.

»Ja«, sagte Brayden.

»Wozu? Und wie hat sie davon erfahren?«

»Das hat sie nicht gesagt«, meinte Jorge. »Aber vielleicht will sie ja auch den Grimmfluch stoppen.«

»Abalion und unsere Welt überschneiden sich in vielen Bereichen«, sagte Brayden. »Was hier passiert, wirkt sich auf die Märchenwelt aus und umgekehrt. Leider wissen wir nach wie vor viel zu wenig über diesen Fluch oder Syrantina, um ihre Beweggründe zu erkennen, aber sie bot Jorge ein mächtiges Werkzeug.«

»Syrantina gab mir einen der Kristallsplitter aus ihrer Haut mit«, sagte er. »Damit sollte ich sie kontaktieren und dann schickte sie mich los. Dummerweise hatten wir da noch keine Ahnung von der Zeit, die ja in der Menschenwelt anders läuft, und so landete ich im Jahr 1985 auf der Erde. Da waren die Brüder Grimm schon über hundert Jahre tot und das Buch war natürlich unauffindbar.«

»Ups.«

»Du sagst es. Ich war erschüttert und wollte Syrantina kontaktieren, aber der Kristallsplitter funktionierte nicht mehr. Du kannst dir vorstellen, dass ich erst mal Panik bekam, die ersten Jahre war ich völlig verloren und fand mich überhaupt nicht zurecht. Eine fremde Welt, so viele fremde Sprachen, die Zeit – ich konnte niemanden ansprechen und so weiter. Ich war wirklich kurz vorm Durchdrehen, da hörte ich von Professor Middleton und seinem Fund. Ich dachte, ich gehe zu ihm und rede mit ihm, in der Hoffnung, dass er mir sogar helfen könnte, aber als ich eintraf, war alles schon vorbei. Das Haus brannte lichterloh und die Polizei holte Dillon aus den Flammen.«

Ich schielte zu ihr, sie wirkte definitiv angespannter als eben noch, sah immer wieder zum Portal und dann in ihren Rechner.

»Leider war alles abgeriegelt und es dauerte, bis ich begriff, dass das Buch zur Tante gelangt war. Ich wollte zu ihr, aber auf dem Weg fuhr mich ein Auto an, der Fahrer floh.«

»Ach herrje«, sagte ich. »Habt ihr den Täter geschnappt?«

»Nein«, sagte Brayden.

»Bis ich mich erholt hatte, war die Tante leider auch schon durch Black Wolf gestorben. Ich rannte diesem Buch von einem zum anderen hinterher, jedes Mal kam ich einen Tick zu spät, weil ich aufgehalten worden war.«

»Das war doch nie im Leben ein Zufall.«

»Vermutlich nicht. Irgendwann wurde das Buch schließlich im Museum ausgestellt. Dort wurde ich verhaftet, weil Isabella aufgefallen war, dass ich an den Tatorten gewesen bin. Für mich war es auf der einen Seite ein Schock und auf der anderen eine Erleichterung. Endlich hatte ich jemanden, dem ich mich anvertrauen konnte, und so erzählte ich ihr alles. Von Abalion und Syrantinas Zauber, meiner Familie und so weiter.«

»Und du wurdest eingewiesen.«

»Erstaunlicherweise nicht. Sie hat mir geglaubt.«

»Wow.«

»Jorges Kristallsplitter ging ins Labor, wo er gründlich untersucht wurde«, sagte Brayden. »Außerdem wurde alles aus der Ausstellung beschlagnahmt, natürlich auch das Buch der Brüder Grimm. Die Spurensicherung wollte es untersuchen, was einen weiteren Black Wolf auslöste. Es traf zwei Laboranten. Einer brachte seine Kollegin an Ort und Stelle um und schrieb mit ihrem Blut eine Botschaft an die Wand: *Es ist das Buch! Die Märchen sind verdreht! Er ändert sie ab.*«

»Wer ist *er*?«

»Wissen wir nicht. Der Mann stürmte nach draußen, schnappte sich einen weiteren Kollegen und ertränkte ihn in einem Froschteich. Dort konnte er aufgehalten werden.«

»Igitt.«

»Das Buch wurde sichergestellt. Da niemand mehr riskieren wollte, darin zu lesen und so befallen zu werden, wurde es in einem abgeriegelten Bereich aufbewahrt, auf den nur eine Handvoll Personen Zugriff hatte. Niemand durfte es je wieder anfassen. Sie scannten es ein, aber die Dateien waren unbrauchbar. Dieses Ding wollte weder kopiert noch gelesen werden. Vor einem Jahr kam es noch mal zu einem Zwischenfall im Labor, wieder mit drei Toten. Danach wurde das Buch gestohlen.«

»Ach komm.«

»Deshalb ist Black Wolf wieder da.«

»Wer hat es geklaut?«

»Wir haben nicht den geringsten Hinweis. Es ist wie verhext. Seit zwölf Monaten gehen wir jeder Spur nach, aber der Täter ist gründlich vorgegangen.«

»Ein Insider?«

»Möglich. Diese zweite Black-Wolf-Welle beschränkt sich dieses Mal auf Europa. Isabella wurde dazugeholt, wegen ihrer Expertise in der Sache. Und so baute sie mit den anderen Geheimdiensten die International Wolf Hunter Corporation auf.«

IWHC. Ihr Emblem. »Das heißt also, dass der Täter das Buch jemandem zum Lesen gibt, woraufhin diese Person durchdreht und die Morde begeht.«

»Ja.«

»Wieso? Was hat derjenige davon?«

»Das, Schwesterherz, ist die Eine-Million-Dollar-Frage.«

»Und ich vermute, es gibt keine Joker, die ihr hierfür ziehen könnt.«

»Nein. Mittlerweile haben wir uns aber in verschiedene Bereiche aufgeteilt. Es gibt Abteilungen, die sich nur mit den Black-Wolf-Fällen beschäftigen, andere werten alle Spuren aus und suchen nach dem Buch, und dann gibt es Experten, die nach alten Schriften der Masali forschen. Wir hier haben uns auf das Portal spezialisiert.«

»Weil ihr nach Abalion wollt, oder wie?«

»Weil wir Syrantina sprechen wollten.«

»Und da wärst du dann ins Spiel gekommen«, sagte ich. »Das meintest du vorhin mit Kontakt aufnehmen, oder?«

»Ja. Ich sollte der Erste sein, der mit Syrantina redet. Jorges Kristallsplitter wurde über die letzten zwanzig Jahre sehr gründlich untersucht, bis wir es schafften, das Portal zu öffnen. Die Arbeiten daran waren mehr als vielversprechend, und wir konnten kurzzeitig sogar auf die Märchenwelt blicken. Wir schickten die ersten Sonden hindurch. Es war wie eine Expedition auf einen anderen Planeten.«

»Wow«, sagte ich.

»Mein Zuhause«, sagte Jorge, nicht ohne einen Anflug von Wehmut in der Stimme. Er strich über das Märchenbuch auf seinem Schoß. »Soll ich mal suchen?«

»Ja bitte«, sagte Brayden.

»Willst du eigentlich wieder zurück?«, fragte ich.

»Manchmal, ja.« Jorge klappte das Märchenbuch auf und ließ die Seiten durch seine Finger gleiten, als würde er nach etwas Bestimmtem suchen. »Aber ich fürchte, meine Familie würde mich erneut jagen und mir das Leben zur Hölle machen.«

»Was hat Syrantina denn gesagt?«

»Nichts, denn es kam nie zu diesem Gespräch.« Brayden holte tief Luft und ließ sie mit einem einzigen Seufzen aus. Ein Schatten huschte über seine Miene, es war ein schwieriges Thema für ihn, ich sah es ihm an. »Vor dem Unfall war Marcel noch nicht Teil dieses Teams, dafür Jesper, Dante und Lyn. Dante und Jesper kamen von den SEALS. Eines Tages schlugen die beiden vor, dass wir jemanden durch das Portal schicken sollten. Was absoluter Irrsinn war. Doch die beiden waren kaum mehr von der Idee abzubringen. Jesper und Dante waren erfahrene Soldaten, die in den schlimmsten Feindgebieten gekämpft hatten, sie meinten, es wäre ein Klacks, in die Märchenwelt zu gehen.«

»Wagemutig.«

»Wem sagst du das. Ich meinte, sie sollten sich das aus dem Kopf schlagen, denn wir wussten ja nicht mal, wie das mit dieser Zeitverschiebung in Abalion war. Wer sagte uns, dass unser menschlicher Organismus damit klarkam? Sebastian hatte damals aus Jorges Blut ein Serum entwickeln wollen, das die Zeitverschiebung für uns ausgleicht. Sehr diffizil und aufwendig. Tja, den beiden war es definitiv zu langsam gegangen: Eines Abends öffneten sie, gemeinsam mit Jorge und Dillon, das Portal, was zum Unglück führte.«

Jorge zog die Schultern ein, als Brayden das sagte, und senkte den Blick. »Tut mir immer noch leid.«

»Ich weiß, Jorge. Ich weiß. Das Portal entwickelte mehr Energie als jemals zuvor. Das Gebäude wurde von gewaltigen Beben erschüttert. Sebastian, Lyn und ich eilten hierher, aber wir kamen zu spät. Dante und Jesper waren schon durch das Portal getreten, ich sah nur noch, wie Jesper auf der anderen Seite in Stücke gerissen wurde, so heftig war die Welle an Energie. Wir kamen kaum dagegen an, und dabei verlor Lyn auch auf einmal den Halt. Sie wurde ins Portal gezogen, so stark war der Sog. Dillon wollte sie festhalten, schaffte es aber nicht. Erst als Sebastian und ich eingriffen, bekamen wir sie ein Stück heraus. Doch da entlud sich eine weitere Kraftwelle. Ich packte Lyn, Sebastian Dillon. Nun, er schaffte es, sie zu retten, und ich … ich nicht. Lyn entglitt mir.« Er schloss die Augen. »Ich habe sie verloren. Ich habe sie losgelassen.«

Ich legte eine Hand auf sein Knie und drückte zu, aber er wiegelte ab.

»Das Portal schloss sich in dem Moment, als sie hineingezogen worden war. Es gab eine Explosion, Feuer brach aus, das volle Programm. Seither ist der Zugang versiegelt und wir bekommen nur noch einen Pieps aus ihm.«

Er blickte mich an. Seine Augen wirkten leer und trübe. Die Erinnerungen saugten ihn aus. »Eigentlich sollte dieses Team abgezogen werden, aber Isabella hat sich für uns eingesetzt und gesagt, wir sollen das Portal wieder zum Laufen bringen. Deshalb arbeitet auch Jorge bei uns, weil er beim ersten Bau schon mitgeholfen hat und weil wir ihn brauchen, um es zu öffnen. Marcel stieß zu uns und nun sind wir hier und stehen mit dem Rücken an der Wand. Für nächste Woche war eine Konferenz angesetzt, in der entschieden werden sollte, ob weitere Ressourcen hierfür aufgebracht werden können. Und nun bist du da und änderst womöglich alles.«

»Aber ich kann es gewiss auch nicht zum Laufen bringen.«

»Wer weiß. Abgesehen davon kannst du ohne Portal nach Abalion. Wir müssen dort weitermachen, wo wir aufgehört haben. Wir müssen mit Syrantina sprechen.«

»Das ist es also.« Ich lehnte mich im Sofa zurück, massierte meine Schläfen und beobachtete Jorge, der nach wie vor in dem Buch suchte. Mein Bruder hatte vorhin nicht untertrieben, als er sagte, dass das hier meinen Geist überstrapazieren würde.

»Lass mich mal kurz zusammenfassen: Wir haben dieses Fundstück von den Brüdern Grimm, in dem die Geschichte über das Wesen Grimm enthalten ist. Jeder, der daraus liest, wird mit Black Wolf angesteckt und begeht einen Mord, angelehnt an ein Märchen. Vermutlich ist ein alter Fluch der Masali dafür verantwortlich, in dem auch schon der Grimm eine Rolle spielt.«

»Fast richtig. Es sind bisher nur Märchen betroffen, die in dem gefundenen Buch der Brüder Grimm erwähnt werden, keine anderen.«

»Ah, stopp!«, sagte Jorge auf einmal. »Ich hab eins.«

Ich richtete mich auf und sah ihn erwartungsvoll an.

»Schau mal nach Schneewittchen«, sagte er. »Ich glaube, das wird eben in Frankreich vorgelesen.«

»Dillon?«, gab Brayden das weiter, da Jorge sie ja nicht ansprechen konnte, weil sie noch nichts zu ihm gesagt hatte.

Sie nickte nur und tippte auf ihrem Rechner herum. Die Bodenplatten des Portals fuhren zur Seite.

»Leg los, Jorge«, sagte Brayden, stand auf und forderte mich auf, ihm zu folgen.

»Jetzt bin ich aber gespannt, was das wird.«

Jorge räusperte sich und fing an zu lesen: »*Es war einmal mitten im Winter, und die Schneeflocken fielen wie Federn vom Himmel, da saß eine schöne Königin an einem Fenster, das hatte einen Rahmen von schwarzem Ebenholz, und nähte. Und wie sie so nähte und nach dem Schnee aufblickte, stach sie sich mit der Nadel in den Finger, und es fielen drei Tropfen Blut in den Schnee. Und weil das Rothe in dem Weißen so schön aussah, so dachte sie: hätt ich doch ein Kind so weiß wie Schnee, so roth wie Blut und so schwarz wie dieser Rahmen …*«

»Wie gesagt spürt Jorge, wo auf der Welt Märchen vorgelesen werden«, sagte Brayden. »In diesem Moment sitzen Mutter oder Vater in Frankreich bei ihrem Kind und lesen ihm Schneewittchen vor. Jorge synchronisiert sich damit und liest zeitgleich. Nur er ist dazu in der Lage, weil er aus Abalion ist.«

Wir kamen zurück in den Raum, in dem Dillon arbeitete. Sie nickte uns zu. »Dillon wiederum unterstützt ihn dabei. Syrantina hat uns geholfen, alles miteinander zu verbinden.«

Wir gelangten an die Plattform, die Lichter auf dem Boden leuchteten auf und es vibrierte unter meinen Füßen. »Nun verstehe ich auch, was du meintest, als du gesagt hast, hier wäre alles schalldicht.«

»Du könntest einen Düsenjet landen und niemand würde es hören.«

Meine Ohren knackten, als würde der Druck ausgeglichen. Die Bodenplatten hatten eine grünlich schimmernde Oberfläche freigegeben. »Was ist das?«

»Der Verbindungsstoff zwischen uns und Abalion«, sagte Brayden. »Vor dem Crash mit dem Team war dieses Zeug in flüssiger Form, aber als es zu dem Rückstoß kam, wurde es hart. Die Verbindung bleibt bestehen, solange Jorge liest.«

Ich ging in die Hocke und beäugte die Flüssigkeit näher. Ein eigentümliches Aroma stieg mir in die Nase. Es roch nach Wald und Staub. Sogar eine leichte Brise wehte über meine Haut. »Spürt ihr es auch?«

»Abalion«, sagte Brayden. »Je nachdem wie stark die Verbindung ist, kannst du sogar Vögel zwitschern hören oder die Wärme der Sonne spüren.«

»Ich kann mir gar nicht vorstellen, dass es dort idyllisch sein könnte. Was ich bisher gesehen habe, war recht grausig.«

»Dann frag mal Jorge, er erklärt dir voller Leidenschaft, welche schönen Flecken es dort gibt.«

Ich hob die Hand über die grüne Schicht. »Kann ich es anfassen?«

»Ja.«

Ich tippte vorsichtig darauf und schloss die Augen. Für einen Moment sah ich etwas Helles vor mir aufblitzen. Ich sah einen Spiegel, eine Frau, die davorstand, und einen Mann, aber ich erkannte nicht ihre Gesichter. Der Schmerz in meiner Brust, den ich vorhin in der Vision schon gespürt hatte, kehrte zurück, bis ich meine Hand wegnahm und die Finger aneinanderrieb.

»Und?«, fragte Brayden.

»Ich weiß es nicht. Wenn ich mich näher darauf einließe, könnte ich womöglich mehr herausfinden.« Ich streckte meinen Rücken durch, die Wunde vom Grimm flammte kurz auf und ich musste stöhnen.

»Heute nicht mehr«, sagte Brayden schließlich. »Ich würde sagen, dass *ein* Ausflug nach Abalion reicht.«

»Ich kann es aber gerne noch …«, das *versuchen* ging in meinem Gähnen unter.

»Ja, genau«, sagte Brayden, legte mir eine Hand auf den Rücken und schob mich sachte zum Ausgang. »Jorge, Dillon: Danke für die Hilfe. Wir machen morgen weiter.«

Dillon antwortete natürlich nicht, aber kaum hatte sie auf ihrem Rechner herumgetippt, schlossen sich die Bodenplatten. Jorge hörte ebenfalls auf zu lesen und klappte das Buch zu.

»Danke«, sagte ich und ließ mich von Brayden aus dem Raum begleiten.

Ich spürte jetzt schon, dass ich nicht einmal mehr die Kraft haben würde, mir noch die Zähne zu putzen.

Der Grimmfluch

Der Grimm ernährte sich von dem Glück und der Liebe, die im Dorf wohnte. Er sog jedes Wort auf, das dort je gesprochen worden war, und kehrte es in das Gegenteil um. Aus Liebe wurde Hass, aus Tapferkeit Angst. Wo oben war, war auf einmal unten. Schon bald brach das blanke Chaos in dem Dorf aus, und die Bewohner brachten sich gegenseitig um. Einer nach dem anderen starb oder floh um sein Leben.

25. KAPITEL

Nubra-Tal, Indien. 1346 n. Chr.

Isa verharrte im Schneidersitz auf ihrem Bett, eine Hand auf das Lederbuch gelegt, die andere auf ihr Herz. Seit sie im Besitz des Buches war, übte sie jeden Tag mehrere Stunden, um die verborgenen Mächte darin zu entfachen.

Isas Geist hatte sich bereits ausgedehnt, sie spürte, dass sie ein besseres Verständnis für die Sprache bekam, dass Text nicht nur das Resultat ein paar aufgeschriebener Wörter war, sondern lebendige Geschichte. Isas neue Fähigkeit, zwischen den Zeilen lesen zu können, steigerte sich von Tag zu Tag. Sie hatte es schon an einigen Büchern aus der Bibliothek versucht und war in Erzählungen eingestiegen, um diese hautnah mitzuerleben. Isa war es sogar gelungen, Dinge aus Visionen in dieser Welt zu manifestieren. Das Buch dünnte die Grenze zwischen Realität und Fantasie aus. Sie war sich sicher: Wenn sie genügend übte, konnte sie allein mit der Kraft ihrer Gedanken alles steuern, was auch immer sie wünschte.

Doch zuerst galt es, Moons Macht zu finden und zu übernehmen.

Isa spürte, dass das Geheimnis dafür in dem Lederbuch steckte. Das Wissen lag zwischen den Seiten verborgen, sie müsste es nur herausfiltern.

»Bring mich dorthin.« Sie fühlte den mittlerweile sehr bekannten Sog um ihre Eingeweide und wie er sie langsam nach vorne drückte. Isa ließ sich darauf ein und gab sich der Magie hin. Wie immer, wenn sie in dem Lederbuch las, stülpte sich zuerst eine tiefe Dunkelheit über sie, als würde sie sich eine undurchsichtige Glocke überziehen. Am Anfang hatte es sie irritiert, denn bei den anderen Büchern bekam sie lebendigere Visionen, doch hatte sie sich daran gewöhnt.

Das Lederbuch funktionierte auf einer anderen Ebene. Es erzählte keine eigenständige Geschichte, sondern war eher wie ein Sachbuch, das eine neue Sprache lehrte. Es fütterte Isas Geist auf eine Weise, wie es kein Werk sonst tat. Isa atmete tief ein und aus und gab sich der Finsternis hin. Bereits nach wenigen Augenblicken stellte sich ihr Körper darauf ein und sie erkannte die ersten Details.

Goldene Schriftzeichen.

Sie schwebten um sie herum, tanzten wie wirre Punkte vor ihren Augen. Isa hörte die unterschiedlichsten Geräusche, Stimmengeflüster, Vogelgezwitscher, die Unterhaltung zweier Männer, das Wiehern eines Pferdes, das Rauschen eines Baches. Alles zu diffus und unklar, um es wirklich zu verstehen.

Sie vermutete, dass es die ganze Magie war, die in diesem Buch lebte; die Möglichkeiten, die es ihr bot. Isa freute sich darauf, sie auszuloten. Aber erst wollte sie sich ihren Plänen zuwenden. Sie entspannte sich mehr und wartete, was die Symbole ihr zeigen würden. Es ging stets darum, den Geist offen zu halten, sich der Magie zuzuwenden und das anzunehmen, was kommen wollte.

»Moon«, flüsterte sie. »Ich will ihre Kraftquelle sehen.«

Die Symbole um sie erbebten, schwebten erst weiter im Kreis herum, doch dann formten sie sich zusammen und bildeten eine Art Tür. Isa trat geistig einen Schritt nach vorne, um sie zu passieren. Die Finsternis wurde kurz noch intensiver, ein eisiger Schauer streifte ihre Haut und dann wurde es heller – und Isa fand sich in einem neuen Szenario wieder.

Sie stand in einem Raum mit acht Spiegeln. Jeweils drei hingen an den Seitenwänden, einer an der kurzen Wand und der andere ihm gegenüber. Isa drehte sich um ihre Achse und betrachtete sie näher. Sie waren alle an die drei Meter hoch und mit schweren silbernen Rahmen verziert. Verschnörkelte Blumenranken und Mondmotive zogen sich an den Seiten entlang und schlossen sich oben wieder zusammen. An der Spitze eines jeden Spiegels steckte ein großer runder Stein. Isa erkannte ihn sofort wieder, denn Moon trug den gleichen als Anhänger um ihren Hals.

Isa schritt weiter die Spiegel ab und betrachtete sie genauer. Sie wirkten identisch, aber die Rahmen hatten jedes Mal eine andere Farbe. Der an der kurzen Frontseite war am hellsten und strahlte silbrig wie der Vollmond, jener rechts davon färbte sich auf einer Seite langsam dunkel, der nächste war schon zur Hälfte schwarz umrahmt, der danach zu drei viertel und der an der anderen kurzen Seite war komplett dunkel. Der Rahmen war nachtschwarz, die Oberfläche schimmerte wie Obsidian.

So dunkel wie eine Nacht bei Neumond.

Sie blickte hinauf zu dem Mondstein, der ebenfalls komplett schwarz war. Isa drehte sich weiter auf die andere Seite, wo sich dasselbe Spiel in umgekehrter Reihenfolge wiederholte. Erst wurde der Rahmen einen Tick heller, dann zur Hälfte, zu drei viertel, bis er wieder silbern war.

Das sind die Mondphasen!

Neumond, erstes Viertel. Zunehmender Halbmond, zweites Viertel. Vollmond, drittes Viertel. Abnehmender Halbmond, letztes Viertel.

Aber ja!

Sie drehte sich noch einmal herum, sah einen Spiegel nach dem anderen an. Auch der Mondstein oben an dem Rahmen verfärbte sich jedes Mal, und nun, da Isa darauf achtete, stellte sie fest, dass der Stein wie der Mond aussah. Und dass einer von ihnen intensiver leuchtete als alle anderen.

Vollmond.

Die gleiche Mondphase, die zurzeit auf der Erde aktiv war.

Das war es! Moon bezog ihre Energie direkt vom Mond auf der Erde. Die Spiegel passten sich dem Zyklus des Trabanten an.

»Wie kann ich diese Macht an mich nehmen?«

Die Wände vibrierten, ein tiefes Grollen ging durch die Vision. Isa kannte auch das. Es war, als müssten die Symbole aus dem Buch alles erst umformen, um ihr mehr zu zeigen.

Es wurde wieder dunkler im Raum, Isas Herz schlug schneller und die Temperaturen sanken ein weiteres Mal. Sie sah gebannt um sich, wartete, was als Nächstes passieren sollte.

Alle Spiegel, bis auf jenen für den Vollmond, verblassten. Die Symbole, die zuvor um Isa gekreist waren, kehrten zurück und sammelten sich oben an dem hell schimmernden Mondstein, der am Rahmen steckte.

»Der Stein? Ist es das?«

Die Symbole leuchteten auf, zogen den Stein vom Rahmen und schwebten damit zu Isa. Sie streckte die Hand aus, um danach zu greifen, doch natürlich konnte sie nichts anfassen, während sie in einer Vision war.

Aber sie konnte fühlen.

Der Stein vibrierte vor Energie. Isa fühlte die ungezügelte Kraft des Vollmondes, seine unglaubliche Stärke und die tiefe Magie, die in ihm steckte. Seit Jahrtausenden beteten die Menschen den Mond an, manche Kulturen verehrten ihn als Göttin, und Isa wusste von den Masali, dass auch sie seine Kraft kanalisiert hatten.

Sie schloss die Finger, der Stein löste sich auf, genau wie die Symbole, und ein Sog zog sie wieder nach hinten.

Die Vision verblasste, die Dunkelheit wurde durch das Licht ausgetauscht und Isa fand sich in ihrem Zimmer wieder.

Das Buch lag offen auf ihrem Schoß, pulsierte noch von der Energie nach, die Isa eben wachgerufen hatte. Zwischen den Seiten floss eine schwarze Flüssigkeit heraus und zischte, als sie in Berührung mit dem Laken kam. Isa tippte mit den Fingern darauf und verrieb sie. Es war die gleiche teerartige Substanz, die unten in der Bibliothek die Bücher infiziert hatte, nachdem der Grimm das erste Mal dort gewütet hatte.

Sie schloss das Buch und die Flüssigkeit versickerte, wie sie gekommen war. Isa hatte keine Ahnung, was es bedeutete. Noch nicht.

Es klopfte an ihre Tür.

»Isa?«

Das war Ares.

Sie fluchte leise, versteckte das Buch unter ihrem Bettlaken und bat ihn herein.

»Stör ich?«, fragte er.

»Nein, ich habe nur über einer Idee gebrütet. Was gibt es?« Sie stand vom Bett auf und zog ihre Kutte glatt.

»Casaju.« Ares lehnte sich gegen den Türrahmen. »Wir haben ein Problem.«

»Inwiefern?«

»Seit Kaia weg ist, geht es ihm jeden Tag schlechter. Er isst kaum, er schläft schlecht und er schreibt wirre Sachen.«

Isa hatte natürlich auch bemerkt, dass Casaju ein Schatten seiner selbst geworden war, seit Kaia das Kloster verlassen hatte. Sie wusste, dass sie ihm viel bedeutet hatte. Alle hatten es gewusst. Aber dass es ihn so sehr aus der Bahn werfen würde, war in der Tat ungewöhnlich.

»Seine Geschichten werden zusehends düster«, fuhr Ares fort. »Die Drachengeschichte, die er angefangen hat, entgleitet ihm. Anantha meinte, dass er seine Hauptfiguren übelst foltert, Szenen voller Blut und Hass schreibt. Er steht neben sich, kann nicht mehr beherrschen oder reflektieren, was er da tut. Er hat sogar ein Beben in Abalion ausgelöst. Ich habe das Gefühl, dass ihn irgendwas von innen heraus zerfrisst.«

War Casaju einfach nur traurig, weil Kaia weg war, oder hing in der ganzen Sache noch mehr? Sie ging zum Tisch, lehnte sich gegen die Kante und dachte darüber nach.

»Kaia und er haben doch nicht etwa auch …«, setzte Ares an.

Isa schüttelte den Kopf. »Nein, ganz sicher nicht.«

»Aber könnte es damit zu tun haben?«

»Wie meinst du das?«

»Na ja, der Fluch hängt doch mit Liam und Anabels Liebe und Séamus' Eifersucht zusammen.«

»Richtig.«

»Es war eine klassische Dreierkonstellation, bei der einer leer ausging, nämlich Séamus – der übrigens genauso durchdrehte wie Casaju gerade. Immerhin hat er den Grimm heraufbeschworen.«

»Ich …« Du meine Güte, darüber hatte Isa noch nie nachgedacht! Wie auch!

Bei Jakob und Meesa war es nicht so weit gekommen, weil niemand sonst in einen der beiden verliebt war. Doch mit Waylon, Kaia und Casaju gab es in der Tat die gleiche Konstellation wie damals.

Ihr lief es eiskalt den Rücken hinunter. Isa hatte Waylon und Kaia zusammengebracht, konnte es sein, dass sie dadurch auch Casaju getroffen hatte? Ohne es zu wollen?

»Ich mache mir wirklich Sorgen«, sagte Ares. »Casaju ist einer der mächtigsten Masali. Er trägt das Blut von zwei Seiten in sich. Seine Worte haben viel mehr Gewicht als jedes von uns. Was, wenn er weiter ausflippt und seinen Feuerdrachen so viel Macht gibt, dass sie unkontrollierbar werden? Ich will mir nicht mal ausmalen, was er alles anrichten kann – was er zerstören kann.«

Ich auch nicht.

Isa verschränkte die Arme vor der Brust und schnaufte durch. Ihr Blick fiel auf ihr Bett, wo das Lederbuch versteckt lag. War sie doch zu weit gegangen, nur um es zu erhalten?

»Was denkst du?«, fragte Ares.

Isa räusperte sich und straffte die Schultern. »Wir ... wir müssen ihm zuerst die Drachengeschichte wegnehmen, ehe er Schaden anrichten kann.«

Ares sog die Luft durch die Zähne. Einem Masali die eigene Erzählung zu entreißen, war eine große Strafe. Sie konnten ihm genauso gut einen Finger amputieren. »Das wird ihn noch mehr verwirren.«

»Ich weiß, aber wir dürfen nicht zulassen, dass sich die Geschichte von damals wiederholt. Er darf nicht so tief fallen wie Séamus einst.«

Ares nickte. »Gut, ich rede mit ihm.«

»Schaffst du es?«

»Natürlich. Ich habe den Jungen auf die Welt gebracht.«

Neutral betrachtet waren Ares und Isa tatsächlich so etwas wie Casajus Eltern. Ares hatte eine ebenso enge Bindung zu ihm wie sie. »Ich werde Moon kontaktieren und hören, ob Abalion Schaden davongetragen hat. Vielleicht weiß sie auch noch eine Lösung für ihn.«

»In Ordnung.«

»Wo ist Casaju jetzt?«

»In seiner Kammer.«

»Gut, sorgt dafür, dass er erst einmal nichts schreibt, bis wir das geklärt haben.«

»Das wird schwer.«

»Ich weiß, aber es muss sein.«

Ares seufzte lang und tief, dann drehte er um und verließ das Zimmer.

Als er draußen war und die Tür ins Schloss fiel, sackte Isa in sich zusammen.

An so viel hatte sie gedacht, nur nicht an diese eine Sache mit Séamus! Wer hätte das auch ahnen sollen?! Die Masali hatten nur wenige Erfahrungswerte mit diesem Grimmfluch und dem Verstoß gegen das Zölibat. Das hier war definitiv eine Lektion, auf die Isa hätte verzichten können.

Wobei …

Sie lief zurück zum Bett und holte das Lederbuch unter dem Laken hervor. Zärtlich strich sie mit den Fingern über den Einband und dachte an die Vision von eben.

Moon trug Verantwortung für alle Masali hier im Kloster.

Sie kümmerte sich auch um ihr Wohlergehen, sie würde nicht wollen, dass Casaju wegen des Fluches litt.

Was, wenn Isa das für sich nutzen könnte?

Was, wenn Casajus Aussetzer genau das war, was sie noch brauchte, um sich Moons Amulett zu holen?

26. KAPITEL

In der Nähe von Graz, 1346 n. Chr.
Drei Wochen später

»Ich danke dir für alles«, sagte Kaia und umarmte Tim.

»Wollt ihr uns wirklich verlassen?«, hakte er nach und gab sie nur widerstrebend frei.

Kaia schmunzelte, sie hatte sich diese Frage auch schon gestellt, aber Waylon und sie hatten noch einen weiten Weg vor sich und mittlerweile war das Wetter gut genug für die Reise. Sie sollten es ohne größere Zwischenfälle über die Alpen schaffen.

Sie trat zur Seite und machte ihm Platz, damit Tim sich auch von Waylon verabschieden konnte. Seit jenem Morgen vor drei Wochen hatten sie sich nicht mehr auf diese Art angefasst noch hatte Kaia weitere Lust auf ihn verspürt. Es war, als hätten die Kräuter, die überall verstreut waren, sie an dem Tag verzaubert.

»Hier ist Proviant«, sagte Magda und reichte Kaia eine Tasche, gefüllt mit duftenden Leckereien. »Ich habe auch das Gebäck rein, das du so gerne isst.«

»Oh, danke schön.« Magda backte wundervolle Honigmandelbrote. Sie wurden getrocknet und gepresst und mit Sirup eingestrichen. Kaia wünschte, sie könnte sich mehr darüber freuen, doch ihre Gefühlswelt war weiter erkaltet. Mittlerweile genoss sie nicht einmal mehr die ersten warmen Sonnenstrahlen oder das Vogelgezwitscher. Kaia öffnete die Tasche und blickte hinein. Der Duft nach Honig und Mandeln wehte ihr entgegen. In den letzten Wochen hatte sie sich fast nur davon ernährt, denn sie bekam kaum etwas anderes hinunter. Ihr war ständig übel und sie musste sich morgens häufig übergeben …

Waylon hatte es mit Argwohn betrachtet, genau wie sie. Ihr Bauch spannte mehr als üblich, aber es war auch die Zeit im Monat, wenn ihre Blutung bevorstand. Kaia hatte das Gefühl, dass sie dieses Mal womöglich ausbleiben könnte.

»Ich werde euch vermissen«, sagte Magda und umarmte Kaia herzlich.

»Wir dich auch«, gab sie zurück, obwohl sie wusste, dass dem nicht so sein würde.

Waylon klopfte Tim auf die Schulter, nahm seine Tasche und schulterte sie. »Ihr wart unsere Rettung«, sagte er.

»Und ihr die unsere«, gab Tim zurück. Waylon hatte über den Winter tatsächlich einige Menschen behandeln können. Der vorherige Heiler hatte einen guten Vorrat an Medizin hinterlassen. Waylon hatte viel gelernt und war mittlerweile sehr gut darin geübt, Knochenbrüche zu versorgen. Leider wurden seine Träume stetig schlimmer. Kaia hatte ihn sogar festbinden müssen, weil er sich kaum beruhigen konnte.

Seit sie die Nacht miteinander verbracht hatten, schienen sie beide noch mehr zu leiden. Sie strich über ihren Bauch, der schon wieder unangenehm zog, und wartete, ob ihr auch übel werden würde. Doch es kam nichts.

»Alles in Ordnung?«, fragte Waylon und legte ihr eine Hand auf den Rücken.

»Ja.«

»Wir können noch warten mit der Reise.«

Sie blickte ihn an. Seine Augen wirkten müde und erschöpft. Die Träume machten ihn fertig. »Wir setzen unseren Weg fort.«

Er nickte und Kaia bemerkte, wie er erleichtert ausatmete.

Sie liefen los, winkten noch mal Tim und Magda zu und verschwanden hinter dem nächsten Hügel.

Die kommenden Wochen waren eine Mischung aus Tortur und Erholung. Die ersten hundert Kilometer hatten sie zu Fuß zurückgelegt und waren relativ gut vorangekommen. Kaia hatte sich häufig übergeben müssen. Waylon hatte ihr schließlich eine Mixtur aus Kräutern zusammengestellt, die sie gleich nach dem Aufwachen trinken sollte. Sie hatte es erst nicht gewollt, denn sie fürchtete, etwas einzunehmen, was möglicherweise schlecht für sie wäre.

»Ich weiß, was mit dir los ist, Kaia, und du musst keine Sorge haben«, hatte Waylon gesagt. »Diese Kräuter sind gut für dich. Und für das Baby.«

Sie hatte nur Luft geholt, ihn angesehen und genickt. Dann hatte sie seine Hand genommen und auf ihren Bauch gelegt. Er hatte gelächelt und sie auf die Wange geküsst. Der Bart, den er sich über den Winter hatte wachsen lassen, kitzelte an ihrem Gesicht.

»Wir schaffen das.«

Als Waylon und Kaia zwölf Wochen später den Pass überquert hatten, trafen sie auf eine Familie mit zwei kleinen Kindern, die ebenfalls auf dem Weg nach Deutschland waren. Sie reisten im Planwagen. Waylon und Kaia fragten, ob sie ein Stück mitreisen konnten. Erst zögerten sie, doch als Tamira – die Mutter – Kaias runden Bauch sah, wurde sie weich und bot ihr einen Platz neben sich auf der Ladefläche der Kutsche an. Kaia hatte ihn dankbar angenommen und Waylon war die Strecke zu Fuß nebenhergelaufen. Nachts hatten sie sich abseits der Familie niedergelassen, sodass Waylon niemanden erschrak oder verletzte, während ihn seine Albträume plagten. Tamira und ihr Mann Alfons hatten sie erst komisch angeschaut, aber schließlich akzeptiert, dass sie nicht am Lager nächtigen wollten.

Die Wochen waren ins Land gezogen, Kaias Magen hatte sich beruhigt und die Schwangerschaft verlief erstaunlich gut. Sie strich sich oft über den Bauch und lauschte auf das Leben, das in ihr wuchs. Manchmal drang sogar ein Funken Freude in ihr Herz und sie empfand Zuneigung für ihr Baby. Kaia schloss dann rasch die Augen und versuchte, diese festzuhalten.

»Ich hoffe, ich kann dich auch lieben«, flüsterte Kaia und strich über ihren Bauch. Sie hatte wahnsinnige Angst davor, dass sie es nach der Geburt in Händen hielt und nichts empfand.

»Aber natürlich wirst du das«, erwiderte Tamira. »Es ist ein Teil von dir.« Sie blickte zu ihren Kindern. Ein Junge und ein Mädchen, sechs und acht Jahre alt. Sie rannten oft neben der Kutsche her, bis sie müde wurden, auf der Ladefläche zusammenklappten und nach einem Nickerchen aufsprangen und weiterspielten. »Sie bringen so viel Sonne und Freude in unsere Seelen.«

Kaia nickte nur und erwiderte nichts darauf. Sie besaß beides nicht mehr.

27. KAPITEL

Nubra-Tal, Indien. 1346 n. Chr.

Der Tonkrug knallte gegen die Wand und zerbarst in seine Einzelteile. Casaju stieß einen Fluch aus, nahm auch den Trinkbecher und schmiss ihn ebenfalls durchs Zimmer. Kalter Schweiß stand auf seiner Stirn, er konnte nicht mehr richtig atmen oder denken oder fühlen.

Nur noch Hass und Wut und Eifersucht. So unendlich viel davon.

Seit Ares ihm seine Drachengeschichte weggenommen hatte, fühlte Casaju sich nur noch leerer. Noch verlorener.

Das Werk, in das er so viele Jahre investiert hatte, das ein Teil seiner selbst geworden war, das sein Schreiben bestimmte, in das er all seine Energie gelegt hatte – es war weg.

Erst schickten sie Kaia fort, und nun das!

Zugegeben, Casaju hatte die Sache mit den Drachen auf die Spitze getrieben. Die Prinzessin und der Fremde hatten für allerlei Gefühlsausbrüche herhalten müssen. Mittlerweile hatte der Fremde einen Namen bekommen: Destan. Casaju liebte es, ihn vor unüberwindbare Herausforderungen zu stellen. Er hatte ihn gefoltert, ihn verprügeln lassen, er war fast verdurstet und nun kämpfte er mit einer Wahrnehmungsstörung, bei der er langsam erblindete und verrückt wurde, wenn er kein Gegenmittel fand. Casaju stellte sich beim Schreiben gerne Waylon vor und wie ihn all diese Dinge ebenfalls ereilten. Es verschaffte ihm Genugtuung, zumindest kurzzeitig.

Casajus Magen zog sich beim Gedanken an Waylon zusammen, seine Haut brannte, am liebsten hätte er sie sich vom Körper gerissen. Er stand kurz vorm Explodieren.

Seine Seele schrie. Aber er hatte keine Ahnung, nach was.

Allein im Kloster zu sein, das war eine Tortur. Es schmerzte unerträglich und er glaubte, daran zu ersticken, wenn er noch einen Tag länger in diesen Wänden blieb. Sein Heim war auf einmal nicht mehr sein Heim. Das Unvorstellbare war wahr geworden: Er wollte die Masali am liebsten verlassen.

Und genau das traute er sich nicht.

Er fuhr herum, suchte nach einem weiteren Gegenstand, aber er fand keinen mehr. Schwer atmend blieb er in der Mitte des Raumes stehen und blickte in den Spiegel, der ihm gegenüber hing. Seine Haut war blass und eingefallen. Seine Augen waren blutunterlaufen, die Haare dunkler geworden und von schwarzen Strähnen durchzogen. Seit Kaias Weggang hatte er sie nicht mehr geschnitten und so reichten sie ihm nun bis über die Schultern.

Die Sicht verschwamm, er blinzelte, wünschte, dass dieses Brennen aus seinem Kopf verschwand, aber das tat es nicht. Sein Spiegelbild starrte ihn weiter an. Die grünen Augen waren voller Wehmut und genauso viel Zorn.

»Was geschieht nur mit mir?«, flüsterte er.

Alles Gute und Schöne war aus ihm gewichen. Er fixierte sein Spiegelbild, das ihn unverändert anglotzte. Dann trat er zwei Schritte nach vorne, behielt sich dabei fest im Blick.

Da war etwas Dunkles und Böses und Gebrochenes.

Da war das, was aus Séamus geworden war, als Anabel Liam erwählt hatte.

Eine zerstörte Seele, die so gerne lieben wollte, es aber nicht durfte.

Casaju ballte die Hand zur Faust und drosch sich im Spiegel ins Gesicht. Er brach von der Mitte aus, die Splitter schnitten in seine Knöchel, aber er schlug noch mal zu und noch mal und noch mal und noch mal und …

Er japste, stützte sich mit beiden Händen an der Wand ab und sah auf die Splitter am Boden. Genauso zerstört wie er selbst, getränkt mit seinem Blut, mit seiner Schande.

»Ich bin verloren.«

Auf einmal klopfte es gegen die Tür. Ohne eine Antwort abzuwarten, trat Isa ein.

»Ich will nicht mit dir reden«, zischte Casaju.

»Ich kann verstehen, was du durchmachst.«

»Ach? Und wie?«

»Auch ich führte einst ein Leben außerhalb dieser Mauern, auch ich habe schon geliebt. Denkst du, Gefühle sind mir fremd, nur weil ich eine Masali bin und mich an unsere Gesetze halte?«

Er schnaubte, grub seine Nägel fest in die Handinnenfläche. Es war ihm zuwider, mit Isa darüber zu sprechen, er wollte mit niemandem sprechen, nur diese unerträgliche Enge in seiner Brust loswerden.

»Aber ich habe möglicherweise eine Lösung für dich.«

Casaju lachte höhnisch. »Willst du mich draußen an die Klostermauern binden, bis ich verrotte? Denn ich fürchte, dass dies der einzige Weg sein wird.«

»Nein, ganz gewiss nicht. Ich habe mit Moon gesprochen.« Isa trat näher und warf einen Blick auf Casajus neue Entwürfe, die er angefangen, aber wieder verworfen hatte. »Was du da tust, hat Auswirkungen auf Abalion.«

»Natürlich hat es das, wir sind Masali! Das ist unser verdammtes Schicksal.«

»Du weißt genau, was ich meine. Du schreibst von zu viel Leid und Grausamkeit, durch deine Entwürfe ist ein ganzer Landstrich in Abalion vertrocknet.«

»Schön, dann gibt es jetzt noch eine Wüste.«

»Das geht so nicht weiter, Casaju.«

Er knurrte leise, hätte am liebsten Isa rausgeworfen und sich gleich wieder an eine neue Geschichte gesetzt. Er könnte über ein Kloster inmitten eines dürren Tales schreiben, in dem Mönche lebten, die sich tagein, tagaus kasteiten.

»Ich möchte, dass du mit mir kommst. Moon will mit dir sprechen.«

»Auf keinen Fall.«

»Das ist keine Bitte.«

Er breitete die Arme aus, wie um sie herauszufordern. »Willst du mich etwa zwingen?«

»Natürlich nicht, aber du musst erkennen, dass es so nicht weitergeht. Moon hat eine sehr gute Lösung vorgeschlagen. Hör sie dir an.«

Er wollte verneinen, Isa zum Teufel jagen, alle zum Teufel jagen, aber er wusste tief in seinem Inneren, dass sie recht hatte. Dass er so wirklich nicht mehr weitermachen konnte.

Selbst wenn er das Kloster verlassen würde, hätte er keine Ahnung, wohin er sollte. Die Welt da draußen war ihm so fremd wie ein Stern am Himmel. Casaju saß in der Klemme, er konnte weder vor noch zurück.

»Bitte vertrau mir«, sagte Isa leise. »Ich bin es. Du kennst mich, du kennst uns alle. Wir lieben dich, und das weißt du. Was du im Moment empfindest, gehört nicht zu dir. Du bist mit Kaia und Waylon verflucht worden, du hast Séamus' Gedanken aufgenommen; nichts von dem, was in dir vorgeht, ist wahr. Höre in dich, Casaju. Spüre deine Seele. Spüre die Kraft der Masali, die durch deine Venen fließt. Deine Eltern haben hier gelebt, du bist hier auf die Welt gekommen, wir haben dich großgezogen, wir sind deine Familie. Du willst das nicht wegwerfen, ich weiß es.«

Er schloss die Augen, legte den Kopf in den Nacken und seufzte lang und tief.

Nein, er wollte es nicht wegwerfen. Er wollte, dass dieser Schmerz aufhörte. Dass er wieder klar denken konnte, dass er wieder leben konnte. »Ich …«

Er spürte Isas Finger auf seinen und sah wieder hin. Sie stand ganz dicht vor ihm, lächelte ihn gütig an. In all den Jahren hatte sie sich kein Stück verändert. Sie war alterslos schön und jung. Isa hatte ihn immer aufgefangen, sie war immer für ihn da gewesen. Sie und Ares hatte sich am meisten um ihn gekümmert, ihn nie fallen lassen, wenn er unsicher wurde.

Sie rieb sachte über seine Hand, um ihm zu zeigen, dass sich daran nichts geändert hatte. Dass sie nach wie vor an ihm festhielt, auch wenn er sich schrecklich benahm.

Aber womöglich hatte sie recht und es war wirklich nicht seine Schuld. In der Nacht, als Kaia ihm ihre Sünde gestanden hatte, hatte er gespürt, wie sich etwas in ihm veränderte. Er hatte gespürt, wie die Finsternis nach ihm gegriffen hatte. Seither hatte sie sich mehr und mehr um sein Herz geschlungen und ihm jedwede Freude am Leben entrissen.

»Was … was hat Moon vor?«, fragte er.

Isa atmete aus. Erleichtert, weil er nicht gleich abblockte. »Ich denke, es wird dir helfen.«

Und dann erklärte sie es ihm.

28. KAPITEL

Ash

Abalion, Zeit unbekannt.

Ich trat unter den Wasserstrahl und genoss das Prickeln auf meinen Schultern.

Ja, in diesem Fall konnte ich dem feuchten Nass tatsächlich etwas abgewinnen. Es war wohltuend temperiert, duftete leicht nach Lavendel und massierte meine geschundene Haut. Das Jucken durch die Nesseln ließ endlich nach. Ich seufzte vor Wonne, stemmte meine Hände gegen das warme Gestein der Dusche und ließ den Kopf hängen.

Ich war im Himmel. Im wahrsten Sinne des Wortes.

Moon lebte am Firmament, genau wie der Mond, nach dem sie benannt war. Ihr Schloss war aus Sternengestein erbaut, überall funkelte und glitzerte es silbern und elfenbeinfarben. Von der Erde aus war Moons Heim sogar als Sternbild sichtbar.

Es war fast unmöglich, ohne ihre Einladung herzukommen. Ich hatte aber von dem ein oder anderen Magier gehört, der es geschafft haben sollte, die Grenze zwischen Himmel und Erde zu überwinden und an ihre Tür zu klopfen.

Sie selbst nutzte für ihren Heimweg einen energetischen Kreis, den man betrat und der sich dann um einen schloss. Für einige Augenblicke verlor man die Bodenhaftung und hatte das Gefühl, in die Höhe katapultiert zu werden, dann war es schon vorbei und man stand am Eingangsportal.

Wir hatten wenig geredet bisher.

Moon wollte mir wohl die Gelegenheit lassen, mich zu sammeln, wofür ich dankbar war. Fred/Ted hatte mich in eines der Gästezimmer gebracht, in dem ich auch bei meinen letzten Besuchen schon gewesen war. Von hier oben hatte man einen atemberaubenden Rundumblick über Abalion, der sich stets anpasste, je nachdem, was man gerade sehen wollte. Sogar die Wände in der Dusche reagierten und wurden durchsichtig, sobald sie eine Person im Raum wahrnahmen. Im Westen erstreckte sich das Glasgebirge. Dahinter folgte die Medusawüste, in der es so trocken war, dass nicht mal Insekten dort lebten, und ich erkannte noch den Rand der Eisschlucht. Ganz hinten am Horizont sah ich die Insel Lysanta. Ein Bruchstück Abalions, das sich beim großen Beben gelöst hatte. Das Beben hatte einiges von Abalion vernichtet. Ein Abschnitt des Donnerwaldes war sogar in einer Erdspalte verschwunden, dafür war an einer anderen Stelle ein Berg gewachsen, weil die Erde so einen Druck von unten bekam, dass es die Landmassen zusammenschob. Keine Ahnung, wie viele Hunderte Wesen in der Zeit ihr Leben lassen mussten.

»Wird es besser?«, fragte Moon auf einmal und ich fuhr erschrocken herum.

Sie lehnte am Durchgang zum Bad, sah mich gelassen an und trug eine funkelnde Korsage aus purem Silber. Sie passte sich ihrem Körper mal wieder perfekt an, ihre Haare verschmolzen buchstäblich mit dem Stoff und es war fast nicht möglich zu sagen, wo Moons Haut aufhörte und die Korsage anfing.

Ich wischte mir das Wasser aus dem Gesicht und erwiderte ihren Blick. »Wird es. Danke.«

Ihre Blicke huschten über meinen nackten Körper, blieben kurz auf meiner Mitte hängen und wanderten dann wieder nach oben. Auf einmal hatte ich das dringende Bedürfnis, das Wasser kälter zu stellen.

Moon und ich hatten in diesem Zimmer – und in einigen anderen Teilen des Schlosses – sehr prickelnde Stunden verbracht. Wir hatten perfekt harmoniert, waren schon mit der ersten Berührung aufeinander eingespielt gewesen, als würden wir uns seit Ewigkeiten lieben und kennen. Damals hatte ich geglaubt, wir wären etwas Besonderes, vielleicht füreinander bestimmt. Ich war kurz davor gewesen, dieser Frau alles von mir zu geben, mein Herz, meinen Verstand, ich hätte ihr sogar all meine Besitztümer überschrieben, wenn ich welche gehabt hätte.

Später wurde mir bewusst, dass sie das mit jedem Trottel so machte, der in ihren Armen landete. In Amqua hatte ich einen Maler getroffen, der nur noch sie als Motiv wählte und versuchte, seine Bilder mit ihrem Konterfei zu verkaufen. Der arme Kerl war völlig von ihr besessen und redete ununterbrochen von ihrer überirdischen Schönheit und Anmut.

Moon war der Teufel in Engelsgestalt, ich durfte das nie vergessen.

Sie seufzte leise, ein Lächeln umspielte ihre Mundwinkel. »Du siehst gut aus.«

»Klar.«

»Du wirkst erwachsener und …« Ihr Blick strich über meinen Bauch. »Männlicher. Es steht dir.«

Ich schüttelte den Kopf und trat aus der Dusche. Das Wasser versiegte sofort und ein Handtuch fuhr aus der Wand. Ich nahm es von der Halterung und trocknete mich ab. Es war vorgewärmt und roch gleichermaßen nach Lavendel.

»Ich werde wie ein verdammtes Blumenfeld stinken.«

»Es beruhigt deine Haut. Und deine Nerven.«

Ich brummte und trocknete mich weiter ab. Moon hatte recht. Meine Haut fühlte sich immer besser an. Sogar die leichten Verätzungen der Steinsäure verschwanden.

»Ich habe frische Sachen für dich.« Sie deutete nach draußen ins Zimmer. Ich warf das Handtuch weg und ging an ihr vorbei.

Ein Kribbeln schoss mir durch die Lenden, als ich mich ihr näherte, und aus einem unerfindlichen Grund zuckten meine Finger, als wollten sie sich in diesen Haaren vergraben und Moon an mich ziehen. Sie folgte mir aufmerksam mit ihren durchdringend funkelnden Augen und behielt jede meiner Bewegungen im Blick.

Ich schaffte es an ihr vorbei, atmete tief durch und sah die frische Kleidung auf dem Bett liegen. Dunkelbraune Stoffhosen, ein ordentlich gebügeltes Hemd, eine leichte Überjacke und eine dickere aus feinstem Leder. Dazu die passenden Stiefel, ebenfalls aus Leder. Mit ein wenig Glück wurden sie mir nicht bei der nächsten Gelegenheit geklaut.

»Ich gebe dir alles zurück«, sagte ich und zog die frische Hose an.

»Das ist nicht nötig, es ist ein Geschenk.«

»Ich will nichts von dir geschenkt.« Die Hose passte perfekt. Mit das Beste, was ich je anziehen durfte. Ich bereute meine Worte von eben und unter anderen Umständen wäre ich auch nie auf die Idee gekommen, diese Sachen zurückzugeben, aber Moon war nun mal nicht zu trauen. Das Messer war schlimm genug. Ich hatte keine Ahnung, mit was Moon mich noch verfluchen würde, wenn ich ihr den kleinen Finger reichte.

Apropos Messer …

»An der Tür«, sagte Moon.

Ich blickte hin und da wartete es auch schon. In einem aufpolierten Gürtel und mit glänzendem Griff.

»Danke«, sagte ich und meinte es kein bisschen ernst.

»Ich bedauere zutiefst, was in jener Nacht geschehen ist«, sagte sie leise.

»Du wirst nicht müde, es zu wiederholen, und dennoch änderst du nichts daran.«

»Weil ich nicht kann.«

»Sie ist eine Lügnerin. Sie ist durchtrieben …« Die Worte des Prinzen schwebten als Mahnung durch mein Hirn.

Ich nahm die Überjacke, ging zum Spiegel, der an einer Seite angebracht war, und betrachtete mich. Ich musste Moon recht geben: Ich sah wirklich gut aus. Sogar das Aschblond meiner Haare wirkte nicht mehr ganz so aschig. Meine Haut strahlte frisch und gesund, ich wirkte erholt, als hätte ich eine Woche lang geschlafen.

»Kann es sein, dass du mit dem Prinzen gesprochen hast?«, fragte Moon.

»Kann es sein, dass du die Antwort darauf schon kennst?« Ich blickte im Spiegel nach ihr und verzog das Gesicht, als ich sah, wie sie sich elegant auf dem Bett niederließ und die langen Beine ausstreckte. »Ich bin nicht interessiert.«

»Bilde dir nicht zu viel ein, Ash. Was wollte der Prinz von dir?«

»Mir seinen Garten zeigen. Seine Rosen haben diesen grässlichen Pilzbefall, da brauchte er einen Tipp von mir. Immerhin nennt man mich auch Ash der Gärtner, und …«

Plötzlich stand sie hinter mir. Es war so schnell gegangen, dass ich nicht mal den Hauch einer Bewegung gesehen hatte. Ihr kalter Atem streifte meinen Nacken, sie funkelte mich im Spiegel an. Ich wollte einen Schritt zur Seite ausweichen, aber ich konnte mich nicht mehr bewegen.

Ich sagte ja, dass es eine schlechte Idee war, herzukommen.

»Ich habe deinen Groll verdient, das ist mir durchaus bewusst«, sagte sie, ihre Worte ließen Eiskristalle auf dem Spiegel entstehen. »Aber du wirst meine Geduld nicht überstrapazieren. Was wollte der Prinz?«

Ich spürte einen Druck auf meinem Hals, ähnlich wie vorhin, als der Prinz mich in der Mangel gehabt hatte, nur mit dem Unterschied, dass Moon dafür nicht mal einen Finger rühren musste. Ein Blick von ihr genügte und mir zogen sich alle Körperteile zusammen.

Ich erwiderte ihren kalten Blick im Spiegel und bekam Gänsehaut. Da war er. Genau der Teil an Moon, der zu allem fähig war; der mich verraten und verflucht hatte.

»Er wollte mit mir reden«, sagte ich.

»Über was? Was ist auf der Heide passiert? Weshalb bist du in den See gestürzt und so lange nicht mehr aufgetaucht?«

»Was?«

»Antworte.«

Der Druck um meinen Hals wurde stärker, ich bekam keine Luft mehr, röchelte, fasste an die Stelle.

»Das … wird so … nicht …« Ich deutete auf meinen Hals, sah sie flehentlich an, damit sie mich freigab.

Moon ließ sich einige Augenblicke länger Zeit, als sie musste.

Schließlich gab sie nach, ich schwankte, als ich mich wieder rühren konnte.

»Herrgott, Moon.« Ich massierte meinen Hals und schluckte gegen das Brennen. Ich hätte heute Morgen definitiv nicht aufstehen sollen. »Du hast dich kein Stück verändert.«

»Vielleicht.« Sie trat von mir weg und betrachtete ihre zitternden Hände. Sie bemerkte, dass ich es sah und verschränkte sie rasch vor dem Bauch.

»Der Prinz hat mir einen Baum gezeigt, der in seinem Garten wächst. Er ist von einem Kraftfeld umgeben. Er wollte, dass ich es durchdringe, aber dazu kam es nicht mehr.«

»Ach … will er etwa zurück ins Kloster? Will er die Geschehnisse ändern?«

»Was? Welches Kloster?«

»Du darfst dem Prinzen nicht trauen. Oder ihm helfen. Er ist ein verlogener Bastard.«

»Lustig. Dasselbe sagt er über dich.« Und natürlich war mir nicht entgangen, dass sie meine Frage nicht beantwortet hatte. »Ihr beide solltet euch zusammensetzen und eure Probleme ausdiskutieren, statt Leute wie mich da reinzuziehen. Bildet einen Stuhlkreis oder so.«

»Wage es nicht, dich über mich lustig zu machen.«

»Wie käme ich nur dazu.« Ich trat nach hinten, ging an die Tür und schnappte mir den Gürtel mit meinem Messer.

»Was war noch? Warum warst du so lange im See?«

Ein Kribbeln breitete sich in meiner Kehle aus und ich konnte nicht unterdrücken, Moon die Wahrheit sagen zu wollen. Also tat ich genau das: »Ich habe eine Frau namens Kris kennengelernt, wir kamen an eine Hütte mit toten Geißlein und wurden von einem gigantischen schwarzen Wolf überfallen. Sie nannte ihn den Grimm.«

Es schepperte neben mir. Moon hatte den Spiegel bersten lassen. »Was sagst du da? Er ist wieder aktiv?«

»Äh, keine Ahnung, was du damit meinst. Aber auf mich wirkte er in der Tat sehr aktiv.«

»Wie bist du ihm entkommen?«

»Ich habe …« Herrje, ich wünschte, ich hätte wenigstens das für mich behalten können. Moon musste ja nicht alles über mich wissen. »Ich habe Energie aus meinen Händen erzeugt, das hat ihn vertrieben.«

Sie atmete tief ein, ganz ähnlich, wie der Prinz es vorhin getan hatte, und ließ die Luft in einem Seufzen wieder raus. Moon fasste sich ans Herz und schloss die Augen. Ich wusste nicht, ob die Nachricht sie erfreute oder besorgte.

»Alles klar?«, fragte ich.

»Ja, aber es hätte nicht so … mein Gott. Ich habe das nicht kommen sehen.« Sie griff nach meinem Arm, auf dem sich das Mal ausgebreitet hatte, und strich darüber. »Diese Macht … sie hätte jemand anderem gehören sollen. Dass du verflucht wurdest, war so nicht geplant. Es war ein Unfall.«

Ich klappte den Mund auf, zog meinen Arm zurück. »Ein …« Ich kratzte mich in den Ohren und schüttelte den Kopf. »Ich glaub, ich hab da noch Wasser drin, denn ich könnte schwören, du sagtest, es sei ein Unfall gewesen.«

»Das hab ich. Es hätte nicht so weit kommen dürfen.«

Das war hoffentlich nicht ihr Ernst. »Dann entunfalle es! Teufel noch eins!« Ich musste aufhören, auf den Teufel zu fluchen, der Kerl mochte es gar nicht, wenn man seinen Namen missbrauchte.

»Es ist nicht so leicht aufzulösen.«

Ich schüttelte den Kopf, kniff mir in den Nasenrücken und lachte. Es kam von ganz tief aus meiner Kehle heraus, ich konnte es weder aufhalten noch unterbrechen.

»Was ist so witzig?«, fragte Moon.

Ich lachte lauter, heftiger. Mein Gesicht brannte, so sehr packte es mich.

»Ash.«

»Das ist einfach …« Ich fasste an meinen Bauch, versuchte durchzuatmen. »Du. Wir. Das hier. Ein Unfall … Und: *Nein, natürlich lässt sich das nicht umkehren, erst wenn ich dir helfe, weil du so arm und schwach bist, blablabla*. Für wie dämlich hältst du mich eigentlich?«

»Gar nicht, Ash. Aber du hast keine Ahnung davon, was in Abalion wirklich los ist und was noch kommen wird. Der Prinz und seinesgleichen versuchen mich zu stürzen. Wenn das geschieht, ist Abalion dem Untergang geweiht!«

Ich hörte auf zu lachen und hielt die Luft an. Mir war schwindelig von ihren Worten und diesem Ort. Es tat mir nicht gut, hier zu sein, und gleichzeitig fühlte ich mich so wohl, dass mir allein der Gedanke, wieder einen Fuß auf Abalion zu setzen, Unbehagen bereitete. Ich faltete die Hände im Nacken und stützte meinen Kopf darauf.

Aus dem Augenwinkel sah ich, wie sie langsam näher kam und mich musterte. »Bitte. Ich will dir nichts Böses. Lass mich dir zeigen, was der Prinz getan hat. Komm mit und du wirst verstehen.«

Ich blickte sie an. Sie blinzelte nicht einmal, sah mir stumm und leicht resigniert in die Augen. So, als wäre sie müde, mit mir zu streiten. Als wäre sie müde, dieses Leben zu führen.

Hin und her. Her und hin.

Was taten wir hier nur? Was tat ich? Warum war ich hier? Warum redete ich mit Moon, und warum bei allen Henkern erweichte sie mein Herz mit diesen wundervollen, betörenden und unsagbar traurigen Augen? Moon wirkte in der Tat so, als fehlte ihr etwas. Als hätte sie etwas Gewaltiges von sich verloren, was eine derart große Trauer auslöste, dass sie kaum atmen konnte. Sie stand da und sah mich erwartungsvoll an.

Ich fühlte ihren Schmerz. Ihren Kummer. Ihre Angst.

Sie war einsam.

Und ich ein Trottel.

Ich löste meine Hände vom Nacken und streckte sie ihr wortlos hin. Moon ergriff sie und führte mich aus dem Zimmer, um mir zu zeigen, was auch immer sie mir zeigen wollte.

Sie hatte mich schon wieder dort, wo sie mich haben wollte.

»Sie ist eine Lügnerin. Sie ist durchtrieben …«

Jaja, halt die Klappe.

29. KAPITEL

Nubra-Tal, Indien. 1346 n. Chr.

Casaju lag im heiligen Tempel, in dem sie die Rituale durchführten, und lauschte seinem aufgeregten Herzschlag, der so hektisch schlug wie bei der Abgabe seiner ersten Geschichte. Er blinzelte ein paar Mal, starrte an die Wurzeln, die ringsum an den Wänden wuchsen und sich in der Schwärze über ihm verloren.

Die Flüssigkeit, die die Verbindung zu Abalion herstellte, war aktiv und tauchte alles in einen grünen Schimmer. Casaju lauschte dem leisen Blubbern, nahm einen tiefen Atemzug und sog die Düfte ein. Es roch nach den erdigen Wurzeln des Baumes, nach kühlem Gestein, nach alter Luft, die lange in einem Gemäuer hing, aber auch nach frischem Gras, nach Tau, nach unbändiger Natur.

Casaju drehte den Kopf und fühlte jedes einzelne Molekül auf seiner Haut. Er spürte die Luft. Er spürte das Leben, den Sauerstoff, die Energie, aus der sie bestand. Er spannte die Muskeln an, aber sie gehorchten ihm nicht. Seine Beine, Arme, Hände – er konnte sie kaum bewegen.

»Ruhig bleiben«, sagte Isa neben ihm. »Der Schlaftrunk fängt an zu wirken, es ist alles gut.«

Casaju stöhnte leise, befeuchtete seine Lippen und atmete tief durch. Seine Brust fühlte sich an, als läge ein großer Stein darauf. Aus dem Augenwinkel erkannte er die Zentauren, die sich rechts und links vom Becken aufgebaut hatten und das Geschehen bewachten. Moon stand in der Mitte, sie hielt eine silberne Schale in ihrer Hand.

»Es ist eine gute Lösung«, sagte sie und kam näher. »Danke, dass du zugestimmt hast.«

Sie ging neben ihm in die Hocke. Aus der silbernen Schale stieg Nebel auf, der sich über Casajus Körper ausbreitete und ihm in die Nase kroch. Es roch blumig, erhaben und edel. Casaju hatte noch nie etwas Vergleichbares gerochen.

»Der Duft des Vollmondes«, sagte Moon. »Ich werde dich mit seiner Kraft tränken, auf dass er deine Seele von dem Fluch heilt.«

»Ich …«, setzte Casaju an, aber seine Zunge war zu schwer. Isa hatte ihm einen Schlaftrunk gegeben, denn für das, was sie nun vorhatten, würde er nicht mehr bei Bewusstsein bleiben.

Das Gespräch von vor ein paar Wochen kam ihm in den Sinn, als sie ihn aufgesucht und ihm erklärt hatte, was sie plante:

»Moon und ich haben einen Weg gefunden, dir zu helfen.«

»Und welchen?«

»Wir haben lange und viel geredet. Sie wird für deine Seele einen Platz der Ruhe erschaffen. Es sollte dir dort gefallen. Moon wird dich hinbringen und über dich wachen, bis du geheilt bist. Die Zentauren werden ebenfalls die ganze Zeit bei dir sein.«

»Ich … ich soll nach Abalion?«

»Nur deine Seele. Dein Körper bleibt bei uns. Wir werden einen Bereich in der Bibliothek für dich einrichten. Zwischen der Magie der Bücher bist du gut aufgehoben.«

Casaju hatte erst nicht glauben wollen, was Isa ihm da sagte, aber es war ihr völlig ernst mit ihrem Vorschlag. »W-wie seid ihr auf diese Idee gekommen?«

»Als Waylon in die Bibliothek eingedrungen war, hatte er einige Bücher aus dem Regal geworfen. Unter anderem eine alte Schrift der ersten Masali, die dieses Kloster errichtet haben. Darin fand ich ein Ritual, welches die Reinigung einer Seele mithilfe des Schlafes beschreibt. Aber der Schlaf muss tief und komatös sein und die Seele muss in der Zeit überwacht werden. Ich habe es Moon vorgeschlagen und sie meinte, es könnte möglich sein. Die alten Masali bedienten sich oft der Kraft des Mondes.«

Casaju konnte sich natürlich an das Gespräch unter dem Baum erinnern, auch wenn es lange her war.

»Dort, wo du in Abalion leben wirst, ist immer Nacht, sodass der volle Mond die ganze Zeit scheinen kann. Moon hat in dieser Form am meisten Kraft.«

Casaju hatte lange gebraucht, um diese Nachricht zu verdauen und zu akzeptieren. Er hatte sich sogar Bedenkzeit eingeräumt, aber da es von Tag zu Tag schlimmer mit ihm wurde, drängte Isa darauf, zu handeln, oder er müsste das Kloster verlassen.

Also hatte Casaju zugestimmt.

Nun war er hier.

Niemand der anderen hatte heute Zugang zum Tempel. Nur Isa, Moon und er.

»Bist du bereit?«, fragte Moon und stellte die Schale neben Casaju ab. Mittlerweile hatte der Nebel ihn komplett eingehüllt.

Er nickte träge, zu mehr war er nicht mehr in der Lage. Seine Augen bewegten sich nach links, suchten Isa.

Sie lächelte ihn an, ein aufgeregtes Funkeln lag in ihrem Blick. Isa griff in ihre Kutte und zog ein kleines Lederbuch heraus. Es war das, welches Waylon gefunden hatte. Isa hatte Casaju nie darin lesen lassen, es ihm vorenthalten, als wollte sie es nicht teilen.

»Es geht gleich los«, sagte Moon und nickte Casaju zu. Sie griff in ihre Robe und holte eine lange Holzspindel heraus. Heute wirkte sie anders als sonst. Vermutlich lag es an dem Schlafmittel, das Casajus Geist träge machte, aber er hätte schwören können, dass etwas Diabolisches an ihr haftete.

»*Casaju, du musst aufpassen.*« Die Worte seiner Mutter bei seinem ersten Besuch in der Bibliothek kamen ihm in den Sinn. Es war lange her, dass er sie gehört hatte.

»*Wir wollten das nicht. Wir wurden gezwungen.*«

Er blinzelte noch einmal. Sein kleiner Finger zuckte. Die letzten Gesten, zu denen er fähig war.

Moon griff nach seiner Hand und hob sie sachte an. »Das wird vermutlich gleich wehtun, aber ich brauche einen Tropfen Blut, um das Prozedere einzuleiten.«

Blinzeln. *Ja.*

»Schlafe«, sagte Moon und stach mit der Spindel in seinen Finger. Der Schmerz war in der Tat stärker als erwartet und breitete sich als Brennen erst in seiner Hand, dann in seinem Arm und seiner Schulter aus. Casajus Sicht verschwamm, seine Glieder ermatteten, seine Augen fielen zu.

Isa trat einen Schritt zurück, sie sah nicht länger Casaju an, sondern Moon. Ein leichtes Lächeln umspielte ihre Lippen, sie schlug das Buch auf, legte eine Hand auf eine Seite und die andere auf ihr eigenes Herz.

Moon zuckte kurz zusammen, als hätte sie etwas wahrgenommen, was sie irritierte, aber sie machte weiter.

Casajus Körper wurde bleischwer und taub, seine Beine und Arme schienen auf das Doppelte anzuschwellen. Moons Leuchten dehnte sich aus und Casaju konnte kaum noch atmen, weil sie mit ihrer Präsenz alles verschlang.

Eine Träne löste sich aus ihrem rechten Auge und lief über ihre Wange. Sie tippte darauf und betrachtete sie. »Die erste Träne seit meinem Tod. Sie ist für dich.« Moon führte ihren Finger auf Casajus Stirn und presste ihn auf.

Ein elektrischer Schlag glitt durch ihn. Er wurde aus seinem Körper gerissen, stieg in die Lüfte, verlor die Kontrolle. Sein Innerstes krampfte, es fühlte sich an, als würde er fallen und fallen und nie ankommen.

Er wirbelte herum, suchte einen Punkt, um sich zu orientieren, aber er fand keinen. Panik ergriff ihn. Wie sollte er so existieren? Wie so heilen? Vier starke Hände griffen nach ihm und ankerten ihn sachte.

Casaju blickte auf. Die Zentauren hielten ihn rechts und links fest und boten ihm Halt.

»Was …«, stammelte er, verwundert, dass er noch eine Stimme zum Sprechen hatte.

»Lass es zu«, sagte Moon. »Der Übergang ist verwirrend, aber du bist nicht allein. Es kann sein, dass du Dinge wahrnimmst, die dir seltsam vorkommen, das wird sich legen.«

Casaju setzte einen ersten Fuß in das Becken, die grüne Flüssigkeit gab unter ihm nach, aber er fiel nicht hinein, weil ihn die Zentauren weiter stützten. Er lehnte sich auf eine Seite und entdeckte seinen Körper. Er lag auf dem Rücken, die Hände vor dem Bauch verschränkt, der Brustkorb hob und senkte sich sachte.

Er war eingeschlafen und das hier war nicht mehr als ein Traum.

Oder?

»Wie lange werde ich weg sein?«, fragte Casaju.

»So lange es dauert«, antwortete Moon.

Die Zentauren nahmen ihn weiter mit und er sank tiefer in die Flüssigkeit. Sie reichte ihm bis zu den Knien, den Oberschenkeln, den Hüften. Casaju ließ sich darauf ein, sank tiefer und tiefer und spürte, wie er nach Abalion gezogen wurde. Er blickte zurück zu Isa. Sie stand nach wie vor mit dem Buch in ihrer Hand da, aber etwas an ihr hatte sich verändert. Dunkle Schatten strömten aus ihren Armen und ihren Händen, sie waberten um ihren Körper, breiteten sich überall im Tempel aus.

Dieses Buch … es war nicht … es war nicht gut.

Casaju hörte ein leises Knurren, das aus den Seiten kam, eine schwarze, teerartige Substanz tropfte zu Boden und löste sich mit einem Zischen auf.

Isa bemerkte es nicht. Sie wirkte wie in Trance, wie verloren.

Isa, pass auf! Casaju wollte sie ansprechen, aber er wurde von den Zentauren zu dem Becken geführt. Moon folgte dichtauf, sie bemerkte nichts von Isas Zustand, sie war zu sehr auf Casaju fixiert.

Er wehrte sich gegen die Zentauren, wollte noch mal zurück und Isa das Buch entreißen.

»Du darfst nicht dagegen ankämpfen«, sagte Moon. »Sonst kann es deine Seele zerreißen.«

»Ich muss …« Er war so verwirrt. Die Zentauren drängten ihn weiter nach Abalion und Casaju verlor immer mehr Halt in der realen Welt. Die Nebelschwaden aus dem Buch hatten Isa nun eingehüllt. Groß und bedrohlich und unheilvoll. Sie waberten nach vorne, erreichten Moon und bauten sich hinter ihr auf. Sie wirkten wie zwei große Flügel, die aus ihrem Rücken kamen; als würde Moon sie rufen, damit sie ihr halfen.

Was geschah hier?

Auf wessen Seite stand Moon wirklich? Die Schatten schlichen um sie herum, schienen sie zu liebkosen und willkommen zu heißen.

Oder?

Casaju war so verwirrt, er verstand nicht, was hier passierte.

»Dein Blut ist sehr stark«, sagte Moon.

Er trug das Erbe von zwei Masali in sich. Er war einzigartig.

Casaju sank tiefer in das Becken, glitt von der Erde in die Märchenwelt. Bilder rauschten an ihm vorbei, tausend Geschichten, tausend Erzählungen.

»So sage ich euch, dass eure Tochter in ihrem fünfzehnten Jahre an einer Spindel sich stechen und tot hinfallen wird …«

»Ach! Zieh mich raus, zieh mich raus, sonst verbrenn ich, ich bin schon längst ausgebacken!«

»Knusper, Knusper, Knäuschen! Wer knuspert an meinem Häuschen?«

»Königstochter, jüngste, mach mir auf, weißt du nicht, was gestern du zu mir gesagt bei dem kühlen Brunnenwasser?«

Worte, die einst von den Masali geschrieben worden waren. Worte, die aus ihren Reihen gekommen waren und die die Herzen der Menschen füllten. Casaju spürte sie alle. Sie sprudelten gleichzeitig, drangen in seine Seele ein, vereinten sich mit ihm, als wären sie Liebhaber, die ewig aufeinander gewartet hatten.

Casaju wurde zerrissen und wieder zusammengefügt. Er spürte Schmerz und Linderung. Hass und Liebe. Hell und Dunkel.

Aber da war noch mehr. Da war eine Barriere. Ein Gefängnis. Ein Festhalten.

Er wollte davon weg, doch er kam nicht dagegen an.

»Wir wollten das nicht. Wir wurden gezwungen.«

»Lass es zu«, hörte er Moon erneut sagen. »Alles geschieht zu deinem Besten.«

Warum fühlte es sich dann nicht so an?

Warum fühlte es sich eher wie ein Fehler an? Ein falscher Schritt? Eine falsche Entscheidung.

Warum fühlte es sich an, als hätte Moon nur hierauf gewartet?

Sein Innerstes fing an zu kochen, er spürte, wie sich sein Blut erhitzte, wie die Urkraft der Masali ihn durchströmte und nach einer alten und längst verlorenen Macht griff.

Er sah abermals nach Moon, die Schatten hatten sie nun erreicht, konzentrierten sich auf das Amulett um ihren Hals. Casaju erkannte eine Gestalt, die hinter Isa auftauchte. Jemand war noch im Tempel. Er wusste nicht wer, aber er sah die Silhouette eines Mannes.

»Ich …« Casaju wurde nach vorne gezogen, entdeckte eine freie Fläche vor sich, die sich bis in die Unendlichkeit auszudehnen schien.

Er stemmte sich ein weiteres Mal dagegen, ohne zu wissen warum. Aber er wollte nicht hier sein.

Er wollte zurück nach Abalion.

Zurück zu den Masali.

Moon wollte ihn nach vorne schieben, doch da erreichten die Schatten ihr Amulett. Sie hielt inne. Blickte zu Casaju. Zu Isa. Und erstarrte. »Was … was tut ihr?«

»Lass mich zurück.«

Moon röchelte, hielt ihr Amulett fester, doch die Schatten zogen daran. Sie riss die Augen auf, fuhr zu Casaju herum. Auf ihrem Gesicht lag ein Ausdruck blanken Entsetzens. Sie spiegelte das wider, was er fühlte. Die Verzweiflung, die Angst, die Panik.

»Verräter«, sagte sie.

»Was?«

Moon riss die Arme nach oben, die Schatten nahmen ihr das Amulett und dann explodierte alles in einem grellen, beißenden Licht. Casaju wurde nach Abalion geschleudert, er hörte noch Isa rufen, er hörte Moon, er hörte die Zentauren, die mit ihm gezogen wurden.

Sie stürzten hinein in sein neues Reich.

Hinein in sein Gefängnis.

Ab heute wäre sein Reich der Schlaf.

Ab heute wäre sein Reich die Heide der Nacht.

Ab heute wäre er ihr Prinz.

30. KAPITEL

In der Nähe von Nürnberg, 1346 n. Chr.

»Ruhig. Atmen, Kaia«, sagte Waylon und sah zwischen ihre Beine. »Es sieht gut aus, ich sehe schon den Kopf.«

»O Gott!« Sie würde sterben. Diese Schmerzen würden sie in der Mitte zerreißen! Sie krallte die Finger in die Decke, bäumte sich auf und schrie.

»Alles gut. Es ist gleich geschafft.« Wirre Bilder schossen durch ihren Kopf. Sie sah sich selbst. Früher. Wie sie all die Männer bedient hatte, die dafür bezahlten. Sie sah sich an die Tür der Masali klopfen. Völlig fertig und fast am Ende mit ihren Kräften. Sie sah, wie sie ihren allerersten Papyrus beschrieb. Wie die Magie der alten Worte in sie drang und sie mit der Kraft ihrer Fantasie etwas Großes erschuf. Sie sah, wie Waylon bei ihnen ankam, was sie getan hatten, ihren Weggang, die Reise, die Schwangerschaft. Aber hier endete es nicht. Sie sah, wie sie einen Felsen umrundeten und in eine Höhle traten. Sie sah den wunderschönen Kristall, der dort sicher verwahrt war.

Und dann sah sie Casaju und Waylon und sich selbst. Sie waren alle miteinander verbunden, sie teilten ein Schicksal, das sich dort in der Höhle erfüllen würde.

Casaju war aber nicht mehr Teil dieser Erde, sondern hatte sich losgelöst. Er hatte seine Seele aus seinem Körper gerissen und war an einen fremden, dunklen Ort gekehrt.

»Pressen! Komm, noch einmal!«, rief Waylon, und Kaia tat es. Sie warf den Kopf in den Nacken, gab alles, was sie zu geben hatte. Ihr Herz wummerte, die Schwärze zog weiter durch ihre Glieder, erfüllte ihr gesamtes Sein, bis kein Licht mehr an ihre Seele drang. Bis es nichts mehr gab als diese Dunkelheit.

»Gleich!«

Die Kälte wummerte durch sie, Kaia gab sich ihr hin, weil sie gar keine andere Wahl mehr hatte als das. Sie blickte auf sich hinab und sah, wie sie in ihre Einzelteile brach, wie alles Helle und Schöne in ihr starb und zu Asche zerbröselte.

Kaia gab alles von sich. Sie opferte den Rest an Licht, der noch in ihr war, um dieses Leben auf die Welt zu bringen, das auf der Grundlage eines Fluches gezeugt worden war.

»Ja!«, rief Waylon und zog das Kind aus ihrem Körper. »Wir haben es!«

Kaia keuchte, sank auf den Rücken, ihr Atem ging schwer und stoßweise. Kurz wallten Gefühle in ihr auf, als wollten sie sich ein letztes Mal melden, ehe sie für immer verstummten. Kaia atmete voller Verzweiflung ein, wusste, dass sie an einem Scheideweg stand. Dass ab heute nichts mehr je so sein würde wie vorher.

Und dann hörte sie es, und alles andere rückte in den Hintergrund.

Ein Wimmern.

Ein Schreien.

Ein Quäken.

Ihr Kind.

Es lebte.

»Es ist ein Junge«, sagte Waylon.

Sie richtete sich mühevoll auf und sah zu ihm. Er hielt seinen Sohn im Arm und strahlte. Der Kleine schrie aus Herzenskraft, spannte die Ärmchen und Beinchen und wusste gar nicht, wie ihm geschah.

»Du meine Güte«, sagte Kaia und streckte ihre Arme aus.

Waylon nahm ein vorbereitetes Leinen, wickelte ihn sanft darin ein und reichte ihn ihr. Er strich ihr die verschwitzten Haare aus der Stirn und küsste sie sachte. »Das hast du großartig gemacht.«

»Ich …« Sie konnte nicht mehr sprechen. Sie konnte nicht mehr atmen. Sie konnte nur ihr Kind in den Armen halten.

Nur für ein paar Augenblicke in diesem Moment leben.

»Ich bin …« Sie drückte ihn an sich, er hörte sofort auf zu weinen und sah sie erwartungsvoll an. Seine Augen waren grünblau, er hatte sogar einen leichten blonden Haarflaum. »Er ist wunderschön.«

Kaia spürte eine Wärme um ihr Herz, wie sie es in den letzten Wochen und Monaten nicht gespürt hatte. Dieses kleine Wesen, dieses Wunder, erweckte noch einmal die Liebe in ihr. Tränen rannen über ihre Wangen. Vor Erleichterung und vor Angst und auch vor Trauer. Sie küsste ihn auf die Stirn, atmete seinen Geruch ein und wusste, dass sie jetzt, in diesem Moment das letzte Quäntchen an Liebe verlor, das in ihr steckte.

Sie gab sie ihrem Sohn.

So wie Anabel einst sich das Herz aus der Brust schnitt, um ihre Liebe zu opfern, so tat Kaia es ihr nach und versiegelte diesen Bund mit ihrem Kuss. In Kaia flammte ein letztes Mal alles auf, die Wärme, die Fürsorge, die wunderschönen Momente in ihrem Leben. Sie hörte sich selbst lachen.

Herzhaft. Fröhlich. Unbeschwert.

Sie spürte die Liebe in sich, die sie einst mit den Masali und ihrem Schreiben verband.

Rein. Bedingungslos. Ursprünglich.

Ihr Sohn sollte all das in seiner Seele bewahren. Sie würde auf all das verzichten. Nur für ihn.

»Wie willst du ihn nennen?«, fragte Waylon.

Kaia löste sich von ihm, ihre Tränen versiegten, denn sie würde ab heute keine mehr weinen können. So wie die Liebe erstarb, erstarben auch die Trauer, die Wut, die Angst.

Kaia verkümmerte. Die Leidenschaft, die sie einst angefeuert hatte, war ausgebrannt und hatte ein ödes Feld aus Asche hinterlassen.

Asche, aus der ihr Sohn heute geboren worden war.

Sie atmete einmal tief ein: »Ash. Er soll Ash heißen.«

Weil das alles war, was von ihr übrig geblieben war.

31. KAPITEL

Ash

Abalion, Zeit unbekannt

Moon führte mich den langen Gang hinunter, der rings um den Palast reichte. Ihre Finger hielten meine nach wie vor fest. Im Gegensatz zu vorhin war ihre Berührung warm und prickelnd und sandte kleine Vibrationen meinen Arm hinauf. Ich sah auf unsere verschränkten Hände. Moon strich mit ihrem Finger über meine Haut. Auf und ab, auf und ab. Die Berührung schoss mir im gleichen Rhythmus das Rückgrat hoch und runter. Ich löste mich rasch von ihr. Sie schmunzelte.

»Angst vor Nähe?«, fragte sie.

»Nein, Angst, dass du mir den zweiten Fluch aufhalst.« Konnte ich überhaupt zweimal verflucht werden? Doppelfluch? Wenn einer so viel Glück hatte, dann ich.

Wir bogen um eine Ecke. Die Wände liefen nach oben hin spitz zu wie in einer Kathedrale. Alles bestand aus hellem Mondgestein, das – je nach Moons Stimmung – die Farbe wechselte. Die Fenster waren auch hier bodentief und zeigten Abalion in all seiner Pracht. Die Sonne war aufgegangen und leuchtete uns den Weg. Ihre Strahlen verfingen sich als Funkeln in dem Gestein um uns herum.

Moon bog ein weiteres Mal ab und führte mich in einen langen, rechteckigen Raum, in dem sieben Spiegel hingen; drei auf jeder Seite und einer an der gegenüberliegenden Wand.

»Was ich dir gleich zeigen werde, ist ein tiefer Einblick in das, was ich wirklich bin. Es gibt nur sehr wenige, die hierüber Bescheid wissen, aber ich wünsche mir, dass du mich verstehst.« Sie deutete nach links und rechts, während sie redete.

Ich trat näher und betrachtete die Spiegel. Es waren Kunstwerke. Jeder Rahmen war anders verziert. Stilvolle Mondmotive zogen sich an den Seiten entlang, überschnitten sich mit Blumenranken oder wurden von Sternen umhüllt. Sie waren alle silbern und glatt. Auf der Oberfläche brach sich das Licht in tausend funkelnde Punkte.

Und sie kamen mir alle sehr bekannt vor. »Ich … waren wir schon mal … hast du mir …?« Hatte sie mir das schon mal gezeigt? Als ich das erste Mal hier gewesen war?

Moon sah mich fragend an, aber ich brachte kein Wort mehr heraus.

»Diese Spiegel repräsentieren meine jeweilige Mondphase: Neumond, erstes Viertel. Zunehmender Halbmond, zweites Viertel. Vollmond, drittes Viertel. Abnehmender Halbmond, letztes Viertel.«

Sie überragten mich um über einen Meter in der Höhe und in der Breite. In jeder Phase war der jeweilige Mond oben in der Mitte als Zeichen angebracht. Es sah aus wie das Amulett, das Moon um den Hals trug. Ebenso waren Symbole auf den Rahmen gemalt, die … Ich stockte. Sie kamen mir vom Stil her bekannt vor. Alles kam mir bekannt vor. Die Zeichen sahen jenem ähnlich, welches ich in der Hütte mit den toten Geißlein gesehen hatte.

»Was ist das für eine Schrift?«, fragte ich und deutete auf ein Zeichen.

»Eine sehr alte, du wirst sie nicht kennen.«

»Versuch es.«

»Sie wurde von meinem Volk erschaffen. Den Masali.«

»Was ist mit ihnen passiert?«

»Sie sind gestorben.«

»Warum?«

»Weil ich sie vernichtet habe.« Moon blieb zwischen dem ersten Viertel und dem zunehmenden Halbmond stehen.

»Bitte?«

»Ich hatte keine andere Wahl.«

»Das passiert dir häufig, kann das sein?« Erst verfluchte sie mich aus Versehen, dann zerstörte sie ihr Volk. »War es auch ein Unfall?«

Sie schloss die Augen und atmete tief ein, ihr Gesicht verzerrt vor Trauer. »Nein, es war eine bewusste Entscheidung. Ich handelte erst aus Liebe, dann aus der Not und letztlich zum Selbstschutz. Ich war nicht immer so.« Sie zeigte auf sich. Ich war mir nicht sicher, was sie meinte: so mächtig, so ungewöhnlich, so skrupellos?

»Ich war einst … menschlicher, bis ich mich verliebte und diese Beziehung sehr viel Leid brachte. Um dieses Leid zu beenden, opferte ich mich selbst und verwandelte mich. Es war für lange Zeit alles gut. Die Überlebenden meines Volkes arbeiteten mit mir zusammen. Wir erschufen diese Welt. Wir machten Abalion zu dem, was es heute ist. Wir lebten im Einklang. Bis es erneut zum Verrat kam. Ich wollte helfen, und ich musste büßen. Der Prinz hat mich hintergangen.« Moon machte eine ausladende Bewegung. »Die Spiegel sind die Essenz meiner Kraft.«

Ihr Konterfei sah in beiden Oberflächen anders aus. In der ersten wirkte Moon gebrechlicher, ihre weißen Haare waren mit dunklen Strähnen durchzogen, ihre Haut schimmerte matt. Sie drehte den Kopf und sah sich selbst an. Ihr Gesicht schien wie in zwei Hälften geteilt, sogar ihre Augen hatten unterschiedliche Farben.

»Zurzeit ist die Phase des zunehmenden Halbmondes aktiv.« Sie deutete auf den Stein oben am Spiegel. Er leuchtete heller als die anderen. Moon trat vor den Spiegel, doch anstatt ihr Konterfei eins zu eins wiederzugeben, blickte ihr eine andere Frau entgegen. Sie sah Moon ähnlich, aber ihre Haare waren dunkler, das Kleid, das sie trug, verfärbte sich zur Hälfte schwarz; als passte sich ihr Aussehen ebenfalls der Mondphase an.

»Was ist das?«, fragte ich.

»Eines meiner acht Gesichter.«

»Was?« Hieß das, Moon konnte ihr Aussehen verändern? Und wenn ja: Welches war die echte? Ich blickte sie verwirrt an, dann wieder die Frau im Spiegel.

Moon lächelte sanft. »So, wie ich vor dir stehe, bin ich. Die anderen Gesichter sind nur meine Spiegel. Jedes ist mächtig auf seine Art, aber sie haben keine festen Körper. Es sei denn, ich gestatte es.«

»Wie meinst du das?«

Moon schnippte mit dem Finger und mit einem Schlag veränderte sich ihr Aussehen und passte sich dem Spiegelbild an. Ich machte einen Satz nach hinten und starrte sie an. Das war eine andere Frau! Das war nicht mehr Moon – und doch war sie es.

»Es kostet mich Energie, dieses Äußere zu halten.« Sogar ihre Stimme klang anders. »Daher mache ich es ungern. Am stärksten bin ich nach wie vor, wenn ich im Vollmond stehe. Wenn sich das Spiegelbild mit meinem wahren Ich deckt. Aber das ist mir leider nicht mehr möglich.«

Sie schnippte erneut mit den Fingern und verwandelte sich zurück.

»W-wie meinst du das?« Wechselbälger waren keine Seltenheit in Abalion, dennoch irritierte es mich, dass Moon so etwas konnte.

Moon strich über den Rahmen des Vollmondspiegels. »Er hat sie mir genommen.«

»Der Prinz?«

Sie nickte.

Ich trat näher an den Spiegel heran, die Oberfläche war erblindet, dunkle Schlieren zogen sich wie ein Ölfilm über den Rahmen.

»Warst du schon mal verliebt?«, fragte sie.

»Nein.« Das kam schneller heraus als beabsichtigt. Mit Moon war ich wohl nahe dran gewesen, aber letztlich hatte ich mich nur von ihr blenden lassen.

»Das ist bedauerlich. Der Prinz nutzt meine Energie, um seine Heide zu stärken und weiter auszudehnen. Ich hätte mich nie mit ihm anlegen sollen, er hat den Moment meiner Unachtsamkeit genutzt, er hat mich zu dem gemacht, was ich heute bin.«

»Ein durchtriebenes Miststück?«

Sie zuckte zusammen.

Ich auch.

Das war gemein gewesen, das musste ich zugeben. Moon weihte mich in ihre privatesten Geheimnisse ein und ich trampelte auf ihr herum. »Tut mir leid«, schob ich nach.

Sie tat es mit einem Wink ab, aber ich sah ihr an, dass ich sie verletzt hatte.

Gut gemacht, Ash. Echt prima. Kannst stolz auf dich sein.

»Einst wollte ich ihm helfen, ich brachte ihn sogar nach Abalion, gab ihm die Macht, die er heute missbraucht. Er hat mich reingelegt und das Tor für die Schatten geöffnet. Er und seine Verbündete.«

»Welche Verbündete?«

Sie wandte sich mir zu und sah mich an. Wieder kam das Verlorene und Zerbrechliche in ihr zum Vorschein. Moon war ein mächtiges

Wesen, neben Syrantina das stärkste in Abalion; aber hier und jetzt war sie einfach nur eine Frau, die Halt suchte.

Aber nicht bei mir.

Sie lehnte sich nach vorne, ihr Duft umschmeichelte mich. Ich atmete ihn wider besseres Wissen ein, kämpfte gegen das Verlangen an, sie in die Arme zu reißen und zu küssen.

Schluss, Hormone! Schluss!

»Der Prinz und sie haben mich von der Macht des Vollmondes abgeschnitten. Ich brauche sie wieder, damit ich die Ordnung in Abalion herstellen kann. Dir ist selbst aufgefallen, dass es viele Veränderungen im Land gibt. Vor der Nachtheide wärst du fast in den Donnerwald gelaufen. Dann die Wetterumschwünge. Es braut sich einiges zusammen.«

»Mh«, machte ich nur. Mein Verstand war noch zu benebelt von ihrer Nähe.

»Dort oben.« Sie drehte sich von mir weg und zeigte hinauf an den Spiegel. Ich war dankbar darum, wieder mehr Abstand zu ihr zu gewinnen. »An der herausgebrochenen Stelle saß einst ein Mondstein. Ich trug das Gegenstück um den Hals; je nachdem, welche Mondphase ich gerade nutzte, veränderte er sich. Als ich dem Prinzen helfen wollte, war ich zu abgelenkt, um zu bemerken, was hinter meinem Rücken geschah. Seine Verbündete entriss mir mein Amulett und nahm es an sich. Alles, was ich noch tun konnte, war, den Weg nach Abalion für sie zu verschließen, den Prinz auf der Heide festzuhalten und mich in Sicherheit zu bringen. Dadurch wurde allerdings auch meine Vollmondkraft bei ihm eingeschlossen und nun komme ich nicht mehr an sie heran, ohne mein Amulett.«

»Und du denkst, dass es der Prinz hat?«

»Oder Isa. Seine Verbündete.«

»Was will sie damit?«

»Mich nach und nach schwächen. Das ist erst der Anfang. Sie wird nicht aufgeben. Weder sie noch der Prinz.«

»Und wo steckt diese Isa?«

»Das weiß ich nicht. Nachdem sie mir meine Macht entrissen hatte, entglitt mir alles. Ich sah nur noch, dass der Rückstoß die Mauern des Klosters beben ließ und sie zerstörte. Ich vermute, dass sie alle begraben wurden, aber ich kann es nicht mit Bestimmtheit sagen. Wie dem auch sei: Der Baum, den der Prinz dir gezeigt hat, ist der Übergang zurück in seine Welt. Du darfst weder dorthin noch die Grenze für ihn öffnen.«

»Tja, den Eintritt für die Heide kann ich mir im Moment sowieso nicht leisten, insofern wird das nichts. Und was ist mit diesem Grimm?«

»Er ist nicht weniger gefährlich.« Sie trat vor mich, packte mich an den Schultern und blickte mir fest in die Augen. »Versprich mir, dass du dich von nun an raushältst! Das alles ist zu gefährlich.«

»So wie du?«

»Das ist etwas anderes.«

»Ach, und wie das?«

»Ich …« Sie schloss die Augen, schüttelte den Kopf.

Ihre Finger vereinten sich in meinem Nacken, Moon kam näher an mich heran, musste sich leicht auf die Zehenspitzen stellen, um sich mir zuzuwenden. Ihre Nähe warf mich völlig aus dem Konzept. Das Blut zog sich in meiner Körpermitte zusammen, ich reagierte auf sie, ohne es zu wollen. Genau so hatte sie mich damals abgeholt, als ich sie zum ersten Mal getroffen hatte, so war ich ihr in die Falle gegangen. Ich musste aufpassen.

Moon kam noch näher, bis ich ihren Atem auf meiner Haut spürte. Sie drückte ihre Brust gegen meine, ich fühlte ihren Herzschlag wild und unbändig. Ich versteifte mich, wollte ihre Arme von mir ziehen, aber ich konnte nicht. Sie brummte leise, ihre Lippen streiften ganz sachte meine und lösten eine Explosion in mir aus. Die Gedanken der Vorsicht wurden aus meinem Hirn gefegt. Ich legte eine Hand in ihren Rücken, drückte sie näher an mich. Sie öffnete ihren Mund, ihr kühler, angenehmer Duft strömte in meine Lunge, mein Herz, meine Seele. Ich kam ihr entgegen und strich zaghaft mit der Zunge über ihre Lippen. Moon stöhnte, grub ihre Nägel in meinen Nacken, erwiderte den Kuss mit einer gezügelten, unterdrückten Leidenschaft. Mir wurde schwindelig. Das hier war nicht gut. Und es war verdammt gut. Sie war gut. Und böse und … Gott, dieser Duft, dieser Geschmack. Ich schob sie nach hinten, bis ich sie an die Wand zwischen zwei Spiegeln drücken konnte. Moon ließ es zu, hob ein Bein, schlang es um meine Hüfte. Ich presste mich gegen sie, küsste mich von ihrem Mund ihren Hals nach unten.

»Zeit«, stöhnte sie.

»Äh, hab ich.«

»Wie empfindest du sie?«

»Bitte?«

»Antworte rein intuitiv. Was ist Zeit für dich?«

Ich hob den Kopf und sah ihr in die Augen. »Willst du etwa philosophieren? Jetzt?«

»Sag es mir: Ist gestern wirklich gestern oder ist alles gleich? Weißt du, was eine Minute ist? Eine Stunde? Ein Jahr? Hast du ein Gefühl dafür?«

»Ich …« Die hatte doch einen Vogel. Ich wollte einen Schritt zurück, aber sie hielt mich fest.

»Kein Wesen in Abalion macht sich Gedanken über Zeit. Sie haben kein Gefühl dafür, was Vergangenheit oder Zukunft ist. Ich frage dich noch mal: Was ist Zeit für dich? Nimmst du sie wahr? Spürst du, wie Tag um Tag vergeht? Wie aus heute gestern wird und das Morgen auf dich wartet?«

»Ja«, antwortete ich instinktiv. »Was soll das denn?«

»Du wirst es verstehen und merken, wenn etwas nicht stimmt. Verlasse dich auf dein Zeitgefühl und halte die Augen offen.« Sie wollte etwas ergänzen, doch es klirrte hinter mir, als hätte jemand ein Glas fallen lassen. Moon blickte über meine Schulter und zuckte zusammen.

Ich drehte mich ebenfalls um und sah zur Tür, aber da war nichts, auch keine Scherben. »Was … Was war da?«

»Ich verwirre dich«, sagte sie mit eiskalter Stimme. »Es tut mir leid. Meine Diener bringen dich zurück. Nenne ihnen einfach den Ort, an dem du abgesetzt werden willst.«

»Moon, was war da eben?«

»Wir sind fertig«, sagte sie und schob sich an mir vorbei.

»Hey …«

Sie hob die Hand und brachte mich zum Schweigen. Ich röchelte, fasste an meine Kehle, aber es kam kein Wort mehr heraus. Dann winkte sie in meine Richtung und meine Füße setzten sich ohne mein Zutun in Bewegung.

Irgendwann. Sicher nicht morgen oder übermorgen. Aber irgendwann in hoffentlich nicht allzu ferner Zukunft konnte ich mir auch ein Heim leisten, und dann würde ich mir jede Menge Gäste einladen und rauschende Feste feiern und ich würde auch solche Zauber an ihnen anwenden, sie dazu zwingen, die Wahrheit zu sagen oder sie von A nach B schubsen, einfach so. Weil ich es konnte!

Ich wurde aus dem Raum gezogen, die Tür ging langsam vor mir zu und entblößte eine Stelle hinter der Wand, die vorher verdeckt gewesen war.

Ich stockte, als ich den kahlen Fleck sah. Viel erkannte ich nicht, denn ich wurde zu schnell vorangezogen, aber der Größe des Fleckes nach zu urteilen, hatte hier auch einst ein Spiegel gehangen. Einer wie die anderen. Auf der Erde lagen vereinzelte Scherben, ich sah getrocknetes Blut, eine schwarz verkohlte Stelle an der Wand. Ich wollte anhalten, sie näher betrachten, doch ich wurde aus dem Zimmer gezogen und die Tür knallte hinter mir zu.

Moon war verschwunden, ich stand allein im Flur. Dafür wartete einer ihrer Diener auf mich.

Fred? Ted? Keine Ahnung.

»Wohin?«, fragte er.

Ich holte Luft und konnte plötzlich wieder meine Stimme einsetzen. »*Trunkener Fährmann.*«

Er nickte und zeigte auf eine Wand, die sich daraufhin auflöste und das Energiefeld erschuf, mit dem ich auch in den Palast gekommen war. Ich folgte dem Diener und trat in das Feld, das mich zurück nach Hause bringen würde. Während ich Moons Schloss verließ, dachte ich darüber nach, was sie mir gesagt hatte: »*Diese Spiegel repräsentieren meine jeweilige Mondphase: Neumond, erstes Viertel. Zunehmender Halbmond, zweites Viertel. Vollmond, drittes Viertel. Abnehmender Halbmond, letztes Viertel.*«

Acht Mondphasen. Im Zimmer hatten aber nur sieben Spiegel gehangen.

Wo war der für den Neumond?

32. KAPITEL

Frankfurt, Deutschland. 1346 n. Chr.

»Wie geht es ihm?«, fragte Waylon und drehte sich zu Kaia um. Die kinnlangen Haare wehten ihm ums Gesicht. Sein Bart war länger geworden und er war kaum noch als der Mann zu erkennen, der einst bei den Masali an die Tür geklopft hatte.

Kaia drückte ihren Sohn fest an die Brust, er war endlich eingeschlafen, nachdem sie ihn gestillt und sauber gemacht hatte.

»Sehr gut.« Er döste friedlich in seinem Tragetuch, das Kaia sich umgebunden hatte.

»Und dir?«, hakte Waylon nach.

Auch gut, wollte sie antworten, aber sie wusste nicht mehr, wie sich gut oder schlecht anfühlte. Kaia *war* einfach nur noch. Wie eine wandelnde Hülle. Sie schritt voran, sie setzte sich hin, sie schlief, sie aß, sie wiegte ihr Kind in den Armen und spürte: nichts.

Da waren nur noch Leere und Kälte und ein Hohlraum, der durch nichts in der Welt gefüllt werden konnte. Manchmal glaubte sie, einen Restfunken Emotion wahrzunehmen – wenn sie Ash in den Armen hielt, ihm ein Lied vorsang und er sie selig anlächelte. Dann spürte sie für einen Wimpernschlag eine Wärme in sich, die sich um ihr Herz legte und sie erfüllte.

Aber die Momente waren selten und kurz und mittlerweile glaubte Kaia eher, dass sie sich diese einbildete, als sie wirklich zu erleben; dass sie nur ein Echo ihrer Gefühle von einst waren und bald komplett verklungen wären.

»Wir sind gleich da«, sagte Waylon, stützte sich auf seinem Gehstock ab und blickte auf die Karte, die sie von Amantha erhalten hatten. Sie waren nach der Geburt einige Wochen in ihrem Lager geblieben. Kaia wusste nicht einmal, wo genau sie Rast gemacht hatten, aber sie hatte die Pause dankbar angenommen und sich um ihren Sohn gekümmert. In der Zeit hatte Waylon ein weiteres Mal mit Albträumen zu kämpfen gehabt. Normalerweise zog er sich in der Zeit zurück, um sie nicht zu gefährden, doch dieses Mal ging es nicht, da er Kaia und Ash nicht in den Bergen zurücklassen wollte.

Kaia hatte keine Ahnung gehabt, dass die Träume mittlerweile so schlimm geworden waren. Sie hatte irgendwann Ash von Waylon wegbringen müssen, denn der Kleine hatte schrecklich geschrien, während Waylon von den Albträumen gepeinigt worden war. Waylon hatte sich nicht nur hin und her gewälzt, sich aufgebäumt, geschrien und sich gekratzt, nein: Er hatte zwischendrin sein Aussehen verändert. Fell war ihm gewachsen, er hatte lange Klauen und Zähne bekommen, dann hatte er sich zurück in einen Menschen gewandelt und sich erneut transformiert.

Kaia hatte von den Legenden der Werwölfe gehört, die bei Vollmond eine Metamorphose durchliefen, aber sie wusste, dass es mit Waylon anders war. Er würde nicht zu einem Wolf werden, er diente einem.

Außerdem war er ja an den Neumond gebunden. Kaia vermutete, dass er sich immer mehr dem Grimm zuwenden würde, bis nichts mehr von ihm selbst übrig blieb und er zu seinem willenlosen Werkzeug wurde.

Danach hatte Kaia darauf gedrängt, dass sie weitergingen. Leider waren sie ab da nicht mehr gut vorangekommen. Sie hatten viele Pausen einlegen müssen und das Reisen mit Ash hatte sie zusätzlich verlangsamt. Waylon hatte zwei weitere Neumonde ertragen müssen, ehe sie endlich an ihrem Ziel angekommen waren. Mittlerweile war er so entkräftet, dass er einen Stock zum Stützen benötigte. Das Mal in Form des Wolfskopfes hatte sich tief in ihn eingebrannt. Waylon saß oft da und betrachtete es stumm, als überlegte er, ob er sich nicht am besten die Hand abhacken sollte, um es loszuwerden. Doch dann sah er zu Ash und zu Kaia und sie sah ihm an, wie sehr er sie liebte und wie sehr ihm das half, weiterzumachen. Waylon hatte sein Herz an Kaia verloren und auch an seinen Sohn. Könnte sie noch fühlen, würde es ihr vielleicht genauso ergehen. Waylon war ein guter Mann. Er hatte ihnen auf dieser Reise alles von sich gegeben und nie etwas im Gegenzug gefordert.

»Wollen wir?«, fragte er und deutete den Weg entlang.

Sie nickte, zog das Tragetuch nach und folgte Waylon.

Nach einer weiteren Anhöhe hatten sie es schließlich geschafft. Waylon nahm einen tiefen Atemzug und blickte auf das Tal, das sich vor ihnen erstreckte.

»Wir haben es geschafft. Hier ist es.«

Frankfurt.

Kaia trat neben ihn. Die Stadt lag unter ihnen, groß und erhaben. Eine Mauer war rings um die Ansiedlung gezogen, Haus reihte sich an Haus, Straße an Straße. Ein Fluss schlängelte sich rechts vorbei, versorgte sicherlich die unzähligen Felder um die Stadt mit Wasser. Von hier oben konnten sie sich einen sehr guten Überblick verschaffen.

Waylon klappte ein weiteres Mal die Karte auf. Kaia blickte über seine Schulter, schaukelte sachte Ash auf und ab.

»Es sieht heute natürlich anders aus als zu Zeiten, in denen Anabels Volk noch hier lebte«, sagte Waylon. »Aber der Fluss war damals schon da gewesen, siehst du?«

Sie nickte.

»Da rechts ist die Stadt entstanden, aber Anabels Schloss war weiter links.« Er blickte auf und verglich die Umgebung mit der Karte. Kaia tat es ihm gleich.

»Da hinten, oder?«, sagte sie und zeigte nach links. Ein Schloss sah sie nicht, aber ein Berg ragte am Rand der Felder empor. Er war annähernd um die hundert Meter hoch und hatte spitze Hügel, die wie Türme aufragten. Mit ein wenig Fantasie könnte er sogar die Form eines Schlosses haben. Zudem schien er gar nicht richtig zur Landschaft zu passen, es sah eher aus, als hätte ihn jemand zufällig dort fallen lassen. Kaias Fantasie sprang an, sie stellte sich vor, wie einst ein Riese hier entlanggelaufen war und den Berg dort hingesetzt hatte, weil es ihm so gefiel.

Kaia und Waylon gaben sich einen Moment ihren Gedanken hin. Sie hatten sich oft auf der Reise darüber unterhalten, ob der Weg hierher überhaupt Sinn machte. Anabels Volk hatte vor vielen Tausend Jahren in dieser Gegend gelebt, es konnte also auch sein, dass sie den Kristall gar nicht fanden. Dennoch gaben sie die Hoffnung nicht auf. Der Kristall konnte Waylons Rettung sein, vielleicht auch Kaias. Er war ihre einzige Chance.

Und wenn nicht?

Kaia blickte zu Waylon. Er zitterte heute stark, das lange Gehen hatte ihn angestrengt. Sie hatten in den letzten Tagen gut essen und rasten können, aber das alles schien ihm nicht mehr zu helfen. Er fand kaum Ruhe in der Nacht, stand oft auf, lief herum, legte sich wieder hin; auch, wenn kein Neumond war.

Er verlor sich jeden Tag mehr, so wie sie ihre Gefühle verloren hatte. Nicht einmal sein gequälter Anblick löste Mitleid in ihr aus.

»Komm«, sagte er.

Sie folgten dem Weg nach unten Richtung Stadt und bogen dann nach links ab, wo der Berg emporragte. Einige Arbeiter waren auf dem Feld beschäftigt, viele warfen ihnen skeptische Blicke zu, doch die meisten grüßten höflich. Kaia fragte willkürlich herum, ob jemand mehr über den Berg wüsste und ob der Begriff Masali bekannt wäre.

Alle verneinten, was Kaia schon befürchtet hatte.

Eine halbe Stunde später traten sie schließlich in eine kleine Siedlung, die direkt am Berg angebaut war. Kaia wollte nach einem Zimmer für sie beide fragen, doch als sie in ihre Reisekasse blickte, bemerkte sie, dass kein Geld mehr da war. Sie hatten bei ihrer letzten Rast zu viel verbraucht. Sie hatte es gar nicht mitbekommen, so war sie in ihren eigenen Gedanken gefangen gewesen.

»Was nun?«, fragte sie und sah zu Waylon.

»Da hinten ist eine alte Scheune, ich werde fragen, ob wir dort übernachten können.«

»Aber wir benötigen einen festen Schlafplatz, falls wir länger bleiben werden.« Sie griff an das Kettchen, das sie einst von Moon erhalten hatte und das sie nach wie vor trug. Sie könnte es sicherlich gut verkaufen und …

Waylon legte eine Hand auf ihre und schüttelte den Kopf. »Denk nicht mal dran.«

»Es würde mir nichts ausmachen.« Das tat es wirklich nicht. Sie fühlte nichts dabei.

»Trotzdem kommt das nicht infrage. Du wirst diesen letzten Teil Magie behalten. Vielleicht willst du mal irgendwann unserem Sohn davon erzählen, wenn er alt genug ist.«

»Mh.« Kaia ließ die Hand sinken. Ob Ash das hören wollte? Geschichten von den Masali?

»Außerdem möchte ich nicht, dass du es hergibst.«

»Aber …«

Er legte einen Finger auf ihre Lippen. Die Geste hatte etwas unglaublich Zärtliches. Liebevolles. Waylon steckte all seine Hingabe in die Berührung und Kaia sah ihm an, wie sehr es ihn berührte, während mit ihr gar nichts geschah.

Kein Funke. Keine Regung. Nur Stille.

»Ich sehe mich mal um«, sagte Waylon und ließ den Finger sinken. Er bemühte sich, seine Traurigkeit zu überspielen, aber sie hatte es gesehen. »Da drüben ist ein schönes Plätzchen, warum setzt ihr euch nicht solange und du ruhst dich aus. Dir müssen die Füße wehtun.«

Das taten sie, aber nicht mal das störte Kaia. Sie blickte auf den Baum, auf den Waylon zeigte. Er war erhaben und groß und wunderschön. Ein wenig erinnerte er sie an den Baum, der im Kloster stand, mit dem Unterschied, dass dieser hier nicht so majestätisch und edel wirkte.

»Ist gut«, sagte sie und lief weiter, während Waylon in die andere Richtung davonging.

Kaia hatte nicht lange warten müssen. Als Waylon zurückkehrte, brachte er gute Nachrichten: Sie durften beide in der Herberge übernachten. Er würde dafür der Wirtin einen eiternden Zahn entfernen, der sie schon lange plagte. Kaia hatte nur auf seine Hände geschaut, die so stark zitterten, dass er sich kaum durch die Haare fahren konnte, geschweige denn einen Zahn ziehen. Am Ende hatte sie es unter seiner Anweisung erledigt, was erstaunlich gut funktioniert hatte.

Die Wirtin hatte geschrien und gezetert und vor Schmerzen Kaia fast ein Auge ausgeschlagen, aber als sie fertig waren, hatte sie vor Erleichterung geweint.

Ab da hatten Waylon und Kaia eine Unterkunft und noch viel mehr.

Ihre Arbeit sprach sich rasch herum, was vor allem an der Redseligkeit der Wirtin lag, und drei Tage später standen zwei weitere Männer an ihrer Schwelle, die ebenfalls medizinische Hilfe benötigten, sich diese aber nicht leisten konnten. Einer bot Kaia und Waylon eine Milchkuh, was sie jedoch ablehnten, denn wie sollten sie eine Kuh versorgen?

»Dann jederzeit Milch, so viel und so oft ihr wollt. Meine Frau macht auch einen hervorragenden Käse«, hatte der Mann gesagt und Waylon seine Hand hingestreckt, damit er sehen konnte, was ihn plagte: ein hoch entzündeter Fingernagel.

Auch den musste Kaia unter Waylons Anweisung behandeln, und sie schaffte es.

Waylon und Kaia eigneten sich über die nächste Zeit eine angenehme Routine an. Sie kurierten so viele Menschen, wie sie konnten, und wurden dafür mit Kost und Logis belohnt. Die Wochen zogen ins Land, ohne dass sie mehr über Anabels Volk herausfinden konnten. Kaia kam irgendwann an den Punkt, an dem sie kleinere Verletzungen eigenständig versorgen konnte, daher reiste Waylon nach Frankfurt und recherchierte dort in den Stadtarchiven.

Und so zogen die Tage ins Land. Ash gedieh von Woche zu Woche, er fing an zu krabbeln und entdeckte die Welt auf seine Art. Er war der Sonnenschein für alle.

Kaia und Waylon hatten sich schließlich ein kleines Haus leisten können, das am Rande des Berges gebaut worden war. Sie hatten sich in die Gemeinschaft integriert, halfen mit und gehörten dazu. Waylon ging täglich in die Stadt und vertiefte sich in seine Forschungen, während Kaia sich um kleinere Verletzungen kümmerte oder den anderen Frauen beim Waschen half.

Die Albträume hatten Waylon weiterhin fest im Griff. Kaia und er hatten sich etliche Methoden einfallen lassen, wie sie es vor den anderen geheim halten konnten und waren zuletzt dazu übergegangen, dass er diese Nächte oben am Berg in der Nähe einer Felsspalte ausharrte; weit genug weg von allen und so abgelegen, dass er niemanden verletzen konnte. Sie gaben sich alle Mühe, seinen Zustand zu vertuschen, aber Kaia hörte eines Tages zwei Frauen tuscheln, dass sie glaubten, Waylon wäre vom Teufel besessen. Kaia hatte sie angefahren und ihnen gesagt, dass sie sich um ihren eigenen Kram kümmern sollten. Ihre Stimme hatte finster und bedrohlich geklungen, auf eine Art, wie sie sich selbst nicht kannte. Es hatte Wirkung gezeigt und die Frauen tratschten seither nie wieder. Zumindest nicht, wenn Kaia in der Nähe war. Es war aber vermutlich nur eine Frage der Zeit, bis weitere Gerüchte aufkamen. Die Menschen hier waren sehr abergläubisch.

Und dann passierte es schließlich: Waylon fand eine Schriftrolle in den Archiven!

Kaia reinigte gerade Töpfe, als er völlig aufgelöst zur Tür hereinstürmte und das Papier hochhielt.

»Die habe ich dem Archivar mit sehr viel Mühe entlocken können. Er wollte sie erst nicht herausgeben, doch nachdem ich nun geschlagene einhundertdreiundvierzig Tage auf ihn eingeredet und ihm gesagt habe, dass es wichtig sei, hat er sie mich ansehen lassen. Ich glaube, das ist es, Kaia.« Er begrüßte rasch Ash, der in seiner Ecke mit einem Holzpferd spielte, das Werfan, der Nachbar, ihm geschnitzt hatte.

Er hatte den Kleinen so sehr ins Herz geschlossen, als wäre er sein eigener Sohn. Leider war Werfans Frau zu früh verstorben und er wollte und konnte sich nicht neu verlieben. Kaia hatte ihm vor einigen Monaten geholfen, weil er ständig Nackenprobleme hatte. Sie hatte, mehr durch Zufall, herausgefunden, dass etwas in seinem Rücken verschoben war, und als sie ein paar Mal darauf herumgedrückt hatte, hatte es dreimal gekracht und ab da konnte er wieder alles tun.

Kaia legte ihre Putzsachen nieder, trocknete die Hände an ihrer Schürze ab und kam zu Waylon an den Tisch, wo er die Schriftrolle ausbreitete. »Oh.«

Sie war in einer alten Masalischrift verfasst.

»Das ist es, oder?«, fragte Waylon. »Die Zeichen stammen von den Masali?«

»Ja.«

»Was steht da?«, fragte Waylon und tippte nervös mit dem Finger auf das Papier. »Bitte sag mir, dass es uns weiterhilft.«

Sie drehte die Schriftrolle so, dass sie besser lesen konnte. Die alten Zeichen waren schwer zu entziffern, weil sie ihre eigene Dynamik hatten. Kaia hatte es zwar im Kloster gelernt, aber wie sie nun feststellen musste, auch schon viel vergessen.

»Das hier symbolisiert einen Baum«, sie deutete auf ein Zeichen, »das den Berg. Hier steht, dass dies einst Anabels Lieblingsplatz gewesen war. Der Baum war Teil ihres Gartens.«

»Das heißt, dass hier früher doch ein Schloss stand?«

»Ja. Warte.« Sie überflog die Symbole, wollte sich erst einmal einen Gesamtüberblick verschaffen. »Ich brauche Papier und Stift.«

Waylon eilte sofort los und holte ihr alles. Ash schmiss sein Holzpferd weg und quäkte. Kaia wandte sich zu ihm, hob ihn von der Decke auf und setzte ihn neben sich auf den Tisch.

»Na, magst du auch übersetzen helfen?«

Er gluckste und schlug mit den Armen auf und ab.

Waylon kehrte ebenfalls zurück, gab ihr das Papier und den Stift und schloss seinen Sohn von hinten in die Arme.

Während er auf den Kleinen aufpasste, machte Kaia sich an die Übersetzung der Rolle.

Es dauerte die ganze Nacht, doch als sie sich endlich zurücklehnte und ihren Nacken massierte, hatte sie es geschafft.

Waylon kam zu ihr und löste ihre Hände mit seinen ab. Er knetete ihre verspannten Schultern, bis sie aus Reflex ein leises Seufzen von sich gab. Sie wünschte, sie könnte es genießen. »Was macht Ash?«

»Schläft selig.« Waylon trat neben sie und betrachtete ihr Werk. »Und?«

»Es ist unglaublich, Waylon. Das hier ist ein Teil der Geschichte der Masali.«

Waylon sah auf ihre Notizen, es waren Stichpunkte, die sie sich herausgeschrieben hatte, um den gesamten Sinn hinter der Schriftrolle zu erkennen. »Steht da auch etwas vom Kristall?«

»Ja.«

Ein Funkeln trat in seine Augen, wie sie es seit Ewigkeiten nicht mehr gesehen hatte. Da war etwas Junges, Verspieltes, etwas Reines.

»Ich habe dir ja erzählt, dass Anabel ihr Herz mit dem Kristall der Fantasie durchstach und er dabei in zwei Hälften gebrochen war. Eine der Hälften blieb bei uns im Kloster und hat sich mit dem Baum vereint, die andere wurde nach Hause gebracht. Anabel hat durch ihr Opfer Abalion erschaffen und noch viel mehr als das: Die Energie, die sie aus dem Kristall gezogen hat, sorgte dafür, dass hier alles versteinerte. In dem Moment, als der Kristall über die Schwelle des Schlosses getragen worden war, wurde alles vernichtet: ihre Eltern, ihr Heim, ein Teil ihres Volkes. Sie versteinerten, genau wie Anabels Herz.«

»Du meine Güte.«

»Sie alle haben ihr Schicksal mit ihr getragen. Diese Schrift hier wurde von einem der letzten Masali aus dieser Gegend geschrieben. Er war nicht im Schloss, als es versteinerte, und hat so die Katastrophe überlebt.«

»Wie kommen wir an den zweiten Teil des Kristalls?«

»Es soll eine Stelle geben, an der der Felsen durchlässig geblieben ist. Hier steht, dass ein Masali diese finden und öffnen kann. Wenn ich noch einen Rest an Magie in mir trage, dann werde ich uns einen Zugang schaffen können. Sollte es gelingen, müssen wir den Kristall der Fantasie berühren und uns wünschen, dass der Fluch des Grimms von uns genommen wird. Der Kristall kann alles erfüllen, was sich ein Mensch vorstellen kann. Es ist also wichtig, dass wir beide daran glauben, während wir ihn anfassen.«

»Kaia!« Er nahm ihr Gesicht in beide Hände und legte seine Stirn an ihre. »Ist dir klar, was das bedeutet? Du … du könntest wieder fühlen. Du könntest unseren Sohn halten und tatsächlich Liebe für ihn empfinden, du könntest dein Gesicht der Sonne zuwenden und die angenehme Wärme genießen, den Regen auf deiner Haut wahrnehmen, Essen schmecken, du könntest tanzen und lachen und auch weinen. Du könntest mich …«

Lieben. Er schluckte es hinunter, aber Kaia wusste natürlich, was er sagen wollte. Dass er hoffte, sie empfand das Gleiche für ihn wie er für sie.

Sie wollte seine Euphorie gewiss nicht dämpfen, aber es gab noch ein Detail, das es zu beachten galt; eine Sache, die ihren Plan zum Scheitern bringen würde.

Sie blickte auf die Notizen, die sie zum Teil auf der Schriftrolle gemacht hatte. Rasch schob sie ein Blatt Papier über das letzte Zeichen unten auf der Seite.

Es war das Symbol für Opfer.

Einer von ihnen musste heute sterben, damit der andere leben konnte. Nur einer konnte die Macht des Kristalls für sich nutzen. Der andere würde zu Stein werden, wie der Rest von Anabels Familie.

Waylon rollte den Papyrus ein, stand auf und schritt zur Tür.

»Wohin gehst du?«, fragte Kaia.

»Ich sehe nach, ob Werfan wach ist. Er soll auf Ash aufpassen, wir beide werden diesen Kristall finden und ihn nutzen. Wir werden frei sein!«

Vielleicht.

33. KAPITEL

Kristin

Frankfurt, 06.21 Uhr

Als ich am nächsten Morgen aufwachte, fühlte ich mich wie einmal durch den Fleischwolf gedreht. Meine Brust schmerzte, vermutlich von der Behandlung gestern, und ich hatte einen abgestandenen Geschmack auf der Zunge. Der Druck in meinen Eingeweiden war wieder da; als steckte ich noch immer in einer Vision, als wäre das nach wie vor nicht real. Ich setzte mich im Bett auf und massierte meinen steifen Nacken. So wie sich das anfühlte, bekam ich einen Visionen-Hangover.

Großartig.

Ich zog die Beine an, legte meine Stirn auf die Knie und sammelte mich erst mal.

Nach dem Gespräch war ich mit Brayden in mein Zimmer gegangen. Erst wollte ich nicht schlafen, doch als ich auf meinem Bett saß, hatte ich mich nicht mehr wach halten können. Brayden hatte mir geholfen, die Schuhe auszuziehen, mich unter die Decke geschoben und war dann gegangen. Nun trug ich die Jeans und das Shirt von gestern.

Ich gähnte, gab mir noch einige Augenblicke, um ganz wach zu werden, dann schälte ich mich aus dem Bett und ging hinüber ins Bad.

Nach einer ausgiebigen Dusche zog ich mich frisch an und machte mich auf den Weg nach unten in die Küche.

Heute bot das Musikprogramm *Thunder* von Imagine Dragons. Wenn Dillon wieder für die Auswahl zuständig war, hatte sie einen guten Geschmack, das musste ich ihr lassen. Ich folgte der Musik und vor allem dem Kaffee- und Brötchenduft nach unten. Mein Magen knurrte, ich hatte seit gestern im Flieger nichts mehr gegessen. Die Kratzer, die mir der Grimm zugefügt hatte, waren heute Morgen komplett verheilt, bis auf ein paar kleine rosa Streifen war nichts mehr zu sehen.

Wenigstens eine gute Sache.

Ich bog zur Küche ab und hörte schon von Weitem jemanden mit Geschirr hantieren. Ich spähte um die Ecke und sah, dass es Dillon war. Sie stapelte Brötchen, Marmelade und Eier auf einen Teller und packte alles zusammen auf ein Tablett, auf dem schon ein Glas Milch wartete. Der Kaffeevollautomat dröhnte und ließ eine Tasse volllaufen.

Dillon hatte mir den Rücken zugewandt und wippte im Takt der Musik auf und ab.

Ich blieb am Türrahmen stehen und klopfte.

Sie zuckte zusammen und funkelte mich über ihre Schulter hinweg an. Ihre blauen Augen fixierten mich und bohrten sich bis nach hinten auf meine Schädeldecke. Ich hielt ihrem Blick locker stand, bemühte mich aber, sie nicht so biestig anzuglotzen wie sie mich.

Sie bemerkte, dass ich sie nicht so offensiv anging und schnaubte. »Jetzt hast du Mitleid mit mir, oder? Das arme kleine Mädchen, das halb verbrannt wurde und seine Familie verloren hat.«

»Nein, ehrlich gesagt habe ich das nicht.« Ich ging zu einem der Schränke und öffnete ihn. Statt Tassen fand ich allerdings nur Teller. Also schaute ich in den nächsten, dort waren Haferflocken, Müsli aller Art, Marmelade, Honig …

»Ach?«, sagte Dillon. »Tu doch nicht so. Als dir Brayden gestern von meinem Vater erzählte, hast du das gedacht, was alle denken: *Kein Wunder, dass sie so ein Biest ist. Ich sollte netter zu ihr sein, dann merkt sie, dass es nicht nur Schlechtes auf der Welt gibt und kann ihr Herz wieder öffnen.*«

Hatte ich vielleicht tatsächlich für eine Millisekunde, aber das war ja auch normal. »Es ist mir total egal, ob du ein Biest bist, Freunde hast oder jeden Abend vor Einsamkeit in deine Kissen weinst. Ich bin hier, weil ich euch helfen will. Du kannst mich mögen oder nicht. Deine Entscheidung.«

Dillon nahm ihren Kaffee aus der Maschine und nippte daran, ehe sie ihn auf das vorbereitete Tablett stellte. »Klar.« Sie grinste spöttisch, sammelte ihr Zeug ein und lief aus der Küche. »Tassen sind über der Maschine links.«

»Danke«, rief ich ihr nach, aber sie war schon weg.

Ich schüttelte den Kopf und nahm mir eine heraus, damit ich endlich meinen Kaffee bekam. Menschen wie Dillon tangierten mich nicht sonderlich. Mit Abweisung kam ich prächtig klar, ich war schon in der Highschool der Außenseiter gewesen. Eine Mischung aus Freak und Genie. Durch meine Fähigkeiten war ich der absolute Überflieger, der sich gleichzeitig gerne abkapselte, und das zog genau zwei Sorten von Menschen an: die Neider, die mich nicht ausstehen konnten, weil sie sich von mir bedroht fühlten, und die, die meine Intelligenz für sich ausnutzen wollten; die Schmeichler, Speichellecker, die Arschkriecher. Leider brauchte ich einige Anläufe, um das zu begreifen. In der ersten Zeit dachte ich nämlich wirklich, dass die sich für mich interessierten. Doch sobald mir jemand eine Nachricht schickte wie »*Wollen wir am Wochenende abhängen? Wir können ins Kino oder chillen. Hab dich lieb, XO*«, sah ich sofort die Wahrheit dahinter, und die lautete in den meisten Fällen: »*Hoffentlich geht die Zeit schnell rum, du bist gruselig. Ich häng nur mit dir ab, weil du mir beim Test nächste Woche helfen sollst.*«

Ich lernte mich abzukapseln, sah es aber gleichzeitig nicht ein, mir meinen Spaß nehmen zu lassen. Ich wollte mich nicht verkriechen wie die Mauerblümchen in der Klasse, die als alte Jungfern sterben würden oder einen Mann heirateten, mit dem sie dann, gemeinsam mit zwei Kindern, in einem Haus mit weißem Gartenzaun wohnten. Nein, ich wollte Spaß, und wenn es nur auf die oberflächliche Art ging, dann sollte es so sein: Ich wurde zum Rebell. Meine Highschoolzeit war durchzogen von Partys, Alkohol, Sex und vielen flüchtigen Bekanntschaften. Sobald mir etwas zu intim wurde, blockte ich ab. Wenn mir jemand Nachrichten schrieb, löschte ich sie umgehend. Ich textete mit niemandem, außer mit Brayden, der mir stets einbläute, dass nicht alle Menschen falsch seien und ich mich nicht von ein paar Idioten verunsichern lassen sollte.

Vielleicht war ich auch schlichtweg beziehungsunfähig. Wie auch immer: Es war wesentlich leichter, niemanden an sich heranzulassen, als hinterher verletzt zu werden.

Daher konnte ich Dillon verstehen. Vermutlich würde ich es an ihrer Stelle genauso machen.

Es klopfte hinter mir am Türrahmen. Ich drehte mich um. Marcel lächelte mich an und trat ein. Er trug eine dunkle Sporthose und ein ärmelloses Shirt. Über seiner Schulter hing ein Handtuch und der Schweiß glänzte auf seinen kurz geschorenen Haaren.

Lecker.

»Guten Morgen«, sagte er. »Gut geschlafen?«

»Erstaunlicherweise ja. Ich war völlig erledigt nach dem Tag gestern.«

»Kein Wunder.« Langsam kam er auf mich zu, ich versteifte mich, weil ich nicht sicher war, was er vorhatte. Marcel deutete auf den Schrank hinter mir. »Darf ich? Will mir rasch einen Shake machen.«

Ich trat zur Seite und ließ ihn näher. Er beugte sich zur unteren Schranktür und holte einen Beutel mit Proteinpulver heraus.

»Und wie oft funktioniert das?«, fragte ich.

Er sah mich fragend an und runzelte die Stirn, als hätte er keine Ahnung, wovon ich sprach.

»Frisch vom Sport, die Muskeln aufgepumpt, der Schweiß auf deiner Haut; die Frau, die noch neu ist und die man ein wenig anbaggern könnte …«

Marcel lachte laut und offen. »Du bist der Knüller, weißt du das?« Er stand auf, schüttete von dem Pulver einen Löffel in einen Mixer und goss Wasser dazu. »Tut mir leid, dich zu enttäuschen, aber ich trainiere jeden Morgen, und ich trinke danach immer einen Shake, völlig egal, ob eine hübsche Frau in der Küche steht oder nicht.«

»Das heißt, morgen früh könnte ich wieder in den Genuss kommen?«

Er schaltete den Mixer an, ließ ihn kurz aufheulen und sah mir dabei fest in die Augen. Mir wurde heiß. Sein Blick war klar und tief und feurig. Mit Marcel konnte man viel Spaß haben, wenn man wollte. Er sah gut aus, er wusste das, spielte aber nur unterschwellig damit. Dazu war er zu sehr Agent, als dass er sich von solchen Dingen ablenken lassen würde. Als er fertig war, stellte er den Mixer aus und goss sich den Shake in ein Glas. »Morgen. Übermorgen. Den Tag danach. Je nachdem, wie lange du bei uns bist.«

Ich prostete ihm zu und trank von meinem Kaffee. Marcel nickte, kippte auch seinen Shake hinunter und leckte den Rest von seinen Lippen. Die Art, wie er mich dabei ansah, implizierte, dass er nicht nur *seinen* Mund ablecken wollte. »Unter anderen Umständen …«, setzte er an.

»Schon klar.«

»Gut.« Er stellte das Glas in die Spülmaschine, wusch den Mixer aus und packte den Beutel zurück in den Schrank. »Ich habe gestern mit Isabella alles geklärt. Sie möchte dich gerne kennenlernen, wir haben eine Videokonferenz um neun. Sie hat außerdem eine Sonderfreigabe für dich erstellt. Du bekommst die Sicherheitsstufe 6, das heißt, dass du verschiedene Akten einsehen darfst, aber nicht an alles rankommst.«

»Das wirklich heiße Material behaltet ihr für euch, verstehe schon.«

»Nicht mal ich habe Zugriff auf alles, glaub mir. Die Stufe 6 ist zwei unter Brayden, Dillon und dem Rest. Sie stellt dir auch einen Laptop mit allen Daten zusammen, die du brauchst. Du wirst vorsichtig beim Lesen sein und sofort rufen, falls eine Vision startet.«

»Klar, Dad. Ich bin auch um acht zu Hause und trinke nicht zu viel Alkohol.«

»Wir wollen nur …«

»Ich weiß. Schon gut. Sebastian kann mich ja überwachen.«

»Er braucht noch ein paar Stunden, um sich von den Nebenwirkungen seiner Spritze zu erholen.«

»Oh, das hat Dillon gestern schon gesagt. Das heißt, er konnte heute schlafen.«

»Ja. Aber dafür hat er jetzt andere Probleme.« Marcel nahm sich eine Banane aus der Obstschale und deutete auf die Küche. »Bedien dich gerne bei allem, was du brauchst, der Kühlschrank wird einmal am Tag gefüllt, Abendessen bekommen wir vom Catering gebracht. Jeden Mittag geht einer von uns runter in den Coffeeshop und gibt eine Runde für alle aus.«

Marcel befreite seine Banane aus der Schale und biss absichtlich lasziv hinein.

Ich verdrehte die Augen. »Das wäre viel erotischer, wenn ich es machen würde.«

»Da stimme ich dir zu.« Er zwinkerte und warf die Schale in den Müll. »Ich gehe jetzt duschen.«

»Kalt?«

»Immer.«

Marcel stopfte den Rest Banane in den Mund und wollte die Küche verlassen, als Brayden eintrat. Er trug das gleiche Hemd wie gestern, entweder hatte er gar nicht geschlafen oder er besaß mehrere davon. Brayden hatte manchmal so Phasen, wo er sich Kleidung in fünffacher Ausfertigung kaufte, damit er nicht nachdenken musste, was er anziehen sollte.

»Hey«, sagte Marcel. »Alles klar?«

»Ja. Wie sieht es mit Isabella aus?«

»Wir haben die Freigabe. Kris weiß schon Bescheid. Wir sprechen nachher mit ihr.«

Brayden lächelte. »Sehr gut. Immerhin ein Schritt nach vorne.«

»Ja.« Marcel klopfte Brayden auf die Schulter und verließ die Küche.

»Wie geht es dir?«, fragte er mich, als Marcel weg war.

»Gut. Ich wollte mir Frühstück machen, isst du mit mir?«

Er zögerte und sah auf seine Armbanduhr.

»Oder hast du was Wichtigeres vor?«

»Nein, ich muss nur … Wann ist das Gespräch mit Isabella?«

»Um neun, aber wenn es dir nicht passt können wir auch später gemeinsam essen. Du schuldest mir sowieso noch eine Tomatensoße.«

»Ich schulde dir noch viel mehr als das.« Er steckte die Hände in die Taschen und seufzte. »Na schön, lass uns Pfannkuchen machen.«

»Wie früher!«

Brayden verzog das Gesicht. Es lag so viel Wehmut darin, dass mir schwer ums Herz wurde.

»Wie früher«, sagte er mit traurigem Unterton.

Ich wollte nachhaken, doch er schüttelte den Kopf und gab mir so zu verstehen, dass er nicht darüber reden wollte. Manchmal holten uns die Erinnerungen ein. An Mum. An Dad. An unsere einst heile Familie.

Meistens kamen sowohl Brayden als auch ich damit klar. Der Verlust der beiden war wie ein stiller Begleiter, der einen täglich empfing, einem über den Tag hinweg folgte und sich abends mit einem ins Bett legte. Ab und an machte er allerdings Radau, sodass er unmöglich zu ignorieren war. Vermutlich lag es an meiner Anwesenheit und dem

Einsatz meiner Fähigkeiten. Es war wie früher, als wir noch zusammenwohnten und Mum lebte. Als Brayden und ich gemeinsam mit meinen Visionen Geschichten erlebten. Heute taten wir das auch, aber sie waren voller Grusel und Horror.

Ich drückte Braydens Schulter und holte die Eier aus dem Kühlschrank.

Schweigend machten wir Frühstück.

34. KAPITEL

Frankfurt, Deutschland. 1347 n. Chr.

Waylon folgte Kaia nach draußen. Werfan war – wie zu erwarten – sofort einverstanden gewesen, auf Ash aufzupassen. Er hatte sich eine Decke genommen, sich zu dem Kleinen gelegt und war mit ihm wieder eingeschlafen. Ash würde es nicht stören, Werfan beim Aufwachen zu sehen. Er vergötterte den Mann. Am liebsten fasste er ihm ins zottelige Haar oder den Bart und zog so lange daran, bis Werfan gespielt vor Schmerzen aufschrie und sich zu Boden fallen ließ. Das konnten sie stundenlang zelebrieren, bis Ash vor Erschöpfung und Glück einschlief.

Waylon zog die Tür zu und zündete die Öllampe an. Es dämmerte zwar schon, aber sie würden sicher noch Licht brauchen. Er fühlte sich merkwürdig.

Aufgedreht und ruhig. Nervös und ausgeglichen.

Er wollte vorwärts und gleichzeitig zurück. Ein Teil von ihm hatte Angst davor, was sie finden könnten und dass es möglicherweise nicht weiterhelfen würde, ein anderer konnte kaum abwarten, endlich loszustürmen und den Kristall zu holen.

Heute Nacht hatten sie die Chance auf ein ganz normales Leben.

Als Familie!

Mittlerweile kam ihm dieser Gedanke so abwegig vor wie ein Spaziergang auf dem Mond.

All das Leid dieser letzten Jahre, die Albträume, mitzuerleben, wie Kaia von Tag zu Tag innerlich dichtmachte und nun gar nichts mehr fühlte.

Heute könnte sich das ändern! Waylon könnte ruhig schlafen, Kaia könnte Ash in den Armen halten, mit ihm lachen, sich über ihn freuen … Sie könnte ihn lieben.

Ihren Sohn. Von Herzen.

Und mich dann vielleicht auch.

Waylon hatte keine Ahnung, wie und ob sie für ihn empfinden mochte, aber er konnte sich ein Leben ohne sie nicht mehr vorstellen. Schon lange hatte er sein Herz an sie verloren, schon lange liebte er sie. Zum ersten Mal war es ihm bewusst geworden, als sie bei Tim überwintert hatten. Nicht, als sie sich auf diese animalische Art und Weise geliebt hatten, sondern vorher. Waylon hatte häufiger ihre Nähe gesucht, hatte sich gefreut, wenn sie ihm ein seltenes Lächeln schenkte oder sich ihm zuwandte und ihn sanft berührte.

Je länger die Reise fortgeschritten war, umso deutlicher war es ihm geworden: Er liebte sie mit seinem Herzen und seiner Seele und er wollte sie für immer an seiner Seite haben. Er hatte sich sogar damit abgefunden, dass sie ihm nie die gleichen Gefühle entgegenbringen würde, dass sie für immer in ihrem Palast aus Kälte und Dunkelheit gefangen bleiben sollte.

»Wir müssen da hoch.« Kaia zeigte den kleinen Geröllpfad hinauf, der zum Berg führte. Sie waren ihn schon hundertmal gewandert, hatten aber nie etwas Besonderes gefunden. Womöglich wäre es heute anders, denn sie wussten nun, worauf sie achten mussten.

Kaia entfaltete die Schriftrolle und betrachtete noch einmal die Symbole. Waylon hielt ihr die Öllampe hin. »Hier steht, dass dort das Schloss gestanden hat.« Sie zeigte nach links. »Siehst du den höheren Wipfel da?«

»Ja.«

»Das muss einer der Schlosstürme gewesen sein. Am ersten Tag dachte ich schon, dass dies die Umrisse eines Palastes sein könnten.«

Sie sah ihn an und im Schein des flackernden Lichtes wirkte es, als würde sie lächeln. Waylon wusste, dass es Einbildung war, denn Kaia zeigte mittlerweile nie auch nur eine Gefühlsregung, aber er konnte es sich wenigstens einbilden.

Hitze stieg in seine Wangen und ein warmes Gefühl breitete sich in seinem Herzen aus. Wie oft war er schon kurz davor gewesen, ihr seine Liebe zu gestehen, ihr zu sagen, dass es ihm egal war, ob sie das Gleiche für ihn empfand. Er hatte genügend Hingabe für sie beide in sich, dass er sie durch jede Dunkelheit tragen würde, wenn sie es zuließ.

Sie nickte ihm zu und ging weiter. Ihr Schritt war forsch und zügig, Waylon hatte zeitweise sogar Mühe, mitzuhalten.

»Bist du aufgeregt?«, fragte Kaia im Gehen und drehte sich zu ihm um.

»Ja.« *Und du?*, wollte er fragen, doch er kannte die Antwort, denn auch das konnte Kaia nicht mehr empfinden.

Sie kamen sehr gut voran. Kaia blickte nach rechts und links beim Gehen und schien nach etwas zu suchen.

Nach weiteren zweihundert Metern blieb sie stehen, versteifte sich und ging zwei Schritte zurück. Sie sah auf die Schriftrolle, dann auf den Felsen, wieder auf die Schriftrolle. Waylon trat hinter sie und blickte ebenfalls auf die Wand. Er sah allerdings nichts Ungewöhnliches.

Kaia streckte eine Hand aus und legte sie flach auf.

»Was?«, fragte Waylon.

»Der Felsen fühlt sich wärmer an, und laut Beschreibung müsste dahinter der Eingang zum ehemaligen Thronsaal gewesen sein. Hier war der Innenhof«, sie zeigte auf das Plateau, über das sie eben gelaufen waren, »da drüben waren die Vorratskammern, weiter oben rechts, wo es zu dem steilen Hang geht, die Schlafgemächer von Königin und König.«

»Unvorstellbar.«

»Nicht wahr?«

»Wie kommen wir rein?«

»Mit der Kraft des geschriebenen Wortes.« Kaia griff in ihren Umhang, den sie vorhin übergezogen hatte, und holte die Schreibfeder heraus, die Waylon einst aus dem Kloster mitgenommen hatte.

Dann zückte sie ein kleines Messer und gab es Waylon. »Ritze mir in die Handinnenfläche.«

»Was? Du willst mit Blut schreiben?«

»Ja.«

»Ist das nicht ein wenig … makaber?«

»Unfug, jetzt mach!«

Er zögerte, doch sie sah ihn eindringlich an. Also griff er ihre Hand und legte sie behutsam in seine. Kaia würde auch das kaum wahrnehmen. Sie spürte zwar Schmerz, wie sie sagte, aber sie kategorisierte ihn nicht in gut oder schlecht. Er war einfach da.

Er zögerte, ehe er vorsichtig die Klinge aufsetzte und über ihre Hand ritzte.

Sie schnalzte mit der Zunge. »Wüsste ich nicht, dass du schon zig Menschen aufgeschnitten hast, würde ich sagen, du hast Angst vor Blut.«

»Nur vor deinem.«

»Es besteht kein Grund, sich zurückzuhalten.«

»Ich weiß.« Es fiel ihm dennoch schwer. Er wollte sie nicht verletzen.

Als er fertig war, tippte sie mit der Schreibfeder in die offene Wunde und setzte sie am Felsen an. Kaia malte ein Symbol auf, das Waylon auch schon auf der Schriftrolle gesehen hatte.

Es sah aus wie zwei geschwungene Tore, die sich öffneten, dahinter lag ein Weg und eine Sonne strahlte am Himmel.

»Das ist das Zeichnen für: *Öffne dich.*«

Sie zog den letzten Strich, aber es tat sich nichts. Kaia ließ die Luft aus der Lunge, genau wie Waylon.

»Nein«, sagte er und spürte die Panik in sich hochkommen. »Funktioniert es nicht?«

»Ich weiß nicht.« Kaia blieb völlig ruhig und kühl wie immer, und im Moment wünschte er sich, dass er etwas von ihrer Gelassenheit übernehmen könnte. Sie fuhr über die Zeichen, schloss die Augen und horchte. »Vielleicht habe ich nicht mehr genug Masali-Magie in mir. Vielleicht ist die Kälte so stark, dass sie auch das übertüncht hat.«

»Das darf nicht wahr sein.« Waylon schob Kaia sachte zur Seite und fuhr das Symbol ab, das sie eben mit ihrem Blut gemalt hatte. Er drückte gegen den Stein, trat sogar dagegen, doch natürlich tat sich nichts.

»Bitte, bitte nicht! Nicht so kurz vor dem Ziel.« Er hämmerte mit der Faust dagegen, brüllte auf den Felsen ein, als könnte ihn das dazu bewegen, ihnen den Weg freizugeben.

»Waylon«, sagte Kaia leise und legte ihm die Hand auf die Schulter. Er war kurz davor, sie wegzuschlagen, aber Kaia konnte ja auch nichts dafür.

Er blickte über seine Schulter zurück zu ihr und sah sie an. Kaia wirkte wie immer versteinert. Emotionslos. Gelassen.

»Ich kann es gerne noch mal versuchen, vielleicht war es nicht das richtige Symbol.«

Er atmete ein und nickte, sein Blick glitt tiefer auf den silbernen Mondanhänger, den sie um den Hals trug. Das Metall schimmerte leicht im Schein der Lampe. »Was … was ist damit?«

Er zeigte darauf, sie nahm ihn in die Finger. »Was meinst du?«

»Darf ich?« Er drehte sich zu ihr um und wartete auf ihr Einverständnis.

Sie nickte und ließ ihn gewähren. Waylon griff um ihren Hals und öffnete in ihrem Nacken den Verschluss. Sogar ihre Haut fühlte sich kälter an als üblich, aber Waylon ignorierte es. »Das ist Masali-Magie, richtig?«

»Ja.«

Er drehte sich zurück zum Felsen, nahm den Anhänger und presste ihn auf das Symbol, das Kaia eben gemalt hatte. Kaum berührte das Metall den Stein, rumpelte es auch schon tief im Felsen und zu ihrer Rechten vibrierte die Wand. Kleine Brocken brachen herab, ein großer fuhr zur Seite, bis ein zwei Meter breiter und hoher Durchgang entblößt wurde.

»Das ist es«, stammelte Waylon und hob die Lampe, um in die dahinterliegende Dunkelheit zu leuchten.

Der Duft nach Altertum wehte ihm entgegen.

Waylon war selbst schon bei einigen Ausgrabungen dabei gewesen, er liebte diesen Moment, wenn sich die Tür ins Unbekannte öffnete und er den ersten Schritt an einen Ort setzen durfte, an dem vor ihm seit Äonen kein Mensch mehr gewesen war.

Er steckte Kaias Anhänger in seine Tasche, trat vorsichtig näher und ging hinein.

Kaia folgte ihm langsam. Er wusste, dass sie keine Angst hatte und daher nicht seine Nähe suchte, er streckte dennoch eine Hand aus und griff nach ihrer. Sie ließ es zu.

Vielleicht doch nicht so kalt.

Waylon wurde schwindelig, je tiefer sie in den Berg gelangten. Nach zweieinhalb Jahren währender Suche kamen sie heute dem Ziel näher!

Der Gang verschmälerte sich und Waylon musste den Kopf einziehen. Es ging noch gute zehn Meter leicht bergab, dann öffnete sich der

Gang in eine große Halle. Waylon trat zur Seite und ließ Kaia hinter sich eintreten.

Es verschlug ihnen beiden die Sprache. Waylon packte eine tiefe Ehrfurcht und Ergriffenheit, Kaia schwieg vermutlich, weil sie ihm diesen Moment gönnen wollte.

Sie standen in einem Thronsaal. Die Wände ragten weit in die Höhe und vereinten sich über ihren Köpfen zu runden Bögen. An der Decke waren kleine Löcher und ließen tatsächlich die ersten Sonnenstrahlen hinein, wodurch das Licht eine mystisch düstere Atmosphäre bekam. Am Ende der Halle ragte ein Thron erhaben und majestätisch empor. Ein versteinerter König und die Königin saßen beide hocherhobenen Hauptes da und hielten sich an den Händen. Vor ihnen knieten in fünf Reihen zwanzig Menschen. Ebenfalls versteinert, als hätte sie ein Bildhauer nur für diesen Moment erschaffen.

»Meine Güte«, sagte Waylon.

Sie schritten die Reihen der Menschen ab. Waylon konnte kaum atmen, so ergriffen machte ihn dieser Anblick. Anabels Volk hatte sich mit ihr geopfert. Sie alle hatten ihre Energie gegeben, damit Anabel genügend Kraft bekam, um Abalion zu formen und den Grimm für immer festzuhalten.

Waylon und Kaia kamen schließlich in der ersten Reihe an. Ein älterer Mann kniete dort, als wollte er dem König und der Königin seine Aufwartung machen. Er hatte den Kopf gesenkt, die Arme erhoben. Auf seinen Händen balancierte er ein Kissen, und auf diesem wiederum war ein Stein gebettet. Er war der einzige, der nicht aus gewöhnlichem Felsen bestand, sondern grün schimmerte.

»Der Kristall der Fantasie«, sagte Kaia und ging näher heran.

Zumindest ein Bruchteil davon. Waylon trat neben Kaia und schluckte gegen die Trockenheit in seinem Mund.

Er war wirklich da. Isas Recherchen hatten Früchte getragen und sie an den Ort geführt, an dem alles ein Ende haben könnte.

»Was … was müssen wir tun?«, fragte Waylon.

Kaia drehte sich zu ihm, er konnte ihren Blick nicht deuten, denn er war so kalt und leer, dass er fürchtete, ihre Seele hätte ihren Körper verlassen.

»Kaia? Was ist los?«

Sie seufzte und legte die Schriftrolle auf den Boden. Dann streckte sie sich zu ihm und küsste ihn sachte auf die Lippen. Waylon hielt die Luft an, legte eine Hand um ihre Hüfte und drückte sie ebenso zart an sich.

Das war das erste Mal, seit sie Tim verlassen hatten, dass sie sich auf diese Art näherkamen. *Sie fühlt nichts dabei.*

Waylon fiel die unglaubliche Leere auf, die in Kaia herrschte. Ihre Kälte, ihre Dunkelheit – und wie wenig sie am Leben teilnahm. Ihr Kuss war kalt und emotionslos, sie tat es nur für ihn. Weil sie wusste, wie sehr er sich danach sehnte.

Schließlich löste sie sich, ohne von ihm wegzurücken. Es war einer der kostbarsten Momente, die sie je miteinander geteilt hatten, intimer als ihre Zusammenkunft in der Scheune. Waylon traute sich kaum zu atmen oder sich zu bewegen, aus Angst, diesen Augenblick zu zerstören.

»Du liebst mich«, sagte sie schließlich leise.

»Ja«, hauchte er.

Sie nickte, sie wusste es schon lange, er sah es ihr an. »Der Stein reicht nur für einen von uns.«

»Wie meinst du das?«

»Er kann nicht uns beiden helfen, wir müssen uns entscheiden. Du oder ich. Gefühle oder Albträume.«

Waylon schüttelte den Kopf. Was redete sie denn da? »Das … das kann nicht sein. Wie … warum hast du nichts gesagt?«

»Weil es nichts ändern würde.« Sie funkelte ihn an und zum ersten Mal seit Jahren sah er etwas hinter ihren Augen aufleuchten. War es eine Vorfreude? War es eine neue Energie? Was? »Der Stein fordert ein Opfer, nur so kann der andere seine Kraft nutzen.«

Waylon stockte. Kaia liebte ihn nicht, das wusste er, weil sie nichts lieben konnte. Nicht mal ihren Sohn.

Wie weit würde sie gehen, um diese Liebe herzustellen?

Was würde sie tun?

Und was würde Waylon tun?

»Kaia, ich … ich. Was … was für ein Opfer?«

Sie trat zurück und sah auf den Kristall. Ihre gesamte Mimik hatte sich verändert. Sie wirkte entschlossen. Zielstrebig. »Anabel gab ihr Leben, um die Magie zu entfesseln, diese Menschen taten es ihr gleich.

Der Kristall kann nur wirken, wenn er genährt wird. Er braucht das Wertvollste, was ein Mensch besitzt, erst dann wird er seine Kräfte entfesseln können. Für Anabel war das damals ihre Liebe zu Liam. Sie hat sie aufgegeben. Das war ihr Opfer, nun müssen wir uns entscheiden.«

Waylon hatte Kaia noch nie so gesehen. Etwas Fremdes hatte von ihr Besitz genommen, es war so kalt und düster, dass Waylon schauderte. Er kannte diese Dunkelheit, der Grimm brachte sie jede Nacht mit, wenn er Waylon holen kam. Es war sein Lebensraum.

Kaia hob den Kristall vorsichtig hoch und tippte mit der anderen Hand auf die scharfe Spitze. »Mit wem soll unser Sohn aufwachsen? Vater? Oder Mutter?«

Das meinte sie nicht ernst. Das konnte nicht wahr sein! Sie waren so weit gekommen, sie hatten so viel getan! Es musste eine andere Lösung geben. »Nein, nein, das ist nicht …«

Kaia schloss die Augen und nickte. »Doch.«

Der Kristall fing an zu leuchten, als würde er spüren, dass er gleich zum Einsatz kam.

Waylon schluckte hart und trocken. Er sah auf den Kristall, auf Kaia, er blickte zurück auf alles, was sie erlebt hatten. »Kaia.«

Sie blickte ihn an.

Er blickte sie an.

Er litt durch die Albträume.

Sie litt … nein, sie *litt* nicht. Sie war erkaltet wie der Stein um sie herum.

»Ich tue es«, sagte er und trat nach vorne. »Ich bin … Wäre ich nicht in euer Kloster gekommen, würdest du nach wie vor dort leben und deine Geschichten schreiben. Ich bin in euren Raum eingedrungen, ohne zu fragen. Ich habe dir alles genommen, nun hole es dir zurück.« Er öffnete sein Hemd ein Stück und entblößte die Haut über seinem Herzen. »Ich werde auch meine Liebe und mein Leben opfern. Für das hier! Sei deinem Sohn eine Mutter.«

Sie atmete tief ein und aus, sah auf den Kristall, zurück auf Waylon und fing an zu zittern. Der Kristall leuchtete stärker, machte sich bereit, Kaias Wunsch zu erfüllen und Waylon zu töten.

»Ich liebe dich so sehr«, sagte Waylon. »Ich will, dass du glücklich bist, dass du und Ash ein wundervolles Leben habt. Du wirst es fühlen können, in all seinen herrlichen Facetten. Du wirst wieder lieben, Kaia. Nicht nur existieren.«

»Ja.« Ihre Stimme klang gleichgültig und kühl. Sie konnte es sich nicht vorstellen. Sie konnte nicht sehen, was er sah. Kaia fehlte die Hoffnung, ihr fehlte die Liebe, ihr fehlte die Fantasie.

Sie blickte zu Waylon, er legte eine Hand über ihre und so über den Kristall. Er band sich mit ihr an diesen Stein, er nahm die Kraft in sich auf.

Er war bereit hierfür. So bereit.

»Tu es!«, sagte er und streckte die Brust heraus.

Sie hob die Hand, verzog das Gesicht.

Waylon ließ sie los, atmete bebend ein und blickte Kaia selbstsicher an. Er würde sterben.

Hier.

Jetzt.

Kaia holte aus …

Waylon hielt die Luft an …

Er schloss die Augen … wartete … und …

… hörte Kaia keuchen.

Waylon erstarrte, begriff erst nicht, was passiert war, bis er die Augen aufriss und Kaia fallen sah.

»Nein, nein, nein!«, schrie er und fing sie auf, noch ehe sie zu Boden ging. Der Kristall steckte in ihrer Brust, leuchtete heller und stärker. Waylon packte ihn, wollte ihn herausziehen, aber es ging nicht.

Eine Energiewelle traf Waylon, so groß und niederschmetternd, dass es ihn fast zerriss. Sie nahm von ihm Besitz, drang in seinen Körper ein, in seine Eingeweide und breitete sich dort aus. Waylon spürte die unglaubliche Kraft des Kristalls, die Magie der Fantasie, die Macht, die ihr innewohnte. Neben der Liebe war die Fantasie ein gewaltiges Instrument. Durch sie wurde alles erschaffen, alles zerstört. Durch sie konnten Universen explodieren und neue Welten entstehen.

Der Fantasie waren keine Grenzen gesetzt. Waylon bekam einen Hauch dessen zu spüren, zu was dieser Kristall fähig war, sollte er je wieder zusammengesetzt werden.

Ein tiefes Grollen rauschte durch die Höhle, gefolgt von einem mächtigen Knurren. Waylon kannte es von seinen Träumen. Er kannte seinen Dämon. Er kannte den Grimm.

Der Kristall hüllte Kaia und ihn in einen grünen Schleier aus purer Energie. Sie schloss alles von ihnen aus, schien sogar die Zeit zu verlangsamen. Waylon hielt die Finger fest um den Kristall, er spürte den Grimm im Nacken, er spürte die Macht, die er und Kaia an jenem Tag entfesselt hatten, als sie sich im Kloster geliebt hatten.

»Mein Leben«, keuchte Kaia. »Das war das einzige, was ich noch besaß. Ich gebe es für dich. Wünsche dir die Freiheit und der Kristall wird sie gewähren. Er wird dich vom Grimm befreien.«

»Nein«, hauchte Waylon.

Das durfte nicht sein.

Es durfte so nicht enden.

Er würde das nicht zulassen!

Der Kristall in Kaias Brust flammte auf und tauchte den gesamten Raum in einen grünen Schein. Waylon musste die Augen zusammenkneifen. Das Licht drang in ihn ein, durchbrach seine Haut, seine Muskeln, seine Knochen und sickerte bis zu seiner Seele.

Es war bereit, den Grimm zu vertreiben.

Waylon könnte sich befreien. Die Magie der Fantasie würde ihm helfen.

Auf einmal sah er alles ganz klar und deutlich vor sich. Er spürte, was er erreichen könnte und auch, was er verlieren würde.

Ich kann Kaia nicht sterben lassen. Ich kann es nicht akzeptieren.

Waylon hielt an diesem Gedanken fest, umschloss den Stein mit aller Macht. Er wusste, dass sie sich für ihn geopfert hatte, aber er würde es nicht annehmen.

Wenn es hieß, dass Waylon weiter mit dem Grimm ausharren musste, dann sollte es so sein, aber Kaia musste leben!

»Ich werde lieber die Albträume auf mich nehmen, als dich gehen zu lassen!«

»Nein, nicht doch«, keuchte sie.

»Doch!« Waylons Hand fing an zu zittern, es kostete ihn unendlich viel Kraft, den Kristall festzuhalten. Der Stein baute zu viel Energie auf, die sich entladen musste. Waylon riss den Kopf hoch: »Hört ihr das? Ihr Mächte der Fantasie? Ich lebe lieber mit dem Grimm, als dass diese Frau ihr Leben gibt! Helft ihr! Rettet sie!«

»Waylon!« Ein Rucken ging durch Kaias Körper.

Die Wände um sie herum bebten, der Felsen, der Berg, das ehemalige Schloss – alles fing an zu bersten.

Waylon drückte Kaia fester an sich und zitterte am ganzen Körper. Kaia keuchte, der Kristall in ihrem Herzen lud sich weiter auf, bis er den gesamten Berg erschütterte und sich in einer gewaltigen Druckwelle löste.

35. KAPITEL

Frankfurt, Abalion, Zeit unbekannt

Eine Geburt kostete viel Kraft.

Sie verursachte auch viel Schmerz.

Kaia wusste das aus eigener Erfahrung, denn sie hatte es mit Ash durchgemacht.

Nun stand es ihr ein weiteres Mal bevor, aber sie würde kein Kind bekommen, sie würde sterben und selbst neu geboren werden.

Kaia konnte nicht mehr atmen, nicht mehr fühlen, nicht mehr denken. Sie sah nur noch das grelle grüne Licht aus dem Kristall, das sie erfasste und verschlang. Die Schmerzen in ihrer Brust waren unbeschreiblich, sie spürte jedes einzelne Molekül um sich herum, jede Zelle in ihrem Körper, jede Seele, die hier schon mal gelebt hatte, jede, die in Abalion lebte.

Für einige Augenblicke sah sie alles, was es zu sehen gab.

Sie verstand alles, was es zu verstehen gab.

Sie hörte alles, was es zu hören gab.

Sie war schwerelos. Sie löste sich auf und fügte sich zusammen. Sie verlor sich und fand sich wieder.

Der Kristall in ihrer Brust dehnte sich aus und umschloss sie komplett.

Kaia sah Waylon über sich knien. Sie wusste, dass er sie nicht gehen lassen wollte – *es nicht konnte.*

Sie wusste, dass er die einzige Chance verschenkte, die er hatte, um sich von dem Grimm zu lösen.

Um sie zu retten. Nur, um sie zu retten.

Und dadurch zerstörte er alles andere.

Um sie herum brach die Welt zusammen. Die Energie aus dem Kristall ließ den Berg erbeben. Es war zu viel. Die Kraft suchte sich einen Weg nach draußen, wollte das verrichten, für was sie gerufen worden war, aber Waylon ließ es nicht zu. Er nahm Kaias Opfer nicht an.

Die Erde barst, Kaia spürte die Kräfte, die von Abalion bis hierher drangen. Sie fühlte sogar das Kloster in Indien, die uralte Macht der Masali, die sich dort genauso ausgedehnt hatte wie hier.

»Du machst einen Fehler«, keuchte sie und wünschte sich, Waylon würde sie freigeben. Sie sterben lassen, so wie sie es vorgehabt hatte. Aber er tat es nicht.

Er blickte sie ein letztes Mal an, voller Liebe, voller Güte, voller Naivität. Der Berg um sie krachte erneut, vibrierte vor Kraft. Nicht mehr lange und alles würde einstürzen. Kaia spürte, wie die Erde unter ihr aufriss und einen Übergang nach Abalion öffnete. Die Grenze war im Kloster gering gewesen, sie war es auch hier, denn dies war der Ursprung der Masali. Hier waren sie einst geboren worden und mit ihnen die Fantasie, aus denen sie bestanden. Kaia spürte die enorme Kraft, die sich Bahn brach. Sie würde alles vernichten.

Die Menschen, die hier lebten, das Dorf … ihren Sohn!

Er schlief unten in der Hütte!

»Unser Kind!« Kaia riss sich keuchend von Waylon los. Sie atmete ein, dehnte ihren Geist weiter aus und löste sich von ihrem Körper. Verzweifelt suchte sie nach ihrem Sohn, aber sie konnte ihn nicht finden oder erreichen. Sie war hier gefangen, sie würde sterben.

»Geh!«, brüllte sie Waylon an und hob die Arme. Er öffnete den Mund, doch da wurde er in einer Druckwelle nach hinten geschleudert. Das Beben riss ihn mit sich, erfasste alles um sie herum. Vor dem Berg brach das Chaos aus. Menschen stoben aus ihren Hütten, Steine stürzten herab und zerstörten die ersten Häuser.

In Kaia wuchs die Finsternis, sie dehnte sich komplett um sie herum aus, verschlang alles, was ihr noch blieb. Der Kristall in ihrer Brust vibrierte vor Energie, erschuf für Kaia ein neues Heim, ein neues Leben, denn das war es, was Waylon sich für sie gewünscht hatte, statt sich selbst vom Grimm zu befreien.

Er hatte Kaia verflucht. Sie verband sich mit Abalion, spürte die Kraft, die der Welt innewohnte, und dass sie von nun an ein Teil von ihr werden würde.

Sie wurde emporgehoben, während der Berg in sich zusammenkrachte, nur um an gleicher Stelle in Abalion zu wachsen. Er wäre ab jetzt ihr Reich, ihr Palast. Ihr Schatten. Kaia wandelte zwischen den Welten. Ein Teil von ihr war noch hier, der andere bereits dort.

Sie blickte hinab auf das Dorf, in dem sie einst gelebt hatten, suchte voller Verzweiflung ihren Sohn. Hatte Waylon ihn erreicht? Hatte er ihn gerettet?

Weiter und weiter flog sie über ihr ehemaliges Heim, während sie sich gleichzeitig tiefer mit Abalion verband.

Da!

Da war er!

Das Haus war zusammengebrochen, unter Bergen von Geröll vergraben. Waylon könnte ihn nie von oben erreichen. Es war unmöglich. Kaia blickte hinunter, sah einen kleinen Spalt, in den Werfan mit Ash gekrochen war. Er hielt den Jungen eisern fest, redete beruhigend auf das weinende Kind ein.

Kaias Herz explodierte und mit ihm der Kristall. Er zersprang in tausend Splitter, sie gruben sich in ihre Haut und ihre Seele.

Mein Sohn. Mein Sohn. Er darf nicht sterben.

Sie rief die Schatten, die sie die ganze Zeit in sich gespürt hatte, sie rief die Finsternis, denn sie wusste, dass dies alles war, woraus sie noch bestand. Kaia dehnte sich ein letztes Mal in die Welt der Menschen aus, vergrößerte durch ihre letzte Kraft den Riss, der den Weg nach Abalion wies, bis er Werfan und Ash fand und beide hindurchzog.

Kommt mit mir. Kommt nach Abalion.

Werfan umklammerte Ash fester und stürzte mit ihm in den Spalt in der Erde.

»Pass auf meinen Sohn auf«, gab Kaia Werfan noch mit, dann stülpte sich die Dunkelheit über sie. Dunkle Mauern schlossen sie ein.

Kaias Haut färbte sich schwarz, genau wie ihre Seele. Von nun an würde sie nie mehr in die Sonne blicken können, von nun an wäre sie gefangen in diesen Mauern – von nun an wäre sie das Grauen.

Die Überreste des Kristalls brannten sich in ihre Haut, tränkten sie mit einer finsteren Magie, die sie ab sofort beherrschen durfte. Sie riss die Arme hoch, gab einen letzten Schrei von sich und verstummte.

Sie war angekommen. In ihrem Schloss. Hoch oben auf dem Berg aus schwarzem Gestein.

Sie war nun ein Teil von Abalion. Sie war nun ein Teil der Dunkelheit. Kaia war weg, aber sie war wiedergeboren:

Ich bin die Königin der Schatten. Ich bin Syrantina. Dies ist mein Reich.

36. KAPITEL

Frankfurt, Deutschland. 1348 n. Chr.

Waylon kauerte auf dem Boden und hielt das geschnitzte Holzpferd, das einst Ash gehört hatte. Auf seiner Haut klebten noch Splitter von dem Kristall, der nun zerstört war.

Es war vorbei.

Das Chaos hatte gewütet und die Welt mit sich gerissen.

Dichte Staubwolken hingen in der Luft, die Erde bebte nach, Geröll brach immer wieder zusammen und verschwand in einem der unzähligen Risse. Frauen schrien, Kinder weinten, Männer brüllten sich gegenseitig Befehle zu.

Waylon ignorierte sie alle. Er saß nur da und starrte auf das Spielzeug, das seinem Sohn gehört hatte. Dort, wo vorher sein Haus gestanden hatte, war nur noch ein großer Spalt in der Erde vorhanden. Sein Heim war verschluckt worden, mitsamt dem Menschen, den er so sehr geliebt hatte.

Sein Sohn war tot.

Die Erkenntnis traf Waylon mit einer solchen Wucht, dass er glaubte, sein Herz müsste zerspringen. Der Schmerz und die Trauer raubten ihm fast die Sinne und er wünschte sich nichts sehnlicher, als auch seine Gefühle abstellen zu können.

Wie Kaia.

Sie war verloren.

Sein Sohn war verloren.

Alles war verloren.

Waylon hatte das Dorf vernichtet, weil er die Kraft des Kristalls unterschätzt hatte.

Heute Morgen erst war er dort aus der Tür mit ihr getreten, er hatte seinem Sohn einen Kuss gegeben und war der festen Überzeugung gewesen, dass er bei seiner Rückkehr vom Grimm erlöst sein würde.

Kaia und er hatten so viel Hoffnung in diesen Kristall gelegt.

Nein, *er* hatte gehofft. Sie nicht.

Waylon war sich sicher, dass Kaia die Entscheidung, ihr Leben für ihn zu geben, in dem Moment getroffen hatte, als sie die Schriftrolle übersetzt hatte.

Weil sie nichts hatte fühlen können. Nicht einmal den Wunsch nach Erlösung. Dabei hätte Waylon es für sie beide getan. Er hätte für Kaia geglaubt, er hätte ihr alles gegeben, er hätte sich geopfert, damit sie mit Ash weiterleben konnte.

Und nun?

Er wusste nicht einmal, was mit Kaia passiert war, nachdem die Energiewelle sie beide getrennt hatte. Er wusste nicht, ob der Kristall ihm seinen Wunsch erfüllt hatte und sie weiterleben durfte oder ob das alles von Anfang an eine große Lüge gewesen war.

»Es tut mir so leid«, stammelte er. Seine Augen füllten sich mit Tränen. Er sah auf das Holzpferd. Auf seiner Hand prangte nach wie vor das Wolfsmal und zeigte ihm, dass er weiterhin keine Ruhe vor dem Grimm finden würde. Aber spielte das jetzt noch eine Rolle? Waylon war verloren, er hatte nichts mehr, und er wollte auch nichts mehr sein. Ihm blieben nur Asche und Staub.

Es war vorbei. Alles war vorbei.

»Da!«, rief die Wirtin Sonya, die Waylon an seinem ersten Abend behandelt hatte. »Da ist er!«

Waylon blickte über seine Schulter zurück und sah sie auf sich zutaumeln. Sie hielt sich die Stirn, zwischen ihren Fingern rann das Blut hindurch und sie hinkte stark. Sie wurde von Oliver und Thom begleitet.

»Er hat den Teufel im Leib!«, schrie Sonya, und Waylon zuckte zusammen.

Er wusste natürlich, dass sich manche Frauen über ihn das Maul zerrissen hatten. Er hatte es genauso mitbekommen wie Kaia.

»Wegen ihm wurde unser Dorf zerstört«, rief eine Frau von links.

»Er und sein Grimm! Sie haben das Unheil über uns gebracht«, plärrte ein Mann.

Waylon drehte sich zu allen Seiten um, verstand erst gar nicht, was sie alle von ihm wollten. Ehe er aufstehen konnte, waren Thom und Oliver schon bei ihm, packten ihn am Ellbogen und zerrten ihn in die Höhe.

»Wir werden ihn am Baum aufknüpfen! Wenn der Teufel ein Opfer will, dann soll er sich seinen Diener holen.«

»Ich diene nicht dem …«, setzte Waylon an, doch Thom riss ihm den Arm hoch.

»Und was ist mit diesem Zeichen auf deiner Hand?«, schrie er.

»Wir haben viel zu lange die Augen vor deiner Macht verschlossen, viel zu lange weggesehen.«

»Wir hatten den Teufel in unserer Mitte, und nun hat er unsere Dummheit ausgenutzt!«

»Nein«, stammelte Waylon, obwohl er wusste, dass sie recht hatten.

Oliver holte aus und schlug ihm die Faust auf die Nase. Er taumelte nach hinten, wollte weg, doch zwei andere Männer kesselten ihn von der anderen Seite ein.

»Ich habe nicht …«, setzte er an, aber er wusste, dass alles, was er sagen würde, eine Lüge war.

Er war hierfür verantwortlich.

Er hatte das Beben ausgelöst. Weil er den Kristall hatte haben wollen. Weil er Kaias Opfer verschmäht und sich stattdessen gewünscht hatte, sie würde weiterleben.

Er war schuldig! Er war ein Mörder! Er hatte seinen Sohn und so viele Menschen auf dem Gewissen.

Waylon blickte in die verzweifelten Gesichter um sich herum. Sie waren geschlagen und gebeutelt, verletzt und geschunden. Sie hatten ebenfalls ihre Häuser verloren, ihre Familien, geliebte Menschen.

Und er war schuld.

»Das wird er uns büßen!«

Die Menge tobte, kam auf ihn zu und würde ihn gleich verschlingen. Lebendig, mit Haut und Haaren. Sie würden ihren Schmerz auf ihn übertragen, sie brauchten einen Schuldigen, auf den sie all ihren Hass projizieren konnten.

Und Waylon war genau das.

Er schloss die Augen, steckte das Holzpferd in seine Hosentasche und nahm die Strafe an.

Als er wieder zu sich kam, war er noch nicht tot.

Er spürte seinen Körper: schmerzerfüllt und geschwollen.

Er spürte einen Lufthauch: kalt und klamm.

Wasser rauschte um ihn herum und hallte laut von den Wänden wider.

Waylon blinzelte, erkannte nicht, wo er war. Er wollte seinen Kopf heben, doch er konnte nicht. Alles schmerzte, er wusste nicht mehr, wo er anfing oder aufhörte, ob er noch Beine hatte oder nicht. Ein Auge war zugeschwollen, seine Lippen waren aufgeplatzt. Waylon hörte jemanden vor sich herumhantieren. Mit aller Mühe drehte er den Kopf zur Seite und sah wieder Thom. Er setzte einen Backstein auf einen anderen und verputzte ihn.

»Was …« Waylons Stimme erstickte in einem Hustenanfall. Er schmeckte Blut, seine Rippen standen unter Feuer. Er wusste nicht, was alles gebrochen war, aber er wusste, dass er so nicht mehr lange überleben würde.

»Wir hätten ihn töten sollen«, sagte Oliver hinter Thom und brachte mehr Steine.

»Auf keinen Fall. Er soll genauso von der Erde geholt werden, wie er es mit unseren Familien gemacht hat. Ich werde ihn nicht durch meine Hand erlösen.«

Waylon stöhnte, seine Augen klappten zu, er versuchte, sie aufzureißen, aber es gelang ihm nicht.

»Verrotte, du Bastard!«, sagte Thom und setzte weitere Steine auf.

Waylon ballte die Hände zu Fäusten, spannte die Muskeln an, machte einen lächerlichen Versuch, sich zu bewegen, was in einer einzigen Sinfonie des Schmerzes endete. Sie hatten ihn halb totgeprügelt, doch anstatt ihr Werk zu vollenden, mauerten sie ihn ein.

Erde zu Erde …

Er driftete davon, sein Bewusstsein schwankte zwischen dieser und der anderen Welt. Sobald er die Augen schloss, funkelte ihn der Grimm an. Er wartete. In der Dunkelheit. Er würde kommen. Er würde sich wieder an Waylons Eingeweiden laben und ihn weiterquälen, bis in alle Ewigkeit.

»Bitte …«, keuchte Waylon. »Tötet mich.«

Thom schnaubte verächtlich, holte Luft und spuckte Waylon ins Gesicht.

Waylon stöhnte, ihm fehlte die Kraft, die Spucke wegzuwischen oder Thom ein weiteres Mal anzuflehen. Erneut fiel er in die Finsternis …

Als er das nächste Mal hinsah, war die Mauer gewachsen, sie schloss fast mit der Decke oben ab. Waylon nahm alles nur noch durch einen Schleier wahr. Er sah die Männer, er sah den Grimm, er sah Kaia, seinen Sohn, er sah all die letzten Monate und Jahre, die sie unterwegs gewesen waren.

Er und sie. Gemeinsam. Sie hatten so viel überlebt. Und nun?

Endete es hier.

Waylon sah auf und hielt an dem letzten Lichtfleck fest. Wenn er Glück hatte, würde es schnell gehen und sein Körper erlag den Verletzungen. Aber es könnte sich auch ziehen. Waylon könnte noch Tage hier unten liegen und mit dem Tod ringen.

»Schmore in der Hölle«, sagte Thom, setzte den letzten Stein obenauf und sperrte so das Licht aus.

»Da bin ich schon längst«, keuchte Waylon.

37. KAPITEL

Kristin

Frankfurt, 08.22 Uhr

Nach dem Frühstück verabschiedete Brayden sich von mir, weil er eine Konferenzschaltung wegen des Black-Wolf-Falles in Spanien hatte. Da er eigentlich als Berater angeheuert worden war, der den Erstkontakt zu Syrantina hätte herstellen sollen und diese Sache vorerst auf Eis lag, widmete er sich mit einigen anderen Kollegen dem Profiling. Ich hatte ihm viel Glück gewünscht, mir einen weiteren Kaffee aus dem Automaten gezogen, die aktuelle Tageszeitung vom Tresen genommen und war damit nach draußen ins Wohnzimmer gegangen, wo schon ein Laptop auf mich wartete.

Ein Klebezettel pappte obendrauf:

»Anschalten. Neues Passwort wählen.«

Der konnte nur von Dillon sein. Kurz überlegte ich, zwischen den Zeilen zu lesen, aber ich war mir sicher, dass sie sich beim Schreiben extraviel Mühe gegeben hatte, negative Gedanken hervorzuholen, und ich legte keinen Wert darauf, mehr davon abzubekommen.

Da ich bis zum Gespräch mit Isabella noch Zeit hatte, ließ ich mich auf der Couch nieder, stellte die Tasse ab und startete den Laptop. Während er hochfuhr, blätterte ich die Zeitung auf. Die Presse nahm Black Wolf heftig auseinander. Der Fall mit der Frau, von der ich das Video gesehen hatte, war Titelthema. Es wurden die wildesten Theorien aufgestellt, die jedoch im Gegenzug von Politikern dementiert wurden. Diese Vorfälle zogen Kreise bis ganz nach oben und die Öffentlichkeit wurde gewarnt, nicht in eine Massenhysterie zu verfallen.

Die Buchstaben des Artikels fingen an, vor meinen Augen zu flirren. Wenn ich nicht aufpasste, würde ich gleich zwischen den Zeilen weiterlesen, und das war bei einer Tageszeitung eher müßig, denn viele Meldungen wurden unnötig aufgebauscht. Je nachdem, in welchem Blatt ich las.

Ich legte die Gazette weg und sah stattdessen auf den Laptop. Das Emblem der IWHC erschien und ein Eingabefenster forderte mich auf, mir ein Passwort auszudenken. Ich tippte eins ein und entriegelte so den Bildschirm.

Auf dem Desktop lagen unterschiedliche Ordner. Ich klickte den ersten an. Er enthielt die Akten, die ich mir gestern angesehen hatte. Da ich die schon kannte, öffnete ich den nächsten. Hier fand ich eine Zusammenfassung von dem, was Brayden mir erzählt hatte. Die wichtigsten Namen und Fakten, also wer Syrantina war, woher Jorge stammte, dass die Zeit in Abalion nicht linear zu unserer verlief und wir die Märchenwesen zuerst ansprechen mussten. Außerdem fand ich einen Bericht über Professor Middleton. Er hatte in der Kiste in dem Bunker nicht nur das Buch gefunden, sondern noch einige Erinnerungsstücke der Grimms. Ein kleiner silberner Mondanhänger fiel mir besonders ins Auge. Er war wunderschön gearbeitet. Auf der Vorderseite fehlte ein Stück, als hätte dort mal ein Stein oder so gesessen, und hinten war eine Gravur: *Kaia*.

Ich klickte weiter und fand auch ein Foto des Professors. Dillon war ihm wie aus dem Gesicht geschnitten: Sie hatten beide die gleiche energische Kinnpartie und dieses herrische Funkeln im Blick, aber bei ihrem Vater wirkte es eher verständnisvoll als herablassend. Er hatte auch nicht die Lippen so verbissen zusammengepresst wie seine Tochter, sondern sie zu einem leichten Lächeln verzogen. Dieser Mann hatte geliebt, was er tat, und er war zufrieden in seinem Leben gewesen.

Ich klickte weiter und fand mehr Informationen über das Buch, das er entdeckt hatte. Die Brüder Grimm hatten es im Jahr 1823 geschrieben, aber es wurde damals nie veröffentlicht, denn ihre Schwester sprach sich vehement dagegen aus. Sie meinte, das Buch würde Unglück bringen und nahm es daraufhin an sich. Wie es damit weiterging, stand leider nicht dabei, doch das Buch lag tatsächlich lange Zeit auf Eis, wurde herumgereicht und ging im Zweiten Weltkrieg sogar verloren, bis es der Professor ausgrub. Ich fragte mich, ob es damals auch schon zu den ersten Black-Wolf-Morden gekommen war und nur niemand etwas davon wusste. Möglich wäre es.

Ich fand eine Inhaltsangabe. Demnach waren folgende Märchen enthalten:

1. Rotkäppchen
2. Der Wolf und die sieben Geißlein
3. *Der Grimmfluch (Erstveröffentlichung)*
4. Allerleirauh
5. Dornröschen
6. Aschenputtel
7. Der gestiefelte Kater
8. Die Bremer Stadtmusikanten
9. Der Froschkönig
10. Sterntaler
11. Frau Holle
12. Der Königssohn, der sich vor nichts fürchtet
13. Hänsel und Gretel
14. *Das Mädchen, das nicht schlafen wollte (Erstveröffentlichung)*
15. Rapunzel

Einige der Märchen kannte ich von früher, andere nicht so gut.

Warum hatten die Brüder Grimm ausgerechnet diese Märchen ausgewählt?

Ich suchte weiter in den Ordnern, fand aber nichts mehr, das ich nicht eh schon wusste. Also schaute ich, was sonst noch auf dem Rechner war. Ich fand eine Intranetseite mit der Aufstellung der IWHC. Dort wurden die Einheiten zusammengefasst und dargestellt, wie sie aufgeteilt waren. Die Hauptsitze waren in:

London
Berlin
Washington
Rom

Madrid
Brüssel
Paris
Mumbai (wobei dies eher eine Anlaufstelle für die Recherchen vor Ort war, ohne Befugnis im Land).

Von da aus gab es zig Untereinheiten, wie diese in Frankfurt. Wir hielten allerdings einen Sonderstatus wegen des Portals. Es war das einzige weltweit.

Und warum nutzte ich schon das Wort »wir«, wenn ich über diese Einheit nachdachte? Hatte mich der Verein *so schnell am Wickel?*

Ich sah mir die Intranetseite weiter an und klickte auf den Reiter der Teamleiter. Als Erstes sah ich Isabella Haynes. Sie war zweiundsechzig Jahre alt, hatte silbergraue kinnlange Haare, die sie glatt gezogen trug. Sie war sehr dezent geschminkt und hatte dieses Funkeln in den Augen, das eine natürliche Autorität und gleichzeitig eine unbändige Wildheit ausstrahlte. Die Frau war ein Rebell. Das war mehr als deutlich.

Ich erinnerte mich an unsere Castingliste von gestern Abend und überlegte, wer sie spielen könnte. Julianne Moore.

Ich las mich weiter durch Isabellas Lebenslauf, der beeindruckend war. Beide Eltern waren Polizisten, ihre Mutter war aus Deutschland, der Vater Amerikaner. Isabella hatte gleich nach der Schule ihre Ausbildung auf der Akademie begonnen, wobei ihr der Vater sehr geholfen hatte, denn er war Leiter des NYPD gewesen. Isabella arbeitete sich Jahr für Jahr nach oben, schaffte es bis zum Sergeant und bewarb sich dann bei den Navy Seals. *Wow. Die hatte wirklich nichts anbrennen lassen.* Es ging weiter steil voran. Sie verdiente sich etliche Auszeichnungen, sogar eine *Medal of Honor* für ihren Einsatz im ersten Irak-Krieg. Diese Frau war eine Ikone und sie hatte ein großes Herz. Sie hatte sich eigentlich vor zwei Jahren zur Ruhe gesetzt und in der Zeit eine Organisation gegründet, die sich Flüchtlingskindern annahm und förderte. Nebenher unterstützte sie seit fast dreißig Jahren Pflegeheime und half, Waisenkinder an geeignete Familien zu vermitteln. Sie hatte schon Hunderten von jungen Menschen einen Neuanfang geschenkt. Brayden erzählte ja gestern, dass sie sich damals auch Dillons angenommen hatte.

Das mit dem Ruhestand funktionierte nicht so wie geplant, denn sie wurde wegen der Black-Wolf-Sache zurückbeordert, da sie in den 1980ern solch durchschlagenden Erfolg gehabt hatte. Isabella fungierte mittlerweile als Beraterin in der CIA-Unit und stand im direkten Kontakt mit den anderen Geheimdiensten, die an dieser Sache beteiligt waren.

Ich sah mir rasch die Liste an, wer noch mit im Boot saß:

Brüssel: Allgemeiner Nachrichten- und Sicherheitsdienst.
London: Secret Intelligence Service, also der MI6. James Bond ließ doch noch grüßen.
Paris: Direction Général de la Sécurité Extérieure.
Rom: doe Agenzia Informazioni e Sicurezza Esterna.
Madrid: Centro Nacional de Inteligencia und natürlich die CIA.

Amerika hatte den Hauptanteil, vermutlich, weil es in den 1980ern die erste Welle abbekommen hatte. Diese Liste war beeindruckend und gleichzeitig erschlagend. Es wunderte mich nicht, wenn sie sich so schwer mit der Zusammenarbeit taten.

Ich schloss auch diese Aufstellung und überlegte, wonach ich noch suchen konnte. Marcel sagte mir gestern, dass sie mehr Symbole der Masali gefunden hatten, aber nur bedingt etwas damit anfangen konnten. Vielleicht erfuhr ich ja etwas. Ich tippte ins Suchfeld oben rechts *Masali + Symbole* ein und wartete auf die Ergebnisse.

Es gab einige Fotografien und Aktennotizen dazu. Archäologen hatten bei Ausgrabungen vor zehn Jahren einen verschütteten Tempel gefunden. Demnach hatte es dort wohl um das Jahr 1350 herum einen gewaltigen Erdrutsch gegeben, der das Kloster einstürzen ließ. Leider konnten sie ihn nicht ausgraben. Sobald sie an der Stelle anfingen zu graben, gingen die Maschinen kaputt. Natürlich glaubten die meisten Arbeiter an einen Fluch, und es war den Archäologen kaum noch möglich, Einheimische zu finden, die ihnen halfen.

Niemand wollte das Grab der Masali öffnen.

Daher zogen sich die Ausgrabungen bis heute. Erschwerend kam hinzu, dass die indischen Behörden nicht kooperierten und das die Arbeiten erschwerte. Vermutlich hatten sie Angst, dass ihre alten

Schätze zerstört werden könnten, was ich verstand, aber in Anbetracht der Dringlichkeit von Black Wolf könnten sie ruhig ein Auge zudrücken. In Indien jedoch hatte bisher kein einziger Mord in der Art stattgefunden, daher spielte die Regierung wohl: *Nicht mein Zirkus, nicht meine Affen.*

Ich sah mir die ersten Fotografien der Symbole an. Die Archäologen fanden Steinplatten, auf denen sie aufgemalt gewesen waren. Viele waren verblasst, aber einige konnte man gut erkennen. Neben dem Bild war noch mal eine Vektorgrafik angelegt, wo das Zeichen deutlicher abgebildet war.

Ich tippte mit den Fingern auf der Tastatur herum und überlegte, ob ich sie anschauen sollte. Falls es mich wieder umhaute, würde mir Sebastian dieses Mal nicht helfen können.

Auf der anderen Seite war ich ja nicht allein in der Wohnung, und es hieß nicht, dass ich wieder eine solch heftige Vision bekommen musste.

Mh …

Mein Finger schwebte über dem ersten Bild. Die Überschrift der Datei lautete: *Dornröschen.*

Ich könnte es mir ja kurz anschauen. Normalerweise spürte ich, wenn ich in eine Vision gezogen wurde. Ich könnte rechtzeitig aussteigen und … Ich klickte das Bild groß.

Es ähnelte dem Symbol, das ich auf der Frau im Fernsehen gesehen hatte. Das auf der Frau waren eher grobe Striche gewesen, diese hier waren filigran und elegant.

Ich starrte das Zeichen an und wartete, ob es mich hineinziehen wollte, doch es geschah nichts. Diese Symbole sprachen offensichtlich nur mit mir, wenn es ihnen in den Kram passte, oder wenn sie auf dem Körper eines Black-Wolf-Täters waren.

Ich klickte mich durch weitere Zeichen, doch das Ergebnis blieb gleich. Leicht frustriert schob ich die Bilder weg und fand einen weiteren Bericht: Vor acht Jahren fanden Archäologen in der Teufelshöhle bei Hanau eine alte Kammer. Sie war bei einem Erdrutsch freigelegt worden und wohl einst ein Grab gewesen. Leider wurde bei dem Erdrutsch die Kammer zum Teil von dem Fluss durchspült und einiges von dem Fund zerstört.

Ich sah mir den dazugehörigen Zeitungsartikel an. Die Archäologen konnten noch eine alte Jacke und ein Holzpferd sicherstellen. Außerdem wiesen Spuren an den Wänden der Kammer darauf hin, dass dort wohl jemand lebendig eingemauert worden war. Die Felswände waren voller Kratzer, offenbar hatte derjenige vor Verzweiflung darübergeschabt, vielleicht im Versuch, sich zu befreien.

Ich wollte schon die Datei schließen, als etwas meine Aufmerksamkeit auf sich zog. Die Kratzer auf der Felswand sahen merkwürdig aus. Da stand doch was, oder?

Ich zoomte näher, auf den ersten Blick war es nicht als Text zu erkennen, aber ich fühlte schon einen leichten Sog einsetzen, was bedeutete, dass da sehr wohl Worte standen.

Der Mann, der dort eingeschlossen worden war, hatte etwas geschrieben.

Ich konzentrierte mich voll und ganz auf die Kratzer, bis ich ihren Sinn verstand und die Wahrheit hinter dem Gekritzel erkannte:

»ICH KANN NICHT STERBEN. ER GIBT NIE AUF.«

Ich zuckte zusammen, weil die Worte wie Peitschenhiebe über mein Herz knallten. Der Mann hatte das notiert. Irgendwann in der Finsternis. Irgendwann in dieser Höhle. Ich blinzelte, rieb über meine Augen und starrte noch mal auf die Kratzer. Dieses Mal formte sich die Wahrheit schneller, weil ich darauf vorbereitet war.

Ich hielt daran fest, versuchte, noch tiefer einzudringen und zu erkennen, wie dieser Mann ausgesehen hatte.

Als Erstes erkannte ich allerdings nur Dunkelheit. Logisch, er war in einer Höhle gesessen. Ich blieb dran, denn manchmal zeigte sich die Wahrheit trotzdem.

Manchmal konnte ich so tief in einen Text blicken, dass die Umgebung keine Rolle spielte. Diese diese Worte waren mit sehr viel Emotion geschrieben worden. Ich fühlte sie über mein Herz schaben, so wie die Finger des Mannes über die Mauer gekratzt haben mussten.

Er hatte gelitten. So viel gelitten.

Er hatte geliebt. Er hatte verloren. Er war verzweifelt.

Ein erstes unscharfes Bild zeichnete sich vor mir ab. Ich sah ihn in der Höhle kauern, vorneübergebeugt, vom Leben gezeichnet und völlig zerstört. Seine Haare reichten bis zu seiner Brust, genau wie sein Vollbart.

Wie lange saß er denn in der Höhle, mein Gott?

Ich versuchte, mehr zu erkennen, er war abgemagert, aber irgendwas an ihm kam mir bekannt vor. Wenn ich die Vision deutlicher hervorholen könnte … wenn ich ihn ohne Bart und mit kurzen Haaren sehen würde …

»Kris?«, sagte Marcel auf einmal. Ich schrie vor Schreck und kehrte sofort zurück ins Appartement.

»Hey, alles in Ordnung?«

»Hast du mich erschreckt.«

»Du siehst aus, als hättest du einen Geist gesehen.«

»Ich … ja, keine Ahnung. Ich habe eure Berichte gelesen. Von der Teufelshöhle.«

»Ah. Ja. Das muss eine ziemliche Tragödie gewesen sein.«

»Erzähl mir davon.«

»Ich kann dir nicht mehr sagen, als in dem Artikel stand: Forscher haben die Grabkammer in der Teufelshöhle gefunden, alles deutet darauf hin, dass jemand eingemauert gewesen war, aber vermutlich haben die Erdrutsche dort die Knochen weggespült.«

»Oder er ist lebendig rausmarschiert.«

»Bitte?«

Ich erzählte Marcel, was ich eben gesehen hatte.

»Bist du sicher?«

»Ja. Der Mann, der dort eingemauert war, hatte gelebt.«

»Das ist unvorstellbar. Die Forscher datierten den Fund auf das Jahr 1348.«

Ich blickte zum Laptop, auf dem das Foto der Wand noch offen war. Die Kratzer verschwammen vor meinem Auge, aber ich erhielt keine weiteren Informationen. »Warum habt ihr den Fall in eure Akten überhaupt aufgenommen?«

»Weil wir alles archivieren, was rund um Frankfurt gefunden wird, auch wenn es auf den ersten Blick nichts mit Black Wolf zu tun hat. Alles könnte wichtig sein.«

»Verstehe.« Oder auch nicht. Ich schlang die Arme um mich und zitterte leicht. Die Eindrücke von eben hingen noch an mir und ich hatte Mühe, das Bild des Mannes zu verdrängen.

»Bist du fit für die Besprechung?«

»Ja, natürlich.«

»Erzähle auch Isabella davon. Vielleicht fällt ihr noch was dazu ein.«

Ich nickte, klappte den Laptop zu und folgte Marcel in den hinteren Bereich der Wohnung zu den Konferenzräumen.

»*Ich kann nicht sterben …*«

Was war nur aus ihm geworden?

Der Grimmfluch

Der Grimm fraß sich weiter durch die Herzen, sog alles Gute und Schöne daraus, bis nichts mehr übrig war. Das Dorf wurde aus der Geschichte getilgt, als wäre es niemals da gewesen.

Die Zeiten waren finster und voller Leid, so schlimm, dass selbst die Sonne dunkel blieb und nicht mehr scheinen wollte.

Es ist allein Liam zu verdanken, dass der Grimm nicht noch mehr vernichtete. In einem letzten Akt purer Verzweiflung stürzte er sich auf seinen Bruder und vereinte seine Seele mit ihm, in der Hoffnung, so einen Funken an Güte im Grimm zu hinterlassen. Zerrissen von den Gefühlen der Brüder stürzte der Grimm in eine tiefe Schlucht hinein und ward nie mehr gesehen.

38. KAPITEL

Ash

Abalion, Zeit unbekannt

Eiskaltes Wasser traf mich mitten im Gesicht. Ich stieß einen Fluch aus und fuhr in die Höhe. Das Wasser sickerte in meinen Kragen, lief meinen Rücken und meine Brust hinab und durchweichte mein Kissen.

»Beim dreifachen Henker!«, schrie ich.

Es war dunkel im Zimmer, von der geöffneten Tür drang das Licht aus dem Gang und das Stimmengewirr von der Gaststätte nach oben.

Laella stand vor meinem Bett, den leeren Kübel in der einen Hand, die andere in die Hüfte gestemmt. Sie funkelte mich an und tippte mit dem Fuß auf und ab. Ihr zerlumptes Kleid verdeckte nur das Nötigste und war unordentlich zusammengebunden, es drohte bei jeder Bewegung von ihrer Schulter zu rutschen. So lief sie nur herum, wenn sie Kunden gehabt hatte.

»Hast du sie noch alle?«, schrie ich und schüttelte das Wasser aus meinen Haaren.

»Werfan sagte, ich solle dich wecken.«

»Sanft rütteln hätte es auch getan.« Oder wachküssen, aber das verkniff ich mir. Werfans Angestellte waren tabu für mich. Nicht dass ihnen das etwas ausmachte, ich hatte immerhin meine Jungfräulichkeit in diesen Wänden verloren.

»Du sollst übrigens runterkommen. Ein Gast wartet auf dich.«

Ich brummte missmutig. »Und wer?«

»Keine Ahnung, irgend so'n Typ.«

»Wie sieht er denn aus?«

»Normal.«

»Ah! Den kenn ich!«

»Echt?«

»Natürlich nicht! Kannst du konkreter werden?«

Sie rümpfte die Nase. »Hat ’nen langen Mantel mit Kapuze an. Sein Gesicht ist verdeckt.«

Oh, ganz toll. Die waren mir die Liebsten. Das stank so gewaltig nach Ärger, dass mir jetzt schon übel davon wurde. Ich sollte abhauen, solange ich noch die Gelegenheit dazu hatte.

»Hat der Typ durchklingen lassen, ob er mich verprügeln, ausrauben oder töten will?«

»Nö, aber falls er dich umbringt: Kann ich dein Zimmer haben?«

»Nein.« Das hatte ich schon Laytra versprochen. Mein Zimmer lag im hinteren Bereich des Dachbodens. Als ich hier ankam, hatte Werfan extra für mich einen Raum mit einer Wand vom restlichen Speicher abgetrennt und mir hier mein Reich errichtet. So war ich weg von den Gästen und musste nicht mit anhören, wie seine Ladys ihrer Arbeit nachgingen. Mit der Zeit hatte ich die Wand versetzt und mein Zimmer erweitert und mittlerweile war es auf die doppelte Größe gewachsen. Werfan hatte es missmutig beobachtet, aber nie etwas dagegen gesagt. Ich hatte sogar ein zweites Fenster ins Dach gebaut, sodass ich einen Panoramablick auf das Meer hatte, das in knapp einem Kilometer Entfernung lag.

Eigentlich war es ganz schön hier, wenn da nicht ständig der Ausschlag gewesen wäre, den ich bekam, sobald ich längere Zeit im *Trunkenen Fährmann* blieb.

»Was is’ nun? Werfan sagt, du sollst dich um ihn kümmern, bevor er die Gäste vergrault. Also steh auf oder ich hole den nächsten Kübel.«

Ich schüttelte den Kopf, erhob mich vom Bett und wischte demonstrativ das Wasser von meinem Hemd. Laella verzog das Gesicht und musterte mich abfällig. Der Hochmut würde ihr vergehen, je länger sie hier war. Im *Trunkenen Fährmann* behielt niemand seine Würde. Ich betrachtete mein nasses Hemd und hätte mir ein anderes angezogen, wenn ich noch eines besessen hätte.

»Schicke Kleidung übrigens«, sagte Laella und warf einen Blick auf die Jacke, die über meinem Stuhl hing.

»Vergiss es.«

Sie schnaubte brüskiert, nahm ihren Kübel und verließ mein Zimmer.

Ich stand auf, schnappte mir meine Jacke und das elende Messer und verließ den Raum ebenso.

Die ersten Geräusche drangen aus der Gaststätte zu mir hoch. Der *Fährmann* war gut besucht und die Gäste waren fröhlich und betrunken. Ich schlich an den Zimmern vorbei, vernahm entweder zufriedenes Geschnarche oder lustvolles Stöhnen.

Der Gang öffnete sich zu einer Seite, sodass ich nach unten in den Gastraum sehen konnte. Es war gerammelt voll, wie meistens in der Nacht. Werfan ließ es ordentlich fließen und füllte die Leute je nach Wohlstandsgrad ab. Je reicher, desto mehr Alkohol. Sein Selbstgebrauter war so stark, dass er jedem die Lichter ausblies.

Ich bog um die Ecke und steuerte die Treppe an, als hinter mir plötzlich die Tür aufging und jemand rausgeworfen wurde.

»Scher dich zum Henker, du Spanner!«

»Ich habe nicht ...«, rief der Typ, den Laytra soeben aus ihrem Raum befördert hatte. Er stieß gegen die Brüstung, konnte sich geradeso festhalten, denn er war nicht nur rausgeworfen worden, sondern auch hackedicht.

Ich wollte schon weiter, als er sich zu mir umdrehte und mich anfauchte.

»Destan?«, sagte ich. Verfolgte der Kerl mich eigentlich überallhin?

»Du ...«, lallte er und rappelte sich auf. Er brauchte drei Anläufe, ehe er richtig stand.

Ich wich einen Schritt zurück und taxierte ihn. Destan sah grausig aus. Seine Hose war an der Seite aufgerissen, als hätte ihn ein Biest mit scharfen Klauen erwischt, das Hemd hatte ebenfalls Löcher und etliche Dreckflecke, seine Haare standen in alle Himmelsrichtungen und die rechte Seite seines Halses war gerötet. Zum ersten Mal fielen mir die verheilten Narben auf seiner Brust auf, die sich bis hinter seinen Rücken zogen.

War er mal ausgepeitscht worden?

»Bleib stehen«, sagte er und kam auf mich zu.

»Ich hab keine Zeit für dich.«

»Nein … nein.« Er schüttelte seinen Kopf und fasste sich an die Schläfe. »Warte, du musst mir helfen.«

Ich trat noch einen Schritt zurück, doch Destan entwickelte auf einmal eine überraschende Schnelligkeit, sprang nach vorne, packte mich am Kragen und drückte mich gegen die nächste Wand. Sein Körper glühte, seine Haut schien von innen heraus zu brodeln, die Pupillen waren erweitert und er roch leicht süßlich. Er war nicht dicht vom Alkohol, er hatte sich irgendwas anderes eingeworfen, aber was?

»Ich bin nicht high«, sagte er und beugte sich näher. »Ich bin krank. Deshalb wollte ich ja auch zum Wettbewerb.«

Ich legte die Hände auf seine Schultern und drückte ihn von mir, aber er hielt mit einer erstaunlichen Kraft dagegen.

Destan verzog das Gesicht. Ob vor Schmerz oder Aggression, konnte ich nicht deuten.

»Hilf mir bitte«, sagte er leise. »Du hast ihn mir versaut.«

»Ich hab dir nichts … Wie sollte ich dir helfen?« Und warum fragte ich ihn überhaupt, ich konnte den Typen nicht ausstehen.

»Du musst mich zum Fährmann bringen.«

»Was?«

»Zum …« Destan schüttelte sich noch mal, es fiel ihm schwer, sich zu konzentrieren. So hatte ich ihn noch nie erlebt. Er hob die Hand und deutete auf ein Bild, das am Ende des Flures hing. Das Gemälde war uralt, niemand wusste, wer es gefertigt hatte. Es war eine Kohlezeichnung von einem Skelett, das mit einer Kutte bekleidet war, auf einem Floß stand und in eine Nebelbank fuhr. Aus dem Wasser ragten halb verweste Hände und griffen nach seinem Floß, aber das Skelett beachtete sie nicht weiter und steuerte auf sein unbekanntes Ziel zu. Jeder, der hier das erste Mal schlief, träumte von diesem verdammten Fährmann und wie er einen auf seinem Floß durch den immerwährenden Nebel fuhr. Ohne Ziel. Ohne Hoffnung. Wir alle hassten dieses Bild, außer Werfan. Der alte Mann sei sein Ur-Ur-Ur-Ur-Urgroßvater gewesen, einer der besten Fährmänner, die es je gegeben hatte, bis er eines Nachts volltrunken von seinem Floß gestürzt und ertrunken war.

Jetzt dürfte wohl auch klar sein, warum die Spelunke hieß, wie sie hieß.

Es hatten sogar Gäste schon viel Geld geboten, wenn er es endlich abhängen würde, und Werfan hätte es sicherlich getan, aber es ging nicht. Das Bild war mit der Wand verwachsen.

Destan packte mich am Arm und zog mich näher zu dem Gemälde des Grauens, ehe ich mich dagegen wehren konnte.

»Da!«, sagte er und deutete auf einen Punkt auf der Kutte des Skeletts.

»Was soll das denn?« Ich trat einen Schritt zurück, aber Destan packte mich im Nacken und zwang mich, mir das Bild anzusehen. »Ich brech dir gleich den Arm«, sagte ich. Destan und ich waren ungefähr gleich stark. Weshalb Prügeleien zwischen uns recht langweilig waren, denn früher oder später klappten wir beide völlig erschöpft zusammen, ohne dass jemand gewann.

»Sieh doch bitte hin«, sagte er, und zum ersten Mal lag eine Verzweiflung in seiner Stimme, wie ich sie noch nie zuvor gehört hatte.

Ich tat ihm also den Gefallen und starrte auf den Punkt, auf dem sein Finger ruhte. Es war ein undefinierbarer dunkler Fleck. Ich kniff die Augen zusammen und spürte, wie das Bild an mir zog und das Wasser sich langsam bewegte. Das war nicht weiter ungewöhnlich, es hatte diese Anwandlungen von Zeit zu Zeit. Manchmal roch es sogar nach See.

»Siehst du es?«, fragte Destan und kam ebenfalls näher. Nun bewegten sich auch die Nebelschwaden und zogen langsam durchs Bild.

Der Fleck neben Destans Finger stach deutlicher hervor, und tatsächlich erkannte ich es besser. Es war eine silberne Münze, die umwoben von drei goldenen Haaren an einer Kette um seinen Hals baumelte.

»Die Münze des Teufels«, sagte Destan. »Die hat er erhalten, als er ihn in die Unterwelt brachte, damit er dort herrschen kann.«

»Kann sein.« Es gab viele Legenden um den Teufel. Manche behaupteten, dass er mit seiner Großmutter in einem Berg lebte und die Alte eigentlich diejenige war, die das Sagen hatte, andere hielten ihn für eine Legende, wieder andere beteten ihn an, verkauften ihre Seele an ihn oder vollführten irgendwelche Riten mit Ziegenopfern. Mich scherte er nicht weiter.

»Ich brauche sie.«

»Tja, da kann ich dir nicht weiterhelfen, Kumpel.«

»Doch!« Destan fuhr herum, packte meine Kehle und presste mich gegen die Wand. »Sie ist hier. In diesem Haus! Ich weiß es! Hilf mir, sie zu finden.«

War er deshalb in Laytras Zimmer gewesen?

»Jetzt reicht es!«, keuchte ich, hob mein Knie und rammte es ihm in den Bauch. Destan ließ von mir ab, taumelte und klappte fast zusammen.

So fest hatte ich nun auch nicht getroffen. Ich richtete mich auf und strich über meinen Hals. Die Hitze aus Destans Fingern spürte ich noch immer. »Was ist los mit dir? Warum bist du krank?« Und viel wichtiger: War es ansteckend? Moon hatte das vorhin schon mal zu ihm gesagt, aber er hatte sofort abgewiegelt

»Ich …« Er richtete sich auf, massierte seinen Magen und blickte erneut zu dem Gemälde. »Vergiss es.« Dann fuhr er herum, nutzte das Treppengeländer als Halt und eilte nach unten. Ich blickte ihm hinterher, wie er die Kneipe verließ und hinaus in die Nacht entschwand.

Schräg. Der Kerl war einfach nur schräg.

»Bis zum nächsten Mal.« Ich richtete meine Klamotten, sortierte mich und ging dann ebenfalls nach unten, um nach dem Gast zu sehen, der mich unbedingt sprechen wollte. Am Treppenaufgang wartete schon Werfan.

»Wird auch Zeit, du Taugenichts! Der Kerl verscheucht mir alle Gäste!«

Werfan trug sein übliches Outfit: Leinenhose, keine Schuhe, ein weißes Hemd, das er mit einem dicken Ledergürtel zusammenhielt. Werfan war ein stattlicher Mann, zweimal so breit wie ich und einen Kopf größer. Er bestand fast nur aus Muskeln, die er angeblich seiner Herkunft zu verdanken hatte: Sein Großvater sei wohl ein Riese gewesen, seine Großmutter ein Mensch – und nein, ich wusste nicht, wie die beiden Kinder zeugen konnten, ich wollte es mir auch gar nicht vorstellen. Auf alle Fälle hatten die Gene des Riesen durchgeschlagen und Werfan mit diesem hünenhaften Aussehen gesegnet. Er brauchte nicht mal irgendwas dafür zu tun. Die Muskeln wuchsen einfach so, genau wie seine schwarzen Haare, die ihm bis zur Hüfte reichten und die er grundsätzlich zu einem Zopf geflochten hatte. Niemand legte sich freiwillig mit ihm an.

Ich schon dreimal nicht.

Werfan musterte mich. »Schicke Sachen.«

»Danke.«

»Hast sie von Moon, was? Ich erkenne ihren Stil.«

Moon … Allein bei ihrem Namen rollten sich mir die Zehennägel hoch.

»Läuft da wieder was zwischen euch?«

»Ja, und wie.« Ich blickte in die Ecke, die ich von oben nicht hatte einsehen können, und entdeckte schließlich den Mann, der auf mich wartete.

Wie von Laella beschrieben, trug er einen dunklen Umhang mit Kapuze, die sein Gesicht verbarg. Ich sah nur seinen Fuß, seinen Arm und die Hand, die einen Krug festhielt. Er trug Handschuhe, zeigte keinen Millimeter Haut. Aus den Ärmeln waberten Nebelschwaden, die sich über den ganzen Tisch ausbreiteten.

»Wer ist der Kerl?« Könnte ein Jäger sein. Gedanklich ging ich all die Leute durch, bei denen ich Schulden hatte und die so jemanden auf mich hetzen könnten: Thyska, Lysthea, Jarmar (oh, der war übel, wenn er diesen Kerl geschickt hatte, würde ich die Nacht nicht überleben), Brass, Whisper, Scarf … Während ich die Namen durchging, wich ich langsam rückwärts zur Tür … Dorindel, Samhain … Auf einmal packte mich Werfan im Nacken und drängte mich nach vorne.

»Denk gar nicht daran abzuhauen, Jungchen. Wenn der Typ nicht gleich verschwindet, kannst du dir künftig einen anderen Platz zum Schlafen suchen.«

Diese Drohung stieß Werfan mindestens fünfmal aus, seit ich hier wohnte. Er hatte sie nicht einmal wahrgemacht, denn meine Mutter zahlte ihm ein stattliches Sümmchen, dass er mir Obdach gewährte. Werfan redete nicht darüber, ich wusste es trotzdem. Als könnte das alles wiedergutmachen, was sie bei mir versäumt hatte.

»Jetzt scher dich zu ihm.« Werfan gab mir einen Schubs, sodass ich nach vorne taumelte. Ich richtete meine Sachen und straffte die Schultern. Der Fremde bemerkte, dass ich auf ihn zukam, spannte seine Muskeln und trank den Rest seines Bieres aus.

»Ihr wollt mich sprechen?«, sagte ich höflich, als ich vor ihm stand. Erst mal so versuchen, prügeln konnten wir uns später immer noch.

Er rührte sich nicht, nur sein kleiner Finger zuckte. Der Umhang stand vorne ein Stück offen, der Griff eines Schwertes blitzte hervor. Er drehte sich leicht zur Seite. Obwohl ich sein Gesicht nach wie vor nicht hinter der Kapuze erkennen konnte, spürte ich, dass er mich musterte und sein Blick auf meinem Messer hängen blieb.

Ich runzelte die Stirn und sah ihn fragend an. »Kann ich Euch helfen?« Auf einmal schoss er nach vorne und stürzte sich auf mich. Es ging so schnell, dass ich kaum reagieren konnte. Die anderen Gäste sprangen uns aus dem Weg, einige applaudierten. Schlägereien waren im *Fährmann* quasi an der Tagesordnung. Aus dem Augenwinkel sah ich, wie die ersten bereits Wetten abschlossen, wer gewinnen würde.

Ich hechtete nach hinten weg, warf einen Stuhl als Hindernis um und eilte zur Tür. Er sprang auf einen Tisch, hüpfte von einem zum nächsten und überholte mich so von der Seite. Noch ehe ich den Ausgang erreichte, stürzte er sich von rechts auf mich. Ich riss die Arme hoch, wir fielen beide zu Boden. Ich landete unter ihm, wollte an mein Messer greifen, doch er packte vorher mein Handgelenk und zerrte es zurück. Seine Berührungen waren eiskalt und gingen mir durch Mark und Bein. Ich drehte mich halb zur Seite, zog die Beine an und trat ihm in den Bauch. Er keuchte dumpf, ich packte einen der Stühle und schleuderte ihn auf meinen Angreifer.

»Ein wenig Hilfe wäre großartig«, brüllte ich Werfan zu, der an der Treppe lehnte und unserem Kampf gelassen beiwohnte.

Ein Goldstück wechselte in seine Hand, und mir war klar, dass er Wetten abschloss. Vermutlich gegen mich.

Ich versuchte erneut, an mein Messer zu kommen, streifte es sogar kurz, doch da zückte der Fremde eine spitze Phiole und wollte sie mir in den Arm rammen. Sein Ärmel rutschte nach oben und entblößte einen tätowierten Eiskristall auf seinem Handrücken.

Oh, verfluchter Mist! Das war ein Eisjäger! Die schlimmste Sorte Kopfgeldjäger, die es in Abalion gab. Die Jungs lebten im Tiefgebirge im Norden, wo Dauerfrost herrschte. Sie waren unaufhaltsam. Wen sie einmal im Visier hatten, den ließen sie nicht mehr gehen.

Ich trat ihm in den Bauch und schob mich unter ihm hervor. Er schnappte nach mir, doch dieses Mal war ich schneller, sprang auf einen der Tische und hüpfte zum nächsten. Die meisten Gäste brachten ihre Krüge in Sicherheit, einige stieß ich um.

»Die Sauerei machst du morgen weg!«, brüllte mir Werfan hinterher. Ich erreichte die Brüstung der Treppe, zog mich an ihr hoch und rannte nach oben. Der Jäger folgte mir, war mit wenigen Schritten da und wollte mich erneut attackieren. Ich duckte mich unter seinem Hieb weg, sprang in Laytras Zimmer. Sie war mit einem Gast zugange und saß rittlings auf ihm, während er sich an ihr vergnügte.

»Lasst euch nicht stören«, brüllte ich und eilte auf ihr Fenster zu. An ihrem Schrei hörte ich, dass der Jäger mir dicht auf den Fersen war. Ich riss das Fenster auf, sah kurz hinunter, dann sprang ich und landete auf dem Dach des Stalles. Laytras Zimmer war direkt über dem zweiten Gebäude, was den Sprung nicht so tief werden ließ. Mit einer Rolle fing ich mich ab, hüpfte zum Rand und schwang mich von der Kante nach unten. Zum Glück fiel ich auf einen der Heuballen, ich richtete mich sofort auf, der Jäger sprang über mich, schlug in der Luft einen Salto und landete in zwei Metern Entfernung sicher auf der Erde.

Angeber.

Ich eilte in den Stall, pfiff nach unseren Stuten. Leni hob als Erste den Kopf, weil sie es gewohnt war, dass ich ihr Äpfel mitbrachte, sobald ich pfiff; heute hatte ich leider keinen. Ich riss die Tür zu ihrer Box auf, schnappte mir einen Strick vom Haken, den ich ihr um den Hals schlang und als Zügel verwendete, und zog mich auf ihren Rücken. Dann öffnete ich die Tür von Dollys Box und trieb sie nach draußen.

»Los, los. Lauf, Mädchen!«

Erst wollte sie nicht, doch als sie bemerkte, dass ich mit Leni losritt, setzte sie sich in Bewegung. Der Jäger wollte in den Stall, während wir gleichzeitig nach draußen stürmten. Er musste Dolly aus dem Weg springen, ich wollte schon triumphieren, da sah ich, wie er neben ihr herrannte und sich im Galopp auf ihren Rücken zog.

Gut, ich hatte schon fast erwartet, dass er das konnte, aber einen Versuch war es wert gewesen.

Ich drückte Leni die Fersen in die Flanken, sie beschleunigte sofort und ich lenkte sie Richtung Bruchwald. Es hatte natürlich einen Grund, weshalb ich sie gewählt hatte und nicht Dolly: Leni war schnell wie der Wind. Ich kannte bisher kein Pferd, das auch nur im Entferntesten mit ihr mithalten konnte.

Werfan hatte die Stuten einem seiner Gäste abgeluchst, und seither hegte und pflegte er die beiden voller Inbrunst. Wäre er zu Menschen auch nur halb so nett wie zu den Tieren, wäre er ein Heiliger.

Ich fokussierte mich auf den Weg und darauf, dem Jäger zu entkommen. Er fiel rasch zurück. Dolly würde sicher gleich aufgeben. Sie hasste Wettrennen.

Wenigstens wurde es langsam heller, ich konnte besser erkennen, wo wir hinritten. Auf einmal hörte ich ein Rascheln neben mir im Wald. Ich blickte in die Richtung und sah ein paar funkelnde Augen, die aus der Dunkelheit hervorspähten, und noch eins daneben, noch eins weiter hinten.

Baumhyänen.

Leni schnaubte, schlug einen Haken. Ich flog fast von ihrem Rücken. »Whoh, nicht doch, Mädchen.«

Immer mehr Hyänen rückten an. Sie jagten gerne in den frühen Morgen- oder Abendstunden. Das war ihre Zeit.

Ich wollte mit Leni in den Wald abbiegen, doch sie warf den Kopf in den Nacken und verlangsamte. Kaum verloren wir an Tempo, traten zwei der Biester aus dem Dickicht und knurrten uns an. Ihr grau getigertes Fell stach kaum aus der Umgebung heraus. Dafür ihre aufgerissenen Mäuler umso besser.

»Komm weiter, die hängen wir locker ab.«

Doch Leni dachte gar nicht daran. Sie tänzelte nervös auf der Stelle, stieg mit den Vorderbeinen in die Luft und drehte um.

»Nein!« Ich zerrte an meinem provisorischen Zügel, wollte sie weiter in die andere Richtung lenken, aber sie hatte längst den Panikschalter umgelegt.

Der Jäger bemerkte, was wir taten. Er griff in seine Jacke und zog ein Blasrohr heraus.

Ich versuchte ein letztes Mal, Leni zu wenden, doch sie galoppierte los. Wieder zurück zum Stall. Genau in die Arme des Jägers.

Er lächelte, der Mistkerl, setzte sein Rohr an und blies durch.

Ich hörte es surren, duckte mich, doch das hatte er anscheinend einkalkuliert. Sein Geschoss traf mich am Arm – und mit ihm ein betäubender Schmerz.

Ich zuckte, Leni bockte und katapultierte mich nun endgültig von ihrem Rücken. Ich flog in den Dreck, rollte mich ab und griff nach dem Ding, mit dem der Jäger mich beschossen hatte. Es war eine spitz zulaufende, eisblau glänzende Phiole. Ich wollte mich aufrichten, doch von dem Geschoss ging eine Eiseskälte aus und kroch von innen her durch meine Blutbahnen.

Eisgift!

Mein Körper wurde stocksteif, von meinen Augenwinkeln breiteten sich Eiskristalle aus und trübten meine Sicht. Ich blickte Leni nach, die schon fast am Stall war. Der Jäger hüpfte von Dolly, sie drehte ebenfalls sofort um und eilte Leni hinterher.

Neben mir kamen die Hyänen an und freuten sich wohl auf ihr Mahl, doch der Jäger griff an seinen Gürtel und schleuderte mit beiden Händen Wurfmesser nach ihnen. Ich hörte nur noch Geheule, Geknurre – und dann waren sie weg.

Ich auch gleich.

Das Eisgift rauschte durch meine Adern und gefror mich innerlich. Ich öffnete den Mund, doch heraus kam nur noch eine kalte Atemwolke. Meine Finger, meine Zehen, meine Beine, alles vereiste, bis ich mich nicht mehr rühren konnte.

Der Jäger erreichte mich, blickte gelassen zu mir herunter und nickte.

Dann riss er seine Kutte hoch, bedeckte mich mit seinem Kleidungsstück und breitete die Schwärze über mir aus.

Langsam hatte ich genug davon …

39. KAPITEL

Kristin

Frankfurt, 10.19 Uhr

Das Gespräch mit Isabella war gut verlaufen. Wie ich durch die Bilder und die Berichte richtig eingeschätzt hatte, war sie eine elegante, distinguierte Frau, die selbstsicher, aber nicht überheblich rüberkam. Isabella war ruhig und besonnen. Sie hatte mir von der ersten Minute an das Gefühl gegeben, geschätzt und integriert zu sein, hatte interessiert nach meinen Fähigkeiten gefragt, auch wenn sie das alles sicher in- und auswendig aus den Berichten kannte, und mir auf meine Fragen geantwortet.

In der Sache mit dem eingemauerten Mann kamen wir allerdings nicht voran. Es war ihr genauso ein Rätsel wie mir. Dafür hatte sie sofort ein Team darauf angesetzt, das sich noch mal alle Berichte und Funde zu diesem Thema vornahm.

Isabella hatte mir zudem unter der Hand sämtliche Freiheiten zugestanden, solange wir weiterkamen. Offiziell war ich Marcel unterstellt und sollte ihm alle Entdeckungen als Erstes mitteilen. Brayden würde in den kommenden Tagen öfter außer Haus sein, denn wie er schon angekündigt hatte, kümmerte er sich ums Profiling. Wobei ich eher das Gefühl hatte, dass sie uns nicht gerne zusammenhatten. Nach Braydens eigenwilligem Handeln fürchteten sie vielleicht, dass wir gemeinsam noch mehr Unfug anstellen könnten.

Ich fand es schade, dass ich nicht einmal hier mehr Zeit mit ihm verbringen durfte; jetzt wohnten wir im gleichen Haus und kamen dennoch nicht zusammen. Aber gut, die Einheit stand mächtig unter Druck, da die Bevölkerung zunehmend unruhiger wurde und die Presse jeden Tag die Meldungen hochpushte.

Nachdem Isabella mit mir fertig war, wollte sie noch allein mit Marcel sprechen, ich verließ also den Konferenzraum und wandte mich wieder meinem Laptop zu, um mir abermals das Bild von der Höhle anzusehen.

Ich kehrte zurück zu dem Programm, das ich vorhin offen gehabt hatte, tippte den Suchbegriff ein und …

… fand den Artikel nicht mehr.

Er war weg.

»Spinn ich, oder was?«

Ich klickte mich durch alle Dateien, die ich vorhin aufgerufen hatte, verfolgte meine Wege bis aufs Letzte zurück.

Nichts.

Der Artikel über den Mann in der Höhle war verschwunden. Wie konnte das denn sein?

Plötzlich hörte ich Schritte die Treppe herunterkommen und sah auf. Es war Brayden, er trug Trainingskleidung und wickelte sich die Hände in Bandagen. Als er mich bemerkte, hielt er inne. »Hey, wie war die Besprechung?«

»Ganz gut, wolltest du nicht in einer Konferenzschaltung sein?«

»Die haben wir auf später verlegen müssen, weil der Blitz bei den Kollegen eingeschlagen hat und so die Telefonleitungen beschädigt wurden. Ich wollte 'ne Runde trainieren, bis es weitergeht. Was machst du?«

»Ich wollte mir eigentlich noch mal den Zeitungsartikel über dieses Grab in der Teufelshöhle durchlesen.«

»Und?«

»Er ist nicht mehr da.«

»Wie meinst du das?«

»So wie ich es sage. Vor der Besprechung mit Isabella habe ich den Artikel entdeckt und noch viel mehr.« Ich erzählte auch Brayden von meiner Kurzvision und dass der Mann noch lebte.

Er kam zu mir, setzte sich neben mich und drehte den Laptop zu sich. Er loggte mich aus und sich selbst ein, dann suchte er nach dem Artikel »Teufelshöhle« und bekam auch Ergebnisse. »Hier ist es.«

Ich lehnte mich näher zu ihm und blickte über seine Schulter. »Nicht unbedingt. Das eine Bild fehlt, auf dem die Zeichen zu erkennen sind, die der Mann an die Höhlenwand gekratzt hat. Dadurch habe ich es ja vorhin erst erkennen können.«

Brayden schnaubte und fummelte an der Bandage um seine Hand herum. Er blickte auf, als lauschte er nach etwas Bestimmtem.

»Das wird sich sicher klären. Willst du mit mir trainieren?«

»Was? Wie kannst du denn so einfach …«

Er sah mich eindringlich an und deutete mit dem Finger in eine Ecke mit einem Lautsprecher. Normalerweise kam daraus Dillons Musik.

Wollte er damit sagen, dass sie mithörte?

»So wie du aussiehst, bist du aus der Übung«, fuhr er fort. »Deine Arme werden schwabbelig.«

Ich gab ihm einen Klaps gegen die Brust. »Ich hau dir mit den Schwabbeldingern gleich eins über, dann merkst du mal, wie viel Kraft darin steckt.«

»Gut. Dann komm!«

Ich zog mich rasch um, während Brayden mir eine Wasserflasche zum Trainieren füllte und im Wohnzimmer auf mich wartete. Er nickte mir zu, führte mich aus der Wohnung und zehn Stockwerke nach unten. Der Fitnessraum war für alle im Tower zugänglich, Marcel trainierte dort ebenfalls in der Regel. Auf dem Weg nach unten schwieg mein Bruder, was mich recht nervös machte, denn das konnte nichts Gutes bedeuten. Ich beobachtete ihn von der Seite und sah, wie angespannt seine Kiefermuskeln arbeiteten.

»Hör auf, mich anzuglotzen«, sagte er schließlich.

»Gehen wir wirklich trainieren oder woanders hin?«

»Nein, das war mein Ernst. Ich kann über die Chipkarte getrackt werden, wenn ich nicht im Fitnessraum bin, fällt es auf.«

»Das klingt nach Überwachung.«

»Mitunter, ja.«

»Gott, ich platze vor Neugierde.«

»Geduld, mein junger Padawan, Geduld.«

»Hohlkopf.«

Eine Viertelstunde später waren wir im Trainingsraum. Nur leider nicht allein. Eine Frau ackerte sich auf dem Laufband ab, der Raum war für alle im Tower zugänglich, von daher konnten wir sie schlecht rauswerfen.

»Sollen wir runter oder gibt es noch woanders einen Bereich, wo wir in Ruhe reden können?«, flüsterte ich ihm zu.

»Oben auf der Terrasse womöglich, aber lass uns wenigstens eine halbe Stunde hierbleiben.«

Meine Güte, was ging denn nur hier vor?

Brayden bemerkte meinen fragenden Blick und deutete auf die Matten im hinteren Bereich des Raumes.

»Es ist dir also ernst damit.«

»Und wie.«

Ich kniff die Augen zusammen und nickte. »Na schön, dann mach dich auf was gefasst, Collins, ich zieh dir das Fell über die Ohren.«

Eine halbe Stunde später lag ich keuchend auf der Matte und starrte die Decke an. Der Schweiß rann mir den Nacken hinab, die Brust schmerzte von dem Schlag, den Brayden mir soeben verpasst hatte. Er schob sich über mein Gesichtsfeld und sah zu mir herunter.

»Alles klar? Hast du dir wehgetan?«

Ich grinste, hob die Beine und klemmte seine zwischen meine. Er bemerkte es zu spät, wollte sich befreien, doch ich bog sie herum und brachte ihn so aus dem Gleichgewicht.

»Luder!«, schrie Brayden. Ich lachte, wälzte mich herum und wollte ihn in den Schwitzkasten nehmen, aber er konterte mit einem Hieb in meine Niere. Nicht fest, doch mir blieb die Luft weg. Während ich nach Atem rang, legte er einen Arm um meine Kehle und drückte zu. Ich trat mit dem Bein gegen seinen Rücken, doch er wich mir aus und kesselte mich mehr ein. »Du bist so was von aus der Übung.«

»Denkst du!« Aber er hatte völlig recht. In Neuseeland war ich gar nicht zum Trainieren gekommen, und die paar Anstiege, die ich gemacht hatte, hatten mich nicht an mein Limit getrieben. Ich konnte mich allerdings befreien, verpasste Brayden einen sehr guten Crosspunch und setzte einen Roundhouse nach. Er lachte, kam elegant auf die Beine und stürzte sich erneut auf mich.

Wir kämpften und rangen miteinander, bis uns beiden die Luft ausging und wir nicht mehr konnten. Keuchend ließ ich mich fallen und wischte mir die Stirn ab. Brayden lehnte sich an die Wand und musste genauso durchatmen.

»Wow«, sagte ich und genoss die Erschöpfung in meinem Körper. »Das war mal wieder nötig.«

Brayden stieß sich von der Wand ab und holte unsere Wasserflaschen.

Mittlerweile war die Frau gegangen, ich hatte es gar nicht mitbekommen, weil ich zu konzentriert gewesen war. Brayden brachte mir das Wasser, ich richtete mich auf und nahm es dankend entgegen.

»Ich bin ganz Ohr«, sagte ich.

Er blickte zur Tür, als fürchtete er, dass uns doch noch jemand belauschte. »Ich wurde von Isabella nicht nur in die Einheit versetzt, weil ich gut darin bin, Erstkontakt herzustellen. Sie wollte ebenfalls, dass ich die anderen im Blick behalte. Ich weiß, dass in weiteren Einheiten auch je ein Agent sitzt, der von ganz oben eingestellt worden ist. Ich habe dir ja gesagt, dass wir einen Insider hinter dem Diebstahl des Buches vermuten.«

»Oh mein Gott, du glaubst, es ist jemand vom Team?«

»Das wissen wir noch nicht genau. Aber es gibt einige Ungereimtheiten. Sebastians Ansteckung mit Black Wolf zum Beispiel.«

»Inwiefern?«

»Nun, es gab schon früher Fälle, wo ein Beamter von einem Täter gebissen worden ist, aber keiner hat ähnliche Symptome wie Sebastian bekommen.«

»Okay, und warum dann er?«

»Ich habe keine Ahnung, aber ich fand neulich einen internen Bericht über eine neue Superdroge, die es Soldaten ermöglichen soll, lange Zeit ohne Schlaf auszukommen. Sie ist im experimentellen Stadium, aber Sebastian hat einen Artikel dazu geschrieben, weil er Teil des Forschungsteams war. Die Droge verstärkt die Leistungsfähigkeit und die Intelligenz. Der Proband ist fähig, Zusammenhänge besser zu erkennen und mehr Kapazität seines Hirns zu nutzen, so ähnlich wie du mit deinen Fähigkeiten.«

»Er … er will das können, was ich kann!«

»Oder es geht in eine ganz andere Richtung, das weiß ich nicht. Tja, dann hätten wir noch den Unfall mit dem Portal. Ich bin mir nicht ganz sicher, ob es wirklich eine Fehlfunktion hatte und unsere drei Agenten getötet worden sind.«

»Aber du hast es doch selbst gesehen.«

»Ich habe nur gesehen, wie es Jesper zerriss. Dante war schon drin, Lyn ist reingeflogen und das Portal hat sich geschlossen.«

»Also besteht die Möglichkeit, dass sie es nach Abalion geschafft haben?«

»Nach dem Vorfall wollte ich mir die Videos ansehen. Im Portalraum laufen ständig aus Sicherheitsgründen Kameras mit. Die Aufnahmen von dem Abend waren allerdings nicht mehr vorhanden. Es gab nur noch Rauschen. Dillon meinte, dass es wohl mit der Energie zusammenhing, die das Portal entfesselt hat.«

»Und das glaubst du nicht?«

»Sie hat kompletten Zugriff auf die Dateien, für sie wäre es am einfachsten gewesen. Natürlich wäre es ihr auch ein Leichtes, den Artikel aus unserem Netz zu entfernen. Sie kann alles mitverfolgen, was wir an den Rechnern machen. Vielleicht arbeitet sie auch mit Sebastian zusammen.«

»Nee, das wäre viel zu offensichtlich.«

Brayden lachte leise. »Du schaust zu viele Filme, Kris. Wir sind hier in keinem Buch, in dem künstlich Spannung erzeugt werden muss und nur die schuldig sind, von denen du es nicht erwartest.«

»Aber dennoch: Würde Dillon sich nicht anders verhalten?«

»Warum sollte sie?«

»Ich … ich weiß nicht. Um eben nicht so herauszustechen. Abgesehen davon, was ist denn ihr Motiv? Ihre Eltern starben bei einem Black-Wolf-Fall, sie kann das doch unmöglich anderen Menschen wünschen. Und was treibt Sebastian an?«

»Dillon hat viele Probleme mit sich und der Welt und trägt nach wie vor ein schweres Trauma in sich. Ich weiß nicht, was genau ihr Motiv ist, aber es gibt einige Stimmen in unseren Kreisen, die Black Wolf gar nicht so schlecht finden.«

»Das ist nicht dein Ernst.«

Er nickte. »Durch Black Wolf werden die entsprechenden Gelder lockergemacht, um solche Dinge wie das Portal zu finanzieren. Die Kosten für dieses Projekt sind immens. Du machst dir keine Vorstellung, wie viel da hineinfließt. Eine Regierung allein würde das nie schaffen, aber so viele zusammen – schon eher. Die Märchenwelt ist eine mächtige Waffe. Dort gibt es Magie. Echte Magie! Stell dir vor, was passiert, wenn das in falsche Hände gerät. Oder in die von gewissen Regierungen. Was denkst du, wie viele Leute scharf darauf sind, ihre Finger nach Abalion auszustrecken? Die Welt bietet für uns noch ungeahnte Möglichkeiten. Isabella erzählte mir, dass Jorge in den 1980ern so viele Tests über sich ergehen lassen musste, dass sie ihn eine Weile wegbrachte und versteckte.«

»Aber so viele unschuldige Menschen in Gefahr zu bringen, nur um nach Abalion zu kommen – das ist doch Irrsinn.«

»Es sind Kollateralschäden, die in Kauf genommen werden. Vergleiche es mit einem Krieg und wir haben im Verhältnis sogar noch wenige unschuldige Opfer.«

»Ich … Nein, das kann nicht sein.« Egal, was ich von dem Verein hielt, aber das konnte ich mir nicht vorstellen.

Oder?

Ich nippte erneut an meiner Flasche und versuchte, einen Sinn hinter all dem zu erkennen. »Was ist mit Marcel?«

»Er ist noch nicht so lange bei uns, daher kann ich ihn nicht immer einschätzen, aber er scheint in Ordnung zu sein. Tja, und Jorge ist … eben Jorge. Ich frage mich manchmal, ob wir wirklich den Charakter eines Märchenwesens verstehen können.«

»Warum hast du mir das nicht schon früher gesagt?«

»Wann denn? Sebastian und Marcel haben sich gleich wie die Geier auf dich und deine Fähigkeiten gestürzt, und ich konnte dich kaum zum Essen ausführen, ohne dass es auffällig gewesen wäre. Ich kann nur verdeckt arbeiten, wenn ich mich auch so benehme. Eigentlich dürfte ich nicht mal dir davon erzählen.«

»Danke, dass du es trotzdem tust.«

»Ich weiß, wie sehr du das alles hasst, was hier abläuft. Außerdem bist du meine Schwester. Wenn wir nicht zusammenhalten, wer dann?«

Wohl wahr.

»Wem hast du eigentlich davon erzählt, was du auf dem Foto gesehen hast?«

»Marcel und Isabella. Hätte ich geahnt, was hier vor sich geht, hätte ich geschwiegen.«

»Schon gut. Ich rede mit Isabella. Nachher hab ich die Gelegenheit dazu, ich muss nämlich heute noch nach Berlin ins Hauptquartier.«

»Ach nein. Wann kommst du denn zurück?«

»Vermutlich in zwei Tagen, je nachdem, wie schnell wir durch sind. Du kannst mich aber jederzeit anrufen. In den Konferenzzimmern sind Telefone, mit all unseren Nummern gespeichert. Aber lass dir was einfallen, ja?«

Ich stellte die Flasche weg und wickelte die Bandagen von den Händen. »Das ist ziemlich ätzend, weißt du das?«

»Ja.«

»Genau deshalb hasse ich den *Verein*.«

»Ich weiß, und du darfst mir gerne noch mal eine dafür reinhauen, weil ich dich hergeholt habe.«

Ich ballte die Hand zur Faust und deutete tatsächlich einen Schlag an. Brayden wich aus, hielt inne und grinste. »Ich weiß gar nicht, warum ich mir überhaupt Sorgen um dich mache. Du kannst sowieso perfekt auf dich aufpassen.«

Ich mochte es dennoch nicht. Es war unvorstellbar, dass wir hier womöglich auf einem Dynamitfass saßen, das jederzeit hochgehen konnte.

Brayden und ich gingen zur Tür. Ich öffnete und hielt inne.

»Noch was?«, fragte Brayden.

»Ja. Du schuldest mir eine Tomatensoße.«

Er ließ die Luft aus der Lunge und grinste. »Die mache ich dir, wenn ich zurück bin.«

»Nein, du wirst sie mir machen, bevor du fliegst. Ich will endlich meine Bezahlung, wenn ich den ganzen Mist schon mitmache.«

»Du bist knallhart.«

»Ich weiß.«

»Na schön. Treffpunkt: 16.40 Uhr. Esszimmer.«

»Perfekt.«

Brayden hatte Wort gehalten und tatsächlich seine Tomatensoße gekocht, während ich in meinem Zimmer den Rest des Tages am Laptop gesessen und recherchiert hatte. Natürlich hatte ich es mir nicht nehmen lassen, nach dem Fund in der Höhle zu suchen. Falls ich wirklich überwacht wurde, sollten sie es ruhig wissen, dass ich recherchierte. Ich fand im Netz einige Berichte dazu, aber die Artikel waren eher allgemein gehalten und ich fand auf keinem Foto die Kratzer an der Höhlenwand wieder.

Als Brayden fertig war, hatte er mich noch mal zur Seite genommen, mir gesagt, dass er mich lieb hatte und ich auf mich aufpassen sollte, und dann war er gegangen.

Ich fühlte mich tatsächlich etwas verloren ohne ihn, aber er wäre ja bald wieder da, und solange sollte ich klarkommen. Vorausgesetzt, die Stimmung lockerte sich bald auf.

Sebastian war erst gar nicht zum Essen erschienen, weil er noch mit den Nebenwirkungen zu kämpfen hatte, Dillon beachtete grundsätzlich niemanden und Marcel wirkte nachdenklich. Der Einzige, der munter plapperte, war Jorge.

Nachdem ich ihn gefragt hatte, was er an Abalion liebte, hatte er auch schon losgelegt und war seither nicht mehr zu bremsen. Marcel hatte mir unterm Tisch ans Schienbein getreten und mahnend den Finger gehoben, aber zu spät. Jorge war angeknipst, und schon bald kannte ich Abalion fast so gut wie er. Er räumte außerdem mit dem Klischee der netten Einhörner auf:

»Ich verstehe echt nicht, was der Hype mit diesen glitzernden Einhörnern soll! Erstens ist Glitzer ätzend! Das Zeug ist hochgiftig!«

»Bitte?«, fragte ich.

»Jorge ist allergisch gegen Glitzer«, sagte Marcel. »Er läuft grün an und kippt um, wenn er damit in Kontakt kommt. Je nachdem, wie viel er davon abbekommt, müssen wir ihm ein Antihistaminikum spritzen, sonst kriegt er keine Luft mehr.«

»Und nicht nur, dass ich grün anlaufe: Ich werde auch völlig willenlos. Wenn du mir jemals einen Gefallen abringen willst, dann puste mir vorher Glitzer ins Gesicht.«

»Na, ich bevorzuge eher, dich darum zu bitten. Wie kann man nur gegen Glitzer allergisch sein?«

»Wie kann man es gegen Pollen?«, gab er zurück und verbuchte den Punkt für sich.

»Na schön. Glitzer ist ätzend und Einhörner sind doof.«

»Nein, nein, die sind nicht doof, sondern hochintelligent und extrem aggressiv. Ich kannte mal einen Kerl, der wäre fast von einem der Biester aufgespießt worden, nur weil er einen Grashalm niedergetreten hat, den das Einhorn fressen wollte. Die flippen wegen jeder Kleinigkeit aus. Wenn du einem begegnest, kehrst du am besten sofort um. Alles andere ist Selbstmord. Als diese Einhornwelle hier startete und auf einmal jeder mit Tassen oder T-Shirts herumgelaufen ist, bekam ich fast einen Herzinfarkt.«

»Er übertreibt«, sagte Marcel. »Aber es war schon heftig. Ging monatelang nicht mehr vor die Tür.«

»Wenn ihr mal Auge in Auge so einem Biest gegenübergestanden hättet, würdet ihr das auch anders sehen. Die Hörner sind so lang.« Er hob zwei Finger in etwa einem halben Meter Abstand voneinander entfernt. Gut, das erschien mir nun übertrieben, aber ich hakte nicht nach. »Scharf, spitz, tödlich. Die durchbrechen Knochen im Nullkommanichts.« Jorge schüttelte sich und tat sich die dritte Ladung Spaghetti auf. Keine Ahnung, wo er das alles hinsteckte, aber vermutlich waren Märchenwesen-Metabolismen anders geschaltet als unsere.

Dillon schob ihren Teller zurück und wollte aufstehen, als ihr Handy piepste. Sie zog es heraus, sah aufs Display und verzog das Gesicht. »Wir haben einen neuen Black-Wolf-Fall.«

Kaum hatte sie ausgesprochen, läuteten auch Marcels und Sebastians Handys. Nur Jorge und ich hatten keines.

»In der Ludwig-Erhard-Anlage«, sagte Marcel. »Das ist keine fünf Minuten von hier. Sie haben den Täter umstellt, er hat sich in einem Café verschanzt und eine Geisel genommen.«

Sie sprangen alle auf. Ich ebenfalls. »Ich komme mit«, sagte ich.

Marcel zögerte. »Das kann ich eher nicht …«

»Kommt schon! So nah war ich noch nie an einem Täter dran und ich könnte eine astreine Vision bekommen.«

»Die dich noch mehr umhauen könnte als die letzten.«

»Das ist doch aber die Gelegenheit für uns!«

Marcel brummte missmutig, doch schließlich nickte er.

»Die sozialen Medien schlachten es schon aus«, sagte Dillon und stieß einen Fluch aus. »Ich kümmere mich darum. Rechnet damit, dass es dort voll wird. Hier werden schon die ersten Demonstrationen organisiert.« Sie stand auf und verschwand zu ihrem Arbeitsplatz.

Marcel winkte mich zu sich und führte mich in den Flur, wo er einen Schrank öffnete und eine kugelsichere Weste herauszog. »Du wirst tun, was wir dir sagen, und kein Risiko eingehen, verstanden?«

»Ist er denn bewaffnet?« Ich nahm die Weste und schlüpfte hinein.

»Das weiß ich noch nicht, aber die Dinger sind Vorschrift. Abgesehen davon hast du Dillon gehört: Es wird turbulent zugehen. Halte dich einfach im Hintergrund und zieh den Kopf ein.«

»Kommt Jorge auch mit?«, fragte ich.

»Nein, er bleibt bei Dillon. Wir wollen ihn so wenig im Licht der Öffentlichkeit haben wie nur möglich, und da draußen wird es von Reportern nur so wimmeln. Zieh die auch auf.« Er reichte mir ein schwarzes Cap, das ich mir auf den Kopf setzte.

Wir wollten los, als jemand nach uns rief. Es war Sebastian. Er trug einen kleinen schwarzen Medizinkoffer und sah grauenhaft aus, seine Haut war eingefallen und blass, er hatte tiefe Ränder unter den Augen, die er kaum aufbekam. Das musste wirklich ein heftiger Kater sein.

»Du kannst nicht mit auf einen Einsatz«, sagte Marcel.

»Doch, es geht. Die Migräne lässt schon nach, ich bin auf dem Weg der Besserung.«

Marcel verzog das Gesicht, aber er ließ es zu.

Auch Sebastian nahm sich eine Weste und folgte uns. Im Gehen informierte Marcel ihn über alle Eckdaten aus seinem Handy: »Täter: männlich, Mitte vierzig, gepflegt. Er saß auf einer Bank und hat gelesen, als er plötzlich aufsprang, ein Pärchen attackierte und der Frau die Schuhe von den Füßen riss. Der Partner wollte den Angreifer aufhalten, doch er hatte keine Chance. Der Täter überwältigte die Frau und schrie, dass ihr die Schuhe nicht zustünden, dass es falsch wäre, sie zu tragen.«

Wir stiegen in den Aufzug.

»Aschenputtel?«, fragte ich, weil mir das als Erstes in den Sinn kam.

»Ist auch meine Vermutung. Mittlerweile ist der Täter in ein Café gestürmt und hat sich aus der Küche ein großes Messer geklaut. Ist einfach durchmarschiert, hat zwei Bedienstete k.o. geschlagen und sich geholt, was er wollte. Dann versuchte er, der Frau die Zehen abzuschneiden, weil sie ihr *nicht gehörten*. Ein Passant redet auf ihn ein und versucht, ihn zu beruhigen, doch die Frau blutet schon stark. Beamte haben das Café umstellt.«

Wir fuhren mit dem Aufzug bis zur Tiefgarage, wo eine schwarze Limousine auf uns wartete. Der Fahrer hielt die Tür auf, setzte ein Blaulicht aufs Dach und raste aus der Garage.

Ich plumpste auf Marcel, er schob mich zurück und ich hielt mich am Fenstergriff fest.

Wir rasten über eine rote Ampel nach der nächsten. Der Fahrer bretterte mit fast hundert Sachen die Straße entlang. Sebastian wurde immer weißer im Gesicht. Hoffentlich musste er sich nicht übergeben, doch zum Glück dauerte die Fahrt nur wenige Minuten.

Wir hielten am Straßenrand und mussten uns erst von zwei Beamten durch die Meute an Menschen winken lassen.

Drei lokale Nachrichtensender waren da, dazu etliche Schaulustige, die Polizei hatte alle Hände voll zu tun, den Tatort abzuriegeln. Das Ganze kam einem Großaufgebot vor einem Fußballspiel gleich, es war unglaublich, was hier los war.

Viele hatten ihr Handy griffbereit, ich sah sogar welche, die professionellere Kameras dabeihatten, mit Mikro und transportablem Licht. Was war das? Eine Fernsehshow?

»Bist du bereit dafür, Kris?«, fragte Marcel.

»Ja. Ich … ich denke schon.«

»Wenn du in eine Vision gezogen wirst …«

»… werde ich alles dafür tun, so viel wie möglich zu erfahren.«

Marcel sah zu Sebastian, der sich vornüberbeugte und trocken würgte, aber es kam nichts.

»Es geht wirklich«, keuchte er und stieg aus dem Wagen.

Es sah zwar nicht so aus, aber er musste es wissen. Ich verließ ebenfalls das Auto und machte mich bereit, meinem ersten Black-Wolf-Täter leibhaftig gegenüberzutreten.

40. KAPITEL

Ash

Abalion, Zeit unbekannt

Autsch!

Ich wurde jäh auf einen weichen Boden geworfen. Der Jäger hatte mich endlich losgelassen. Mein Körper war stocksteif gefroren, ich konnte nicht einmal mehr blinzeln, geschweige denn bewusst atmen. Da ich aber lebte, schien das mit dem Sauerstoff wohl irgendwie zu funktionieren.

Der Umhang wurde von mir gezogen. Ich sah erst mal nichts, außer der blassblauen Haut des Eisjägers und seinen kalten Augen. Er hielt prüfend eine Hand gegen meine Wange und nickte zufrieden.

»ch ddi aaarrrsss auuu«, brachte ich hervor, was so viel heißen sollte wie: »*Ich reiß dir den Arsch auf.*« Guter Witz, oder?

Der Eisjäger zeigte sich natürlich unbeeindruckt von meinen Hasstiraden und zog die Phiole aus meinem Arm. Sofort rauschte eine Welle aus Wärme durch mich. Meine Venen tauten von innen her auf, ich spürte meine Muskeln, meine Glieder, meine Haut und nahm einen tiefen, befreienden Atemzug.

Noch ehe ich richtig zu mir kam, riss der Eisjäger erneut seinen Umhang hoch und verschwand in einem dunklen Schatten.

Ich richtete mich benommen auf und sah mich um. Es war finster, meine Augen brauchten eine Weile, ehe sie sich darauf eingestellt hatten, aber nach und nach erkannte ich Details. Ich lag auf einer Wiese, es war nach wie vor dunkel, aber der erste graue Schleier zog sich über den Himmel, weiter entfernt hörte ich Schnarchen und leises Gemurmel.

Oh nein, der Jäger hatte mich auf die Nachtheide gebracht.

Kaum wurde mir das klar, nahm ich ein leises Knacken neben mir wahr, dann schoben sich von rechts zwei gewaltige Pferdehufe in mein Blickfeld und noch mal zwei von der anderen Seite. Ich sah nach oben, erst kam jede Menge zotteliges Fell, dann Haut und dann ein finster dreinblickendes, bärtiges Gesicht.

Zentauren. Na großartig.

Ich wollte mich aufrichten, doch einer stellte seinen Huf auf meinen Brustkorb und pustete mir ein Pulver ins Gesicht.

Mohngras! Dieser Mistkerl!

Ich hielt die Luft an. Das Zeug wirkte hervorragend, um jemanden ins Reich der Träume zu schicken. Die Zentauren hatten nicht nur die Macht, Wesen von der Heide zu werfen, sie konnten sie auch zu sich holen.

Der Zentaur verstärkte den Druck auf meine Brust und sah mir fest in die Augen. Das Blickduell hielten wir aufrecht. Er völlig gelassen, ich mit einem entsetzlichen Druck im Schädel. Er wusste, dass er gewinnen würde. Ich auch. Dennoch wollte ich keine Luft holen. Der Zentaur rollte mit den Augen, stellte sich noch fester auf mich und zwang mich so, Atem zu holen. Sofort blies er mir eine weitere Ladung in die Nase.

»Du Idi…«, ich schlief mitten im Satz ein.

Mohngras war verboten, eben weil es diese heftige Wirkung hatte, aber jeder wusste, dass es auf der Nachtheide eine der absoluten Topdrogen war. Nicht alle schafften es, auf Anhieb einzuschlafen, und so wurden horrende Summen für das Zeug geboten. Vermutlich ließ der Prinz es in der Nähe der Heide anbauen und kassierte ordentlich damit ab.

Kaum waren mir die Lichter ausgegangen, wurde ich auch schon aus meinem Körper gezerrt und fand mich in meiner Traumgestalt neben mir stehen.

»…iot!«, führte ich meinen Fluch fort.

Ich schwankte und fühlte mich einen Moment lang, als hätte mich jemand von einem galoppierenden Pferd geschmissen.

Der Zentaur ließ mir keine Gelegenheit, mich zu sammeln, packte mich ohne Umschweife am Arm und zerrte mich auf eine lange, etwa zwei Meter hohe Hecke zu. Ich blickte zu meinem Körper, der reglos zurückblieb. Mitsamt meinem Messer.

In der Ferne hörte ich schallendes Gelächter, Musik; die Party war wie immer in vollem Gange und die Meute tobte sich ordentlich aus. Kaum näherten wir uns der Hecke, glitt ein Teil davon zur Seite und öffnete einen schmalen Weg. Der Zentaur schob mich hindurch, und so kam ich zum zweiten Mal binnen kürzester Zeit in den Genuss, Teil der Nachtheide zu sein. Unter anderen Umständen hätte ich das sicherlich gefeiert, der Eintritt war teuer und ich musste nicht mal in der Schlange vorne anstehen.

Kaum schloss sich die Hecke hinter uns, spürte ich schon das Kribbeln im Nacken. Die Magie dieser Traumwelt legte sich um meine Haut und hüllte mich ein.

Der Zentaur schob mich unerbittlich vorwärts. Dieses Spiel hatten wir schon bei meinem ersten Besuch durchgemacht und ich ließ mich mehr oder weniger passiv mitzerren.

»Der Prinz muss aber wirklich verzweifelt sein, wenn er einen Eisjäger nach mir schickt«, brabbelte ich, erhielt aber natürlich keine Antwort.

Wir passierten eine weitere Hecke, die sich ebenso auftat wie die erste, und schon waren wir wieder im Garten, wo mich der Prinz das letzte Mal auch empfangen hatte. Der Zentaur warf mich nach vorne, ich fing mich mehr oder weniger elegant ab und zischte ihn an. Er drehte herum und postierte sich in der Nähe des Ausgangs.

»Willkommen, Ash«, hörte ich die sanfte Stimme des Prinzen. Kaum hatte er gesprochen, bewegte sich ein Schemen rechts von mir und der Prinz hob sich von der Umgebung ab. Sein Mantel schimmerte grün und war mit dunklen Schlieren durchzogen. Wie ein Waldboden, auf dem Äste verstreut lagen. Der Prinz bewegte sich elegant und geschmeidig, musterte mich genau, als wollte er überprüfen, was mit mir in der Zwischenzeit gewesen war.

»Wie war dein Gespräch mit Moon?«

»Ah, wir kommen gleich zur Sache. Es war toll, wir hatten sehr viel Spaß.«

»Hat sie behauptet, dass ich ihr einen Teil ihrer Kraft genommen habe?«

»Ja, unter anderem.« Hey, es brachte sowieso nichts zu lügen, Hausrecht und so.

»Moon legt die Wahrheit gerne so aus, wie es ihr passt. Das hat sie damals schon, als sie mich auf die Heide bannte.«

»Sie meinte, sie wollte dir helfen und du hast die Hilfe ausgenutzt.«

Der Prinz schnaubte. »Natürlich sagt sie das. Doch ich will es nicht abstreiten: Ich nahm ihr tatsächlich einen Teil ihrer Kraft, aber nur, um mich und die, die ich liebte, zu schützen.« Er schloss die Augen, als müsste er sich selbst dazu ermahnen, nicht zu viel auszuplaudern. »Moon behauptete, mir helfen zu wollen, doch mittlerweile weiß ich, dass sie die Macht der Masali für sich beanspruchen wollte. Mit meinem Blut. Sie hat sie vernichtet. Und sie hat mich zu dem gemacht, der ich heute bin.«

»*Er hat mich zu dem gemacht, was ich heute bin.*«

Die beiden hatten echt Probleme. »Ihr braucht einen Berater, keinen Halunken wie mich, wobei ich schon von einigen hörte, die mich auch Ash der beste Zuhör…«

»Mitkommen.« Er schnippte mit den Fingern und ich – wie sollte es auch anders sein – musste ihm folgen. Ich verschränkte die Arme vor der Brust und ließ mich einfach treiben, war ja sowieso sinnlos, seine Kräfte auf Gegenwehr zu verschwenden.

»Findet ihr das eigentlich witzig? Du? Moon? Was soll dieses ständige Rumgeschubse? Lernt man das, wenn man so mächtig wird? Kommt irgendjemand vorbei, nimmt euch zur Seite und erklärt euch, wie man am besten Leute fertigmacht? Ihr solltet euch mal mit meiner Mutter zusammensetzen, sie ist die Meisterin darin.« Normalerweise prahlte ich nie mit meiner Mutter, außer Werfan wusste es auch niemand. Na schön, vielleicht hatte ich es Moon erzählt. In einem Moment der Schwäche. Oder durch zu viel Feenwein. Oder während sie diese eine Sache mit ihrer Zunge … Ach, egal. *Wo war ich denn schon wieder stehen geblieben?*

»Deine Mutter.« Der Prinz fuhr herum und packte mich am Kinn. Er zog mich ganz nah an sich heran, sodass ich ihm tief in die Augen sehen konnte. Sie waren grün und schimmerten unergründlich. Mit dem nächsten Wimpernschlag änderte sich die Farbe auf blau, dann auf braun, gelb, zurück zu grün. Der Prinz war ein wandelbares Wesen.

Er war alles, was er sein wollte. Als müsste er nur daran denken, um dann alles mit der Kraft seiner Fantasie zu erzeugen. »Ich kenne deine Mutter, besser als jeder andere hier. Wir sind beide verflucht worden. Wir wurden beide hintergangen. Wir wurden dazu gezwungen.«

»Ich habe keinen Dunst, wovon du sprichst.« Ich keuchte, sein Griff schmerzte, seine Finger bohrten sich in mein Kinn.

»Sie und ich …«

»Oh, beim Teufel. Sag nicht, dass ihr mal was miteinander hattet, denn ich fürchte, dann kübel ich dir auf den Rasen.« Mir überhaupt vorzustellen, dass diese Frau ein Liebesleben hatte, war abstrus. Sie war kälter als Stein, welcher Mann sollte das attraktiv finden? Meine Zeugung musste ein großes Versehen gewesen sein.

»Nein«, sagte er mit einem Hauch Bedauern und gab mich frei. »Aber ich weiß, dass sie leidet.«

Er ließ mich los und lief ungerührt weiter. Tja, und ich musste ihm natürlich folgen, wie konnte es auch anders sein.

Schon von Weitem sah ich den mystischen Baum, der von dem Kraftfeld umgeben war. Nach wie vor schwebten die Kristallsplitter in der Luft und funkelten in tausend Facetten.

»Nein, nein, nicht schon wieder«, sagte ich.

»Du wirst das Kraftfeld durchbrechen, auf der anderen Seite liegt ein altes Kloster der Masali, es ist zum Großteil zerstört. Die Menschen versuchen es auszugraben, aber noch schützt es die Magie des Baumes. Es wird nicht für immer so bleiben. Du wirst etwas von dort holen. Es sieht so aus.« Er schnipste mit den Fingern und vor ihm in der Luft erschien ein kleines Lederbuch. »Er muss dort irgendwo sein. Sobald du es hast, kommst du zurück und wirst weitere Anweisungen von mir erhalten. Wenn wir fertig sind und du noch lebst, bist du frei.«

»*Der Baum, den der Prinz dir gezeigt hat, ist der Übergang zurück in seine Welt. Du darfst weder dorthin noch die Grenze für ihn öffnen.*«

»Ich hab so was von keine Lust auf diesen Mist.«

»Das spielt keine Rolle. Du wirst tun, was ich sage, oder ich hetze dir einen Jäger nach dem anderen auf den Hals; alle in Abalion, wenn es sein muss.«

Ich ließ die Schultern hängen, denn es war mir durchaus klar, dass er es ernst meinte.

Der Prinz blieb in der Nähe des Kraftfeldes stehen und drehte sich zu mir um.

»Hol das Buch! Es ist wichtig.«

»Für wen?«

Der Prinz lächelte abfällig, hob eine Hand und ich wurde in Richtung des Kraftfeldes gedrückt. Meine Haare fingen an zu knistern, ich spürte die Hitze, die davon abstrahlte.

»Ich … Können wir darüber noch mal reden?«

Der Prinz lächelte mich schräg an, gab mir den finalen Stoß und ich stürzte in das Kraftfeld.

41. KAPITEL

Kristin

Frankfurt, 20.15 Uhr

Der Lärm war ohrenbetäubend. Passanten redeten wild durcheinander, manche hoben Protestschilder mit dem Aufdruck *Kein Krieg! Stoppt die Experimente!* hoch, andere fingen gegenseitig Streit an, sodass die Polizei dazwischengehen musste. Das hier konnte doch höchstens vor einer halben Stunde passiert sein, und es war jetzt schon der reine Wahnsinn!

Black Wolf war eindeutig zum Publikumsmagneten geworden und ich bezweifelte, dass Dillon diese Sache in den Griff bekam. Nicht einmal, wenn sie den besten Algorithmus der Welt schrieb, könnte sie verhindern, dass hiervon Videos und Infos im Netz landeten.

»Mein Gott«, sagte Marcel und dachte wohl das Gleiche wie ich.

Black Wolf war uns entglitten. Das war der Anfang einer Massenhysterie.

»Weiter«, sagte Marcel und schob sich durch die Menge. Ich folgte ihm, hielt den Blick gesenkt und das Cap tief ins Gesicht gezogen. Sebastian blieb dicht hinter mir und bemühte sich ebenfalls, so schnell wie möglich durch das Geschehen zu kommen. Vor uns öffneten Beamten die Sperren, wir schlüpften hindurch und kamen in die Nähe des Cafés. Es war eine dieser Ketten, die es überall in der Stadt gab. Zwei große Schaufenster zeigten zur Straße hin, die Stühle und Tische, die vorne normalerweise Gäste belegten, waren leer, die Vordertür war geschlossen. Durch das große Fenster erkannte ich zwei Männer. Einer saß mit dem Rücken zur Scheibe und redete auf den anderen ein, der in der Nähe der Theke wartete, eine Frau umschlungen hielt und völlig außer sich war. Er hatte einen Arm um sie gelegt, in der freien Hand hielt er ein blutiges Messer. Die Frau weinte und wehrte sich gegen den Mann, aber sie konnte nichts tun.

Ein Beamter vom Sondereinsatzkommando kam auf uns zu. Er trug eine schwarze Uniform, einen Helm unterm Arm und wurde von zwei Kollegen begleitet. Er stellte sich als Markus Schwarzenbeck vor und schüttelte Marcel, mir und Sebastian kurz die Hand.

»Wir werden stürmen«, sagte er. »Von hinten kommen wir gut rein.«

»Wir brauchen ihn lebend«, sagte Marcel.

»Das kann ich nicht versprechen, aber wir werden es natürlich anstreben.« Markus redete ruhig und besonnen. Ich kannte diesen Typ Agent von früher, wenn mein Dad mir ab und an einen Kollegen vorstellte. Markus fiel in die Kategorie: erfahren, klug, professionell und selbstsicher. Er konnte schnelle und gute Entscheidungen treffen und war kein Hitzkopf. Zudem war ich mir sicher, dass er schon wesentlich schwierigere Übergriffe gehabt hatte als diesen.

Marcel wandte sich an mich. »Du hältst dich mit Sebastian im Hintergrund, klar? Dein Bruder bringt mich um, wenn dir etwas zustößt.«

Ich nickte.

Marcel schloss sich Markus an und tauschte Anweisungen aus. Sebastian und ich wurden von zwei anderen Beamten zu einem großen Zelt gebeten, wo wir warten konnten, bis alles vorbei war.

Da uns niemand Fragen stellte, ging ich davon aus, dass alle wussten, warum wir hier waren. Sebastian setzte den Koffer zu seinen Füßen ab und atmete durch.

Ich sah ihn stirnrunzelnd an, hätte ihm gerne gesagt, dass er besser daheim geblieben wäre, aber ich hielt inne. Er war alt genug, das ging mich nichts an.

»Ich weiß, dass ich nicht so aussehe, aber es geht«, rechtfertigte er sich dennoch. »Die Übelkeit kommt stets am Schluss, das sind also die letzten Ausläufer. In zwei Stunden ist alles vorbei.« Er rieb sich den Magen und schluckte hart. Ich musste an das denken, was Brayden über ihn gesagt hatte.

Wenn Sebastian freiwillig solche Nebenwirkungen auf sich nahm, nur um einen Superstoff zu nehmen, dann Hut ab vor seinem Durchhaltevermögen.

»Wie geht es denn jetzt weiter?«

»Sobald sie den Täter haben, wird er verhaftet und in einem sicheren Wagen ins Revier gebracht. Er wird separiert und untersucht, das mache meistens ich, wenn ich vor Ort bin. Ich habe gestern Morgen ein neues Serum angesetzt, das vielversprechend aussieht und die Symptome von Black Wolf unterdrücken könnte. Wie immer haben wir aber keine Garantie.« Sebastian würgte ein weiteres Mal und stöhnte leise. Er lehnte den Kopf zurück und schloss die Augen, um sich zu sammeln. »Ich behalte dich natürlich auch im Auge, solltest du in eine Vision fallen. Mach dir also keine Gedanken.«

»Du weißt schon, dass du im Moment nicht der vertrauenswürdigste Arzt bist?«

»Tut mir leid, ist wirklich gleich vorbei.«

Ich musterte ihn weiter und versuchte mir Gründe vorzustellen, warum er lügen sollte. Sebastian wirkte zwar schon etwas verschroben, aber auch ehrlich. Er bemerkte, wie ich ihn musterte und sah mir in die Augen. Für einen Moment hielten wir uns mit Blicken fest, als müsste der eine den anderen abchecken und herausfinden, was vor sich ging. Als wir uns das erste Mal berührt hatten, hatte ich ein Kribbeln gespürt, und auch jetzt breitete es sich wieder in meinem Körper aus. Irgendetwas lag hinter diesen Augen verborgen, aber ich wusste noch nicht was.

Tumult wurde um mich laut. Die Meute schrie auf, ein Raunen ging durch die Menge und dann hörte ich Türen schlagen. Sanitäter eilten an mir vorbei, Sebastian löste sich von mir und blickte sich um. »Sie haben ihn!«

Er griff sich seinen Koffer, nahm mich am Arm und zog mich mit sich nach vorne zum Zelteingang. Die Menschen buhten, einige warfen mit Eiern und sogar einer Rauchbombe. Mittlerweile war auch die berittene Polizei vor Ort und hielt hoch zu Ross viele der Demonstranten zurück.

Wir müssen diesen Irrsinn stoppen.

Ich kam mit Sebastian zum Zelt, er trat als Erstes ein. Drinnen tobte der Täter, ich konnte nur einen kurzen Blick auf ihn erhaschen: seine Kleidung war mit Blut besudelt, es war ein älterer Mann mit einer Wampe und einer Halbglatze. Sein Gesicht war vor Zorn oder Furcht rot angelaufen. Ein Arzt beugte sich über ihn und wollte ihm etwas in den Arm spritzen, aber er bekam einen elektrischen Schlag, als er ihn anfasste.

Das war bei den anderen beiden Tätern auch schon so gewesen. Der Arzt fluchte, ließ es sich aber nicht nehmen, einen zweiten Anlauf zu starten.

Marcel rannte auf mich zu. Er wischte sich den Schweiß von der Stirn und zog den Reißverschluss seiner Jacke auf. »Der Mann ist fix und fertig. Ein Arzt wird ihn ruhigstellen, vorausgesetzt, er kann ihn anfassen.«

»Was ist mit der Frau?«

»Sie hat sehr viel Blut verloren. Er hat ihr zwei Zehen abgehackt.«

Ich schlug die Hand vor den Mund.

»Dem anderen Mann geht es den Umständen entsprechend. Er war nur zufällig im Café und hat die ganze Zeit auf unseren Täter eingeredet. Wir nehmen ihn mit zur Befragung.«

»Was kann ich tun?«

»Bist du wirklich bereit für eine Vision?«

»Ja«, sagte ich zögernd. »Ich muss, oder? Abgesehen davon sind so viele Ärzte hier, was kann schon passieren?«

Die Türen des Cafés gingen ein weiteres Mal auf und die Frau wurde auf einer Liege herausgefahren. Sie hatte eine Sauerstoffmaske auf und zitterte am ganzen Körper. Als sie in den bereitgestellten Krankenwagen gebracht wurde, krampfte sie auf einmal. Die Türen schlossen, aber ich hörte noch, wie einer der Sanitäter rief: *Herzstillstand*!

Das Zelt wurde hinter mir geschlossen und verwehrte mir den Blick nach draußen. Ich wandte mich zurück, sammelte mich und lief auf den Täter zu.

Sie hatten ihn auf einer Liege festgebunden. Er war komplett durchgeschwitzt und gab rasselnde Geräusche von sich. Sein Hemd war geöffnet, Elektroden waren auf seine Brust geklebt, aber das Gerät neben ihm entließ ein Zischen und irgendwas schmorte durch. Ein Techniker fluchte und stellte es ab.

»Das geht nur für eine Weile so«, sagte Marcel. »Die elektrischen Ladungen hören mit der Zeit wieder auf.«

Ein Arzt rückte an den Täter und nahm ihm vorsichtig Blut ab, das er an Sebastian weitergab. Der hatte vier Reagenzgläser aufgestellt, in die er Proben des Blutes gab und sie mit Flüssigkeiten mischte.

»Wie heißt er?«, fragte ich Marcel.

»Peter Braun«, antwortete stattdessen Markus. Er sah mich skeptisch an, keine Ahnung, ob er von meinen Fähigkeiten wusste oder nicht.

»Könnten Sie ihm bitte das Hemd weiter öffnen?«, fragte Marcel den Arzt, der neben Peter saß.

Er nickte und packte es mit spitzen Fingern an, um nicht in Berührung mit Peters Haut zu kommen.

Die Striche und Kratzer waren auch bei ihm vorhanden, das erste Mal, dass ich sie aus der Nähe und nicht gefiltert durch eine Kamera erblickte. Sie sahen in natura ganz anders aus. Wie Kratzer von Klauen. Als hätte ihn ein Tier angefallen.

Der Grimm.

Er wirkte von innen heraus. Mein Herzschlag beschleunigte sich bei dem Gedanken an ihn, aber ich schob es zur Seite und konzentrierte mich auf Peter.

Marcel blieb ganz dicht bei mir, auch Sebastian warf mir einen Blick zu. Ich atmete noch mal durch, dann fixierte ich die Kratzer auf Peters Brust und wartete, bis sie ein Symbol formten.

Plötzlich riss Peter den Kopf hoch und schrie lauthals. Er zerrte an seinen Fesseln, drehte seinen Oberkörper hin und her. Zwei Männer traten zu ihm und versuchten, ihn ruhig zu halten, was ein Ding der Unmöglichkeit war, denn niemand konnte ihn anfassen. Peter fixierte mich und riss die Augen auf. Er brüllte, als bereitete ihm mein Anblick körperliche Schmerzen. Dann zerrte er erneut an den Schlaufen, mit denen er festgebunden war, und bekam tatsächlich eine Hand frei.

»Vorsicht!«, schrie Marcel und schob sich geistesgegenwärtig vor mich. Peter riss sich los, die Männer wollten ihn festhalten, aber er entglitt ihnen. Ich wurde nach hinten geschubst, als Markus die Waffe anlegte und auf Peter zielte, aber Marcel drückte ihn weg und bat ihn, nicht zu schießen. Peter geriet leider immer mehr in Rage, er riss die zweite Hand frei, packte einen der Männer und krallte seine Finger in dessen Schläfe. Der Arme schrie wie am Spieß, sein Körper wurde durchgeschüttelt, als säße er auf dem elektrischen Stuhl.

Ich wich nach hinten und starrte auf das groteske Szenario. Die Agenten versuchten, ihn aufzuhalten, während er um sich schlug und unkontrolliert wütete.

Peter wandte sich mir zu, baute sich auf wie ein Gorilla, der sein Rudel verteidigen wollte. Etwas Animalisches trat in seine Züge. So wie der Mann in der Hütte wirkte Peter unmenschlich. Ein dunkler Schatten zog über seine Haut, ließ ihm kurzzeitig Fell wachsen und verschwand dann wieder. Die Male auf seiner Brust stachen schärfer hervor.

Ich fixierte ihn.

Er fixierte mich.

Peter wollte nach vorne springen, ein Agent schlang ein Seil von hinten um seinen Oberkörper und zerrte ihn zu Boden. Peter schrie und kickte um sich, aber die Männer hielten ihn trotz der elektrischen Schläge, die er absonderte, am Boden.

Ich ging langsam näher, Marcel sah mich skeptisch an, doch ich nickte.

Peter zappelte herum, er war völlig in Panik verfallen, schien nicht mehr Herr seiner Sinne zu sein.

Die Male auf seiner Brust formten sich zusammen zu einem Symbol. Ich ballte die Hände zu Fäusten und bohrte die Fingernägel fest in meine Haut.

»Es fängt an«, sagte ich zu Marcel und trat noch näher.

Das Zeichen wurde klarer und klarer, Peter schrie lauter und lauter, als wollte er mich unter allen Umständen aus der Vision heraushalten.

Es geschah dennoch. Und ich spürte jetzt schon, dass es intensiv werden würde.

Bei meinem nächsten Atemzug vervollständigte sich das Zeichen:

Kaum hatte sich der letzte Kreis geschlossen, ging es auch schon los. Peter gab ein tiefes und bedrohliches Knurren von sich.

Ein Rucken schwappte durch meinen Körper, dann wurde ich in die Vision gerissen.

42. KAPITEL

Ash

Abalion, Zeit unbekannt

Ich stürzte durch das Kraftfeld und hatte das Gefühl, in tausend Stücke zerbrochen zu werden. Die Kristallsplitter, die überall in der Luft schwebten, rissen Löcher in meine Kleidung und schnitten in meine Haut. Es erinnerte mich schmerzlich an meine Mutter, die zur Hälfte mit diesen Dingern übersät war und nicht mehr ins Sonnenlicht konnte.

Ob mir ein ähnliches Schicksal blühte?

War dies der erste Schritt in diese Richtung?

Der Weg in die Schatten?

Ich ruderte mit den Armen und versuchte, Halt zu finden, wo keiner war. Meine Welt stand kopf. Buchstäblich. Wie bei meinem Sturz in den See fiel alles um mich herum zusammen, aber wenigstens musste ich dieses Mal nicht schwimmen!

Ich knallte hart mit dem Rücken auf und schlitterte über einen unebenen Untergrund. Mir schnürte es die Luft zu, ich überschlug mich zweimal, ehe ich liegen blieb und um Atem rang.

Ich stöhnte, gab mir einen Moment des Selbstmitleids, in dem ich mir die essentielle *Warum-ich?*-Frage stellte, dann richtete ich mich keuchend auf und sah mich um.

Ich war in einem Innenhof direkt vor dem Baum gelandet. Hier war alles verwüstet und es sah aus, als wäre ein Riese durchmarschiert. Die Wände waren fast komplett eingestürzt, Geröllbrocken lagen herum, die Wurzeln des Baumes waren teilweise abgebrochen und überall klebte eine grüne kristalline Schicht.

Ich sah mich weiter um, bis ich einen ersten Überblick hatte. Der Hof war nicht sehr groß und von dicken Mauern umgeben. Über mir zog sich die kristalline Schicht weiter fort und ließ alles in einem sanften Schein erstrahlen. Als wäre ich in einer gigantischen Höhle.

Ich klopfte den Dreck von meiner Kleidung und stieg über die ersten Geröllbrocken hinweg. Der Baum sah aus der Nähe noch viel schlimmer aus als aus der Distanz. Seine Blätter hingen welk herab, etliche waren abgefallen, andere kämpften darum, an den Ästen zu haften. Ich bückte mich und hob eines auf. Es war mit der gleichen grünen Kristallschicht bedeckt, die hier überall klebte. Die Substanz kribbelte auf meinen Fingern. Was war das für ein Zeug?

Ich steckte das Blatt in meine Hosentasche, umrundete den Baum und sah mich um. An der gegenüberliegenden Seite war ein halb zusammengestürzter Torbogen, durch den ich tiefer in diese Höhle oder dieses Kloster oder was auch immer vordringen konnte. Ich lief darauf zu und durchschritt ihn.

Rechts und links führte ein Gang rund um den Innenhof, die Wand vor mir war eingestürzt. Ich entschied mich für den Weg, der am einfachsten zu begehen war. Dennoch musste ich über viele heruntergestürzte Steine klettern und kam nur langsam voran.

Der Gang verlief im Karree um den Hof, ich kraxelte über einen besonders großen Brocken und sah ein Zimmer zu meiner Linken. Die Tür hing lose in den Angeln. Ich trat langsam näher und spähte hinein. Auch hier war die Wand eingestürzt. Der Raum war spartanisch eingerichtet, in der Ecke stand ein Holzbett, auf dem Boden lagen ein zerbrochener Spiegel und ein alter Tonkrug, in dem Regal gegenüber ruhten vertrocknete alte Schriftrollen.

Es war gespenstisch still; als würde die Atmosphäre alles absaugen, was draußen war. Ich wandte mich von dem Zimmer ab und ging weiter. Mir schwirrte nach ein paar Metern der Schädel und ich fühlte einen leichten Sog an meinen Eingeweiden.

Was auch immer hier für Energien wirkten: Sie waren intensiv.

Und sie machten mich nervös.

Mit jedem Schritt fühlte ich mich, als würde ich in meine eigene Vergangenheit treten, als wäre hier etwas passiert, was mein Leben nachhaltig verändert hatte.

Oder noch verändern würde?

»*Weißt du, was eine Minute ist? Eine Stunde? Ein Jahr? Hast du ein Gefühl dafür?*«

Ein Lufthauch streifte mich, ich hörte das leise Lachen einer Frau. Ich fuhr herum, blickte in die Richtung und lauschte:

»*Casaju*«, rief sie, und allein bei diesem Wort stellten sich mir die Nackenhaare hoch. Wüsste ich es nicht besser, würde ich sagen, dass sie sich anhörte wie meine Mutter.

Nur jünger. Reiner. Unschuldiger.

»*Du bist auch zu spät*«, antwortete eine männliche Stimme, die mir ebenfalls verdammt bekannt vorkam. War das … der Prinz?

»*Ich habe mein Messer in der Kammer liegen lassen und musste ihn noch holen. Isa wird platzen vor Zorn.*«

»*Ach was. Solche Dinge passieren. Das liegt an der Aufregung.*«

Die Stimmen verschwanden, wie sie gekommen waren. Wie ein uraltes Echo, das sich einen Weg durch diese Wände suchte, nur um noch einmal gehört zu werden.

Ich ging mit gespitzten Ohren weiter und sah mich nach allen Seiten um. Das grünliche Licht wirkte gespenstisch und warf meinen Schatten verzerrt an die Wände. Es sah aus, als verfolgten mich kleine diebische Dämonen auf Schritt und Tritt.

Je tiefer ich kam, desto unzerstörter wurde das Kloster. Die Wände hatten keine Risse mehr, der Boden war nicht mehr mit Geröllbrocken verdeckt. Sogar die Luft wurde wärmer und angenehmer.

Ich blickte in den Innenhof und stockte, denn auch der Baum veränderte sich. Die Blätter wurden grüner, die Äste wirkten nicht mehr so verknöchert und alt. Er schien sogar aufrechter zu stehen, als würde er sich gegen den Zerfall erheben und zu neuer Kraft finden.

Was zum Henker ging hier vor sich?

»*Oh Waylon …*«, keuchte eine Frau plötzlich. Die gleiche, die eben schon mal gesprochen hatte. Ich lief auf das Geräusch zu. Es war von dem Alkoven an der Wand gekommen, der leicht versteckt lag, sodass niemand von außen hineinsehen konnte. Ich hörte ein weiteres Geräusch, gefolgt von dem lustvollen Stöhnen eines Mannes.

Da machte jemand rum.

Ich trat näher an den Alkoven und lugte um die Ecke.

Er war leer.

Oder?

Ich machte einen Schritt, trat auf einige vertrocknete Äste. Das Geräusch hallte von den Wänden wider.

»*Oh*«, sagte die Frau auf einmal erschrocken, als hätte sie mich gehört.

Ich hielt sofort inne und wartete. Mein Herz wummerte, mir wurde heiß und kalt zugleich. Da war jemand, ganz sicher, aber ich wusste nicht wo.

»*Nur der Wind*«, gab ein Mann schließlich zurück.

Das hier war nicht nur ein Echo, das waren Überreste aus einer anderen Welt. Ich befand mich an einem Übergangsort. An einem Platz zwischen den Zeiten.

»*Du wirst merken, wenn etwas nicht stimmt. Verlasse dich auf dein Zeitgefühl und halte die Augen offen.*«

Ein weiterer Lufthauch ließ mich frösteln. Ich machte einen Satz zurück, weil es sich anfühlte, als würde jemand durch mich hindurchlaufen. Ein unglaubliches Gefühl der Vertrautheit streifte mich, es war wie das sanfte Wiegen einer Mutter; der Kuss für ihr Kind, um es zum Schlafen zu bewegen. Ich fasste an mein Herz, das sich zusammenzog. Das Mal auf meinem Arm brannte und schoss einen Stromstoß durch mich.

Plötzlich blitzte das Bild meiner Mutter vor mir auf. Düster und gefangen in ihrer Kälte und den Schatten.

Sie hatte hier gelebt. Einst. Aber nicht in der Form, wie ich sie heute kannte.

Was auch immer es mit diesem Kloster auf sich hatte: Ich war mit diesem Ort verbunden. Mehr, als ich ahnte.

Eine Weile blieb ich so stehen und wartete, ob ich mehr spüren würde, aber es tat sich nichts.

Also ging ich weiter und kam an eine geöffnete Tür. Der Geruch alten Papieres strömte mir entgegen. Ich schob sie auf und spähte hinein. Kerzen brannten an der Wand und verströmten ein angenehm friedliches Licht. Vor mir erstreckten sich Regale in unendliche Höhen und Tiefen.

Hier war alles voll mit Büchern.

Ich fühlte mich, als würde ich Stück für Stück unter Wasser getaucht werden, als würde ich mich mit jedem Meter selbst verlieren und in etwas eindringen, das ich nicht begreifen konnte. Ich ging die Reihen mit den endlosen Wälzern ab und sah auf die Buchrücken. Einige der Symbole erkannte ich sofort wieder: Es waren die gleichen Zeichen, die ich mit Kris in der Hütte gesehen hatte, die gleichen, die auf den Rahmen von Moons Spiegeln angebracht waren.

Die Zeichen der Masali. So hatte sie sie genannt.

Das hier war ihr Reich.

Ob das Buch, das ich für den Prinzen holen sollte, hier war? Ich griff nach einem der Schmöker, doch als ich ihn berührte, zerfiel er zu Staub. Sofort zog ich die Hand zurück. Die Bücher daneben und darüber zerbröselten ebenfalls. Die Wände bebten, ich wich einen Schritt zurück und sah mich irritiert um. Risse entstanden im Boden, die Regale krachten zum Teil ein. Ich lief nach rechts weiter und kam in einen Gang mit einem geschlossenen Eisentor. Ich rüttelte daran, doch es ließ sich nicht öffnen. Das Tor war mit spitzen Rosenranken besetzt, an denen getrocknetes Blut klebte, also hatte wohl schon der eine oder andere versucht hinaufzuklettern.

Ich drückte mich näher an die Stäbe, dahinter waren zwei Gänge: bei einem waren die Regale und Wände mit einer teerartigen Substanz bedeckt, der andere führte in einen offenen Raum. Ich erkannte nur die Hälfte davon, doch da standen Stühle und Tische, es lagen sogar Schriftrollen herum. An der Wand hing eine Landkarte, aber auch die erkannte ich nur zu einem Teil.

Ich wandte mich wieder von dem Tor ab und suchte nach dem Ausgang. Die Regale waren eingestürzt, ein Steinbrocken lag mir im Weg, aber ich konnte darüberklettern.

Nach einigem Kraxeln kam ich schließlich zurück zur Tür und trat in den Gang hinaus. Auch hier war nun alles vernichtet. Der Baum war erneut welk geworden, die Decke eingestürzt, Geröll überall verteilt.

»Was zum Henker …«

»Du wirst merken, wenn etwas nicht stimmt. Verlasse dich auf dein Zeitgefühl und halte die Augen offen.«

War es das, was Moon gemeint hatte? Bewegte ich mich etwa in der Zeit vor und zurück? Und warum hatte sie gesagt, dass kein Wesen in Abalion sich darüber Gedanken machen konnte? Was hatte sie mit ihrer Frage bezweckt?

Ich lief vorsichtig weiter, sah mich nach allen Seiten um und hielt die Ohren gespitzt.

Ich stieg über weitere Geröllbrocken hinweg und kam an einen zweiten Durchgang. Von unten schimmerte das gleiche grüne Licht, das hier überall zu finden war. Der Duft nach Erde und Moder wehte mir entgegen. Ich ging vorsichtig nach unten, die Stufen waren ausgetreten, als wären hier schon tausend Füße darübergelaufen.

Unten angekommen, stockte mir der Atem.

Ich hatte schon viel gesehen. Abalion war voller Wunder. Der Anblick eines Phoenix, der frisch aus seiner Asche entstieg und dem ersten Sonnenstrahl entgegenflog zum Beispiel; oder ein Feuerdrache, der die Schwingen ausbreitete und alles Licht in seinen Kristallschuppen auffing (zugegeben, der Moment war nur kurz schön gewesen, denn das Biest hatte wenig später Feuer auf mich gespien); Tauregen, der morgens die Wiesen bedeckte, für einen Augenblick das gesamte Farbspektrum reflektierte und Regenbögen über die Erde zauberte – ja, nicht umsonst nannte man mich Ash der Romantiker. Der verkappte Romantiker! Und? Jeder hatte Schwächen.

Die Treppe endete in einer großen Halle, die ringsum von verknöcherten Wurzeln überwuchert war. Der grüne Kristallstaub klebte hier noch dichter auf der Oberfläche und bedeckte den Boden, die Wände und das Becken in der Mitte, das mit einer grünen Flüssigkeit gefüllt war. Ein helles Licht schwebte über dem Becken, es sah aus, als hätte jemand einen Kristall in die Luft geworfen, ihn von innen heraus zum Platzen gebracht und im Moment seiner Explosion eingefroren.

Das allein wäre also schon spektakulär genug gewesen, doch da waren noch die beiden Personen. Eine lag auf dem Boden vor dem Becken, die andere stand davor. Sie hielt ein aufgeschlagenes Buch in der Hand und sah auf das Licht, das über dem Becken hing.

Ich lief darauf zu, doch das Gehen fiel mir immer schwerer, je näher ich kam.

Der Mann am Boden … Ich fixierte ihn, kniff die Augen zusammen.

Das … das war der Prinz! *Schon wieder.*

Er wirkte menschlicher. Sanfter. Jünger. Unschuldiger. Seine Kleidung war ebenfalls schlichter: Er trug eine braune Kutte und hatte die Hände vor dem Körper verschränkt; es sah aus, als schliefe er.

Die Frau, die vor ihm stand, trug die gleiche Kutte, sie hatte ihren Kopf kahl geschoren und die Augen fest auf das Becken gerichtet. Ich umrundete sie langsam und betrachtete sie genauer. Aus dem aufgeschlagenen Buch tropfte diese teerartige Substanz, die sich überall auf dem Boden ausgebreitet hatte. Dunkle Schatten waberten aus den Seiten heraus und hielten die Frau fest umschlungen. Das Mal an meinem Arm brannte erneut auf, als würde es davon angezogen werden.

Ich strich mit den Fingern darüber, es fühlte sich warm an.

Die Schatten strömten von der Frau weg, hin zu dem Licht, das über dem Becken schwebte. Beim Näherkommen erkannte ich weitere Gestalten, die darin gefangen waren.

»Teufel noch eins.« Das waren Moon und die Zentauren und … und der Prinz.

Was zum Henker …!

Ich blickte zurück auf den schlafenden Prinzen, dann auf den, der in dem Lichtkegel stand.

Was wirkt hier für eine Magie?

Ich kehrte zurück zu der kahlköpfigen Frau und warf einen Blick auf das Buch, das sie in Händen hielt.

Das war es!

Das war das Ding, das der Prinz hatte haben wollen.

Ich zögerte erst, doch dann streckte ich einen Finger nach ihm aus, wollte es berühren, als es plötzlich vor mir knallte und mich etwas hart gegen die Brust traf. Ich wurde nach hinten geschleudert, prallte mit aller Wucht auf den Boden und hustete trocken.

Jemand war voll auf mir gelandet, donnerte mit seinem Schädel gegen meinen, so fest, dass ich kurzzeitig nur wirre Punkte flirren sah.

»Autsch«, sagte Kris und stöhnte dumpf.

»Du schon wieder …«, gab ich zurück.

43. KAPITEL

Kristin

Abalion, Zeit unbekannt

Oh, Mann. Einen krasseren Übergang in eine Vision hatte ich noch nicht erlebt. Ich lag auf Ash, mein Herz wummerte bis zu meinem Hals und ich hörte das Blut in meinen Ohren rauschen. Ich fühlte mich, als wäre ich einmal zu heftig in den Schleudergang geraten, und so wie Ash aussah, ging es ihm ähnlich.

Ich musste definitiv diese Landungen in den Griff bekommen, erst in den See, jetzt das … Was kam denn als Nächstes? Im freien Fall einen Berg hinunter?

Ich richtete mich benommen auf, rieb mir über die Stirn und sah hinab zu Ash. Unsere Gesichter waren so nah, dass sich unsere Nasen fast berührten. Ich erkannte jedes Detail in seinen Augen. Sie hatten eine schöne grünblaue Farbe, die mit kleinen dunklen Punkten durchsetzt war. Der leichte Schalk, der ihnen normalerweise innewohnte, war verglommen. Ash fixierte mich, ich konnte unmöglich deuten, ob er sauer oder froh war, mich zu sehen. Er wirkte verwirrt. Sein Körper bebte vor Unruhe, er blinzelte nicht einmal, nein: Er starrte mich einfach nur gefesselt an.

Ich hielt die Luft an. War das einer jener Momente, wo in Büchern die Heldin von diesem eigentümlichen Kribbeln erfasst wurde und dem Leser sofort klar war, dass die beiden füreinander geschaffen waren? Dass ab jetzt diese unterschwellige sexuelle Spannung zwischen ihnen hängen würde und jeder darauf hinfieberte, bis sie sich das erste Mal küssten.

Ash sog die Luft scharf ein und erwiderte meinen Blick mit gleicher Intensität.

»Ich …«, setzte ich an.

»Verdammt«, keuchte er. »Nimm dein Knie von meiner Hand! Du zerquetschst mir die Finger!«

»Oh.« So viel dann zu unserem Moment. Ich setzte mich auf. Ash tat es mir nach und massierte sich die knallrote Hand.

»Wo sind wir?« Ich sah mich um. Wir waren in einer Höhle, die ringsum von dürren Ästen überwuchert war. Auf dem Boden klebte grüner Kristallstaub, der nun auch auf meiner Hose und meinem Shirt haftete. Ich rieb darüber und fühlte ein leichtes Prickeln.

»In einem Kloster.« Ash drehte sich herum und sah auf das zerbrochene Becken in der Mitte des Raumes. Es sah aus, als hätte jemand einen großen Stein hineinfallen lassen. Überall lagen Geröllteile und Schutt herum. »Siehst du einen zerstörten Raum oder einen intakten?«

»Ist die Frage ernst gemeint oder willst du mich nur mit irgendeinem Quatsch testen?«

»Will ich nicht, also?«

»Hier sieht es aus, als hätte ein Erdbeben gewütet.«

Ash nickte. »Dann siehst du das Gleiche wie ich. Die Zeit hat sich wieder umgekehrt.«

»Bitte?«

»Nicht so wich…« Weiter kam er nicht, denn in dem Moment brach ein lautes Beben aus, das alles erschütterte.

Ich riss den Kopf hoch, auch Ash spannte die Muskeln an und sah sich um.

Der Boden erzitterte, die Wände um uns brachen zusammen. Reaktionsschnell riss Ash seine Arme nach oben, presste mich an sich und rollte uns herum, sodass er auf mir lag und mich mit seinem Körper schützte. Die Wärme seines Leibes hüllte mich komplett ein, als hätte er eine Decke über mich geworfen. Seine Nähe machte mich leicht benommen, denn anders als eben wirkte jetzt alles noch intimer. Meine Nase berührte seinen Hals, er hielt die Hände über meinen Kopf, grub die Finger in meine Haare und versuchte, mich so gut wie möglich zu schützen.

»Wie fürsorglich«, flüsterte ich gegen seinen Hals.

»Bild dir nix drauf ein!« Er kam noch näher und verdeckte mich komplett, was die Hitze zwischen uns nur verstärkte. Ich spürte sein Herz gegen meines hämmern und seinen Atem, der rasch und abgehackt ging.

Wie war das noch mal mit der Heldin, die dem Mann verfiel?

Risse entstanden in der Erde. Der Raum löste sich auf, alles brach in sich zusammen, aber erstaunlicherweise traf uns kein einziges Teil. Es schien, als stürzte jemand die Kulisse um uns nieder, um eine neue aufzubauen.

Es war abstrus: Die Welt brach zusammen und wir lagen wie geschützt unter einem Regenschirm.

Als sich alles beruhigt und der Staub sich gelegt hatte, rückte Ash von mir ab.

»Bei allen heiligen Henkern, was geht denn hier ab?«, fragte er und stand auf.

Wir lagen nicht mehr in der Höhle, sondern auf einer riesengroßen Tanzfläche, im Ballsaal eines Schlosses.

Hunderte von Gästen waren um uns versammelt. Sie trugen elegante Roben und Gewänder, redeten und lachten, einige tanzten voller Freude miteinander.

Wir waren ganz offensichtlich in ein rauschendes Fest geplatzt. Ich roch den Wein, das gebratene Fleisch, spürte die Wärme der Kerzen auf meiner Haut. Der Vollmond strahlte hell und klar durch die riesigen Fenster.

»Vollmond«, sagte Ash. »Das muss also ein Teil der Nachtheide sein.« Er reichte mir die Hand und zog mich ebenfalls in die Höhe. Die anderen Gäste unterhielten sich unbeeindruckt weiter, als wären eben nicht zwei Fremde auf der Tanzfläche erschienen.

»Hast du eine Ahnung, wo wir sind?«, fragte er.

»Nein.«

Ash lief zu dem erstbesten Mann und tippte ihm auf die Schulter. Der beachtete ihn allerdings nicht weiter, sondern unterhielt sich angeregt mit seiner Frau.

»Hey«, probierte Ash es erneut.

Keine Reaktion.

Also scannte er ihn ab. Sein Blick blieb auf dem juwelenbesetzten Dolch am Gürtel des Mannes hängen.

»Oh nein«, sagte ich und zog ihn zurück. »Du wirst ihn auf keinen Fall beklauen!«

Er rollte mit den Augen und wollte etwas erwidern, doch da schwang das große Tor vorne auf und aus der Nacht trat ein junger Prinz mit einer wunderschönen Frau an der Hand ins Schloss. Ein Raunen ging durch die Menge. Die beiden sahen umwerfend aus, der Prinz strahlte über das gesamte Gesicht und bat seine Herzensdame, ihn bis zur Tanzfläche zu begleiten.

»Das ist meine Tänzerin«, rief der Prinz voller Glück. Ich betrachtete die Frau an seiner Seite genauer, sie hatte lange goldblonde Haare, ein glitzerndes Kleid und goldene Schuhe.

Und da endlich dämmerte es mir, denn so langsam ergab das alles einen Sinn. »Wenn das mal nicht Aschenputtel und ihr Prinz sind«, sagte ich.

»Bitte wer?«

Die anderen Gäste strebten kollektiv auf die Tanzfläche und walzten uns fast platt. Wir konnten ihnen nur mit Mühe ausweichen. Ash fluchte lauthals und stieß Verwünschungen aus, die ich meinem ärgsten Feind nicht an den Kopf werfen würde.

»Du hast ein Aggressionsproblem«, sagte ich und folgte ihm durch das Gedränge.

»Ich habe noch viel mehr als das.«

Nach etlichem Gedrücke und Geschiebe schafften wir es schließlich bis an den Rand der Tanzfläche, wo es viel ruhiger war.

»Okay: Wie kommen wir hierher?«, fragte Ash.

»Da bin ich genauso überfragt wie du, aber offensichtlich hat das etwas mit uns zu tun.«

»Wie meinst du das?«

»Na ja, jedes Mal, wenn wir zusammenkommen, öffnet sich auf irgendeine Art ein Weg in diese Märchenwelten. Beim letzten Mal sind wir in den See gefallen; jetzt das.«

»Müssen wir wieder mit diesem elenden Wolf kämpfen?«

Ich zuckte die Schultern. »Meine Erfahrungswerte sind genauso groß wie deine. Aber ich bekomme langsam das Gefühl, dass wir uns nicht zufällig über den Weg laufen.«

Er verschränkte die Arme vor der Brust, kratzte sich am Bart und hob eine Augenbraue; Gott, Männer, die das konnten, fand ich extrem sexy. »Was weißt du über die Masali?«

»Sie ... sie waren Geschichtenerzähler. Wie kommst du auf sie?«

»Das eben war ihr Kloster.«

»Ach.«

»Ich weiß noch nicht, was es zu bedeuten hat, aber ich muss wieder dorthin zurück.«

»Tja, nur leider hab ich keine Ahnung, wie ...«

Die Tür zum Ballsaal flog ein weiteres Mal auf und jemand trat ein. Ich konnte ihn erst nicht erkennen, weil mir einige der Gäste den Weg versperrten, doch dann sah ich ihn klar und deutlich. »Ach du meine Güte, das glaub ich jetzt nicht.«

»Was?«, fragte Ash.

»Das ist Peter!« Ich packte Ash am Arm und wollte ihn mit mir ziehen, dabei streifte ich das Mal auf seiner Haut. Ein Stich fuhr mir durchs Herz. Ich ließ ihn sofort los, er drehte den Arm und sah auf das Zeichen dort.

»Es wird wieder kleiner. Immer wenn du es berührst.«

Er strich mit den Fingern darüber und sah mich an. *Was war die Verbindung zwischen uns?*

Ein gellender Schrei ertönte. Ich blickte nach rechts und entdeckte Peter wieder. »Komm, weiter.«

Ich drückte die anderen Gäste zur Seite, Ash folgte mir und kämpfte sich mit mir durch das Wirrwarr an Leibern, bis wir zur Tanzfläche zurückkehrten und erkannten, was los war.

Peter hatte sich die Frau geschnappt und eilte mit ihr nach draußen. Der Prinz blieb verdattert zurück und starrte den beiden nach, als hätte er keine Ahnung, was er tun sollte.

»Holt sie zurück«, brüllte ich ihm zu, doch er reagierte nicht, genauso wenig wie einer der anderen Gäste.

Peter war schon auf der Treppe, die nach draußen führte, und bog nach links zum Taubenhaus ab. Ich griff nach dem Prinzen, er fühlte sich eiskalt und leblos an. Ich schubste und kniff ihn – nichts.

Als wäre ich gar nicht da.

»Das ist das Abgefahrenste, was ich je erlebt habe«, sagte Ash.

»Wir müssen Peter aufhalten. Er ist … er ist krank.«

Ash murrte, doch er setzte sich in Bewegung und wir folgten Peter nach draußen. Die Luft war viel kühler als drinnen, der Mond wirkte unnatürlich groß über uns, aber dafür spendete er auch reichlich Licht. Ich sah mich um. Das Anwesen schien riesig zu sein, ich erkannte keinen richtigen Anfang oder eine Straße oder so. Es führte sich einfach bis in die Unendlichkeit fort und verschwand irgendwo in der Finsternis. Wobei ich dieses Phänomen kannte. Je nachdem, wie klar ein Autor die Umgebung beschrieben hatte, kam sie auch in meinen Visionen vor. Gab er nur einen kurzen Abriss, blieb vieles unscharf. Schilderte er stattdessen den Zauber einer Blumenwiese über fünf Seiten, konnte ich sie ebenso detailliert und intensiv wahrnehmen.

»Da drüben«, sagte Ash und deutete nach links.

Peter steuerte das Taubenhaus in der Nähe des Schlosses an, die Frau hing wie ein lebloser Sack über seiner Schulter. Ash und ich rannten ihm hinterher. Erst bemerkte er uns nicht, setzte seine Beute ab und zog ihr die Schuhe aus. Dann zückte er ein Messer.

»O Gott, er tut dasselbe wie im Café«, sagte ich und beschleunigte.

»Ja, das Gleiche hab ich eben auch gedacht«, gab Ash zurück.

Ich stieß ihn in die Seite und wünschte, er würde das ernster nehmen, aber vermutlich konnte ich es ihm nicht verübeln.

»Hey«, rief ich, als Peter das Messer an den Zehen der Frau ansetzte und losschneiden wollte.

Er drehte sich zu mir um und zuckte zusammen. Dann riss er die Augen auf und schrie, als hätte er den Teufel in persona gesehen. So ähnlich wie vorhin im Zelt.

»Beeindruckend«, sagte Ash. »Wie machst du das?«

»Er halluziniert. Er steht unter starken Drogen und weiß nicht, was er tut.«

Peter wandte sich seiner Beute zu, warf sie noch einmal über seine Schulter und rannte mit ihr los. Er eilte um das Schloss herum, Richtung Garten. Wir hinterher. Das Anwesen war prächtig, aber ich erkannte auch hier die ersten Lücken in der Landschaft. Eine Ecke verlief sich in Schwärze, ein Teich war nur zur Hälfte vorhanden.

»Was ist hier los?«, fragte Ash.

»Es ist eine Illusion, das ist nicht echt. Vermutlich reagierten deshalb die Gäste auch nicht …« Das stand offenbar nicht so im Drehbuch. Verrückt, aber es war die einzig logische Erklärung, die mir einfiel.

Peter bemerkte ebenfalls, dass ein Stück des Gartens fehlte und rannte eine Treppe hinauf, die zurück ins Schloss führte. Wir folgten ihm, aber er war erstaunlich schnell, obwohl er die Frau über der Schulter trug. Er fegte nach oben, wir hatten ihn fast eingeholt. Peter riss die Tür auf und rannte ins Innere.

Ash und ich wollten ihm nach, als ich etwas in der Ferne entdeckte. Es war schwer auszumachen, denn der Mond erhellte die Stelle kaum.

»Was ist das denn?«, fragte ich und zeigte dorthin, wo sich der Rasen auflöste.

Dahinter begann etwas anderes. Ein … ein Büro? Oder eher ein Lager? Ich erkannte es nicht genau, aber es sah nicht so aus, als gehörte es in diese Welt.

»Da hört der Rasen auf«, sagte Ash.

»Ja, aber was ist mit dem Raum dahinter?«

»Welcher Raum?«

»Der … du siehst ihn nicht?«

»Nein.«

Ich drehte mich herum, sah zum Schloss, zurück zum Rasen. »Wir sollten Peter nicht aus den Augen lassen.« Aber ich musste wissen, was das war.

»Oh-oh«, sagte Ash. »Ich weiß genau, was du gleich vorschlagen willst.«

»Es ist wichtig.«

Er verzog das Gesicht, als hätte er auf eine Zitrone gebissen. »Wenn ich jedes Mal ein Goldstück bekäme, sobald mir das jemand sagt, hätte ich ausgesorgt.«

»Bitte! Wo ich herkomme, wütet eine grässliche Krankheit und gefährdet uns alle. Wir müssen sie aufhalten und ich glaube, da hinten könnte ich einen Hinweis darauf finden.« Ich fixierte ihn und sandte die gesamte Überzeugungskraft in meinen Blick.

»Verflucht, ich hasse es, wenn Frauen mich so ansehen.«

»Hilf mir.«

»Und das auch!« Er zog die Oberlippe nach oben, als wäre ich ein komisches Monstrum, dem auf einmal Klauen und Zähne wuchsen.

»Bitte.«

Ash zischte, doch er gab sich tatsächlich einen Ruck und verschwand ebenfalls im Inneren.

Ich schickte ihm ein leises Danke hinterher, rannte zurück nach unten und auf das Ende des Rasens zu.

44. KAPITEL

Ash

Abalion, Zeit unbekannt

»Hilf mir hier; hilf mir dort; arbeite mit mir zusammen; aber nicht mit dem; die ist durchtrieben; der ist verlogen, der hat mich betrogen …«

Aschenputtel.

Der Wolf und die sieben Geißlein …

Was kam als Nächstes? Rumpelstilzchen? Gott, ich hoffte, die Biester hatten nicht auch eine Welt für sich, aber wundern würde es mich nicht. Der Clan hatte überall seine Finger drin.

Ich lief durch das dunkle Schloss und erkannte erst mal gar nichts. Diese Welt war merkwürdig, im Ballsaal herrschten die schillerndsten Farben, während es hier immer blasser und dunkler wurde. Langsam ging ich weiter und sah mich um. Von Peter fehlte jede Spur, er war einfach von der Bildfläche verschw…

Ein Wimmern ließ mich innehalten. Es kam von rechts. Ich blieb stehen und blickte in die Richtung. Eine Tür wies den Weg zurück in den Ballsaal.

Ich folgte dem Geräusch und entdeckte die ersten Menschen, die nach wie vor an der gleichen Stelle standen und zur Tür hinausglotzten, wo Peter mit der Frau verschwunden war.

»Hey«, sagte ich zu einem Mann in einem eleganten Gehrock. »Die Feier ist vorüber, ihr könnt heimgehen.«

Er blinzelte zwar, aber reagierte nicht auf mich. Ich tippte ihm auf die Schulter, er zuckte nicht. Also schob ich mich weiter zwischen den Leuten hindurch und lauschte auf jedes Geräusch. Wo war das Wimmern hergekommen …?

Da!

Ich blickte hinüber zum Thron und entdeckte ihn.

Peter hatte sich mit der Frau zurückgezogen, hielt ihren Fuß fest und machte da weiter, wo er vorhin aufgehört hatte. Ich drängelte mich an den Gästen vorbei, passierte zwei Wachen.

Sie bekamen nicht einmal mit, dass die Frau keine vier Meter von ihnen entfernt war und offensichtlich Hilfe brauchte!

»Ihr seid echt schräg.« Ich trat vor eine der Wachen, musterte sie kurz und nahm ihr Schwert vom Gürtel. Er sah mir seelenruhig dabei zu, hielt mich aber nicht auf.

Mit meiner Waffe fuhr ich herum und eilte weiter zu Peter. Er holte mit dem Messer aus, zielte auf die Zehen der Frau. Sie blickte ihn stoisch an, ihre Miene war ausdruckslos, als passierte das gar nicht ihr, sondern jemand anderem. Peter ließ die Klinge hinuntersausen, ich schwang ebenfalls das Schwert. Peters Messer trennte der Frau sauber zwei Zehen ab, während er gleichzeitig die andere Hand ausstreckte und mein Schwert einfach so abfing.

»Ach, komm jetzt!«, schrie ich und wollte die Klinge von ihm zurückziehen, doch er drückte fester zu und ließ das Metall schmelzen.

Die Waffe löste sich noch in meinen Händen auf. Ich wich zurück, Peter nahm sein Messer, ließ von der Frau ab. Sie kippte zur Seite, wurde blasser und blasser, während sich eine Blutlache unter ihr ausbreitete.

Peter wandte sich zu mir, senkte den Blick und knurrte mich finster an. Ich wich nach links aus, Richtung Thron. Peter folgte mir. Im Schloss wurde es dunkler, das Silberlicht des Mondes verblasste. Genau wie bei der Hütte, als das Zicklein gestorben war.

Ich griff einen der Stäbe, der neben dem Thron steckte und an dessen Ende eine Fahne wehte. Egal, ob er das Ding auch gleich schmelzen lassen würde: Ich würde dem Kerl nicht waffenlos gegenübertreten.

Peter sah es, grinste und stürzte sich auf mich. Den ersten Hieb fing ich tatsächlich noch ab. Ich erwischte Peter am Handgelenk, was ihn zwar nicht sonderlich beeindruckte, ihm aber immerhin das Messer aus den Fingern schlug. Ich setzte nach und rammte ihm den Stab in den Bauch.

Peter keuchte, griff nach meiner Waffe und ließ auch sie schmelzen.

Ich wich zur Seite aus, trat Peter in die Seite. Er ging zu Boden, ich wollte nachtreten, aber er sah es voraus, packte meinen Fuß und zerrte ihn nach oben. Ich verlor das Gleichgewicht und fing mich am Rand des Thrones ab.

Die Frau gab einen röchelnden Laut von sich. Ich zog mich wieder hoch und blickte zu ihr. Sie kippte um, die Blutlache hatte sich weiter ausgebreitet und rann die Stufen hinter ihr hinab. Ich sprang auf den Thron, auf der anderen Seite wieder herunter und landete dicht bei ihr. Ich legte eine Hand auf ihren Puls, er war kaum noch zu fühlen, ihre Haut war eiskalt. Ich blickte mich um, ob ich ein Tuch oder irgendetwas fand, womit ich ihr die Wunde abbinden konnte.

Peter richtete sich auf, die Frau keuchte ein letztes Mal und starb.

Mit ihr kippten alle anderen Männer und Frauen im Saal um. Ich richtete mich auf und starrte auf das Geschehen.

Blut rann aus ihren Stiefeln, als hätten sie ebenfalls ihre Zehen abgetrennt bekommen. Binnen kürzester Zeit war der Boden des Thronsaals eine rot spiegelnde Fläche.

Ekelhaft.

Der Mond wurde noch dunkler und verfinsterte sich komplett. Einzig ein paar Kerzen spendeten Licht.

Peter sah auf das Szenario, auf mich. Ich war erst unschlüssig, ob er mich noch mal angreifen wollte, doch stattdessen schlug er sich mit der Faust gegen den Kopf und schrie voller Inbrunst. Sein Gesicht färbte sich rot, so sehr regte er sich auf, die Adern stachen scharf hervor, die Augäpfel quollen nach vorne.

»Nein!«, schrie er. »Mach, dass er weggeht. Er soll mich in Frieden lassen. Geh weg! Geh weg! GEH! WEG!«

Mir lief es eiskalt den Rücken hinunter. Er wurde genauso panisch wie der Kerl, der das Geißlein in seinen Händen gehalten hatte. Peter schrie ein weiteres Mal, drehte sich um seine Achse, als könnte er so loswerden, was auch immer ihn befiel, dann klappte auch er in den Knien zusammen und sank nach vorne.

Ich hielt inne, wartete. Peter röchelte, krallte die Hände in seinen Kopf und wimmerte. Seine Haut veränderte sich. Seine Nägel wurden länger, er bekam Krallen, Fell wuchs ihm aus dem Nacken.

Er verwandelt sich, genau wie der Kerl in der Hütte …

Auf einmal bebte die Erde und ich hörte ein lautes Knurren. Meine Nackenhaare stellten sich auf, denn ich wusste ganz genau, was das bedeutete.

Das Eingangstor schob sich weiter auf. Wie ein Vorhang, der sich auf einer Bühne lichtete, machte es Platz für den großen schwarzen Wolf, der majestätisch den Tanzsaal betrat, als würde ihm alles hier gehören.

Von seinem Fell stiegen Rauchschwaden auf, er bleckte die Zähne, bis der Speichel auf den Boden troff und sich mit einem Zischen auflöste.

Ich wich zurück, Peter rollte sich weiter zusammen und gab Laute von sich, die wie eine Mischung aus Angstschrei und Heulen klangen.

Der Grimm trat einen Schritt ins Innere des Schlosses. Sah auf mich. Sah auf Peter. Kam näher.

Verdammt.

45. KAPITEL

Kristin

Abalion, Zeit unbekannt

Ich blickte Ash hinterher, wie er im Inneren des Schlosses verschwand, sammelte mich kurz und eilte quer über den Rasen.

Der Untergrund wurde schwammiger, je näher ich dem Rand kam. Vorsichtig setzte ich einen Fuß vor den anderen und prüfte, ob es sicher genug war, weiterzugehen. Die Temperaturen sanken deutlich. Ein undefinierbarer Geruch lag in der Luft. Wie bei einem alten Raum, in den seit Jahren kein Sauerstoff mehr hineingekommen war. Je näher ich kam, umso unwirklicher schien diese Wand aus Dunkelheit zu werden.

Ein Ort, an dem kein Licht, kein Leben existierte. An dem alles verloren war und gleichzeitig alles gefunden.

Ich blieb dicht davor stehen und kickte einen Stein hinein.

Er verschwand lautlos. Aufgesaugt im Nirwana.

Vorsichtig hob ich eine Hand und streckte sie nach vorne aus. Die Luft fühlte sich klamm und kalt an, als hätte jemand einen Mantel über mich geworfen, der vorher im Gefrierschrank gelegen hatte. Ich machte den ersten vorsichtigen Schritt und blickte zu Boden, meine Füße verschwanden in der Dunkelheit, ein Untergrund war nicht mehr zu erkennen. Ich war am Ende der Geschichte angekommen, ab hier wartete die Ungewissheit.

Oder etwas Neues.

Es war ein beklemmendes Gefühl, das mich frösteln ließ, aber wenn ich herausfinden wollte, was hier passierte, musste ich weiter.

So schob ich mich langsam in die Schwärze hinein, beobachtete, wie sie von mir Besitz ergriff, sich über meine Arme, meine Beine, meine Brust ausdehnte. Ich hielt den Atem an, rechnete damit, jeden Moment zu stürzen.

Doch ich tat es nicht.

Stattdessen wurde meine Haut mit einer dünnen teerartigen Substanz benetzt. Sie war wie ein feiner Film, der sich auf mir niederlegte. Ich hob einen Arm und tippte mit dem Finger darauf. Es fühlte sich kalt an, aber auch lebendig. Als würde mich ein Organismus umschlingen.

Igitt.

Ich schluckte den Kloß in meinem Hals runter, versuchte, mir nicht zu viele Gedanken über dieses Zeug zu machen, und ging weiter.

Schritt für Schritt drang ich tiefer ein, bis ich vollkommen von der Dunkelheit umschlossen war, eine Hand nach vorne gestreckt, um nicht gegen ein plötzliches Hindernis zu stoßen.

Ich blickte über meine Schulter und erkannte in der Ferne das Schloss. Blieb mir der Weg zurück offen, oder würde er gleich versperrt sein? Brachte mich die Dunkelheit dazu, die Orientierung zu verlieren, oder könnte ich später den Ausgang finden?

Und falls ich mich verirrte: Schaffte ich es dennoch irgendwann zurück in meinen Körper? Die letzte Vision hatte schließlich erst mit dem Angriff des Grimms aufgehört.

Mein Mund wurde trocken. Ich bemühte mich, diese Gedanken nicht an die Oberfläche zu lassen.

Immerhin hatte ich schon ganz andere Dinge in meinem Leben gemeistert, da wäre das bisschen Dunkelheit doch wohl ein Klacks!

Ich ging weiter, und so wie sich mein Geist mit der Situation abfand, gewöhnte sich auch mein Körper an die Lichtverhältnisse. Meine Sinne erwachten, ich hörte leise Geräusche, aber es klang nach nichts, was in einem Märchen vorkommen konnte: die Stimmen von Männern; aufgeregtes Gemurmel; Schritte; das Klicken von Handschellen. Ich erkannte Marcel und Sebastian, aber ich verstand nicht, was sie sagten. Sogar die Autos auf der Straße waren zu hören, und ganz leicht roch ich die Abgase aus Frankfurt. Offenbar war in dieser Finsternis die Grenze zwischen Abalion und unserer Welt dünner.

Bedächtig tastete ich mich voran, nahm mehr Geräusche wahr. Das Ping eines Aufzuges, das aufgeregte Atmen einer Person, das Startgeräusch eines Laptops. Ich fokussierte mich darauf, versuchte, so viel wie möglich wahrzunehmen.

Je mehr ich mich darauf einließ, umso klarer wurde alles. Ich atmete tief ein und aus und erkannte ein helles Flirren vor meinen Augen. Es verschwand so rasch, wie es gekommen war, dafür erschien es an einer anderen Stelle: ein goldenes, kreisrundes Licht.

Als ich ihm meine Aufmerksamkeit widmete, verwandelte es sich jedoch und formte ein Schriftzeichen. Das Masali-Zeichen für Aschenputtel. Es war vorhin auf Peters Brust erschienen und hatte mich in diese Vision geschleudert.

Es schwebte um mich herum, kreiste vor mir, verschwand, kam wieder. Weitere Symbole gesellten sich dazu. Ich kannte sie nicht, aber sie ähnelten sich in der Aufmachung.

»Was ist das?«

Die Symbole vibrierten, als ich die Frage stellte. Als wollten sie mir kollektiv antworten.

»Ihr versteht mich?«

Wieder ein Aufflackern. Sie drehten nun schneller um mich herum, schienen nur darauf zu warten, dass ich ihnen Anweisungen gab.

»Ich …«

Auf einmal rumpelte es hinter mir und ein tiefes Beben rauschte durch die Erde. Mir stellten sich die Nackenhaare auf, denn ich wusste genau, was das zu heißen hatte: der Grimm.

Er kam.

Die Schriftzeichen erloschen, als hätte der Grimm sie verscheucht. Ich blickte noch mal zurück, aber ich erkannte weder den Garten noch den Tunnel.

Mist.

Meine Eingeweide zogen sich zusammen. Ich ging ein paar Schritte, gelangte aber nirgendwohin. Ich war wie von der Erde losgelöst, gefangen in einer Welt, in der es kein Oben oder Unten gab. Kein Gestern und kein Heute.

Jorges Worte kamen mir in den Sinn, als er sagte, dass in Abalion keine Zeit existierte, dass alles parallel ablief, und langsam verstand ich, was er damit meinte.

Diese Dunkelheit war wie eine Zwischenwelt. Sie gehörte weder nach Abalion noch zu unserer, sie war eine Verbindungsschicht zwischen hier und dort und hielt alles zusammen. Sie existierte auf allen Zeitebenen parallel.

Diese Symbole konnten mir zeigen, worauf ich mich konzentrierte. Ich fühlte, wie sie sich meinem Geist unterwarfen, wie sie auf meine Befehle warteten und mir enthüllen würden, was immer ich mir wünschte.

Vorausgesetzt, sie kämen wieder.

»Hallo?«, rief ich in die Dunkelheit und wartete. Es dauerte, ehe ich eine Reaktion erhielt. Immer wieder brodelte die Erde und das Geknurre des Grimms drang zu mir herüber. Ich versuchte, es zu ignorieren und mich auf die Mission hier zu konzentrieren. Ash war das letzte Mal entkommen, er hatte dieses Leuchten aus seinen Händen geschossen und war geflohen. Es würde ihm auch heute gelingen, sich dem Grimm zu stellen. Ganz sicher.

Ganz sicher.

Das erste Symbol blitzte auf, dann das nächste und das nächste und wieder eins.

Sehr gut.

»Das … das Büro, das ich eben gesehen habe«, sagte ich rasch, ehe sie wieder verschwinden konnten.

Die Schriftzeichen vibrierten.

»Ich möchte gerne dorthin.«

Sie flammten nacheinander auf, flackerten, drehten sich schneller im Kreis. Ich wurde nach vorne gezogen, es fühlte sich ähnlich an wie der Übergang in eine Vision.

Diese Dunkelheit arbeitete mit mir. Es war komisch. Und vertraut. Als würde ich das nicht zum ersten Mal machen. Als wäre ich schon öfter hier gewesen.

Ehe ich mir weiter darüber Gedanken machen konnte, wurde ich nach vorne gezogen und hörte das Klicken einer Tür.

Ich riss die Augen auf, die Finsternis lichtete sich, spuckte mich förmlich aus und gab mir einen Schubs in eine neue Umgebung. Ich taumelte in einen großen Raum. Erst war alles unscharf, als hätte ich eine Brille mit zu starken Dioptrien auf, doch dann wurde es klarer.

Das war nicht nur ein Raum, das war eine leere Wohnung.

Die bodentiefen Fenster waren mit blickdichter Folie überklebt, ich konnte nichts von draußen erkennen. Kein Geräusch drang herein, was wohl an der Verglasung lag. Die Wände waren alle weiß und mit blutroten Zeichen bemalt. Diese Symbole verfolgten mich wirklich überallhin.

Irgendetwas kam mir sehr bekannt vor, ich konnte es noch nicht ausmachen. Hinter mir war die Tür zum Ausgang, dann gab es eine offene und leere Küchenzeile, zwei weitere Räume zu meiner Linken und einen zur Rechten. Ein Flur führte weiter in die Wohnung hinein. Ich drehte mich herum und hätte vor Schreck fast geschrien, denn jemand stand mir gegenüber!

Erst beim zweiten Blick bemerkte ich, dass es ein Spiegel war und ich in mein Ebenbild geblickt hatte.

Mann …

Ich trat langsam näher. Der Spiegel war ein wundervolles Kunstwerk und an die drei Meter hoch, der Rahmen rabenschwarz und mit wundervollen Motiven verziert. Blumenranken, Steine, Efeumotive. Ganz oben war eine leere runde Stelle. Die Oberfläche des Spiegels war matt. Ich erkannte mich zwar, aber unscharf. Eher wie ein Schemen. Ich wollte ihn mir genauer ansehen, doch da hörte ich ein Geräusch.

Es kam von einem Zimmer links von mir. Ich stockte und drehte mich in die Richtung.

Die Tür stand einen Spalt offen, ein Schatten bewegte sich darin.

»Ash?«, flüsterte ich.

Keine Antwort.

Ich spannte die Arme, machte mich bereit zur Verteidigung, falls es nötig sein sollte, und ging auf das Zimmer zu. Als Erstes kamen leere Pizzaschachteln in mein Blickfeld. Sie stapelten sich in einer Ecke. Daneben lag eine graue abgenutzte Decke, darauf ein Kissen und ein Teller mit einem halb aufgegessenen Brötchen, das zum Teil noch in einer Tüte steckte.

Ich erkannte ein weiteres Fenster, das genauso zugeklebt war wie alle anderen, dann einen Schreibtisch und … Jemand bewegte sich und setzte sich hin.

Ich drückte mich dicht an die Wand, schlich auf die Tür zu und drehte mich so, dass ich besser hineinschauen konnte. Der Mann saß

46. KAPITEL

Ash

Abalion, Zeit unbekannt

Ich wich langsam zurück, während der Grimm sich auf Peter stürzte.

»Nein!«, schrie Peter und riss die Hände nach oben. Seine Verwandlung schritt weiter voran, seine Arme waren mittlerweile mit Fell bedeckt. »Ich will dir nicht dienen.«

Der Grimm gab nur einen tiefen Laut von sich, wie um ihm zu sagen, dass es dazu längst zu spät war. Er riss sein Maul auf, Peter rollte sich weiter zusammen, der Grimm sank hinab, wollte zubeißen …

»Hey, Zottelkopf!«, rief ich und verteufelte mich selbst für diese wirklich, wirklich, wirklich(!) dumme Idee.

Der Grimm hielt inne, blickte zu mir. Seine gelben Augen fixierten mich, verengten sich zu Schlitzen und schienen abzuwägen, ob er mich kannte oder nicht.

»Ich …« *Verdammt, Ash!* Ich hätte mir wenigstens einen Plan zurechtlegen können. »Lass ihn in Frieden!«

Ja, wow. Das klang so richtig Furcht einflößend.

Der Grimm knurrte mich an, lehnte sich in meine Richtung, doch dann wandte er sich wieder Peter zu. Er leckte über seine Lefzen und trat mit einem Fuß auf Peters Brustkorb. Der Arme röchelte, schnappte nach Luft und wollte unter dem Grimm hervorkriechen, doch es gelang ihm nicht.

Ranken wuchsen von den Klauen des Grimms in Peters Körper, wanderten über seine Arme, seine Beine, seine Brust und auch über seinen Kopf. Peter wand sich, wollte sich daraus befreien, doch er konnte nicht.

Ich schluckte, machte einen Schritt auf den Grimm zu und überlegte, wie ich ihn aufhalten konnte. Das Leuchten noch mal zu rufen, wäre eine Möglichkeit, aber mir war natürlich klar, dass dann auch das Mal wachsen würde.

Ich hatte nicht vor, es weiter zu füttern. Also, was konnte ich noch tun? Ich blickte mich um und nahm das Erste, was mir in die Finger kam: einen Stuhl.

Die Ranken hatten Peter mittlerweile fast komplett eingeschlossen und vermoosten zusehends. Es sah aus, als steckte er in einem Kokon.

Ich holte aus, donnerte dem Grimm den Stuhl auf den Rücken, aber das beeindruckte ihn natürlich keinen Meter.

Er schüttelte die Trümmerteile ab, bäumte sich über Peter auf und biss ihm in den Bauch. Peter zuckte zusammen, röchelte, schlug mit den Händen auf die Erde. Die Ranken wucherten weiter über seinen Körper, bis sie ihn komplett bedeckten.

Ich griff mir noch mal einen der Stäbe, die neben dem Thron standen, und zielte auf den Grimm. Er ruckte an Peters Eingeweiden, doch es sah nicht so aus, als wollte er ihn auffressen. Wo er seine Zähne hineingewuchtet hatte, drang ein rotes Glimmen durch Peters Haut. Es breitete sich auf und in ihm aus und schien von ihm komplett Besitz zu nehmen.

Ich zielte mit dem Stab auf ihn, der Grimm hob eine Tatze und wehrte den Stab noch in der Luft ab.

Der Kokon schloss sich um Peter herum und erstickte jeden Laut, den er von sich gab. Erst als er sich nicht mehr rührte, gab der Grimm ihn frei und blickte zu mir. Seine Augen durchbohrten mich bis tief in meine Seele, er fletschte die Zähne.

Dieser Moment vorhin, als ich noch hatte fliehen können … Der war vorüber.

»Verdammt.« Ich drehte herum, der Grimm sprang nach vorne, wollte mich schnappen, doch ich war schneller weg und er donnerte mit voller Wucht in die Wand hinter mir. Ich blickte zu Peter, der reglos dalag. Das Rot pulsierte im Inneren des Kokons, es sah aus, als würde es dort ein neues Wesen züchten.

Ich wandte mich von dem Anblick ab und eilte auf das große Tor vorne zu. Der Grimm holte rasch auf, biss nach meiner Ferse, ich wich wieder aus, kam ins Straucheln, überschlug mich zweimal und rutschte in den Blutlachen der Gäste quer über die Tanzfläche.

Teufel, wie ekelhaft!

Ich rollte einmal herum, versuchte, auf die Füße zu kommen, doch es war zu glitschig. Dem Grimm erging es auch nicht besser, er kam auf die Tanzfläche, wollte mir nachsetzen, aber seine Pfoten rutschten auseinander und er landete bäuchlings auf dem Boden.

Ich zog mich wieder hoch und eilte weiter. Der Grimm richtete sich ebenfalls auf, brüllte, fuhr mit seinem massigen Körper herum und fegte einige der Leichen weg. Ich blickte nicht mehr zurück, das Tor kam näher und näher – gleich hätte ich es rausgeschafft.

Ich machte einen letzten Satz, bekam einen Schlag ins Kreuz, kippte nach vorne und stürzte die Treppen hinunter. Jede Stufe schlug mir hart ins Kreuz, ich spannte meinen Körper an und hoffte, es so zu überstehen.

Schließlich war ich unten, richtete mich benommen auf und blickte zurück. Der Grimm kam aus dem Tor gefegt, hatte aber zu viel Schwung und landete weit vor der Treppe. Ich rannte los, in die Richtung, in der ich Kris zurückgelassen hatte. Ich musste sie wenigstens warnen, falls sie überhaupt noch da war. Der Grimm nahm die Verfolgung auf, machte rasch Meter gut, er holte aus, erwischte mich mit seiner Pranke auf der Seite und riss mir die Haut auf. Ich stürzte, keuchte und rollte herum. Der Grimm setzte nach, wollte nach mir schnappen, doch ich drehte mich weg und kam erneut auf die Beine. Mir war schwindelig, die Wunde brannte wie Feuer, aber ich rannte weiter.

Kris war nirgendwo zu sehen, dafür war eine merkwürdige Schwärze rund um das Anwesen aufgezogen. Es sah aus, als hätte jemand einen Vorhang heruntergelassen, der sämtliches Licht absorbierte. Der Grimm machte einen Satz und war auf einmal neben mir. Ich ließ mich zurückfallen, sah mich um, ob hier irgendetwas war, mit dem ich fliehen konnte. Wo war ein verdammtes Pferd, wenn man es brauchte?!

Ich drehte um, rannte in die andere Richtung. Weg vom Grimm. Er nahm die Verfolgung auf und setzte mir nach. Okay, nun wäre der perfekte Zeitpunkt, an dem diese Lichtenergie aus meinen Händen blitzen könnte. Ich hob sie, schnippte mit den Fingern, aber nichts passierte.

Was bei allen Henkern hatte ich beim ersten Mal getan?

Ich war auf dem Brunnen gestanden, der Grimm hatte Kris angreifen wollen, ich hatte gedacht: *Wäre schade drum, wenn er sie frisst* – und dann war es passiert.

Meine Handflächen wärmten sich bei dem Gedanken daran auf. Ich starrte sie an, das erste leichte Leuchten drang aus ihnen hervor, und …

Der Grimm sprang mir in den Rücken. Ich flog nach vorne auf die Wiese und überschlug mich. Der Grimm hechtete über mich, ich rollte herum, sprang auf meine Beine.

So ging das nicht weiter. Ich brauchte eine andere Taktik, bis ich dieses Leuchten aus meinen Händen generieren konnte.

Der Grimm fuhr noch einmal herum, um erneut nach mir zu schnappen. Ich duckte mich weg, rollte mich nach vorne ab und sprang ihn stattdessen an. Ich bekam sein Bein zu fassen, er hob es hoch, wollte mich abschütteln, aber ich krallte mich fest und zog mich nach oben, bis ich auf seinen Rücken gelangte. Der Grimm biss nach mir, aber ich war außerhalb seiner Reichweite und kraxelte bis in seinen Nacken. Er schnaubte wutentbrannt, drehte sich um seine eigene Achse wie ein bockendes Pferd, das seinen Reiter abwerfen wollte.

Wir tanzten förmlich über die Wiese, er wurde mit jedem Augenblick wütender. Ich krallte meine Hände in sein Fell und suchte erneut nach der Energie in mir. Jetzt, da ich so nah Kontakt zu ihm hatte, schien es mir leichterzufallen, an diese Kraft anzudocken.

Meine Hände erwärmten sich, der Grimm brüllte, schnappte ein weiteres Mal. Ich verlor fast das Gleichgewicht, packte aber nach seinem Fell und schloss die Finger darum.

Der Grimm bäumte sich auf, preschte voran. Er ließ sich nach vorne fallen, ich versuchte, mich festzuhalten, doch ich flog über seinen Kopf, überschlug mich ein paar Mal und blieb liegen.

Mir wich sämtliche Luft aus der Lunge. Ich richtete mich benommen auf und schüttelte mich.

Zwei gelbe Augen fixierten mich. Ich stemmte mich auf die Füße, hob meine Hände und suchte nach der Kraft, die darin wirkte.

Der Grimm brüllte so laut, dass es mir fast das Trommelfell zerriss. Ich versuchte, es zu ignorieren, konzentrierte mich auf das Strahlen, das ich schon mal erzeugt hatte. Ich wollte es wieder wachrufen, wollte es einsetzen.

Der Grimm griff mich an.

Ich riss die Hände nach oben – das grelle Leuchten entlud sich. Der Grimm heulte vor Schmerzen, das Leuchten erfasste ihn und zwang ihn in die Knie.

Sogleich erbebte das gesamte Anwesen, löste sich genauso auf, wie es vorhin entstanden war.

Der Grimm jaulte, bis er von der Erde verschluckt wurde und in dem Chaos versank, das um mich ausgebrochen war.

Für Momente war ich schwerelos.

Ich steckte zwischen hier und der Heide und dem Kloster und Abalion. Ich löste mich auf, meine Seele suchte nach meinem Körper.

Er musste draußen sein. Vor der Heide. Dort, wo die Zentauren mich zurückgelassen hatten.

Ich schwebte dahin, versuchte, in meinen Körper zu finden und nicht mehr beim Prinzen zu landen.

Zurück. Zurück. Zurück. Das war alles, woran ich dachte – und dann tatsächlich fand ich ihn.

Ich fühlte den weichen Boden unter meinem Rücken, roch das Gras, den Wald, spürte sogar das kühle Metall des Messers an meiner Seite.

Und ich war nicht allein.

Ich blinzelte, öffnete die Augen und sah eine helle Gestalt über mir. Sie beugte sich näher, strich mit ihren angenehm warmen Fingern über meine Haut.

Moon.

Ihre Miene war verzogen voller Sorge und Kummer.

Ich atmete ein, spürte eine Woge der Erleichterung bei ihrem Anblick und kurz darauf den Druck der Angst. Es war nicht gut, ihr so nahe zu sein.

Aber es fühlte sich gut an.

Zu gut.

»Ach Ash«, sagte sie leise. »Was an *Halte dich von nun an raus* hast du denn nicht verstanden?«

Ich schob sie weg, wollte mich aufrichten, doch ich konnte den anderen Arm kaum noch bewegen. Er brannte lichterloh. Der Schmerz zog sich von meiner Hand nach oben zu meiner Schulter. Ich hob ihn an und zuckte zusammen. Dunkle Nebelschwaden hatten ihn eingehüllt und zogen sich um meine Haut.

Der Lohn für das Vertreiben des Grimms. Der Fluch hatte sich ausgebreitet.

»Was … was ist das?«

»Die Schatten. Sie holen dich. Von nun an wird es nur noch schneller gehen. Du hast den Fluch potenziert, Ash.«

Na, wenn das mal nicht ganz großartig war …

47. KAPITEL

Kristin

Ort unbekannt, Zeit unbekannt

Wir starrten uns an. Eingefroren vor Entsetzen.

Er, weil er mich vielleicht doch sah und nicht glauben konnte, dass jemand in seiner Wohnung stand.

Ich, weil ich nicht fassen konnte, dass er es war.

Aber ich täuschte mich nicht.

Ich kannte ihn, auch wenn ich ihn bisher nur einmal auf einem Foto gesehen hatte.

Professor Middleton. Dillons Vater.

Er lebte.

Er war nicht in dem Haus verbrannt, sondern stand hier vor mir und er hatte die Anthologie dabei.

Das Buch, das Black Wolf auslöste.

Das Buch, das dieses ganze Chaos anrichtete.

Das Buch, das er selbst in dem Bunker in den 1980ern gefunden hatte.

Seine Frau war die erste Täterin gewesen. Und sie hatte seine Familie zerstört.

Seine Hände fingen an zu zittern. »W-wer ist hier?«, fragte er unsicher.

Sein Blick wanderte ein paar Zentimeter nach rechts, dann nach links.

Ich trat einen Schritt nach vorne und wedelte mit der Hand. »Professor?«

Er sog die Luft durch die Zähne und kam näher. Sein Atem ging schneller. Der Professor sah mittlerweile anders aus als auf der Fotografie.

Seine Haare waren grauer und lichter geworden, er bekam eine Glatze, dafür war sein Bart dicht und fast weiß. Seine Haut wirkte ungesund und eingefallen, aber das Schlimmste an ihm waren seine Augen.

Sie waren leer.

Und ausgelaugt.

Kein Funken Lebensfreude war mehr in ihnen, nur noch ein allumfassender Schmerz.

Der Professor war dem Wahnsinn verfallen. Und dem Kummer. Er hatte sich zurückgezogen in eine Welt, in der es nichts anderes gab außer Leid und Tod. Er trug dies hinaus zu den Menschen, er brachte ihnen dieselbe Pein, die er erdulden musste.

»Ich … mein Name ist Kris Collins. Ich kenne Ihre Tochter. Dillon. Ich arbeite mit ihr zusammen. Wir versuchen, diesen Wahnsinn zu stoppen.«

Keine Ahnung, ob er mich hörte oder nicht. Zitternd lief er in der Wohnung herum und sah sich um. »Niemand darf hier sein.« Er ging zu einer Wand und hämmerte dagegen. »Niemand!«

Als Antwort ertönte ein Knurren. Es kam von allen Seiten und klang, als wäre ich plötzlich von einer Horde Wölfe umzingelt.

»Bitte«, sagte ich und ging auf ihn zu. Er zuckte zusammen, wich zurück zu dem Zimmer, aus dem er eben gekommen war.

»Sie werden dich fressen!«, rief er, rannte in den Raum und kam fünf Sekunden später mit dem Buch unter dem Arm wieder.

Ich schreckte unwillkürlich zurück.

Diesem Werk so nahe zu sein – wenn auch nur in einer Vision –, ließ meine Zellen vibrieren. Ich fühlte all die Macht und Energie, die darin steckte, ich fühlte, wie es im Inneren brodelte und wie das Böse sich zusammenzog, um sich mit voller Wucht zu entladen. Dieses Buch war ein Kunstwerk, ohne Frage. Eins aus der Hölle.

»Bitte hören Sie auf. Da draußen sterben so viele Menschen.«

Der Professor eilte zur Mitte des Raumes, sah auf die Schriftzeichen an den Wänden, dann klappte er das Buch auf und legte eine Hand auf die Seiten. »Helft mir!«, brüllte er.

Leise Stimmen drangen zu mir durch, sie schwatzten wirr: Männer, Frauen, Kinder. Die Symbole um mich herum flammten auf, kündigten den Tod und die Verdammnis an.

Erst da wurde mir klar, dass diese Zeichen so viel sein konnten. Sie hatten mir vorhin geholfen, aber sie konnten auch vernichten. Sie waren ein Werkzeug, das sich sowohl für das Gute als auch das Böse einsetzen ließ. Wie ein Messer, das man auf der einen Seite nutzen konnte, um Gemüse zu schneiden, auf der anderen, um jemanden umzubringen.

Genau das war diese Schrift. Eine Waffe. Ein Ausdruck unserer Gefühle, unserer Gedanken, unserer Wünsche.

Und der Professor hatte nur einen Wunsch: mich aufzuhalten.

»Sieh an, sieh an«, sagte eine Frau hinter mir. »Ein Eindringling.«

Ich fuhr herum. Es war die, die ich im Fernsehen gesehen und durch die ich meine erste Vision erhalten hatte. Sie lief auf mich zu, die Bluse aufgerissen, die Augen leer und tot. Ich wich vor ihr zurück, sie kam näher und näher, und während sie ging, veränderte sie sich. Sie kippte vornüber, ihr wuchsen ein langes schwarzes Fell, Klauen, eine Schnauze und spitze Ohren. Ich ging einen weiteren Schritt, stieß gegen jemanden und fuhr erschrocken herum.

»Er hat dich im Visier, er gibt niemanden wieder her«, sagte der Mann aus der Hütte mit schwerem spanischen Akzent. Ich schob ihn von mir und wich auch vor ihm weg. Wie die Frau verwandelte er sich ebenfalls in einen Wolf.

»Du musst vernichtet werden«, sagte nun auch Peter von rechts und wandelte sich wie die beiden anderen. Zu dritt kesselten sie mich ein und waren kaum voneinander zu unterscheiden.

Sie umrundeten mich. Peter kam von hinten, der Mann von vorne, die Frau von der Seite.

Ich fuhr herum, versuchte, sie alle im Blick zu halten.

Peter knurrte und hob bedrohlich die Lefzen, das gab wohl den Startschuss. Er sprang los, der Mann gleichzeitig mit ihm. Ich duckte mich weg, sie prallten aufeinander. Die Frau nutzte die kurze Verwirrung und griff mich ebenfalls an. Sie stürzte von vorne gegen meine Brust, zielte mit ihren langen Zähnen auf meine Kehle, ich ließ mich nach hinten fallen und schüttelte sie in einer halben Rolle ab.

Sofort setzten die beiden anderen nach, und mir war jetzt schon klar, dass ich es nie und nimmer mit allen dreien aufnehmen konnte. Ein Wolf traf mich von der Seite, riss mich von den Beinen und biss mir in den Arm. Der Schmerz war betäubend und brannte wie Feuer.

Ich trat ihm gegen die Flanke, so fest ich konnte. Er heulte nur kurz auf, da kam schon ein anderer Wolf und schnappte ebenfalls nach mir.

Ich brauche eine Waffe! Ich muss mich wehren! Irgendwie!

Auch er biss zu, erwischte mich an der Schulter und zerrte mich zu sich, während der erste mich in die andere Richtung zog. Zum Glück trug ich noch die kugelsichere Weste, die ich beim Start in die Vision angezogen hatte, sodass der Wolf an meiner Schulter sich nur im Stoff verbiss. Sie schüttelten mich und ruckten an mir, als wollten sie mich zweiteilen. Nun richtete sich Wolf Nummer drei auf mich aus und schnappte nach meinem Bein. Ich zog es an und trat ihm mit Wucht auf die Nase. Er jaulte, wich zurück, kam aber sofort wieder.

Ich sah mich um. Der Professor blickte sich wirr im Raum um, ich war mir nicht sicher, ob er mitbekam, was hier abging, oder es nur vermutete. Er klappte das Buch zu und rannte zur Ausgangstür.

»Nein!«, schrie ich und wurde auf den Boden gedrückt.

Der dritte Wolf erwischte mich am Bein und versenkte seine Zähne in mir. Ich trat nach ihm und traf seinen Kopf. Er ließ kurz von mir ab, ich spannte die Oberschenkelmuskeln und zielte auf den, der an meinem Arm riss. Mein Fuß streifte ihn am Ohr, er knurrte, biss fester zu.

Ich kann das schaffen. Ich kann. Ich muss.

Die Zeichen an den Wänden flammten wieder auf. Ich spürte die Verbindung zu den Märchen, spürte Abalion und seine unbegrenzten Möglichkeiten.

Konnte ich sie vielleicht nutzen? Ich hatte einen Zugang dorthin. Das hier war nicht real – und ich somit in der Lage, es zu beeinflussen.

Wie Neo in der Matrix.

Ich trat erneut gegen den Wolf an meinem Arm, schaffte es, mich loszureißen und aufzurichten. Ich torkelte zur Tür, konnte sie aufreißen. Ein Gang erstreckte sich vor mir und endete an einem Aufzug.

Auf den Türen war ein Emblem angebracht, das ich natürlich sofort erkannte, denn auch das hatte ich vor Kurzem erst gesehen: der Grand Tower!

Deshalb war mir die Wohnung so bekannt vorgekommen! Der Professor hatte uns die ganze Zeit vor der Nase … Die Wölfe rissen mich ein weiteres Mal nieder. Verbissen sich in meinen Armen, meinen Beinen, meiner Seite.

Der Schmerz war betäubend, ich wusste nicht, wo ich noch hinschlagen sollte. Also rollte ich mich zusammen und schützte mich, so gut es ging. Es hielt die Wölfe nicht ab, sie ruckten und zerrten an mir, als wäre ich ein Stück Aas, das sie unter sich aufteilen mussten. Meine Seele stand in Flammen, ich konnte nichts mehr denken, nichts mehr fühlen. Ich war in einer Hölle gefangen, in der Bestien versuchten, mich auseinanderzunehmen. Doch statt mich zu töten, rissen sie mich in die Finsternis. Alles färbte sich blutrot, ich hörte Männer und Frauen stöhnen, spürte ihre Qualen körperlich und wusste, dass es die Black-Wolf-Täter waren. Sie starben, und sie wurden wiedergeboren.

Sie waren die Gefangenen des Grimms, und er würde sie bis in alle Ewigkeit festhalten und zu seinen Sklaven machen. Er wollte auch mich.

Mit jedem Biss, den sie mir zufügten, wuchs mehr von einer moosartigen Substanz auf meiner Haut. Sie breitete sich über meinen Körper aus und verschlug mir den Atem. Die Wölfe zerrten an mir, ich fühlte ihre Hitze, ihre Wut, ihre Angst, einfach alles. Sie lebten in einer niemals enden wollenden Hölle. Wie die Figuren in Dantes Inferno waren sie verdammt, für immer in ewiger Folter zu existieren. In ewigem Leid.

»*Kämpfe gegen ihn an*«, hörte ich die Stimme der Frau aus meiner ersten Vision in meinem Kopf.

Mein Sichtfeld grenzte sich ein, alles versank im Blut und im Grauen. Meine Seele schrie nach Erlösung, mein Körper flehte um den Tod. Die Substanz drang nun auch in meine Haut ein, sickerte in meine Zellen und ich spürte die Veränderung, die sie dort auslöste.

Meine Gedanken wurden träger, es fiel mir schwer, mir meiner selbst bewusst zu bleiben, denn auf einmal waren da nur noch der Grimm und sein Reich.

Seine Dunkelheit.

Ich sah mich erneut auf der Lichtung stehen, als ich das erste Mal nach Abalion gekommen war und die Frau getroffen hatte. Sie wartete dort und lächelte wissend.

Zeit spielte keine Rolle mehr.

Das Leben spielte keine Rolle mehr.

Ich war ein Teil hiervon geworden und würde es für immer sein.

Die Frau hob die Faust, ich spiegelte die Bewegung, ohne es bewusst zu steuern.

Sie öffnete die Finger.

Ich ebenso.

Sie nickte mir zu.

Ich blickte auf meine Handfläche. Darin lag das Samenkorn.

Sie hatte es mir bei der ersten Begegnung gegeben.

»*Was ist das?*«, hatte ich sie gefragt.

»*Der Anfang und das Ende. Du wirst wissen, wenn es so weit ist.*«

»Alles ist eine Illusion«, sagte sie. »Nutze deine Kraft und erschaffe.«

»Wie meinst du …« Ich wurde zur Seite geschleudert und prallte gegen eine Wand. Es fühlte sich an, als hätten die Wölfe mich in meine Einzelteile zerrissen. Alles in mir stand in Flammen! Die Tiere fielen ein weiteres Mal über mich her.

Sie zerrten, ich trat zu. Blind. Benommen. Hilflos.

Mein Kopf dröhnte, ich sah nur noch Punkte und schwarzes Fell vor mir.

»*Nutze deine Kraft und erschaffe …*«, hörte ich es wieder.

Erschaffe.

Erschaffe.

Das Samenkorn in meiner Hand wärmte sich auf, als wollte es auf sich aufmerksam machen.

Ich konzentrierte mich darauf, ließ es zu und dachte daran, dass ich eine Waffe brauchte. Dass ich mich wehren musste.

Etwas Hartes formte sich in meiner Hand. Es wuchs und wuchs, ich fühlte Metall, Holz, einen Griff, eine Klinge.

Ich drehte den Kopf und entdeckte ein Messer in meiner Hand. Ich schloss die Hand fester um den Griff, drehte es und stach dem Wolf ohne Zögern in den Hals. Er jaulte, ließ endlich meinen Arm los und ich konnte ihn von mir schieben. In dem Moment zerrte der andere mich mit sich. Ich fuhr herum und stach auch ihm in die Schnauze. Sein Geheul ging mir durch Mark und Bein.

Statt mich loszulassen, bissen die Wölfe stärker zu. Ich stach blindlings um mich, versuchte, sie von mir zu halten und spürte, wie ich von ihnen weggerissen wurde.

Wie mein Geist seinen Weg zurück in meinen Körper suchte, wie ich langsam aus der Vision zurückkehrte und alles hinter mir ließ, was hier passiert war.

»Kristin!«, hörte ich Sebastian rufen und folgte seiner Stimme.

Nach Hause. Nach Hause. Nur noch nach Hause.

Ich löste mich aus der Vision heraus, ich löste mich von den Wölfen, den Bissen, ihrem Geziehe und Gezerre – und riss die Augen auf.

48. KAPITEL

Kassel, Deutschland. 1823 n. Chr.

Waylon hielt mit zittrigen Händen das Glas umklammert und starrte in die helle Flüssigkeit darin.

Zweihundert Jahre!

So lange Zeit war nun seit seiner Befreiung aus der Höhle vergangen. Zwei Frauen hatten ihn gefunden, als sie selbst auf der Suche nach einem Versteck für einen wertvollen Gegenstand gewesen waren. Sie waren ziemlich erschrocken gewesen, als sie ihn aus Versehen ausgemauert und festgestellt hatten, dass er noch lebte. Nach dem ersten Schock hatten sie ihn vorsichtig aus seinem Grab geholt und ihm geholfen, wieder auf die Beine zu kommen.

Danach war Waylon zurück nach Frankfurt gegangen. Die Männer, die ihn damals eingemauert hatten, waren natürlich lange tot. Waylon war dennoch an den Ort zurückgekehrt, an dem er alles verloren hatte. Er hatte es noch mal sehen müssen, aber als er ankam, stellte er fest, dass es nichts mehr zu sehen gab.

Der Berg war weg. Aufgelöst in dem Chaos, das er und Kaia einst wachgerufen hatten.

Aus dem Dorf war eine Stadt geworden. Sie war gewachsen, gediehen und ihm völlig fremd. Die Menschen waren gesichtslos für ihn. Der Ort erdrückend.

Waylon wusste, dass er nie mehr hier leben könnte, dass er weiterziehen musste. Weg vom Tod seiner Liebsten. Weg von seiner Dunkelheit.

Und so war er gegangen.

Er war allein von Stadt zu Stadt gereist, war durch Deutschland gezogen, durch Frankreich, nach Spanien, Portugal, weiter nach Italien und erneut einmal quer durch Deutschland bis nach England. Er hatte Europa studiert und kennengelernt, war für zehn Jahre nach Amerika gefahren und hatte sich dort aufgehalten.

Die ganze Zeit über hatte der Grimm ihn begleitet. Nach wie vor kam er in den Neumondnächten, machte Waylon weiterhin das Leben zur Hölle.

Waylon hatte alles versucht, es erträglicher zu halten. Er hatte die stärksten Drogen genommen, die er hatte finden können, er hatte sich Kugeln in den Kopf und in den Bauch geschossen, er hatte sich die Pulsadern aufgeschnitten, sich erhängt, sich von einer Brücke geworfen, Männer angestellt, die ihn erstachen, enthaupteten oder erschossen.

Jedes Mal war er zurückgekehrt. Der Grimm hatte ihn einfach aus dem Tod gezerrt und ihn ins Leben geholt, egal, wie oft Waylon versucht hatte, genau diesem zu entrinnen.

Irgendwann hatte er sich auf den Weg zurück ins Kloster gemacht. Zurück nach Indien. Er wusste, dass er, laut Legende, nie mehr dort hinkäme, dennoch klammerte Waylon sich an die Hoffnung, dass er bei den Masali eine Antwort finden konnte.

Abgesehen davon hatte sein Leben sowieso jedweden Sinn verloren. Genauso gut konnte er im Nubra-Tal herumirren. Für den Rest seiner Zeit, falls es sein musste.

Er hatte genau das getan, hatte drei, vielleicht fünf Jahre gebraucht, bis er zusammengebrochen und nicht mehr aufgestanden war. Als er dort in der Einsamkeit der Wüste lag und sich seinem Schmerz hingab, kamen alle Eindrücke von damals zurück: Die Reise mit Kaia, die Geburt, ihre Schwangerschaft, die Zeugung …

Waylon hatte Kaias Küsse gespürt, hatte ihren Körper genommen, sie zwischen den Büchern geliebt, um dann in die Bibliothek zu gehen und den verbotenen Bereich zu betreten. Er hatte alles noch einmal erlebt, war noch einmal von den Feen drangsaliert worden …

»*Dann wirst du verrückt.*« Das war er längst.

»*So lange, bis du einen Ersatz findest.*« Einen Ersatz?

»*Ja, einen Ersatz.*«

Waylon trank einen Schluck des Whiskeys und spürte, wie dieser seine Kehle hinunterrann. Alkohol. Er hatte sich über die Jahre hinweg zu großer Trinkfestigkeit trainiert. Waylon konnte es mit jedem aufnehmen. Daher bestellte er noch einen Drink und sah sich um. Seine Verabredung musste bald kommen. Normalerweise war Jacob pünktlich, vor allen Dingen, wenn es darum ging, eine neue Geschichte zu hören.

Waylon hatte lange gebraucht, das Vertrauen der Brüder Grimm zu erlangen.

Die beiden waren außergewöhnlich begabt, trugen Geschichten aus aller Herren Länder zusammen und veröffentlichten diese. Manchmal fragte Waylon sich, ob die zwei wohl Nachfahren der Masali waren.

Nachfahren von Menschen, die es nicht mehr gab.

Fast nicht mehr.

»Wie sieht es aus?«, fragte eine Frau und ließ sich auf den Barhocker neben ihn gleiten. Sie trug ein teures Kostüm, hatte die blonden Haare nach oben gebunden und das Gesicht unter einem Schleier versteckt, der an einem Hut angebracht war.

»Er müsste gleich kommen«, antwortete er. »Hab Geduld.«

»Die habe ich selten.«

»Ich weiß, Isa.«

Geduld hatte sie in all diesen Jahren, seit Waylon sie aus dem Geröll des alten Klosters geholt hatte, nie bewiesen.

Waylons Suche war damals nicht umsonst geblieben. Als er nach seinen Halluzinationen über Kaia wieder klar hatte denken können, fand er sie schließlich: die Überreste des Klosters. Vergraben unter jeder Menge Schutt.

Die nächsten Jahre hatte er damit verbracht, dort Ausgrabungen vorzunehmen. Waylon hatte die Arbeiter erst gut bezahlt, ihr Schweigen über das Vorhaben so erkauft – und sie nach Abschluss der Expedition umgebracht.

Er hatte keine Zeugen gewollt, denn sein Fund war zu außergewöhnlich gewesen. In dem Geröll, dem Gestein, den zerfallenen Wänden war er auf zwei Menschen gestoßen. Sie hatten den Zerfall überlebt. Sie hatten, genau wie Waylon, in der Dunkelheit ausharren müssen und hoffen, dass sie jemand befreit.

Isa und Salome.

Nachdem er sie gerettet hatte, hatte er natürlich auch nach den anderen suchen lassen, aber sie nie gefunden.

Nicht einmal Knochen. Sie waren verschwunden oder geflohen.

Isa rief den Barkeeper und bestellte sich Absinth. Waylon vermutete, dass sie ihn nur trank, weil Edgar Ellen Poe es angeblich auch tat. Isa bewunderte ihn sehr für seine Schreibkunst. Sie fühlte sich zu jedem großen Dichter und Schreiber hingezogen, und Waylon war sich nicht sicher, ob sie mit Hans Christian Andersen eine Affäre hatte oder nicht.

Isa betrachtete sich selbst im Spiegel gegenüber des Tresens und zog ihren Hut ab. Ihre Haare wurden an den Seiten grau. Die Spuren der Zeit machten sich bemerkbar. Die Masali waren nur unsterblich innerhalb der Klostermauern gewesen. Sogar als diese zerstört worden waren, hallte die alte Magie in ihnen nach.

Seit Waylon Isa und Salome gerettet hatte, waren nun sechsundsiebzig Jahre vergangen. Es war Waylon ein Rätsel, wie Isa ihr Leben verlängerte, sie schwieg sich vehement darüber aus. Aber er vermutete, dass es etwas mit Casaju zu tun hatte. Isa hatte ein paar Mal erwähnt, dass sie durch ihn einen Weg nach Abalion gefunden hätte. Dass er von Anfang an ihr Instrument gewesen war, ohne es zu bemerken. Genau wie Moon. Waylon kannte sich nicht in Isas Welt aus, aber irgendetwas hatte sie getan, womit sie beide hintergangen hatte.

»*Mein trojanisches Pferd.*« So hatte sie ihn oft genannt.

Salome war bereits vor zwanzig Jahren gestorben. Sie hatte nach ihrer Rettung einen Mann gefunden und eine Familie mit ihm gegründet, sich aber von Isa und ihm abgewandt. Soweit Waylon das beurteilen konnte, hatte sie ein gutes Leben geführt. Nun behielten er und Isa Salomes Kinder im Auge.

»Ich habe übrigens jemanden kennengelernt, der an einem Mittel arbeitet, welches den Schlaf unterdrückt«, sagte Isa.

Der Barkeeper brachte die Bestellungen. Isa nippte nur kurz an ihrem Drink.

»Wenn du willst, stelle ich den Kontakt für dich her. Womöglich könnte es dir helfen, wenn du nicht mehr schlafen musst. Zumindest an Neumond.«

»Vielleicht.« Natürlich hatte Waylon zigfach versucht, in diesen Nächten wach zu bleiben, doch stets ohne Erfolg. Der Grimm holte ihn immer.

Waylon trank ebenfalls einen weiteren Schluck und ließ die kühle Flüssigkeit seinen Rachen hinunterlaufen. Er griff in seine Jackentasche und nahm den kleinen Mondanhänger heraus, den Kaia ihm einst gegeben hatte. Waylon hatte einen Kristallsplitter einarbeiten und ihren Namen auf die Rückseite gravieren lassen.

Die Tür hinter ihm ging auf und ein junger Mann trat ein. Er hatte welliges blondes Haar, eine spitze Nase und sehr wache Augen. Rasch schüttelte er den Regen aus dem Mantel. Waylon sah zum Fenster hinaus, er hatte gar nicht mitbekommen, dass das Wetter sich verschlechtert hatte, aber es war April, da kamen diese Umschwünge häufiger vor.

»Da ist er«, sagte er zu Isa.

»Du hältst dich an das, was wir besprochen haben.«

»Das tue ich immer.«

Sie legte eine Hand auf seinen Arm. »Es ist wichtig.«

»Ich weiß. Du musst mich nicht daran erinnern.« Oder so tun, als wäre sie erhabener als er. Isa war natürlich älter, aber Waylon hatte genauso gelernt, seit er auf dieser Welt war. Er hatte gekämpft und gelitten, mehr als genug.

»Es tut mir leid«, schob sie nach. »Ich … ich bin nur aufgeregt, das ist alles.«

»Ich weiß.« Waylon nickte ihr zu und deutete mit dem Kinn auf einen der freien Tische in der Ecke. Sie verstand, nahm ihr Glas und ging. Er wollte allein mit Jacob sprechen, es wäre einfacher, ihn von der Geschichte zu überzeugen, denn er war sich nicht sicher, ob er die Legende des Grimms in seine Märchenanthologie aufnehmen würde.

Aber er musste.

Isa wollte Moons Macht.

Waylon wollte seine Ruhe.

Beide Ziele ergänzten sich. Der Grimm. Abalion. Moon. Der Grimm hatte definitiv die Macht, Moon zu stürzen und dann könnte Isa ihren Platz einnehmen.

»Hier«, rief Waylon und winkte Jacob heran.

Waylon hatte sich an ihn gehängt denn an Wilhelm. Er hatte gemerkt, dass der Ältere wesentlich interessierter an rohem Stoff war, während Wilhelm sich mehr darum kümmerte, ob dieser auch in der Öffentlichkeit gut angenommen wurde. Jacob kam gut mit düsteren Geschichten aus, und Wilhelm hatte schon zig von Jacobs Erzählungen umgeschrieben – zu dessen Leidwesen –, um sie familientauglicher zu machen.

Seit zwei Jahren stand Waylon nun in Kontakt mit den beiden und inspirierte sie mit Isas Hilfe zu ihren Geschichten.

»Hallo, Waylon«, sagte Jacob und schüttelte ihm die Hand. »Tut mir leid, der Regen hat die Kutsche aufgehalten.«

»Ich warte erst wenige Minuten, nicht schlimm. Darf ich dir etwas spendieren?«

»Warme Milch bitte.«

Waylon lächelte und bestellte genau das für ihn. Er hatte noch nie erlebt, dass Jacob Alkohol trank. Er mochte auch keinen Kaffee oder andere aufputschende Mittel. Jacob war glücklich, wenn er in seinen Geschichten leben durfte. Er und sein Bruder atmeten die Fantasie. Sie würden sicher noch Großes erreichen.

»Ich habe eine neue Geschichte für dich und ein Geschenk.«

»Oh, wirklich?« Jacob nahm dankend die Milch entgegen und nippte daran.

»Hier.« Waylon legte den Mondanhänger auf den Tresen. Es fiel ihm unsäglich schwer, sich davon zu trennen, aber dieser Splitter stammte aus dem Kristall der Fantasie. Das letzte Erinnerungsstück, das Waylon aus dem Berg übrig geblieben war. Mit diesem Splitter könnte Jacobs neues Buch sehr viel Macht erlangen. »Ihr schreibt doch an einer neuen Anthologie.«

»Ja.«

»Ich hätte eine neue Geschichte. Eine sehr gute, aber auch gruselige Erzählung.«

»Ich bin gespannt.«

»Ich habe nur eine Bedingung: Ich möchte, dass du den Stein im Buch verarbeiten lässt.«

»Wie meinst du das?«

»Du kannst den Stein herausbrechen und ihn zum Beispiel in den Einband einweben lassen, es ist mir egal wie.«

Jacob nahm den Anhänger in die Finger und betrachtete ihn. »Ich denke, das kann ich bewerkstelligen. Wir brauchen sowieso noch ein paar Märchen für die Anthologie und würden gerne welche aufnehmen, die wir noch nicht veröffentlicht haben.«

»Dann passt das perfekt. Habt ihr eigentlich schon einen Titel?«

»Ich will sie *Das Vermächtnis der Grimm*: nennen. Wilhelm findet es albern.«

»Ganz und gar nicht. Ihr habt Großartiges erschaffen mit euren Werken, ihr dürft euch ruhig feiern.«

»Das sehe ich auch so!« Jacob trank einen Schluck von seiner Milch und sah Waylon erwartungsvoll an.

Das war nun der Moment. Jakob könnte dem Grimm zu neuer Macht verhelfen und so für Waylon einen Ersatz finden. Sie mussten nur dieses Buch in die Öffentlichkeit bringen.

Er räusperte sich, dann wandte er sich an Jacob und fing an. »Es begann in einem Königreich, da wohnten zwei Prinzen, sie hießen Liam und Séamus und sie lebten in Frieden, bis eines Tages eine Frau namens Anabel bei ihnen auftauchte …«

49. KAPITEL

Kristin

Frankfurt, 23.58 Uhr

Mit einem Japsen fuhr ich in die Höhe.

Neben mir piepste ein Gerät lautstark, Sebastian stand an meinem Bett und sah mich verdattert an, genau wie eine Krankenschwester.

»Kris?«, fragte er.

Ich blickte an mir hinab, in meiner Nase steckte ein Gerät, um mir Sauerstoff einzuflößen. Ich riss es heraus, meine Hände verhedderten sich in den Kabeln.

»Sie sollten sich wieder hinlegen«, sagte die Schwester und wollte mich nach unten drücken.

»Nein, ich … ich … ich habe ihn gesehen! Das Buch! Den Täter! Ich war … ich weiß es!« Ich packte Sebastian am Kragen. »Professor Middleton. Es ist der Professor!«

»Wie bitte?«, fragte Sebastian entgeistert.

»Dillons Vater! Er ist im Grand Tower! Ich war dort! Er ist in einer der Wohnungen über unserer, aber er ist geflohen, ich weiß nicht, ob ihr ihn noch fassen könnt.«

Sebastian starrte mich fassungslos an.

»Sie müssen sich beruhigen«, sagte die Schwester und wollte mich zurück nach unten drücken.

»Lass mich in Frieden, Herrgott«, keifte ich. »Verstehst du mich?«, fragte ich Sebastian.

Er blinzelte. Einmal. Noch einmal.

»Es ist der Professor!«, wiederholte ich. »Im Grand Tower!«

»Aber das ist … er ist tot.«

»Eben nicht. Bitte glaub es mir. Ich habe ihn gesehen.«

Er ließ die Luft aus der Lunge, zückte sein Handy und wählte eine Nummer. »Marcel, gib sofort eine Fahndung nach Professor Middleton raus ... ja, Dillons Vater! … weil er noch lebt und für die Black-Wolf-Morde verantwortlich ist … doch, von Kris! … ja.« Sebastian warf mir einen Blick zu, der wohl so viel heißen sollte wie: *Wir kümmern uns.*

Ich nickte, ließ mich zurück in die Kissen fallen. Mein Schädel schwirrte, ich bekam kaum Luft, weil der ganze Druck meine Lunge zu zerquetschten drohte.

Sebastian diskutierte weiter mit Marcel und verließ schließlich das Zimmer. Vermutlich, um in Ruhe sprechen zu können.

Am liebsten wäre ich ihm hinterher, aber allein die Vorstellung, mich noch mal zu bewegen, war mir schon zu viel.

Ich blickte an mir hinab. Die Bisse der Wölfe waren als blassrosa Striche erkennbar, als wäre ich in eine Dornenhecke gefallen. Meine Haut war mit einer Mischung aus dem kristallinen Staub und der teerartigen Substanz bedeckt. Ich trug noch immer die Kleidung, mit der ich in die Vision gestartet war. Sie war zerfetzt, stank nach Blut und Dreck und Tod. Nur die Schuhe hatten sie mir ausgezogen.

»Ich helfe Ihnen, sich sauber zu machen«, sagte die Schwester und wollte mich anfassen.

»Ich … kann ich noch einen Moment für mich haben bitte?« Das war mir alles zu viel. Ich wollte nicht mehr angefasst werden, ich wollte nichts tun, ich wollte mich nur ausruhen.

»Natürlich.«

Sie wich zurück und folgte Sebastian. Die Tür klickte. Kaum war sie draußen, erfasste mich ein Beben. Es breitete sich von meiner Brust her aus und suchte sich einen Weg nach oben. Es war ein ungewohntes Gefühl für mich. Normalerweise behielt ich die Ruhe. Normalerweise konnte ich gut mit Stress umgehen. Normalerweise wanderte ich nicht durch Märchenländer, wo ich von tollwütigen Wölfen attackiert wurde.

Ich legte eine Hand auf die Augen und atmete tief durch.

Es war vorbei.

Die Wölfe waren weg.

Die Vision war vorüber.

Ich hatte es geschafft.

Das war doch so, oder?

Ich riss die Augen wieder auf, horchte auf meinen Körper und nahm die Eindrücke in mich auf.

Das hier fühlte sich echt an. *Aber das hatten die Visionen auch.*

Ich richtete mich auf, sah abermals an mir hinunter. Die Wunden heilten eindeutig. Mein Körper regenerierte, aber mein Geist schien noch in Abalion festzuhängen.

Ich fühlte die Schatten der Märchenwelt, ich fühlte die Wölfe, die nach wie vor an mir zogen und mich dem Grimm zum Fraß vorwerfen wollten. Ich fühlte die Verbindung zu Ash, von dem ich keine Ahnung hatte, was aus ihm geworden war.

Ich fühlte sie – alle.

Mit einem Stöhnen zog ich die Beine an mich heran und legte die Arme auf den Knien ab. Vor meiner Tür hörte ich Schritte. Sie kamen, entfernten sich, jemand redete. Menschen. Echte Menschen. Keine Monster.

Ich konzentrierte mich auf die Geräusche. Die Normalität. Das Gefühl, wieder hier zu sein …

Ich wünschte, Brayden wäre da.

Vermutlich hatte Sebastian ihn schon informiert und er saß im nächsten Flieger zurück nach Frankfurt.

Ich rieb mir über die Augen, kratzte über meine Kopfhaut. Alles nur, um mich mehr in meinem Körper zu verankern.

Langsam legte ich mich zurück in die Kissen und starrte an die Zimmerdecke.

Gegen meinen Willen fielen mir die Lider zu. Ich hörte ein dunkles Knurren, sah die gelben Augen, die mich fixierten, mich zu sich holen wollten. Ich blickte wieder auf, blinzelte.

Das Krankenhaus. Ich war hier.

Es war vorbei.

Ich schloss erneut die Augen, atmete tief durch und krallte die Fingernägel in die Bettdecke.

Alles gut. Alles gut. Alles gut …

Zwei Tage später, 15.30 Uhr

»Kris?«

Jemand schüttelte mich sachte. Ich zuckte zusammen und schreckte hoch. Im ersten Moment wusste ich gar nicht, wo ich war, doch dann fiel es mir wieder ein: im Grand Tower.

Ich drehte mich zur Seite und sah Brayden. Er saß auf der Sofalehne und blickte mich aus müden Augen an. Ich richtete mich auf und unterdrückte ein Gähnen.

»Und?«, fragte ich.

»Wir haben ihn. Professor Middleton ist gefasst.«

Ich atmete vor Erleichterung aus. »Gott sei Dank. Das heißt, es ist vorbei?«

»Vorerst.«

»Wir haben es geschafft«, sagte ich.

»*Du* hast es geschafft.«

Ich öffnete meine Arme und zog Brayden an mich.

Diese zwei Tage waren der blanke Horror gewesen. Zum Glück hatte ich gleich am nächsten Morgen das Krankenhaus verlassen dürfen. Sebastian hatte mich abgeholt und zum Tower gebracht, während die anderen mit Hochdruck nach dem Professor fahndeten.

Es wurden alle Hebel in Bewegung gesetzt, alle Ressourcen angezapft. Im Grunde hatte der Professor nie eine Chance gehabt, unterzutauchen.

Und nun war es vorbei.

Ich löste mich von Brayden, er trug dieselben Sachen, mit denen er vorgestern Abend aus dem Haus gegangen war.

»Ich weiß, ich muss duschen, bin seit fast zwei Tagen wach«, sagte er.

»Du machst Sebastian Konkurrenz.«

»Ja. Wirklich.«

Die Wohnungstür ging auf und herein kamen Marcel und vier Beamte. Er wirkte genauso erschöpft wie mein Bruder, nickte uns beiden kurz zu und führte die Männer nach hinten ins Labor, wo Dillon gearbeitet hatte.

»Was … was macht ihr denn?«, fragte ich.

»Dillons Sachen werden beschlagnahmt.«

»Verstehe.« Sie war natürlich sofort verhaftet worden, nachdem herausgekommen war, dass ihr Vater der Täter war.

Brayden erhob sich vom Sofa und lief zu einem der Schränke im Wohnzimmer. Dort tippte er auf eine Tür und öffnete die Bar.

»Denkst du wirklich, dass sie dahintersteckt?«, fragte ich. Ich wollte das nach wie vor nicht glauben.

»Ich wünsche, dass es nicht so ist. Dillon bekam im Verhörraum einen Nervenzusammenbruch und war nicht mehr ansprechbar. Sie wurde ruhiggestellt, aber der richtige Stress fängt jetzt erst für sie an.«

»Und das Buch? Was ist damit?«

»Ist in einem Tresor und wird von fünf Agenten bewacht. Alle explizit ausgewählt, niemand darf es anfassen, außer wenn Isabella persönlich die Freigabe erteilt.« Brayden nahm sich ein Glas, kippte ein paar Eiswürfel hinein und goss Scotch dazu. Er kippte die erste Ladung auf ex, schüttelte sich und schenkte sich nach.

»Konntest du mit dem Professor sprechen?«

»Ja.«

»Hat er gesagt, warum er noch lebt?«

»Das wird jetzt echt verrückt.«

Ich runzelte die Stirn. »Es kann nicht verrückter werden.«

Er trank sein Glas ein weiteres Mal leer, drehte um und goss noch mal ein. »Wollen wir wetten?« Brayden füllte noch ein zweites Glas, das er mir reichte. »Den wirst du brauchen.«

Ich nahm es entgegen, trank aber nichts. »Ich bin gespannt.«

»Professor Middleton starb am 20. Oktober 1988 bei dem Brand in seinem Haus. Er wurde zusammen mit seiner Frau und seinem Sohn acht Tage später beerdigt. Am 3. November 1988 erwachte er und stieg aus seinem Grab, als wäre nichts gewesen.«

Ich umklammerte das Glas fester.

»Er behauptet, dass der Grimm ihn aus dem Grab gerissen hätte, dass er ihn nicht sterben lassen wollte und er ihn als seinen Diener auserkoren hatte. Middleton war tot. Er wurde sogar beerdigt und ist dann … auferstanden. Middleton weiß sogar noch, dass er unter der Erde aufwachte und völlige Panik bekam. Er kämpfte sich aus seinem Grab und brach oben auf der Erde zusammen. Ab da wurde es stetig schlimmer. Der Grimm tauchte in seinen Gedanken auf und folterte ihn jede freie Minute mit den schlimmsten Schmerzen und Albträumen, so lange, bis Middleton tat, was das Wesen verlangte: Er sollte so viele Menschen wie nur möglich mit Black Wolf anstecken. Middleton war übrigens auch der Mann, der Jorge angefahren hat und dann geflohen ist. Und er war der Kunsthändler, der später das Buch kaufte und es dem Museum zur Verfügung stellte. Er tat alles, was er konnte, um es zu verbreiten, bis Isabella schließlich das Buch sicherstellte und in Gewahrsam nahm.«

Ich schloss die Augen und versuchte, alles zu verarbeiten.

»Wie konnte das passieren?«, fragte ich. »Was ist der Auslöser?«

»Das weiß er nicht genau. Er meinte, in der Nacht, als er das Buch im Bunker gefunden hatte, bekam er Besuch von einer Frau. Sie sammelte alte Bücher und interessierte sich sehr für die Anthologie. Die beiden hatten lange geredet, und als sie ging, war ihm leicht übel, aber mehr nicht. Danach ging es wohl los. Statt wie die anderen Black-Wolf-Täter durchzudrehen, wurde er zu einer Art Rattenfänger. Er sammelte die Opfer regelrecht ein. Middleton verwendete dazu eine ähnliche Technik wie Jorge es tut, wenn er ein Portal nach Abalion öffnet.«

»Er synchronisiert sich mit einem Märchen?«

»Ja. Auf die Art suchte Middleton sich sein Opfer aus und infizierte es mit Black Wolf. So hat er es verbreitet und konnte an vielen unterschiedlichen Orten sein. Das hat er in den 1980ern angefangen, bis wir das Buch konfisziert haben und er nicht mehr rankam. Da er ab da nicht mehr dem Befehl des Grimms Folge leisten konnte, musste er ihn aushalten. Ich kann …« Brayden schluckte, trank noch mal sein Glas leer und rieb sich über den Nasenrücken. »Du hättest den Mann sehen sollen, Kris. Er ist völlig fertig, ein Schatten seiner selbst, und er hat so eine unglaubliche Angst, weil er fürchtet, dass er jetzt wieder leiden muss. Wir brauchten ewig, bis er sich beruhigte und überhaupt mit uns sprechen konnte. Der Grimm hat ihn all die Jahre, in denen das Buch eingesperrt war, mental übelst zugerichtet. Middleton konnte nicht einmal darüber reden, ohne sich selbst auf die Zunge zu beißen oder vor Schmerzen den Kopf gegen die Wand zu donnern. Das Wesen hat ihn völlig in den Wahnsinn getrieben. Fünfundzwanzig Jahre lang musste er mit dem Biest im Nacken leben, bis er endlich das Buch klauen konnte.«

Ich konnte es mir ungefähr vorstellen, denn ich hatte den Hauch einer Ahnung bekommen, zu was der Grimm fähig war. Was ihn ausmachte. »Hat Dillon ihm beim Diebstahl geholfen?«

»Das konnten wir noch nicht nachweisen, aber die Ermittlungen laufen natürlich. Als Middleton das Buch von Neuem einsetzte, schwanden auch seine Symptome und es ging ihm besser. Zu Beginn hatte er nur sporadisch seine Opfer gewählt, immer nur so viele, damit er ein paar ruhige Nächte hatte, aber schon bald wurden die Abstände kürzer. Die Morde häuften sich und es sickerte immer mehr in die Öffentlichkeit. Tja, und so ging es bis heute.« Braydens Hand fing an zu zittern, die Eiswürfel klirrten im Glas.

»Kann ich noch irgendwie helfen? Soll ich mir das Buch ansehen?«

»Auf gar keinen Fall! Das Ding wird weggesperrt, und zwar so sicher, dass niemand je wieder eine Hand daran legen wird. Du hältst dich davon fern!«

»Okay, war nur ein Vorschlag. Wollt ihr es denn ... zerstören?«

»Nein. Es ... sie hatten es damals schon versucht und es war nicht gelungen. Ich denke, dass dies alles erst der Anfang ist.«

»Du meinst, dass es mit dem Portal weitergeht?«

Brayden legte den Finger auf seine Lippen, damit ich nicht weiter auf dem Thema herumritt. Diese Wohnung war nicht der passende Ort für solche Gespräche.

Ich verstand und nickte.

Brayden deutete auf mein Glas. Es war noch fast voll, mir war im Moment nicht nach Alkohol, also wiegelte ich ab.

»Ich muss meinen Bericht schreiben.« Brayden lockerte einen Knopf an seinem Hemd und griff nach der Scotchflasche.

»Du solltest nicht so viel in dich hineinschütten. Ich spreche aus Erfahrung, das kann übel enden«, sagte ich.

»Keine Sorge, ich bin trinkfest.«

Die ersten Beamten kehrten aus dem Labor zurück und trugen mehrere Laptops unter den Armen. Ich blickte den Männern hinterher, wie sie mit Dillons Herzstücken davonliefen. Es fühlte sich falsch an. Immer noch.

»Am besten gehst du hoch in dein Zimmer«, sagte Brayden. »Hier wird es nicht gemütlicher.«

»Okay«, sagte ich leise. Brayden strich mir über die Wange und lächelte müde.

»Bis später.« Er wandte sich ab und lief zu den Konferenzräumen.

Ich blieb noch einen Moment stehen, bis die Beamten zurückkehrten und wieder an mir vorbeimarschierten. Dann stellte ich das Glas auf den Tisch und lief zur Treppe. Tatsächlich wurde ich schon wieder müde.

Ich gähnte herzhaft auf dem Weg nach oben. Die Stufen kamen mir vor wie der Weg auf den Mount Everest, ich musste jeden einzelnen Schritt herausquälen. Schrecklich, hoffentlich hörte das bald wieder auf.

Endlich oben angekommen, lief ich in mein Zimmer, schloss die Tür, zog mich aus, warf die Klamotten auf den Boden und ging ins Bad.

Nach einer ausgiebigen Dusche kehrte ich zurück und sah auf den Laptop auf meinem Tisch.

Ich blieb einen Moment unschlüssig stehen, dann zog ich den Stuhl vor, klappte den Laptop auf und startete ihn. So genau wusste ich nicht, nach was ich suchen wollte, aber ich konnte noch nicht mit diesem Thema abschließen.

Ich rief mir Middletons Foto auf. Unglaublich, dass dieser Mann so weit getrieben worden war, all diese Morde zu begehen. Ich sah ihm in die Augen und schauderte, denn früher hatte er so unbeschwert und leicht gewirkt. Nun war das alles weg.

Middleton hatte das nicht getan, weil er es so gewollt hatte, sondern weil er gezwungen worden war. Das war das Werk des Grimms, nicht das des Professors.

»Es tut mir leid«, flüsterte ich, klappte den Laptop zu und schleppte mich mit letzter Kraft zurück zu meinem Bett. Ich ließ mich auf den Rücken fallen und dachte an Ash.

Wie es ihm wohl ging? Hatte er den Grimm besiegen können? War er geflohen? Hätte ich je wieder die Möglichkeit, nach Abalion zurückzukehren?

»Ich hoffe, du bist okay.«

Ich atmete tief durch, schloss die Augen und stellte mir vor, wie diese Geschichte in einem Hollywood-Blockbuster ausgehen würde: Nachdem die Heldin den Mörder enttarnt hatte und alle glaubten, es wäre vorüber, wartete in Wirklichkeit der wahre Täter doch meist hinter der Tür. Oder im Schrank.

Ich öffnete die Augen, drehte den Kopf. Die Schranktür war leicht geöffnet. Mich überkam tatsächlich ein mulmiges Gefühl, als würde ich beobachtet werden.

Wurde ich paranoid?

Ich richtete mich auf und lauschte. Ab und an hörte ich unten die Wohnungstür gehen und die Männer miteinander reden. Also, selbst wenn jetzt gleich jemand aus dem Schrank gesprungen käme, könnte ich auf mich aufmerksam machen und …

Das ist doch albern!

Ich legte mich wieder hin, aber das nagende Gefühl, dass noch jemand mit mir im Raum war, verschwand nicht. Ganz im Gegenteil.

Also richtete ich mich wieder auf, schwang die Beine aus dem Bett und ging zum Schrank. Mit einem Ruck riss ich sie auf und blickte hinein.

Nichts.

Natürlich nicht!

Ich lief zurück zum Bett, hielt inne, ging auf die Knie und sah darunter nach.

Auch hier lag niemand mit der Axt in der Hand, bereit, mich umzubringen. Ich ließ die Stirn auf den Boden sinken und schalt mich wegen meiner Dummheit. Wenn Brayden das sähe, würde er mich tagelang damit aufziehen.

Ich rollte mit den Augen, krabbelte zurück in mein Bett und deckte mich zu.

Ich atmete noch einmal tief durch und schlief ein.

In Frieden.

Oder?

50. KAPITEL

Frankfurt, Deutschland, Heute

Waylon lief auf der Dachterrasse herum, von der aus er einen wundervollen Blick über Frankfurt hatte. Unter ihm wuselte das Leben. All diese Menschen, die von ihrer Arbeit nach Hause strebten. Immer in Hektik, immer mit sich selbst beschäftigt.

In den letzten vierhundert Jahren hatte sich die Welt kaum verändert, obwohl sich so viel getan hatte. Heute konnten sie fliegen, die Erde binnen weniger Stunden umrunden, per Knopfdruck überall und jederzeit mit anderen Kontakt aufnehmen und sogar auf den Mond reisen.

Man sollte meinen, dass dies die Menschen enger zusammengebracht hatte, doch Waylon beschlich eher das Gefühl, als würden sie stetig voneinander abrücken. Als wäre jeder nur noch mit sich selbst beschäftigt.

Es klopfte hinter ihm an den Türrahmen. Waylon drehte sich um und wartete, bis sie auf ihn zukam.

»Wie geht es dir?«, fragte er.

»Ich hasse diesen Mist, echt. Das Essen ist mies, ich kann nur unter Aufsicht duschen und aufs Klo darf ich auch nicht allein!«

»Du musst noch ein wenig durchhalten. Sie wollen dich nur mürbe machen.«

»Ich weiß. Ich kenne das Spiel.«

Waylon ging auf sie zu, bis er ganz dicht vor ihr stand. Er nahm eine ihre unzähligen Dreadlocks in die Hand und ließ sie durch die Finger gleiten. Sie drehte das Gesicht, sodass er ihre Wange berühren konnte.

»Du bist wunderschön«, sagte er.

Sie winkte ab. Sie reagierte nie auf Komplimente. »Danke, dass du mir diesen kurzen Ausgang gewährt hast.«

»Immer, wenn es mir möglich ist. Außerdem musst du nach dem Spiegel sehen.«

»Hat das noch fünf Minuten Zeit?« Sie lehnte sich nach vorne, schlang ihre Hände um seinen Nacken und zog ihn auf ihre Lippen. Er ließ sich auf ihren Kuss ein und gab sich ihr hin. Waylon hegte keine tieferen Gefühle für sie, aber er mochte sie. Sie war eine gute Gesellschaft und bisher sehr nützlich. Sie schob ihre Zunge in seinen Mund, saugte sachte an seiner. Er spürte die Erregung in sich aufsteigen, packte ihre Hüfte und drückte sie gegen seine.

Sie lachte in seinen Mund. »Anscheinend schon.«

Er schob sie ins Innere. Die Wohnung war bis auf die Küchenzeile leer und würde es auch bis auf Weiteres bleiben. Immerhin war es ein Tatort.

Er küsste sich ihren Hals nach unten, wollte ihr das Hemd über den Kopf ziehen, doch sie schob seine Finger weg und hievte sich auf die Theke. Sie schlüpfte aus ihren Hosen und spreizte die Beine.

»Ich weiß, das ist nicht unbedingt Reizwäsche, aber wir müssen damit arbeiten.«

Er lächelte, öffnete seine Jeans und kramte ein Kondom aus der hinteren Tasche.

Waylon hatte gelernt. In so vielen Dingen.

Sie befeuchtete ihre Lippen, während sie ihm zusah, wie er es überstreifte und sich ihr näherte.

»Bist du mit den Entwicklungen zufrieden?«, fragte sie.

»Ja.« Er drang mit einem einzigen Stoß in sie ein. Sie keuchte, warf den Kopf in den Nacken und krallte ihre Nägel in seine Schulter. Vermutlich war sie noch nicht so weit gewesen, aber sie hatte es schnell gewollt. »Es wäre schön gewesen, wenn wir noch mehr Menschen mit Black Wolf hätten anstecken können, aber so wird es auch gehen. Das Rudel wächst und schon bald können wir selbst nach Abalion reisen.« Er fing an, sich in ihr zu bewegen, zog sie näher an sich heran, um sie besser erreichen zu können.

Sie umschlang ihn mit ihren Beinen, stachelte ihn mit ihrem eigenen Rhythmus an. »Gott, ich liebe das«, stöhnte sie.

Er brummte nur, wusste, dass sie nicht von der Liebe zu ihm sprach, sondern von dem, was sie taten, was sie gemeinsam ausheckten.

Er bewegte sich erneut in ihr, spürte, dass er sich seinem Höhepunkt näherte, genau wie sie. Sie biss sich auf die Lippen, um nicht zu laut zu sein, der Agent, der sie heraufgebracht hatte, musste ja nicht noch hören, was hier vor sich ging.

Waylon tat es ihr nach, stieß abermals kräftig zu und fand schließlich Erleichterung. Sie folgte ihm kurz darauf, bohrte ihre Fingernägel schmerzhaft in seinen Rücken und keuchte gegen seinen Hals.

Schwer atmend sackte sie an ihm zusammen. Er wartete einige Augenblicke, bis sie sich beide beruhigt hatten, dann zog er sich aus ihr zurück, rollte das Kondom ab und ließ es in seiner Hosentasche verschwinden.

»Das war nicht schlecht«, sagte sie, sprang von der Küchenzeile und sammelte ihre Hosen ein. »Was ist mit dem Spiegel?«

Waylon fuhr sich durch die Haare, es war erstaunlich, wie schnell sie zum Geschäft zurückkehren konnte.

»Da drüben.«

Sie trat vor die Wand, auf die er zeigte, und hielt die Hände flach auf. Mit geschlossenen Augen horchte sie tief in sich hinein, konzentrierte sich auf die alte Macht, die in ihren Adern floss.

Altes Masaliblut. Sie war eine von Salomes Nachkommen.

Schließlich öffnete sie die Augen und nickte. »Ja. Der Übergang wird schwächer. Ich fühle es.«

»Gut, dann hat Kris ganze Arbeit geleistet.«

»Für irgendwas muss die Göre ja gut sein.«

»Rede nicht so über sie.«

»Warum? Magst du sie etwa?«

Ja …, kam es ihm als Erstes in den Sinn, aber er zuckte die Schultern. Er musste es sich immer wieder vor Augen halten: Kris war ein Instrument. Mehr nicht.

»Ich finde es ja nach wie vor abstrus, dass sie das mit dem Ansprechen nicht merkt«, sagte sie.

»Jorge tut es doch auch nicht.«

»Ja, aber mal ernsthaft: Es muss ihr doch auffallen, wenn sie keinen Menschen von sich aus anquatschen kann.«

»Hoffe lieber, dass es noch eine Weile so bleibt und Jorge nicht auf die Idee kommt, versehentlich das Wort an sie zu richten.« Die beiden zusammenzubringen war ein Risiko gewesen, aber Jorge war so sehr darauf geeicht, dass er niemanden anreden konnte, dass er es gar nicht erst von sich aus versuchte. Nach über dreißig Jahren auf der Erde hatte er sich schlichtweg damit abgefunden. Zum Glück.

»Wie lange muss ich denn noch nett zu Sebastian sein?«

»Bis wir wissen, was mit ihm los ist. Er hat sich auf keinen Fall mit Black Wolf angesteckt. Ich habe sogar Kris auf ihn angesetzt. Vielleicht bemerkt sie mehr als wir.«

Es klopfte an die Tür. Waylon richtete sein Hemd, kontrollierte, ob der Reißverschluss der Hose zu war. »Vermutlich wirst du in U-Haft bleiben müssen.«

»Solange du mir ab und an diese kleinen Pausen aushandelst, halte ich durch.«

»Hattest du Kontakt zum Professor?«

»Noch nicht.«

»Herein«, sagte Waylon. Die Tür ging auf. Frank.

»Es tut mir leid, aber ich muss sie wieder nach unten bringen«, sagte er. Frank war ein guter Mann, Waylon mochte ihn.

»Klar. Danke, dass du uns das ermöglicht hast.«

»Für dich immer, Brayden. Kommst du, Dillon?«

»Ja. Wenn es sein muss.«

»Bis dann«, sagte Waylon und nickte ihr zu. Er wartete, bis sie draußen waren und ging zurück auf die Terrasse. Dort zückte er sein Handy und drückte die Kurzwahltaste eins.

»Büro Isabella Haynes«, sagte eine junge Frau. Die Assistentin.

»Hier ist Brayden Collins, ich möchte bitte mit Miss Haynes sprechen.«

»Aber natürlich.«

Es dauerte nur Sekunden, ehe sie abnahm. »Ja bitte.«

»Kannst du sprechen?«

»Ja.«

»Wir kommen voran. Dillon hat bestätigt, dass der Übergang schwächer wird.«

»Sehr gut. Das sind großartige Neuigkeiten! Dann wird es Zeit, dass ich doch mal nach Deutschland komme.«

»Ja, ich denke, jetzt hast du auch die perfekte Begründung dafür. Immerhin haben wir den Täter geschnappt.«

»Hast du denn die Karte im Blick?«

»Ja, wir hätten noch ein paar Opfer gebraucht, um die Grenze weiter zu schwächen, aber es wird auch so gehen, denke ich.«

»Gut. Ich bin sehr zufrieden mit der Entwicklung.«

»Ich auch.« Sie kamen zurück auf die Spur. Eigentlich hätte das Buch schon viel früher an die Öffentlichkeit gesollt. Jakob und Wilhelm waren so nahe dran gewesen, es zu verlegen, aber ihre Schwester hatte im letzten Moment eingegriffen, das Buch an sich genommen und versteckt. Waylon und Isa wussten jahrelang nicht, wo es war. Bis der Professor es schließlich fand.

Und somit hatte Waylon endlich seinen Ersatz gefunden.

»Wie geht es Kris?«

»Sie wirkt erschöpft«, antwortete er. »Im Moment ist sie stolz auf sich, weil sie den Professor enttarnt hat.«

»Gönn ihr den Triumph.«

»Das tue ich.« Es war für ihn ein Leichtes gewesen, den Professor zu verhaften. Seit die zweite Black-Wolf-Welle gestartet war, hatte Waylon ihn im Blick behalten. Er hatte nur den Kollegen ein paar Steine in den Weg legen müssen, um die Fahndung so echt wie möglich aussehen zu lassen.

»Hat sie etwas aus Abalion mitgebracht?«

»Den Kristallstaub und die teerartige Substanz. Sie hafteten an ihrer Kleidung. Sebastian hat sich natürlich Proben genommen, ich komme also leicht ran.«

»Das klingt großartig, dann können wir Kris bald opfern.«

»Ja.«

»Höre ich da Bedauern heraus?«

»Nein. Sie ist mir egal.« Es fiel ihm schwer, das auszusprechen. Er hatte sich auf die Rolle des Bruders so lange vorbereitet. Manchmal hatte er das Gefühl, dass sie wirklich Geschwister waren.

»Ich zähle darauf. Bis dann.«

»Bis dann, Isa.«

Er drückte das Gespräch weg und rief eine App auf.

Eine Karte der Welt. Im Nordosten der USA und in Europa waren unzählige rote Punkte aufgemalt. All die Orte, an denen ein Black-Wolf-Mord geschehen war. Waylon hatte Buch geführt und war mehr als zufrieden mit der Entwicklung. Aber es gab noch so viel zu tun, ehe der Grimm durch die Märchenschichten in Abalion hinauf auf die nächste Ebene gelangen konnte.

Bis ganz nach oben zu Moons Palast.

»Schritt für Schritt.«

Immer weiter, bis der Grimm alles niedergewalzt hatte.

Danksagung

Ein Buch ist niemals nur das Werk eines Autors, sondern auch das von wundervollen Menschen, die auf ihre Art mithelfen.

Ich habe das große Glück, von vielen dieser Menschen umgeben zu sein, für die das Wort »Danke« gar nicht ausreicht. Aber da ich – anders als die Masali – kein neues erfinden kann, werde ich es einfach verwenden und hoffen, dass es genügt.

Zuallererst möchte ich meinem Mann Andreas danken. Er unterstützt mich seit jeher, hilft mir, spricht mir Mut zu, wenn ich nicht mehr weiterkomme, feuert mich an, wenn ich der Verzweiflung nahe bin, animiert mich mit Motivationsbotschaften, verteilt durch die gesamte Wohnung, zum Schreiben und holt mich immer wieder aus meinen Löchern. Danke für deine Geduld und die niemals enden wollende Unterstützung.

Auch an meinen Bruder Michael und seine Frau Bettina geht ein fettes Danke! Ihr macht diesen Zirkus ebenfalls von Beginn an mit und seid immer da, wenn ich mal wieder eine meiner verrückten Ideen habe.

Danke an Susanne, die nicht nur auf mein Pferd Bashir aufpasst, sondern meine inspirierende Quelle bei dieser Geschichte war. Was wäre dieses Buch ohne dich? Richtig: nicht fertig! Ich würde immer noch in den Tiefen Abalions feststecken und verzweifelt darin herumirren. Unsere Brainstormingsessions im Stall arteten regelmäßig aus, und wo wir normalerweise dreißig Minuten zum Misten brauchten, benötigten wir gerne mal zwei Stunden, weil wir mit Ash durch Abalion zogen oder uns überlegten, wie das mit Waylon, den Masali und der ganzen Fantasie gewesen sein könnte. Ich danke dir für alles. Grüße an Bernhard an dieser Stelle. Übrigens: Ich habe nach wie vor keine Ahnung, was mit mir nicht stimmt … :) Aber frag' doch mal Ash den Alleswisser, vielleicht kann der dir Auskunft geben.

Saskia Seifert. Meine wundervolle Saskia. Du bist das Feuer, das zwischen diesen Seiten brennt. Ich habe keine Ahnung, wie viele WhatsApp-Nachrichten zwischen uns hin- und hergegangen sind, wie oft du mir ausgeholfen hast und wie schnell dir so viele schöne Namen eingefallen sind. Abalion wäre nicht Abalion ohne dich. Syrantina wäre nicht Syrantina ohne dich. Ich danke dir, dass du wirklich immer für mich da bist, egal, ob du selbst gestresst bist oder den Kopf unterm Arm trägst. Danke für deinen kritischen Blick auf die Geschichte und dass ich immer alle Verrücktheiten, die mir so einfallen, mit dir besprechen kann. Danke fürs Brainstormen und Weiterhelfen und dass du Casaju in seine Rolle als Nachtheideprinz geschoben hast. Das war eine schwere Geburt.

Danke an die einzigartige Astrid Behrendt. Ich erinnere mich sehr gut an unsere erste Buchmesse, als wir uns über die Seelenwächter unterhalten haben und ich da schon so gerne etwas für dich hatte schreiben wollen. Es brauchte erst Christian Handel (auch an dich ein dickes Danke an dieser Stelle), der mich zur Anthologie »In Hexenwäldern und Feentürmen« einlud und so den Grundstock für diese Geschichte legte. Wen interessiert, wie der aussieht, der kann das gerne in der Anthologie nachlesen.

Astrid, du bist ein Engel. Du hast mir mit deinen vielen einzigartigen Nachrichten sehr viel Mut gegeben, den ich auf diesem Weg bisweilen verloren hatte. Ich danke dir, dass meine Grimms sich Drachenschuppen überziehen dürfen und einen Platz in deinem Nest gefunden haben. Du hast mir damals versprochen, ein Schmuckstück aus dieser Geschichte zu machen – und genau das ist es geworden. Ich blicke mit sehr viel Stolz auf dieses Buch.

An dieser Stelle möchte ich auch den fleißigen Helfern im Drachenmondverlag danken: Ava, die Terminjongleurin, Michaela, das Argusauge beim Korrektorat, und natürlich Marlena, die das alles in Form gebracht hat.

Neben dem Text gibt es einige Illustrationen, die ohne meine Models nicht möglich gewesen wären. Allen voran Denise Schultheis, die Kristin ihr Gesicht leiht (kleiner Einschub am Rande: Denise' zweiter Vorname ist Kristin, und zwar genau in dieser Schreibweise – was ich vorher allerdings nicht wusste). Es ging mit einem harmlosen Facebookpost los, in dem ich schrieb, dass ich mich nicht traute, ein Model anzusprechen, das ich für Kris im Auge hatte. Du hast sofort geantwortet, dass es doch eine große Ehre für jedes Model sei, dafür ausgewählt zu werden, nicht wissend, dass ich dich für diese Rolle wollte. Eins führte zum anderen, und nun zierst du das Cover und hast meiner Heldin dein Gesicht gegeben. Ich danke dir für die inspirierenden Gespräche und deine Freundschaft.

Ab da ging die Lawine los, denn nach Denise folgte ihr Freund Kristof Göttling, der das Vorbild für Ash wurde. Danke für das lustige Shooting, bei dem du sogar die Hosen hast fallen lassen (wer das gerne sehen möchte, sollte mir auf Social Media folgen). Ash hätte es nicht besser treffen können. Nicht umsonst nennt man ihn auch Ash den … Ach, lassen wir das.

Danke an Jorge Brissimtzis. Ich kann leider deinen Nachnamen immer noch nicht aussprechen, aber dafür sitzt Barbara nah am Abhang #insider. Du bist das erste Model, das einem Charakter nicht nur das Gesicht, sondern auch gleich den Namen geliefert hat. Ja, Jorge ist Jorge, und wenn ihr ihm je begegnet, pustet ihm bloß keinen Glitzer ins Gesicht. Reicht ihm lieber ein BiFi und vergesst nicht, ihn anzusprechen (nur nicht auf die Sache mit den Rumpelstilzchen, die mag er nicht). Danke, dass du sofort dabei warst, als ich dich gefragt habe, ob du dir vorstellen könntest, Märchen vorzulesen. Du trägst den Zauber von Abalion nicht nur im Buch, sondern auch in der Realität.

An dieser Stelle darf ich auch ein fettes Danke an Silke schicken, die uns ohne mit der Wimper zu zucken in ihr Wohnzimmer eingeladen und die Kulisse zur Verfügung gestellt hat. Bei fünfunddreißig Grad den Kamin anzuwerfen, erfordert eine gewisse Leidenschaft. Ich danke dir dafür.

Liebe Janet, ich feiere dich so sehr. Du bist eine Inspiration und ein Sonnenschein. Du trägst so viel Licht in deinem Herzen, dass es im Grunde eine Schande ist, dich für die Rolle der Syrantina einzusetzen, aber vielleicht kann dein Strahlen ihre Finsternis eines Tages vertreiben. Wer weiß.

Das Shooting mit euch war wundervoll, und die Bilder daraus dienen mir als Vorlage für all die Artworks rund um diese Geschichte. An dieser Stelle auch ein lautes Danke an Sina Schmuck, die die Models zu jedem Anlass perfekt stylt.

Last but not least haben wir in der Modelriege Benjamin Martins. Mit deinem Anruf damals (»Nicole, wir müssen reden! Ich habe ein Hühnchen mit dir zu rupfen!«) hast du mich leicht aus dem Konzept gebracht, aber das Hühnchen sah dann so aus, dass du dich als Seelenwächterfan geoutet hast. Tja, und nun bist du bei den Grimms gelandet. Danke, dass du Sebastian dein Gesicht leihst und ihm eine Vorliebe für lactosefreie Biomilch gegeben hast. Wenn diese Geschichte je verfilmt wird, sprechen wir wieder.

Artwork ist eine perfekte Überleitung zum Cover. Von Herzen danke ich Mister Covergott Alexander Kopainski. Du hast diesem Schmuckstück den finalen und entscheidenden Schliff verpasst. Ich durfte dir all meine Entwürfe zeigen, und du hast mir jedes Mal dein fachkundiges Feedback gegeben. Aber nicht nur dafür danke ich dir, sondern auch für deine Freundschaft. Gemeinsam mit Marie Grasshoff sind wir zum Dreamteam geworden. Danke, dass ihr mir stets zugehört habt, wenn ich mich in der Geschichte verrannt und nicht mehr vor oder zurück gewusst habe. Kein Wunder, dass wir aus jedem Escape Room kommen. Als Crew sind wir unschlagbar. Dank Marie weiß ich nun auch, wie Gin schmeckt. Vermutlich werde ich den auch für Teil zwei der Grimms brauchen. *Hicks*.

Nicht nur von Marie und Alex und all den anderen Menschen hatte ich Feedback, sondern auch von meinen grandiosen und immens wertvollen Testlesern. Danke an Larissa, durch deine Einwände ist die Geschichte nun hoffentlich runder geworden. Danke an Emely und Moni, ganz neu an Bord und beide sofort Feuer und Flamme für die Grimms. Danke an Nicole und Beate fürs letzte Unebenheiten glätten. Danke an Sarah, du kennst mein Schreiben in- und auswendig und holst mich stets aus diesen Löchern, in denen ich denke, die schlechteste Autorin der Welt zu sein. Und auch hier noch mal danke an Saskia! Ich habe leider nie herausgefunden, ob Handys im Klo versenkt werden können. Wer mir sachdienliche Hinweise liefern kann, ob das Gerät wirklich untergeht, wenn man auf die Spülung drückt, darf mir gerne schreiben. Ich werde es dann in Teil 2 einbauen. :)

Geistige Leistung wäre niemals möglich ohne körperliche Fitness. Seit Jahren begleitet mich Andreas Trienbacher als Trainer – und nun auch Sarah Lösch. Crosspunch! Roundhouse-Kick! Ich könnte sie nicht ohne dich – und Kris übrigens auch nicht. Aber nicht nur da hast du mir geholfen, ich durfte dich auch zu allen möglichen polizeilichen Themen ausquetschen. Ich danke dir sehr, und du glaubst gar nicht, wie oft du mich durch deine Trainingseinheiten wieder geerdet hast.

Ebenfalls nicht vergessen möchte ich meine beiden wundervollen Mädels Claudia und Julia. Unser WhatsApp-Chat ist mittlerweile legendär. Ich darf mich immer, immer, immer bei euch ausheulen, wenn ich das Gefühl habe, vor der Wand zu stehen und nicht weiterzukommen. Danke für eure Motivation und den unerschütterlichen Glauben an mich. Gemeinsam besiegen wir alle Arschlochhormone der Welt!

Tja, und zu guter Letzt wärst da noch du! Mein Leser. Ohne dich würde diese Geschichte nicht leben. Ich möchte Isa zitieren, die es so gut auf den Punkt gebracht hat: »Zum Geschichtenerzählen gehören immer zwei Personen: eine, die sie weitergibt, und eine, die zuhört. Wir liefern mit unserem Schreiben diesen ersten Aspekt, aber damit eine Erzählung wirklich leben kann, braucht sie einen Empfänger.«

Durch dich lebt Abalion. Durch dich leben dieses Buch und die Fantasie. Dafür danke ich dir von Herzen. Auch wenn ich schon wieder das Gefühl habe, dass ein einfaches »Danke« gar nicht ausreicht.

Danke, danke, danke.

DRACHENMOND VERLAG